Kontaktadresse nach EU-Produktsicherheitsverordnung:
produktsicherheit@fischerverlage.de

Eleonore (Aliénor) von Aquitanien: bewundert, verleumdet, legendenumwoben. Als schöne Erbin von Aquitanien heiratet sie König Ludwig VII. von Frankreich, bringt Kunst und Musik an den kargen Pariser Hof. Schon dass sie Ludwig auf den Kreuzzug begleitet, ist ein Skandal. Aber dann tut Alienor das Unerhörte: sie verlangt die Scheidung. Während sie überall als Hure verleumdet wird, heiratet sie erneut: Henry Plantagenet macht sie zur Königin von England. Ihm schenkt sie acht Kinder, regiert mit ihm. Doch als er sie betrügt, kennt ihr Zorn keine Grenzen. Dass sie ihre Söhne zur Rebellion gegen Henry aufstachelt, bezahlt sie fast mit dem Leben. Gedemütigt und eingesperrt kämpft sie selbst im Verlies noch um das Lösegeld für ihren gefangenen Sohn Richard Löwenherz. Unbeugsam träumt sie weiter davon, mit ihrem Einfluss die Geschicke der europäischen Reiche.

Sabine Weigand stammt aus Franken. Sie ist promovierte Historikerin und arbeitete als Ausstellungsplanerin für Museen. Historische Originaldokumente sind der Ausgangspunkt vieler ihrer Romane, wie ›Die Markgräfin‹, ›Das Perlenmedaillon‹, ›Die Königsdame‹, ›Die Seelen im Feuer‹ und ›Die silberne Burg‹. In ›Die Tore des Himmels‹ gestaltet sie das Leben der Hl. Elisabeth, in ›Das Buch der Königin‹ das Schicksal der deutschen Kaiserin Konstanze. Jetzt wendet sie sich einer ganz Europa prägenden Gestalt zu: ›Ich, Eleonore. Königin zweier Reiche‹.
Im Krüger Verlag liegt das Memoir vor, das Sabine Weigand zusammen mit Helga F. aufgezeichnet hat: »Helga. Als es noch keine Worte dafür gab – mein Weg vom Mann zur Frau.«

www.sabine-weigand.de
Weitere Informationen finden Sie auf www.fischerverlage.de

Sabine Weigand

Ich, Eleonore,
Königin zweier Reiche

Historischer Roman

FISCHER Taschenbuch

Die Nutzung unserer Werke für Text- und Data-Mining im Sinne von
§ 44b UrhG behalten wir uns explizit vor.

3. Auflage

© 2023 S. Fischer Verlag GmbH,
Hedderichstr. 114, 60596 Frankfurt am Main
Landkarte: Thomas Vogelmann, Mannheim
Printed in Germany
ISBN 978-3-596-03184-9

*Dieser Roman erzählt die Geschichte
einer der berühmtesten Frauen des Mittelalters:
die Geschichte von Eleonore,
Gräfin von Poitou,
Herzogin von Aquitanien,
Königin von Frankreich
und Königin von England.*

*Ihr Name wurde schon zu ihren Lebzeiten
in alle Sprachen Europas übersetzt.*

*Sie selbst nannte sich
in ihrer Muttersprache,
der Langue d'Oc des französischen Südens,
ALIÉNOR*

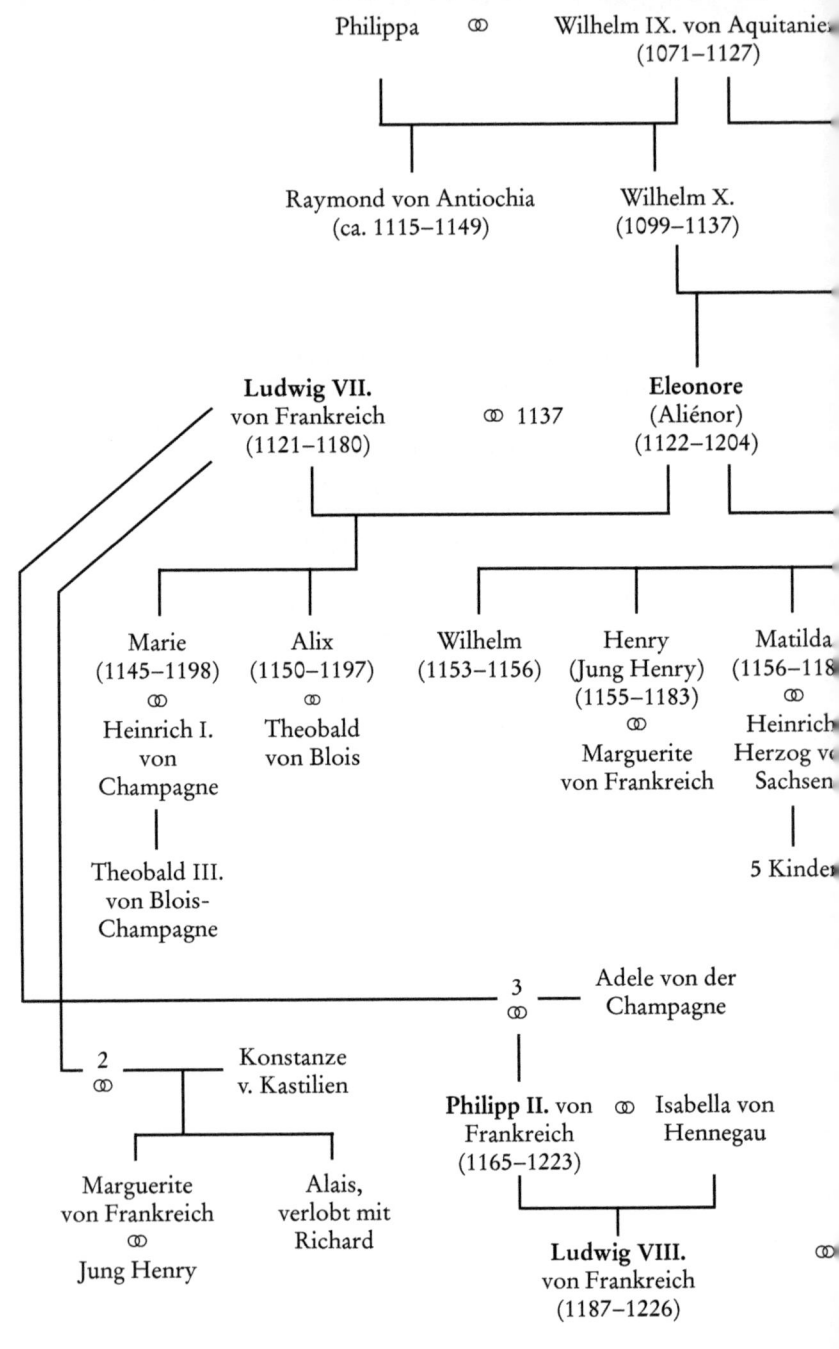

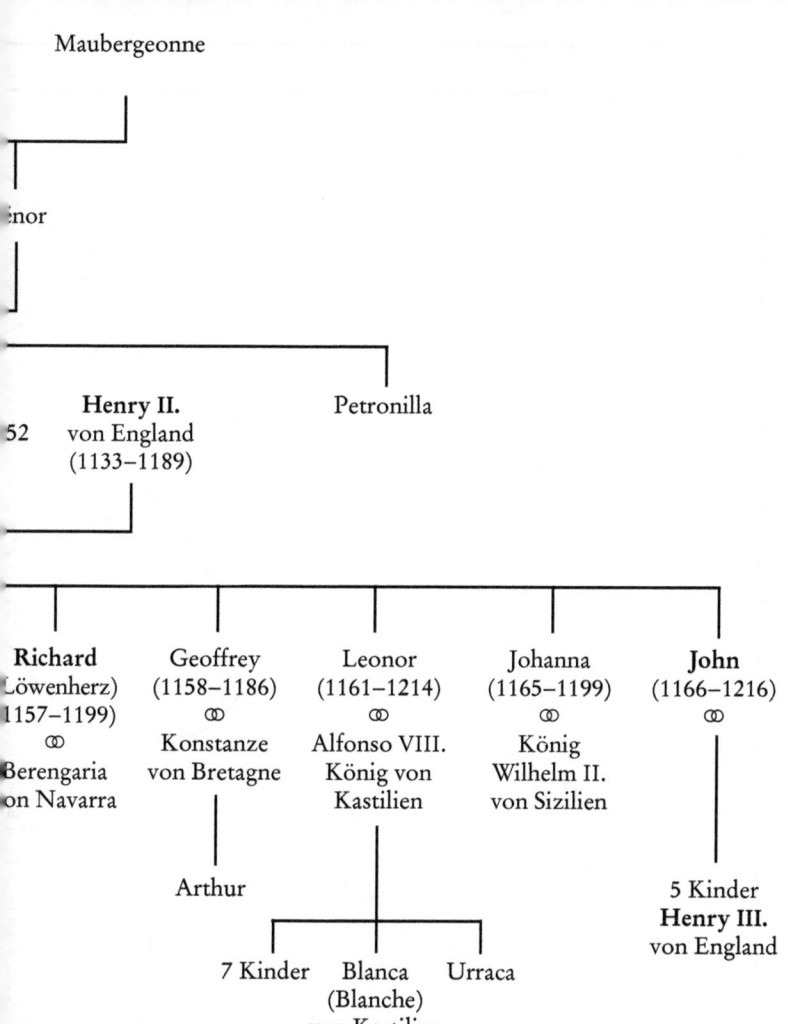

Stammlande der Plantagenets (Ha
Herzogtum Aquitanien
Kronbesitz des französischen Kön
Vasallen des Königs von Frankreic

ENGLAND UND F

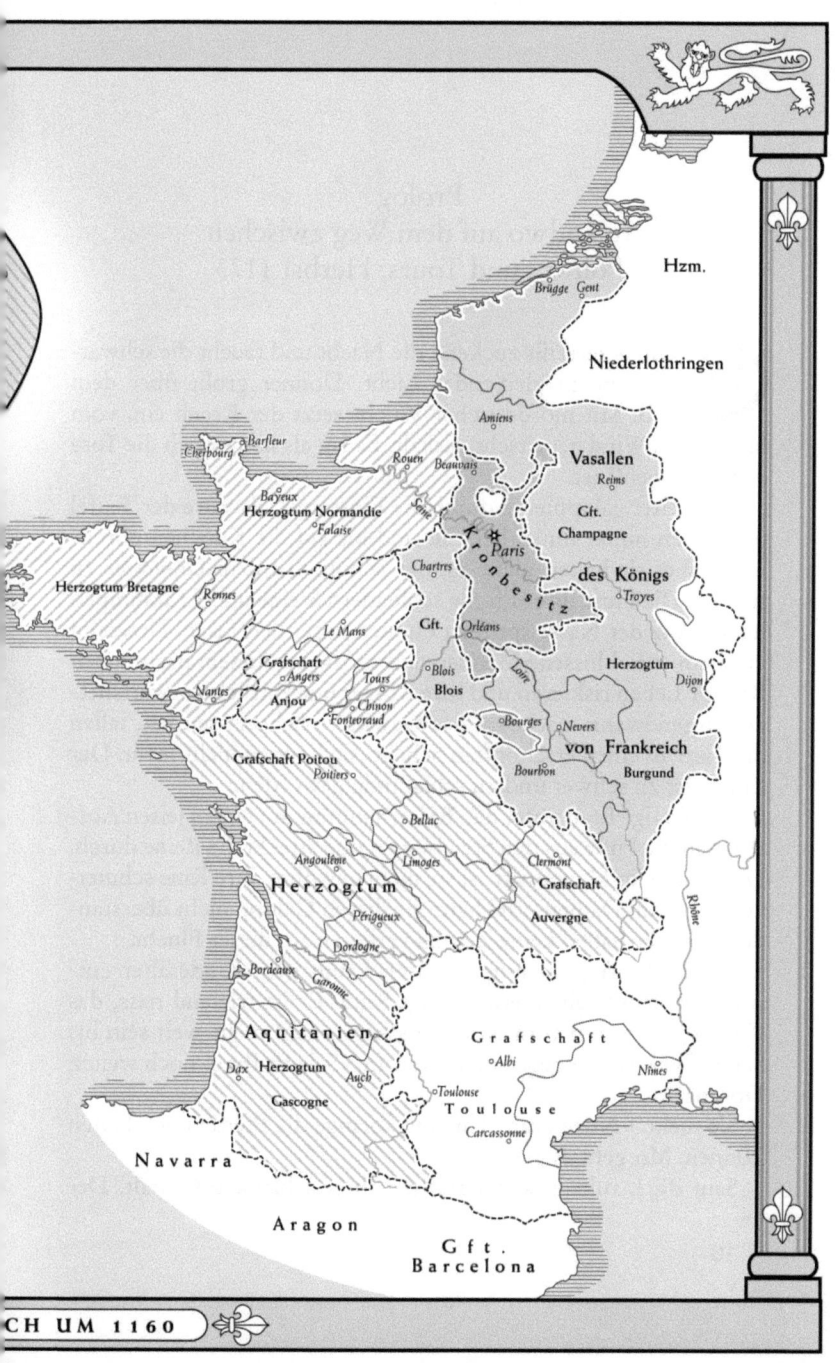

Prolog
Irgendwo auf dem Weg zwischen
Poitiers und Tours, Herbst 1173

Ein Blitz zerreißt zuckend die Nacht und taucht die schwarze Ebene in gleißendes Licht. Donner grollt über dem Land. Mit mörderischer Wucht setzt der Regen ein, vom brüllenden Wind gepeitscht, eiskalt. Es ist, als hätten sich die Tore der Hölle geöffnet.

Die Reiter galoppieren durch die Finsternis, als wäre der Teufel persönlich hinter ihnen her. Sie sind bis auf die Knochen durchnässt, aber sie halten nicht an, um Schutz vor dem Unwetter zu suchen. Die Hufe ihrer Pferde schleudern Steine und Erdklumpen hoch, trotz der Nässe sprühen Funken unter den Eisen. Dreizehn zu allem entschlossene Männer sind es, die bei diesem nächtlichen Ritt ihr Leben riskieren und ihre Rösser unerbittlich vorwärtshetzen. Irgendwann, nachdem das Gewitter nachgelassen hat, fallen die Tiere in einen erschöpften Schritt, sie können nicht mehr. Der Boden ist zu schwer und zu schlammig geworden.

Die einzige Frau unter den Reitern nimmt mit einem leisen Aufstöhnen die Füße aus den Steigbügeln und streckt die Beine durch. Das Reiten im Männersitz ist sie nicht gewohnt, ihre Knie schmerzen. Aber im Damensattel hätte sie diesen Galopp nicht überstanden. Und sie haben keine Zeit zu verlieren auf dieser Flucht.

Der Anführer, ein junger Ritter, kaum dem Kindesalter entwachsen, lenkt sein Pferd an ihre Seite. Er ist triefend nass, das Wasser tropft ihm vom Kinn. »Es kann nicht mehr weit sein bis Saint-Cyr«, ruft er gegen den Wind an. »Schafft Ihr es noch weiter, Domna?«

Sie nickt. »Nur voran, Thibaut, solange die Pferde noch laufen können. Mir geht es gut.«

Sein Blick ruht bewundernd auf ihrer schlanken Gestalt. Der

regenschwere Mantel hängt ihr um die Schultern, die Lederkappe auf ihrem Kopf ist verrutscht und enthüllt einen dichten Schopf langer dunkler Haare. Sogar jetzt noch, todmüde, nass und als Mann verkleidet, ist sie schön. »Keine Frau kommt Euch gleich, Herrin!«

Dann treiben sie die Rösser wieder an. Im Nieselregen passieren sie das Wegkreuz vor Saint-Cyr, über den Hügeln im Osten graut schon der Morgen. Sie versucht abzuschätzen, wie viele Stunden sie schon unterwegs sind. Acht? Zehn? Ganz gleich. Dorthin, wo es hell wird, führt ihr Weg. Nach Paris. Sie muss die Hauptstadt erreichen, koste es, was es wolle. Nur beim König ist sie sicher. Denn sie hat den Aufstand geplant, hat die große Rebellion angezettelt, es war ihr Werk allein. Und nun ist alles verloren. Ich kann nicht auf Gnade hoffen, denkt sie. Sie würde im umgekehrten Fall auch niemanden schonen, weiß Gott. Seit sie von Poitiers losgeritten ist, hockt die Angst mit ihr im Sattel und hält ihren Körper umklammert wie eine Spinne mit hundert Armen.

Die dunkle Silhouette eines Bauernhofs taucht vor ihnen auf.

»Lasst uns hier kurz haltmachen, Herrin«, ruft der junge Thibaut über die Schulter zurück. »Die Pferde brauchen eine Rast und Futter.«

Sie hat ein ungutes Gefühl, aber sie sagt nichts. Schließlich ist sie kein ängstliches altes Weib. Und niemand kann wissen, wohin sie geflohen sind. Sie hätten genauso gut nach Süden in Richtung Bordeaux reiten können. Also lassen sie ihre Pferde im Schritt auf das kleine Gehöft zugehen und passieren das niedrige Mäuerchen aus Bruchsteinen durch ein offenes Gatter.

Und dann bricht die Hölle los. Von zwei Seiten gleichzeitig greifen berittene Kämpfer an. »Ein Hinterhalt!«, brüllt der junge Thibaut. »Schützt die Königin!« Ihre Männer bilden einen Ring um sie, ziehen die Schwerter. »Ergebt Euch!«, ruft einer der Angreifer. »Niemals!«, tönt es zurück. Dann beginnt der Kampf.

Klingen klirren, Schilde prallen donnernd aufeinander, Pferde wiehern schrill vor Panik, trampeln und steigen. Zu ihrer Männerverkleidung gehört kein Schwert, sie könnte auch gar nicht damit umgehen. Nur der Hirschfänger bleibt ihr zur Verteidigung;

verzweifelt versucht sie, ihn am Gürtel zu ertasten und mit den nassen Handschuhen aus der Scheide zu zerren. Ein grauenvoller Schrei ertönt links von ihr, hallt gurgelnd über den Hof. Einer ihrer Beschützer kippt rückwärts vom Pferd, ein Schwert steckt bis zum Heft in seiner Seite. Sie kann gerade noch ausweichen, als eine Lanze an ihrem Kopf vorbeizischt. Die Gegner hacken und schlagen auf ihre Getreuen ein, scharfe Schneiden durchtrennen Fleisch und Muskeln und Sehnen, metallene Spitzen lassen Knochen zersplittern und reißen Löcher in Eingeweide. Der Geruch von Blut und Kot erfüllt die Luft, Sterbende röcheln, wer getötet hat, schreit seinen Triumph hinaus, es ist der Rausch des Kampfes, den sie nicht zum ersten Mal erlebt. Sie versucht nach Kräften, ihre Stute ruhig zu halten, die vor Schreck durchzugehen droht. Links von sich sieht sie, wie die Spitze einer Schwertklinge einem ihrer Männer in den offenen Mund fährt, er scheint sie im Todeskampf verschlucken zu wollen. Blut sprudelt, er fällt. Die anderen sind in der Übermacht. Sie kann nichts tun außer beten, und darin war sie noch nie gut. Ein dritter ihrer Verteidiger geht mitsamt seinem Pferd zu Boden. Und die anderen brüllen. Sie brüllen ihre Lust am Töten hinaus, die Gewissheit des Sieges lässt sie jetzt schon jubeln. Endlich hat sie den Dolch gefunden, der am Gürtel nach hinten gerutscht ist; sie packt ihn fest und hält ihn zum Stoß bereit. Ihr Pferd gleitet auf dem vielen Blut aus, das inzwischen den Boden tränkt, aber sie kann es wieder hochreißen. Hinter ihr eine schnelle Bewegung – ein Angreifer hat dem tapferen Quentin de Blaye mit der Axt den Unterarm abgetrennt. Hellrotes Blut spritzt auf ihre Schulter. Fest umklammert sie ihren Dolch. Plötzlich ist da ein Reiter neben ihr, will ihr in die Zügel greifen. Er hat sie erkannt! Doch da drängt sich schon der junge Thibaut dazwischen, die Klinge zum Schlag erhoben. »Verliert nicht den Mut, Domna!«, ruft er. Er schützt sie mit seinem Leben, dieser unerfahrene Knabe, der erst im Sommer seinen Ritterschlag erhalten hat. Sie sieht, wie sein Gegner ausholt, will ihn warnen, doch ihr Ruf geht im Kampfgetümmel unter. Die Klinge fährt ihm unterhalb des Lederkollers in den Bauch. Er lässt die Waffe fallen, rudert mit den Armen. Sie bekommt seine blutige Hand zu fassen, hält sie einen Wimpernschlag lang fest in ihrer. Seine hellen Augen suchen ihren

Blick, er lächelt sie an, als seien sie nicht mitten in einem tödlichen Kampfgetümmel, sondern beim Reigen im Palast von Poitiers. Dann erschlaffen seine Finger, entgleiten ihrem Griff. Sie möchte weinen. Sein Mörder ist inzwischen neben ihr vom Pferd geglitten; er greift nach ihr, will sie aus dem Sattel ziehen. Da rammt sie ihm mit aller Kraft von oben den Dolch in den Nacken, dort, wo der Helm endet und das Kettenhemd noch nicht schützt. Er bricht zusammen. Vor ihr ist mit einem Mal freie Bahn, und sie gibt ihrem Pferd die Sporen. Es prescht, verrückt vor Panik, blindlings auf das Mäuerchen zu, gerade noch rechtzeitig presst sie die Schenkel zusammen, duckt sich und setzt im Sprung über das Hindernis. Hinter sich hört sie einen Reiter, einer der Angreifer hat ihre Flucht bemerkt. Es ist inzwischen hell genug, dass er sie verfolgen kann. Über ein Stoppelfeld lenkt sie auf ein kleines Wäldchen zu, vielleicht kann sie dort den Mann abschütteln. Sie schreit, feuert ihr Pferd an, und betet stumm, dass es nicht in ein Mäuseloch oder einen Kaninchenbau tritt. Der Reiter kommt immer näher. Da sind schon die ersten Birken! Sie kann es schaffen! Dann ein Ruck, ein Wiehern. Ihre Stute ist auf einer Wurzel ausgerutscht. Sie verliert die Steigbügel, schwankt im Sattel hin und her. Und dann spürt sie einen Schlag an der Schulter. Ein Zweig hat sie getroffen, fegt sie vom Pferd. Sie landet auf dem harten Boden, aber sie spürt keinen Schmerz. Alles ist vorbei, denkt sie. Den Dolch hat sie nicht mehr. Neben ihr springt ihr Verfolger ab. Sie rappelt sich benommen auf, knickt in den Knien ein. In ihr wühlt elende, würgende, panische Angst. Eine schwere Hand packt sie mit eisernem Griff am Genick, zerrt sie an den Haaren hoch, reißt sie herum ...

Die alte Frau schreckt hoch. In ihren Augen steht die Angst. Wo in Herrgotts Namen ist sie? Ach ja. Im Wagen. Sie muss eingeschlafen sein, trotz des ständigen Holperns der eisenbeschlagenen Räder auf dem steinigen Weg. Die Anspannung weicht aus ihrem Körper, sie öffnet die geballten Fäuste. Ihre Finger schmerzen. Dieser Traum – wie oft hat sie ihn schon geträumt! Er will sie einfach nicht loslassen, auch nicht nach all den Jahren. Sie atmet tief durch, fährt sich müde mit dem Handrücken über die Augen. Draußen hört sie Stimmen. Sie schlägt die Lederklappe zurück und späht hinaus ins Freie. Vor ihr erhebt sich ein mächtiges Doppeltor, flankiert von zwei trutzigen Wehrtürmen. Einer ihrer berittenen Waffenknechte unterhält sich gestenreich mit den beiden Wächtern. Langsam lehnt sie sich zurück und bekreuzigt sich. Sie ist am Ziel.

Erstes Buch

Königreich Kastilien, Januar 1200

Burgos.

Der Winterwind fegt Schneekristalle in glitzernden Wolken von den Dächern der Stadt. Schwarzer Rauch von Holzfeuern liegt in der Luft. Die Sonnenscheibe steht im Mittag, vergeblich schickt sie ihre kraftlosen Strahlen durch den azurblauen Himmel. Es ist so kalt, dass die Schweine sich beim Wühlen in den gefrorenen Misthaufen blutige Rüssel holen.

Über die Brücke, die den Rio Arlanzon überspannt, bewegt sich ein langsamer Zug. Voran reiten grimmig aussehende Waffenknechte, Eis in den Bärten, ihre Rösser dampfen. Der Mann an der Spitze hält eine Fahne hoch. Es folgen Wagen auf eisenbeschlagenen Rädern, danach zwölf Maultiere, schwer bepackt mit allerlei Tand. Zwei Reiterinnen im Damensattel auf kleinen, rehbraunen Zeltern. Schließlich ein Reisekarren, ein vornehmes Gefährt, gezogen von zwei Rotschimmeln. Die ledernen Vorhänge sind geschlossen, um den oder die Insassen vor den Widrigkeiten des Wetters zu schützen. Den Abschluss der Reisegesellschaft bilden wieder Bewaffnete in Zweierreihen. Ohne zu wissen, wer da kommt, verneigen sich die Menschen und ziehen die Hüte, sobald der Zug in die Stadt einreitet. Das muss wohl ein bedeutender Gast in wichtiger Mission sein, der sich mitten im Winter die Strapazen einer Reise antut, und sicherlich ist sein Ziel das mächtige Kastell, in dem nun schon seit einigen Wochen die königliche Familie residiert.

Tatsächlich nimmt der Zug den Weg über den holprigen, beinhart gefrorenen Schlamm der Calle de las Calzadas auf die Burg zu, deren Tor sich nun knarrend öffnet, um die Einreitenden wie ein gefräßiges Tier zu verschlucken.

Drinnen im Hof springen die Reiter steifbeinig ab; einer von ihnen öffnet die Tür des Reisekarrens. Mit grün behandschuhter Hand greift jemand fest nach seinem ausgestreckten Unterarm. Eine schlanke Gestalt in schwarzem Umhang steigt vorsichtig aus, die feinen Stiefel finden nach einigem Suchen festen Halt auf den eisglatten Kopfsteinen. Die Gestalt richtet sich auf, zupft den verrutschten dunklen Schleier zurecht und sieht sich eine ganze Weile suchend um. Ein missbilligendes Schnalzen. Keiner steht bereit, sie zu begrüßen.

Da öffnet sich die Doppeltür zum Wohntrakt der Burg, eine Dame mittleren Alters eilt in fliegender Hast die Treppe zum Hof hinunter. Sie hat sich nicht einmal die Zeit genommen, einen Mantel umzulegen. Schwer atmend bleibt die Frau – es ist die Königin von Kastilien – vor der Gestalt im schwarzen Umhang stehen. Die beiden sehen sich an, wortlos. Endlich streckt Leonor von Kastilien beide Hände aus und sagt: »Mutter! Wie lange ist es her?«

Die Gestalt antwortet: »Neunzehn Jahre und vier Monate. Und du kommst immer noch zu allem zu spät.«

Dann fallen sie sich in die Arme.

In der großen Halle brennt ein Feuer, dessen Wärme nicht einmal ausreicht, die gefrorenen Eiskristalle an der Nordwand wegzutauen. In den Fenstern sind lederbespannte Holzrahmen verkeilt, die mit dem Wind auch das Tageslicht draußen halten. Die Diener haben Kienspäne an den Wänden entzündet und vielarmige Kandelaber mit dicken Bienenwachskerzen aufgestellt; es ist trotzdem düster, die Luft rauchgeschwängert. Auf den kalten Steinfliesen liegen noch vom Weihnachtshoftag her maurische Teppiche; inzwischen sind sie fleckig und stinken, weil die Hofhunde auf ihnen gern ihr Geschäft verrichten.

Der König von Kastilien niest. Geräuschvoll schnäuzt er sich durch zwei Finger auf den Boden. Mit seinem schwarzen Haarbusch und dem verwegenen, dichten Bart sieht er fast aus wie ein muselmanischer Sultan. Alle seine Kinder kommen nach ihm, haben sein dunkles Haar und die üppigen Lippen, ganz anders als ihre rotlockige, hellhäutige Mutter. Die ganze königliche Familie sitzt vor dem großen Feuer, die kleineren Kinder rutschen unruhig auf ihren Hockern hin und her. Alle blicken gespannt auf die Saaltür, die sich jetzt öffnet und ihren Gast einlässt.

Die Frau stützt sich auf einen silberbeschlagenen Gehstock, als sie mit langsamen, würdevollen Schritten auf die königliche Familie zukommt. Staunend reißen die Kinder die Augen auf: Noch nie haben sie jemanden gesehen, der so alt ist! Ein Gesicht, durchzogen von unzähligen feinknittrigen Fältchen, die Haut so blass und durchscheinend wie vielfach geschabtes Pergament. Eine leicht gebogene Adlernase, ein schmaler Mund, der nicht lächelt. Augen im strahlendsten Meerblaugrün, ein wenig milchig geworden durch das Alter, unter hohen, mit Kohle nachgezeichneten Brauen. Eine Schönheit, der die Jahre kaum etwas genommen haben. Eine Miene, die beinahe Angst einjagt.

Die Greisin bleibt ein paar Schritte vor der Familie stehen. Königin Leonor erhebt sich. »Kinder«, sagt sie, »begrüßt eure Großmutter.«

Und jetzt lächelt die Frau. Breitet die Arme aus. »Ich freue mich, euch zu sehen«, sagt sie auf Französisch mit einem weichen okzitanischen Akzent. »Und natürlich auch dich, Alfonso, lieber Schwieger.«

Eines nach dem anderen treten die Kinder vor, um die Großmutter zu küssen. Den Anfang macht die vierjährige Costanza, dann Enrique, auf ihn folgt Mafalda. Der elfjährige Fernando verbeugt sich schon recht elegant. Dann kommt Blanca, sie wagt sogar ein Lächeln. Am Schluss die schüchterne Urraca, der noch niemand gesagt hat, dass dieser Besuch allein ihr gilt. Auch sie drückt einen Kuss auf die trockene Wange ihrer Großmutter und wundert sich, dass der Blick der Greisin länger auf ihr ruht als auf den anderen.

Als sich nun auch noch Alfonso erhebt und seine Schwiegermutter umarmen will, kommt er gerade noch rechtzeitig, um ihren zusammensackenden Körper aufzufangen. »Den Arzt!«, ruft er, während er die Alte vorsichtig auf den Teppich bettet. Leonor kniet sich neben ihre Mutter und fächelt ihr Luft zu. »Ich wusste es«, murmelt sie sorgenvoll. »Die Reise war doch viel zu anstrengend für sie.«

Der Arzt eilt herbei, untersucht die still daliegende Greisin, die flach und stoßweise atmet. »Liebe Jungfrau im Himmel, stirbt sie?«, fragt die Königin.

Noch bevor der Medicus eine Antwort geben kann, öffnet die

alte Frau die Augen. »Ich bin in England nicht gestorben, in Frankreich nicht und nicht im Heiligen Land«, sagt sie mit schwacher Stimme. »Wenn ich diese Welt verlasse, dann tue ich das in meinem Aquitanien.« Sie lächelt mühsam. »Das habe ich mit dem lieben Gott so ausgemacht.«

»Es ist eine Erschöpfung. Sie braucht nur Ruhe und eine stärkende Diät.« Der junge Arzt erhebt sich und sieht zu, wie ein paar Diener die Kranke hinaustragen. Und jetzt wird es ihm erst klar: Er hat soeben der berühmtesten und gleichzeitig berüchtigtsten Frau seiner Zeit das Mieder geöffnet. Der Frau, deren Ruf weit über alle Grenzen gedrungen ist, über deren Abenteuer seit Jahrzehnten ganz Europa spricht. Deren Schönheit Legende geworden ist, genauso wie ihre angebliche Schlechtigkeit. Der Königin von Frankreich und England, Gräfin von Poitiers, Herrscherin über Saintonge, La Marche und Touraine, Herrin über die Gascogne, die Auvergne und das Limousin. Der hochedlen Herzogin Aliénor von Aquitanien.

Eine Woche lang bekommt sie Kalbssuppen, Würzwein mit Eigelb und Honig, weißes Schonbrot mit zerdrücktem Ochsenmark. Ihre Tochter bringt ihr Blutwurst mit Reis und Fett, die man hier Morcilla nennt und die angeblich noch mehr Kraft geben soll als gebratene Stierhoden und Schlangenpulver. Der Arzt schnäppert sie zwei Mal zur Ader – jeweils nur die Menge eines Wachteleis, bei alten Menschen muss man vorsichtig sein. Schließlich geht es ihr besser, der liebe Gott hat sich an seine Abmachung gehalten. Sie lässt täglich ihre Enkelkinder kommen, unterhält sich mit der Königin und ihren Damen, macht kleine Spaziergänge durch die Burg.

Einer ihrer Rundgänge führt sie am Sonntag Exsurge an der Kapelle vorbei, als sie von drinnen leises Schluchzen hört. Sie späht durch die halbgeöffnete Tür. Drinnen ist es dunkel bis auf das gelblich flackernde Licht zweier Altarkerzen. Auf einer Seitenbank sitzt Urraca, ein Häuflein Elend, ihre Schultern zucken im Rhythmus der Flammen. Langsam kommt Aliénor näher und legt ihrer Enkelin die Hand auf den gesenkten Kopf. »Warum weinst du, mi cors?«

Jetzt fließen die Tränen nur umso schlimmer. Aliénor setzt sich neben Urraca auf das Bänkchen und wiegt das Mädchen in ihren Armen. Sie ahnt, was gleich kommen wird.

»Mutter hat mir erzählt«, stößt Urraca zwischen zwei Schluchzern hervor, »dass Ihr mich mitnehmen wollt.«

»Ja, das stimmt«, antwortet Aliénor. »Deshalb bin ich gekommen.«

Urraca hebt flehend die Hände. »Aber ich will nicht fort, Großmutter. Ich will hierbleiben. Ich hab solche Angst. Ich kann das nicht. Bitte, im Namen der Muttergottes, bitte lasst mich hier.«

Aliénor seufzt aus tiefster Brust. Sie hat das Mädchen in den letzten Tagen beobachtet, und ihr erster Eindruck hat sich nun bestätigt. Urraca ist ein liebenswertes Ding, fromm und gut erzogen. Sie kann lesen, die Harfe zupfen und handarbeiten. Aber ihr fehlt es an Mut und Selbstvertrauen, und sie denkt zu wenig. Nicht, dass sie einfältig wäre, aber sie hat keinen Sinn für Zusammenhänge, kann nicht zwischen wichtig und unwichtig trennen. Zudem ist sie langsam bis hin zur Trägheit, kennt weder Schwung noch Leidenschaft.

»Du willst also nicht mit mir nach Frankreich reisen?«, fragt sie.

Urraca schüttelt voller Verzweiflung den Kopf.

Sie tätschelt dem Mädchen die Hand und erhebt sich mit einem Seufzer. »Nun gut. Ich werde darüber nachdenken und mit deiner Mutter reden.«

Noch am selben Nachmittag, nachdem sie stundenlang auf dem Bett gelegen und gegrübelt hat, öffnet sich lautlos ihre Kammertür. Ein dunkles Augenpaar lugt herein. Ein Flüstern. »Großmutter, schläfst du?«

Es ist Blanca, die Zweitälteste, ein mageres Ding mit rabenschwarzen Locken, milchblasser Haut und den Mandelaugen Kastiliens.

»Komm nur herein, Liebes«, sagt sie und setzt sich auf. »Was hast du auf dem Herzen?«

Blanca läuft zu ihr und hockt sich wie ein kleines Kind zu ihren Füßen. »Ich ... ja, weißt du ...«

Aliénor lächelt. »Nur freiheraus damit, sag, was du sagen willst.«

Blanca schaut zu ihr auf. »Nimm mich mit nach Paris, Großmutter. Nicht Urraca.«

Aliénors gemalte Augenbrauen schnellen in die Höhe. »Und warum sollte ich das tun?«

Blanca springt auf. »Weil ich Königin von Frankreich werden will«, ruft sie beinahe trotzig.

»Aha«, sagt Aliénor trocken. »Und deine Schwester?«

»Die sitzt seit heute Morgen in der Kapelle und heult sich die Augen aus. Sie sagt, sie kann das nicht.«

»Und glaubst du denn, du kannst es?«

»Ja!« Das Mädchen hat vor Aufregung rote Wangen bekommen. »Ich will den König von Frankreich heiraten. Ich will mit ihm über ein großes, reiches Land herrschen. Ich will mit ihm ins Heilige Land ziehen, so wie du! Die Welt sehen! Ich will Dinge entscheiden. Ich will, dass man über mich Lieder singt. Ich will ...«

Aliénors Gesicht hat sich verfinstert. »Das sind Träume«, sagt sie rau. Die ihren Preis haben, denkt sie bei sich. Das weißt du noch nicht.

»Aber du hast doch auch ...«, beginnt Blanca.

Aliénor tut einen tiefen Atemzug. Ihre Miene entspannt sich wieder, sie lächelt. »Ja, das habe ich. Bei Gott. Komm, hilf mir auf.«

Sie lässt sich von ihrer Enkeltochter hochziehen und den Stock reichen. »Wie alt bist du?«

»Ich werde bald fünfzehn. Im Sommer.«

»Und du hast dich stets fromm und züchtig gehalten?«

Das Mädchen blitzt sie an. »Ich habe noch nie Umgang mit einem Mann gehabt, wenn du das meinst.«

Ei, denkt Aliénor, die Kleine redet freiheraus. Das ist gut. »Und bist auch sonst gesund?«

Blanca lacht voller Zuversicht. »Mir hat einmal eine Zigeunerfrau geweissagt. Ich werde uralt. Und ich werde viele Kinder haben.«

»Pah! Das sagen sie immer.« Aliénor winkt ab. Aber sie sieht, was sie sieht. Ein junges Mädchen in voller Blüte, ein bisschen zu dünn vielleicht, aber mit ganz ordentlichen Brüsten und nicht zu schmalem Becken. Eine Rose, die nur darauf wartet, gepflückt zu werden. Sie nickt zufrieden. Warum nicht? Prinzessin ist Prinzessin. »Nun geh und tröste deine Schwester«, sagt sie. »Ich will sehen, was ich tun kann.«

»Gib mir die Jüngere mit!«
Leonor von Kastilien, die mit ihrem Lieblingsäffchen auf der Schulter in der Fensternische sitzt, runzelt die Stirn. »Aber Mutter, wir hatten doch vereinbart ...«
»Das hatten wir«, fällt Aliénor ihrer Tochter ins Wort. »Trotzdem. Urraca ist zu schwach. Sie hat weder den Willen noch die nötige Stärke. Und es geht schließlich um einen dauerhaften Frieden zwischen uns und der französischen Krone.«
»Aber Blanca ist schon nach Portugal versprochen.«
»Ei nun. Das lässt sich regeln. Gib mir die Jüngere mit. Du weißt, dass ich recht habe.«
»Du kannst das nicht einfach so alleine entscheiden, Mutter. Was wird der Bräutigam sagen? Er wollte unsere Älteste.«
»Papperlapapp. Der Knabe ist Ludwigs Enkel, und es heißt, er käme in allen Dingen nach ihm. Er wird keine Schwierigkeiten machen.«
Leonor seufzt. So hat sie ihre Mutter in Erinnerung. Stur wie ein Ziegenbock. »Und warum meinst du, dass Blanca die bessere Wahl ist?«
»Weil sie Ehrgeiz hat. Und Leidenschaft. Weil sie klug ist und weiß, was sie will. Weil sie Stolz und Haltung hat und freiheraus ihre Meinung sagen kann.«
»Kurzum: Weil sie so ist wie du!«
Aliénor wirft den Kopf zurück und bricht in herzhaftes Lachen aus. »Bei den Augen Gottes, das stimmt!« Himmel, hat sie eben wirklich den Lieblingsspruch ihres toten Gatten benutzt? Den sie mehr gehasst hat als jeden anderen Menschen auf der Welt? Die Zeit kann so manches bewirken, denkt sie. Wohl auch den Hass vergessen machen, wie man sieht. »Also, was sagst du?«
Leonor scheucht ihr Äffchen davon und erhebt sich. »Ich schätze dein Urteil, Mutter. Aber ich muss vorher mit Alfonso reden.«
Aliénor sieht ihre Tochter spöttisch an. »Dein Gatte wird nichts tun, was du nicht willst, meine Liebe. Er erinnert mich an meinen

Ludwig, Gott hab ihn selig. Man muss sie nur zu nehmen wissen, dann fressen sie einem aus der Hand.«

»So?«, lacht Leonor.

Aliénor zuckt mit den Schultern. »Nun ja, nicht alle. Nicht dein Satansbraten von Vater.«

»Und genau deshalb hast du ihn geliebt!«

»Ach!« Aliénor schiebt trotzig das Kinn vor. »Hab ich das?«

In diesem Augenblick sieht sie wieder aus wie ein junges Mädchen.

Von Burgos nach San Juan de Ortega
Ende Februar 1200

»Blanche?«

Das Mädchen schaut aus dem Fenster des Reisewagens, lässt ihren Blick über die weiten Felder schweifen, auf denen im Sommer der Weizen wogt und die jetzt mit Schneeflecken übersät sind.

»Blanche?« Jetzt erst sieht die junge Prinzessin auf.

»Besser, du gewöhnst dich gleich an den Namen«, sagt Aliénor. »Denn so werden sie dich nennen, in Paris.«

»Wie haben sie dich genannt, damals?«

Aliénor schließt kurz die Augen. »Oh, für mich hatten sie viele Namen. Herrin. Hoheit. Hure. Teufelsweib. Was nicht alles.«

»Sie haben dich also nicht geliebt?«

»Geliebt und gehasst. Das wirst du noch lernen, meine Kleine. Königin sein ist ein elendes Geschäft.«

Das Mädchen lacht unsicher. »Es gibt bestimmt schlimmere Schicksale!«

»Was weißt du dummes kleines Ding schon?« Aliénor droht ihrer Enkelin mit dem Finger. »Wenn du in Paris so vorlaut bist, werden sie sich über dich genauso das Maul zerreißen wie über mich damals. Und du wirst viele Feinde haben.«

»Aber du warst doch die Königin!«

»Wenn Ludwig damals nicht gegen alle anderen zu mir gehalten hätte, hätten sie mich schon in den ersten Monaten zerfleischt«, lächelt Aliénor. »Allen voran meine Schwiegermutter. Weißt du, ein Königshof kann erschrecklicher sein als ein Wald voller Räuber.«

Blanca spielt nachdenklich mit ihren Zöpfen, während der Wagen über den gefrorenen Weg holpert. Draußen in der Ferne erhebt sich grau und nebelumwölkt der Matagrande, den sie heute noch überqueren müssen. Zum ersten Mal wird ihr ein bisschen mulmig bei der Vorstellung, in der Fremde zu leben. Mit einem Unbekannten, der ihr Ehemann werden soll. Sie kommt sich plötzlich klein vor und schwach. Ein Kind.

»Grand-mère«, fragt sie schließlich, »wie alt warst du, als du den König von Frankreich geheiratet hast.

»Ungefähr so alt wie du.«

»Und warst du denn nicht froh und glücklich, Königin zu werden?«

Aliénor zieht die Decke höher über ihre Knie. »Ei, natürlich war ich das.«

»Und wolltest du nicht fort von daheim, eine verheiratete Frau sein? Die Welt sehen?«

Die alte Dame lächelt. »Ach weißt du, mich hat damals keiner gefragt. Uns Frauen fragt ja ohnehin nie einer. Und ich musste schnell verheiratet werden, mein Vater war gestorben, und es ging um das Herzogtum. Ob ich die Welt sehen wollte? Eigentlich war ich glücklich in Aquitanien ...«

Ihre Gedanken schweifen ab, weit zurück in eine Zeit, die sie längst vergessen hatte. An einen Ort, der immer ihr Zuhause war. Poitiers. Die Sonnenstrahlen fallen senkrecht aus einem blau gleißenden Himmel und tanzen auf den Helmen der Wächter, die auf den Mauern patrouillieren. Sie und Petronilla spielen im Garten, kriechen kichernd unter Büsche, flechten Haarschmuck aus bunten Blütenköpfen. Die dichtbelaubten Äste der Obstbäume tragen schwer an ihrer Last aus Birnen, Pfirsichen, Pomeranzen und Quitten. Rote Feuerkäfer krabbeln im unruhigen Zickzack über den Kiesweg und suchen Schutz im angrenzenden Grün, Eidechsen sonnen sich reglos auf den Mäuerchen und blinzeln genüss-

lich ins gleißende Licht. Wenn die Mädchen müde sind, legen sie sich ins warme Gras und hören den Zikaden zu, wie sie in den Kräuterbeeten ihre Lieder sägen. Die Luft ist schwer vom Duft wilder Myrrhe.
»Grand-mère?«
Aliénor schreckt hoch.
»Erzähl mir, wie es bei dir war.«
Sie schließt kurz die Augen. Erzählen? Noch niemandem hat sie ihr Leben preisgegeben. Nicht einmal ihren eigenen Kindern. Nicht einmal Richard, ihrem Liebling, ihrem Augenstern. Der jetzt tot und kalt liegt neben seinem Vater. Dort, wo sie auch hingehen wird. Ja, denkt sie, das Erzählen habe ich versäumt, wie so vieles. »Hast du denn noch keine Geschichten über mich gehört?«, fragt sie.
Blanca beugt sich vor. »Doch. Aber Mutter sagt, die sind gemein. Und ich soll nicht alles glauben, was man über dich sagt.«
Aliénor runzelt die Stirn. Es war ihr immer egal, was die anderen über sie redeten. Böse Zungen kann man selten ganz zum Schweigen bringen. Ihr fällt ein, dass dieser junge Dichter sie einmal gefragt hat, damals, als ihn noch kaum einer kannte. Chrétien de Troyes. »Wollt Ihr nicht mit meiner Hilfe Eure eigene Legende schreiben?«, hatte er gesagt. Sie wollte nicht. Trotzdem hat er sie in seiner Artussage verewigt, in Gestalt der Königin Guinevere. Aliénor ärgert sich über sich selbst. Vielleicht war es ein Fehler, ihn abzuweisen. Immerhin ist sein Werk inzwischen berühmt und wird an allen Höfen Europas vorgetragen. Und plötzlich will sie nicht, dass ihre kleine Enkelin, die ihr so ähnlich ist, von ihr denkt, was alle denken. Dass sie auf die Lügen hereinfällt, die man sich erzählt. Auf die Bösartigkeiten, die Missgunst, den Hass all der Kirchenmänner, die über sie in den Chroniken und Hofberichten ihr Gift ausgeschüttet haben. Nein. Das Mädchen soll die Wahrheit wissen.
»Nun«, sagt sie ein bisschen zu fröhlich, »wir haben eine lange Reise vor uns. Und es soll dir schließlich nicht langweilig werden mit deiner Großmutter. Wenn du also wirklich hören willst, was ich zu erzählen habe ...«
Blanca nickt eifrig.

Aliénor räuspert sich. »Dann werde ich mich wohl erinnern müssen!«

Der Wagen macht halt. In dem Örtchen Cardenuela dürfen die Pferde saufen und bekommen eine Übermaß Hafer, bevor sie den Aufstieg zum Matagrande bewältigen müssen. Aliénor und Blanca steigen aus, dehnen und strecken sich. In einer flohverseuchten Herberge serviert man ihnen und ihren beiden Dienerinnen ein einfaches Mahl aus Oliven, hartem Käse und spelzigem Brot. Dazu sauren Wein, den sie mit Wasser verdünnen, um ihn trinkbar zu machen. Die Rast dauert nicht lange; sie sind spät dran. Sie wollen an diesem Tag unbedingt noch San Juan de Ortega erreichen, um im dortigen Kloster ein warmes und trockenes Nachtquartier zu beziehen.

Als sie wieder im Wagen sitzen, die dicken Decken aus zusammengenähtem Hasenfell bis zum Kinn gezogen, beginnt Aliénor zu erzählen. »Womit soll ich anfangen?«, fragt sie. Ja, womit? Mit ihrer Geburt vielleicht? Ihren Eltern, der Familie, den Vorfahren? Und dann weiß sie es. Sie wird beginnen mit dem, was ihr mehr als alles andere im Leben wichtig war: Aquitanien. Ihr Land. Ihre Seele. Sie lehnt sich in die Polster, zupft den Pelzring an ihrem Gebende zurecht, atmet tief die eisige Winterluft in die Lungen und findet dann endlich die ersten Worte.

»Was weißt du über Aquitanien, Blanche? Nicht viel, meinst du? Dann höre: Aquitanien ist ein großes, fruchtbares Land. Es erstreckt sich vom Fluss Loire im Norden bis zum Pyrenäengebirge im Süden, von der Küste des Meeres im Westen bis zu den himmelhohen Bergen in der Mitte Frankreichs. Das Reich war seit jeher so bedeutend, dass seine Herrscher eher für Könige als für Herzöge gehalten wurden. Es ist ein Land der Weinberge und der Kornfelder, der Seefahrer, Händler und Salzgärtner. Ein Land der Wälder, Felder und Wiesen, der Flüsse und reinen Quellen. Den Namen gaben ihm in alter Zeit die Römer wegen seines Wasserreichtums: Land der Wasser. Ihnen galt es damals als die reichste Provinz Galliens. Mein alter Bekannter Ralph von Diceto, Gott gönne ihm den angenehmsten Winkel der Hölle, hat es einmal so aufgeschrieben: ›Aquitanien fließt über von Reichtümern aller

Art, so dass es von alters her alle anderen Gegenden der westlichen Welt übertrifft.‹ Nun, zumindest in diesem Fall kann man ihm nicht widersprechen.«

»Und dort bist du geboren? Wohl im größten Palast, in der Hauptstadt?«, mutmaßt Blanche.

»Nein, nicht in Poitiers«, entgegnet Aliénor. »Ich kam in Belin zur Welt, einer halbwegs gemütlichen Burg in der Nähe von Bordeaux, als Tochter Wilhelms X., des Herzogs von Aquitanien, und seiner Ehefrau Aénor von Chatellerault ...«

»Von ihr habe ich gehört«, unterbricht Blanche aufgeregt. »Ihre Mutter soll ein ganz liederliches Frauenzimmer gewesen sein, sagt man, und dass ihre Hochzeit mit dem Herzog damals Anlass zu üblem Gerede gab ...« Sie beißt sich auf die Lippen.

»Vorsicht, Fräulein Vorlaut!« Aliénor wirft ihrer Enkelin einen scharfen Blick zu. »Wer hat dir das erzählt?«

»Mutter«, gibt Blanche kleinlaut zur Antwort. »Stimmt es denn nicht?«

Aliénor gibt einen kleinen ungnädigen Knurrlaut von sich. »Deine Mutter sollte ihre eigenen Vorfahren nicht schlechter machen, als sie waren.« Dann sieht sie das zerknirschte Gesicht ihrer Enkelin und seufzt. Ganz so unrecht hat die Kleine schließlich nicht. »Nun gut, es war wohl eine ziemlich anrüchige Ehe, das muss ich zugeben, aber davon später. Erst einmal das Grundsätzliche, damit alles seine Ordnung hat. Also. Es gibt viele Geschichten über die Dynastie der Herzöge von Aquitanien, die musst du nicht alle kennen. Nur so viel: Bei uns genossen die Frauen gemäß der alten römischen Tradition mehr Freiheiten als anderswo. Adelige Damen hatten es in Aquitanien nie schwer, Einfluss zu gewinnen und sich in öffentliche Angelegenheiten einzumischen. Töchter konnten erben, über Ländereien verfügen und regieren. Ich – und damit du, meine Kleine – habe Ahnfrauen, die in Rang und Stellung jedem Mann gleichkamen. Herzogin Emma oder Herzogin Agnes beispielsweise, die beide mit unfähigen oder treulosen Ehemännern fertigwurden oder diese verlassen haben, die an Stelle ihrer schwachen Gatten oder Kinder regiert und auf ihre Herrscherwürde gepocht haben. Das sollen deine Vorbilder sein, Blanche, so wie sie immer meine waren. Ihr Blut fließt in deinen Adern.«

»Aber von denen habe ich nie gehört, Grand-mère!« Blanche wirkt richtig empört.

»Siehst du! Das hätte dir deine Mutter erzählen sollen, nicht den ganzen anderen Unsinn.« Aliénor ist wütend auf ihre Tochter. Hat sie Leonor nicht eine ordentliche Erziehung angedeihen lassen, besser, als sie damals andere Mädchen von Adel bekamen? Und sie hat nicht einmal das Wissen über ihre Ahnfrauen weitergegeben? Ahi, da wird die kleine Blanche wohl noch manches nachholen müssen! Die alte Königin schnaubt kopfschüttelnd und erzählt dann weiter.

»Als ich geboren wurde, regierte noch mein Großvater, Wilhelm IX., den sie schon damals den Troubadour nannten. Sein Hof war der herrlichste, vornehmste und bedeutendste in ganz Frankreich. Ei, du denkst jetzt sicherlich, der Königshof zu Paris muss doch den in Poitiers übertroffen haben, aber das stimmt nicht. Aquitanien hatte zwar nach altem Herkommen der französischen Krone den Lehnseid zu leisten, aber das war nie mehr als eine Formalie. Man hat sich arrangiert. Der König war weit, und er tat gut daran, in Paris mit seinem Hintern den Thron schön warmzuhalten und sich ansonsten nicht einzumischen. Wer von den mächtigen Herzögen im Land nahm damals schon diese kleine Dynastie von Emporkömmlingen ernst, deren Söhne zu französischen Königen gewählt wurden? Aus dem einfachen Grund, weil sie wegen ihres spärlichen Eigenbesitzes und ihrer begrenzten Mittel für den Adel keinerlei Gefahr darstellten. Capet! Dass ich nicht lache, pflegte mein Großvater zu sagen. Denen gehört kein Tagwerk Acker außerhalb der Île de France, und wenn du die findest, dann pass auf, dass du nicht aus Versehen drübersteigst! Emporkömmlinge ohne ordentliche Ahnenreihe, keine Lebensart, kein Geld, kein Land. Gewählt – soll das ein Witz sein? Uns soll mal jemand versuchen zu wählen! Wir führen unseren erlauchten Stammbaum auf Karl den Großen zurück. Selbstverständlich regieren wir Aquitanien, wer auch sonst? Schließlich sind wir dafür geboren.«

Blanche ist beeindruckt. »Meine Mutter sagt, Herzog Wilhelm der Troubadour war berühmt in allen Landen!«

»Na immerhin! Da hat sie ausnahmsweise einmal recht«, brummt Aliénor. »Beim lieben Herrgott! Ich sehe meinen Großvater heute noch vor mir. Ein eindrucksvoller Mann, groß, wohlbeleibt und immer mit einem Scherz auf den Lippen. Sein Hof war das Herz Frankreichs, nicht die armselige Bleibe des Königs in Paris, die später zu meinem Heim werden sollte. Und während sich die Krone in allen Dingen der Kirche untergeordnet hatte, scherte sich mein Großvater nicht einen Mückenschiss um den Papst in Rom. Ha, vor allem nicht, wenn es um Frauen ging. Du musst wissen, dass die Heirat in früherer Zeit noch kein heiliges Sakrament war. Aber die Kirche hat damals versucht, sich die Hoheit über adelige Ehen zu erkämpfen, indem sie Ehen bis zum siebten Verwandtschaftsgrad untersagt hat und auch außereheliche Beziehungen, wie sie stets üblich waren, nicht anerkannte. Da hättest du deinen Ururgroßvater erleben sollen! Er war berühmt dafür, dass er tobte, bis er mit dem Kopf gegen die Wand rannte! Denn er und die Frauen, das war eine besondere Geschichte, weiß Gott! Und er war unfromm, schlug die Lehren der Bibel in den Wind. Du musst gar nicht so erschrocken dreinschauen, Kind, du wirst als Königin noch deine eigenen Kämpfe mit der Kirche bestreiten. Jedenfalls waren die Vergnügungen der Liebe das Einzige, was ihn im Leben wirklich angefochten hat. Unermüdlich war er auf der Jagd nach Abenteuern. Natürlich hatten es ihm auch das ritterliche Leben und der Krieg angetan, aber hauptsächlich waren es die Frauen, hinter denen er her war. Er war in zweiter Ehe verheiratet mit Philippa von Toulouse – über seine erste Frau weiß ich kaum etwas –, die ihm als Erbe Toulouse einbringen sollte. Allerdings wurde sie von ihrer Verwandtschaft um dieses Erbe betrogen, aber davon später. Philippa nun, obwohl sie ihm viele Kinder schenkte, wurde meinem Großvater bald zur Last, und er wandte sich einer Frau zu, die bereits einem anderen gehörte. Dangerosa nannten sie die Leute – die Gefährliche. In der Tat war sie so gefährlich, dass mein Großvater völlig den Kopf verlor und sie mir nichts dir nichts ihrem Gatten entführte. Was sie sich nur zu gerne gefallen ließ. Er hatte die Stirn, sie im neuerbauten Wohnturm der Burg von Poitiers einzuquartieren, genau vor den Augen seiner Frau. Ab diesem Zeitpunkt hieß sie La Maubergeonne, nach dem Namen des Turms.«

Blanche richtet sich triumphierend auf. »Also war sie doch ein liederliches Weib, wie meine Mutter gesagt hat.«

»Pah! Darüber steht deiner Mutter gar kein Urteil zu, und dir schon gar nicht, du naseweises Ding! Sie haben sich eben leidenschaftlich geliebt, die beiden!« Aliénor hebt beschwichtigend die Hände. »Natürlich war die ganze Sache zutiefst unanständig und gegen die guten Sitten. Und für Großmutter Philippa war es ein großes Unglück. Nachdem sie dem Treiben lange Zeit hilflos zugesehen hatte, flüchtete sie sich schließlich, weil weder Weinen noch Wüten etwas geholfen hatten, in den Schoß der Kirche. Sie ging ins Kloster, denn gegen einen liebestollen Ehemann ist nun einmal kein Kraut gewachsen, davon kann auch ich ein Liedchen singen, bei Gott! Sie war eine würdevolle Dame. Ich weiß noch, dass ihr Haar silbergrau war, und ihr Gang gebeugt. Sie litt still und stumm, denn sie liebte meinen Großvater sehr. Als Kind machte ich mir darüber keine Gedanken. Dangerosa mochte ich gern, sie war lebhaft, lachte und spielte mit mir und brachte mir vieles bei. Ich war gleich in zwiefacher Hinsicht ihre Enkelin: Mein Vater war der Sohn ihres Geliebten, des Herzogs, mit seiner rechtmäßigen Gattin Philippa, und meine Mutter war ihre eigene Tochter aus der immer noch bestehenden Ehe mit dem Grafen von Chatellerault. Das habe ich gemeint, als ich vorhin sagte, die Ehe meiner Eltern sei anrüchig. Das ganze Land hat sich das Maul darüber zerrissen, und die Vertreter der Kirche sahen mit scheelem Blick auf die Verbindung.«

»Und dein Vater?«, will Blanche wissen.

Aliénor lacht auf. »Ei, der hat sich gegen diese Ehe gewehrt wie ein Löwe, aber als er meine Mutter zum ersten Mal sah, war er von ihr so hingerissen, dass er allen Widerstand aufgab.«

»Dann hast du also all deine Schönheit von ihr?«

»Was weißt du wohl von meiner Schönheit?«, raunzt Aliénor. »Schau mich an: eine alte, vertrocknete Rosine bin ich!« Sie zieht eine Grimasse, und Blanche kichert. »Aber du hättest mich sehen sollen, als ich in deinem Alter war!«

Der Karren ruckelt und holpert – die Passhöhe ist überwunden, jetzt geht es schneller bergabwärts. Schon kommt die Raststation Atapuerca in Sicht, wo ein Halt eingeplant ist. Danach geht es über Agès nach San Juan de Ortega. Inzwischen ist es Abend geworden. In der Pilgerherberge des Klosters haben es die Reisenden gemütlich warm, die Frauen sitzen beim Kamin und löffeln hungrig den dicken Eintopf aus Graupen und Speck, den man ihnen vorsetzt. Danach lassen sich Blanche und Aliénor von den beiden Zofen für die Nacht herrichten. Als vornehme Gäste hat man ihnen ein eigenes Zimmerchen mit einer einigermaßen sauberen Bettstatt zugewiesen, und sobald Aliénor neben ihrer Enkelin auf dem glattgeklopften Strohsack liegt, fällt sie in einen tiefen, erschöpften Schlaf.

Talmont, Sommer 1130

»Gib das her!« Aliénor reißt ihrer Schwester Petronilla das buntbemalte Tonpüppchen aus der Hand.
»Meins«, heult Petronilla.
Die Kinderfrau eilt herbei, um zu schlichten. »Pfui, schämt euch«, schilt sie, »nehmt euch ein Beispiel an Aigret, seht, wie lieb er mit seinen Pferdchen spielt!«
Die beiden Mädchen blicken hinüber zum Bach, wo ihr zweijähriger Bruder unter der Trauerweide seine geschnitzten Rösser durchs Gras galoppieren lässt. Neben ihm die Mutter auf weichen Kissen, umgeben von ihren adeligen Frauen und Dienerinnen. Die Damen vergnügen sich mit Ratespielen, während ihre Männer auf der Jagd sind. Talmont ist Herzog Wilhelms liebstes Jagdschlösschen, hier lässt er seine Falken halten und verbringt angenehme Tage ohne viele Gedanken an das leidige Regieren. Manchmal, so wie jetzt, lässt er die ganze Familie mitkommen, was für einen Fürsten nicht selbstverständlich ist. Aber Wilhelm liebt seine Frau und seine Kinder und hat sie gerne so oft wie möglich um sich.
Aliénor und Petronilla laufen zu ihrer Mutter, um dem Schelten der Kinderfrau zu entgehen. Aénor nimmt die beiden lachend in die Arme und steckt Petronilla zum Trost eine kandierte Kirsche in den Mund. Eine glückliche junge Frau, die mit ihren kaum zweiundzwanzig Jahren bereits drei Kinder geboren hat und

schon wieder das nächste unter dem Herzen trägt. Sie stimmt ein Lied an, und einige der Frauen singen fröhlich mit. Wein und Ziegenkäse werden aufgetragen, honigtriefendes Gebäck und frisches Obst. Sofort umsummen die ersten Wespen die auf einem Tuch ausgebreiteten Leckereien, denn zu den Wirtschaftsgebäuden des Schlösschens gehört ein Schuppen, unter dessen Dach ein wildes Wespenvolk Heimat gefunden hat.

Aénor nimmt ihr Söhnchen auf den Schoß und gibt ihm ein Apfeltörtchen. Aigret stopft sich die Süßigkeit mit beiden Händen in den Mund und kaut mit vollen Backen, das Kinn verschmiert und triefend von Honig. Eine Wespe brummt heran und setzt sich auf seine Unterlippe. Aénor will sie gerade verscheuchen, da zuckt Aigret mit dem Kopf. Aénor schreit hell auf. Ein Stich am Ringfinger, man sieht die kleine Wunde und die Rötung drumherum. Eine Zofe taucht ihr Fazenettlein in die Weinkaraffe und wickelt es um den verletzten Finger. »Nicht so schlimm«, lacht Aénor. Doch das Lachen bleibt ihr schon im Halse stecken. Hand und Arm werden dick, auf der Haut bilden sich im Nu lauter kleine Quaddeln. »Es juckt überall«, krächzt die Herzogin, ja, krächzt, denn auch Hals und Gesicht schwellen auf, sie wird ganz blau. Schwindel erfasst sie, sie kippt hintüber, röchelt, ringt nach Luft. Die Hofdamen sind bestürzt, eine greift sich den kleinen Aigret, eine andere rennt mit wehenden Röcken zum Schloss, um den Leibarzt zu holen. Die Gräfin von Mauléon eilt zum nahen Teich, um Wasser zu holen. Die anderen öffnen Aénors Kleid, fächeln ihr Luft zu, tupfen ihr den kalten Schweiß von der Stirn. Stumm vor Entsetzen stehen Aliénor und ihre Schwester da und sehen zu, wie ihre Mutter zu einem unförmigen Ding anschwillt. Ihre Lippen sind zu Wülsten verformt, die Augenlider so dick, dass nur noch die Wimpernspitzen zu erkennen sind. Aigret piepst: »Warum ist Maman so dick?«, aber niemand gibt ihm Antwort, alle starren fassungslos die Herzogin an. Aénor ringt nach Luft, versucht verzweifelt, Atem zu holen. Es geht nicht. Ihre Arme und Beine zucken krampfartig, der Kopf ruckt hin und her. Und dann liegt sie still.

Als der Arzt kommt, ist die Herzogin von Aquitanien bereits tot.

Aus der fröhlichen Jagdpartie ist eine Trauergesellschaft geworden. Aigret hat noch nichts begriffen, aber die Mädchen wissen schon, was der Tod bedeutet. Und ohne die Herzogin gibt es keinen weiblichen Hofstaat mehr. Wo sollen da die Kinder hin?

Die Lösung ist Großmutter Philippa. Die andere, die Maubergeonne, hat sich gänzlich vom Hof zurückgezogen, damals, als Großvater Wilhelm gestorben ist. Philippa kommt also aus dem Kloster Fontevraud, das sie zu ihrem Witwensitz erkoren hatte, und bezieht mit den Kindern die Frauenkemenate der Festung Ombrière in Bordeaux.

Und hier geschieht das nächste Unglück. An einem Regentag im August entwischt der kleine Aigret aus der Kinderstube und begibt sich vorwitzig ganz alleine auf Erkundung. Er trabt über den Hof, wirft ein paar Steinchen in den mit Fliesen eingefassten Brunnen und huscht dann durch die Tür zum rechteckigen Bergfried, der aus der Südostecke der alten römischen Mauer herauswächst. Bis ganz nach oben steigt der Junge, ohne dass ihn jemand bemerkt. Im obersten Stock will er zum Fenster hinausschauen, aber es ist zu hoch. Da rückt er einen Scherenhocker unter das Sims und klettert hinauf. Ah, die Dächer von Bordeaux, so viele sind es! Und da, der Fluss, die Garonne! In weitem Bogen umfließt er die Stadt; kleine Wirbel an der Oberfläche zeigen an, dass die Flut von der Gironde her kommt, bis zu drei Ellen hoch macht sich der Unterschied der Gezeiten hier noch bemerkbar. Boote dümpeln an den Anlegestegen im Wasser, und zwei große Segler gleiten anmutig in Richtung Meer. Das Lachen der Möwen klingt so lustig, dass der Junge in die Hände klatscht, und siehe da, eine davon fliegt herbei und setzt sich über dem Fenster aufs Dach. Aigret lehnt sich weiter nach draußen, um den Vogel so besser sehen zu können, dreht den Kopf nach oben. Noch ein Stückchen schiebt sich der Junge nach vorne, und noch eins. Und dann verliert er das Gleichgewicht. Er schreit vor Schreck hell auf, rudert mit den Armen, aber seine Hände finden keinen Halt. Mit einem dumpfen Geräusch landet sein kleiner Körper auf dem steinigen Rasenstück zwischen Burgmauer und Wall. Erst am Abend, nach stundenlanger Suche, finden sie ihn.

Der junge Herzog, schon durch den Tod seiner jungen Frau gepeinigt, hat nun auch noch seinen einzigen Sohn und Erben verloren. Gott straft ihn. Die ganze Nacht hören ihn die Mädchen schluchzen und heulen. Und die beiden weinen aus tiefstem Herzen mit um das tote Brüderchen.

Von San Juan de Ortega nach Belorado
Ende Februar 1200

»Der Tod meines kleinen Bruders veränderte mein Leben«, erinnert sich Aliénor. »Jetzt war ich, mit meinen sechs Jahren, die Erbin der Herzogswürde. Mein Vater bemühte sich zwar bald um eine neue Ehe, aber sie kam dann doch nicht zustande, warum er letztendlich alleine blieb, weiß ich nicht. Vielleicht glaubte er, er habe noch viel Zeit. Vielleicht konnte er auch meine Mutter nicht vergessen, die er so sehr geliebt hat. Oder es lag an seiner Trägheit. Er hatte nicht viel von meinem Großvater. Der, ja der war ein Herzog, wie es keinen zweiten gab! Er focht und stritt, brüllte und tobte, lachte und soff, feierte prächtige Feste, sang und dichtete. Und er hatte so viele Liebschaften wie Spatzen auf den Dächern von Poitiers sitzen. Ich hing sehr an ihm, er trieb seine Späße mit mir, warf mich hoch in die Luft, ließ mich auf seinen Schultern reiten. Kurz bevor er starb, schenkte er mir einen wunderschönen, glitzernden Becher aus Bergkristall, den er im maurischen Spanien einem riesigen, furchteinflößenden Sarazenen abgejagt hatte, so erzählte er mir. Du weißt ja, Bergkristall ist steingewordenes Eis, nichts funkelt schöner im Sonnenlicht.« Aliénor lächelt. »In Wirklichkeit war der Becher ein Geschenk des Emirs von Saragossa. Ganz gleich, er war lange Zeit mein kostbarster Schatz.«

Blanche sitzt stumm da, in Gedanken versunken. Sie überlegt, dass auch sie ein Brüderchen verloren hat, Enrico. Er ist am Leibgrimmen gestorben, an mehr erinnert sie sich nicht, weiß nicht einmal mehr, wie er ausgesehen hat. Die Prinzessinnen wurden nicht zusammen mit den Prinzen erzogen, sie waren die meiste Zeit unter sich am Hof in Palencia. Sie hat auch kaum mitbekommen, als vor zehn Jahren ihr ältester Bruder Sancho tödlich verunglückt ist. Merkwürdig, denkt sie. Da hat man Brüder und kennt sie kaum. Dann wendet sie sich wieder Aliénor und ihrer Erzählung zu.

»Dein Vater, der Sohn des Troubadours – was war er für ein Mensch?« Sie kratzt sich am Hals, es waren doch Wanzen im Bett, letzte Nacht.

Aliénor überlegt. »Mein Vater hatte selten Zeit für mich, und wenn, dann war er meist traurig, sobald er mich anschaute. Es hieß damals, ich sähe meiner Mutter so ähnlich wie ein Ei dem anderen, und je älter ich wurde, desto größer wurde diese Ähnlichkeit. Weißt du, wir hatten beide dieses dichte, sanftgewellte Haar, dunkel und glänzend wie ein Rabenflügel. Heute sind meine Haare grau, jaja, du kannst es also nicht mehr sehen. Aber meine Augen, die siehst du: irgendetwas zwischen Blau und Grün. Es sind die Augen meiner Mutter. Aigret und Petronilla hingegen waren die Ebenbilder unseres Vaters, rotblond und braunäugig.«

Der Weg führt nun wieder aufwärts, hinein in die Montes de Oca. Die Gänseberge sind dicht bewaldet, und in der Finsternis dieser Wälder hausen Räuberbanden, die nur auf durchziehende Pilger oder Händler lauern. Aliénor lässt kurz halten und erteilt Anweisungen für den Ernstfall; sie ist zu Burgos schon vorgewarnt worden. Außerdem lässt sie sich zwei lange, spitze Dolche in den Karren reichen und gibt Blanche einen davon. »Gebrauche ihn, wenn es nötig wird«, sagt sie.

Blanche blickt unsicher drein. »Hast du schon einmal …?«, fragt sie.

Aliénor lacht trocken. »Einmal?« Sie merkt, dass das Mädchen Angst hat und winkt ab. »Wir haben doppelte Bewachung, Kind. Wenn diese Schnapphähne gescheit sind, halten sie sich von uns fern.«

Blanche ist beeindruckt. Dass sie sich im Notfall verteidigen soll wie ein Mann, das hat ihr noch nie jemand gesagt. Ihre Achtung vor Aliénor steigt ins Unermessliche. Wer weiß, wie viele Angreifer die Großmutter schon zur Strecke gebracht hat! Sie dreht den Dolch nachdenklich in ihrer Hand und überlegt dabei, ob sie wohl jemals eine ebenso streitbare Frau werden kann wie die alte Königin.

Der Wagen rollt voran, es beginnt, sachte zu nieseln. Im Wald ist es finster, dichte Baumkronen schirmen das Tageslicht ab. Nur das Schnobern der Pferde, das Rumpeln der Wagenräder und das Tropfen des stärker werdenden Regens sind zu hören. Die Waffenknechte reiten mit gespannter Aufmerksamkeit.

»Also, wo waren wir stehengeblieben?«, fragt Aliénor leichthin, um Blanche abzulenken. »Ah ja, mein Vater. Anders als mein Großvater war er nie ein Weiberheld. Er lebte ganz im Diesseits – die Kirche war ihm stets ein Dorn im Auge. Das liegt in der Familie, pah, ich kann die Pfaffen genauso wenig leiden. Mein Vater stritt sich mit seinen Bischöfen und unterstützte sogar damals diesen Antipapst, wie hieß er noch gleich? Ahi, man wird vergesslich. Nun ja, ich selber war in dieser Zeit mit anderen Dingen beschäftigt. Als zukünftige Herzogin von Aquitanien musste ich lernen, viel lernen. Der Erzbischof von Bordeaux wurde damit betraut, sich um meine Schulbildung zu kümmern, und das tat er denn auch mit großem Eifer. Er ordnete an, dass die Hofkapläne mir Lateinunterricht gaben. Hatte man mir vorher nur die üblichen Fertigkeiten einer adeligen Dame beigebracht – Nähen, Sticken, Spinnen, Weben –, so lernte ich nun auf bischöflichen Befehl alles, was man nötigenfalls zum Regieren brauchte. Ich ging zusammen mit einigen Jungen vom Adel in den Unterricht, was meine Großmutter sehr missbilligte. ›Sie wird ein Mannweib werden, wenn du das weiterhin zulässt!‹, fauchte sie meinen Vater einmal wütend an. Aber der grinste nur. ›Schau doch nur, das hübsche Ding‹, erwiderte er, ›ich wette, die wird später ganz bestimmt niemand für einen Kerl halten.‹ So lernte ich also alles über die Geschichte Aquitaniens und über ferne Länder, ich lernte wichtige Dinge über die Kriegskunst und die Staatskunst, über Handel und Gewerbe, Verwaltung und Steuern. Besonders gut gefiel mir die Wissenschaft der Astronomie; schnell konnte ich die wunderbaren Sternbilder benennen, die nachts so herrlich am Himmel funkelten. In Glaubensdingen bildete mich der Erzbischof selber aus, er war ein sanfter, geduldiger und kluger Mann, ein ehemaliger Eremit. Ich mochte ihn gern, aber wie mein Vater und Großvater blieb auch ich der Kirche gegenüber stets vorsichtig und nahm nicht alles an. Denn mehr als um den Glauben geht es der Kirche um Macht, auch das wirst du noch lernen.«

»Ich wollte, ich hätte auch so guten Unterricht bekommen wie du!« Blanche macht einen Schmollmund. »Dann wüsste ich viel mehr, und du würdest mich nicht für so dumm halten.«

»Papperlapapp! Du bist nicht dumm, Schätzchen. Du musst nur noch manches lernen. Und dazu hast du ja noch Zeit!« Aliénor tätschelt ihrer Enkelin die Hand.

»Mutter hat gemeint, Petronilla war dumm«, sagt Blanche vorsichtig.

Aliénors Blick wird dunkel. Gedankenverloren fährt sie sich durchs Haar. Dann lächelt sie traurig. »Petronilla, ja. Die war ein ganz besonderer Mensch. Ob sie dumm war? Das sagten viele, aber es stimmte nicht wirklich. Nun, zumindest nahm sie nicht gemeinsam mit mir am Unterricht teil. Das lag nicht etwa daran, dass sie zwei Jahre jünger war als ich, sondern weil sie einfach anders war. Sie konnte oder wollte nicht lernen, so genau wusste das keiner. Sie weigerte sich einfach. Überhaupt war sie sturer als eine ganze Herde Esel. Wenn sie etwas haben wollte, war sie durch nichts auf der Welt davon abzubringen. Sie konnte so aufbrausend sein, dass sie einem mit allen zehn Fingern ins Gesicht fuhr. Liebe Güte, du hättest sie erleben sollen, wenn sie wütend war! Erst heulte sie, dann tobte sie. Niemand konnte weinen so wie sie. Große dicke Tränen füllten dann ihre Augen und kullerten unaufhörlich über ihre Wangen wie ein Wasserfall. Sie konnte nicht gut denken, begriff oft nicht das Wesen der Dinge, und das wurde ihr mit den Jahren immer bewusster. Darunter litt sie und war oft enttäuscht von sich selber. Ich bin dumm, greinte sie dann, warum bin ich so dumm? Aber mir war das ganz egal, meine Schwester war mir das Liebste und Wichtigste auf Erden. Wir waren eine verschworene Gemeinschaft, ich hatte sie, sie hatte mich, wir hatten unsere Geheimnisse, und das war uns genug.«

Unbehelligt erreicht die Reisegesellschaft den höchsten Punkt der Oca-Berge, Valbuena. Man macht eine kurze Rast. Aliénor vertritt sich ein wenig die Füße, sie ist vom Sitzen ganz steif geworden. Die Zofen haben auf einem dicken Baumstumpf etwas zu Essen gerichtet, den würzigen Hartkäse, den es hier überall gibt, geräucherte Blutwurst und helles Brot, dazu ein bisschen Hutzelobst für die Verdauung der alten Königin, die manchmal Beschwerden macht. Vier Waffenknechte haben Posten bezogen, aber alles bleibt ruhig. So setzt man schließlich die Fahrt fort.

Ohne dass Blanche sie aufgefordert hätte, redet Aliénor weiter. Sie hat längst mit Verwunderung festgestellt, wie viel Freude ihr das Erzählen bereitet.

»Die ersten beiden Jahre nach dem Tod meiner Mutter verbrachte ich in Bordeaux. Dann wurde meine Großmutter krank und starb. An ihren Tod kann ich mich noch gut erinnern, denn sie nahm mir auf dem Sterbebett ein Versprechen ab. ›Du darfst Toulouse niemals aufgeben‹, sagte sie und packte meine Hand ganz fest. ›Es ist mein Erbe und damit auch deines. Vergiss das nie!‹ Ich musste ihr schwören, Toulouse zurückzugewinnen, sobald ich Herzogin sei oder mit einem Mann verheiratet, der in der Lage war, einen Krieg zu führen. Danach schlief sie ruhig und still ein, als hätte sie gewusst, dass sie sich auf mich verlassen konnte. Und tatsächlich habe ich meinen Schwur nie gebrochen. Dass ich Toulouse dann doch nie bekam, war wirklich nicht meine Schuld, sondern die meiner Ehemänner, Gott strafe sie. Du liebe Güte, wenn ich im Jenseits Großmutter Philippa wieder begegne – und das wird wohl nicht mehr allzu lang dauern –, werde ich ihr das wohl erklären müssen. Ich sehe sie schon vor mir, ein uraltes Weiblein mit Wangen wie knittriges Pergament, die Augen zu Schlitzen zusammengekniffen und den Zeigefinger missbilligend erhoben.«

Blanche kichert, und Aliénor fällt mit ein. Dann wird sie wieder ernst. »Nach Großmutter Philippas Tod beschloss mein Vater, der damals die meiste Zeit in Poitiers verbrachte, uns zu sich zu holen. Poitiers, meine Kleine, liegt auf der Grenze zwischen zwei unterschiedlichen Sprachen und Kulturen. Südlich davon spricht man die Langue d'Oc, nördlich die Langue d'Œil. Ich bin mit beiden Sprachen aufgewachsen. Sie haben zwar nur wenige Gemeinsamkeiten, aber als Kind lernt man ja gut. Lieber war mir immer das Okzitanische, es ist meine eigentliche Muttersprache geblieben, bis heute.«

Draußen knackt, rumpelt und poltert es, die beiden Frauen

fahren zusammen. Ein kleiner Aufruhr entsteht unter den bewaffneten Reitern, aber es war nur ein riesiger Hirsch, der durchs Gebüsch gebrochen ist und nun davongaloppiert, gefolgt von zwei kleineren Hirschkühen. Allgemeines Aufatmen, man beruhigt die Pferde, und schon geht es weiter.

»Ist es schön dort in Poitiers?«, will Blanche wissen.

»Lieber Himmel, ja!« Aliénors Augen blitzen wie die eines jungen Mädchens. »Stell dir vor: Poitiers ist auf einem Hügel erbaut, in einer Schlaufe des Flusses Clain. Der herzogliche Palast steht auf der höchsten Stelle dieses Hügels, im Zentrum der Stadt, die ja noch aus der Römerzeit stammt. Die Burg wurde in der Zeit der alten merowingischen Könige errichtet und hat einen wunderschönen Garten. Gleich in der Nähe des Palastes, am Marktplatz, steht die Kirche Notre-Dame-la-Grande, in die wir täglich zur Messe gingen. Petronilla hingegen fand die kleine Kirche Ste. Radegonde schöner, wo die Grabstätte der Heiligen Radegundis ist.«

»Ach ja!«, fällt Blanche ein. »Ich liebe ihre Legende! Sie war eine thüringische Prinzessin, die vor vielen hundert Jahren lebte. Der böse König Chlothar nahm sie einst gefangen und zwang sie zur Heirat. Aber als er schließlich ihren Bruder umbrachte, trotzte sie ihm, verließ ihn und gründete ein Kloster in Poitiers.«

»Siehst du, du weißt doch so manches!«, lobt Aliénor. »In ihrer Klosterkirche wurde sie dann bestattet, und Pilger strömen heute noch von nah und fern herbei, um zu ihr zu beten. Petronilla und ich stiegen oft die Stufen zur Krypta hinunter und legten Blumen auf ihren steinernen Sarkophag.«

»Durftet ihr denn so einfach den Palast verlassen? Ich und meine Geschwister mussten immer drinnen bleiben«, beschwert sich Blanche. »Das war so langweilig!«

»Nun ja, unser Vater war nicht so streng – oder er kümmerte sich nicht wirklich, ich weiß nicht mehr. Wir hatten schon manche Freiheiten.« Sie hält inne, überlegt. »Das war die Zeit, in der Petronilla immer dicker wurde. Während ich als Kind an allem herumpickte, aß sie mit Begeisterung alles, das hatte sie von Vater. Wenn es süße Sachen gab, konnte sie einfach nicht aufhören. Und sie wurde auch immer eigensinniger. Der einzige Mensch, von dem sie sich etwas sagen ließ, war ich. Ich glaube, ich war für sie immer

Ersatz für die Mutter, die sie schon so früh verloren hat.« Auch später war das noch so, denkt Aliénor. Und ich musste doch zu ihr halten, gegen alle Vernunft. Obwohl ich wusste, dass das, was sie in ihrem Starrsinn blind verlangte, Schlimmes nach sich ziehen würde. Ich wollte einfach nur ihr Glück ... aber wie so oft, habe ich es wohl verkehrt gemacht.

Während Aliénor erzählt, werden Blanches Lider immer schwerer. Die alte Königin merkt gar nicht, dass ihr Gegenüber eingeschlafen ist, sie redet einfach weiter. Von den Menschen, die sie damals umgeben haben: der Amme, den beiden Kinderfrauen, dem alten Stubenheizer. Den Kindern des Gärtners, mit denen sich so schön in den Büschen Verstecken spielen ließ. Den weithin berühmten Troubadours, die am Hof für Unterhaltung sorgten, den Gascognern Cercamon und Marcabru. Durch diese großen Künstler lernt sie das »gai saber« kennen, die fröhliche Kunst der Dichtung und der Musik. Sie spricht von den Kindern des Adels, die immer wieder bei Hof waren, von den Lehrern, von ihrem Beichtvater. Von ihren fünf Tanten, die jedes Weihnachts- und Osterfest bei Hof verbrachten. Und dann ist da noch einer, von dem sie erzählen müsste, aber die Worte wollen ihr nicht über die Lippen kommen. Vielleicht später, denkt sie. Vielleicht, wenn wir in Logroño sind oder in Puente la Reina. Wenn ich besser darauf vorbereitet bin. Wenn es weniger weh tut, trotz all der Zeit, die vergangen ist. Nur jetzt, jetzt noch nicht.

Erleichterte Rufe der Waffenknechte reißen sie aus ihren Gedanken. Sie haben den Weg durch den tiefen Taleinschnitt unbehelligt hinter sich gebracht, vor ihnen liegt Villafranca. Danach ist es ein leichter Weg nach Belorado. Nun merkt sie auch, dass ihre Enkelin schläft. So lehnt auch sie sich zurück in die Polster, sucht eine Weile nach der angenehmsten Fußstellung und schließt die Augen.

Troyes, am selben Tag

Graf Theobald von der Champagne, der dritte seines Namens, hockt nackt auf einer Holzbank in der städtischen Badstube. Genussvoll atmet er durch die Nase den kräutergeschwängerten Wasserdampf ein, der nach dem Aufguss des Baders von den heißen Steinen aufsteigt. Eine junge Magd im dünnen Hemdchen kniet vor ihm und schneidet ihm die Fußnägel, eine zweite massiert ihm den feisten Nacken. Der Schweiß fließt über die fleischigen Wangen des jungen Grafen, er blinzelt das Salz aus seinen runden, leicht hervortretenden Augen unter den schräg nach unten wachsenden Brauen. Mit der Zungenspitze leckt er sich einen Tropfen von den dicken, breiten Lippen, er sieht aus wie ein großer, weißhäutiger, trauriger Frosch.

Plötzlich öffnet sich die Tür zur Badstube, ein Mann in dunkler Kleidung tritt ein.

»Ich sagte doch, ich will nicht gestört werden«, knurrt der Graf ungnädig. Doch dann erkennt er in dem Störenfried seinen Notar Aiméry, der eine stete Verbindung zum Königshof in Paris unterhält. »Was gibt's?«, seufzt Theobald gottergeben.

Aiméry verbeugt sich. »Ich würde nicht stören, Herr, aber ich glaube, diese Sache duldet keinen Aufschub. Soll ich gleich hier …?« Er tupft sich mit dem Fazenettlein über die Stirn.

Theobald gibt ihm mit der Hand ein Zeichen, dass er fortfahren soll. »Geht«, befiehlt er dem Bader und seinen Mägden.

»Herr«, berichtet der Notar mit unterwürfiger Miene und von Dampf umwabert, »ich erfahre soeben von meinem Gewährsmann in Paris, dass die Friedensgespräche zwischen England und Frankreich offenbar schon viel länger im Gange sind, als wir wissen, und zwar seit November.«

»Ja, und?«

»So, wie es aussieht, hat man sich im November auch schon auf die wichtigsten Punkte geeinigt, ohne dass dies nach außen gedrungen wäre. Und eine der Hauptvereinbarungen dreht sich um den Abschluss einer Ehe zwischen dem Haus Plantagenet und dem Haus Capet.«

Theobalds Augen werden schmal. »Weiter!«

»König Philipp hat demnach beschlossen, seinen Sohn, den jungen Prinz Ludwig, mit einer Nichte des englischen Königs zu verheiraten. Genauer gesagt, mit einer Tochter seiner älteren Schwester, die mit dem König von Kastilien verheiratet ist.«

Der Graf springt mit einem Schrei auf und schleudert sein Leintuch zu Boden. »Das ist Wortbruch! Philipp, dieser Lügner, dieser Betrüger! Das lasse ich mir nicht bieten!«

Splitternackt stürmt er aus der Badstube, nimmt sich kaum Zeit, sich abzutrocknen und seine Sachen ordentlich anzuziehen.

Der unter seinen Kleidern längst nassgeschwitzte Notar folgt ihm eilig. »Wie ich aus zuverlässiger Quelle höre, ist für diese Verbindung bereits alles in die Wege geleitet. Königin Aliénor hat noch im Dezember ihren Alterssitz Fontevraud verlassen, um die Braut höchstpersönlich aus Kastilien abzuholen. Sie müsste inzwischen wohl in Burgos oder Palencia angekommen sein. Dies alles geschieht in höchster Geheimhaltung, um die Verhandlungen nicht zu gefährden.«

Theobalds Antwort besteht aus einem wütenden Zischen. Mit großen Schritten verlässt er die Badstube, aus seinen nassen Haaren sprühen die Tropfen. Draußen springt er auf seinen Fuchswallach und galoppiert davon in Richtung Burg. Seine Dienerschaft und der Notar Aiméry folgen ihm hastig nach.

In der Burg angekommen, nimmt der wütende Graf drei Stufen auf einmal auf der Stiege zu den fürstlichen Gemächern, wo, wie immer nach seinem vierteljährlichen Bad, eine kleine, aber feine Speisenfolge auf ihn wartet.

Er stößt die Tür so heftig auf, dass sie hinten mit lautem Krachen an der Wand anschlägt. Gräfin Blanca, mit der er seit einem knappen Jahr verheiratet ist, schreckt hoch. So bald hat sie noch nicht mit ihm gerechnet, sie ist immer noch bei der Morgentoilette und wollte gerade eine Mischung aus zerstoßenen Kichererbsen und Eiweiß auf ihr Gesicht auftragen. »So früh?«, fragt sie in ihrem spanisch gefärbten Französisch. »Ist dir nicht wohl, mi amor?«

Er gießt sich Wein in einen gläsernen Noppenbecher und trinkt ihn in einem Zug aus. »Nicht wohl?«, faucht er. »Ich könnte platzen vor Wut! Dieser Verräter! Dieser ...«

Sie steht auf und geht zu ihm. Bisher hat ihr Anblick ihren Gatten immer besänftigt. Sie ist eine schöne Frau mit ihrem langen, honigblonden Haar, der von Ampfersaft zartgepflegten Haut und den großen kohlschwarzen Augen der Fürstenfamilie von Navarra. »Lass mich teilhaben an deinen Sorgen«, sagt sie und zieht ihn neben sich auf eine Polsterbank.

»König Philipp hat sein Heiratsversprechen gebrochen!« Theobald brüllt beinahe. »Dabei war seit langer Zeit schon fest verabredet, dass sein Sohn meine Nichte Maria nimmt.«

Sie überlegt. »Die Tochter deines toten Bruders, der König von Jerusalem war?«

»Ja, die.« Theobalds älterer Bruder Heinrich hatte während des letzten Kreuzzugs die Witwe des Königs von Jerusalem zur Frau genommen und mit ihr zwei Mädchen gezeugt, Maria und Adela. Vor drei Jahren war derselbe Heinrich von einem hohen Turm in Akkon zu Tode gestürzt; ab da waren Heinrichs Töchter seine Mündel.

»Verdammt«, flucht der Graf, »seit Jahren habe ich auf Philipp eingeredet, habe ihm schmackhaft gemacht, wie vorteilhaft eine Verbindung mit der Champagne und der Titel des Königs von Jerusalem für seinen Sohn sei. Letzten Sommer hatte ich ihn endlich so weit. Du erinnerst dich, dass ich dich schon gebeten hatte, Maria aus dem Heiligen Land herzuholen, unter deine Damen aufzunehmen, damit sie eine ordentliche Erziehung erhält.«

»Und ich habe mit Freuden zugestimmt«, antwortet Blanca.

»Wir wären die Zieheltern der zukünftigen französischen Königin geworden«, ereifert sich Theobald. »Das Haus Champagne hätte damit so großes Ansehen gewonnen wie nie zuvor. Und höchsten Einfluss auf die Regierung Frankreichs. Wir wären zum bedeutendsten Adelsgeschlecht des Landes aufgestiegen. Und jetzt? Jetzt überlegt Philipp es sich anders, weil eine Ehe mit dem englischen Königshaus ihm vorteilhafter erscheint. Dieser wortbrüchige Lump!«

Die Gräfin schenkt ihrem zornigen Gatten vom Wein nach. »Und wen soll der Prinz stattdessen heiraten?«

Theobald stürzt den zweiten Becher hinunter. »Eine Nichte des englischen Königs. Seine Schwester Leonor ist die Frau König Alfonsos von Kastilien, eine ihrer Töchter soll es werden.«

»Was?« Blanca stößt einen Schwall spanischer Schimpfwörter aus. Jetzt ist sie mindestens genauso wütend wie ihr Gatte. Denn sie ist die Schwester des Königs von Navarra, und Alfonso von Kastilien ist dessen ärgster Feind. Seit langem liegen beide Länder unversöhnlich im Krieg miteinander. »Das hat Alfonso, der Hund, nicht verdient! Und außerdem: Eine kastilische Prinzessin als Königin von Frankreich wird das Haus Champagne schon deshalb mit Hass verfolgen, weil ich mit dir verheiratet bin, querido. Das bringt uns allen Unglück. Unsere Kinder werden niemals zu hohen Würden am Hof aufsteigen, und wir werden nur noch schlecht gelitten sein.«

»Du hast recht. Das ist das eine. Aber da gibt es noch etwas.« Theobalds Froschgesicht verzieht sich zur bösartigen Grimasse. »Wenn diese Verbindung zustande kommt, dann hat sie wieder einmal gewonnen. Die Hure, die Verräterin, das Scheusal!«

Blanca hebt fragend die Brauen. »Von wem redest du?«

Er steht auf und stampft wütend im Raum umher. »Von meiner lästerlichen Großmutter, Aliénor von Aquitanien. Die meinen Großvater schamlos betrogen hat und ihre Kinder verlassen. Die Frankreich heimtückisch verraten hat. Dieses Weib ist der Teufel! Gegen alle Gesetze von Natur und Menschen hat sie sich vergangen in ihrer Überheblichkeit und fleischlichen Gier. Und immer hat sie gesiegt über alle anderen. Die Hexe ist mit der Hölle im Bund, nichts und niemand kann ihr etwas anhaben. Glück und Erfolg scheinen an ihr zu kleben wie Honig. Und jetzt triumphiert sie erneut: Ihre Brut besteigt den Thron von Frankreich, denselben Thron, den sie selber besudelt hat mit dem Schmutz ihrer Bösartigkeit. Meine Mutter hat ihr Leben lang gelitten unter dieser Frau. Noch auf dem Sterbebett hat sie mir das Versprechen abgenommen, mich niemals mit ihr zu treffen und mich auch niemals mit ihr auszusöhnen.« Die Worte sind förmlich aus Theobald herausgesprudelt, er muss ein paarmal Luft holen, um wieder ruhiger zu werden.

Das hat Blanca alles auch schon gehört. Aliénor von Aquitanien scheint die Schlechtigkeit in Menschengestalt zu sein. »Wir müssen diese Verbindung also verhindern«, sagt Blanca ruhig und wählt eine Nuss aus der bereitgestellten Schale.

Er bläst die Backen auf. »Ach, und wie?«

Sie wirft die Nuss wieder hin. »Nun, ganz einfach: Indem wir dafür sorgen, dass die Braut nie in Frankreich ankommt.«

Er starrt sie an. »Du meinst ...«

Sie lächelt. »Deine Großmutter und die Prinzessin haben von Kastilien aus einen langen Weg vor sich. Da kann viel geschehen. Und Reisen ist gefährlich.«

Hinter Theobalds Stirn arbeitet es. »Aber das ist ...«

Sie seufzt. Herr, warum nur hast du nicht mich als Mann auf die Welt kommen lassen, und ihn als Weib, denkt sie. »Du könntest jemanden ausschicken. Jemanden, der sich auf solche ... Dinge versteht. Die Kleine aus dem Weg schafft.«

»Nun ja.« Er runzelt die Brauen, überlegt, geht ein paar Schritte hin und her. »Aber es muss wie ein Unfall aussehen. Sonst wird man sich fragen, wem ein Mord nützt, und dann ist es nicht weit bis zu dir und mir. Und wir wollen unsere Nichte schließlich auf dem Thron von Frankreich sehen.«

»Natürlich«, sagt sie. »Auf uns darf kein Verdacht fallen.«

Theobald reißt sich ein Hühnerbein ab und schlägt hungrig seine Zähne in das saftige Fleisch. »Kann das nicht dein Bruder für uns erledigen?«, fragt er kauend. »Die Alte und ihre Enkeltochter müssen schließlich durch Navarra, wenn sie nach Frankreich zurückwollen.«

Sie schiebt die Unterlippe vor. »Wir sollten uns nicht auf andere verlassen, mi amor. Ich kenne meinen Bruder Sancho, er ist für solche Dinge wenig geeignet.«

»Nun gut.« Der Graf klatscht in die fettigen Hände, ein Aufwarter erscheint.

»Geh und hol mir Guy de Valmort«, befiehlt der Graf.

»Dein alter Waffenmeister?«, fragt Blanca.

Theobald nickt. »Valmort hat mir das Kriegshandwerk beigebracht. Ich kenne ihn, seit ich auf der Welt bin, er ist der Mensch, dem ich am meisten vertraue.« Grinsend tätschelt er Blancas Wange. »Außer dir natürlich, mein Herz.«

»Versprich ihm guten Lohn«, erwidert sie. »Das ist oft besser als Vertrauen.« Dann geht sie zur Tür. »Ich werde einen schnellen Reiter mit einer Nachricht an meinen Bruder schicken.«

Kurze Zeit später betritt ein Mann mittleren Alters das Fürstengemach. Nichts an seinem Äußeren deutet darauf hin, dass er in seiner Jugend der beste Kämpfer der Grafschaft Champagne war. Er ist die Art Mensch, die man gern übersieht. Mittelgroß, nicht dick, nicht dünn, kurzes, graubraunes Haar, ein nichtssagendes Gesicht. Aber hinter seiner Unscheinbarkeit verbirgt sich ein schlauer Geist, und er ist der Grafenfamilie unbedingt ergeben.

»Ihr habt mich rufen lassen, Herr?«

Theobald von der Champagne tritt an seinen Waffenmeister heran und legt ihm wohlwollend den Arm um die Schulter. »Guy, mein Freund. Kommt, setzt Euch, nehmt vom Wein. Ich habe Euch holen lassen, weil ich weiß, dass Ihr dem Haus Champagne in unverbrüchlicher Treue verbunden seid.«

»So ist es«, nickt Valmort.

»Seid Ihr bereit, mir diese Treue zu beweisen?«

Der Waffenmeister sieht seinen Herrn mit entschlossenem Blick an. »Jederzeit, Herr.«

Theobald lächelt. »Dann habe ich eine Aufgabe für Euch.«

Noch am selben Tag reitet Guy de Valmort in höllischem Tempo aus der Burg, gefolgt von zwei weiteren Männern, die er als Helfer ausgewählt hat. Gestreckten Galopps geht es nach Westen. Sie wissen, was sie zu tun haben.

Poitiers, Ende Mai 1137

»Hier, hör dir das an!«
Die beiden Schwestern liegen bäuchlings auf dem großen Himmelbett in der blauen Schlafkammer des Maubergeon-Turmes. Im Kamin brennt ein Feuer, und die Kerzen spucken

heißes Wachs. Aliénor liest vor: »Da warn zwei Schwestern, jung und schön, die Männer beide fort, mit denen wollt ich schlafen gehen, am besten gleich sofort.«

Petronilla kichert. Sie weiß, dass Aliénor die Pergamente mit dem Text heimlich aus der Truhe ihres Vaters genommen hat, und dass die Zeilen, die sie vorliest, von ihrem Großvater stammen, dem Herzog Wilhelm. »Wieso will Großvater mit Dame Anne und Dame Eleanor zu Bett?«, fragt sie.

»Ei, weil man im Bett eben verbotene Sachen macht«, erklärt Aliénor geduldig. »Denk dir, da bleiben die drei dann eine ganze Woche!«

»Und warum?« Petronilla rollt ihre runden Augen. »Ist doch langweilig!«

Aliénor seufzt. Die kleine Schwester begreift einfach gar nichts.

Vor der Tür gibt es plötzlich Lärm, dann stürmt die Kinderfrau herein, gefolgt vom schweratmenden Erzbischof von Bordeaux und allen möglichen anderen Leuten. Hastig rafft Aliénor die Seiten mit dem schlüpfrigen Text zusammen und stopft sie unter ein Kissen. Da ist Gottfried von Loroux schon an ihrer Seite. Sein Gesicht ist ernst, er sieht tatsächlich so aus, als habe er geweint.

»Mein Herr Bischof«, ruft Aliénor, »was ist Euch denn?«

Er setzt sich umständlich zu den Mädchen aufs Bett. »Ihr guten Kinder«, schnauft er und putzt sich mit seinem fleckigen Fazenettlein die knollige Nase. »Ihr guten Kinder, ich habe schlimme Nachrichten für euch. Euer Vater, unser lieber Fürst, ist ganz plötzlich zu den Engeln ins Himmelreich eingegangen.«

Einen Augenblick lang versteht Aliénor nicht. Vor einigen Wochen ist ihr Vater auf Pilgerreise nach Santiago de Compostela aufgebrochen, da war er doch noch gesund und munter. Und er hat versprochen, vom Grab des Heiligen Jakob ein Geschenk mitzubringen, ein paar Ellen buntes spanisches Tuch für neue Ärmel, das hat sie sich gewünscht. Und nun? Langsam begreift die Dreizehnjährige die Wahrheit. »Vater ist tot?«, fragt sie mit ganz leiser Stimme. Petronilla fängt an zu schluchzen.

»Er ist beim Herrn«, antwortet der Erzbischof, die Hände fromm gefaltet. »Kurz vor dem Ziel hat ihn eine schwere Krankheit befallen.« Herr Gottfried verschweigt geflissentlich, dass der Herzog ganz unfürstlich an einer Fischvergiftung gestorben ist – ein wohl sinnfälliger Tod für einen Vielfraß. Sanft spricht der Bischof weiter. »Der Bote berichtet, euer Vater sei am Karfreitag gestorben, am Todestag Christi, versehen mit den heiligen Sakramenten. Der Erzbischof von Compostela hat Erlaubnis gegeben, dass er vor dem Hochaltar der großen Kathedrale bestattet wird, und so ist es geschehen.« Gottfried von Loroux tupft sich eine Träne aus dem linken Auge. Der Herzog war doch noch so jung, keine vierzig Jahre. Und was soll jetzt aus Aquitanien werden? Es gibt keinen männlichen Erben, nur diese beiden Mädchen, von denen eines nicht ganz richtig im Kopf ist. Himmel, hilf.

Auch Aliénor muss jetzt weinen. Sie hat nicht viel gehabt von ihrem Vater, der ja dauernd unterwegs oder mit dem Regieren beschäftigt war. Aber sie weiß, er hat sie und Petronilla geliebt und hat sie immer beschützt. Und nun liegt er kalt und tot in einem fernen Land.

Derweil kramt der Erzbischof etwas aus der Innentasche seines Umhangs. Es ist ein Brief. Der letzte Wille des Verstorbenen, zu öffnen und zu verlesen vor Aliénor, der Erbin des Titels und des Herzogtums. Mit lautem Knacken bricht das Siegel.

»*Wir, Hertzog Wilhelm von Aquitanien, von Gott dem Almechtigen auff die lezte Lager-Statt getzwungen, an die Groszen unsers Landes, die Bischöff und an unser hertzliebs Kindt Alinor. Hülff und Schutz des Herrn für euch immerdar. Uns ist nit mer vil Zeitt beschiden, die Stundt hat uns nach himmlisch Rathschluß geschlagen. So wölln wir denn noch richten, was zu richten ist. Dieweiln kein Sohn unß überleben wirdt, so fellt all unser Erb an unser ältest Töchterleyn. Das macht unß groszen Kummer, denn steht zu befürchthen, dasz ein jeglicher Ehrgeitzling vom Adel, nah und fern, sich nunmehro ihrer bemechtigen möcht, umb sie zum Weib zu nehmen und damit das Hertzogtum zu besitzen. Sie wär guthe Beutte für jeden Ritter, der nach Macht und Reichtumb strebet. Auch könnt unbillig Streitt und Kriegk derethalben entstehn. Nachdeme wir jedoch ihr Glück und das des Lands wünschen, wölln wir diesz nit zulaßen und gantz und gar verhindern. Darumb vertraun wir unser Tochter Alinor der Obhuth des ehrnfesten Königs Ludwig von Franckreich an, damit er sie alß ihr*

Muntwalt vor Unbill schützen und ihr ein Ehgatten bestimmen mög ...« Gottfried von Loroux hält inne und atmet einmal tief durch. Ja, das wird wohl die beste Lösung sein, denkt er. Denn auch er hat Angst vor Nachfolgekämpfen um das reiche Herzogtum, gepaart mit erbittertem Streit unter zahllosen Bewerbern um Aliénors Hand. Nicht zum ersten Mal würde in solcher Lage eine unschuldige Braut gewaltsam entführt und zur Ehe gezwungen. Oder sie würde von einem gewissenlosen Usurpator einfach umgebracht. Die Zeiten waren schwer und die Sitten rau. So aber hätte sie den mächtigen König von Frankreich zu ihrem Schutzherrn, und wer ihr ein Leids antat, würde mit schwerer Strafe rechnen müssen.

Der Erzbischof sieht Aliénor von der Seite an. Der Brief hat sie erneut zum Weinen gebracht, aber selbst mit rotverquollenen Augen sieht sie noch entzückend aus. Eigentlich merkwürdig, dass ihr Vater sie noch nicht verheiratet hat. Es war ihm bisher wohl keiner gut genug für sie. Nun ja. Diese Aufgabe würde jetzt der dicke Kapetinger übernehmen. »Mach dir keine Sorgen, Kind«, beschwichtigt der Erzbischof, »König Ludwig ist gütig und gerecht; er wird sich um dich kümmern.«

»Und ich?«, greint Petronilla. Wütend boxt sie in den blaugestreiften Pfulm, dass eine kleine Kuhle zurückbleibt. »Um mich kümmert sich nie einer!« Schon hat sie rote Flecken auf den Backen.

Der Erzbischof schiebt die Unterlippe vor und denkt kurz nach. Was tun mit diesem schwierigen Ding? Loroux hat nämlich inzwischen den Rest des Briefes kurz überflogen. Der sterbende Herzog hat Petronilla am Ende ausdrücklich vom Erbe ausgeschlossen, wegen *sonderlicher Eynfachheit des Geistes*. »Nun, Kleine«, sagt er mit süßer Stimme, »für dich könnten wir ein schönes, gemütliches Kloster finden. Eins, wo es dir gut gefällt und du ...«

Er verstummt abrupt, weil Petronilla aufgesprungen ist. »Ich will in kein Kloster!«, kreischt sie mit hochrotem Gesicht. Die Tränen kullern. Mit dem rechten Fuß tritt sie ein paarmal gegen den Bettpfosten und heult schließlich auch noch vor Schmerz. Aliénor packt ihre geballten Fäuste. »Du musst keine Angst haben, Schwesterchen. Ich lass dich nicht allein. Ganz gleich, was

geschieht, wir bleiben zusammen. Und ich will mich auch immer um dich kümmern. Ich versprech's dir.«
　Petronilla schnieft. »Hoch und heilig? Schwör's!«
　Aliénor hebt drei Finger in die Höhe. »Hoch und heilig.«

Paris, eine Woche später

In der Mitte der königlichen Kemenate im ersten Stock des Wohnturms steht ein riesiges Lotterbett mit Polstern, Pfulmen, Kissen und Decken aus weichem, grauem Kaninchenfell. Auf dem Bett liegt der dickste Mensch, den der Bote je gesehen hat. Mausfarbenes Haar umgibt in wirren Löckchen ein kugelrundes Mondgesicht mit Doppelkinn und Hängebacken, schlecht verborgen durch einen ungepflegten Bart. Arme und Beine sind so dick, dass sie noch im Liegen vom Körper abstehen, die Finger fette Wülste, an denen edelsteinbesetzte Ringe wie eingewachsen stecken. Das ist König Ludwig, genannt der Fette, und er verdient diesen Beinamen in vollem Umfang.

»Sire?« Der schnelle Reiter, staubig und müde vom langen Weg, wagt nur zu flüstern, denn dem lauten Schnarchen nach zu urteilen schläft die Majestät. »Sire?«

Ludwig fährt hoch, fuchtelt mit den Armen und reißt die Äuglein auf, die tief im Fett liegen. »Mon Dieu! Wer wagt es, mich so zu erschrecken?«

»Vergebung.« Der Bote verbeugt sich und streckt dem König ein versiegeltes Schreiben hin. »Aus Poitiers«, sagt er. »In dringender Angelegenheit.«

»Was kann schon so dringend sein«, grunzt Ludwig, setzt sich unter Ächzen und Stöhnen auf und nimmt das Pergament. »Glotz nicht«, fährt er den Boten an. »Hol lieber den Hofkaplan. Oder glaubst du vielleicht, ich kann lesen?«

Der Mann dreht sich auf dem Absatz um, und kurze Zeit später liest ein Geistlicher dem König den letzten Willen des Herzogs von Aquitanien vor, gefolgt von einem Brief des Erzbischofs von Bordeaux. Mit jedem Wort, das er hört, hellt sich Ludwigs Miene auf. »Geht«, sagt er am Ende ungewohnt freundlich zu dem jungen Kaplan, »und schickt mir meinen Sohn.«

Mühsam stemmt der König seinen massigen Körper von der Bettstatt hoch, tappt ein paarmal von einem Fuß auf den anderen, bis er das Gewicht gleichmäßig auf beide Beine verteilt hat. Dann nimmt er die beiden Gehstöcke, die stets an seinem Lager lehnen, und schleppt sich die kurze Strecke bis zum Fenster. Schnaufend stützt er sich auf den breiten Sims und sieht hinaus. Er schaut über den Fluss, der den Palast auf der mandelförmigen Île de la Cité umfließt, dann über die unzähligen Dächer der Stadt mit ihren rauchenden Schloten. Er erkennt, verstreut zwischen Weinbergen, die Kirchen Sainte Geneviève, Saint Victor und Saint-Germain-des-Prés. An die Kirchenbauten mit den zugehörigen theologischen Schulen schmiegen sich die winzigen Häuser und Holzbuden der Studenten. Hier die gebrechlichen Reste der alten Stadtmauer, dort die Grand Pont aus Stein, die die Altstadt mit dem neueren Händlerviertel verbindet. Am Stadtrand die Mühlen an der Seine, flankiert von Obstgärten. Überall verstreut sieht man immer noch Ruinen altrömischer Gebäude, überwuchert von Unkraut. Ludwig weiß, dass es im Sommer in der Stadt unerträglich ist. Gestank, Schwärme fetter schwarzer Fliegen, Unflat und Tierkadaver. Deshalb flüchtet der Hof im Juli und August gerne auf das Jagdschlösschen in Béthizy. Ludwigs Blick schweift schließlich nach Westen, weit über die Stadt hinaus, dorthin, wo gerade die Sonne über den Hügeln untergeht. Aquitanien! Wer hätte je gedacht, dass Herzog Wilhelm, dieses lebenspralle Mannsbild, vor seinem alten König in die Grube fährt! Ludwig fängt an zu kichern, sein Fett gerät in Bewegung, bis schließlich der ganze Körper zuckt und vibriert.

So findet ihn sein gleichnamiger Sohn vor, als er den Wohnraum im Westturm betritt. Der Junge ist gerade fünfzehn geworden und hat gottlob zumindest äußerlich nichts von seinem Vater. Ganz im Gegenteil, er ist schlank und hochgewachsen, die Leute nennen ihn sogar schön mit seinen hellblauen Augen und dem blonden Haarschopf. Nur die Nase ist viel zu groß für das sanfte, fast weiblich wirkende Gesicht. Der Junge beginnt, flacher zu atmen; wo sich sein Vater aufhält, riecht es immer nach Eiter, Kot und Urin. Das liegt an den Geschwüren, die sich zwischen den königlichen Bauchwülsten angesiedelt haben, und an der bösen Darmkrankheit, die ihn seit Jahren plagt. Gott hat sie ihm geschickt als Strafe für Trunksucht und Völlerei, denkt der junge Ludwig. »Mon père«, sagt er, »Ihr habt mich rufen lassen?«

Der König dreht sich um, immer noch schwer auf seine Krücken gestützt. Breitbeinig watschelt er zum Bett zurück und lässt sich schwerfällig darauf plumpsen. »Gute Neuigkeiten, Sohn«, grinst er und klatscht sich vor Freude auf die Schenkel. »Der Herzog von Aquitanien ist tot!«

Der junge Ludwig zuckt leicht zusammen. Wie kann sein Vater so unchristlich sein, über den Tod eines Menschen zu frohlocken, der nicht einmal sein Feind war! »Und darum sollte ich herkommen?«, fragt er stirnrunzelnd.

»Du kannst deine frommen Bücher ruhig einmal beiseitelegen, wenn ich dich rufen lasse«, entgegnet der König missmutig. Herrgott, warum muss der Bursche so eine Mönchsseele in sich haben! Ja, gut, er hat eine Erziehung in der Domschule Notre Dame hinter sich, eigentlich sollte er ja Bischof oder Abt werden. Sein älterer Bruder Philipp war für den Thron bestimmt, er für die Kirche. Doch als der Thronfolger eines Tages mit seinen Freunden an der Seine entlang zum Greve-Markt von Paris ritt, schoss ein teuflisches schwarzes Schwein aus einem Misthaufen am Kai und lief Philipps Pferd zwischen die Beine. Das Ross scheute, überschlug sich rückwärts und begrub seinen Reiter unter sich. Der Unglückliche starb noch am selben Tag. Da musste man eben Ludwig wieder an den Hof holen. An ihm hing schließlich die Nachfolge, und der alte König sah den eigenen Tod längst kommen. Der jüngere Prinz hatte sich nur ungern den Notwendigkeiten gefügt, aber es war kein anderer Sohn mehr da, der die Nachfolge im Reich hätte antreten können, um die Blutlinie fortzusetzen.

»Dir ist doch bewusst, dass du früher oder später heiraten musst?«, fragt der alte König jetzt in einem Tonfall, in dem man mit einem Kind spricht.

Der Prinz weicht dem Blick seines Vaters aus. »Müssen wir das ausgerechnet jetzt bereden?« Er hasst den bloßen Gedanken an eine Vermählung. Frauen tragen die Erbsünde in sich, sie verführen die frömmsten Männer zu sündigen Taten und wecken unkeusche, fleischliche Gelüste.

»Ja«, grollt der König, »das müssen wir genau jetzt bereden. Hör zu: Der verstorbene Herzog von Aquitanien hat keine männlichen Nachkommen. Nur zwei Töchter, die eine davon ist närrisch und braucht uns nicht zu kümmern. Die andere, Aliénor, ist in heiratsfähigem Alter. Wer sie nimmt, bekommt Aquitanien obendrauf. Das mächtige, reiche Aquitanien! Laut Testament ist diese Aliénor mein Mündel, und ich habe Auftrag, sie zu vermählen.« Ludwig klatscht in die Hände. »Und ich vermähle sie mit – dir! Was sagst du nun?«

Der Prinz scheint in sich zusammenzufallen. »Vater, Ihr wisst doch ...«

»Nein, ich weiß nicht!« Dem wütenden König entfährt lautstark eine Flatulenz, sofort verbreitet sich fauliger Gestank um ihn. »Mein Gott, was ist bloß mit dir los? Bist du kein Mann? Dein Bruder hätte so laut gejubelt, dass man es bis hinüber nach England gehört hätte! Die reichste Erbin Frankreichs, ach, was sage ich, der ganzen christlichen Welt! Jung und, wie man sagt, auch noch hübsch und ansehnlich! Und du?« Ludwig fuchtelt erbost mit beiden Armen. »Du, du ... du weißt nicht!« Himmel, denkt der König, wenn ich noch jünger und gesünder wäre, ich nähme mir noch ein Weib und zeugte neue Söhne!

»Ist denn Aquitanien so wichtig für das Reich?«, fragt der junge Ludwig trotzig.

»Herr, gib mir Geduld!« Der König hebt flehend die Hände zum Himmel. »Du weißt so gut wie ich, dass unsere Hausmacht begrenzt ist. Wir haben keine reichen Ländereien, keine große Zahl an Vasallen. Wir Kapetinger-Könige sind seit jeher vom guten Willen des Adels abhängig und stützen uns auf die Kirche. Mit Aquitanien könnten wir uns endlich aus dieser Abhängigkeit befreien. Wir müssten nie mehr mit dem Adel schachern, den Kirchenfürsten das Wort reden. Wir sind zwar gesalbte Könige, aber du weißt genau, für die alten Familien des Reichs sind wir immer noch eine Dynastie von Emporkömmlingen. Mit Aquitanien im

Rücken wären wir endlich ebenbürtig mit den Grafen von Blois und Champagne, den Herren in Flandern und der Bretagne und dem Grafen von Anjou und Herzog der Normandie. Und das alles durch eine klitzekleine, vergnügliche Hochzeit!«

Der junge Ludwig windet sich. »Lasst mir einfach noch ein wenig Zeit, Vater. Bitte.«

»Kommt überhaupt nicht in Frage«, brüllt der König. Gleich darauf legt er mit einem Aufstöhnen beide Hände auf den Leib. »Da hast du's! Jetzt plagen mich wieder die Bauchkrämpfe und ich kriege die Abweiche!« Er greift nach dem Fläschchen mit der öligen, übelschmeckenden Medizin, die immer auf einem Tischchen neben seinem Bett steht, und nimmt einen kräftigen Schluck. Dann lässt er sich müde in die Kissen sinken. »Das alles regt mich zu sehr auf, ich muss mich schonen. Ludwig, wir haben keine Zeit. Was geschieht, wenn ein anderer das Mädchen heiratet? Der Herzog der Normandie zum Beispiel! Glaubst du, wenn der halb Frankreich in seinem Besitz hat, wird er uns noch als Lehnsmann huldigen? Nein, mein Junge, er wird über kurz oder lang die Krone fordern. Genau das wird er tun! Ich bin schwach und krank, mein Sohn, sieh mich an: Lange wird mich der Hergott nicht mehr am Leben lassen. Und dann muss deine Herrschaft gefestigt sein. Der Tod Wilhelms von Aquitanien ist ein Glücksfall, an den ich niemals zu glauben gewagt habe. Und jetzt wirst du dieses Glück mit beiden Händen ergreifen. Du brichst gleich morgen früh auf nach Bordeaux und heiratest dieses Mädchen an Ort und Stelle. Ich gebe dir eine ordentliche Streitmacht mit, denn inzwischen haben wohl auch andere erfahren, dass Aquitanien zu haben ist.«

Der junge Prinz senkt den Kopf. Er ist nicht dumm. Natürlich versteht er die Beweggründe seines Vaters nur zu gut. Auch wenn es ihm nicht gefällt, es ist wohl Gottes Wille. »Ich werde tun, was meine Pflicht ist«, sagt er mit belegter Stimme.

»Nichts anderes habe ich von dir erwartet«, lächelt der König, erschöpft von dem langen Disput. »Nun geh mit Gott und hol dir Aquitanien.«

Sofort nachdem der junge Ludwig die Krankenstube verlassen hat, zieht es ihn in die Palastkapelle. Der Anblick des Kreuzes hat ihm stets Trost und Frieden geschenkt, und nach beidem sehnt er sich jetzt. Er kniet sich auf den harten, unebenen Steinboden und spricht ein stummes Gebet. Vater im Himmel, gib deinen Segen zu dieser Ehe. Hilf mir, dass die Schlechtigkeit des Weibes und die Verderbtheit seiner Seele mich nicht anficht.

Jemand legt dem Knienden von hinten die Hand auf die Schulter. Ludwig schaut auf, es ist der alte Abt von Saint Denis, sein Freund und Lehrmeister von Kindheit an. Suger ist ein schmächtiger Mann mit weißem Haarkranz um die Tonsur, eher klein und unauffällig, aber mit wachen, klaren Augen, die nie stillestehen. Er ist ein großer Denker; als wichtigster Berater der Königs lenkt er seit Jahren die Staatsgeschäfte. Trotz seiner niedrigen Geburt hat er dank seiner überragenden Klugheit den Aufstieg in höchste Kirchenämter geschafft. Vielleicht erklärt das seine kleine Schwäche für die Annehmlichkeiten des Lebens, gutes Essen, schöne Stoffe und edle Pferde. Und seine Neigung zur Macht.

Ludwig erhebt sich. »Ich soll heiraten!«, sagt er mit finsterer Miene. »Mein Vater hat es so beschlossen.«

»Das habe ich schon gehört«, lächelt Suger. »Dein Vater ist ein weiser Mann.«

»Ihr findet also, er hat recht?«

Suger weiß um die tiefe Frömmigkeit seines Zöglings. »Mein Sohn, du wurdest erzogen, ein Mann der Kirche zu sein. Man hat dir beigebracht, dass die Versuchung durch das Weib dein Seelenheil gefährdet. Inzwischen haben sich die Vorzeichen geändert. Deine Pflichten sind nun weltlicher Art, du wirst einmal König von Frankreich sein. Und dazu gehört es, sich eine Frau zu nehmen. Es wird dir nicht schaden, denn du hast ja noch kein Gelübde abgelegt. Und wenn du dich in der Ehe an die Regeln der Heiligen Mutter Kirche hältst, wirst du ein reines Gewissen vor Gott behalten.«

Ludwig ist durch diese Worte schon ein bisschen wohler. Aber ganz befreit ist er nicht von seinen Zweifeln. Und er hat ja noch nie Umgang mit einer Frau gehabt. Wie soll er diese Aquitanierin ansprechen, wie berühren, wie das Unaussprechliche mit ihr tun, wovor ihn seine christlichen Lehrer immer gewarnt haben?

Sugers Stimme reißt ihn aus seinen Gedanken. »Gott hat dich an

diesen Platz gestellt, mein Sohn. Er will, dass du als König die Geschicke Frankreichs lenkst. Das ist eine heilige Aufgabe. Lass die Zweifel fahren. Nimm Aquitanien und dieses Mädchen, auf dass deine Macht wachse und deine Nachkommen zahlreich werden.«
»Amen«, flüstert Ludwig.

Bordeaux, Juli 1137

Aliénor steht mit wehendem Schleier auf den Zinnen der Burgmauer. Seit einer Woche kommt sie jeden Morgen, wenn die Luft noch kühl ist und nach feuchtem Grün duftet, zum höchsten Aussichtspunkt der Ombrière, um nach Osten zu spähen. Sie ist unruhig, sie wartet voller Spannung auf ihren Bräutigam. Auf ihren Prinzen, von dem sie schon so viel gehört hat. Schön soll er sein, schlank und hochgewachsen. Freundlich und sanft. Und er ist gebildet, kann sogar Latein! Das hat ihr der Erzbischof von Bordeaux erzählt, der mit Ludwigs Lehrmeister bekannt ist, dem ehrwürdigen Suger. Der Abt von Saint Denis hat einen schnellen Reiter mit der Nachricht geschickt, der König habe entschieden, sie seinem eigenen Sohn zur Frau zu geben. »Ich werde Königin von Frankreich!«, hat sie gesungen, als sie die Botschaft hörte. Hat Petronillas Hände genommen und ist mit ihr um den großen Tisch in der Halle getanzt. Heiraten und über das ganze Land herrschen, das war der schönste Traum ihres Lebens, und bald würde er in Erfüllung gehen. Mein Ritter kommt mich holen! Das ist seither ihr erster Gedanke am Morgen und ihr letzter beim Schlafengehen. Wo er nur bleibt, denkt sie ungeduldig, als sie die Hände auf die rauen Mauersteine stützt und über die silbrig glänzenden Wasser der Garonne blickt. Warten ist noch nie ihre Stärke gewesen; der zukünftige Gemahl stellt ihre Geduld auf eine harte Probe.

Aber da! Ist dort nicht etwas Buntes? Eine Bewegung, ganz kurz nur? Ein Aufblitzen von Metall im Licht der aufgehenden Sonne?

Aliénor jauchzt hell auf. Sie kommen! Er kommt! »Petronilla«, ruft sie, »Petró, schnell! Da sind sie!«

Und tatsächlich galoppieren in der Ferne Reiter über die nebligen Hügel von Larmont, immer mehr und mehr, es mögen an die fünfhundert sein! Erst die Herolde und Standartenträger, dann die hohen Adeligen, dann die Ritterschaft, die einfachen Reiter und ganz hinten das Fußvolk. Packpferde werden am Zügel geführt, beladen mit tragbaren Küchen, Zelten, Vorräten, Geldsäcken, Geschenken. Als sie näher kommen, kann man vorne bunte Fahnen und Wimpel erkennen, die lustig in der Morgenbrise flattern.

»Das blau-goldene Banner, siehst du es?« Gottfried von Loroux ist hinter Aliénor getreten. »Da, gleich unterhalb des Weinbergs der Mönche von Sainte Croix! Das ist das Wappen des jungen Ludwig!«

Aliénor beschattet die Augen mit ihrer linken Hand. »Und all die anderen?«

Der Erzbischof lacht. »Alle kenne ich nicht. Aber da drüben, das sind die Fahnen der Grafen von Blois und Champagne, und dort, wenn ich recht sehe, wehen die Farben des Grafen Raoul von Vermandois, Seneschall von Frankreich. Und sieh nur die vielen Ritter! Das ist ja eher eine Streitmacht als eine Hochzeitseskorte!« Der König von Frankreich wollte wohl nichts dem Zufall überlassen, denkt Gottfried. Dazu war ihm der Erwerb von Aquitanien viel zu wichtig. »Ich werde gehen und anordnen, dass man Euren Bräutigam mit einem schönen Schifflein über die Garonne setzt.«

Aliénor beobachtet derweil aufgeregt, wie auf der Wiese entlang des Ufers bunte Zelte aufgebaut werden. In kurzer Zeit hat sich das Feld in eine kleine Zeltstadt verwandelt. Weil es keine Brücke über den Fluss gibt, warten die Ankömmlinge in Scharen auf Boote. Von überall her paddeln die Fischer und Fährleute heran, ein großes Durcheinander entsteht, Kähne stoßen aneinander, treiben in der Strömung ab, legen eng aneinander an. Und dann erspäht sie ihn endlich! Das muss er sein, der junge Prinz, ganz in Blau gekleidet auf einem stattlichen Schimmel. Die Silberbeschläge seines Sattels blitzen im Sonnenlicht. Ludwig steht in den Steigbügeln und deutet mit weit ausgestrecktem Arm in Richtung Fluss, aber sein Gesicht kann sie nicht erkennen, er ist viel zu weit weg. Himmel, denkt sie, ich bin doch gar nicht hergerichtet! Mit bauschenden Röcken läuft sie zur Treppe, die in die herzoglichen Gemächer führt. Sie muss sich schön machen lassen für ihren zukünftigen Gemahl! Er soll sie sehen und für sie sterben wollen!

Doch an diesem Tag trifft sie ihren Bräutigam nicht mehr, denn der empfängt in der Residenz des Bischofs erst einmal den aquitanischen Adel. Die politischen Geschäfte gehen vor. Doch für den nächsten Vormittag ist ein großartiges Bankett angekündigt, bei dem der junge Prinz und seine zukünftige Frau einander vorgestellt werden sollen.

Die ganze Nacht hat Aliénor kaum geschlafen. Sie hat überlegt, welches Kleid sie tragen soll. Ob sie lieber die kleinen goldenen Ohrringe ihrer Großmutter Philippa oder doch die großen Saphirhänger wählen soll, die sie von ihrer Mutter geerbt hat. Ob züchtige Zöpfe ihr beim ersten Treffen besser anstehen oder lieber hochgestecktes Haar mit gedrehten Schnecken um die Ohren. Sie hat sich ausgemalt, was sie zu Ludwig sagen wird, wie sie ihn anlächeln, anmutig den Kopf neigen, ihm die Hand reichen will.

Und dann steht sie vor ihm. Sie hat den flammenfarbenen Bliaut gewählt, mit engem Oberteil, weiten Trompetenärmeln und langer Schleppe. Ihr Haar fließt offen und glatt über den Rücken, am Oberkopf gehalten von einem schmalen goldenen Reif. Sie hat sich die Lippen gefärbt und einen leichten Kohleschatten um die Augen gelegt. So schön fühlt sie sich, so stolz, so begehrenswert! Lächelnd sieht sie zu ihrem Prinzen auf. Er ist größer, als sie dachte, sie geht ihm nur bis zur Schulter. Sein blondes Haar ist in der Mitte gescheitelt und fällt ihm lang bis auf die Schultern. Sogar seine Wimpern und Brauen sind blond. Nun ja, er ist hübsch, aber sehr männlich wirkt er nicht. »Seid mir willkommen hier zu Bordeaux, mein Prinz!«, sagt sie – und im selben Augenblick hätte sie sich ohrfeigen können. Sie hat doch tatsächlich okzitanisch gesprochen. Er kann sie gar nicht verstehen. Sie wird rot, wiederholt den Satz in der Langue d'Œil. Jetzt endlich muss er doch zurücklächeln. Aber er sagt nur mit eigentümlich leiser Stimme: »Dank Euch, Herrin Aliénor. Ich schätze mich glücklich, Euch kennenzulernen.« Ahi, vermutlich ist er einfach schüchtern. Und dann gehen sie Seite an Seite hinein in die große Halle und nehmen in der Mitte der Tafel Platz. Alles von Rang und Namen ist in diesem Raum versammelt, fast der gesamte Adel des Herzogtums: Ventadour, Lusignan, Chateauroux, Auvergne, Thouars, Perigord, Parthenay, Armagnac. Dazu die Gäste aus der französischen Ritterschaft. Aber Aliénor sieht nur Ludwig Capet.

»Er ist hübsch«, flüstert ihr Petronilla zu, die neben ihr sitzt. »Bis auf die Nase!«

Die Mädchen kichern. Tatsächlich war des Prinzen weithin bekannte Hakennase in den letzten Wochen oft Gesprächsthema im Frauenzimmer. Ludwig merkt natürlich, dass die beiden über ihn lachen. Hilfesuchend schaut er sich um; ein Lakai, der hinter ihm steht, versteht den Blick als Aufforderung und bietet ihm beflissen das Handwaschbecken dar. Dem Prinzen bleibt nichts anderes übrig, als die sauberen Hände hineinzutauchen und dann am Tischtuch abzutrocknen. Die Mädchen kichern noch mehr. Rote Flecken bilden sich auf Ludwigs blassen Wangen. Bevor die Situation noch peinlicher wird, tippt Gottfried von Loroux Aliénor aufmunternd auf die Schulter. Sie hat jetzt ihre Rolle als Gastgeberin zu spielen und das Bankett zu eröffnen. Also erhebt sie sich und klatscht mehrmals in die Hände. Die Aufträger bringen auf riesigen silbernen Tabletts das Beste und Edelste herein, was das Land zu bieten hat: Hummer und Austern, gesottenen Seefisch, Krebse und Garnelen, Muscheln in allen Größen und Formen. Raffiniert gewürzte Spatzen und Finken, knusprige Enten, Gänse, sogar Kraniche. Einen schönen gebratenen Schwan, geschmückt mit Blumen und Ranken. Ganze, am Spieß gegrillte Ferkel. Hirschleber, Hasenrücken und Rehschulter. Dazu Soßen aus eingedicktem Obstsaft, Tunken mit Baumöl, Knoblauch und Kräutern, Marinaden aus Essig und Honig. Überall auf den Tischen stehen Näpfchen mit feinem grauem Meersalz, einem der vielen Reichtümer des Landes. Man kann es sich leisten, bei Tisch nachzusalzen.

Gang um Gang wird hereingetragen, dazu lässt der Mundschenk den schweren, süffigen Rotwein der Gegend um Bordeaux eingießen, der seinesgleichen sucht und übers Meer bis nach England exportiert wird. Die Stimmung unter den Gästen ist heiter, und Aliénor erweist sich als gewandte Gastgeberin. Selbstsicher steht sie der hohen Tafel vor, gibt Anweisungen, schickt Diener mit besonderen Leckerbissen zu den vornehmen Gästen, mit der Bitte, sie mögen ihr die Ehre antun zu kosten. Sie lässt kleine Jungen mit Waschschüsseln und Tüchern herumgehen, und das Wasser wird bald ölig und schmutzig von den vielen Händen, die hineingetaucht werden. Sie winkt die Joglare und Akrobaten herein, klatscht Beifall, wo es angebracht ist. Sie teilt mit ihrem Essmesser Fleischstücke geschickt in kleine Brocken und füttert damit ihren Bräutigam, wie es gute Sitte ist. Sie isst zierlich mit nur drei Fingern, kaut mit geschlossenem Mund, wischt sich immer wieder mit dem Ärmel das Fett vom Kinn. Bei solch einem Fest ist sie in ihrem Element, so ist sie aufgewachsen. Das Feiern liegt ihr im Blut.

»Welche Musik hört Ihr gern?«, fragt sie Ludwig, der stumm neben ihr sitzt und dem Treiben zusieht. Der antwortet freundlich: »Ich liebe Choräle und Kirchenlieder. Nirgendwo sonst findet sich solch wunderbare Harmonie. Mögt Ihr das Te Deum?«

»Natürlich«, erwidert sie. Was soll die Frage? Wer soll das Te Deum nicht mögen? Es gehört zur Messe. »Aber ich wollte eigentlich wissen, welche Lieder ich für Euch bei den Troubadouren bestellen soll.«

Er wirkt verunsichert. »Wie meint Ihr?«

»Ei, unsere Troubadoure hier im Süden schreiben Gedichte und singen sie vor. Sie handeln zumeist von der Liebe. Das ist herrlich!«

»Oh!« Er runzelt die Stirn. »Dann bestellt doch einfach, was Euch gefällt.«

Das tut sie denn auch. Die großen Künstler Marcabru und Cercamon sind eigens aus Narbonne gekommen, um dem Brautpaar die Ehre zu erweisen. Sie tragen sogar gemeinsam vor, das war noch nie da! Aliénor klatscht und singt manche Verse auswendig mit. Ihre Augen leuchten, die Wangen sind glücksgerötet. Ludwig wagt kaum, zu ihr hinüberzuschauen. Für ihn ist es gänzlich neu, eine Frau so ausgelassen zu sehen, so ... unzüchtig. Natürlich bemerkt sie Ludwigs Blicke, und sie genießt es. Als schließlich irgendwann Harfe und Flöte die Melodie für einen langsamen Reigen anstimmen, legt sie die Hand auf seinen Arm. »Lasst uns doch tanzen, Prinz!«

Abt Suger, der neben Ludwig sitzt, hat sich plötzlich verschluckt und hustet in einen Zipfel des Tischtuchs. Der Prinz wirft ihm einen verzweifelten Blick zu. Er räuspert sich. »Ich ... äh, nun ... also, ich kann nicht tanzen.«

»Ach!« Aliénor ist enttäuscht.

»Am Königshof zu Paris ist das nicht ... üblich.«

Sie hebt verwundert die Augenbrauen. Das wird sich schon ändern, denkt sie, wenn ich erst dort bin. »Soll ich es Euch beibringen? Das Tanzen, meine ich. Ich versichere Euch, es ist sehr ergötzlich.«

Er schüttelt verlegen den Kopf. »Solche Kurzweil ist wenig gottgefällig. Und zu Paris versuchen wir, den Ruhm Gottes als Herrscher zu mehren.«

Es stimmt tatsächlich, denkt sie. Die im Norden führen ein ernstes Leben. Sie weiß nicht recht, was sie davon halten soll. Aber sie will freundlich sein zu ihrem Prinzen. Also lächelt sie und sagt: »Es ist wohl ein gutes Beispiel für alle Fürsten der Welt, fromm und ehrenfest nach den Gesetzen des Herrn zu leben.«

Seine Miene hellt sich auf. Er will ihr erzählen, dass er täglich in den Psaltern liest und gerne den Chor in Notre Dame dirigiert, doch noch bevor er dazu kommt, springt die Vizegräfin von Narbonne auf und zieht Aliénor mit sich. Die Spielleute geben einen fröhlichen Reigen zum Besten, und es hält die Gäste nicht mehr auf ihren Plätzen. Beifall erklingt, als sich die zukünftige Braut unter die Tänzer mischt.

Während sie sich leichtfüßig im Rhythmus bewegt, folgen ihr seine Blicke wie kleine Hündchen. »Er betet Euch jetzt schon an«, flüstert ihr die Gräfin von Ventadour augenzwinkernd zu. Aliénor wiegt sich im Takt der Musik hin und her. Sie ist sich ihrer Wirkung auf Ludwig bewusst. Er wird mich lieben, denkt sie. Und ich ihn. Oder nicht? Nun ja, er ist ein bisschen still. Um nicht zu sagen, langweilig. Aber so sind wohl die Franzosen. Zurückhaltend und ernst, nicht so heißblütig und temperamentvoll wie die Aquitanier. Man sieht ja auch, wie sie sich kleiden: keine Troddeln und Bänder, keine Schlitze im Stoff, keine bunten Farben. Zurückhaltend eben.

Sie setzt sich wieder, ein bisschen außer Atem, die Haare in Unordnung. Der Prinz wagt es und steckt ihr höflich mit zwei

Fingern eine Süßigkeit in den Mund. Sie flüstert ihm etwas ins Ohr und legt ihm dabei die Hand auf die Brust. Weiter unten am Tisch hat man die Geste bemerkt, und der aquitanische Adel beklatscht die kleine Vertraulichkeit begeistert.

Das Fest wird immer ausgelassener. Eine ganze Zwergenfamilie tritt auf, gibt komische Sprüche zum Besten und macht spaßige Verrenkungen. Einer von Aliénors Hofnarren mit Schellen und Glöckchen am Kostüm und einem Federbausch auf dem Kopf hüpft herum, setzt sich den Damen auf den Schoß und erzählt derbe Witze. Der ganze Saal brüllt – mit Ausnahme der französischen Gäste, die zwar höflich mitlachen, sich aber vielsagende Blicke zuwerfen. Überhaupt waren sie bisher eher reserviert, das fällt sogar Aliénor auf. Sie befiehlt den Aufwartern, den Fremden mehr Wein zu kredenzen, und trinkt auch ihrem Prinzen immer wieder zu. Ludwig ist kein großer Trinker, aber aus Höflichkeit darf er sich natürlich nicht verweigern. Der Wein fährt ihm in die Glieder, bald schwirrt ihm der Kopf.

Am Ende kommen die Troubadoure noch einmal in den Saal. Als besonderes Geschenk für die junge Herzogin für Aquitanien und ihren Bräutigam, so verkündet der alte Cercamon, würden er und Marcabru nun einige Lieder ihres verstorbenen Großvaters zum Besten geben. Die Franzosen klatschen zurückhaltend, die Aquitanier jubeln. Sie wissen, was kommt. Schlüpfrige Verse, anzügliche Reime, heißblütige Liebesschwüre. Man klopft sich auf die Schenkel, brüllt vor Lachen, ein paar weinselige Junker vom Adel springen auf den Tisch und singen aus voller Kehle mit. Adèle von Lusignan greift sich einen Schellenring und tanzt im Kreis, gefolgt von weiteren Damen und Herren, die einander mit Blicken verschlingen, ja sogar schamlos anfassen. Die Stimmung ist auf dem Höhepunkt – allerdings nicht bei den Franzosen, die gezwungenermaßen mitklatschen und mitlächeln, aber keine Anstalten machen, sich dem Tanz anzuschließen. Der Bischof von Bordeaux, der auch Ludwigs Unbehagen bemerkt hat, gibt Aliénor ein Zeichen, die Feier zu beenden.

Danach geht alles zu Bett. Aliénor ist trunken vor Glück. Was für ein Fest! Welch ein denkwürdiger Tag! Beschwingt geht die zukünftige Königin von Frankreich durch die kienspanerleuchteten Gänge in die Frauenkemenate, gefolgt von einer todmüden Petronilla und etlichen Zofen. Sie breitet die Arme aus und lässt sich ausziehen. »Du, der hat Augen gemacht die ganze Zeit! Ein bisschen still, aber ich glaube, der ist so recht sanft und gut«, flüstert Petronilla ihr zu. Sie runzelt die Stirn. Kann schon sein, denkt sie, aber soll ihr zukünftiger Ehemann, der König von Frankreich, sanft und gut sein? Ach, einen, der sie sofort in seine Arme reißt, sie in die Schlafkammer entführt, so, wie ihr Großvater die Maubergeonne entführt hat, den hätte sie sich erträumt. Das wäre ein richtiger Mann gewesen, an dessen Seite sie hätte leben wollen. Stattdessen hat sie jetzt einen großen Schweiger, der nicht tanzt. Aber sie ist nicht dumm. Sie weiß, dass die Liebe, von der die Troubadoure singen, ein Ding ist, das es gar nicht wirklich gibt. Sie weiß, dass adelige Mädchen eben verheiratet werden, ohne dass sie sich aussuchen können, mit wem. Das war schon immer so. Da geht es um Land und Macht und Herrschaft. Aber irgendwo in ihrem Kopf – oder in ihrem Herzen – war da stets die Überzeugung, das träfe für alle anderen zu, nur nicht auf sie selbst. Sie war doch die schöne junge Fürstentochter, gehätschelt und immer im Glück! Eines Tages würde sie einen Prinzen bekommen, der all das verkörperte, was sie sich wünschte. Der jung war und schön, und der sie liebte.

Nun hat sie Ludwig kennengelernt, und sie glaubt wohl, dass er sich in sie verliebt hat. Aber was ist mit ihr? Während die Zofen ihr Haar entwirren, mit duftendem Lavendelöl kämmen und zum Nachtzopf flechten, forscht sie in ihrem Inneren nach irgendeinem Gefühl. Sie findet es nicht. Aber es wird schon noch kommen, mit der Zeit. So sagt man doch. Getröstet in dieser Hoffnung begibt sich Aliénor zu Bett.

Ludwig

Man hat mir gesagt, sie sei schön. Also habe ich mich gefasst gemacht auf ein engelhaftes Wesen, ein Mädchen von himmlischem Liebreiz und züchtiger Sittsamkeit. Zart, blond, helläugig, mit liebreizendem Lächeln, makellos weißer Haut und leiser, sanfter Stimme. So, wie sich eben jeder heute eine schöne Dame vorstellt. Ich habe erwartet, dass dieses Wesen, wie es sich ziemt, die meiste Zeit schweigt, die Augen beim Anblick eines Mannes niederschlägt und in allen Dingen schamhaft Zurückhaltung übt. Und dann – sie! Langes, honigbraunes Haar, das sich in seiner Fülle kaum bändigen lässt. Die blauesten Augen der Welt, weit auseinanderstehend unter dichten, geraden Brauen, keinesfalls zu Schwalbenschwingen gezupft. Olivfarbene Sonnenhaut wie ein Landmädchen. Ein Mund mit fast anstößig üppigen Lippen, der viel zu viel lacht und redet und lacht und redet. Nein, sie ist nicht wirklich schön, so, wie es das Herkommen lehrt, wie es die Alten es preisen. Sie hat ein großes dunkles Muttermal auf der Oberlippe, das jedes andere Gesicht entstellen würde. Aber sie, sie trägt es wie ein Schmuckstück. Alle Schönheit der Heiligen, die ich bisher aus den Bildern meiner frommen Bücher kennengelernt habe, ist einförmig und ausdruckslos gegen dieses eigenwillige Gesicht. Sie geht mir kaum bis zur Schulter, aber als ich sie sah, habe ich mich klein gefühlt wie ein Zwerg. Ich könnte mich ohrfeigen. Mir ist den ganzen Abend nichts eingefallen, mit dem ich ihre Aufmerksamkeit hätte erringen können. Zu Paris behandeln mich alle Untertanen mit dem gebührenden Respekt – aber diese Aquitanierin hat über mich gelacht. Und das Lachen, das haben mich die Mönche gelehrt, ist des Teufels.

Nie habe ich eine Ehe erstrebt. Kein Mann kann ein gottgefälliges Leben führen, wenn er Umgang mit Weibern hat. Ich war stets davon überzeugt, dass die Keuschheit ein hohes Gut ist. Sogar als mein Vater mir befohlen hat zu heiraten, dachte ich noch, ich könne zumindest in der Seele keusch bleiben. Keine Liebe darf die Liebe zu Gott stören, kein Begehren einem Mann wichtiger sein als Sitte und Anstand. Ich hatte mir vorgenommen, dieses

Mädchen in frommer Gleichgültigkeit zu heiraten. Mit ihr zu tun, was zu tun ist, ohne dass es mich wirklich kümmert. Mit ihr Umgang zu haben, so, wie man auch andere Pflichten erfüllt, wie sein Pferd zu füttern, zum Abtritt zu gehen oder Nahrung zu sich zu nehmen.

Und nun weiß ich nicht mehr, wie ich das glauben konnte. Bin ich ein Stallbursche, ein Bauernkerl, ein Lotterbube? Kann der Anblick eines Weibes einen Mann, der sich einstmals der Kirche verschrieben hat, in solch blanke Verwirrung stürzen? Allein ihr Ausschnitt, so tief bis auf den Ansatz ihrer kleinen Brüste, war eine blanke Schamlosigkeit. In Paris würde keine Studentenhure es wagen, solch ein Kleid zu tragen. Ich konnte nicht anders, ich musste meine Augen tiefer hinunterwandern lassen, dorthin, wo ihre spitzen kleinen Brustwarzen sich durch den dünnen Stoff ihres Kleides drückten. Es war mir unangenehm und doch wieder nicht. Oh, natürlich, ich kenne nächtliche Pollutionen. Das sind lässliche Sünden, Streiche, die einem Mann der Teufel spielt. Doch nie außerhalb des Schlafes war ich nicht mehr Herr über die Regungen meines Leibes. Ich befürchtete die ganze Feier über, ich könne es nicht verhindern, dass meine Säfte aus mir weichen. Jesus, habe ich gefleht, hilf mir. Und es kam noch schlimmer: Sie bewegt sich, wie ich es bei keiner Frau jemals gesehen habe. Wie eine Katze. Wie ein wunderschönes Tier. Geschmeidig, sanft, weich, ohne Scheu. Sie tanzt wie Eva im Paradies, als die Menschen noch keine Scham kannten. Und ich wünschte mir, sie würde mich umschlingen mit ihren biegsamen, schmiegsamen Armen und Beinen, mich einfangen, meinen Körper an den ihren pressen, mich aussaugen mit ihren Lippen. Gott!

Und sie hat mich außerdem dazu gebracht, zu viel Wein zu trinken. Mir war übel am Ende des Festes, und ich weiß nicht mehr, wie ich ins Bett kam. Die ganze Nacht träumte mir, sie hielte mich in ihren Armen.

Zwei Wochen haben wir inzwischen Zeit gehabt, uns näher kennenzulernen. Der Hof hat Jagdausflüge gemacht, Bootsfahrten auf der Garonne, Streifzüge durch die Weinberge. Auf meinen Wunsch hin haben wir miteinander Kirchen und Klöster besucht. Immer noch ist es hier so heiß, dass man es kaum ertragen kann. Schon auf dem Weg von Paris nach Bordeaux konnten wir die Gluthitze kaum aushalten, mussten nachts marschieren und tagsüber rasten. Und auch jetzt ist es noch unerträglich. Ich schwitze und stinke und schäme mich meiner Ausdünstungen. Ihr scheint der Sommer nichts auszumachen. Sie trägt leichte Kleider, unter denen man den Körper erahnen kann. Ihre Hand ist immer kühl. Sie scheint nie müde zu werden. Keck und ohne jede Bescheidenheit richtet sie das Wort an mich, als sei nicht ich derjenige, der sie durch eine Heirat erhöhen würde. Und dabei sieht sie mir geradewegs in die Augen, mir ihrem blaugrün funkelnden Blick, als wolle sie mich verhexen. Ja, vielleicht hat sie mich schon verzaubert. Ich kann nicht von ihr lassen. Ganz gleich, was sie tut, es ist mir recht. Irgendetwas hat sie in mir zum Leben erweckt, etwas Unbeschreibliches, Unbegreifliches, nie Gekanntes. All meine Gedanken drehen sich um sie. Immer nur habe ich sie im Kopf, ihr Lachen, den Schwung ihrer Hüften beim Tanz, den Klang ihrer Stimme, wenn sie nach mir ruft: »Lovis!« Die aquitanische Form meines Namens klingt wie Musik. Himmel, bin ich zum hilflosen Tölpel geworden? Was hat sie nur aus mir gemacht? Ich bin ihr Narr, ihr willigster Diener. Das ist doch eines Mannes unwürdig. Aber jede Nacht schlafe ich ein mit dem Duft ihrer Haare in der Nase und dem Gefühl, sterben zu müssen, wäre sie nicht mehr da.

Ob sie mich auch will? Sie ist ja nicht gefragt worden, genauso wenig wie ich. Aber ich deute ihre Freundlichkeit mir gegenüber so, dass sie mir zumindest ein wenig zugetan ist. Sie hat mir sogar ein Geschenk gemacht: Ein, soweit ich es beurteilen kann, sehr schöner Becher aus glitzerndem Kristall, der aus maurischer Werkstatt stammt und einmal ihrem Großvater gehört hat. Daraufhin ließ ich ihr meine eigene Gebetsperlenkette überbringen, die mir stets sehr lieb war. Fünfzig knöcherne Perlen auf einen Lederring genäht, mit einer silbernen Schließe. Ich hoffe, sie weiß, wie hoch sie diese Gabe schätzen sollte.

Ich wage es kaum zu glauben, dass ich derjenige bin, der dieses wunderbare Wesen besitzen wird. Mir wird sie gehören und keinem anderen. Gott, ich kann es nicht erwarten, Aliénor zu meiner Frau zu machen. Sie wird die Erste sein und die Einzige.

Draußen höre ich Suger seine Gebete sprechen. Ich knie nieder und versuche, mich zu sammeln, Zwiesprache zu halten mit Gott. Herr, ich werde dir nicht untreu, beteuere ich, glaube mir. Aber ich fühle mich wie ein Lügner. Strafe mich, Gott, wenn ich den rechten Weg verlasse. Und sei mir gnädig. Wache über mir. Segne mich. Ich weiß gar nicht mehr, wer ich bin.

Von Belorado nach Santo Domingo de la Calzada
Ende Februar 1200

Das Dorf Belorado liegt in der Grenzgegend zwischen Kastilien und Navarra. Hier gibt es ein Pilgerhospital und eine kleine Burg, auf der einer von König Alfonsos minderen Vasallen sitzt. Aliénor hat von Alfonso den Auftrag, diesem Mann eine schriftliche Anordnung zu überbringen, deshalb haben sie Quartier auf der Festung genommen. Es ist ein kleiner, heruntergekommener Ansitz, der eher einem Viehhof als einer Grenzburg gleicht. Überall Hühner, Ziegen und Gänse, auf deren glitschigen Hinterlassenschaften man im Hof ausrutscht. Von den Dächern des Wohnturms und der schäbigen Wirtschaftsgebäude führen morsche hölzerne Rinnen in eine runde Zisterne, um das kostbare Regenwasser aufzufangen. Die Fenster sind mit wurmzerfressenen Holzläden verrammelt, um die Winterkälte abzuhalten. Alles wirkt vernachlässigt und schmutzig.

Der herbeigerufene Burgherr nimmt unwillig den königlichen Befehl entgegen, der besagt, er habe nicht in die Jagdrechte seiner Nachbarn einzugreifen und die herrschaftliche Mühle auch für die Bauern von Tosantos und Villamayor zur Nutzung freizuhalten, wie es stets rechtens war.

Don Hernan kratzt sich die unrasierten Wangen. Er ist wenig begeistert über den hohen Besuch. »Die Frau ist im letzten Winter gestorben«, brummelt er. »Wir sind nicht mehr eingerichtet auf Damen, wie Ihr welche seid.«

»Ein Schlafgemach werdet Ihr doch wohl noch haben«, entgegnet Aliénor spitz. Vasallen, die sich nicht an Recht und Ordnung halten und ihre Burg dermaßen verlottern lassen, sind ihr ein Gräuel. Die Aussicht, eine Nacht in diesem Saustall zu verbringen, lässt ihre Lippen ganz schmal werden, aber es ist zu spät, um noch zurück ins Dorf zu fahren und das Hospital aufzusuchen. »Komm, Kind«, sagt sie und nimmt Blanches Hand. »Don Hernan wird uns in die Frauenkemenate führen.«

Der Burgherr zuckt missmutig die Schultern und geht voraus.

Es gibt keine Frauenkemenate. Die alte Burg stammt noch aus der Zeit, in der alles in der großen Halle gelebt hat. Gelebt, gegessen, geschlafen. Wie es gutes Herkommen ist. Mann, Weib, Kind. Katz und Hund. Wanze und Floh. Alles beieinander. Dort, wo es warm ist. Du liebe Güte, denkt Aliénor, das ist ja die gute alte Zeit! Bloß, dass wir inzwischen Besseres gewohnt sind. Sie sieht zu Blanche hinüber, die sichtlich verunsichert das Innere der Burg betrachtet. »Wo sollen wir denn da bleiben?«, wispert das Mädchen.

Aliénor weigert sich, mit all den anderen in der großen Halle zu schlafen. »Im Namen des Königs«, zischt sie Don Hernan an, »Ihr werdet jetzt der Prinzessin eine angemessene Schlafgelegenheit bieten, oder ich sorge dafür, dass man Euch ans Burgtor nagelt!«

Schließlich findet sich eine Kammer im zweiten Stockwerk des Bergfrieds, die man hastig vom Unrat befreit. Strohsäcke werden ausgelegt, Kohlebecken angezündet, Kerzenleuchter aufgestellt. Alles ist voller Staub, aber wenigstens sind Aliénor und Blanche ungestört. Als die beiden schließlich zu Bett gehen können, ist es fast Mitternacht.

Satt vom Nachtessen mit Dauerwürsten, die man hier Embutidos nennt, Brot und dicken Bohnen, machen es sich die hohen Damen gemeinsam unter der mitgebrachten Eiderdaunendecke bequem. Die Strohsäcke müffeln. Nackt liegen Aliénor und Blanche beieinander, und jede spürt schon die ersten Flohbisse. »Großmutter«, fragt Blanche, »wie war das, als du geheiratet hast?«

»Ei, zumindest fraßen uns damals im Bett nicht die Viecher auf!« Aliénor ist wütend. Ungeziefer ist man ja gewohnt, aber doch keine Plage von biblischen Ausmaßen! Das kann ja eine schöne Nacht werden! Sie rückt den Nachtscherben in Reichweite, löscht die Ölfunzel auf dem Nachttischchen und zieht das löchrige Laken unter sich glatt. Dann erinnert sie sich. Lieber Gott, da liegt ihre Enkeltochter neben ihr, jung, unschuldig, begierig, zu wissen, was denn geschähe zwischen ihr und ihrem Bräutigam, in der Hochzeitsnacht. Der verdammten Nacht, auf die sie wie alle Mädchen hingefiebert hat, seit sie kein Kind mehr ist. Von der sie alles erwartet. Heilige Einfalt! Und sie, die Großmutter, soll nun richten, was zu richten ist. Aliénor knackt eine Laus, die hinter dem linken Ohr in ihre Kopfhaut beißt, und schnippt die zerquetschten Überbleibsel aus dem Bett. »Weißt du, Kind, heiraten ist eine Kunst, die nur wenige beherrschen.« Sie boxt das Kissen zurecht und bettet sich einigermaßen bequem. Ihr Rücken schmerzt von der üblen Holperei der Kutsche. »Wenn nur einer weiß, was zu tun ist, kann man froh sein.«

Blanche kreuzt die Hände über ihren nackten Brüsten. »Ich weiß, was zu tun ist«, raunt sie verschwörerisch. Sie hat schon einmal heimlich zugesehen, als ihre Amme ein Stelldichein mit dem Knappen des Seneschalls hatte.

Aliénor schließt die Augen. Auch sie hat geglaubt, sie wüsste, was zu tun war, damals. Oh, wie groß war der Triumph gewesen, als sie nach der Trauung gemeinsam mit Ludwig aus der Kathedrale Saint André geschritten war. Das Volk von Bordeaux tobte. Trunken waren sie beide gewesen vor Glück, sogar er hatte alle Zurückhaltung fahren lassen, gewinkt und gelacht. Sie hatte seine Hand gefasst und sich ausgemalt, wie das Beilager werden würde, nachdem die Großen des Reichs sie zu Bett gebracht hätten. Aber dann kam es anders. Ein Bote brachte die beunruhigende Nachricht, dass der Graf von Angoulême den Aufstand plante, zusammen mit anderen Großen im Norden. Sie hatten keine Zeit, mussten gleich nach der Kirche aufbrechen. Alles war ein großes Durcheinander; die erste Nacht unterwegs verbrachte das frischgebackene Ehepaar im Zelt – er in seinem, sie zusammen mit Petronilla in ihrem. Das war ihre Hochzeitsnacht.

Erst einen Tag später erreichten sie die Festung Taillebourg, die eindrucksvoll über dem Fluss Charente thront. Ihr Gastgeber war Gottfried von Rançon, der mächtigste Grundherr in der Saintonge und einer von Aliénors treuesten Vasallen. Er tat alles, um es den beiden schön zu machen. Er selbst räumte sein Schlafzimmer, ließ das Bett mit kühlen leinenen Laken neu zurechtmachen, mit bunten Webdecken und Kissen ausstatten, den Raum mit Kienspänen beleuchten. Man richtete ihnen ein Mahl aus Entenpastete, Austern und den besten Weinen der Gegend. Und dann ließ man sie allein.

O ja, Aliénor wusste, was kommen sollte. Sie war am Hof der Herzöge von Aquitanien aufgewachsen, wie hätte sie ahnungslos sein können? Aber ihr Mann war ein Mönch aus Paris. Und damit hatte sie nicht gerechnet.

Natürlich dachte sie, er würde sie nehmen, so wie sie es aus den Liedern kannte. Sie hatte sich von ihren Zofen parfümieren lassen. Ihr Haar duftete nach Lavendel. Sie betastete ihre Brüste – waren sie gut genug für den König von Frankreich? Nicht besonders groß, aber fest und rund, genügte das? Ihre Schenkel – würde er sie mögen? Und ihr Geheimstes – würde er es mit Lust erobern? Sie wünschte es sich.

Und dann war es so weit. Er lag schon im Bett, das Laken bis zum Kinn. Sie wusste, dass er fromm war, so gut hatte sie ihn ja schon kennengelernt. Unsicher trat sie hinter dem Seidenvorhang hervor, nackt, verlegen, voller Erwartung.

Er sah sie an, als sei sie eine Erscheinung. Langsam setzte sie Fuß vor Fuß, bis sie die Bettstatt erreicht hatte. Am Hüpfen seines Adamsapfels erkannte sie, dass er schluckte. Die Angst packte sie. Man sagte doch, dass die Nase eines Mannes anzeigte, wie groß ... Sie musste all ihren Mut zusammennehmen, um zu ihm ins Bett unter die Laken zu schlüpfen.

Und dann lagen sie da. Er tat überhaupt nichts. Natürlich, er konnte nicht. Darüber stand nichts in der Bibel. Ihr wurde klar, dass sie etwas tun musste. Nicht, dass sie ganz genau gewusst hätte, was von ihr verlangt wurde – aber sie drehte sich zu ihm und versuchte ein Lächeln. »Mein Gemahl«, sagte sie leise und unsicher, »tut mit mir, was immer Euch Genuss verschafft.«

O Gott, sie hatte es falsch gemacht! Er schwieg. Warum? Herrgott, warum hatte eigentlich sie das Gefühl, etwas tun zu müssen? Er war doch der Mann! Alle Geschichten, die sie je gehört hatte, erzählten etwas ganz anderes als das, was sie soeben erlebte! Da konnte der edle Ritter vor Begehren kaum an sich halten, nahm sich das scheue Fräulein ohne Umstände, und hinterher liebten sie sich bis ans Ende ihrer Tage! Das war es doch!

Und Ludwig? Er wagte kaum, ihr ins Gesicht zu sehen. Und sagen konnte er schon gar nichts! Vor lauter Verzweiflung setzte sie sich auf. »Sieh mich an, mein Gemahl«, flüsterte sie. »Willst du mich denn gar nicht?«

Da entrang sich ein Stöhnen seiner Kehle. Er riss das Laken von ihrem Leib, zog sie grob in seine Arme. Er wusste gar nicht, wo er ihren Leib zuerst mit seinen Küssen bedecken sollte, so ganz außer sich war er. Aliénor war selig. Also doch! So sollte es sein! Mit Staunen entdeckte sie, dass sich ein wildes Gefühl ihrer bemächtigte, so überwältigend und neu, dass sie zu zerspringen drohte. Sie wollte ihn, diesen scheuen, schönen, blonden Jüngling, er war alles, was sie sich wünschte. Sie wusste nicht, wie es ging, aber sie spürte, wie seine Finger ganz zufällig zwischen ihre Schenkel fanden, und sie glaubte zu vergehen. Er keuchte. Irgendwie kam er über sie, seine Hände griffen nach ihren Brüsten, seine Zähne bissen in die zarte Haut ihrer Halsbeuge, ein Gefühl wie Wahnsinn durchströmte sie bis in die tiefsten Winkel ihres Körpers. Seine Stirn war feucht, seine Locken kitzelten ihre Brüste. »O Himmel«, ihre Stimme klang fremd, »mein Liebster, ich sterbe!«, rief sie. Sie spürte seine Härte, dort, wo ihr Geheimstes war. Sie wollte sich öffnen, o Gott, hereinlassen wollte sie ihn, seine Männlichkeit spüren, unter seiner Liebe aufwallen, bersten, brennen, vergehen. O Heiland, wie sehr sie es wollte!

Plötzlich hörte sie ihn schreien, Gott, wie er schrie. Und unter ihrem Nabel ergossen sich seine Säfte auf ihre heiße, trockene Haut. Ihre Finger ertasteten die gallertartige, schleimige Flüssigkeit seiner Lenden und verteilten sie auf ihrem Bauch. Damals glaubte sie, dass sie vielleicht auch davon schwanger werden könnte.

Dann drehte er sich weg und verbarg das Gesicht hinter seinen Händen. Sie wollte sich an ihn schmiegen, doch da stand er schon auf, zog sein Hemd an und ging hinaus.

Später erfuhr sie dann, dass er die ganze restliche Nacht auf Knien in der Kapelle verbracht hatte. Sie traf ihn erst wieder beim Morgenessen, und da sah er sie nicht an ...

»Ei, Kind, wenn du weißt, was zu tun ist, dann ist das mehr, als ich wusste«, sagt Aliénor leise. »Dann wird dein Mann dich lieben und ihr werdet viele Kinder haben.«

»Aber ist es denn ... angenehm?« Blanche schmiegt sich an ihre Großmutter. »Man sagt, es tut weh. Und es sei immer nur für die Männer gut.«

Aliénor lacht trocken. Dann, in einer plötzlichen Aufwallung, nimmt sie ihre Enkelin in den Arm. »Weh tut es, beim ersten Mal, das ist das Los der Frauen. Aber danach ist es gut. Und wenn du Glück hast, wirst du dir dein Leben lang nichts anderes wünschen. Freu dich, Liebes. Es wird bestimmt alles so, wie es sein soll.«

Blanche kuschelt sich an sie. »Ist es denn bei dir und Ludwig gut geworden?«

Aliénor schweigt. Sie bringt es nicht über sich zu antworten. »Schlaf, meine Süße«, flüstert sie. »Wer will schon wissen, wie es bei den Alten war?«

Als sie an den regelmäßigen Atemzügen hört, dass Blanche eingeschlafen ist, tut sie etwas, was sie seit vielen Jahren nicht mehr getan hat. Sie lässt ihre Hand zwischen ihre Schenkel gleiten. Streichelt sich. Fühlt etwas, was so lange schon vergessen war und vorbei. Man kann wohl nie zu alt werden dafür.

Blanche seufzt, schlingt im Schlaf ihren Arm um Aliénors Schulter. Die alte Königin dreht sich auf die Seite, schiebt die Hand wieder unter das Kissen. Das Leben ist jetzt wohl für die Jüngeren da. Und sie hat weiß Gott genug geliebt. Manchmal scheint alles so nah, dabei ist es so weit weg.

Bei Sonnenaufgang ist Wecken. Die hohen Damen lassen sich ankleiden und nehmen dann in der Halle ihr Morgenmahl ein: eine dicke Suppe mit Käsebrocken und hartem Brot. Hunde scharwenzeln um die Gäste und betteln um ein paar hingeworfene Brocken. Der Burgherr lässt sich nicht blicken, eine Unverschämtheit. Schließlich, nachdem man hastig das Frühstück verspeist hat, geht es weiter.

Der Weg bis nach Santo Domingo soll leicht abschüssig sein und zumeist durch Felder und Wiesen führen, sagt der Stallknecht, eine einfache Tagesetappe also. Das Wetter ist gut, hin und wieder bricht die Sonne durch die Wolken.

»Und dann hat er dich gleich mit nach Paris genommen«, beginnt Blanche, kaum, dass sie im Reisekarren sitzen. Sie ist wie ein kleines Kind, immer will sie unterhalten werden. Noch eine Geschichte und noch eine.

Aliénor schüttelt den Kopf. »Nicht gleich. Erst mussten wir noch nach Poitiers, wo Ludwig in der neuen Kathedrale Saint Pierre als Herzog von Aquitanien eingesetzt wurde. Ich wollte eigentlich noch ein wenig bleiben und ihm meine Heimat zeigen – Limoges, Niort, die Salzmarschen am Meer. Das Grab meiner Mutter in Nieul sur l'Autise. Doch es kam anders. Ein schneller Bote erreichte uns aus Paris mit einer Todesnachricht: Ludwigs Vater war am Bauchfluss gestorben, am Tag Vincula Petri. Und die Stadt Orléans hatte den Tod des Königs sofort ausgenutzt, um sich aufzulehnen und eine freie Stadtregierung auszurufen. Ludwig musste sofort aufbrechen und die aufsässigen Bürger zur Raison bringen, sonst würden andere Städte das Gleiche versuchen. Schon damals hielt man meinen Mann gemeinhin für schwach, stets musste er allen beweisen, dass er auch durchgreifen konnte.« Sie seufzt. »Vielleicht auch mir. Ja, wahrscheinlich war das der Grund, warum er manchmal hart war und aufbrausend. Es war sonst nicht seine Art.« Lächelnd sieht sie ihre Enkelin an. »Er war ein guter Mensch, weißt du. Sanft und gut. Einer, der gern im Schatten eines Baumes einschlief. Der beim kleinsten Anlass vor Rührung weinte. Der Mitleid hatte mit jeder Kreatur. Er wollte immer nur das Richtige tun, als Mensch und als König.« Sie hält inne und wischt sich über die Augen. Das fehlte noch, dass sie jetzt rührselig wird.

Blanche spürt, wie weich die Großmutter plötzlich geworden ist. »Also ist es nicht, wie die Leute sagen. Du hast ihn doch geliebt!«

»Ha, was die Leute sagen! Wir waren ein verschworenes Paar. Zusammengehalten haben wir, gegen alle Anfeindungen. Ja, vielleicht haben wir uns geliebt, zu Anfang. Nur, dass einem die Liebe eben nicht immer bleibt. Manchmal schleicht sie sich davon, heimlich wie ein Dieb. Und man merkt es erst, wenn etwas fehlt. Aber dann, dann ist es zu spät ...«

Aliénor blinzelt. Sie schiebt den Ledervorhang ein Stückchen zurück und tut so, als ob sie am Horizont etwas suchen würde.

Draußen scheint die Sonne über sanfte Hügel, der Wind bläst kalt von Norden her. Eine Herde Ziegen knabbert trockene Halme auf dem Feld, behütet von einem zerlumpten Jungen. Er winkt herüber, die alte Königin nickt ihm freundlich zu. Dann strafft sie den Rücken. »Also, wo waren wir stehengeblieben? Ach ja, ich blieb zunächst noch in Poitiers, während mein Gatte mit seiner Streitmacht nach Westen ritt. Erst zum Ende des Sommers hin, als Ludwig seine Autorität überall bewiesen hatte, rief er mich zu sich.«

»Und dann kamst du endlich nach Paris!«, ruft Blanche begeistert. »Als seine Königin!«

Aliénor hebt die linke Augenbraue. »Du glaubst wohl, Paris war damals der Ort meiner Träume? Pah! Ja, heute ist das anders. Die Stadt hat sich verändert. Aber damals ...« Sie überlegt, den Blick nach innen gerichtet. »Weißt du, ich hatte mich gefreut auf mein neues Leben. Ich würde als Königin herrschen, an der Seite meines Mannes! Das konnte ich kaum erwarten. Ich wollte Pracht und Trubel, wollte von allen bewundert werden. Eine Hofhaltung wollte ich einrichten, deren Ruf bis in ferne Länder getragen wurde. Ich dachte, alle würden mir, der jungen Königin, zu Füßen liegen.«

»Und dann?«

Aliénor zuckte die Schultern. »Nun, es kommt selten so, wie man denkt.«

Brief der Gräfin Blanca von der Champagne an ihren Bruder, König Sancho von Navarra, vom 23. Februar 1200

Blanca, Gräfin von der Champagne, an den hoch edelen Königk Sancho den Groszen von Navarra, Grüße.

Herzlieber Bruoder, der Herr im Himel mög dich behueten allzeyt und auch dein Landt, meine libe Heymat Navarra. Dein lez-

ter Brieff hat mich zu Michaeli erreicht und freuet mich, zu hörn, dass es dir gut ergehet. Auch ich bin wohl und gesundt, so wie auch mein liber Gemahl. Und doch plagen unß grosze Sorgen. Der Königk von Franckreich hat beslossen, sein Sohn nit mit unsrer Nichte Maria zusamen zu geben, sondern mit einer Prinzeßin von Kastilien, einer der Töchtter deins Todt Feindts Alfonso, den Gott zerschmettern mög. Das woln und können wir nit leyden. Und auch du, mein Sancho, darfst nit zusehn, wie das feyndlich Kastilien sich mit Franckreych verbündet. Denn dieß wirdt Navarra groszen Schaden bringen. Wenn alßo die falsche Brautt durch Navarra kömmt, sollstu sie nit passirn laßen, sondern vilmehr trachten nach ihrm Leyb und Leben, auff daß sie niemalß Paris erreichet. Mein Gemahl hat auch in seim weysen Rathschluß ein Ritter mit Namen Valmort außgesandt, der hat Auftragk, die Brautt auffzuhalten. Er wird bey dir vorsprechen und gemeynsam mit dir berathen, wie die Dingk am beßten zu thun seien. Ich bitt dich, nimm ihn hertzlich auff und hülff ihme in allem, damit nit das Unglück über die Champagne und über das schoen Navarra herein brichtt.

Lieb Bruederleyn, mit Gott, der Himel schütz dich, das wünschet deyn Schweßter
Blanca.
Gegeben zu Troyes, den Mitwoch nach Esto mihi ao. 1200

Paris, September 1137

Aliénor steigt zum ersten Mal im Cité-Palast vom Pferd. Wie es Brauch ist, benutzt sie dabei den uralten, grünbemoosten Baumstumpf neben dem Olivenbaum in der Mitte des Hofes. Aus römischer Zeit stammt er noch, und die Füße aller französischen Könige haben ihn berührt.

Hinter Aliénor hilft ein Stallknecht der pummeligen Petronilla von ihrem braunen Zelter. Inzwischen ist die ganze aquitanische Reisegesellschaft durchs Tor eingeritten. Fast fünfzig Leute hat

Aliénor mitgebracht, einen ganzen Hofstaat, der sie in Zukunft umgeben soll, Damen vom Adel, Höflinge, Kammerdiener, Schneider und Stubenheizer. Sie will nicht ohne ihre Vertrauten aus der Heimat sein. Die Neuankömmlinge lachen und lärmen, alle sind erleichtert, endlich angekommen zu sein. Da, Aliénor sieht Ludwig am Eingang zum Wohnturm stehen und winkt ihm zu. Fast zwei Monate waren sie voneinander getrennt. Er breitet die Arme aus, sie rafft die Röcke und rennt ganz unköniglich die breite Treppenflucht hinauf. Beinahe wäre sie dabei gestürzt; die Marmorstufen sind bröckelig und marod. Er kann sie gerade noch auffangen, und sie schlingt stürmisch die Arme um ihn. »Hast du mich vermisst? Sag ja, Lovis!«

Ludwig küsst sie auf beide Wangen. »Endlich bist du hier! Willkommen, meine Königin!«

Er führt sie nach drinnen, wo man ihr den Reitmantel abnimmt. »Und? Was hast du dir zu meinem Empfang ausgedacht?«, fragt sie voller Überschwang.

Er reicht ihr einen Begrüßungsbecher Wein. »Hörst du das Läuten? Das sind die Glocken von Notre Dame. Bald beginnt die Messe, die zum Dank für deine Ankunft von Abbé Suger persönlich gehalten wird. Der ganze Hof wird da sein. Alle platzen vor Neugier, dich zu sehen. Freust du dich?«

Das ist Ludwig, denkt sie. Ein Dankgottesdienst. Nun gut. »Freilich freue ich mich«, gibt sie zur Antwort. »Aber hinterher möchte ich ein schönes Fest.«

Enttäuscht senkt er den Blick. Sie versteht nicht, dass die Messe für ihn Fest genug ist. Aber dann lächelt er. »Natürlich gibt es danach etwas zu essen und zu trinken. Du und deine Aquitanier werdet bestimmt nicht zu kurz kommen. Aber jetzt stelle ich dich erst meiner Mutter vor. Ah, da kommt sie ja schon!«

Adelheid von Maurienne ist eine große, hagere Frau, die in ihrer grauen Witwenkleidung mit dem strengen Gebende unnahbar und verschlossen wirkt. Bei ihrem Anblick ist Aliénor sofort klar, von wem ihr junger Ehemann seine Nase hat. Sie unterdrückt ein Grinsen und sinkt vor ihrer Schwiegermutter auf die Knie. »Gebt mir Euren Segen, Maman«, sagt sie.

»Du wirst mir eine gute, gehorsame Tochter sein«, erwidert die alte Königin und zieht Aliénor mit dürren Fingern hoch. »Ich hoffe, du fühlst dich bald zu Hause hier. Komm, ich zeige dir deine zukünftigen Gemächer.«

Beim Gang durch die Burg sinkt Aliénor das Herz. Das ist ja ein uraltes, finsteres Gemäuer, fast schon am Beginn des Verfalls! Wie kann ein König so wohnen! Kein Licht – statt Fenstern gibt es im Wohnturm nur schmale Schießscharten. Überall ist es duster, obwohl draußen doch die Sonne scheint. Sie hat nur einen einzigen Kamin gesehen, in der Halle. Und Vorhänge? Polster auf den Bänken? Wandteppiche? Nichts! Hier ist es ja kärglicher als in einem Kloster! Hat man denn kein Geld? Oder ist Ludwig so knauserig? Mein Gott, denkt Aliénor beklommen, hier soll ich leben? In dieser unbehaglichen, düsteren Burg?

Schließlich erreichen sie die Frauenzimmer. Auch hier: Nichts, was das Leben angenehm macht. Ein riesiges Bett ohne bunte Decken, nur mit weiß-blau gestreiften Leintüchern und ein paar einfachen Kissen. Eine große Schranktruhe, zwei Schemel, ein Tischchen, ein messingner Kerzenleuchter. In der Ecke ein Betstuhl unter einem geschnitzten Kruzifix.

Aliénor wirft ihrer Schwiegermutter einen Seitenblick zu. Offenbar ist für Adelheid alles in Ordnung. »Ich lasse dir gleich noch ein Nachtgeschirr bringen, meine Liebe. Deine Reisetruhe wird auch gleich kommen, du kannst dich dann für die Messe umziehen. Ich hole dich später.«

Aliénor lässt sich auf das Bett sinken. Sie ist den Tränen nahe.

Und es kommt noch schlimmer. Sie hat sich ein festliches Kleid für den Gottesdienst ausgesucht, Petronilla hat ihr die Haare gerichtet und einen hübschen Seidenschleier so darüber drapiert, dass der Zipfel modisch über die linke Schulter fällt. Aliénor tupft sich am Ende noch kirschroten Kermessaft auf die Lippen und umrahmt die Augen mit Kohle. Schließlich ist es ihr erster Auftritt vor dem Hofstaat von Paris, sie möchte die Leute beeindrucken. Eigentlich ist sie hundemüde und hungrig, aber die Messe wird hoffentlich nicht zu lange dauern.

Und dann steht wieder ihre Schwiegermutter vor ihr, mit Entsetzen im Blick. »Mon Dieu«, entfährt es ihr. »So kannst du nicht gehen!«

Aliénor versteht nicht. »Ist etwas mit meinem Bliaut?« Ein Fleck vielleicht? Ein Riss?

»Wir gehen hier nicht ... so ... zur Messe!«

»Was meint Ihr mit ... so?«

Adelheids Kinn schiebt sich unter dem Gebende nach vorn. »Der Ausschnitt ist nicht schicklich. Und die Farben: Blau und Gelb – ganz unmöglich! Lass sehen, wie lang die Schleppe ist – Himmel! Kind, es mag ja sein, dass ihr in Aquitanien in solchem Aufzug den Herrn anbetet. Aber wir sind hier in Paris, und du bist jetzt Königin von Frankreich. Da musst du dich schon an die hiesigen Sitten halten.«

»Aber das ist mein bestes Kleid!«

Die Königinmutter wendet sich zum Gehen. »Ich lasse dir sofort eines von meinen Gewändern bringen. Die Magd soll es hochstecken. Beeil dich, ohne dich kann die Messe nicht beginnen. Ach ja, und nimm die Farbe von den Lippen.«

Und so kommt es, dass Aliénor in einem braunen, gerade geschnittenen Gewand, das ihr zu lang und zu weit ist, neben Ludwig in die Kirche Notre Dame schreitet. Ich sehe aus wie eine Vogelscheuche, denkt sie. Ihrem Mann scheint die Veränderung an ihr nicht aufzufallen, aber die Aquitanier reißen bei ihrem Anblick erstaunt die Augen auf. Es ist ihr unendlich peinlich. Aber sie kann ja nicht schon bei der Ankunft ihre Schwiegermutter vor den Kopf stoßen.

Die Messe scheint nicht enden zu wollen. Als schließlich Abt Suger vor dem jungen Paar aus der Kirche schreitet und die kleine Prozession zum Palast anführt, hat Aliénor einen trotzigen Entschluss gefasst. Ja, sie hat für die Kirche ein Gewand angezogen, wie es zu Paris üblich ist. Aber sie wird diesen hässlichen Sack nicht beim Festbankett tragen. Im Leben nicht! Schließlich ist sie die Königin. Die Mode bei Hof wird sich ändern müssen! Und ihre Schwiegermutter, dieses sauertöpfische, alte Weib, soll sich doch ins Kloster zurückziehen. In Aquitanien machen die Witwen das nämlich so!

Während alle Gäste in die große Halle strömen, entschuldigt sich Aliénor kurz. Und als sie wiederkommt, trägt sie genau den selben blau-gelben Bliaut, den sie vorher schon anhatte. »Ah!« Die Aquitanier klatschen Beifall. Das ist ihre Königin, eine Königin, die auf der Welt ihresgleichen sucht! Eine schlanke, dunkelhaarige Schönheit mit feurigem Blick und Lippen zum Küssen. Eine Frau, die sich bewegt wie die unschuldige, nackte Eva im Paradies, ein Weib, das selbst den Papst sein Gelübde vergessen lassen könnte. Aliénor spürt die Blicke der Männer und genießt die Aufmerksamkeit. Lachend nickt sie nach allen Seiten, sie ist sich ihrer Wirkung sehr wohl bewusst. Ja, jetzt kann die Feier beginnen.

In der Mitte der Tafel sitzt Ludwig und winkt sie zu sich. Kokett knickst sie vor ihm. »Gefalle ich dir jetzt besser, mein Gemahl?«

Er runzelt die Stirn, weiß nicht recht, was er sagen soll. Und noch bevor er es verhindern kann, nimmt sie an seiner rechten Seite Platz. »Gott, bin ich hungrig. Ruf die Aufträger herein, Liebster, bevor mein Magen so laut knurrt, dass man es bis nach Poitiers hören kann!«

In diesem Augenblick betritt Adelheid von Maurienne den Saal. Ihr stockt der Schritt. Das ist eine Unverschämtheit! Dieses dreiste Ding! Schon immer war dies ihr Platz gewesen, rechts an der Seite des Königs! Nie hat ihn ihr jemand streitig gemacht, keiner hat das je gewagt. Und nun, kaum ist ihr Gatte, der alte König, tot, gilt sie wohl nichts mehr! Sie soll verdrängt werden von dieser geschmacklosen, billigen Südländerin, die ihrem Sohn, das hat sie sofort gesehen, mit ihrer losen Art den Kopf verdreht hat!

»Mutter!«, ruft Ludwig verlegen. »Komm, setz dich doch zu meiner Linken. Abbé Suger wird gern den Teller mit dir teilen!«

Adelheids Augen werden klein. »So ist das also. Kaum bist du verheiratet, Louis, da bin ich dir nichts mehr wert. O nein, ich habe schon verstanden. Lasst euch von mir nicht vom Vergnügen abhalten.« Sie dreht sich auf dem Absatz um und rauscht aus der Halle. Ludwig sieht aus, als habe er in eine Zitrone gebissen, und Aliénor weiß gar nicht, worum es eigentlich geht. Im Saal ist eine peinliche Stille entstanden. Aliénor stupst Ludwig in die Seite. »Lass anfangen«, flüstert sie. »Mach schon.«

Da erhebt er sich und eröffnet das Fest.

Später wartet sie auf ihn in ihrer Schlafkammer. Sie hat getrunken und gelacht, hat den französischen Adel seine Aufwartung machen lassen, hat Geschenke verteilt, war freundlich und zuvorkommend zu allen. Sie hat den Stolz in Ludwigs Augen gesehen. Die schönste Frau der ganzen Christenheit ist mein, das hat sein Blick ihr gesagt. Ja, sie wird ihm eine gute Königin sein, das ist ihr fester Vorsatz. Sie wird ihm raten und helfen, ihm beistehen beim Regieren und ihm Kinder schenken. Die modrige Burg zu Paris wird sie herrichten lassen, dass er sie nicht wiedererkennt! Die Halle zum Beispiel hat keine Wandbehänge, von den Mauern strahlen Kälte und Feuchtigkeit ab. Und sie braucht einen zweiten Kamin an der Südseite. Mehr eiserne Halter für Kienspäne und Fackeln. Und am Eingang ...

»Bist du noch wach?« Ludwig hat leise mit nackten Füßen das Zimmer betreten, er trägt nur einen losen Nachtumhang.

»Wie sollte ich nicht wach sein«, fragt sie. »Das ist doch unsere erste gemeinsame Nacht in Paris. Ich habe schon gefürchtet, du kommst nicht mehr.«

Unsicher tappt er ans Bett. Er hat den peinlichen Verlauf ihrer Hochzeitsnacht zu Taillebourg nicht vergessen. Er war zu aufgeregt gewesen, die Leidenschaft zu groß, ihre weiblichen Reize zu verlockend. Jetzt will er beweisen, dass er es besser machen kann. Vorher hat er noch gemeinsam mit Abt Suger gebetet. Hat von ihm zum wiederholten Mal hören wollen, dass es nicht als Unkeuschheit zählt, wenn er seiner Frau beiwohnt. Nur die übergroße Begierde, hat Suger gesagt, ist des Teufels. Die Begierde, die dazu führt, Unzucht zu treiben aus rein fleischlichen Gelüsten.

Und nun zittert er, weil ihn genau diese fleischlichen Gelüste überkommen. Allein ihr Anblick, allein der Gedanke an ihre Nacktheit unter den Laken, lässt ihn alle Zurückhaltung vergessen. Sie streckt ihm die Hand hin, holt ihn zu sich ins Bett. Und dann küsst sie ihn, dass ihm Hören und Sehen vergeht. »Du bist so schön«, hört er sich flüstern. Sie öffnet die Schenkel. Diesmal wird es gelingen. Er versucht es, ist wild entschlossen, aber es geht nicht. Sie will ihm helfen, er stöhnt und windet sich. Und dann hält er es nicht mehr aus ... o Himmel, nein. Es ist vorbei.

Wieder hat er versagt. Was mag sie nur von ihm denken? Er schämt sich so. »Es tut mir leid«, sagt er mit belegter Stimme.

Da nimmt sie seine Hand und legt sie an ihre Wange. »Denk dir nichts dabei, mein Liebster. Schau, wir haben noch so viel Zeit. Wir versuchen es einfach morgen wieder.«

Er ist ihr so dankbar, dass sie ihn nicht verachtet. Am liebsten möchte er heulen. Und eigentlich würde er es am liebsten jetzt gleich noch einmal versuchen. So, wie sie da neben ihm liegt, nackt wie Gott sie geschaffen hat, mit ihren kleinen festen Brüsten, den runden Schultern, dem Gewirr schwarzer Locken zwischen ihren Schenkeln. Aber er wagt es nicht. Lieber verbirgt er seine schon wieder verräterisch aufgerichtete Männlichkeit unter dem Zipfel des Betttuchs. »Morgen«, raunt er. Sacht streichelt er ihr Haar, bis sie eingeschlafen ist. Es zerreißt ihn fast, so sehr begehrt er sie.

Und dann kommt ihm ein Gedanke. Dass er seinen Samen wieder verschwendet hat, ist womöglich ein göttlicher Fingerzeig. Abt Suger hat es ja gesagt. Bestimmt sind seine, Ludwigs, fleischlichen Gelüste zu stark, und das ist des Teufels. Er starrt in die Nacht. »Das eheliche Beilager ist kein Lotterbett.« Wo hat er das gelesen? »Die Lust hat sich der Keuschheit unterzuordnen.« Es fällt ihm nicht mehr ein. »Ein Mann, der bei der geschlechtlichen Liebe zu seiner Frau zu viel Leidenschaft empfindet, begeht eine Sünde, schlimmer als der Ehebruch.« O Gott. »Die Schönheit eines Weibes reicht nicht bis unter die Haut. Wenn du ihren Körper umarmst, denke daran, dass er nichts ist als ein Sack voll Unrat.« Jetzt weiß er es wieder: Odo von Cluny, der große heilige Mann hat das geschrieben. Aber wie kann etwas so Schönes so schlecht sein? Es liegt nicht an ihr, sagt er sich. Sie kann nichts für ihren verführerischen Körper. Es liegt an mir. Ich kann meine Triebe nicht beherrschen. Ich bin unzüchtig und böse. Deshalb fließen die Säfte zur Strafe zu früh aus mir. Gott will nicht, dass aus solch übermäßiger, unfrommer Gier ein Kind entsteht. Es ist alles meine Schuld. Aber sie, sie ist ein Engel.

Schließlich steht Ludwig auf, schlingt seinen Nachtmantel um sich und geht zurück in seine eigene Schlafkammer. Er verabscheut sich selber.

Santo Domingo de la Calzada
Ende Februar 1200

Der Weg nach Santo Domingo ist tatsächlich einfach und angenehm, gesäumt von sanften Hügeln und Feldern, auf denen im Sommer Getreide wächst. Zweimal macht die Gruppe Rast und kauft von den Bauern Verpflegung. Die einzige Unannehmlichkeit ist das Durchqueren des Rio Oja kurz vor dem Ziel. Die hölzerne Brücke hat kurz vor Weihnachten der Winterregen weggespült, und der Zug muss wohl oder übel eine nahe Furt durch den Fluss nehmen. Die Pferde stehen bis zum Bauch im Wasser, und das eiskalte Nass dringt sogar in den Chariot ein, so dass Aliénor und Blanche am Ende mit angezogenen Beinen und gerafften Röcken bis zur Ankunft in der Herberge sitzen müssen.

Ein freundlicher junger Wirt empfängt den hohen Besuch mit Verbeugungen. Er führt sie zu der großen Baustelle, wo einmal eine schöne Kathedrale stehen soll, zu Ehren des Heiligen Domingo, des frommen Eremiten, der hier vor hundert Jahren das erste Hospital gründete. Noch sieht man nur den Chor, Teile des Haupthauses und die Grundmauern eines Turms. In einigem Abstand stehen die verlassenen, schäbigen Hütten der Arbeiter. Sie sind in ihre Dörfer zurückgekehrt; im Winter ruht der Bau. Aliénor übergibt dem herbeigeeilten jungen Priester des Ortes ein Säckchen mit Silberdenaren als Spende. »Wenn die Kirche dereinst fertig ist, dann lasst eine Seelenmesse für mich lesen.« Nach einem Seitenblick auf Blanche fügt sie etwas unwillig hinzu: »Und für König Ludwig von Frankreich, meinen ersten Gatten.« Schließlich fällt ihr noch etwas ein. »Und für Herzog Wilhelm von Aquitanien, der hier durchgezogen ist, vor langer, langer Zeit.«

»Dein Vater ist hier gewesen?«, fragt Blanche verblüfft.

Aliénor nickt. »Aber natürlich. Hast du denn schon vergessen, was ich erzählt habe? Mein Vater ist auf seiner Pilgerreise nach Santiago de Compostela gestorben. Und es gibt nur einen Weg des Heiligen Jakob von Bordeaux bis ans westliche Ende Spaniens. Den gehen alle Pilger seit alter Zeit. So wie er. Und so wie wir. Nur, dass er auf dem Hinweg war und wir auf dem Rückweg.

Manche Herberge haben wir vielleicht schon mit ihm geteilt, ohne es zu wissen.«

»Daran habe ich gar nicht gedacht.« Blanche findet den Gedanken tröstlich, auf den Spuren ihres Urgroßvaters zu wandeln. »Vielleicht schlafen wir ja heute Abend in derselben Kammer?«

Aliénor lächelt. »Wer weiß?«

»Lass uns ein Licht für ihn anzünden«, sagt Blanche. Sie bitten den Priester, eine schöne gelbe Wachskerze zu holen, gehen zusammen an die Stelle, wo einmal der Altar stehen soll, und stellen sie auf. Schwach flackert das Flämmchen im Wind, während sie andächtig ein Gebet sprechen. Dann wenden sie sich zum Gehen.

Blanche lächelt zufrieden. »Du wolltest mir noch erzählen, wie es dir zu Paris erging«, sagt sie auf dem Rückweg in ihr einfaches Quartier.

Aliénor seufzt und reibt sich die klammen Hände. »Lass uns zuerst ein Nachtmahl bestellen, Kind. Mit leerem Magen ist nicht gut reden.«

Aber selbst später, satt und warm, erinnert sie sich nicht gern an die Anfangszeit in Frankreich. Denn das Leben am Königshof hat sich als Enttäuschung herausgestellt. »Ich hatte solches Heimweh«, beginnt sie. »Paris war eine Stadt der Gelehrsamkeit, der frommen Bibelstudenten und gestrengen Theologiegelehrten. Alle liefen in Schwarz herum, mit ihren Nasen in den Büchern. Überall standen noch die düsteren Ruinen aus römischer Zeit, alte Gemäuer, in denen die Ratten hausten. Und dann nieselte es auch noch den ganzen grauen Herbst hindurch. Über der Seine hing Tag und Nacht der Nebel.« Gedankenverloren spielt Aliénor mit dem goldenen Anhänger, den sie um den Hals trägt, ein aus Elfenbein geschnitzter Christophorus, der sie auf der Reise beschützen soll. »Ich fühlte mich verloren. Meine Schwiegermutter hasste mich von Anfang an; ich konnte ihr nichts recht machen. Am Hof ging es so ganz anders zu als in Poitiers oder Bordeaux. Es gab so gut wie keine Zerstreuungen, keine Festlichkeiten. Höhepunkt des Tages war die Morgenmesse gleich nach Tagesanbruch. Und wehe, jemand versäumte sie. Der Kämmerer zählte beim Eintritt die Dienerschaft und vermerkte, wer vom Adel fehlte. Das ganze Leben am Hof war an der Kirche ausgerichtet. Du musst wissen, dass die Kapetinger ihre Krone stets auf Gottes Willen und Hilfe zurückführten. Allein damit rechtfertigten sie ihre Herrschaft über Frankreich. Der Glaube war wichtigster Pfeiler ihrer Macht und ihres Selbstverständnisses. Sie hatten keinen Sinn für weltliche Dinge. Sie verachteten die Zurschaustellung von Reichtum, lehnten alles Weltliche ab. Und sie hassten Frohsinn und Leichtlebigkeit. An den Feiertagen herrschte Grabesstimmung. Dann liefen die Leute bei Hof den ganzen Tag mit Leichenbittermiene herum. Sie trugen grobe Kleidung in gedämpften Farben. Die Männer hatten zottige Bärte und kämmten sich nicht. Die Frauen pflegten sich kaum, schminkten sich nicht, und vor allem: Sie verließen ihre Gemächer nur selten. Bei Hof taten beide Geschlechter überhaupt alles getrennt und züchtig.«

Blanches Kehle schnürt sich zusammen. »Und da soll ich leben?«

»Ei nein, Dummchen, das alles ist mehr als ein halbes Jahrhundert her! Heute ist das ganz anders, glaub mir. Und deine Schwiegermutter steht im Ruf, eine herzensgute Frau zu sein.« Aliénor lacht und tätschelt ihrer Enkelin die Hand. »Aber damals hatte ich das Gefühl, ich sei in einem Kloster eingesperrt und nicht die erste Dame am Hof des Königs von Frankreich!« Sie kichert, und tausend Fältchen legen sich um ihre Augen. »Du hättest das Entsetzen der Höflinge sehen sollen, als sich mein aquitanisches Gefolge im Palast häuslich einrichtete und man langsam begriff, dass diese verrückten Südländer bleiben würden. Du hättest hören sollen, wie man sich das Maul zerriss über unsere bunten Kleider, unsere Haartracht, unsere Ausgelassenheit. Ich weiß noch, dass mich der Graf von Vermandois einmal ansah, als wären mir zwei Köpfe gewachsen, nur weil ich ihm sagte, ich wolle am Abend ein paar Damen und Herren in die Frauengemächer zu Liedern und Lautenspiel einladen. Die Pariser Höflinge waren fassungslos über die Unbefangenheit der poitevinischen Frauen und ihren Mangel an Zurückhaltung. Meine Damen liefen lachend durch die Gänge, spielten bei Regen Blindekuh im Saal, mischten sich ohne Bedenken in Männergespräche ein. Auch ich war so. Zu Anfang merkten wir gar nicht, wie viel Befremden wir mit unserer südländischen Art auslösten. Wir waren alle so jung, machten uns keine großen

Gedanken. Es war uns zunächst ganz gleichgültig, was diese Trauerklöße von uns dachten. Im Gegenteil, wir hatten unseren Spaß daran, die ›Franzosen‹, wie wir sie nannten, zu brüskieren. Wir trugen die grellfarbigste Seide, durch lange Schlitze schimmerte der Stoff unserer Unterkleider. Wir hatten Fransen und Zipfel überall, dazu im Winter buschige Pelzverbrämungen. Wir schmückten uns mit Armbändern und üppigen Ohrgehängen, mit Juwelen. Unsere Schuhe liefen vorne spitz zu und zeigten nach oben, wir mussten die Spitzen manchmal mit Goldfäden am Knie festbinden, um besser laufen zu können. Die Blicke der Franzosen hättest du sehen sollen! Ich brachte Ludwig dazu, mich und meine Damen bei größeren Banketten im Saal zuzulassen. Und einmal überraschte ich die ganze Gesellschaft, indem ich Possenreißer, Tänzer und Joglare dazulud. Sogar eine Troubaritz war dabei, Mahaut von Narbonne, die wunderschöne Lieder zur Harfe sang. Ich war überzeugt, dass die Pariser Höflinge früher oder später Gefallen an den schönen Dingen finden würden – doch ich sollte mich täuschen. Sie begannen, mich und mein Gefolge zu schneiden. Wir rächten uns damit, dass wir in ihrem Beisein nur noch Okzitanisch sprachen. Natürlich verstanden sie nichts und nahmen uns das übel. Noch Monate nach unserer Ankunft behandelten sie uns als Fremde, als Störenfriede ihrer ach so heiligen Ordnung. Und wir waren trotzig, blieben immer mehr unter uns und führten unser eigenes Leben.«

»Wie kann das sein, dass zwischen den Höfen von Aquitanien und Frankreich solch ein Unterschied war?« Blanche weiß nichts über die alte Zeit, wie sollte sie auch?

Aliénor überlegt. »Bis in meine Jugendzeit hinein war der Adel ein reiner Kriegeradel, und die Höfe waren von dessen grobschlächtiger Lebensart geprägt. Aber dann kam ein neuer Geist, und der entstand in Aquitanien. Die Ritter wollten nicht nur mehr stiernackige Kriegskerle, Ochsentreter und Totschläger sein, sondern sie begannen, elegantes Auftreten und gutes Benehmen zu schätzen. Sie entwickelten, wie soll ich sagen, neue Leitbilder, ein neues Lebensgefühl. Sie wollten verfeinerte Sitten, eine Lebensart, die nicht nur mehr mit Kämpfen, Saufen und Herumhuren zu tun hatte. Sie nahmen gute Manieren an. Sie tändelten mit den Damen, anstatt sie an den Haaren in ihr Bett zu schleifen. Sie komponierten Lieder, anstatt tagein, tagaus mit einem Stein ihre Schwerter zu schärfen. Sie trugen feinlinnene Hemden statt ausgebeulter Lederkoller und bunte Beinlinge statt fettgewichster Stiefel. Dieser Wandel führte dazu, dass Sitten und Bräuche am aquitanischen Hof eben völlig anders waren als in Paris, wo noch das alte, harte, raue Leben herrschte. Dazu kam noch, dass mein Vater und Großvater wenig Respekt vor der Kirche hatten – ganz anders als die kapetingischen Könige. Sie fochten ständig Kämpfe mit den Bischöfen aus und hielten sich oft nicht an kirchliche Regeln. An der herzoglichen Tafel saß nicht der Bischof an der Seite meines Großvaters, sondern seine verheiratete Geliebte. Aber Gott, was war das für ein Leben! Am Hof herrschten stets Frohsinn und Heiterkeit. Wir fühlten uns, als seien wir der Nabel der Welt. Und dann stell dir vor, wie es mir ging, als ich nach Paris kam. Als ich mit meiner leichtlebigen Art überall auf Ablehnung stieß. Als alle mich anfeindeten.«

»Ja, und Ludwig? Was hat er dazu gesagt?«

»Ludwig? Ohne ihn wäre ich vermutlich irgendwann davongelaufen. Er hielt zu mir, half mir, unterstützte mich gegen alle Anwürfe. Dafür liebte ich ihn. Gegen alle hat er mich verteidigt, ich konnte mir seiner stets sicher sein. Vermutlich war es, weil ...«

Blanche blinzelt sie an. »Ja?«

»Ach, nichts.« Sie winkt ab. Das Kind muss nicht alles wissen. Zum Beispiel, dass an Weihnachten die Ehe immer noch nicht vollzogen war. Lieber Herr Jesus am Kreuz, Ludwig weinte jedes Mal hinterher in die Kissen wie ein kleiner Junge. Sie musste ihn dann trösten, ihm versichern, dass sie nicht enttäuscht sei oder böse. Musste ihn wieder aufrichten, ihm sagen, dass sie an ihn glaubte. Dass sie es schon noch schaffen würden. Er quälte sich so sehr. Und er flehte sie an, es niemandem zu sagen. Nicht ihrer Schwester, nicht seiner Mutter. Nicht einmal ihrem Beichtvater. Sie schwor es. Und dafür, für ihr Verständnis, ihre Geduld, ihre unermüdliche Freundlichkeit, war er unendlich dankbar. Er hätte alles für sie getan. Und sie nutzte es aus. Sie ließ sämtliche Schießscharten im Turm zu Fenstern verbreitern, damit Licht hereinkam. Sie ließ schöne Stoffe kommen und zu Vorhängen nähen. Sie kaufte Silbergeschirr, neue Kerzenleuchter, Polster und Daunenkissen, gewirkte Wandteppiche aus Bourges. Sie beauftragte die Küchenmeister, Gewürze anzuschaffen, Feigen, Limoni, Granatäpfel, ließ Austern von der Île d'Oléron liefern, Schinken aus Bayonne und gute Weine aus Bordeaux. Sie stellte eine ganze Horde Schneider ein, die für das Hofgesinde neue blaue Gewänder schneiderten anstatt der alten schwarzen. Sie ließ ein heimliches Gemach an der Außenwand des Turms anbringen und bestellte hübsche Möbel bei den Pariser Schreinern. Sie befahl, in ihrem Schlafgemach einen Kamin mit Abzug zu bauen. Sie ließ verkünden, dass nunmehr kein Mann mehr ungekämmt vor ihr und dem König erscheinen durfte. Und Ludwig ließ sie gewähren. Ihm war es gleich, was sie tat, er wollte nur eins: Dass sie sich wohlfühlte bei ihm, dass sie ihn liebte und für ihn da war. Er betete sie an.

»Ich hatte von Ludwig Erlaubnis, alles zu tun, was mich glücklich machte«, erzählt sie schließlich weiter. »Er gab mir Geld und Vollmacht. Und ich verwandelte den verstaubten, düsteren Pariser Palast in ein angenehmes Heim. Derweil scharten sich meine Gegner um Adelheid von Maurienne, meine Schwiegermutter.«

»Die alte Ziege!«

»Kröte!«

»Eselsgosche!«

Großmutter und Enkelin zwinkern sich verschwörerisch zu und brechen in Gelächter aus. Dann wird Aliénor wieder ernst. »Nun, es war auch mein Fehler. Weißt du, niemand hatte mich gelehrt, einer fürstlichen Haushaltung vorzustehen. Meine Mutter war lange tot, meine Tanten lebten nicht mehr im Herzogspalast. Immer war ich das verhätschelte, verwöhnte Mädchen, stand überall im Mittelpunkt. Ich hatte nicht gelernt, Rücksichten zu nehmen, Pflichten zu erfüllen. Dass es manchmal klüger ist, sich die anderen nicht zum Feind zu machen. Dass man nicht immer gleich mit dem Kopf durch die Wand sollte. Ich bildete mir etwas darauf ein, dass noch nie eine Braut den Kapetingern ein solch riesiges und reiches Territorium in die Ehe eingebracht hatte, ich war die erste. Ich besaß mehr Land und Reichtümer als der König selber! Aber natürlich war es ungut, den französischen Adel, die frommen Hofgeistlichen und die alten einflussreichen Kreise mit allem, was ich tat, herauszufordern. Das sollte sich später rächen. Die Menschen vergessen nicht, wenn man sie demütigt.«

Nachdenklich dreht sie an ihrem silbernen Siegelring, bevor sie weiterspricht. »Aber zunächst einmal siegte ich auf der ganzen Linie. Denn Ärger und Zwistigkeiten zwischen ›Franzosen‹ und ›Ausländern‹ nahmen so sehr zu, dass man schließlich den offenen Versuch wagte, mich und mein Gefolge in die Schranken zu weisen. Meine Schwiegermutter und ihre Parteigänger beschwerten sich bei Ludwig öffentlich über meine zu hohen Ausgaben.

Er ließ mich holen. Wie ein Kind, das etwas angestellt hat, stand ich vor ihm.

›Nun sprecht, Mutter, in Anwesenheit der Königin. Sie soll sich verteidigen können gegen Eure Vorwürfe‹, sagte er. Ich sah, wie unwohl er sich dabei fühlte. Aber wie immer versuchte er, gerecht zu handeln.

Adelheid von Maurienne zeigte mit spitzem Finger auf mich und erhob die Stimme. ›Da steht der Grund dafür, dass die königliche Kasse leer ist! Der teure Lebenswandel der Königin ist ein Schlag ins Gesicht aller, die bisher am Hof gottesfürchtig und ohne Hoffahrt gelebt haben. Wir haben bald kein Gold mehr, um ihre ausgefallenen Wünsche zu befriedigen. Und keines, um dem Adel die nötigen und verdienten Privilegien zu gewähren. Abbé Suger wartet auf die versprochenen hundert Mark Silber für den Neubau von Saint Denis! Die Grafen der Grenzburgen zur Normandie haben noch keinen einzigen Denar bekommen, um ihre Wälle und Mauern zu verstärken! Und als ich heute Morgen meinen Kaplan geschickt habe, um den Stand der Einkünfte aus meinem Witwengut zu prüfen, musste er mir sagen, dass diese Einkünfte in den Unterhalt der Hofhaltung eingeflossen sind. Das ist unerhört! Jemand muss diesem unersättlichen Weib Einhalt gebieten. Hier, Ludwig, übergebe ich dir eine Bittschrift des Inhalts, deiner Ehefrau unverzüglich den Zugang zur königlichen Kasse und zum Kronschatz zu entziehen. Sie ist unterschrieben von lauter ehrbaren Männern, die dir wohlbekannt sind. Dein Weib bringt uns mit ihrer Verschwendungssucht sonst an den Bettelstab!‹

Ludwig war ganz weiß im Gesicht geworden. Seine Nasenspitze bebte, wie immer, wenn er sich aufregte. ›Was hast du dazu zu sagen, Aliénor?‹, fragte er schließlich.

Die anwesenden Hofleute starrten mich an. Mir war klar, dass es um Alles oder Nichts ging. Wenn ich mich jetzt nicht verteidigen konnte, war mein Ansehen als Königin dahin. ›Mein Herr und Gemahl‹, sagte ich, ›jedes Weib niedrigsten Standes kann ihr Heim nach ihrem Geschmack wohnlich machen. Niemand wird ihr verwehren, sich einzurichten, wie es ihr beliebt. Allein ihr Gatte hat Gewalt über sie – so wie Ihr über mich. Ich komme aus einem fernen Land, das reich ist an Einkünften und Besitztümern. Und doch war mein Vater Eurem Vater untertan. Als ich den König von Frankreich heiratete, ahnte ich nicht, dass sein Hof nicht ähnliche Ausstattung bieten würde, wie der seiner minderen Vasallen. Nicht, um meine Genusssucht zu befriedigen, habe ich Gelder für die Umgestaltung des Palastes ausgegeben, sondern um meinem Herrn und Gemahl die Peinlichkeit zu ersparen, auf hohe Gäste wie den Herzog der Normandie, der demnächst zur Huldigung erscheinen wird, den Eindruck zu machen, er führe nur ein ärmliches Haus mit geringen Bequemlichkeiten. Es steht einem König schlecht an, wenn seine Untertanen glauben, er könne sich keine angemessene Wohnstatt leisten, wie es sich für einen von Gott auserwählten Herrscher gebührt.‹

Abt Suger, der bisher schweigend an einer Säule gelehnt hatte, trat nun mit schmeichlerischer Miene vor. ›Natürlich habt Ihr das Recht, meine Königin, Eure Heimstatt so einzurichten, wie es Euch gefällt. Das bestreitet niemand. Doch alles Übermaß ist schädlich, so steht es geschrieben. Dass Eurer Schwieger Witwengut angetastet wurde, scheint mir schlechte Wirtschaft zu sein.‹ Auch er war also gegen mich.

›Das wusste ich nicht, Vater‹, erwiderte ich, und das war die reine Wahrheit. ›Aber ich will gerne Abbitte leisten.‹ Mit diesen Worten nahm ich meinen kostbaren Saphirring und die Ohrgehänge ab und hielt ihr den Schmuck hin. ›Nehmt, gute Schwieger, es ist das Erbe meiner lieben Mutter, Gott hab sie selig. Ich geb's Euch gern, wenn ich bei Euch im Unrecht steh.‹

Die Höflinge sahen mit säuerlichen Mienen auf ihre Fußspitzen. Ludwig lächelte mich an. Ich konnte sehen, dass Adelheid beinahe vor Wut platzte. ›Lass gut sein, Tochter‹, säuselte sie. ›Ich will dir das Andenken an deine Mutter nicht entfremden. Wenn du mir Bescheid tun willst, dann erstatte mir die Summe, die meinem Wittum entnommen wurde, aus der Schatulle deiner eigenen Einkünfte als Herzogin von Aquitanien.‹

Es war ganz still im Saal. Sie wollte es darauf ankommen lassen, wollte mich zum Streit reizen! Hilfesuchend sah ich Ludwig an. Sollte ich vor ihr klein beigeben? Doch bevor ich etwas entgegnen konnte, sprach Adelheid schon weiter.

›Und ich wäre dankbar, wenn wenigstens auf meiner Seite des Turms in Zukunft Ruhe gehalten würde. Man kann ja nicht mehr über den Gang gehen, ohne auf Leute zu treffen, die umhertänzeln wie die Gockel und ein Geschrei machen, dass es bis nach Etampes zu hören ist. Die Glöckchen an den Kappen und Schellen an den Schuhen tragen wie die Narren. Weiber, deren Brustschlitz so tief ist, dass der frömmste Hofkaplan nicht mehr an sich halten kann. Solch liederlicher Aufzug ist des Teufels, stimmt es nicht, Abbé?‹

Suger nickte, zog es aber vor, nicht zu antworten. Er sah das Unheil kommen. Sie trieb es zu weit.

›Mutter, bitte‹, presste Ludwig zwischen den Zähnen hervor. Aber sie ließ sich nicht mehr zurückhalten, wandte sich mit verzerrtem Gesicht gegen mich. ›Du und deine aquitanische Bagage, ihr habt den Hof zum Narrenhaus gemacht. Die alten Getreuen vom Hofadel habt ihr an den Rand gedrängt und um ihren Einfluss gebracht. Ja, auch du, Ludwig! Du lässt dir von diesem Mädchen auf der Nase herumtanzen …‹

Die Nase! Die Höflinge verbissen sich ein Grinsen, und auch ich musste an mich halten. Ich riss mich zusammen und sah meinen Gatten noch einmal mit flehendem Blick an. Hilf mir, sollte dieser Blick sagen. Lass mich jetzt nicht im Stich.

›Du lässt dich abbringen von allem, was bisher gutes Herkommen war. Du beleidigst den Geschmack deiner Vasallen, die bisher nichts auszusetzen hatten an unserer ach so unbequemen und schmucklosen Hofhaltung. Selbst der brave Graf von Vermandois, der beste Freund deines Vaters, denkt daran, Paris zu verlassen und auf seine Güter zurückzukehren. Du lässt zu, dass deine Ratgeber ausgelacht werden von diesen Südländern, die keine Gottesfurcht kennen. So dankst du ihnen ihre Treue! Ich kenne dich nicht mehr, Ludwig. Deine Frau hat dich ...‹

Abt Suger wollte Ludwig die Hand auf den Arm legen, aber es war zu spät. Mein Gatte erhob sich von seinem Stuhl.

›Schweig!‹, sagte er leise. Seine Blässe war gewichen, jetzt überzog tiefe Röte seine Wangen, er rang um Selbstbeherrschung. ›Es steht dir nicht zu, über den König zu richten. Ich habe deine Vorwürfe gehört, Frau. Wende dich an meinen Kämmerer, um die Summe zu fordern, die dir zusteht. Er wird sie aus der königlichen Schatulle begleichen. Und nun genug!‹

Abt Suger versuchte zu beschwichtigen. ›Mon roi‹, sagte er, ›zürnt ihr nicht, in Gottes Namen. Eure Mutter versucht nur zu sagen, dass tatsächlich recht lockere Sitten bei Hof Einzug gehalten haben, und auch ich habe bemerkt, dass die alten Getreuen sich zurückgesetzt fühlen. Vielleicht könntet Ihr ...‹

›Die alten Getreuen stehen weiterhin in höchster Gunst. Aber sie werden lernen müssen, dass sich manchmal Zeiten und Sitten ändern, Abbé.‹

Suger biss sich auf die Lippen, dann verneigte er sich leicht.

›Du hörst nicht einmal mehr auf deinen ehrwürdigen Lehrmeister!‹ Adelheid zog ein Tüchlein aus dem Ärmel und tat so, als wolle sie sich die nicht vorhandenen Tränen aus den Augenwinkeln tupfen. ›Was ist nur aus dir geworden?‹

›Der König von Frankreich, Mutter‹, entgegnete er eisig. ›Und du tätest gut daran, auch seiner Königin Achtung zu erweisen. Sie wird einmal die Mutter deiner Enkel sein.‹

Ich atmete tief durch. Danke, mein Lovis, dachte ich, danke.

Diese Schlacht war geschlagen.«

Lächelnd lehnt sich Aliénor zurück und schließt die Augen. In dieser Nacht, oh, wie gut sie sich erinnert, gelang endlich, was sie sich beide ersehnt hatten. Ludwig vollzog an ihr die Ehe. Merkwürdig, wie deutlich alles nach so vielen Jahren noch vor ihr steht. Der Betthimmel, den sie mit Lilien hatte besticken lassen. Das flackernde Licht der Bienenwachskerzen, das ihrer beider Schatten an die Wand warf. Das Zittern seiner Hände, als er sie berührte. Sein Geruch, den sie nach so langer Zeit wieder in der Nase hat, ein bisschen säuerlich und streng, überdeckt vom Ambrabalsam, den sie ihm geschenkt hat, um seine Locken zu glätten. Seine Erleichterung, als es endlich vollbracht war! Hinterher lagen sie beide engumschlungen wach bis zum Morgengrauen, glücklich wie nie zuvor. »Gott hat unserem Bund seinen Segen gegeben«, sagte Ludwig ein ums andere Mal.

Aliénor zieht den dicken Wollschal enger um ihre Schultern. Nun ja. Gott hat es sich später eben anders überlegt.

»Am nächsten Tag«, erzählt Aliénor weiter, »reiste meine Schwiegermutter mitsamt ihrer Dienerschaft ab, um sich auf ihre Ländereien bei Compiègne zurückzuziehen. Der Graf von Vermandois verließ ebenfalls den Hof. Und auch Abbé Suger nahm bald darauf dauerhaft Quartier in der Abtswohnung von Saint Denis.«

Sie hatten das Tauziehen um die Macht verloren. Ludwig gehörte nun ganz und gar ihr. Es blieben nur sie beide.

Ludwig

Ich bin der glücklichste Mann der Welt, seit Aliénor mir gesagt hat, sie sei schwanger. Wir ließen sofort in der Kapelle eine Dankesmesse lesen, schenkten jeder Kirche in Paris zehn Pfund bestes Bienenwachs und drei Ballen golddurchwirkten Stoffs für Paramente. Der Herr hat mich nicht verlassen, ich ruhe in seiner Hand. Die Schwangerschaft ist das Zeichen! Ich habe richtig gehandelt, meine Mutter in die Schranken zu verweisen, obwohl mich darob Gewissensbisse plagten. Und Abbé Suger, ja, er fehlt mir oft. Doch alles hat sich gelohnt, denn ein Erbe wird kommen!

Ich und mein Weib herrschen gemeinsam über das Land, so wie es sein soll. Es schmerzt mich, dass einige meiner kirchlichen Ratgeber sich mit der Zeit abgewandt haben und seltener bei Hof erscheinen. Am schlimmsten war der Zusammenstoß mit dem

Erzbischof von Bourges, meinem verdienten Kanzler. Er war mit einigen meiner Entscheidungen nicht einverstanden und warf mir vor, unter der Fuchtel der Königin zu stehen. Was blieb mir, als ihn zu entlassen? Mein neuer Kanzler, Cadurc, versieht das Amt mit Klugheit und Fleiß. Alles gedeiht.

Fürwahr, wenn Gott so spürbar mit mir ist, wer soll dann gegen mich sein? Das Königreich ist ruhig, unter den Fürsten herrscht Eintracht. Den Einfluss der Bischöfe habe ich beschnitten, Aliénor hat mir die Augen geöffnet, dass ich der Kirche gegenüber viel zu nachgiebig war. Die meisten Sorgen habe ich mit Aquitanien, und auch hier ist mein Weib die beste Unterstützung. Keiner kennt das Land so gut wie sie. Es ist seit jeher ein unruhiges Herzogtum mit vielen Kriegshändeln gewesen, und nun, da Herzog und Herzogin weit weg in Paris leben, glaubt man, sich Rechte herausnehmen zu können. Es gab einige Erbstreitigkeiten, bei denen man uns zu übergehen versuchte, etliche Aufsässigkeiten, die wir hart bestraften, Privilegien an widerspenstige Vasallen, die wir rückgängig machten. Wir dulden nach wie vor keine Auflehnung, und gemeinsam haben wir es bisher geschafft, die Barone zum Frieden zu zwingen. Ich hätte vielleicht in manchen Dingen nachsichtiger gehandelt, so damals, als die Bewohner von Poitiers eine freie Stadtgemeinde ausriefen und die Stadt befestigten. Aliénor jedoch sagte: »Ich kenne meine Poiteviner. Sie brauchen eine harte Hand. Und ich lasse meine Autorität von ihnen nicht mit Füßen treten. Du musst eine Streitmacht schicken!« Wohl dem König, der ein Weib von solch entschlossenem Sinn neben sich hat! Poitiers kapitulierte auf der Stelle, und auf Aliénors Rat hin verhängte ich strenge Strafen gegen die aufsässigen Bürger. Ich musste sie dabei noch beschwichtigen, so zornig war sie über den Abfall ihrer Lieblingsstadt. Abbé Suger, der nur noch an hohen Feiertagen bei Hof erscheint, wagte mir zu sagen, mein Weib lege recht herrische Züge an den Tag, wenn man doch bedenkt, dass sie dem schwachen Geschlecht angehört. Von niemandem sonst hätte ich mir solche Frechheit angehört. Natürlich, sie kann zuzeiten recht dickköpfig und eigensinnig sein, und sie duldet keine Unbotmäßigkeiten. Aber ich bewundere ihre Stärke – manchmal wünschte ich mir, sie könne mir ein wenig davon abgeben.

Ja, ich weiß es gut, ich neige zur Nachgiebigkeit. Sie sagt dann stets: »Mi cors, sei hart – du bist der König!« Und sie hat recht. Die Erziehung in der Domschule hat mich schwach werden lassen. Aber ich beweise meiner Frau immer wieder aufs Neue, dass ich mich als starker Herrscher durchsetzen kann. Gleich nach der Unterwerfung von Poitiers habe ich einen Aufstand in der Vendée niederschlagen lassen. Es hat mir den Ärger meiner Ritter eingetragen, die zur Erntezeit ihre Bauern nicht in den Kampf schicken wollten. Doch seither ist Frieden in Aquitanien, mit Gottes Hilfe. Noch ein paar Monate, bis sich die Kämpfer erholt haben und die heurige Ernte eingebracht ist, dann geht es nach Toulouse. Es ist Aliénors Erbe, und es steht ihr über die Linie ihrer Großmutter zu, der man übel mitgespielt hat. Dass sie jetzt als Königin diese Schmach nicht länger dulden will, verstehe ich nur allzu gut. Heute noch kann sie nicht aufhören zu weinen, wenn sie davon erzählt. Ich habe ihr das heilige Versprechen gegeben, die Grafschaft für sie zurückzuerobern. Ich ertrage es nicht, sie traurig zu sehen, vor allem jetzt, wo sie mein Kind unter dem Herzen trägt.

Heute habe ich mir endlich einmal wieder die Zeit genommen, in der Kapelle zu beten, um ungestört mit dem Heiland Zwiesprache zu halten. Wenn ich dann leise spreche, habe ich das Gefühl, er sei körperlich im Raum. Alles kann ich ihm erzählen, ihm mein Herz öffnen. Süßer Herr Jesus, du allein weißt, wie groß meine Liebe zu dir ist. Ich will dir gestehen, dass ich oft zweifle. Ich denke viel zu viel an mein schönes Weib, kann es abends gar nicht erwarten, zu ihr in die Schlafkammer zu kommen. Dann überwältigt mich eine Leidenschaft, die – verzeih mir – so stark ist, dass ich meine ewige Seligkeit für sie geben würde. Wie einfältig war ich doch früher, als mein größter Wunsch war, als Mönch zu leben! Kannst du mich verstehen, mein Heiland? Du hast stets den Anfechtungen durch Weiber widerstanden! Aber du bist ja auch die Frucht eines jungfräulichen Leibes. Ich hingegen bin wie alle Menschen in Sünde gezeugt. Und ein Mann braucht doch ein Weib, so ist die Welt beschaffen. Und mein Weib, dieser Engel, trägt jetzt mein Kind! Ich frage mich, ob mein Glück nicht zu groß ist. Ich habe Angst, zu hoffärtig zu werden, die Demut zu vergessen. Hilf mir, Herr Jesu

Christ, und halte mich auf dem rechten Weg. Deine Hand leite mich. Dein Stab sei ...

Was ist das für ein Aufruhr draußen im Gang? Sie suchen mich! Draußen vor der Kapelle ringt meine Schwägerin Petronilla tränenblind die Hände. »Bei der heiligen Muttergottes«, ruft sie auf Okzitanisch und zerrt an meinem Ärmel, »komm, Schwager! Schnell!«

Wir hasten zum Turm, wo die Frauenzimmer liegen. Ich höre mein Weib schreien. Himmel! Ich will hinein, doch die Gräfin von Maurienne verwehrt mir den Zugang. »Die Königin kommt nieder«, sagt sie.

»Was! Aber das kann nicht sein, es ist weit vor der Zeit!« Mir wird eiskalt.

Die Gräfin schiebt mich und Petronilla auf ein Bänkchen im Vorzimmer. »O Gott, wie weit ist es denn genau?«, frage ich. Nie habe ich mich so hilflos gefühlt.

Petronilla zählt, nimmt ihre Finger zu Hilfe. Zählt noch einmal. Gibt es auf. Ich könnte sie schütteln, das dumme Ding. Zu nichts kann man sie gebrauchen. Ich versuche, selber zu rechnen. Die Niederkunft sollte irgendwann im Herbst sein. Noch vier Monate! Oder nur drei? O Gott, verlass mich jetzt nicht! Das Kind! Was, wenn Aliénor stirbt? Ich weiß nicht, wie ich dann weiterleben soll. Mir wird schlecht. Ich gehe zum Fenster und versuche, Luft zu bekommen. Drinnen in der Schlafkammer schreit Aliénor wieder und wieder. Aufgeregte Frauenstimmen sind zu hören, jemand weint.

Dann ist plötzlich Stille.

Nichts hält mich jetzt mehr. Ich stoße die Gräfin zur Seite, stürme ins Zimmer. Aliénor liegt totenbleich auf dem Bett, die Augen geschlossen, das Haar schweißnass. Aber, Dank sei dem Herrn, sie atmet. Die Frauen stehen beisammen und tuscheln, Entsetzen in den Gesichtern.

»Wo ist das Kind?«, krächze ich. Meine Kehle ist rau und trocken.

»Geht, Herr, ich bitt gar schön«, sagt eine alte Frau zu mir, die Hebamme. »Gott sei uns gnädig, das Kind ist tot. Es ist schon im Leib der Königin gestorben.«

»Ich will es sehen!« Ich dränge mich zu den Frauen. Eine davon hält ein kleines, blutbeflecktes Stoffbündel.

»Nicht!«, ruft die Wehfrau. »Im Namen Gottes!«
Aber da habe ich schon den Zipfel des Leintuchs weggezogen. Da ist ein blutiger Klumpen, nicht größer als eine Menschenhand. Ein Kopf, bläulich rot, dicke Adern unter der Haut. Zwei Ärmchen mit winzigen Händen. Und dann, o Gott, sehe ich es. Das Ungeheuerliche. Der Rücken des Wesens ist eine einzige offene Wunde, unten eine große rohfleischige Wucherung, groß wie ein Daumen. Ein Schwanz! Und Himmel, die verkrümmten, viel zu kurzen Beine enden in unförmigen Klumpen!

Ich habe ein Monster gezeugt!

Ich falle auf die Knie und erbreche mich auf den Boden, würge und würge, bis nur noch Galle kommt. Aliénor quält sich aus dem Bett, kriecht auf mich zu, krallt sich weinend an mir fest. »Es war ein Junge«, stößt sie hervor.

»Ein Junge?« Fassungslos starre ich sie an. »Wir haben einen Dämon erschaffen!«

»Herr«, beschwichtigt die Hebamme. »Fasst Euch in Eurem Schmerz. So etwas kommt öfters vor, vor allem wenn die Mütter noch sehr jung sind. Gott sei Dank hat sie das Kind abstoßen können, sonst hätte es sie mitgenommen zu den armen Seelen. Aber Ihr werdet noch viele gesunde Nachkommen haben.«

Ich schleudere die Alte mit einem Schrei gegen die Wand. Dann stürze ich aus dem Zimmer.

Das ist die Strafe des Himmels.

Gott hat mich verlassen.

Santo Domingo de la Calzada
Ende Februar 1200

Ludwig war dem Wahnsinn nahe. Er schloss sich in der Nikolauskapelle ein, jammerte und tobte, schrie und wütete. Er zertrümmerte Stühle und Bänke, zerfetzte seine Kleider, riss sich die Haare büschelweise aus. Als sei ein böser Geist in ihn gefahren. Ich hämmerte gegen die Tür, weinte und flehte. Er öffnete nicht. Ich war doch selber zu Tode traurig. Wie hatte ich mich auf dieses Kind gefreut! Und nun war es in mir gestorben. Wofür strafte Gott mich so?

Die Hebamme hatte mir erklärt, dass so etwas immer wieder vorkommt. Manchmal ist der Leib einer jungen Frau noch nicht voll ausgebildet, und dann gibt es eine Totgeburt. ›Es ist nicht die Strafe Gottes, sondern die Gnade des Himmels, dass manch ein Kindlein noch im Körper der Mutter stirbt. Dann kann sie später, wenn sie reif dazu ist, wieder gebären. Und das Ungeborene wird in den Kreis der unschuldigen Engel aufgenommen.‹

Ich bat darum, das Kind sehen zu dürfen, aber man verwehrte es mir. Die Hebamme sagte, es sei ein hübscher, kleiner Sohn gewesen. Nur Ludwig sah sein Kind und brach sofort zusammen. Er redete irre, faselte etwas von einem Dämon, war völlig außer sich. Es gelang mir nicht, ihn zu trösten. Ich war ja auch selber untröstlich. Aber ich beschloss, der Wehfrau zu glauben und meine ganze Hoffnung auf die nächste Schwangerschaft zu setzen. Für das Kindlein sorgte ich, indem ich der Abtei Saint Denis ein Pfund Goldstücke übersandte, damit sie dort eine ewigwährende Seelmesse einrichten konnten.«

Blanche ist ganz kreideweiß geworden. Sie hat zwei Fehlgeburten ihrer Mutter miterlebt, so etwas gehörte nun einmal zum Leben. Aber nie war es ihr so schlimm erschienen. »Hattest du nicht Angst, Ludwig würde dich hassen oder gar verstoßen, weil du sein Kind verloren hast?«

Aliénor nickt ernst. »Doch. Das war meine schlimmste Befürchtung. Aber ich wusste doch, wie sehr er mich liebte. Und ich wollte alles tun, ihn davon zu überzeugen, dass weder er noch ich etwas dafür konnten.« Sie seufzt. »Es sollte mir nicht gelingen. Zumindest, was ihn betraf. Denn er sah sich als den Schuldigen.«

Die alte Königin trinkt ihren Becher Würzwein bis zur Neige aus. Wie kann es sein, dass nach all den Jahren der Schmerz immer noch spürbar ist? Die Trauer um das tote Söhnchen, die sie empfand – damals hat sie mit allen Kräften versucht, dieses schwarze Gefühl in sich zu verschließen, es irgendwo abzulegen in einem Winkel ihrer Seele. Und dort hat es sich gut versteckt, bis heute.

Aber damals musste es ja weitergehen. Sie musste ihren Gatten wieder aufrichten, ihm Hoffnung geben, ihn herausreißen aus seiner Verzweiflung. Was hätte sie denn sonst tun sollen?

»Nach drei Tagen gab ich Befehl, die Kapellentür einzutreten. Ich hatte Abbé Suger holen lassen und einen Arzt. Gemeinsam brachten wir Ludwig dazu, eine ordentliche Dosis Mohnsaft zu schlucken. Danach schlief er lange.

Als er erwachte, war er wieder ruhig. Aber er hatte sich verändert.

Er sprach nicht mehr mit mir. Er legte Mönchsgewänder an, schor sich das schöne, lockige Haar. Und er kam nicht mehr in mein Bett. Ich flehte ihn an. Sprich mit mir, Lovis! Sag mir, warum! Erkläre mir, warum du mich nicht mehr willst. Lass mich nicht so leiden. Wir sind doch Mann und Frau. Wir können noch viele Kinder haben. Er starrte mich nur an, Ekel und Abscheu im Blick.

Schließlich entdeckte ich in seiner Kammer eine selbstgebastelte Geißel, ein Igelfell, das mit einer Schnur an einem kurzen Stock befestigt war. Er kasteite sich. Ich wusste mir keinen Rat mehr, ging zu Abbé Suger. ›Was kann ich tun, Vater?‹, fragte ich ihn. ›Helft mir, ihn zu verstehen!‹

Ich weiß, der alte Mann mochte mich nie. Aber er sah ein, dass es mit Ludwig so nicht weitergehen konnte. Und dass die Krone einen Erben brauchte. Also kam er und drückte mir einen Brief in die Hand. ›Lest‹, brummte er. ›Dann wisst Ihr, woran Ihr seid. Vielleicht könnt Ihr ihm dann ein besseres Weib sein.‹«

»Und von wem war der Brief?« Blanche schenkte ihrer Großmutter vom Wein nach, immer noch mit zittrigen Händen.

Aliénor lachte heiser auf. »Von der höchsten kirchlichen Autorität, die es damals in Frankreich gab. Bernhard von Clairvaux.«

»Meinst du den heiligen Bernhard?«

»Der mein größter Feind war. Ja. Er wurde vor dreißig Jahren heiliggesprochen, ha, leider hat mich keiner gefragt, was ich davon halte. Mein Gatte hatte ihn offenbar um Rat gebeten. Lass sehen, ob ich den Inhalt seines Schreibens noch im Kopf habe. Es war eine wahre Hasstirade gegen mich.« Sie horcht in sich hinein, lässt die Worte aus der Tiefe in sich hochsteigen wie Luftblasen im Wasser. Dann fängt sie leise an zu reden, holt die gifttriefenden Sätze des Abts von Clairvaux nach so vielen Jahren wieder an die Oberfläche.

»Er schrieb ungefähr dies: ›*Euer Königin ist die erßte unther den Töchtern Belials, die sich in schnödten Launen verliern, mit erhobnen Heupttern hochmüthig einher wandeln und sich schmücken alß wie ein heilger Tempel. Sie ist Abkömmlingk ehebrecherischer Grosz Elttern und eins gottloßen Vaters, der die Kirchenmänner an den Bärthen zerrte, so er seinen Willen nicht bekam. Der Stamm der aquitanischen Hetrzög ist werttlos, unverschemt und ohne Zucht. Seht sie doch an, Euer Weib: Wie die Huren Babylons ist sie eher beladen denn geschmückt mit Goldt und Edel Stein. Wie eine Natter den Schwantz ziehet sie Elle um Elle koßtbarsten Stoffs hinter sich her, allein um überalln Staub aufzuwirbeln. Der Schmuck einer Königin sollte sein das Erröthen der natürlichen Bescheydenheitt, das die Wangen einer Jungkfrau färbet. Seyde, Purpur und Gold haben ihren eygnen Glantz, aber sie machen keinen Menschenkörper schöner in den Augen Gottes. Der Liebreitz, den seydene und peltzgeschmückte Kleider verleihn, fällt mit diesen ab, er hänget den Kleidern an und nicht dem Bekleideten. Das Böse kann er nit verhüllen. Kein frommes Weib kann sich schöner machen mit dem Haar von Thieren oder dem, was Würmer erspinnen. Es bleibet immer ein Gefäß der Sünde. Und du, Ludwig, der du ein christlicher Herrscher sein willst, hast dich diesem Geschöpff der Schlange ergeben. Du hast dich verführn lassen durch die Machenschafften des Teufels. Darumb ruffe ich dir zu: Kehre um! Kehre um und erkenne das Weib als das, was es ist: Ein grosze Versuchungk, die Gott dem Christen Menschen geschickt hat, um ihn zu prüfen. Begreife, König, dass du ihr nit verfallen darfst. Sieh ein, dass du dieses Gefäß benutzen darffst, um die Blutlinie zu erhalten. Aber deine Lieb darff alleyn dem Allmächtigen angehörn. Dieß ist Gottes Gesetz und sein gerechtter Anspruch an dich. Nun, da du dieß missachtet und dich in Luderey gestürzt hast, dich gentzlich dem vergänglich Fleyschlichen anheim geben und dem sündthaften Genuß gefrönt hast, da hat dich Gott gestrafft und die Frucht deines Leybs in seinem Zorn erschlagen. Hüte dich! Laß ab von blinder Hurerey, sieh das Ehe Bett alß Nothwendigkeyt und*

Pflicht, die dir auferleget sindt. Übe Enthalttsamkeyt und Zucht, lerne deine bößen Triebe zügeln. Haltt dich in Demuth zurück von deinem Weib, beherrsche deine unlautre Lußt wie einen Unterthan. Nur dann wird dir der Himmel Gnad erweißen und dich belohnen mit dem, was du dir wünschest.‹«

Als Aliénor geendet hat, ist Blanche so bleich wie die Wand. »Aber Großmutter«, flüstert sie. »Wenn das stimmt, wie soll ich dann ... was können wir Frauen denn dafür? Warum sind wir so böse?« Sie schüttelt wild den Kopf. »Dann will ich gar nicht heiraten. Dann kehren wir um, auf der Stelle!«

O Gott! Aliénor könnte sich ohrfeigen. Das hat sie nicht gewollt, wirklich nicht. Es ist mit ihr durchgegangen. »Lämmchen«, sagt sie in beschwörendem Tonfall. »Das waren die Worte eines harten, selbstgerechten Mannes, der nie die Freuden der Liebe gekannt hat. Er war ein Mönch, und er wusste es nicht anders. Ich schwöre dir, bei meinem Leben als Mutter vieler Kinder und als Königin zweier Reiche: Mann und Frau sind erschaffen, um einander Freude zu geben. Wenn Gott das nicht gewollt hätte, hätte er Eva nicht seinen Atem eingeblasen. Und die Christenheit wäre längst ausgestorben. Niemand würde mehr Kirchen bauen, Almosen geben und Gebete sprechen. Auch die heiligsten Männer sind die Frucht der ach so unfrommen fleischlichen Liebe zwischen Mann und Frau. Bernhard hat das selbstverständlich vergessen, missgünstige, saft- und geschlechtslose Kreatur, die er war. Für ihn waren die Frauen böse, weil sie ihn selber zu sündigen Gedanken verleiteten. Das hat er, anstatt seine eigene Schwäche anzunehmen, aller Weiblichkeit nachgetragen. Es ist ja viel einfacher, andere zu hassen als sich selber.«

Blanche hat sich wieder ein wenig gefasst. »Und hat Ludwig sich von ihm einschüchtern lassen?«

Aliénor fröstelt. »In der Tat, das hat er. Er mied mich wie die Krätze. Ich sah, wie er darunter litt. Aber ich konnte nichts tun. Ich erreichte ihn nicht. Nicht mit Worten, nicht mit guten Gesten. Erst viel später begriff ich, dass er Gott und sich selbst etwas beweisen wollte. Er hielt sich von mir fern, um aufzuzeigen, dass er sich von allen fleischlichen Bedürfnissen freigemacht hatte und das böse, teuflische Weib keinen Einfluss auf ihn mehr ausübte. Er tat Buße.

Und ich war verloren. Ohne ihn war ich nichts. Er hörte nicht mehr auf mich, holte sich wieder die alten Ratgeber. Der Graf Raoul von Vermandois, in der Hölle soll er schmoren, kam wieder an den Hof und in Ludwigs Gunst. Schande über den alten Hurenbock, es war verderblich, was daraus erwuchs. Meine kleine Schwester war ein leichtes Opfer ... aber davon vielleicht irgendwann später. Und dann ...«

Blanche unterdrückt ihr Gähnen, sie will unbedingt weiter hören. »Was dann?«

»Dann fiel mir nichts anderes mehr ein, als meinen Gatten in seiner Schlafkammer aufzusuchen. Nach einem halben Jahr. Mir war alles egal. Auch wenn er mich davonjagte, ich musste mit ihm reden. Ich weiß noch, dass ich mich davor schön machen ließ, nein, nicht was du glaubst. Züchtig schön. Ich trug ein sittsam weitgeschnittenes Kleid, ließ mein Haar zu Zöpfen flechten. Schau nicht so! Merke dir lieber: Eine Frau muss nun einmal die Mittel einsetzen, die ihr zur Verfügung stehen. Sie kann weder mit Schwert noch Armbrust kämpfen.«

Blanche grinst. »Du warst wohl immer so schlau und listig, Großmutter?«

Aliénor grinst zurück. »Wäre ich sonst dahin gekommen, wo ich jetzt bin? Nun, jedenfalls, es gelang mir, mit Ludwig zu sprechen. Dass er mich nicht gleich hinauswarf, lag vermutlich daran, dass Abt Suger sich in der Zwischenzeit an Bernhard von Clairvaux gewandt hatte. Er schrieb ihm, dass es in seiner Verantwortung läge, wenn die Krone Frankreichs keinen Erben fände, und bat ihn darum, Ludwig eine Art Absolution für das Beilager mit mir zu erteilen. Und Bernhard, der offensichtlich nicht auf sein Gewissen laden wollte, dass das Haus Capet mit Ludwig im Mannesstamm erlosch, gewährte diesen Dispens.«

»Dann war ja alles wieder gut«, meint Blanche erleichtert.

Wenn du wüsstest, denkt Aliénor. Ach Ludwig! Nicht einmal mit Bernhards Erlaubnis gelang es dir, deine eheliche Pflicht zu vollziehen. Hattest du dich vorher vor lauter Leidenschaft deiner Säfte zu früh entleert, so warst du nun gänzlich unfähig. Armer König – du konntest es einfach niemandem recht machen. Nicht dir selber, nicht mir, nicht deinem Gott. Sie seufzt leise und spricht dann weiter. »Vielleicht, um mir zu beweisen, dass er doch ein richtiger Mann sei, beschloss Ludwig, sein Versprechen einzulösen und mir mein entfremdetes Erbe Toulouse zurückzuerobern. Das war im Jahr 1141, dem vierten Jahr unserer Ehe.«

Wenn man es Ehe nennen konnte.

»Ich kam mit bis Poitiers. Es war so schön, wieder einmal in der Heimat zu sein. Nun konnte es nicht mehr lange dauern, bis ich das Versprechen einlösen konnte, dass ich meiner Großmutter auf dem Sterbebett gegeben hatte. Glaubte ich. Und ich war voller Erwartung, sah mich schon auf weißem Zelter in Toulouse einreiten, umjubelt von den Bürgern, die sich in den Gassen der Stadt drängten. Mir fiel wieder ein, dass mein Großvater meinen Vater in Toulouse gezeugt hat; mein Vater ist sogar in Toulouse geboren, die Leute nannten ihn manchmal ›le Toulousin‹. Ich wollte sein Banner durch die Stadt tragen. Aber es kam ganz anders. Ein paar Wochen später war Ludwig wieder zurück – mit leeren Händen. Offenbar hatte er weder genügend Truppen noch geeignete Belagerungswaffen mitgenommen. Raymond von Toulouse muss sich vor Lachen ausgeschüttet haben! Und ich, ich war so wütend, dass ich tagelang nicht mit meinem Gatten sprach. Und wenn es nur war, um mich selbst daran zu hindern, ihn zu fragen, ob es überhaupt irgendetwas gäbe, was er zustandebrächte! Ja, schau mich nur böse an, ich konnte schon immer ein herzloses Miststück sein!« Aliénor lacht ihr kehliges Lachen. Irgendwie, denkt sie, wollte meine Bitterkeit schließlich aus mir heraus, damit ich nicht an ihr erstickte.

»Wir reisten wieder nach Paris zurück und nahmen dort zögerlich unsere freudlosen Bemühungen um ein Kind wieder auf. Und wie sich später herausstellen sollte, waren wir um diese Zeit nicht die Einzigen, die fleischlichen Genüssen frönten …«

Blanche hob den Kopf. »Ach ja? Wer denn noch?«

Aliénor spürt plötzlich die Müdigkeit. »Morgen«, sagt sie. »Ich kann dir doch nicht alles an einem Abend erzählen. Eine alte Frau braucht schließlich ihren Nachtschlaf.«

Blanche zieht einen kleinen Flunsch, mit dem sie Aliénor an ihre Mutter erinnert. Aber sie geht ohne Widerrede über die wacklige Treppe mit nach oben, wo die Schlafkammer liegt.

Paris, Sommer bis Herbst 1141

Es ist August. Schwüle Hitze stülpt sich seit Tagen wie eine Käseglocke über die Stadt. Myriaden von fetten Schmeißfliegen schwirren über der Seine, setzen sich auf die blutigen Innereien, die die Metzger auf den Fleischbänken feilbieten, auf die Fische an den Ständen des Grève-Marktes, auf das Obst in den Körben der Bauern. Die Menschen sehnen sich nach Abkühlung, aber die Gewitter ziehen alle Richtung Osten vorbei. Der Gestank aus den Kloaken ist kaum noch auszuhalten und dringt bis in die Räume des Cité-Palastes. Am angenehmsten findet Aliénor es noch morgens im Palastgarten unter der alten Weide, oder noch besser, drinnen hinter den dicken, kühlenden Mauern. Lustlos stickt sie an einem damastenen Altartuch herum, das sie den Nonnen ihres Lieblingsklosters Fontevraud schenken will. Handarbeit hat ihr noch nie viel Spaß gemacht, aber sie weiß, dass Ludwig sich über eine solch fromme Beschäftigung seiner Gattin freut. Drüben in der Bettgewandkammer sind merkwürdige Geräusche zu hören. Geflüster und Gekicher. Nun, sollen ihre Hofdamen ruhig fröhlich sein. Sie hat ihnen für den Nachmittag freigegeben, manchmal genießt sie es, einfach nur allein zu sein.

Noch eine Ranke, noch ein Blütenblatt. Ihre Hände schwitzen. Um sich selber abzulenken, fängt Aliénor an, ein Lied zu summen, eine alte okzitanische Weise, die sie noch von ihrer Amme kennt. Das Gekicher drüben geht immer noch weiter. Es rumpelt. Und dann – ein Männerlachen, tief und heiser. Aliénor lässt den Stickrahmen sinken. Das ist ja die Höhe! Männer sind im Frauenzimmer nicht erlaubt, zuallerletzt hier in Paris, und schon gar nicht ohne Wissen und Einladung der Königin. Sie hat keine Lust, sich ständig wegen ihrer lockeren Sitten verteidigen zu müssen, und hält sich deshalb strikt an diese Gepflogenheit. Und ihre Hofdamen wissen das ganz genau.

Sie steht auf und geht auf Zehenspitzen zur Kammertür. Horcht. Rascheln, Lachen, Gemurmel. Es klingt fast wie Petronilla, denkt sie. Na warte, Schwesterchen. Gerade will sie den Riegel hochheben, als das Lachen und Flüstern in Stöhnen übergeht. Kleine

Seufzer hört sie, leise, kehlige Schreie. Langsam und geräuschlos öffnet sie die Tür einen Spalt breit und sieht hindurch.

Auf einer der riesigen Truhen, in der sich Kissen und Pfulme stapeln, liegt Petronilla, das Kleid bis zu den Brüsten hochgeschoben. Über ihr mit herabgelassener Bruoche ein Mann, Aliénor kann nicht erkennen, wer es ist. »Ah, das gefällt dir, was?«, raunt er. »Mein kleines Silberfischlein, mein Schmetterling. Lass mich hören, wie gut's dir mit mir geht.« – »Oh, oh«, macht Petronilla. Ihr Gesicht ist verzerrt, entrückt, glückselig. Kleine, heisere Töne kommen aus ihrer Kehle, ihre Beine klammern sich immer fester um den nackten Hintern ihres Liebhabers, der schneller und schneller in sie hineinstößt. Aliénor kann die Augen nicht abwenden. Sie steht da, stumm und starr, und sieht zu, wie Petronilla sich unter diesem Mann aufbäumt und zum Höhepunkt kommt, wie der Mann schließlich immer heftiger stöhnt und keucht, bis er endlich mit einem Aufschrei über ihr zusammensackt.

Aliénor schließt die Tür. Langsam geht sie wieder zur Fensterbank, setzt sich und nimmt die Stickerei auf. Ihre Finger setzen mechanisch Stich um Stich. Die Tränen laufen ihr übers Gesicht. So kann es also sein. Jetzt hat sie endlich gesehen, wie es sein kann. O Gott! Vier Jahre ist sie verheiratet, und nie hat sie das gehabt. Nie hat sie so gezittert wie Petronilla, nie so den Rücken gebogen, nie solche Laute von sich gegeben. Kein einziges Mal hat Ludwig ihr solche Lust bereiten können. Das ist es, wovon die Troubadoure singen! Das ist es, wovon sie geträumt hat. Und was bleibt ihr? Einsame Nächte, die immer noch besser sind als die nutzlosen, angestrengten, misslungenen Vereinigungen, die sie über sich ergehen lassen muss, wenn Ludwig das Lager mit ihr teilt.

Später geht leise die Tür zum Nebenraum auf und Petronilla huscht durchs Zimmer. Ein kleiner Schluchzer stiehlt sich aus Aliénors Kehle, und ihre Schwester bleibt stehen.

»Ach«, lacht sie verlegen, »du, Alí!« Ihr Haar ist immer noch in Unordnung. »Du wolltest doch in den Garten gehen.« Sie wagt nicht, den Blick vom Boden zu heben.

Aliénor legt ihre Handarbeit weg. »Ich hab euch gesehen, vorhin.«

Petronilla wird rot wie das Innere eines Granatapfels. »Ich

schäm mich nicht«, sagt sie dann trotzig. »Ich bin schon fast siebzehn.«

Aliénor antwortet nicht.

Petronilla stampft mit dem Fuß auf. »Ich will auch einen Mann.«

»Warum hast du nie etwas gesagt?«

»Weil ... weil ... ich weiß nicht. Hab mich nicht getraut. Bin ja bloß das Schaf.«

Aliénor nickt. So nennen sie Petronilla hier. Je älter sie wird, desto mehr fällt auf, dass sie im Kopf zurückgeblieben ist. Arme Kleine.

»Wer ist es?«, will sie wissen. Sie hat den Mann von hinten nicht erkannt. Nur einen grauen Haarschopf hat sie gesehen.

Petronilla windet sich. Sie weiß ganz genau, dass es nicht richtig ist. »Raoul«, stößt sie schließlich hervor. »Ich mein doch, der Graf von Vermandois.«

Aliénor steht da wie vom Donner gerührt. Dann holt sie aus und schlägt ihrer Schwester mit Wucht mitten ins Gesicht.

Petronilla bricht in Tränen aus.

Aliénor ist über sich selbst entsetzt. Himmel, sie hat eben zum ersten Mal im Leben ihre Schwester geohrfeigt! Es dauert eine Zeit, bis sie sich wieder gefasst hat. »Der?«, stößt sie schließlich hervor. »Bist du verrückt? Er ist verheiratet! Und er könnte dein Großvater sein! Bei allen Heiligen, wie kannst du dich so in Schande stürzen! Du bist die Schwester der Königin! Und du benimmst dich wie eine Straßenhure! Lässt dich von diesem ... diesem alten Ziegenbock bespringen! Diesem einäugigen Wüstling, der sich mit dir nur billigen Genuss verschaffen will!«

»Ist mir egal, dass er nur ein Auge hat!«, greint Petronilla. »Und er ist nicht alt. Und ein Wüstling ist er auch nicht. Wir lieben uns!«

Aliénor lacht bitter. »Natürlich!« Sie wendet sich ab, geht zum Fenster. »Hör zu, Petronilla: Ich werde noch heute mit Ludwig reden. Er soll den Vermandois vom Hof schicken. Und dann suchen wir dir einen hübschen, jungen Ritter, den du heiraten kannst.«

Petronilla springt auf und will ihrer Schwester mit allen zehn Fingern ins Gesicht fahren. »Nie!«, schreit sie außer sich. »Nie nehm ich einen andern!«

Aliénor packt zu ihrer Verteidigung Petronillas Handgelenke.

»Ja, verstehst du denn nicht? Der Mann hat schon seit vielen Jahren eine Frau! Und was für eine! Weißt du nicht, dass er verheiratet ist mit Eleonore von der Champagne? Der Nichte des Grafen Theobald von Blois, einem der mächtigsten Vasallen der Krone? Mit dem der König ohnehin verfeindet ist!«

»Raoul sagt, er verlässt seine Frau und heiratet mich dann!«

»Ei freilich!« Aliénor schüttelt ihre Schwester. »Ja, du heilige Einfalt, glaubst du das wirklich?«

»Er liebt mich, ich schwör's!«

»Pah!«

Aliénor lässt sich auf einen Sessel fallen. Sie weiß selber nicht, warum sie so wütend ist.

»Wenn du mir nicht hilfst«, schluchzt Petronilla, »dann bring ich mich um. Ich geh ins Wasser. Oder ich spring vom Turm. Oder ich stech mir einen Dolch ins Herz. Ich mach's wirklich!«

»Du weißt ja gar nicht, wovon du sprichst.«

»Weiß ich wohl!« Petronilla ballt die Fäuste. »Du! Du bist immer die Schöne gewesen, die Gute! Du hast Aquitanien geerbt, und ich hab nichts gekriegt! Du hast den König geheiratet und ich niemanden! Du kannst machen, was du willst. Du hast immer alles gehabt! Alles dreht sich immer nur um dich! Und ich bin einfach bloß das Schaf! Alle lachen mich aus. Um mich kümmert sich keiner, mich schaut niemand an. Ich bin dick und hässlich. Keiner mag mich. Und dir ist auch ganz gleich, was aus mir wird. Du sorgst dich nur um dich selber. Aber ich will auch einen Mann. Ich will auch verheiratet sein. Als unser Vater gestorben ist, hast du mir versprochen, dass du mich liebhast und mich nie traurig machen willst. Und jetzt trampelst du auch auf mir herum, so wie alle andern.«

Das war die längste Rede, die Aliénor jemals aus dem Mund ihrer Schwester gehört hat. Jetzt kommen auch ihr die Tränen. Ja, sie hat versprochen, sich um Petronilla zu kümmern. Sie ist ihr doch lieb und teuer. Aber es stimmt schon: Sie hat nie gefragt, wie die Kleine sich fühlt. Jetzt plagt sie das schlechte Gewissen. »Ach, Petró, ich will doch, dass du glücklich bist.«

»Dann hilf mir, Alí! Du bist doch die Königin!«

Aliénor atmet tief durch. Was soll sie denn jetzt tun? Ihre

Schwester sucht einfach nur nach Liebe, genau wie sie. Es bricht ihr fast das Herz. »Ich will sehen, was ich für dich tun kann, Kleine«, sagt sie schließlich.

Petronilla fällt ihr um den Hals, herzt und küsst sie. »Du bist meine allerbeste, gute, einzige Schwester, und ich hab dich lieb!«

Noch am selben Abend lässt sie den alten Seneschall zu sich rufen.

»Ihr braucht gar nichts abzustreiten, Vermandois«, sagt sie kalt. »Ich weiß alles.«

Sein linkes, unversehrtes Auge zuckt. Dann beugt er vor der Königin das Knie.

»Ihr seid ein widerlicher Lumpensack«, zischt sie. »Nutzt das einfache Gemüt meiner Schwester aus, um sie Euch gefügig zu machen! Daheim sitzt Eure Gattin, aber Ihr giert nach jungem Fleisch, pfui Teufel! Ihr stürzt ein unschuldiges Ding ins Unglück! Ich hätte nicht übel Lust …!«

»Haltet ein«, bittet er mit erhobenen Händen. »Es ist nicht so, wie Ihr denkt.« Er sucht nach Worten. »Ja, ich weiß, ich bin nicht mehr jung. Mein Körper ist gezeichnet vom Leben und vom Krieg. Und ich bin in einer Ehe gefangen. Aber ich schwöre Euch bei allem, was mir heilig ist, dass Eure Schwester kein Abenteuer für mich ist. Ich habe lange mit mir gerungen. Und ich hätte sie nie angerührt, wenn nicht sie selber den ersten Schritt getan hätte. Herrin, ich bin Eurer Schwester von Herzen gut. Alle sagen, sie sei einfältig. Das mag wohl sein. Aber ich kenne kein Weib, das so bedingungslos liebt und vertraut, das solche Unschuld und Reinheit und Ehrlichkeit besitzt wie sie. An ihr ist kein Falsch, sie ist nicht fähig zu böser Tat, sie hat ein großes Herz. Und sie liebt mich. Niemals ist mir solches widerfahren. Ich will Petronilla mehr als alles andere auf der Welt. Und ich bin bereit, eine Dispens für meine Ehe beim Papst zu erbitten!«

Damit hat Aliénor nicht gerechnet. Sie forscht in des Grafen Gesicht. Seine Augenklappe ist verrutscht, das Haar ist wirr, weil er sich mit beiden Händen durch die grauen Locken gefahren ist. Spielt er ihr etwas vor?

»Aber wisst Ihr denn nicht, was das alles bedeutet? Ihr seid des Königs Seneschall und noch dazu sein Vetter. Petronilla ist meine

Schwester. Euer Schwager wird eine Auflösung der Ehe als feindlichen Akt der Krone gegen das Haus Champagne sehen.«

»Ich werde es ihm erklären, ma reine.«

»Ich kann das alles nicht gutheißen.«

Da reißt sich der Graf von Vermandois die Augenbinde herunter. Darunter kommt ein tiefer Narbenkrater zum Vorschein, in dem wildes Fleisch wuchert. »Seht mich an, Herrin! Mein Körper hat viele Wunden davongetragen, alle im Kampf für die Krone empfangen. Bei diesen Wunden schwöre ich Euch, dass ich Eure Schwester lieben und ehren werde mein Lebtag lang. Helft uns, ich bitte Euch!«

Aliénor zwingt sich, in des Grafen leere Augenhöhle zu sehen. Ihre Wut ist verflogen. »Ich glaube Euch, Graf. Ich will mit dem König reden. Aber ich kann Euch nichts versprechen.«

Noch bevor sie es verhindern kann, küsst er den Saum ihres Gewandes. Sie reißt sich los und eilt davon.

Gleich am nächsten Morgen spricht sie mit Ludwig.

Santo Domingo de la Calzada
Ende Februar 1200

Es war Unsinn. Eine Verrücktheit. Ein Riesenfehler. Ich war eben jung und unerfahren. Ich glaubte dem Vermandois, diesem Hurenbock. Ich war damals überzeugt, dass ich meiner Schwester und dem Grafen helfen musste. Wenn schon nicht ich glücklich sein konnte in meiner Ehe, dann sollte wenigstens Petronilla Erfüllung finden. Und ich traute ihr tatsächlich zu, sich vom Turm zu stürzen, wie sie angedroht hatte. Du musst wissen, sie konnte unberechenbar sein. Als Kind hatte sie sich vor Wut und Trotz öfter selbst verletzt. Ich erinnere mich noch daran, dass sie sich einmal mit einer Schere in den Hals stieß, weil man ihr nicht erlaubte, mit auf die Beizjagd zu gehen. Aber das soll keine Entschuldigung für mich sein. Ich war Königin. Ich hätte voraussehen müssen, was aus dieser vermaledeiten Liebschaft erwuchs. Stattdessen bestürmte ich Ludwig, die beiden Liebenden zu unterstützen.«

Blanche reicht ihrer Großmutter den Napf mit warmer Milch und eingebrocktem Brot, den sie zum Morgenessen bekommen haben. »Aber ich dachte, Ludwig und du, ihr habt Euch zu dieser Zeit schon nicht mehr verstanden ...«

Aliénor winkt ab. »Ja und nein. Sicher, nach der missglückten Belagerung von Toulouse hatte ich einen furchtbaren Zorn auf ihn. Aber das ließ bald nach. Man konnte ihm einfach nicht lange böse sein. Er war zu gut. Weißt du, wenn er lachte, sah er so hübsch aus. Er konnte keiner Fliege etwas zuleide tun, und er litt selber am meisten unter dieser Niederlage, er wollte doch auch sich selber etwas beweisen. Und wir hatten schließlich einen gemeinsamen großen Wunsch, ein gemeinsames Ziel. Dass keine zweite Schwangerschaft kam, dafür konnte er nichts. Die Pfaffen hatten ihn verdorben. Einmal sagte er mir, wie dankbar er sei, dass ich nicht die Geduld mit ihm verlor. Letztlich konnte er mir trotz vieler ernsthafter Bedenken meinen Wunsch nicht abschlagen.«

Großmutter und Enkelin leeren ihre Näpfe bis zum letzten Tröpfchen, dann lassen sie den Reisewagen vorfahren und steigen ein. Der Zug setzt sich zockelnd in Bewegung. Aliénor kämpft noch mit den Fellen und Decken, als Blanche schon voller Ungeduld wissen will, wie es mit dem ungleichen Liebespaar weiterging.

»Sie bekamen ihren Willen – oder ich meinen, ganz wie du willst. Willfährige Bischöfe lösten die Vermandois-Ehe auf und zelebrierten die Trauung Petronillas mit Raoul. Ich war dabei, damals in Notre Dame; Ludwig befand es für besser wegzubleiben, um den Grafen von der Champagne nicht noch mehr zu reizen. Doch dieser, tödlich beleidigt und von seiner Schwester, der verlassenen Ehefrau, angestachelt, schmiedete bereits eifrig Pläne für den Kampf.« Aliénor hat endlich die Decken gerichtet und lässt sich mit einem erleichterten Schnaufer in die Polster zurückfallen. »Ich sagte ja, dass alles ein schrecklicher Fehler war. Denn zu allem Überfluss meldete sich auch noch der Papst zu Wort.«

Blanche reißt die Augen auf. Den Papst zum Feind zu haben,

das weiß sie, ist furchtbar. Da geht es um die ewige Seligkeit.»Und was hat der Papst getan?«, will sie wissen.

Es rumpelt. Das Hinterrad des Chariot ist in ein Loch geraten, die beiden Frauen werden geradezu aus ihren Sitzen hochkatapultiert. Aliénor stößt einen kleinen Schmerzensschrei aus. »Seine Heiligkeit«, sagt sie dann, »schrieb Ludwig einen Brief, aber was für einen. Er kanzelte ihn darin wie einen Schuljungen ab. Er sei ein dummer Knabe, der sich nicht in Angelegenheiten einmischen solle, die ihn nichts angingen. Er solle doch erst einmal Manieren lernen. Und noch weiter so. Damit hatte er bei meinem Gatten einen empfindlichen Punkt getroffen. Du hättest Ludwig erleben sollen! Ich hatte gar nicht geahnt, dass so viel Temperament in ihm steckte.« Aliénor hält inne, als ob sie dieses seltene Gefühl nach all den Jahren noch einmal herbeirufen wollte. »Dann folgte das Unvermeidliche: Der Papst bannte das frischgetraute Paar!«

»Aber Ludwig war doch so fromm! Das muss ihn doch getroffen haben.«

»Hat es auch. Aber Ludwig war durch den Tadel des Papstes so sehr in seinem Stolz verletzt, dass er sich in seiner Sturheit völlig verrannte. Er wollte ums Sterben nicht nachgeben. Und dann kam es auch noch zum Krieg mit Graf Theobald von Blois, dem beleidigten Bruder der verstoßenen Ehefrau. Das war im Sommer 1142. Mit einer großen Streitmacht marschierte Ludwig in die Champagne. Ich unterstützte ihn bei dieser Entscheidung. Ich Närrin glaubte, er sei nun endlich zum Mann geworden.«

»Also habt ihr euch wieder gut verstanden?«

»Damals waren wir einander wieder nähergerückt, ja. Ach, es war immer ein Auf und Ab mit ihm. Aber um diese Zeit hörte Ludwig wieder auf mich, zog mich bei seinen Entscheidungen hinzu. Noch hatten meine Feinde im Kronrat zwar verhindern können, dass er mir ein eigenes Siegel fertigen ließ, mit dem ich selbständig hätte regieren können, aber er stand damals unter meinem Einfluss, ich war sein wichtigster Ratgeber neben Raoul von Vermandois. Selbst im Bett gingen die Dinge langsam wieder besser. Es hätte alles gut werden können. Aber dann – dann kam Vitry.«

Aliénor mag nicht mehr reden, sie sinkt in ihre Kissen und sieht einfach nur hinaus in die winterliche Landschaft. Allein der Name

Vitry hat ihr die Laune verdorben. Blanche versucht, im Gesicht ihrer Großmutter zu forschen. So viele Runzeln und Fältchen, so viele Altersflecken auf rissiger Haut. Was verbirgt sich hinter dieser Stirn, hinter diesen Augen? Vieles, was ihre Großmutter bisher erzählt hat, macht ihr Angst. Sie sieht die unergründliche Miene der Greisin, aber sie liest darin auch etwas von Weisheit, Gleichmut und Gelassenheit. Und bei aller Abgeklärtheit – hin und wieder blitzt auch ein ungestümes Temperament in der alten Frau auf. Fast kann Blanche sie als junges Mädchen sehen, leidenschaftlich, wild und voller Leben. Es ist irgendwie tröstlich, dass die Großmutter nach solch einem langen Leben voller Höhen und Tiefen, einem Leben, über das sich die Welt seit Jahrzehnten das Maul zerreißt, noch so viel Ruhe und Zufriedenheit ausstrahlt.

Inzwischen haben sie Ciriñuela hinter sich gelassen und Azofra erreicht, die letzte Raststation vor Najera. Ein paar windschiefe Hütten ducken sich in einer flachen Senke, daneben ein hölzernes Kapellchen und ein Pferch mit eng aneinandergedrängten Schafen. Aliénor hakt sich bei Blanche unter und vertritt sich ein wenig die Füße, dann hocken sie sich hinter einen Busch, breiten die Röcke aus und lassen das Wasser laufen. Gott sei Dank hat Aliénor nicht das große Tröpfeln, wie sie es grinsend bezeichnet. Das haben nämlich nur alte Weiber. Blanche kichert. Sie richten ihre Kleider, und dann geht es auch schon wieder weiter.

»Was ist Vitry?«, fragt Blanche.

Muss sie unbedingt darüber reden? Doch, sie muss. Es gehört zu ihrer Geschichte, so wie es zu Ludwigs Geschichte gehört. Als Schandfleck, als ewiger Makel. Es hilft nichts, Vitry wegzulassen. Man kann sich nicht selber belügen. Vitry, das war ihre Verantwortung. Ihre Schuld. Gott wird sie einst dafür strafen.

»Vitry«, seufzt sie, »ist eine Stadt in der Champagne. Heute nennt man sie Vitry-le-Brulé, die Verbrannte.«

Blanche ahnt, was kommen wird. Sie fröstelt, zieht ihr Schultertuch enger.

»Sämtliche Bewohner des Umlands hatten sich in die Stadt geflüchtet, als Ludwigs Truppen heranzogen. Vitry war voller Menschen. Und Theobald von Blois gelang es nicht, Entsatz heranzuschaffen. So überrannten Ludwigs Truppen die Bollwerke der

Stadt. Es muss im Januar 43 gewesen sein, wenn ich mich recht erinnere, ja, Weihnachten war schon vorbei, wir hatten einen ziemlich trübseligen Hoftag in Etampes gehalten. Was soll ich sagen? Die Soldaten des Königs hausten fürchterlich, sie plünderten, raubten, vergewaltigten. Was Soldaten eben immer tun. Und sie legten Brände. Ludwig hatte ihnen erlaubt, mit aller Härte gegen die Bürger vorzugehen, die eine Kapitulation verweigert hatten. Die Brände griffen rasend schnell um sich, im Nu stand die halbe Stadt in Flammen. Die Menschen flohen aus ihren Häusern, rannten hustend und mit brennenden Augen durch die Gassen, trugen ihre Kinder, stützten die Alten und Kranken. Am Ende fanden sie Zuflucht in der Kirche. Sie hofften und beteten. Kein Feind kann doch die heilige Mutter Kirche angreifen! Und der liebe Gott wird doch nicht zulassen, dass sein eigenes Haus Feuer fängt!« Mit einer fahrigen Bewegung streicht sich Aliénor über die Augen. »Aber es kam genau so. Ich weiß nicht, ob die Flammen einfach übergriffen oder ob die außer Rand und Band geratenen Soldaten die Kirche in Brand schossen. Alle sind sie verbrannt, alle. Heute noch höre ich die Schreie der Sterbenden, heute noch kann ich ihr verbranntes Fleisch riechen. Am Ende brach das Dach ein. Nicht ein Einziger von ihnen überlebte. So war es.«

»Du ... du warst dabei?«

Aliénor nickt. »Ja, ich war dabei. Ich hatte darauf bestanden, Ludwig zu begleiten. ›Ich lasse dich nicht alleine‹, hatte ich zu ihm gesagt, ›wir stehen gemeinsam gegen unsere Feinde‹. Wir hatten Position auf den Hügeln von La Fourche bezogen, ein Stückchen außerhalb der Stadt. Wir sahen beide zu.«

»Und ihr konntet die verkohlten Menschen riechen?« Blanche hat Tränen in den Augen.

»Der Wind stand günstig.«

»Wie viele waren es?«, fragt Blanche schließlich.

Sie zögert. Als spiele es noch eine Rolle, ob man die Zahl ausspricht oder nicht. »Tausend«, sagt sie dann. »Vermutlich noch viel mehr. Gott helfe mir.«

Ludwig

Es war das Entsetzlichste, was ich jemals gesehen hatte. Ich konnte nicht aufhören zu zittern. Am ganzen Körper schlotterte ich. Ich weiß noch, dass sie mich packte und schüttelte. Sie. Sie hielt es aus. Die ganze Zeit über stand sie da, zur Salzsäule erstarrt, während ich zusammenbrach. Irgendwann führten sie mich weg, brachten mich in mein Zelt, legten mich auf mein Lager. Meine Zähne klapperten so laut, dass sie mir ein Stück Holz in den Mund schoben. Tagelang blieb ich im Bett, konnte nicht essen, nicht sprechen. Sie war die ganze Zeit bei mir. Redete auf mich ein. Wollte mich waschen, füttern, was noch alles. Ich wollte sie nicht sehen. Sie war schuld. Sie hatte mich dazu gebracht. Bernhard von Clairvaux hatte recht: Das Weib ist ein Gefäß des Teufels. Wenn ein Mann sein Weib zu sehr liebt, kann er nicht mehr denken. Das steht geschrieben. Und es stimmt. Von Anfang an hat sie mich dazu getrieben, Dinge zu tun, die ich nicht wollte. Es fing schon an mit dem Palast in Paris. Mir hatte er immer genügt, ich brauche nichts, was mehr Bequemlichkeit bietet als ein ordentliches Kloster. Schließlich bin ich in Saint Denis aufgewachsen. Mir reicht ein sauberes Lager, ein bescheidenes Gewand und ein anspruchsloses Mahl. Prunk, Putz und Prachtentfaltung sind mir stets ein Greuel gewesen, aber sie hat ja darauf bestanden. Bis es zum Bruch mit meiner Mutter kam, den ich niemals angestrebt habe. Und zur Verstimmung meines Lehrmeisters und Ratgebers Suger, der mich verließ wegen ihr. Sie hat mich dazu gebracht zuzulassen, dass er sich vom Hof zurückzog. Und dann Toulouse. Himmel, was geht mich diese Grafschaft im Süden an? Nur um ihrem Willen Genüge zu tun, habe ich mich auf die Sache eingelassen. Ich wollte ihr beweisen, dass ich ein wahrer König bin, streitbar und siegreich. Dass das Unternehmen missglückte, war nicht mein Fehler. Aber sie, sie hat es nur mir angekreidet, mir allein. Strafte mich mit diesem Blick, den sie so gut beherrscht. Der sagte: Du jämmerlicher Wicht, geh mir aus den Augen. Bist du nicht der König? Ach so, doch! Was du nicht sagst! Wie kommt es dann, dass ich nichts davon merke?

Ich verabscheue mich selbst. Warum bin ich so? Wie bringt sie es fertig, dass ich ihr immer wieder aus der Hand fresse? Ich bin ein elender Schwächling. Ich leide, während sie lächelt. Selbst nach der Austreibung dieser teuflischen Missgeburt, die doch wahrlich ein Zeichen des göttlichen Zorns war, hat sie kein schlechtes Gewissen gehabt. Nie hat sie dieses Höllenwesen erwähnt, das ihrem Leib entsprang, totgeschwiegen hat sie alles. Nie hat sie Buße getan für die Sünde der Wollust, die in ihr wühlt. Ja, Wollust! Sie will mir beiliegen voller Leidenschaft, will ihre fleischlichen Gelüste stillen, obwohl es nicht recht ist, dass die Frau den geschlechtlichen Umgang mit ihrem Mann genießt. Das ist ihre südländische Natur. Und die Abstammung von ihrem unzüchtigen Großvater, den sie lächerlicherweise den Troubadour nennen, und seiner Buhle. Ich habe weiß Gott versucht, sie und mich zu zügeln, denn ja, auch ich trage unreine Leidenschaft in mir. Aber sie verweigert sich. Immer wieder will sie mich verführen. Und ich unglückseliger Nachkomme Adams beiße immer aufs Neue in den Apfel. Ich verzehre mich nach ihr. Auch wenn mir die Copulatio selten gelingt, was Gottes gerechte Strafe ist, brenne ich vor Sehnsucht. Ich will ihr beweisen, dass ich kein Schwächling bin. Das muss ich doch, bin ich doch ein Mann! Sie treibt mich zum Wahnsinn mit ihren spöttischen Blicken, mit ihrem herablassenden Lächeln. Ihren aufreizenden Bewegungen, den freimütigen Reden. Ich kann kaum an mich halten, wenn sie mir wie zufällig beim Essen die Hand auf den Schenkel legt. Wenn sie mir ins Ohr flüstert mit ihrer Stimme, so süß wie das Geläut von Saint Denis. Wenn sie neben mir liegt in dem dünnen Nachtgewand, das mehr enthüllt als verbirgt. Gott!

Sie findet geschickt meine schwachen Augenblicke, in denen ich ihr nichts abschlagen kann. So hat sie mich dazu überredet, diese verfluchte Ehe zwischen ihrer blödsinnigen Schwester und meinem Seneschall zu erlauben. Lovis – wenn sie schon Lovis zu mir sagt! Dann will sie etwas.

Meist hat sie ja recht. Sie ist klüger als ich, das muss ich zugeben. Sie hat mehr Entschlossenheit, größere Tatkraft. Ihr Ehrgeiz übertrifft den meinen. Herrgott, ich brauche sie. In vielen Dingen hat sie guten Rat. Aber diesmal, nein, diesmal nicht. Sie hat mich getrieben, immer nur sie. Aber wer musste den Befehl zum Angriff geben? Ich. Und nun? All die armen, unschuldigen Seelen in der Kirche von Vitry! Verbranntes Fleisch! Auf mein Gewissen habe ich diese Tode geladen, Herr erbarme dich! Mein Gewissen, das ich doch rein halten will und unbefleckt. Das zerbricht unter dieser Last. Wie soll ich diese Schuld ertragen? Wie?

Mich schaudert.

Aber ich kann doch nicht anders, ich liebe sie. Ich begehre sie, ich brauche sie. Sie ist mein Tag und meine Nacht, mein Licht und mein Dunkel. Wenn ich nur endlich einen Sohn mit ihr zeugen könnte! Vielleicht wären wir dann erlöst. Vielleicht würde sie mich dann achten und ehren und sich mir als ihrem Gatten unterwerfen, wie es sich gehört für ein Weib. Vielleicht würde sie mich dann endlich wiederlieben. Dann könnte alles besser werden. Aber wie soll ich Gottes Zorn besänftigen? Diesen Zorn, den er mir in Gestalt von tausend Toten entgegengeschleudert hat in Vitry? Ich bin verflucht. O Herr, jeden Tag zermartere ich mir das Hirn, wie ich dich versöhnen könnte. Soll ich eine Kirche bauen? Soll ich ein Kloster gründen? Eine Pilgerfahrt machen? Eine Reise ans Heilige Grab, um dort Verzeihung zu erflehen? Und dann noch einmal von vorne anfangen? Herr, du mein Gott, sag du es mir! Was soll ich tun? Du hast mich bis hierher geführt, mach, dass alles endlich gut wird.

Sonst finde ich auf Erden keine Ruhe mehr.

Ermahnung Bernhards von Clairvaux an König Ludwig VII., Frühjahr 1143

Bernardt, durch Gots Liebe Abt des Closters Clairvaux und Streitter in den Heerschar des Herrn, an Königk Louis, Grüsze.

Schlechtt regirest du Franckreich, das der Himmel dir hat anvertrautt. Mit Kriegk hast du das Landt übertzogen, über das du doch friedtlich herschen sollst. Es blühet und gedeihet nit mehr untter deinen Händen. Die Seeln der unschuldigk Verprennten schrein nach Gerechtigkeyt. Der Teuffel reibet sich in seiner Boßheyt die Hendt.

Du heißest ruchloße Beyschläferey gut, worauß vil groszer Schaden erwachssen ist. Du mordest und brennßt, reißest Kirchen ein, vertreibst die Menschen auß ihren Heimstäthen. Du hörest auf den Rath ich weiß nit welchen Teuffels. Denn von wem anderß als dem Teuffel könnt dißer Rath komen, nach dem du handelst, ein Rath, der Brandt Schatzungk und Gemetzel auff Gemetzel hervor bringet. Wer dich zu solchen Übelthaten bringt, thuet dieß nit umb dir zu Ehren zu verhelffen, sondern zum eignen Vortheil.

Ich weiß es wol, mit einem Weyb zu leben ist schwehrer alß die Tothen zum Leben zu erwecken. Es heißet, du seiest ihr jenseits aller Vernunfft zugethan. Das darff nit seyn, mein Königk. Du mußt widerstehn, so wie Jesu Chrißt der Versuchungk des Sathans widerstanden hat. Denn eher sprießen einem Kahlen Locken auff dem Schedel, alß daß ein Weyb, auß schlechttem Samen entstanden, gutt und recht über Landt und Leutt herrschen kann. Wisse, die Töchtter Evas sind minderwertigk Menschen, nit mehr denn Abfall auß der Seitte des Mannes. Sie sindt schwach an Krafft und Geyst, und geferlich wie Nattern, keyn Königk darff ihnen Gehör schencken. Du siehst, wo hin es dich geführet hat.

Item so ruff ich dir zu, lautt wie einßtmals die Trumpethen vor Jericho: Geh nit weitter auf dießem schlechtten Wegk. Erhebe nit die Handt, mein Königk, gegen den Willen deß Allmechtigen, der in seinem schröcklichem Zorn auch Königen fort nimbt den Athem des Lebens. Auff daß nit ewig Verdammniß und Höllenfewer dein Loß sein mögen.

Geschriben mit eygner Handt zu Clairvaux, den Montagk nach Oculi ao. 43
    Bernard

Saint Denis, 10. und 11. Juni 1144

Auf der Straße nach Saint Denis wälzt sich ein nicht endender Strom von Pilgern, Mönchen und Schaulustigen. Was in Paris Beine hat, ist auf dem Weg. Die Krüppel und die Sondersiechen schleppen sich an Krücken und Handschemeln dahin, die Bettler und Almosenheischer wanken in Grüppchen, die Alten und Kranken humpeln einher, sich gegenseitig stützend. Elendsgestalten aus den Armenvierteln streben Richtung Norden, Blinde lassen sich führen, Hübschlerinnen halten respektvollen Abstand zu den ehrbaren Leuten. Wohlhabende Bürger sind hoch zu Ross unterwegs oder mit ihren ganzen Familien im Reisekarren, Studenten in ihren schwarzen Umhängen wandern gutgelaunt dahin und grüßen ehrfürchtig ihre Professoren, die großen Theologen des Landes. Nonnen gehen paarweise und gemessenen Schritts, ihre frommen Lieder und Gebete trägt der Wind davon. Leute vom Adel in ihren Sänften lassen sich von Dienern rüde den Weg freibahnen, die Freigebigen unter ihnen werfen Münzen, um die sich die Leute fast prügeln. Alt und Jung, Arm und Reich, Krank und Gesund, alles strebt zum berühmten Kloster von Saint Denis, um vom Segen Gottes zu profitieren, der unzweifelhaft auf all diejenigen niederregnen wird, die Zeugen sein werden bei der Weihe der neuen, großartigen Kathedrale.

Ein Raunen geht durch die Menge. Da kommt das Königspaar, beide reiten stolze Apfelschimmel mit Lilienschabracken; ihnen folgt der hohe Hofadel und – tatsächlich, sie hat ihren Witwensitz in Compiègne verlassen, um dabei zu sein: die alte Königswitwe Adelheid von Maurienne. Aufsehen erregt die schöne junge Königin selber, die sich dem Anlass gemäß geschmückt hat mit einem Perlendiadem und einem zartgrünen Damastbliaut. Aber was ist das? Der König neben ihr – er ist gekleidet wie ein Eremit! Ein graues, grobes, in der Mitte mit einer Kordel gegürtetes Gewand, dazu offene Ledersandalen. Das lange blonde Haar hat er abgeschnitten. Ein Heiliger, sagen die einen. Was ist nur in ihn gefahren, fragen sich die anderen. Ist das eines Königs würdig? Daherzukommen in Sack und Asche, vor allen Leuten? Ludwig ficht das nicht an. Er will Gott und der Welt zeigen, dass er ein Sünder ist.

Vor dem großartigen neuen Kirchenbau steigt das königliche Paar ab. Ludwig begibt sich sogleich ins Innere zu den Mönchen. Er will die ganze Nacht mit ihnen vor dem Altar Vigil halten. Aliénor tritt erst einmal ein paar Schritte zurück, um die Fassade zu bewundern. Als sie vor sieben Jahren zum ersten Mal hergekommen ist, stand hier noch die alte karolingische Kirche mit Holzdach, einem schmalen Eingang im Westen und einer viel zu engen Krypta. Jetzt erhebt sich an ihrer Stelle ein unglaubliches Bauwerk. Anders als das gedrungene, von runden Formen geprägte alte Gotteshaus, strebt die neue Kirche mit Macht himmelwärts, die spitzen Bögen der Fenster zeigen wie schmale Finger hinauf zu den Wolken. Vor lauter steingehauenem Zierrat erkennt man ja gar nicht, dass da Mauern sind! Alles wirkt leicht und schwerelos. Ein völlig neuer Baustil, der nichts Zweckmäßiges mehr hat, nur noch überhöhte Kunst im Dienste des Herrn ist. Aliénor ist überwältigt. So etwas Herrliches müsste man auch in Aquitanien bauen! Am besten mitten in Bordeaux, oder in Saintes, oder Niort. Sie denkt mit einem kleinen Lächeln an ihren gottlosen Großvater, der mehr als einmal damit geprahlt hat, zu Niort anstatt eines Klosters für Nonnen eine Wohnstatt für Huren bauen zu lassen. Ein Gedanke, von dem er zum Glück dann doch Abstand nahm, sonst hätte ihn der Allmächtige wohl vom Blitz erschlagen lassen.

Nach ihrem Gatten tritt nun auch Aliénor ins Innere. Das Portal ist mit Figuren der Könige von Israel verziert, es kommt ihr wahrlich vor wie das Tor zum Himmlischen Jerusalem. Drinnen entfährt ihr ein kleiner Schrei der Bewunderung. Das Licht! Es strömt ungehindert durch die Fenster, schickt seine Strahlen von allen Seiten zum Mittelpunkt des Chors, dorthin, wo der Altar steht. Und die Fenster sind riesig! Bunte Glasplatten, zusammengehalten von dünnen Bleistegen, filtern die Helligkeit des Tages, bündeln sie zu reinstem Rot, Grün, Gelb, Blau! Die Augen gehen einem über, es mutet an wie eine körperlose Erscheinung des Göttlichen.

Sie dreht sich um zu Suger, der hinter sie getreten ist. »Das ist das Schönste, was ich je gesehen habe, Abbé! Gott muss Euch sehr lieben, dass er Euch bei diesem Werk die Hand geführt hat.«

Suger lächelt bescheiden, aber in seinem Blick liegt unbändiger Stolz. Von Ludwig hat er gerade eben nur ein dürres Lob gehört. »Morgen wird es noch schöner, ma reine, wenn erst noch die Kerzen auf allen zwanzig Altären entzündet sind.«

Langsam gehen sie durch das Kirchenschiff nach vorne, wo Ludwig schon auf Suger wartet, ein Päckchen aus rotem Damaststoff in der Hand. »Dieser Altar ist noch recht leer, Vater«, lächelt er. »Deshalb habe ich Euch und dem heiligen Dionysius eine Gabe mitgebracht, die morgen bei der Weihe den Tisch des Herrn schmücken soll.«

Suger bedankt sich; neugierig schlägt er das weiche Tuch auseinander. Und Aliénor zuckt zusammen, als habe sie ein Peitschenhieb getroffen. Es ist der Kristallbecher ihres Großvaters! Das Kleinod, das sie als Kind so sehr geliebt hat. Das sie als Braut zu Bordeaux ihrem Lovis geschenkt hat, damals, als sie noch dachte, ihn lieben zu können. Als sie beide noch unbeschwert waren und an das Glück glaubten. Sie schließt die Augen. So ist es also. Er gibt ihr kostbarstes Geschenk her, es bedeutet ihm nichts mehr. Sie bedeutet ihm nichts mehr.

Sugers Stimme dringt wie durch Nebel an ihr Ohr. »Lasst mich Euch nun zum Gästehaus führen, ma reine, wo Ihr und Eure Schwieger die Nacht verbringen werdet. Morgen in aller Frühe wecken Euch die Nonnen rechtzeitig zur Weihe.«

Aliénor nickt und folgt Suger wie eine Schlafwandlerin durch die Nebenpforte aus der Kathedrale. Sie muss etwas tun. So darf es nicht enden. Er wird sie sonst noch verstoßen. Womöglich in ein Kloster schicken. Und sie hat niemanden, der für sie sprechen könnte. Ihr ist ganz kalt. Sie grübelt, sucht verzweifelt nach einer Lösung. Bis zum Nachtmahl geht sie rastlos in ihrer Kammer auf und ab. Und dann weiß sie, was zu tun ist. Es ist jemand als Gast in St. Denis, mit dem sie reden muss, wenn ihre Ehe noch eine Zukunft haben soll. Auch wenn ihr vor dem Gespräch graut, es ist ihre einzige Hoffnung. Sie ruft ihre Zofe herein. »Geh hinüber in die Abtswohnung, Arnaude. Bitte den ehrwürdigen Bernhard von Clairvaux um die Gunst, die Königin zu empfangen. Noch heute Abend. Und lass dich auf keinen Fall abweisen.«

»Gelobt sei Jesus Christus.«

»In Ewigkeit, Amen.« Bernhard sieht nicht von seiner Schreibarbeit auf, als Aliénor eintritt. Er hat sie lange warten lassen, sie, die Königin von Frankreich. Er weiß, dass sie ihn braucht. Jetzt erhebt er sich und dreht sich zu ihr um.

Die beiden haben sich noch nie getroffen, lange stehen sie einander gegenüber und mustern sich mit ungenierter Neugier, die zwanzigjährige Aquitanierin und der alternde Asket. Bernhard ist groß und dürr; wie immer trägt er eine schlichte schwarze Kukulle, die ihm um den mageren Körper schlottert. Aus der weiten Kapuzenöffnung ragt ein dünner, sehniger Hals, auf dem ein schildkröthafter Kopf sitzt. Seine Tonsur reicht fast bis zu den Ohren, die Wangen sind von einem ungepflegten weißen Stoppelbart bedeckt. Natürlich, der Mann legt keinen Wert auf Äußerlichkeiten. Unter fransigen grauen Brauen liegt ein hellwaches dunkles Augenpaar, die Lider sind mit kleinen braunen Warzen übersät. Er hat eine ungesund fahle Gesichtsfarbe, denkt Aliénor, nun, es ist allgemein bekannt, dass der große Bernhard von schwacher Gesundheit ist.

Er hingegen ist überrascht, wie wenig schön sie ihm erscheint. Er sieht nichts, was ihn in Versuchung führen könnte. Dunkle Strähnen lugen unter einem breiten Gebende hervor, das ihr Kinn fast ganz verhüllt. Sie hat auf Farbe in ihrem Gesicht verzichtet, ihr Mund erscheint ihm unziemlich groß, sie hat ein Muttermal auf der Oberlippe. Unter ihren Augen liegen dunkle Schatten. Nach solchem Vorbild würde er sicherlich kein Heiligenbildnis anfertigen lassen. Wie kommt es nur, dass die Männer diesem Weib so verfallen sind? Aber nun gut, er ist ja auch keiner, der sich mit Frauen auskennt. Seine eigene Schwester hat er verstoßen, weil sie ein zu weltliches Leben führt, und die wenigen Male, als ihn beim Anblick eines Mädchens Gefühle überkamen, hat er sich stundenlang in einen Bottich mit eiskaltem Wasser gehockt. Aber das scheint hier nicht nötig.

Schließlich, als die Stille schon beginnt, peinlich zu werden, eröffnet Bernhard das Gespräch.

»Ihr wolltet eine Unterredung mit mir?« Sein Ton ist reichlich unfreundlich.

»Ich danke Euch, dass Ihr mich so spät noch empfangt, Vater.« Aliénor schlägt die Augen nieder. Sie weiß, sie darf jetzt keinen Fehler machen. »Ich komme zu Euch nicht als Königin von Frankreich, sondern als eine Frau, die Rat und Hilfe sucht.«

Aha, denkt Bernhard, also doch! Sie hat ein schlechtes Gewissen wegen Vitry! Und sie bereut ihren liederlichen Lebenswandel. »Sprecht, Majestät.«

Sie ringt die Hände, und dann, plötzlich, fällt sie vor ihm auf die Knie. »Vater, ich bin so unglücklich, wie ein Weib nur sein kann. Sieben Jahre! Sieben Jahre bin ich nun mit meinem Gemahl verheiratet, und nur einmal war ich gesegneten Leibes. Ihr wisst, dass ich dieses Kind verloren habe, Gott sei der armen kleinen Seele gnädig. Und nun«, sie sucht nach den rechten Worten, »kommt mein Gatte gar nicht mehr in mein Bett. Wie soll die Krone von Frankreich so einen Erben bekommen? Die Leute am Hof tuscheln hinter unserem Rücken, sie schmähen den König und führen schlechte Reden über mich. Ich weiß nicht, wie es mit uns weitergehen soll. Alle meine Gebete haben nichts gefruchtet.«

Mit gerunzelter Stirn sieht der Abt von Clairvaux auf die kniende Königin hinunter. Mit solch einem freimütigen Bekenntnis hat er nicht gerechnet. »Und warum kommt Ihr mit Eurer Sorge ausgerechnet zu mir? In Ehesachen bin ich wohl wenig bewandert.«

»Aber Ihr seid das Sprachrohr des Herrn«, erwidert sie. »Seine Gnade ruht auf Euch. Und Ihr seid der einzige Mensch, auf den Ludwig wirklich hört. Vater, ich will Euch alles gestehen. Von Anfang an habe ich versucht, dem König eine gute Frau zu sein, so wie man es mich gelehrt hat. Aber er … er konnte nicht … er vergoss seinen Samen außerhalb des weiblichen Gefäßes …«

Bernhard schluckt. Das will er gar nicht so genau wissen. Schon will er die Hand heben, aber sie spricht unbeirrt weiter.

»Dann, endlich, gelang es, und ich dachte, alles wird gut. Doch dann kam die Frucht meines Leibes tot zur Welt, und das entsetzte meinen Gatten so über die Maßen, dass er das Beilager gar nicht mehr vollziehen konnte. Seine Männlichkeit war wie erstorben. Gemeinsam haben wir alles versucht, aber es war umsonst. Und nun, seit ein paar Monaten, meidet er mich wie eine ansteckende Krankheit. Vater, ich bin verzweifelt. Er rührt mich nicht mehr an, er spricht nicht mehr mit mir, er sieht durch mich hindurch. Es geht ihm schlecht, er ist abgemagert, dauernd krank. Auch er leidet also, aber er findet keine Heilung in sich. Ich weiß, dass Ihr sein klügster Ratgeber seid und dass Ihr ihn liebt. Helft, ich bitte Euch, sprecht mit ihm, heilt seine Seele.«

Bernhard ist diese Beichte unendlich peinlich. Über solche Dinge spricht man nicht, denkt er. Und außerdem, dieser Teufelsköder hier vor ihm will ihn vielleicht verführen mit solch unkeuschem Reden. Es gefällt ihm nicht, welche Wendung dieses Treffen genommen hat. Eigentlich wollte er der Königin mit Donnerstimme ins Gewissen reden, sie mit seinem Zorn strafen, aber nun kommt sie ihm mit dieser unterwürfigen Beichte zuvor. »Erhebt Euch doch, Majestät«, raunzt er schließlich verlegen.

Sie schreit leise auf. »Nein, Vater, nein! Ich bleibe hier vor Euch auf den Knien, bis Ihr mir erklärt habt, warum mich Gott so sehr hasst, dass er mich ohne Frucht lässt. Bis ich weiß, was meine große Sünde ist. O Heiland, ich habe so viele Fehler gemacht! Es ist bestimmt alles meine Schuld! Ich war schlecht. Was kann ich nur tun, um den Himmel zu versöhnen und meinen Gatten wieder in den Armen zu halten.« Kleine, trockene Schluchzer schütteln sie, ihre Schultern zucken.

Auch das noch! Bernhard schüttelt den Kopf. Flennende Weiber sind ihm ein Greuel. Und besonders dieses hier! Aber sie scheint wahrlich verzweifelt. Das kann nicht gespielt sein, sagt er sich, so gut ist sie nicht. Nein, sie hat tatsächlich begriffen, dass alles ihr Fehler war. Und jetzt schaut sie auch noch zu ihm auf, wartet mit großen Augen auf eine Antwort. Jung sieht sie aus, denkt er, sehr jung. Vielleicht war sie überfordert mit dieser großen Aufgabe, Königin von Frankreich zu sein. Und sie stammt ja aus dieser schrecklichen Familie, ein Keimling aus verdorbenem Samen, aufgewachsen an einem Hof, der ein schierer Sündenpfuhl war, er hat es ja selber gesehen. Kann sie etwas dafür? Vater im Himmel, denkt er, ist es mir bestimmt, diese Sünderin zu läutern?

»Tochter«, sagt er, »steh auf und setz dich zu mir. Wenn deine Reue echt ist, will ich versuchen, dir zu helfen.«

Er schlägt Feuer und zündet ein Talglicht an, das er in eine Wandnische stellt. Dann setzen sich beide mit gebührlichem Abstand voneinander auf eine roh gezimmerte Holzbank. Bernhard räuspert sich ein paarmal, bevor er beginnt.

»Wisse denn, Weib, dass deine Kinderlosigkeit die göttliche Strafe ist für die sündhaften Angriffe auf die Kirche, das Brechen der kirchlichen Ehegebote und den Krieg. Sie ist die himmlische Vergeltung dafür, dass du den Platz, der für ein Weib angemessen und recht ist, verlassen hast, um den König durch schlechten Rat zu verderben wie Eva weiland Adam durch den Apfel. Du hast dich eingemischt in Dinge des Staates, hast deinen Gatten verführt zu bösem Tun. Deshalb, Königin, ist dein Leib trocken und unfruchtbar, auf dass du spürest die Strafe des Himmels!« Er ist laut geworden, und Aliénor schlägt entsetzt die Hände vors Gesicht. »Ja, schäme dich, meine Tochter, geh in dich und gestehe, dass es so ist wie ich sage.«

»Es ist so, Vater«, schluchzt sie. »Was soll ich nur tun?«

»Besinne dich auf das, was einer Königin ansteht: Beschenke die Klöster, stifte Seelmessen und gib großzügig Almosen, sorge für ein gottgefälliges Leben am Hof. Sei reinen Herzens, lass ab von deiner sündigen Herrschsucht. Sei ein Beispiel für Sittsamkeit und Bescheidenheit, kleide dich züchtig, meide billige Lustbarkeiten und lästerliche Gesellschaft. Betrete nie wieder die Ratstube des Königs, sondern verbringe deine Tage in frommer Kontemplation im Frauenzimmer, wo dein Platz ist.« Bernhard atmet tief durch. »Willst du das tun?«

Aliénor nickt gehorsam. »Ja, das will ich.«

»Willst du für die Zukunft entsagen aller Hoffahrt, aller Anmaßung und aller Einmischung in die Geschäfte des Königs?«

»Ja, Vater.«

»Dann werde ich den allmächtigen Gott anflehen, seinen Groll über dich zu überwinden und dir zu gewähren, was du dir wünschest.«

Über Aliénors Gesicht huscht ein kleines Lächeln der Erleichterung. »Wie kann ich Euch jemals danken, Vater?«

»Indem du der Mutter Kirche das gibst, was sie verdient: Demut und Gehorsam.«

»Ich verspreche es, Vater.« Sie zögert kurz, dann redet sie weiter. »Darf ich vielleicht noch etwas fragen?«

»Es sei.«

»Meine Schwester Petronilla und ihr Gatte – nun sind sie einmal verheiratet, nicht wahr?«

Bernhard verzieht das Gesicht. »Zum Leidwesen aller, ja.«

»Und meine kleine Schwester – Ihr wisst, sie ist nicht recht bei Verstand. Sie kann nichts für dieses ganze Unglück. Es ist meine Schuld, und die des Grafen von Vermandois. Aber nun ist Petronilla guter Hoffnung. Und das unschuldige Kindlein soll doch als Christenmensch geboren und getauft werden. Darum bitt ich Euch: Könnt Ihr nicht beim Herrn Papst ein gutes Wort einlegen, damit er den Kirchenbann über die beiden aufhebt und diese Ehe duldet? Man hört, dass die Gräfin von Vermandois ihren Gatten ohnehin für nichts auf der Welt mehr zurücknehmen will …«

Das wäre wohl das Vernünftigste, denkt Bernhard und kratzt sich am Kinn. Das Kind ist sowieso schon in den Brunnen gefallen.

»Vielleicht wäre es vorstellbar, dass Seine Heiligkeit den Bannspruch aufhebt«, meint er. »Ich könnte ein Schreiben nach Rom schicken.«

Aliénor senkt demütig den Kopf. »Ihr seid zu gütig, Vater. So wird sich alles zum Glücklichen wenden.«

»Das kann ich nicht versprechen, Königin. Ich bin nur ein einfacher Mensch und nicht Gott. Und ich will dir nicht verhehlen, dass, ganz gleich was geschieht, deine unglückselige Schwester und Vermandois einander nicht für lange genießen werden. Ihre Verbindung steht unter einem schlechten Stern und ihre Nachkommenschaft wird ohne Frucht bleiben, das haben mir die Engel im Schlaf zugeflüstert. Und was die königliche Nachkommenschaft betrifft: Bete täglich zur Heiligen Jungfrau und folge gewissenhaft meinem Ratschlag. Ich will mit deinem Gatten sprechen und euch beide in meine Gebete einschließen. Dann wird mit Gottes Hilfe dein Wunsch erfüllt werden.«

Er steht auf und streicht die Falten seiner Kukulle glatt. »Und jetzt geh, meine Tochter. Ich bin müde, und morgen ist ein anstrengender Tag.«

Aliénor bekreuzigt sich andächtig und küsst Bernhard die fleckige Hand. Dann kehrt sie durch die schwach erleuchteten Gänge in ihre Kammer zurück und schläft zum ersten Mal seit langem wieder tief und ohne böse Träume.

Als am nächsten Morgen der König die Gebeine des heiligen Dionysius in einem goldenen Schrein zu seinem neuen Reliquiengrab trägt, folgt sie ihm mit einem zuversichtlichen Lächeln auf den Lippen. Alles wird gut werden.

Ein namenloser Weiler
Ende Februar 1200

»Du hast den heiligen Bernhard genauso um den Finger gewickelt wie deinen Ludwig, stimmt's?« Blanche zwinkert ihrer Großmutter wissend zu.

Die alte Königin schmunzelt. »Für so durchtrieben hältst du mich?«, meint sie und schüttelt den Kopf. Dann wird sie ernst. »Nein, ganz so war es nicht. Ich war in großer Not, wusste nicht mehr ein noch aus. Eine Frau, die keine Kinder bekommt, ist auf dieser Welt nichts wert. Eine Königin erst recht. Ich fühlte mich gedemütigt und nutzlos, hatte Angst, alles zu verlieren. Mein Wunsch nach einer Schwangerschaft war mit den Jahren zur Besessenheit geworden. Nein, Blanche, ich war so verzweifelt, dass ich mich nicht zu verstellen brauchte. Und Bernhard war klug genug, Menschen zu durchschauen. Er hätte es gemerkt, wenn ich ihm etwas vorgespielt hätte. Aber vergiss nie, Kleines: Auch in der größten Bedrängnis darf man sich nicht gehen lassen. Man muss einen klaren Kopf behalten.« Sie streicht sich eine graue Strähne aus dem Gesicht. »Meine Tränen waren echt, bei der Heiligen Jungfrau. Aber natürlich hatte ich mir vor der Unterredung mit Kohle die Augen unterlegt und mir ein wenig Staub auf die Lippen getupft, damit ich leidend aussehe. Und ich hatte gut bedacht, was ich zu Bernhard sagen würde. Ich wusste, dass es keinen Sinn hatte, mit ihm zu streiten oder gegen ihn zu rechten.

Ich brauchte ihn und seinen Beistand. Und schließlich hat es sich ja gelohnt ...«

»Du wurdest wieder schwanger?«

Aliénor breitet die Arme aus. »Ja! Du kannst dir gar nicht vorstellen, wie glücklich ich war. Und ich hielt mich tatsächlich an mein Versprechen, das tue ich übrigens immer, es ist eine Sache der Ehre. Ich mischte mich nicht mehr in Ludwigs Regierungsgeschäfte, hielt mich in allen Dingen zurück und blieb die ganze Schwangerschaft über in meinen Räumen. Ich ging regelmäßig in die Messe. Ich empfing keine Joglare mehr und keine Possenreißer. Ich aß mäßig und gesund, ritt nicht mehr aus, verbrachte meine Zeit mit Lesen und Handarbeiten, nur um das Kind ja nicht zu gefährden. Und ich dankte jeden Tag meinem Schöpfer dafür, dass Ludwig mich wieder liebte.«

»Also hieltest du dich in allem an Bernhards Rat?«

»Er erfüllte seine Seite der Abmachung und ich die meine. Ich war davon überzeugt, dass er tatsächlich recht gehabt hatte. Der Himmel hatte meine Reue anerkannt und belohnte mich mit einem Kind. Im Spätsommer des Jahres 1145 kam ich nieder, eine lange, schmerzhafte Geburt. Natürlich waren wir enttäuscht, dass es nur ein Mädchen war, aber man kann schließlich vom lieben Gott nicht alles erwarten. Er hatte mir gezeigt, dass ich wieder in seiner Gnade stand, und ich war fest davon überzeugt, dass ich, wenn ich mein Leben weiterhin nach seiner Weisung führte, als nächstes einen Sohn haben würde.«

Inzwischen hat es angefangen, sintflutartig zu regnen. Schwarze Wolken türmen und ballen sich berghoch über der Ebene, ein böiger Wind treibt die Schauer von Westen her übers Land. »Man hat das Gefühl, die Welt geht unter«, meint Blanche und spürt, wie ein Tropfen, der durch das undichte Dach des Chariots gedrungen ist, auf ihrer Stirn landet. Draußen sieht man kaum eine Handbreit vor Augen. Die Räder des Karrens versinken fast im Schlamm, die Zugpferde rutschen aus und kämpfen um jeden Schritt. Die Waffenknechte und die beiden Zofen, die zu Pferd reisen, sind vom eiskalten Regen bis auf die Haut durchnässt. Erleichterte Rufe ertönen, als endlich, schemenhaft, ein paar Häuser in Sicht kommen. Aliénor lässt halten und nach Unterkunft fragen.

Es stellt sich heraus, dass es im Ort keine Herberge gibt, aber einer der Bauern erklärt sich gegen einen Beutel Pfennige bereit, Haus und Hof zur Verfügung zu stellen, damit sich die Reisegesellschaft aufwärmen und die nassen Sachen trocknen kann. Eilig wird abgesattelt, die Pferde finden Platz in einem verlassenen Schafstall. Die Frauen müssen sich ducken, um durch die Tür des Bauernhauses zu kommen. Blanche rümpft die Nase. »Hier sollen wir bleiben?«

Aliénor zuckt die Schultern. »Ja Gott, ein Palast ist es nicht. Aber es regnet wenigstens nicht herein. Und der Führer sagt, wir schaffen es heute nicht mehr bis Najera.«

In der Mitte des einzigen Raumes, der das ganze Haus einnimmt, brennt ein Kochfeuer, an dem die Bäuerin hantiert. Es gibt einen grob zugehauenen Tisch mit zwei langen Bänken, eine Truhe, in der wohl die Wäsche aufbewahrt wird, und etliche Wandregale mit tönernen Schüsseln, Daubenbechern und Holzbrettchen. An der Südwand entlang zieht sich eine Strohschütte, auf der Decken und Felle liegen – die gemeinsame Schlafstatt der Familie. Hühner picken auf dem gestampften Boden herum, neben der Herdstelle kratzt sich ein fahlfarbener Hund ausgiebig mit der Hinterpfote am Ohr. Die Wände sind schwarz vom Ruß, denn der Rauch des Kochfeuers steigt offen im Raum nach oben und entweicht durch ein Loch im Strohdach. »Hier stinkt's«, mault Blanche. »Wenn wir hierbleiben, sind wir morgen früh geräuchert.«

Aliénor lacht. »So leben deine Untertanen, mi cors. Und dieser Bauer hier ist keiner von den Ärmsten, denn er kann sich ein Haus leisten, dessen Wände bis Mannshöhe aus Stein gemauert sind. Hier.« Sie drückt Blanche zwei, drei Münzen in die Hand. »Sag der Frau am Feuer, sie soll ein paar Hühner schlachten. Wir wollen heute Abend wenigstens ein ordentliches Nachtmahl haben.« Blanche redet in ihrer Muttersprache mit der schüchternen Bäuerin, deren Miene sich beim Anblick der Denare aufhellt. Und bald darauf hängt ein großer Kessel über dem Feuer, aus dem es würzig duftet.

Nach dem deftigen Hühnereintopf richten sich alle so gut es geht für die Nacht ein. Der Bauer bringt frisches Stroh, Decken werden darüber gebreitet, und für die Frauen wird in gebührendem Abstand zu den Männern in einer Ecke ein eigenes Lager gebaut.
»Wir sollen hier mit all den anderen schlafen?«, fragt Blanche. »Mit den Männern, meine ich.«
»Ei, du bist mir ein verwöhntes Frätzchen! Willst du unsere braven flandrischen Waffenknechte hinaus in die Kälte und den Regen schicken?« Aliénor droht ihrer Enkelin scherzhaft mit dem Finger. »Noch in meiner Kindheit ging es auf allen Adelsburgen so zu. Da gab es die große Halle, in der wurde gegessen, gekocht, gearbeitet und geschlafen. Für die Frauen gab es höchstens einen Bereich, den man mit aufgehängten Decken oder einem Wandschirm abtrennte. Und die Bauern leben immer noch so. Für eine Nacht wird es schon gehen, meinst du nicht?«
»Aber nur, wenn du weitererzählst«, macht Blanche zur Bedingung. »Ich kann hier sowieso nicht schlafen. Hier wimmelt's vor Ungeziefer.«
Beide ziehen sich in ihre Ecke zurück, wo die zwei Zofen bereits leise schnarchen. Leise, damit die anderen nichts hören, spricht Aliénor weiter.
»Ich nannte unsere Tochter Marie, nach der Jungfrau Maria, zu der ich während der Schwangerschaft gehorsam gebetet hatte. Sie war ein winziges, hübsches Ding mit Ludwigs blauen Augen. Wir fanden eine Amme mit guter Milch, Odile, die aus ordentlicher Familie stammte. Ich verbrachte die übliche Zeit im Wochenbett und erholte mich rasch. Ludwig besuchte mich oft, brachte kleine Leckereien mit, die er selber nicht aß. Immer noch fastete er an drei Tagen in der Woche. Er ließ nicht nach in seiner Frömmigkeit, er sagte, Gott würde es ihm beim nächsten Mal mit einem Sohn lohnen. Also führte auch ich weiter mein gottgefälliges, eintöniges Leben in der Abgeschiedenheit des Frauenzimmers. Unter uns gesagt, ich langweilte mich zu Tode. Und dann, kurz vor dem Weihnachtshoftag in Bourges, erreichte uns eine Nachricht, die alles verändern sollte.«
Blanche reißt im Dunkeln die Augen auf. »Und welche?«
»Edessa war gefallen!«

Aliénor wartet auf den kleinen Ausruf des Schreckens, der nun eigentlich von ihrer Enkelin kommen müsste. Nichts. Sie seufzt. Also gut. »Was weißt du über das Heilige Land, Kleine?«

»Nicht viel. Da liegt Jerusalem, die Stätte des Herrn.«

Beim unbefleckten Herzen Mariens, denkt Aliénor, deine Eltern hätten dir eine ordentliche Erziehung angedeihen lassen sollen, du kleiner Unglückswurm. Hab ich meine Tochter nicht Besseres gelehrt? Wie willst du in Paris zurechtkommen, wenn du so wenig weißt? Sie seufzt noch einmal. »Nun gut, hör zu. Viele Jahrhunderte lang war das Heilige Land mit seiner Hauptstadt Jerusalem in der Hand der Heiden. Das war für die Christenheit ein unerträglicher Zustand. Es ist jetzt ziemlich genau hundert Jahre her, dass christliche Ritter, die meisten davon aus Frankreich, auszogen und das Heilige Land den Türken entrissen. Sie festigten ihre Herrschaft und gründeten vier Kreuzfahrerstaaten: die Fürstentümer Antiochia und Edessa, die Grafschaft Tripolis und das Königreich Jerusalem. Diese vier Fürstentümer nennen wir heute Outremer. Hast du alles verstanden? Gut. Viele Jahre hielt sich diese Ordnung aufrecht. Die Kreuzfahrerstaaten blühten, und christliche Pilger konnten ungehindert das Heilige Grab besuchen. Jerusalem war unser. Aber dann drohte diese Ordnung zu zerbrechen, als plötzlich die Sarazenen unter ihrem berüchtigten Anführer Zengi Edessa eroberten, am Heiligabend des Jahres 1144. Du musst wissen, Edessa ist der älteste Kreuzfahrerstaat. Die Stadt liegt nahe am Quellgebiet des Flusses Euphrat, und ihre Einwohner waren damals zumeist Christen. Sie alle wurden von den Heiden niedergemetzelt, Mann und Maus.«

Blanche ist ganz weiß um die Nase geworden. »Diese mörderischen Heidenschweine!«, ruft sie. »Die haben doch gar kein Recht, uns Jerusalem wegzunehmen.«

»Wie man's nimmt«, entgegnet Aliénor trocken. »Auch für die Muselmanen ist Jerusalem eine heilige Stadt. Für die Juden übrigens auch.«

»Aber wir sind diejenigen mit dem rechten Glauben!«, protestiert Blanche.

Die alte Königin lacht laut auf. »Närrchen! Genau das sagen die anderen auch von sich!«

Blanche runzelt die Stirn. Manchmal sagt ihre Großmutter richtig ketzerische Dinge, da bekommt man es ja mit der Angst um die ewige Seligkeit.

Aliénor sieht ihrer Enkelin an, dass sie verunsichert ist. »Ei, wir beide werden heute nicht mehr entscheiden, welche Religion die richtige ist, oder?«, schmunzelt sie. »Lass mich lieber weitererzählen. Wo sind wir überhaupt stehengeblieben? Ach ja. Der Fall Edessas bedrohte den Fortbestand der drei anderen christlichen Fürstentümer im Heiligen Land, weil nun kein Hindernis mehr Zengis Truppen von Antiochia an der Küste trennte. Und von dort würde er freie Bahn für einen Angriff auf Jerusalem haben. Du kannst dir vorstellen, welches Entsetzen sich in der christlichen Welt ausbreitete, als sich diese furchtbare Nachricht gegen Ende des Jahres 1145 verbreitete. Die hartkämpften und kostbaren Eroberungen, die man beim ersten Kreuzzug gemacht hatte, drohten verlorenzugehen. Das heilige Herz der Christenheit, Jerusalem, war in höchster Gefahr. Zunächst schienen alle wie gelähmt, bis schließlich Papst Eugenius, an den sich die Kreuzfahrerstaaten mit der Bitte um Hilfe gewandt hatten, die Christenheit auf eine neue Kreuzfahrt einschwor. Er schrieb eine Bulle und forderte Ludwig auf, mit seiner Ritterschaft den christlichen Glaubensbrüdern in Outremer zu Hilfe zu eilen.«

»Warum nur der König von Frankreich?«

»Weil die Kreuzfahrerstaaten allesamt von französischen Fürsten regiert wurden und dort seit dem ersten Kreuzzug viele Franzosen lebten. Aber der deutsche König Konrad schloss sich später ebenfalls an.«

Blanche kuschelt sich an ihre Großmutter. »Ludwig wollte bestimmt gern ins Heilige Land ziehen, so fromm wie er war.«

Aliénor reibt die Füße aneinander, um sie zu wärmen. Von der Steinmauer des Bauernhauses strahlt Eiseskälte ab. »Das kannst du glauben. Der Papst rannte bei ihm offene Türen ein. Du musst wissen, dass Ludwig schon beim Tod seines Bruders Philipp, der ihm die Krone einbrachte, eine Pilgerreise nach Jerusalem gelobt hatte. Und seit Vitry war sein Bedürfnis, das Heilige Grab zu besuchen, immer größer geworden. Oft sprach er davon. Er glaubte, das sei die einzig wirksame Sühne für seine schlechten Taten, und Gott würde ihm dann endgültig verzeihen. Außerdem hoffte er, dass er dann endlich einen Sohn zeugen würde, denn der Allmächtige hatte ihm ja nur eine Tochter geschenkt, um ihm zu zeigen, dass er noch nicht genug für seine Sünden gebüßt hatte. Als nun die Nachricht des Papstes uns in Bourges erreichte, entschloss er sich sofort, die Wallfahrt, die er sich so lange gewünscht hatte, mit einem Kriegszug zu verbinden. Er war geradezu begeistert, von stürmischer Vorfreude ergriffen, und er begann Pläne zu schmieden.«

»Und du?«

»Ich? Ei, ich wollte mit! Was denn sonst?«

»Aber du warst doch eine Frau!«

Aliénor schüttelt unwillig den Kopf. »Ja und? Auch auf dem ersten Kreuzzug waren Frauen dabei. Oder glaubst du, die Ritter haben ihre Wäsche selber gewaschen? Für sich selber gekocht? O nein. Und fürs Fleischliche, da haben sie auch Weiber gebraucht – schließlich kann ein Mann nicht monate- oder gar jahrelang in den Krieg ziehen, ohne seine körperlichen Bedürfnisse zu stillen. Sonst kriegt er ja den Säftestau und kann nicht mehr kämpfen!«

Blanche kichert. »Und Frauen vom Adel sind damals auch mitgezogen?«

»Natürlich. Viele. Florina, die Tochter des Herzogs von Burgund zum Beispiel. Elvire von Saint-Gilles und Godvere von Boulogne. Die berühmte Markgräfin Ida von Österreich. Und auch viele adelige Ordensdamen. So war das.«

»Und Ludwig, hat er dich gerne mitkommen lassen?«

Aliénor denkt nach. »Nun, ich habe ihn eben überzeugt. Was nicht allzu schwer war. Ich war nämlich wild entschlossen. Endlich bekam ich die Gelegenheit, aus dem öden Pariser Palast auszubrechen. Die Welt zu sehen! So etwas kommt nur einmal im Leben, dachte ich. Um keinen Preis hätte ich mich davon abhalten lassen. Zuerst war Ludwig nicht gerade entzückt, aber ich machte ihm klar, dass ich mir nichts von ihm verbieten lassen würde. Ich schmeichelte ihm, ging ihm um den Bart, ließ nicht locker. Irgendwann gab er nach, wie immer. Später entstand Gerede deswegen. Er sei so verliebt in mich gewesen, dass er den Gedanken, mich zurückzulassen, nicht ertragen konnte. Er habe gefürchtet, ich würde ihm zu Hause untreu werden. Solche Dinge. Das war natürlich alles Unsinn. Er glaubte, so wie ich, dass ein gemeinsames Gebet am Heiligen Grab uns einen männlichen Erben bescheren würde. Dass dann unsere Ehe gesegnet sein würde und unser Seelenfriede wiederhergestellt. Außerdem war es so, dass der französische Adel zunächst wenig Bereitschaft zeigte, ins Heilige Land zu marschieren. Man hatte die Toten des letzten Kreuzzugs noch allzu gut in Erinnerung. Und niemand verlässt ja seine Besitztümer und seine Familie leichtfertig. Viele – allen voran Abt Suger – dachten außerdem, Ludwig habe zu Hause genug zu tun und solle sich lieber um Frankreich kümmern. Nur meine tapferen Aquitanier, die ließen sich von meiner Begeisterung anstecken, wollten freudig gemeinsam mit mir ins Feld ziehen. Ohne sie hätte Ludwig kein ordentliches Heer zusammengebracht. Und ohne die Zahlungen der aquitanischen Städte und Klöster nicht genug Geld. Also war es entschieden.«

»Und dann ging es los!« Blanche hat sich im Bett aufgesetzt, sie ist selber ganz aufgeregt. Aliénor tätschelt ihr beruhigend den Rücken. »Wo denkst du hin? So ein Kreuzzug erfordert eine lange Vorbereitungszeit. Erst einmal musste ein großer Hoftag einberufen werden, er fand zu Ostern 1146 in Vézelay statt, in Burgund. Der gesamte Adel des Reiches strömte zusammen, und als vom Papst beauftragter Kreuzzugsprediger kam kein Geringerer als Bernhard von Clairvaux. Ah, ich sehe es vor mir, als sei es erst gestern gewesen: Um den Hügel der Abtei Maria Magdalena versammelten sich Tausende von Menschen, es herrschte eine unglaubliche Aufbruchstimmung. Bernhard stieg mit großer Mühe auf ein Holzpodest, das man in aller Eile zusammengezimmert hatte. Seit ich ihn das letzte Mal gesehen hatte, war er zum Skelett abgemagert, ein Greis geworden. Aber dieser alte Mann, der sich scheinbar nur noch mit einem Stock aufrecht halten konnte, hielt eine flammende Rede, so erschütternd und mitreißend, dass er damit die Toten aus ihren Gräbern hätte holen können, wäre es sein Ziel gewesen. Als er geendet hatte, erscholl aus allen Kehlen der brausende Ruf: ›Nach Jerusalem!‹ Das hättest du erleben sollen! Mir schossen wider Willen die Tränen in die Augen. Die Menschen stürmten nach vorne, um sich das Kreuz anheften zu lassen, jeder wollte der Erste sein. Ludwig warf sich mit ausgebreiteten Armen vor Bernhard zu Boden, und der Abt befestigte ein weißes Stoffkreuz am Schulterteil seines Mantels. Ich kniete mich daneben und tat den Schwur für mich und meine Vasallen. ›Kreuze! Gib uns Kreuze!‹, brüllte die Menge. So viele nahmen an diesem Tag das Kreuz, dass Bernhard am Ende seinen weißen Wollumhang zerschneiden musste, um jedem ein Stückchen Stoff anheften zu können. Es war ein großer Tag. Und du wirst es kaum glauben: Von meinem Beispiel ließen sich viele adelige Damen anstecken. Da waren Torqueri von Bourbon, Mamille von Roucy, Sybille von Anjou, die Gräfin von Flandern, Florine von Troyes, Faydide von Toulouse. Sie alle wollten mich als meine Damen begleiten. Ich hätte laut jubeln können, hätte mich Bernhard von Clairvaux nicht mit einem strengen Blick zur Zurückhaltung gemahnt.«

Blanche lässt sich zurück ins Stroh fallen. »Oh, wie gern wäre ich dabei gewesen«, meint sie träumerisch. »Das muss einfach wunderbar gewesen sein!«

»Bei den Augen des Herrn« – schon wieder, denkt sie und dreht die Augen zum Himmel, schon wieder hab ich es gesagt, Henry, du Miststück! – »das war es. Wir feierten den ganzen Tag, ließen uns von unserer Begeisterung forttragen. Wir Frauen wurden sogar so übermütig, dass einige von uns, angeführt von Faydide, weiße Gewänder und rote Stiefel anzogen – Gott weiß, wo sie die aufgetrieben hatten – und auf ihren Zeltern in Männersätteln wie die Amazonen durch die Menge galoppierten. Später hieß es, ich sei an ihrer Spitze geritten, aber das stimmt nicht. Und sie haben auch nicht Spindeln und Kochlöffel auf die Frauen geworfen, die das Kreuz nicht nahmen, wie böse Zungen behaupteten. Noch weniger hatten sie nach Art der griechischen Kämpferinnen eine Brust dabei entblößt. Das wurde später alles frei erfunden von denjenigen, die mir feindlich gesinnt waren und überhaupt uns Frauen nicht gönnten, dabei zu sein.«

»Und wann seid ihr endlich aufgebrochen?«

»Zuerst einmal brauchten die Kreuzritter ein ganzes Jahr, um alle Dinge so zu ordnen, dass eine längere Abwesenheit auf ihren Gütern zu verkraften war. Und der König nutzte diese Zeit, um Gelder einzuziehen. So ein Kreuzzug ist ein teures Unternehmen, weißt du. Jeder Ritter, jeder Knappe, jeder Pferdeknecht will bezahlt werden. Vorräte müssen angelegt werden, Waffen und Harnische geschmiedet, Ausrüstung und Pferde bereitgestellt. Am Ende wurde es Mai des Jahres 1147, bis alles so weit war. Am Pfingstsonntag endlich betrat Ludwig in einer schwarzen Pilgerkutte, auf der ein rotes Kreuz wie eine Flamme loderte, die neue Kathedrale von Saint Denis. Sie war erleuchtet mit Tausenden Kerzen und geschmückt mit den bunten Bannern aller Kreuzritter. Vor dem Altar wartete kein Geringerer als Papst Eugenius, der dem König nach der Messe feierlich die rot-goldene Oriflamme übergab, die heilige Kriegsflagge des Reiches, die seit alters her nur zu außergewöhnlichen Anlässen die Kathedrale von St. Denis verließ. Als Ludwig stolz die goldene Fahnenstange ergriff, stand ich tränenüberströmt hinter ihm. Gemeinsam würden wir dieses Banner ins Heilige Land tragen!«

»Und deine kleine Tochter – hast du sie denn mitgenommen?« Blanche gähnt, es ist schon fast Mitternacht.

»Wo denkst du hin? Nein, sie blieb in Paris bei ihrer Amme. Und bei Petronilla, die glücklich war, weil sie damals ihr kleines Mädchen schon hatte, Mabile. Ein niedliches Ding, sie hatte lange Wimpern und hübsche dunkle Löckchen.«

Da erinnert sich Blanche an Petronillas Geschichte. »Also trat die Prophezeiung Bernhards, für sie würde diese Ehe schlecht ausgehen, doch nicht ein, oder?«

Aliénor zieht sich das Wolfsfell enger um die Schultern, sie fröstelt. So lange hat sie nicht mehr an ihre kleine Schwester gedacht. Ihr wird plötzlich bewusst, wie gut sie darin geworden ist, Dinge aus ihrem Kopf zu verbannen, die sie nur schwer ertragen kann. Und jetzt erinnert sie sich unter Schmerzen. Die Worte wollen nicht heraus aus ihrer Kehle, aber sie zwingt sich zum Reden. »Raoul und Petronilla hatten zwei Kinder miteinander«, sagt sie dann leise, »ein Mädchen und einen Jungen. Jahre später verstieß er sie, der elende Bastard, und heiratete ein drittes Mal. Ich hoffe, Gott lässt ihn im tiefsten Schlund der Hölle schmoren bis in alle Ewigkeit. Petronilla hat den Verrat ihres Gatten nie verwunden. Sie aß nicht mehr, sprach nichts mehr, zog sich in schwarze Finsternis zurück. Kein Arzt konnte ihr helfen. Sie kam später zu mir nach England, und dort habe ich sie dann begraben.« Sie hält inne, sieht vor sich die einfache steinerne Grabplatte in der kleinen englischen Kirche, unter der Petronillas bis auf die Knochen abgemagerter Körper langsam zu Staub zerfällt. Dann spricht sie weiter. »Die hübsche kleine Mabile starb kinderlos. Der Sohn, Raoul, steckte sich mit Aussatz an und ging daran langsam und elend zugrunde. Das war es, was Bernhard die Engel zugeflüstert hatten.« Es ist gesagt. Aliénor atmet tief durch und schickt ein kurzes Gebet für ihre tote Schwester hinaus in die Nacht. Blanche hat nach ihrer Hand gegriffen, und so schlafen sie schließlich ein.

Bericht des Bernhard von Clairvaux an Papst Eugenius III. nach der Kreuzzugspredigt von Vézelay

Du befahlst, ich gehorchte; und die Autorität dessen der den Befehl erteilte, hat meinen Gehorsam Früchte tragen lassen. Ich öffnete meinen Mund; ich sprach, und sogleich vervielfachte sich die Zahl der Kreuzfahrer ins Unendliche. Dörfer und Städte sind jetzt ausgestorben, und es wird kaum mehr ein Mann auf sieben Weiber kommen.

Von Saint Denis nach Metz, Juni 1147

Es ist ein strahlender Frühsommertag, als bei Sonnenaufgang die Fanfaren zum Aufbruch geblasen werden. Das Königspaar besteigt seine herrlich aufgezäumten Rösser und setzt sich an die Spitze des Zuges. Aliénor trabt mit stolz erhobenem Kopf neben Ludwig zum Tor des Klostergeländes hinaus, während die Glocken vom Turm der Kathedrale ihnen triumphierend den Abschied läuten. Vor ihnen liegen Tausende von Meilen, und sie freut sich auf jede einzelne von ihnen.

Plötzlich, als sie den Siechenkobel passieren, lässt der König noch einmal halten. Er steigt ab und – Aliénor traut ihren Augen nicht – öffnet das Türchen zur verseuchten Wohnstatt der Aussätzigen. Die Kranken kommen aus ihren Hütten, streben staunend auf ihn zu. Ein zerlumpter Alter greift mit den Stummeln seiner weggefaulten Finger nach Ludwigs Mantelsaum, ein Weib wirft sich zu Boden und berührt mit den Lippen seine Stiefelspitze. »Gebt mir euren Segen für die Pilgerfahrt, ihr armen Geschöpfe Gottes«, bittet Ludwig. Und dann, Aliénor kann es kaum fassen, umarmt der König diese entstellten Gestalten und küsst sie auf die Wangen. Danach wendet er sich zum Gehen und besteigt in aller Seelenruhe wieder sein Pferd.

Aliénor ist wütend. »Bist du wahnsinnig? War das nötig? Und wenn du dich angesteckt hast? Und vielleicht noch andere ansteckst? Du gefährdest den Kreuzzug!«

Er lächelt nachsichtig zu ihr hinüber. »Gott wird nicht zulassen, dass mir ein Leid geschieht. Schließlich hat er mir einen Auftrag gegeben.«

Sie wischt seine Antwort mit einer unwirschen Handbewegung zur Seite. »Wenn du dein Glück weiter so herausforderst, wirst du Jerusalem nicht lebend erreichen«, faucht sie. »Und fass heute um Himmels willen niemanden mehr an.«

Lachend gibt er seinem Pferd die Sporen. Sie hat ihn lange nicht mehr so fröhlich gesehen.

Die beiden Ehegatten sind schnell wieder versöhnt, während die Reise nach Osten geht. Als der königliche Zug die Champagne durchquert, spürt Aliénor, wie unsichtbare Fesseln von ihr abfallen. Vor ihr liegen so viele Monate, in denen sie ihrem bisherigen Leben entfliehen kann. Jeder Tag wird neue Erfahrungen bringen, berauschende Wunder für sie bereithalten. Sie freut sich jetzt schon auf die blauen Wasser des Rheins, die weiten Ebenen Ungarns, die goldblitzenden Kuppeln Konstantinopels. Und sie kann es kaum erwarten, die Sonne über den Dächern Jerusalems aufgehen zu sehen.

Für Unterhaltung unterwegs ist bestens gesorgt. Denn unter den Aquitaniern reitet einer, der noch von Aliénors Großvater seine Kunst gelernt hat: Jaufré Rudel, der berühmte Troubadour von Blaye, dessen leidenschaftliche Verse an seine amor de lonh Legende sind, Verse, in denen er voller Sehnsucht seine ferne Geliebte, die mysteriöse Gräfin von Tripolis, besingt. Wie hat Aliénor sich gefreut, diesen Freund ihrer Kindheit wiederzusehen. Jetzt reitet sie mit seinen Liedern auf den Lippen:

»*Quan lo rossinhol el follos,*
dona d'amor e.n quier e.n pren
e mou son chant jauzent joyos
e remira sa par soven
e.l riu son clar e.l prat so gen,
pel novel deport que-y renha,
mi vai grans joys al cor jazer.«

»*Wenn in den Wäldern die Nachtigall*
Liebe sucht und gibt und nimmt
und dann ihr Lied mit Freuden singt
und sich oft ihres Gefährten erfreut,
wenn die Bäche klar sind und die Wiesen sanft,
weil das Glück über ihnen schwebt,
dann wohnt große Freude mir im Herzen.«

Es ist eine Lust, wieder Okzitanisch zu reden, all die wiederzutreffen, die sie noch von früher kennt. Und alle sind sie gekommen, ihre Aquitanier! Keiner der Tapferen wollte das wunderbare Abenteuer versäumen. Sie werden angeführt von den ganz Großen des Herzogtums: Geoffroy von Rançon, Saldebreuil von Sanzay, Hugo von Lusignan und Guy von Thouars. Sie folgen ihrer domna in unverbrüchlicher Treue.

Schon lange vor Metz, dem Ort, an dem sich der französische Heerbann versammeln soll, stoßen immer mehr Menschen zu ihnen. Die Luft hallt wider vom Hufgetrappel, von Gelächter und Geschrei, vom Knarzen unzähliger Wagenräder, vom Gesang der Pilger. Tausende sind es inzwischen, eine unübersehbare Menge an

Reitern und Fußvolk, darunter ganze Familien, Büßer in härenen Gewändern, reuige Verbrecher, Bettler und Vagabunden, Huren und Näherinnen und Köchinnen und Waschfrauen, Glücksritter, Unbehauste, die nichts zu verlieren haben. Sie alle streben voller Hoffnung zusammen mit den berittenen Kämpfern vom Adel dem Heiligen Land zu.

Vor der altehrwürdigen Königsstadt Metz, am Ufer der Mosel, schlagen die Kreuzfahrer ihr Lager auf. Eine riesige Zeltstadt wächst in unglaublicher Schnelligkeit aus dem Boden. Der gastfreundliche Bischof von Metz besteht darauf, dass das Königspaar nach einem üppigen Festmahl in seinem eigenen Schlafzimmer die Nacht verbringt, und Aliénor ist glücklich über diese Einladung. In den letzten Tagen haben beide, wie es üblich ist und auch wohl die meiste Zeit weiterhin bleiben wird, in getrennten Zelten geschlafen, Aliénor gemeinsam mit der Gräfin von Flandern und Faydide von Toulouse, Ludwig zusammen mit seinem Beichtvater und Leibschreiber Odo von Deuil und seinem engsten Freund und Berater Thierry Galeran. Galeran ist Eunuch; warum, weiß keiner. Vielleicht eine Krankheit oder eine Verletzung. Jedenfalls ist er sehr fromm und allem Geschlechtlichen notgedrungen abhold, das schafft zwischen ihm und Ludwig eine besondere Bindung.

Aliénor hat ein Bad genommen und sich von ihren beiden Zofen rasieren und mit Rosenöl salben lassen. Ihr Leib ist längst wieder straff wie vor der Geburt, nur ihre Brüste sind seither ein wenig größer geworden, obwohl sie sie doch wochenlang fest aufgebunden hat. Sonst schläft sie stets mit einem Nachtzopf, aber an diesem Abend möchte sie schön sein für ihren Mann, sie lässt sich ausgiebig das offene Haar kämmen, das ihr bis auf die Oberschenkel fällt. Sie summt eine kleine Melodie dabei. Die Lieder ihres Freundes Rudel, der für die Gäste des Banketts gesungen hat, haben ihre Lust geweckt.

Als Ludwig in die Schlafkammer kommt, räkelt sich Aliénor schon nackt unter den Laken. Sie hat Wein bereitstellen lassen und eine Schale dunkelroter Kirschen. Die Zofen und Ludwigs Leibdiener hat sie bis zum Morgen entlassen, sie übernachten in den Nebenräumen.

»Da bist du ja endlich«, lächelt sie Ludwig an, während er sich auszieht, »es ist herrlich, nach den letzten Nächten im Zelt wieder einmal in einem richtigen Bett zu liegen. Komm schnell, mi cors, beeil dich.«

Ludwig beeilt sich gar nicht. Bedächtig entledigt er sich seiner Stiefel, zurrt umständlich das Hemd über der Brust auf, schiebt die Beinlinge nach unten über die Knöchel. Bevor er die Schnur löst, die die Bruoche zusammenhält, bläst er die Kerzen aus. Dann schlüpft er auf seiner Seite des Betts unter die Laken und dreht sich weg.

Sie schiebt eine Hand unter seiner Achsel durch und streichelt seine Brust, knabbert an seinem Ohrläppchen. Er regt sich nicht. »Du bist doch nicht etwa müde, mein Lovis?«, schnurrt sie. »Doch«, murmelt er. »Es war ein langer Tag heute. Und morgen geht es in aller Frühe weiter.«

Ihre Hand wandert tiefer, sie tupft einen Finger in seinen Nabel. »Lass«, brummt er.

Sie hört nicht auf. »Mi cors«, flüstert sie, »Liebster, lass uns jetzt schon einen Sohn zeugen. Zu Jerusalem wollen wir ihn dann gemeinsam übers Taufbecken halten. Stell dir nur vor ...«

»Nein!« Er fährt ruckartig hoch und schiebt ihre Hand weg. »Ich muss dir was sagen.«

Sie setzt sich ebenfalls auf. »Was ist los mit dir?«, fragt sie ernüchtert. Seit Bernhard von Clairvaux mit ihm gesprochen hat, damals bei der Weihe von Saint Denis, ist das königliche Liebesleben wieder aufgeblüht. Es ist nicht gerade das, was sie sich in ihren wildesten Träumen vorgestellt hat, aber immerhin besser als nichts. O Gott, lass jetzt nicht schon wieder irgendetwas sein, was ihn stört, denkt sie.

Ludwig sucht nach den besten Worten, findet sie aber nicht. Ihm ist bewusst, dass sie das, was er ihr nun sagen muss, verletzen wird. »Ich habe ein Gelübde getan, als wir von Saint Denis aufgebrochen sind«, beginnt er. »Das hab ich dir noch nicht erzählt, weil, nun ja, wir waren ja kaum alleine, und ...«

»Was?«, unterbricht sie ihn. »Nun sag schon!«

Er windet sich. »Du weißt ja, dass ein Kreuzfahrer sich bis zum Erreichen des heiligen Jerusalem an gewisse Regeln halten soll.«

Sie wird ungeduldig. »Natürlich weiß ich das. Und weiter?«
»Eine dieser Regeln gebietet Keuschheit.«
Sie spürt die Enttäuschung körperlich, als habe er ihr einen Schlag versetzt. »Aber daran hat sich doch nie jemand gehalten! Nicht beim ersten Kreuzzug und jetzt auch nicht. Hörst du denn nicht, was nachts in den anderen Zelten vor sich geht? Siehst du nicht die Paare, die sich abends in die Büsche schlagen? Hast du nicht bemerkt, dass Hunderte feiler Weiber mit uns ziehen?«
»Was für andere gilt, gilt nicht für den König!«, erwidert er. »Ich muss mit gutem Beispiel vorangehen. Das hat auch Abbé Bernhard gesagt!«
»Bernhard, Bernhard! Immer wieder Bernhard! Und was ist mit mir?« Aliénor ballt zornig die Fäuste. Sie ist so wütend, dass sie schreien möchte. »Wie, bei der heiligen Muttergottes, willst du denn einen Sohn zeugen, wenn du mich nicht anrührst? Du musst ja all die demütigen Blicke und die abfälligen Bemerkungen nicht ertragen, wenn keine Schwangerschaft kommt!« Ihre Stimme wird schrill. »Du bleibst mir fern an allen Feiertagen und den Abenden zuvor. Du enthältst dich in der Fastenzeit, zwei Wochen vor und eine Woche nach Pfingsten, an Weihnachten, am Freitag und am Sonntag. Dazu kommen die Zeiten, an denen ich meine Rosen habe. Ich habe nachgerechnet, Louis: Es bleiben kaum mehr als dreißig Tage im Jahr, an denen du nach deinen Regeln mit mir Umgang pflegen kannst – wenn du denn dazu in der Lage bist.«
»Du kannst rechnen?« Ludwig ist ehrlich verblüfft.
»Ja! Im Gegensatz zu dir! Stell dir vor, das gehörte zu meiner Erziehung im ach so leichtlebigen Aquitanien!«
»Ach Aliénor, lass uns doch nicht streiten.«
»Nicht streiten?« Sie lacht bitter auf. »Hast du auch nur einmal darüber nachgedacht, dass dein Gelübde auch mich bindet? Schließlich bin ich deine Frau! Du hättest mich vorher fragen müssen!«
Jetzt wird auch er wütend. »In einer Ehe gibt es nur einen, der entscheidet, und das ist der Mann! Es wird Zeit, dass du das lernst!«
»Darauf kannst du lange warten!« Mit vor Wut zitternden Fingern tastet sie nach Schlagring, Zunder und Feuerstein; nach mehreren Versuchen gelingt es ihr, einen Funken zu schlagen, und

sie zündet damit die Wachskerze neben ihrem Bett an. Dann steht sie auf und wirft sich ihren Nachtmantel über. »Du wirst aus mir keine Heilige machen, Louis«, zischt sie. »Ich bin ein Mensch aus Fleisch und Blut. Und ich habe genug von deiner ewigen Frömmelei! Wenn du nichts von mir willst, dann verlass jetzt ganz einfach meine Schlafkammer.«

Er macht keine Anstalten.

Da klatscht sie ein paarmal laut in die Hände. »Arnaude! Mamie!«

Mit verschlafenen Gesichtern erscheinen die Zofen im Raum.

»Begleitet den Herrn König hinaus«, befiehlt sie. »Mein Gemahl möchte die Nacht beim Gebet in der Kapelle verbringen.«

Ludwig bleibt nichts anderes übrig; wortlos nimmt er seine Kleider, wirft den Umhang um die Schultern und wendet sich zum Gehen.

»Und merk dir, Louis: Ich«, sagt sie laut, »ich habe kein Gelübde abgelegt!«

Er wirft die Tür hinter sich zu. Mit lautem Krachen landet die Schale Kirschen dort, wo gerade noch sein Kopf war.

Vom namenlosen Weiler nach Najera
Ende Februar 1200

Am nächsten Morgen erwachen Aliénor und Blanche, weil es sie am ganzen Körper juckt. Ihre Haut ist von Kopf bis Fuß übersät mit Flohbissen, ein paar Wanzen sind auch dabei. Immer noch schüttet es wie aus Eimern. Eigentlich hat es wenig Sinn, bei diesem Wetter aufzubrechen, aber Blanche hat einen Tobsuchtsanfall; sie weigert sich hartnäckig, auch nur eine weitere Stunde in dieser Ungezieferhöhle zu verbringen. Die Männer haben ebenfalls wenig Lust dazu. Also beschließt man, es wenigstens bis Najera zu versuchen. Der Weg soll einigermaßen eben und ohne besondere Schwierigkeiten sein. Nach einem Frühstück aus trockenem Brot und Ziegenmilch – mehr hat die Bäuerin nicht auftreiben können – geht es los.

»Von Metz aus marschierten wir nach Worms«, erzählt Aliénor im Chariot weiter, »wo es mehrere Tage dauerte, bis alle mit Booten über den Rhein gesetzt hatten. Du musst dir ja vorstellen, es waren über dreitausend Ritter, ungefähr zehntausend Pilger und vielleicht noch einmal sieben- oder achttausend einfache Kämpfer, dazu die Zweier- und Vierergespanne mit Vorräten für Mensch und Tier, die Karren mit Rüstungen und Ersatzsätteln und Waffen und Zelten, mit Belagerungsgerät und ganzen Schmiedewerkstätten, mit Gastgeschenken und Geldkisten.«

Die alte Königin hält einen Augenblick inne und betupft mit einem essiggetränkten Tüchlein ihre Flohbisse im Gesicht, die rot angeschwollen sind. Viel hilft es nicht, es juckt wie verrückt, ständig möchte man kratzen. »Nach dem Streit in Metz«, so erinnert sie sich weiter, »hielt sich Ludwig von mir fern, und auch ich blieb stur. Er würde schon wieder zu Kreuze kriechen, wie jedes Mal. Ich ritt derweil gemeinsam mit meinen Aquitaniern, genoss die fröhliche Gesellschaft der adeligen Damen und die vielen neuen Eindrücke. Jeden Abend, wenn wir unser Lager aufschlugen, gab es Musik, wir erzählten uns Geschichten, tranken Wein – natürlich führten wir den Roten von den Hügeln um Bordeaux mit, den besten! – und trieben allerlei Kurzweil. Florine von Troyes hatte eine ganze Horde ihrer winzigen weißen Schoßhündchen dabei, ohne die sie nicht sein mochte, und Faydide von Toulouse hatte ihr zahmes Äffchen mitgenommen, was ständig Anlass zu Heiterkeit bot, weil es die Hunde so sehr triezte, dass sie ganz verrückt davon wurden. Unser lustiges Treiben war so manchen anderen ein Dorn im Auge, es hieß, der Kreuzzug sei schließlich keine Lustpartie und wir würden mit unserem fröhlichen Treiben Gott lästern. Schon jetzt warf man mir vor, niemand anders als ich sei schuld am langsamen Vorankommen des Kreuzzugs, denn allein mein Gepäck und das meiner Damen verhindere ein schnelleres Vorwärtskommen.«

»Und stimmte das denn?«, will Blanche wissen. Sie hat mitten auf der Nase ein rotes Pünktchen, das vom Kratzen noch röter geworden ist. Es sieht lustig aus.

Aliénor schüttelt empört den Kopf. »Ei, glaubst du wohl, die Königin von Frankreich könne mit nichts weiter als einem Mantelsack und einer Rückenkieze ins Heilige Land reisen, wie ein Bauernweib? Natürlich hatte ich eine Menge Sachen dabei! Und ein wenig Bequemlichkeit braucht eine Frau schließlich auch auf Reisen: ein schönes Zelt, Teppiche, ordentliche Spannbetten, Nachtscherben, gepolsterte Sättel, Seife und einen Badezuber, all das. Aber am Ende war das doch alles nichts im Vergleich zu den Hunderten von Wagen mit Vorräten und Kriegszeug, die viel schwerer waren und viel öfter feststeckten oder zusammenbrachen als unsere Karren.« Sie überlegt. »Nun ja, auf das eine oder andere hätte ich wohl verzichten können, später musste ich das ja auch. Aber liebe Güte, schließlich war das mein erster Kreuzzug! Ich wusste doch nicht, was auf mich zukam. Da nimmt man eben ein bisschen mehr mit. Und wir hatten unterwegs mit ganz anderen Schwierigkeiten zu kämpfen als mit ein bisschen zu viel Gepäck und dem einen oder anderen Wagen zu viel. Vor allem damit, dass mein Gatte in seinem frommen Überschwang vergessen hatte, sich um eine ausreichende Versorgung mit Lebensmitteln zu kümmern.«

Blanche hört auf zu kratzen. »Ja, gab es denn nicht genug zu essen für die Kreuzfahrer? Aber das gehört doch zum Wichtigsten überhaupt, wenn man einen Kriegszug macht«, wirft Blanche ein. »Die Truppen müssen gut versorgt sein. Deshalb zieht man ja auch am besten zur Erntezeit in die Schlacht. Das hat mir mein Vater erzählt«, fügt sie stolz hinzu, »als er gegen die Mauren kämpfte.«

Aliénor hebt die Augenbrauen. Die Kleine hat ja doch etwas gelernt. »Da hast du vollkommen recht«, erwidert sie. »Wer das nicht gut bedenkt und vorausplant, macht einen großen Fehler. So wie Ludwig. Aber wer musste später all die Häme und den Zorn darüber einstecken, dass so vieles nicht gelang? Ich! Immer wieder ich! Ich war schuld, mit meinen paar Karren Gepäck, mit meinen angeblichen Launen, mit meinen ach so leichtfertigen Damen! Ha! Ich könnte heute noch heulen vor Wut!«

Sie kramt ein paar getrocknete Feigen aus ihrem Beutel und fängt grollend an, darauf herumzukauen. Zu viel Ärger, und sie bekommt Verstopfung.

»Und dann«, spricht sie mit vollen Backen weiter, »hatten wir auch noch den deutschen König mit seinem Kreuzfahrerheer vor uns. Vor uns! Wer hatte denn als Erster das Kreuz genommen? Aber Ludwig hatte natürlich versäumt, diesem Konrad klarzumachen, dass wir natürlich voranziehen wollten. Das sollte sich bitter rächen. Denn wie soll ein Land, durch das schon eine Armee durchgezogen ist, noch eine zweite ernähren, die gleich danach kommt? Und genau so kam es. Vor allem die einfachen Pilger, von denen ja Tausende dabei waren, hungerten. Es kam zu ersten Unruhen, die Leute kämpften um jedes Stückchen Brot. So verließ auch uns der anfängliche Frohsinn. Wir mussten uns eingestehen, dass dieser Kreuzzug tatsächlich kein Sommerausflug war, sondern bitterer Ernst und ein gefährliches Unterfangen, dass mit Tod und Verderben enden konnte. Ich erinnere mich, dass Torqueri von Bourbon, die auch noch unter Durchfällen litt, zu Adrianopel erstmals ernsthaft davon sprach, umkehren zu wollen; wir hatten alle Mühe, sie wieder umzustimmen. Dann endlich, nach fast vier Monaten, erreichten wir Konstantinopel.«

»Und wir sind in Najera!«, ruft Blanche.

Tatsächlich liegt das Städtchen vor ihnen; durch den Regen sehen sie die roten Felsen am Fluss, von denen es seinen arabischen Namen hat. Langsam rollen sie durchs Tor ein, dann vorbei am massiven, gedrungenen Kirchenschiff von Santa Maria la Real auf die ehemalige Residenz der Könige von Navarra zu, wo sie über Nacht bleiben werden.

Im Alcazar werden sie vom Vogt herzlich empfangen, Aliénor hat den liebenswürdigen Don Jaime schon vom Herweg in bester Erinnerung. Er lässt ihnen sofort ein Bad richten, das sie dringend brauchen. Blanche hat nämlich unterwegs festgestellt, dass sie sich in der letzten Nacht auch noch ein paar Kopfläuse eingefangen hat.

Schließlich sitzen sie beide gemütlich einander gegenüber in dem großen Holzzuber, Badehäubchen auf den Köpfen und ein Brett zwischen sich, auf dem Wein und Leckereien stehen. Sie haben sich gegenseitig mit Seife abgeschrubbt, und Aliénor hat Blanches Haar mehrfach sorgfältig mit dem engzahnigen Läusestriegel durchgekämmt. Eine Bademagd schüttet immer wieder heißes Wasser nach; Aliénor genießt es, wie die Wärme durch ihre alten Knochen strömt. Es tut gut, wenn die Rückenschmerzen einmal nachlassen. »Ah«, atmet sie auf, »das ist fast so schön wie damals in Konstantinopel. Nur dass dort die Badewanne aus purem Silber war!«

Blanche ist beeindruckt. »Ist der Kaiser dort so reich?«

»Reicher, als du dir vorstellen kannst.«

»Habt ihr in seinem Palast gewohnt?«

Aliénor schüttelt den Kopf. »Untergebracht waren wir außerhalb der Stadt, in einem Palast mit Namen Philopation, der nahe des Goldenen Horns lag.«

»Und wie war der?«

Aliénors Gesicht nimmt einen schwärmerischen Ausdruck an. »Wie im Märchen! Rote Marmorsäulen, glitzernde Mosaiken, Gold und Silber. Überall Teppiche, Seidenvorhänge, Polster und Kissen. Riesige Fenster, die viel Licht ins Innere ließen. Und feine Möbel, die es bei uns kaum gibt: Diwane, auf denen man halb liegt, halb sitzt, Stühle mit Troddeln, kleine Tischchen mit Tierfüßen. Ich fühlte mich wie im Paradies. So, dachte ich mir, so sollte man leben. Mit einem Mal kamen mir meine schönen Burgen in Aquitanien schäbig vor, ganz zu schweigen von dem besseren Schweinestall in Paris. Und der Kaiserpalast war noch viel schöner.«

»Grand-mère, erzähl doch vom Kaiser!«, unterbricht Blanche.

»Manuel Komnenos? Ha, er war ein eingebildeter Pinsel. Und er hatte einen hinterhältigen Charakter; er konnte einem mit dem unschuldigsten Lächeln auf der Welt eine Lüge erzählen. Ein Grieche eben! Man durfte ihm nicht trauen, das wurde Ludwig erst viel später klar. Ich habe seine Rolle beim Kreuzzug nie wirklich durchschaut.«

»Ja, aber er war doch ein Christ!«

»Auch Christen können Verräter sein«, sagt Aliénor. »Vergiss das nie.« Aliénor lehnt sich zurück und plätschert mit der Hand im Wasser. Ei, was war dieser Manuel doch für ein außergewöhnlicher Mann gewesen! Im Alter mit Ludwig gleich, auch in der Größe, so waren die beiden doch äußerlich grundverschieden. »Der Kaiser hatte dunkles Haar und einen Bart«, erzählt sie weiter, »einen kleinen Bauchansatz und vorstehende Zähne, und er watschelte mehr, als dass er ging. Dennoch war er eine beeindruckende Erscheinung. Ich sah ihn nie anders als in Gold und Purpur, an jedem

Finger einen riesigen Ring und breite Goldreife an den Armen. Sobald er den Raum betrat, fiel alles nieder und berührte mit der Stirn den Boden. Keiner wagte es, sich ihm stehend zu nähern, auf Knien rutschten seine Untertanen auf ihn zu. Er gab Anweisungen nur, indem er eine Augenbraue hob oder mit dem Mundwinkel zuckte oder sich am Ohrläppchen zupfte, und sofort rannten zehn Diener, um seine Wünsche zu erfüllen. Man durfte ihm niemals in die Augen sehen, und anreden musste man ihn mit all seinen Titeln und Ehrentiteln – bis dahin hatte man längst vergessen, was man eigentlich sagen wollte.« Sie kichert. »Er war so stark parfümiert, dass man ihn schon roch, bevor man ihn sah. Zu mir und Ludwig war er übertrieben freundlich – vor allem zu mir, das gebe ich gerne zu.« Wieder kichert sie. »Er hat mir den Hof gemacht, der unverschämte Bengel!«

»Und, hättest du ihn erhört?«

»Aber wo!«

Blanche sieht ihre Großmutter mit verschwörerischem Blick an. »Aber man erzählt sich, dass du dich verliebt hast auf dem Kreuzzug ...«

»Blanker Unsinn.« Aliénor schüttelt angewidert den Kopf. Verliebt schon, denkt sie traurig. Nur nicht in diesen aufgeblasenen Angeber von Manuel. Aber das kommt später. Wenn sie es denn überhaupt erzählen will. »Die Leute reden viel«, sagt sie, »wenn der Tag lang ist.«

Die Bademagd gießt noch etwas Rosenöl in den Zuber. Es duftet herrlich, und das Öl macht die von den Flöhen gepiesackte Haut schön weich.

»Jedenfalls war ich zu Manuel freundlich, warum auch nicht? Als er uns in die Hagia Sophia führte – eine Kirche, so groß, dass zwei oder drei unserer Kathedralen hineingepasst hätten –, berührte ich sogar einmal seine Hand, und als ich über eine Teppichkante zu stolpern drohte, fasste er mich um die Taille. Ludwig wurde ganz blass, als er das sah. Ja, ich genoss die schwärmerische Aufmerksamkeit eines Mannes, schließlich hatte ich das sonst nie.«

»Wie lange habt ihr euch in Konstantinopel aufgehalten?«

Aliénor überlegt. »Ungefähr drei Wochen. Ludwig wollte eigentlich noch das Eintreffen von Nachzüglern abwarten, aber Kaiser Manuel hatte es eilig, uns schnell wieder loszuwerden, das war offensichtlich. Seine Freundlichkeiten wurden spürbar gezwungener, die Bankette sparsamer, und schließlich forderte er uns unverblümt auf weiterzuziehen. Inzwischen waren auch viele unserer Ritter in der Stadt, und wie bei den Deutschen beim ersten Kreuzzug kam es auch jetzt zu bösen Zusammenstößen und Plünderungen. Und dann, gegen Ende Oktober, erschien Manuel höchstpersönlich und freudestrahlend in unserem Quartier, um uns zu sagen, dass ihn eine wunderbare Nachricht erreicht hätte: Die Deutschen hätten einen großen Sieg errungen und die Stadt Konya erobert, die Hauptstadt eines der wichtigsten Seldschuken-Fürstentümer in Anatolien. Das beflügelte Ludwig; er ließ zum Aufbruch blasen. Gott mit uns, und gegen die Horden der Ungläubigen, so lautete die Parole. Und so setzten wir über die Meerenge des Bosporus.«

Das Wasser ist kalt geworden. Zwei Mägde eilen mit angewärmten Leintüchern herbei und trocknen die alte Königin und ihre Enkelin ab; danach sind die beiden so angenehm müde, dass sie sich sofort in ihre Schlafkammer zurückziehen. Blanche geht als Erste ins Bett und stößt einen kleinen Schrei des Entzückens aus: Man hat mit einer Kohlepfanne das Bett angewärmt. »So lässt sich die Nacht verbringen«, murmelt sie schläfrig.

Aliénor liegt noch ein wenig wach und denkt über ihre Abreise aus Konstantinopel nach. Darüber, dass damit für alle eine Zeit des Schreckens begann, eines Schreckens, wie sie sich ihn niemals hätten träumen lassen. Gott mit uns, denkt sie. Und gegen die Ungläubigen. Und dann all die Toten.

Gott musste auf diesem Kreuzzug etwas verwechselt haben.

Ludwig

Es ist unerträglich! Wenn ich vorher gewusst hätte, was mich in Konstantinopel erwartet, hätte ich den Seeweg ins Heilige Land gewählt. Dieses Hofzeremoniell widert mich an! Jeder Pferdeknecht hier hat einen großspurigen Titel und tut eitel so, als wäre sein Amt das wichtigste der Welt. Wie kann man solch schwülstigen Aufwand treiben? Nichts als geziertes, albernes Getue! Diese byzantinischen Beamten brauchen eine halbe Stunde, um überhaupt ihre Anrede zu Ende zu bringen, und dabei kriechen sie wie die Würmer auf einen zu. Bin ich denn Gott? Sie benehmen sich dermaßen unterwürfig, dass es kaum auszuhalten ist. Würde ich vor ihnen auf den Boden pinkeln, diese aufdringlichen Wichtigtuer würden vermutlich freudetrunken alles bis zum letzten Tröpfchen auflecken und anschließend tagelang den wunderbaren Geschmack und das blumige Aroma meiner Pisse loben. Wie mich das aufregt. Bei Verhandlungen kann man nichts geradeheraus sagen, alles muss gekünstelt tausendmal umschrieben und mit grinsendem Gesicht vorgetragen werden, und wehe, man macht dazu nicht die passenden Verbeugungen und Katzbuckeleien. Niemandem kann man etwas glauben, diese Kerle erzählen einem mit der unschuldigsten Miene das Blaue vom Himmel herunter.

Am allerschlimmsten ist dieser feiste, aufgeplusterte, überhebliche Basileus Manuel mit all seinen zahllosen Titeln. Er bricht fast zusammen unter der Last seiner Juwelen und der schweren Goldstoffe, vermutlich hat er deshalb einen so lächerlichen Gang. Sein Oberhof-Zeremonien-Protz-und-Prahlerei-Meister, falls ich die Bezeichnung richtig im Kopf behalten habe, hat mir hochtrabend erklärt, dass sich sein Herr aus lauter Liebe und Gastfreundschaft dazu bereiterklärt hat, mich in seiner Gegenwart sitzen zu lassen! Natürlich nur in gebührendem Abstand, was mir entgegenkam, denn dieser Manuel riecht wie eine Pariser Studentenhure! Und bei all diesen Ehrerweisungen darf man ob seiner abschätzigen Blicke noch nicht einmal beleidigt sein! Der Kaiser hat mich angesehen, als wäre ich ein seltenes Tier, und mein Gastgeschenk hat er nur mit einem Seidentüchlein über seinen fetten Fingern angefasst. Ich musste mich beherrschen, um nicht sofort wieder zu gehen. Aber schließlich wollten wir etwas vom Basileus, er sollte uns Verpflegung geben, und ich brauchte auch Geld von ihm. Also beherrschte ich meine Gefühle und machte gute Miene. Meine Männer bewunderten meine Selbstbeherrschung; für sie war alles noch schlimmer, denn sie standen ja im Rang tiefer. Wir mussten schnell irgendwelche Ehrentitel für sie erfinden, damit sie überhaupt mit an der kaiserlichen Tafel sitzen durften. Lächerlich, einfach lächerlich.

Und dann dieser übertriebene Prunk. Man sitzt hier nicht auf einem Polster, nein, man braucht drei! Die Teppiche liegen in Schichten übereinander. Das Bett findet man vor lauter Kissen nicht. Ein griechischer Kaftan genügt nicht für den Abend, wo käme man da hin? Man muss sich alle Vaterunser lang umziehen und eine neue Garnitur Juwelen anlegen! Keiner teilt sich hier einen Teller mit seinem Nachbarn, um ihm Ehre zu erweisen, denn jeder braucht ja seinen eigenen! Und dann die Speisen! Beim Hereintragen wirft der kaiserliche Bankett-Angeberei-Geschmack-Verderbe-Hilfs-Oberlakai über jede Platte, sei es Fisch oder Fleisch, noch eine Handvoll gemahlenen Zucker – weil man sich's ja leisten kann! Es klebt einem die Zunge am Gaumen. Und immer diese übertriebene Freundlichkeit. Diese Byzantiner sind lästig wie sabbernde Hunde. Ein Graus ist mir das, der Herr gebe mir Geduld.

Die Einzige, die dies hier genießt, ist – wen wundert es – die Königin von Frankreich! »Was für eine Stadt, welch großartiger Aufwand, all die schönen Sachen! Und wie ehrfürchtig sie einen behandeln!« Hingerissen ist sie von all dieser Protzerei, lässt sich verwöhnen, schwebt schier über dem Boden vor lauter Begeisterung. Und wie schön sie diesem Manuel tut! Ich könnte platzen! Er fasst sie an, und sie lässt ihn gewähren. Dieser Mensch legt es darauf an, die Frau eines christlichen Königs in sein goldstrotzendes, vor Kissen überquellendes Lotterbett zu zerren! Und sie, sie ermutigt ihn noch. Als ich sie zur Rede stellte, zischte sie nur, ich solle ihr mit meinen Anwürfen vom Leib bleiben. Schließlich sei sie eine unbefriedigte Frau, und das sei meine Schuld.

Sie versteht mich nicht. Sie will mich nicht verstehen. Es gibt wichtigere Dinge als den Vollzug der ehelichen Pflichten. Ich bin für den Kreuzzug verantwortlich, und ich will keinen Fehler machen. Ich will alles tun, was in meiner Macht steht, um Gottes Hilfe zu erhalten. Ich muss ihm beweisen, dass seine Gnade mir wichtiger ist als alles andere auf der Welt. Und dazu gehört eben auch der Verzicht auf fleischliche Genüsse. Damit wir siegen. So einfach ist das. Und danach, da bin ich mir sicher, wird uns der Allmächtige einen Sohn schenken. Das begreift sie einfach nicht. Sie ist nur auf ihr Vergnügen aus. Es ist erschreckend. Wie sie diesen verweichlichten Manuel ansieht!

Ich habe mit Odo von Deuil gesprochen; schließlich ist er mein Beichtvater. Denn ich leide unter dieser Eifersucht. Er hat versucht, mich zu beruhigen. Sie ist nur so freundlich zum Kaiser, weil es hier eben so Brauch ist, hat er gemeint. Pah, ich nehme ihm das nicht ab. Schließlich habe ich gehört, was sie zu ihrer Busenfreundin Florine von Troyes gesagt hat: »Ahi, wenn ich die beiden – gemeint hat sie mich und Manuel – nebeneinander sehe, dann ist mir mein Gatte peinlich. Der Kaiser in seinen feinen Kleidern, dem sie alle zu Füßen liegen, der diese erhabene Majestät ausstrahlt! Und dann mein Ludwig, in seinen einfachen Stiefeln daherstampfend, mit dem schäbigen Mantel aus grauer Wolle, den er immer trägt, und seinen plumpen Bemerkungen. Man könnte ihn für Manuels Pferdeknecht halten.« Ja, ich bin ein einfacher Mensch. Ich lege keinen Wert auf Äußerlichkeiten, und ich verabscheue Protz und Prunk. Ich bin stolz darauf, dass meine Männer ohne Umstände an mich herantreten und mich ansprechen können, ohne vorher zwölf Hofbeamte bestochen und hundert Verbeugungen gemacht zu haben. Vor mir muss sich keiner auf dem Boden winden wie ein Wurm. Solche Ehrerbietigkeiten stehen höchstens unserem Herrgott zu, und ich wette, ihm würde das auch nicht gefallen.

Nur meiner Frau gefällt das. Sie verachtet meine Bescheidenheit. Aber das wird sich bald ändern. Sie wird mich schon noch bewundern, wenn wir erst in Jerusalem sind. Dann wird sie erkennen, dass ich alles richtig gemacht habe. Wenn die Welt mich als Retter des Heiligen Grabes rühmt, wird sie zugeben müssen, dass mein Weg der rechte war. Und bis dahin muss ich eben warten und geduldig mit ihr sein. Denn ich weiß, im Grunde ihres Herzens liebt sie mich ja doch. So wie ich sie. Es ist nur ihr südliches Temperament, dass manchmal mit ihr durchgeht. Und die Erziehung in diesem Sündenpfuhl am Hof ihres Großvaters, die sie anfällig für die Oberflächlichkeiten dieser Welt macht und die sie nur langsam ablegen kann. Wenn sie erst einmal unseren Sohn trägt, wird sich das alles ändern.

Alles wird gut werden.

Ich weiß es einfach.

Lied der französischen Kreuzritter

Ki ore irat od Lovis
ja mar d'enfern avrat pour
char s'alme en oert en pareis
od les angles nostre Segnor

Wer jetzt mit Ludwig zieht
braucht keine Angst vor der Hölle zu haben
denn seine Seele wird ins Paradies eingehen
zu den Engeln unseres Herrn.

Von Byzanz nach Attalya, Oktober 1147 bis Januar 1148

*L*angsam schiebt sich der dunkle Schatten vor die Sonne, bis sie aussieht wie ein halbierter Brotlaib. Das Heer hält mitten im Aufbruch inne, zehntausend Menschen starren stumm und voller Angst in den Himmel. Das Tageslicht weicht, der Wind, eben noch lau, bläst plötzlich kühl wie ein Nachthauch. Hunde bellen aufgeregt, Hühner gackern, die Pferde stampfen unruhig. Das Zirpen der Nachtgrillen setzt ein, laut und durchdringend. Es ist unwirklich, beängstigend. Ein Omen. Die Kreuzfahrer fallen auf die Knie und beten.

Später sollte Odo von Deuil die Sonnenfinsternis in seiner Chronik als gutes Zeichen auslegen: Der König von Frankreich sei wie die Sonne, leuchtend im Glauben, glühend vor Hoffnung und in himmlischen Höhen dahinziehend, allein die Falschheit der Griechen habe ihn vorübergehend eines Teils seines Lichtes beraubt.

Die Kreuzfahrer sehen das anders, genau wie Aliénor. Die Eklipse ist für sie eine Warnung. Das Unternehmen scheint vom Scheitern bedroht. Diese Furcht hat sich wie ein Dieb mitten in die Reihen der Kämpfer und Pilger geschlichen, hockt den Männern schwer auf der Schulter, als sie nach Ende der unheimlichen Erscheinung endlich losziehen. Die Sonne strahlt wieder, der Spuk ist vorbei, aber es ist nicht mehr dasselbe.

Ludwig gibt Befehl, die Nachricht vom großen Sieg der Deutschen überall zu verbreiten, um dem Heer wieder Mut zu machen. Die gute Neuigkeit verfehlt ihre Wirkung nicht, alles bricht in Jubelrufe aus, die Stimmung ist gerettet. Ohne Schwierigkeiten erreichen sie Nicäa. Sie rechnen fest damit, in den nächsten Tagen auf den siegreichen deutschen Heerbann zu stoßen.

Doch es kommt ganz anders.

Am Tag vor Simonis et Jude, als sich der Heerwurm Richtung Süden entlang der Küstenebene schlängelt, trifft der französische Heerbann auf etliche hundert zerlumpte Männer. Sie sind am Verdursten, ausgehungert, schwer verwundet, dem Tode nahe – die Reste von Konrads Armee! Und Konrad selber! Er hat eine tiefe Kopfwunde davongetragen, totenbleich liegt er auf einer Bahre, blutige Verbände um die Stirn. Ludwig bricht bei seinem Anblick in Tränen aus.

»Wir wurden überrumpelt und niedergemacht«, erzählt der König stockend und unter großer Anstrengung; ein herbeigeholter Knappe aus Lothringen übersetzt seine Worte. »Mehr als neun

Zehntel meiner Männer haben die Türken abgeschlachtet ... Alles ist verloren, Pferde, Waffen, Gold ... Bei Gott, eine solche Niederlage ...«

»Wie konnte das nur geschehen?« Ludwig ist bestürzt und ratlos.

»Die Führer des Basileus ... es war ein Hinterhalt. Sie haben uns absichtlich ins Verderben geführt.«

»Dieser Verräter! Uns hat er mit der falschen Nachricht von Eurem Sieg von Konstantinopel fortgelockt. Er wollte uns loswerden.«

Aliénor, die eben dazugekommen ist, stockt der Schritt. Und du hast ihm geglaubt, denkt sie. Die Warnung durch die Sonnenfinsternis in den Wind geschlagen. Sie befiehlt, den erschöpften Konrad in ihr eigenes Zelt zu bringen, lässt es sich nicht nehmen, ihn dort selber zu waschen und ihm löffelweise Brühe einzuflößen. Als sie ihn allein lassen will, greift er nach ihrer Hand. »Hat Manuel auch Euch Führer aus Konstantinopel mitgegeben?«, fragt er auf Lateinisch, damit sie ihn versteht.

»Ja«, antwortet Aliénor.

»Dann solltet Ihr sie köpfen lassen«, stöhnt Konrad. »Ich bin sicher, dass sie Euch genauso in den Tod locken wollen wie uns. Der Feind liegt in den Bergen von Kappadokien und wartet. Euer Gatte muss einen anderen Weg wählen als geplant. Durch das Landesinnere. Sagt ihm das.«

»Das werde ich tun.«

Am nächsten Tag beraten sich die beiden Könige mit ihren Heerführern. Ludwig schlägt Konrads Rat, die kürzere Route durchs Landesinnere zu nehmen, aus. Er entscheidet sich stattdessen für eine längere, aber vermeintlich sicherere Strecke entlang der Küste. Also nimmt man Kurs auf Ephesus. Den Kreuzfahrern sinkt der Mut. Die Angst sitzt ihnen im Nacken. Zu allem Überfluss verirrt sich auch noch eine kleine Gruppe Ritter unter der Führung Ludwigs auf der Suche nach einer Abkürzung in den Bergen. Glücklicherweise werden die Männer nach drei Tagen von freundlich gesinnten Ziegenhirten entdeckt, die sie zur Haupttruppe zurückführen. Wieder einmal schämt sich Aliénor für ihren königlichen

Gatten. Ihr bleibt nicht verborgen, dass König Konrad über Ludwigs Ungeschick die Nase rümpft.

Endlich, nach über sechs Wochen Marsch, schlägt das Kreuzfahrerheer seine Zelte an den grünen Ufern des Flusses Mäander auf. Ephesus ist erreicht. Konrad kann nicht mehr weiter, er macht sich auf den Rückweg. In der Stadt rät man Ludwig vom sofortigen Weitermarsch ab, es sei ein großes, feindliches Heer aus dem Sultanat Konya unterwegs. Doch Ludwig schlägt auch diesen Rat in den Wind, er will so schnell wie möglich den Mittelmeerhafen Attalya erreichen, um dort per Schiff nach Antiochia weiterzusegeln.

Der kürzeste Weg dorthin führt über kahle Bergketten, die sich bis zur Küste hinunterziehen, durch Landstriche, die nach jahrelangen Kämpfen zwischen Byzantinern und Türken weitgehend verheert und entvölkert sind. Es wird dort kaum Möglichkeiten geben, das Heer mit Nahrungsmitteln zu versorgen, und die Pässe in den Bergen sind gefährlich. Ludwig lässt dennoch den Aufbruch befehlen.

Eine Entscheidung, die sich als tödlicher Fehler erweisen wird.

Von Najera nach Navarrete
März 1200

»Schon bald nach unserem Aufbruch aus Ephesos – das war kurz nach Neujahr – begannen die Türken, uns mit kleinen Reiterhorden anzugreifen«, erzählt Aliénor, als sie vor dem großen Kamin sitzen und die Morgensuppe löffeln. »Es waren lauter Nadelstiche, die sie uns versetzten und gegen die wir uns kaum wehren konnten. Du musst wissen, dass die Heiden nicht nach ritterlichen Regeln kämpften. Sie boten uns keine ehrliche Schlacht an, sondern stürmten plötzlich von irgendwoher an und schossen im vollen Galopp ihre Pfeile ab. Dabei töteten sie in voller Absicht unsere Pferde. Sogar nachts auf der Weide. Damit hatten wir niemals gerechnet. Solch eine Art von Kampf ist würdelos und schändlich und erzürnte uns zutiefst. Aber was sollten wir machen? Wir konnten die Türken nicht zur ordentlichen Schlacht stellen, also versuchten wir einfach, so schnell wie möglich vorwärtszukommen, um Attalya zu erreichen.«

Blanche steht auf und wärmt sich die Hände am prasselnden Feuer. »Es war bestimmt nicht einfach für Euch, in der Hitze des Heiligen Landes«, mutmaßt sie.

Aliénor schüttelt den Kopf. »Dummchen. Erstens waren wir noch nicht im Heiligen Land, sondern in der türkischen Levante, und dann ist dort genauso Winter wie bei uns. Das alte Jahr endete in Sturm und Eisregen, und das neue Jahr fing schlimm an. Sieben Monate war es jetzt her, dass unser christliches Heer Metz verlassen hatte, und wenn es nach unseren Plänen gegangen wäre, hätten wir längst in Jerusalem sein müssen. Stattdessen war all unsere anfängliche Zuversicht dahin, wir froren und wünschten uns nach Hause zurück. Zwei meiner Damen, Torqueri von Bourbon und Faydide von Toulouse, beschlossen, mit König Konrad zurückzubleiben und bei nächster Gelegenheit die Heimreise übers Meer anzutreten. Ich konnte es ihnen nicht verdenken.«

»Und was tat Ludwig?«

Aliénor lacht freudlos auf. »Oh, er betete. Was auch sonst. Er steckte ständig mit diesem Wicht Galeran zusammen, schrieb an Suger um Geld und besichtigte irgendwelche Grabstätten in Ephesos. Unter dem Vorwand, seinen Baronen unbedingtes Vertrauen entgegenzubringen, überließ er ihnen die Führung des Kreuzzugs; jeden Abend bestimmte er einen neuen unter ihnen als Kommandeur für den folgenden Tag. Aber eigentlich hatte er selber keinen rechten Plan, er war völlig verunsichert, ließ andere richten, was er sich nicht zutraute. Das Ergebnis war, dass niemand wirklich das Heer führte. Schon ging die Rede an den Nachtfeuern, der König sei unfähig und schwach. Und dann kam das große Grauen ...«

Blanche ist ganz still geworden. Als der Vogt eintritt, um die Frauen zu ihrem Wagen zu geleiten, folgt sie ihm wortlos. Nach einem herzlichen Abschied von Don Jaime gibt die alte Königin den Befehl zur Abfahrt.

Eine ganze Zeit lang sitzen sie einander stumm gegenüber.

Draußen regnet es immer noch, alles ist grau und eintönig. Es geht leicht aufwärts. Ab und zu passieren sie Weingärten, dazwischen große Felder, auf denen im Sommer Sonnenblumen wachsen.
»Möchtest du gar nicht hören, wie es weiterging?«, fragt Aliénor irgendwann. Jetzt will sie auf einmal weitererzählen, will sich erinnern an all das Schreckliche, das ihnen widerfuhr.
»Doch«, sagt Blanche mit ernster Miene. Sie hat am kastilischen Königshof alle möglichen Geschichten über die große Schlacht gehört, die den Kreuzfahrern wohl jetzt bevorsteht. Jetzt will sie die Wahrheit erfahren von jemandem, der selber dabei gewesen ist.

Die Wahrheit über die Schlacht am Kadmos.

»Wir hatten jetzt keine Führer mehr, also richteten wir uns auf unserem Weg durch die Phrygischen Berge nach der Sonne und den Sternen. Wegen der ständigen Überfälle durch die Türken konnten die Männer nicht in leichter Ausrüstung reiten, sondern mussten ständig Helm und Kettenhemd tragen, das war unbequem und kostete viel Kraft. Wir hatten schon so viele Pferde verloren, dass manche Ritter auf Packpferden und Maultieren saßen. Wenigstens mussten wir nicht hungern, denn wir hatten in Ephesus unsere Vorräte aufgestockt. Zur Sicherheit hatte ich entschieden, mit meinen Damen nicht mehr zu reiten, sondern in den geschlossenen Chariots zu fahren, wo uns keine Pfeile treffen konnten. Nachts schliefen wir vor Kälte zitternd in unseren buntbemalten Holzbetten, und ich war dankbar für jede einzelne Decke, jedes warme Fell, das ich zu Paris hatte einpacken lassen.
Schließlich erreichten wir Laodicea, wo wir hofften, gute Aufnahme zu finden. Doch wir hatten uns getäuscht. Die Stadt war weitgehend verlassen, ihre Einwohner geflohen. Eine Woche lang blieben wir dort, suchten nach Brauchbarem und zurückgelassenen Vorräten und schlugen sogar ein paar türkische Angriffe zurück. Dann brachen wir wieder auf. Vor uns lag eine anstrengende Etappe, die über einen Gebirgspass führte. Den Berg Kadmos. Es war inzwischen Mitte Januar. Unter den wachsamen Augen des Feindes ging es bergauf, durch eine Landschaft, so still und trostlos wie der Tod. An den Rändern unseres Wegs lagen Tierskelette: Esel, Ziegen, Schafe, von den Geiern blankgefressen und weiß

gebleicht. Und wir wussten, dass die Türken nur auf die richtige Gelegenheit warteten.«

»O Gott«, ruft Blanche, »ich glaube, ich wäre vor Angst gestorben.«

»Das sind wir auch, Kleine.« Und noch einer ist gestorben, denkt sie. Am letzten Tag in Laodicea. Jaufré Rudel, ihr treuer Troubadour. Der Herr von Blaye wird Jerusalem nicht mehr sehen. Eine Pfeilwunde am Schenkel hat ihn das Leben gekostet. Nun wird es keine Lieder mehr geben; die Gräfin von Tripolis, seine angebetete ferne Liebe, wird er niemals küssen. Sie haben ihn außerhalb der Stadt begraben und die Stelle mit Steinen bedeckt, mehr war nicht möglich.

»Vor dem Aufstieg zum Kadmos ergriffen wir Vorsichtsmaßnahmen. Ludwig teilte das Heer in drei Säulen auf: Eine Vorhut, die aus vierhundert aquitanischen Rittern unter Führung meines alten Freundes Geoffroy von Rançon bestand, das Hauptheer, in dessen Mitte wir Frauen fuhren, und eine Nachhut, die Ludwig selber anführte. Und dann gaben wir uns die entscheidende Blöße: Mittags hatte die Vorhut, die ja ohne Gepäck und sonstige Behinderungen reiten konnte, den Gipfel erreicht, schneller als erwartet. Rançon hatte Befehl, dort zu lagern und zu warten. Doch der Bergkamm dort droben war unwirtlich, baumlos und windumtost, und so entschied er sich, noch ein Stück talwärts weiterzumarschieren und eine angenehmere Stelle für die Nacht zu suchen.

Derweil kam das Hauptheer im Gegensatz zur Vorhut langsamer voran als geplant, Engpässe und große Steine auf dem Weg behinderten die Karren und Wagen, der Tross geriet ins Stocken. Und die Nachhut? Dort schlich sich ab dem Mittag offenbar die Müdigkeit ein oder die Sorglosigkeit, jedenfalls fiel sie weit zurück. Die drei Heersäulen hatten die Verbindung verloren.

Die Türken, die uns stetig beobachteten, ergriffen die Gelegenheit beim Schopf. Der Angriff begann. Tausende von ihnen stürmten über die Abhänge auf uns zu, im Nu war das Hauptheer umzingelt. Jetzt noch kann ich sie brüllen hören: ›Allahu akbar!‹ Unheimlich klang das. Sie schlugen uns in Stücke, fielen über uns her wie ein Sturmgewitter. Es war ein einziges blutiges Schlachten. Ritter, Fußsoldaten, Pilger, Frauen und Kinder, sie wurden von den seldschukischen Krummsäbeln zerhackt und zerfleischt. Die Felsen waren glitschig vom Blut und dem Inhalt herausgerissener Gedärme, Männer und Pferde glitten aus, stolperten über die Leichen, die bald jeden Ausweg versperrten. Die zu fliehen versuchten, stürzten in ihrer Panik in den Abgrund oder rannten der türkischen Nachhut geradewegs in die Arme. Die Luft war erfüllt von Heulen, Jammern und Stöhnen. Männer bettelten um Hilfe, Frauen kreischten. Am schlimmsten waren die Schreie der sterbenden Pferde.«

»Und du?«, Blanche hat angefangen, an den Fingernägeln zu kauen. »Was war mit dir?

»Weißt du noch, als ich dir neulich den Dolch gegeben habe zur Abwehr gegen die Räuber? Du hast mich gefragt, ob ich mich selber schon einmal mit der Waffe wehren musste. Ja, das war am Kadmos. Wir Frauen hatten unsere Wagen eng aneinanderfahren lassen; die Eskorte aus Tempelrittern, die zu unserem Schutz da waren, bildete einen Ring um uns. Einer von ihnen, ich weiß nicht mehr, wer es war, reichte jeder von uns einen Dolch in den Wagen. ›Ihr wisst, was Ihr tun müsst, Herrin‹, sagte er mit düsterer Stimme zu mir. ›Ich weiß nicht, wie lange wir uns halten können. Benutzt die Waffe nach Eurem Gutdünken.‹

Ich wusste sofort, was gemeint war. In diesem Augenblick sprang mich die Angst an wie ein Tier. Ich betete, so inbrünstig wie noch nie in meinem Leben. O Gott, ich wollte nicht sterben, nicht so, nicht hier, an diesem elenden Ort. Ob es sehr weh tun würde? Ein Pfeil, ein Schwerthieb? Ich fürchtete den Schmerz. Und dann fiel mir ein, dass sie mich und meine Frauen gar nicht sofort töten würden. Nein, diese Bestien würden uns erst Gewalt antun und danach umbringen. Bestenfalls würden wir unser Leben als Sklavinnen in einem gottlosen Harim weiterfristen, von Heidenkörpern beschmutzt, gedemütigt, erniedrigt. Das war schlimmer als der Tod. Und so fasste ich einen Entschluss. Ich würde den Dolch gegen mich selber wenden, falls dies der einzige Ausweg bleiben sollte.«

»O liebe Muttergottes, Großmutter, ich glaube, ich könnte das nicht. Niemals!«

»Doch, du könntest es, wenn es sein muss.« Aliénors Blick ist hart geworden. Sie sieht vor sich die wilden Gestalten der Seldschuken auf ihren wendigen Pferden, das lange schwarze Haar weht unter ihren spitzen Helmen hervor. Sie sieht das Zähnefletschen des Kriegers, der die Tür ihres Chariots aufreißt, und sie sieht das Blut spritzen, als sie ihm den Dolch in die Halsbeuge rammt. Sie hört sich schreien, als der nächste Kämpfer auftaucht, sie am Handgelenk packt und aus dem Wagen reißen will. Und sie hört seinen Todesschrei, als einer der Templer ihm mit dem Schwert den Rücken spaltet. Und dann ist der Ring ihrer Verteidiger wieder geschlossen, die Türken werden zurückgedrängt. »Wo bleibt die verdammte Nachhut?«, brüllt jemand. Keiner weiß es. Und auch die Vorhut eilt nicht zum Entsatz zurück, natürlich, sie ist ja viel zu weit weg, um die Katastrophe überhaupt mitzubekommen. Sybille von Anjou weint hemmungslos, sie kauert in ihrer Ecke des Wagens, besprizt vom Blut des Türken, den Aliénor getötet hat. Aliénor selber zittert am ganzen Körper, ihre Finger krallen sich immer noch um den Griff des Dolches. Sie hat eben einen Menschen umgebracht. Gott, wo bleibt Ludwig mit seinen Rittern? Wo bleibt Geoffroy von Rançon? Sie müssen doch kommen!

»Aber sie kamen nicht«, erzählt Aliénor weiter. »Die Seldschuken verrichteten ihr entsetzliches Werk, und Gott schickte keine Hilfe außer der anbrechenden Dunkelheit. Da endlich ließen sie von uns ab. Sie nahmen all unsere Vorräte mit, alles Rüstzeug, die Zelte und Pferde, alles, was wir besaßen. Unzählige Leichen blieben zurück, deren Blut den Boden am Kadmos rot färbte. Als wir begriffen, dass der Kampf zu Ende war, breitete sich eine furchtbare Stille aus. Wir waren wie gelähmt vor Entsetzen.«

»Aber dir und deinen Damen ist wenigstens nichts geschehen!«, stellt Blanche erleichtert fest.

»Nur Mamille«, erwidert Aliénor müde. Ihr Blick geht nach innen. Sie sieht sich wieder auf dem Blutacker, wie sie aus ihrem Wagen steigt und zum anderen Chariot hinüberläuft. Florine von Troyes wankt ihr entgegen, das Kleid voller Blutflecken. ›Geht nicht hin‹, sagt sie. Aber Aliénor geht doch hin. Die Wagentür schwingt knarzend im Wind hin und her. Sie hält sie auf, sieht ins Innere. Da sitzt Mamille von Roucy, die Augen weit geöffnet, den Mund zum Schrei verzerrt. Ein langer gefiederter Pfeil steckt in ihrem Hals, rotes Blut ist in die Spalte zwischen ihren Brüsten gelaufen. Aliénor schreit, so lange, bis einer der Tempelritter sie wegreißt. »Mamille ist in dieser Schlacht geblieben.«

Blanche beißt sich auf die Lippen. »Und Ludwig? Was war mit ihm?«

»Kurz nach Einbruch der Nacht traf er ein, mit dem, was von seiner Nachhut noch übrig war. Er war blutverschmiert, und er hielt sich nur mühsam auf einem Maultier, das ein Knabe am Zügel führte. Ich war erleichtert, dass er noch lebte, und er brach in Tränen aus und dankte dem Himmel, als er mich wohlauf sah. Schluchzend fiel er mir in die Arme, und ich musste ihn halten, so erschöpft war er. Er konnte gar nichts mehr sagen, und so erfuhr ich alles von Odo von Deuil. ›Sie haben sein Pferd unter ihm weggeschossen‹, erzählte der Mönch. ›Alles geriet durcheinander. Seine Leibgarde hat gefochten bis zum bitteren Ende, und als es ihm schließlich selber ans Leben ging, schickte ihm der Allmächtige ein paar hängende Wurzeln, die er ergreifen und sich damit auf einen Felsen hochziehen konnte. Mit dem Rücken zur Felswand verteidigte er sich so lange, bis seine Angreifer von ihm abließen. Ich sage Euch, Herrin, einzig seine fromme Verachtung für vornehme Gewänder hat ihn gerettet. Denn hätte er die Kleider und die Rüstung getragen, die eines Königs würdig sind – niemals hätten die Heiden von ihm abgelassen. So aber erkannten sie gar nicht, wen sie vor sich hatten, und als in der Nähe der Graf von Flandern in seinem silbernen Harnisch auftauchte, fanden sie es nicht wert, länger mit seiner Majestät zu fechten und wandten sich dem vermeintlich vornehmeren Gegner zu. Bis dahin hatte er gekämpft wie ein Löwe. Ihr könnt stolz auf Euren Gatten sein, ma reine.‹« Stolz?, denkt Aliénor. Er hat einfach Glück gehabt. Und ich auch. Ohne den Heldenmut und den Einsatz der Templer wäre auch ich nicht am Leben geblieben. »Und dann endlich, weit nach Mitternacht, erreichten uns die ersten Ritter der Vorhut. Nachdem das Haupheer nicht auf dem Pass erschienen war, hatte Geoffroy von Rançon umkehren lassen, und nun erkannte er, welchen Fehler er gemacht hatte. Siebentausend«, die alte Königin atmet tief durch, »siebentausend Tote blieben am Kadmos. Wir schrieben Heilig-Drei-König des Jahres 1148. Wir waren am Ende.«

Jetzt kann sie nicht mehr weitererzählen. Sie muss sich erst selber wieder fassen, und außerdem merkt sie nun, wie dringend sie Wasser lassen muss. Kurz vor dem Alto de San Antón lässt sie halten und erleichtert sich hinter einem halbverfallenen Unterstand aus Steinbrocken, den wohl Schäfer aufgeschichtet haben. Blanche ist auch ausgestiegen. Mit bleichem Gesicht steht sie da, die Arme um die Schultern geschlungen, und blickt in die Ferne. Sie sieht mitgenommen aus. Auf ihren Stock gestützt tappt Aliénor herbei und streicht ihrer Enkelin eine Haarsträhne aus der Stirn. »Ich sollte dir nicht so viel schlimme Sachen erzählen«, sagt sie, »das erschreckt dich nur.«

Blanche schüttelt den Kopf. »Nein, das ist schon recht, Grandmère. Ich muss es mir ja nur anhören, aber du hast diese furchtbaren Dinge selber mitgemacht. Es muss schwer für dich sein, alles noch einmal zu durchleben. «

Weiß Gott, denkt Aliénor. Aber es gibt Erlebnisse, die kann man nicht vergessen, ob man sie erzählt oder nicht. Manchmal tut es sogar gut, darüber zu sprechen.

Sie steigen wieder in den Wagen, und weiter geht es auf den kleinen Ort Ventosa zu.

»Wir hatten keine Zeit, unsere Toten zu begraben«, fährt Aliénor fort. »Die Seldschuken konnten jederzeit wieder zuschlagen. Ich habe nie verstanden, warum sie es nicht taten. Sie hätten uns bis auf den letzten Mann erledigen können. Aber vermutlich waren sie mit der Verteilung der Beute beschäftigt, oder sie feierten tagelang ihren Sieg. Wir schleppten uns derweil über den Pass, und wenn die Tempelritter nicht gewesen wären, die die Ordnung aufrechterhielten, hätte es ein heilloses Flüchten gegeben. Wir hatten so gut wie nichts mehr zu essen, aber niemand verhungerte, denn wir schlachteten die Pferde, und wir tranken ihr Blut. Ich selber und meine Damen hungerten genau wie die anderen. Unser Gepäck war verloren; wir hatten nur mehr das, was wir auf dem Leibe trugen. Auch die Zelte waren weg; wir schliefen eng aneinandergedrängt im Freien auf dem nackten Boden, wenn wir vor Kälte überhaupt schlafen konnten. Ich glaubte, ich würde das alles nicht überstehen. So schlecht ging es mir.«

»Und der Kreuzzug war nun verloren, nicht wahr?«

»Das war uns allen klar.«

»Und Ludwig?«

»Ihm auch. Er schämte sich. Schließlich war er nicht unschuldig an der großen Niederlage.«

»Und du? Warst du wütend auf ihn? Du hast ihn ohnehin nicht mehr geliebt, oder?«

Die alte Königin denkt nach. »Wohl nicht, nein. Anfangs hatte ich noch versucht, ihn zu verstehen, meine alten Gefühle für ihn zu bewahren. Er war doch mein Mann. Er war schwach, ja, aber er war nicht böse. Ich redete mir ein, dass er doch tat, was er konnte, auch wenn es nicht viel war. Und dennoch fing ich an, ihn zu verachten. Seine Unsicherheit, seine Fehleinschätzungen. Die Art, wie er mit dem linken Augenlid zuckte, wenn er sich in Verlegenheit wähnte. Wie er mit der Zeit immer mehr die Schultern hängen ließ, sobald er allein war. Seinen unschuldigen Kinderblick, wenn ihm jemand eine schlechte Nachricht übermittelte. All das brachte mich zur Weißglut. Und am meisten regten mich seine mangelnde Klugheit und seine fehlende Weitsicht auf. Ich konnte mich nicht mehr zurückhalten, wenn ich doch wusste, dass Ludwig falsche Entscheidungen traf. Manchmal wünschte ich mir, ich sei ein Mann und die Krone säße auf meinem Haupt. Ludwig blieb das alles natürlich nicht verborgen, er bemühte sich um mich, war freundlich, besuchte mich öfters im Frauenzelt. Ich sah die Verzweiflung in seinen Augen, wenn er mit mir sprach – er wollte mich nicht verlieren.« Sie zuckt die Schultern.

»Und wie ging es dann weiter mit der Kreuzfahrt? Ihr kamt doch noch nach Jerusalem?«

Aliénor lächelt. »Nur langsam, Kind. So schnell ist die Geschichte nicht zu Ende.« Sie holt eine blecherne Feldflasche aus dem kleinen Korb mit Reiseverpflegung, entkorkt sie und nimmt einen großen Schluck Wein. Nein, denkt sie, jetzt kommt erst noch das Wichtigste. Für mich jedenfalls. Dann spricht sie weiter.

»Am fünften Tag vor Conversio Pauli erreichte unser völlig entkräftetes Heer die kleine Hafenstadt Attalya. Nun ja, man konnte es kaum noch ein Heer nennen, ohne Pferde, ohne Waffen und Rüstung, die Kleider in Fetzen, die Schuhe zerlöchert, hungrig, entmutigt und ohne Hoffnung. Und wenn wir geglaubt hatten, dass nun endlich unser Elend ein Ende haben würde, so hatten wir uns getäuscht. Die Stadt befand sich schon länger im Belagerungszustand und hatte kaum noch Vorräte. Immerhin konnten wir uns ausruhen, von der furchtbaren Niederlage erholen und unsere Wunden pflegen. Und Ludwig hatte Zeit, darüber nachzudenken, wie es weitergehen sollte. Er wusste, dass uns der Landweg durch die Türken versperrt blieb. Es gab nur noch zwei Möglichkeiten: Entweder wir brachen den Kreuzzug hier schmählich ab, oder wir versuchten, mit Schiffen Antiochia zu erreichen. Nach vielen Streitgesprächen und Überlegungen beschlossen Ludwig und seine Heerführer, Jerusalem noch nicht aufzugeben. Eine Seereise von Attalya nach Antiochia dauerte üblicherweise drei Tage – nur drei Tage, die uns vom Heiligen Land trennten. Dort erwartete uns der Lohn für unsere Entbehrungen – zu Hause hingegen warteten nur Spott und Häme, wenn wir mit leeren Händen zurückkehrten.

Ludwig verhandelte also mit den griechischen Seehändlern. Diese erklärten sich freudig bereit, Schiffe zu stellen, allerdings nur zu einem horrenden Preis. Vier Mark Silber pro Mann! Der König zögerte. Fünf Wochen lang. Dann beschloss er Folgendes: Er würde die Überfahrt für seine Vasallen, die kämpfenden Ritter und das adelige Gefolge bezahlen. Für mehr reichte das Geld nicht.«

Blanche reißt die Augen auf. »Und was war mit all den anderen? Dem Pilgervolk, den einfachen Leuten, den Frauen und Kindern?«

Aliénor schließt kurz die Augen, sie sagt es nicht gern. »Sie mussten zurückbleiben, Kleines. Ja, du erschrickst zu Recht. Es waren mehrere tausend Menschen, die auf ihren König vertraut hatten. Die die Türken am Kadmos am Leben gelassen hatten, weil sie uns mehr behinderten als nutzten. Wir ließen sie zurück. Ich weiß, das klingt schlimm. Und es war schlimm. Aber auch ich wusste keinen besseren Rat.« Die alte Königin fühlt sich schuldig, das sieht Blanche ihr an. Leise spricht sie weiter. »Erst viel später erfuhren wir, was aus ihnen wurde. Sie versuchten notgedrungen den Landweg; in der Stadt gab es ja nichts mehr zu essen. Die meisten Pilger liefen den Türken geradewegs in die Hände. Um zu überleben, traten viele von ihnen zum muslimischen Glauben über; man hörte nie wieder von ihnen. Der Rest – der Rest starb für Jerusalem.«

Die alte Königin will jetzt nicht mehr reden. Beide Frauen hören zu, wie der Regen auf das Wagendach prasselt, und hängen ihren Gedanken nach. Endlich, es wird schon dunkel, erreichen sie das Örtchen Navarrete. Sie passieren etliche Töpfereien, bevor das Pilgerhospiz San Juan de Acre seine Tore für sie öffnet.

Währenddessen ruft sich Aliénor die drei sturmumtosten Wochen ins Gedächtnis, in denen sie und Ludwig gemeinsam mit dem französischen Adel und der Ritterschaft die Küste entlang auf Antiochia zusegeln.

Navarrete
März 1200

Jetzt ist es also so weit, denkt Aliénor. Jetzt muss ich von ihm erzählen. An ihn denken. Mich an das erinnern, was ich so lange Jahre versucht habe zu vergessen. Es ist so schnell gegangen, bis sie diesen Teil ihrer Lebensgeschichte erreicht hat, vor dem es sie schon zu Anfang gegraut hat. Sie muss sich gar nicht erst fragen, ob es weh tun wird; es schmerzt ja jetzt schon.

Ohne Appetit verspeist sie ihr Abendessen, obwohl es Kanincheneintopf gibt, den sie doch liebt. Ihre Kehle ist wie zugeschnürt. Warum tust du das überhaupt, du törichte alte Ziege?, fragt sie sich. Lass es doch einfach sein. Niemand kann dich zwingen. Du kannst ganz einfach die Tage von Antiochia auslassen, kannst deine Geschichte in Jerusalem fortsetzen, oder in Frankreich. Ja, denkt sie, genau so mache ich es. Das ist das Beste. Man soll an alte Verletzungen nicht rühren, alte Narben nicht aufreißen. Ich lasse dich ruhen, mi cors. Ich will nicht noch mehr zerstören. Und es ist ohnehin kaum in Worte zu fassen, was damals geschah. Wie soll man den Zustand benennen, wenn man meint, einem wüchsen Flügel? Wie soll man beschreiben, wie es ist, wenn man innerlich zerspringen möchte vor lauter Liebe? Und wie schildern, wie es sich anfühlt, wenn einem das Herz bricht?

Natürlich bemerkt sie die verstohlenen Blicke ihrer Enkelin. Blanche spürt, dass ihre Großmutter mit sich ringt. Sie ist ein verständiges kleines Ding, mit dem Herzen auf dem rechten Fleck. Und vielleicht wird sie merken, dass Aliénor etwas überspringt. Aber sie wird nichts sagen.

Schließlich gehen sie zu Bett. Aliénor ist müde, mehr als sonst. Sie legt sich hin, aber der Schlaf will doch nicht kommen. Im Haus ist alles ruhig, bis auf das gleichmäßige Schnarchen der Männer, das aus der unteren Stube kommt. Fünfzig Jahre, denkt sie, fünfzig Jahre ist es jetzt her! Sie schnalzt ärgerlich mit der Zunge, schilt sich ein dummes Ding, ein albernes altes Weib. Es kann doch nicht sein, dass du nach all dieser Zeit seinetwegen immer noch nicht schlafen kannst!

Doch. Es kann sein.

Ein Gesicht taucht vor ihrem inneren Auge auf, erst verschwommen, dann ganz klar. Das Gesicht eines blonden Jungen. Den Mund zu einem spöttischen Grinsen verzogen sieht er sie an, das kleine Mädchen, und zieht an ihrem linken Zopf. Er ist vielleicht zwölf, damals, und sie vier oder fünf. Zwei goldene Kinder aus der Fürstenfamilie in Poitiers, die fröhlich und sorglos miteinander aufwachsen. Er ist der viel jüngere Bruder ihres Vaters, Sohn Wilhelms des Troubadours und Philippas, ein Nachzügler. Viele Erinnerungen an ihre Kinderzeit mit ihm hat sie nicht, nur kleine Erinnerungsblitze, die auftauchen und schnell wieder erlöschen. Er hat sie einmal aufgehoben, als sie vom Mäuerchen gefallen ist. Sie hat ihn gekratzt, weil er gemein zu Petronilla war. Ach ja, und die unheimlichen Geschichten von Drachen und Dämonen, die er ihnen erzählt hat, im Winter am Feuer. Die Kinderfrau hat ihm eine Maulschelle verpasst, weil die Mädchen vor Angst schrien, und der Herzog, sein Bruder, verbot ihm, abends noch in die Kinderstube zu kommen. Ach, und war er es nicht, der zu Talmont den großen graugesprenkelten Gerfalken rettete, als der sich mit gebrochenem Flügel im Baum verfangen hatte?

Und dann war er plötzlich nicht mehr da. Damals verstand sie das noch nicht, später natürlich schon. Er war der nachgeborene Sohn. Und nach altem Herkommen würde er nichts erben, weder Titel noch Ländereien. Die Tradition wollte es, dass er zum fahrenden Ritter wurde, um woanders sein Glück zu suchen. Es gab viele solcher jungen Männer, die versuchten, sich bei Turnieren einen Namen zu machen und Ross und Rüstung des unterlegenen Gegners zu erringen. Der Verkauf des kostbaren Preises sicherte dann ihren Lebensunterhalt. Den Glücklichen unter ihnen gelang es, einen Gönner zu finden oder gar eine reiche Erbin zu heiraten.

Jedenfalls vergaß sie ihn. Manchmal hörte sie erzählen, dass er jetzt als Ritter am Hof des englischen Königs Aufnahme gefunden hatte. Und dann kam die unglaubliche Nachricht: Er war Fürst in Outremer! Der ganze Hof stand Kopf. Da hatte der Junge doch tatsächlich die Gelegenheit beim Schopf ergriffen und Prinzessin Konstanze geheiratet, die damals achtjährige Erbin des Fürstentums Antiochia! Sie erinnert sich, wie ihr Vater im großen Saal der Ombrière von Bordeaux vor den versammelten Baronen die Faust in die Luft reckte. »Der Teufelskerl«, schrie er, »hat er's doch geschafft, zum Henker! Wenn ich nicht aufpasse, stellt der mich noch in den Schatten! Bringt Wein, bei Gott, und lasst uns feiern!«

Ein Jahr später war ihr Vater tot, und sein junger Bruder blieb ein ferner Märchenprinz im Heiligen Land.

Raymond.

Ihr Onkel.

Aus der Chronik des Odo von Deuil

Nach der Überwindung ungeheurer Gefahren erreichte der König Antiochia. Wir wissen nun, dass er einer ist, der alle Fährnisse mit Stärke und Mut überwinden kann. Stets dachte er dabei nur an die Misslichkeiten anderer und hat sein Äußerstes getan, ihnen Erleichterung von ihren Unbilden zu verschaffen. Er ist bei guter Gesundheit und kommt seinen religiösen Pflichten beständig nach.

Nie ist er gegen den Feind gezogen, ohne vorher die Sakramente empfangen zu haben, und bei der Rückkehr aus dem Kampf rezitierte er Psalmen und Sprüche. Gott ist das Alpha und Omega aller Dinge, die er tut.

Antiochia, März 1148

Am Freitag vor Letare segelt das französische Königspaar in den Hafen Sankt Simeon vor Antiochia ein, ausgezehrt, abgerissen und seekrank. Ein Chor von Mönchen intoniert das Te Deum, als sie über die Planke an Land gehen, die Menschenmenge, die sich am Kai versammelt hat, jubelt ihnen zu. Aiméry von Limoges, Patriarch von Antiochia, segnet die ankommenden Kreuzfahrer, und dann liegt Aliénor, blass und erschöpft, in den Armen ihres Onkels. Raymond hat sich eigens den Orontes hinabrudern lassen, um das königliche Paar höchstpersönlich in seine Hauptstadt zu geleiten.

Ein hochgewachsener Mann ist er, schlank und kräftig, ein geübter und gefürchteter Kämpfer, dem seine Freunde den Spitznamen Herkules verliehen haben. Sein kurzgeschnittenes Haar ist von der Sonne gebleicht, der Bart gestutzt. Aliénor wirft sich ihm an die Brust, sie kann einfach nicht mehr. Kaum spürt sie seine Arme, fallen Angst und Anspannung der letzten Wochen jäh von ihr ab. Dank sei Gott, sie ist in Sicherheit, die furchtbare Zeit der Entbehrungen ist vorüber. Sie weint hemmungslos, während er ihr beruhigende Worte auf Okzitanisch zuflüstert. Und als sie endlich zu ihm aufblickt, glaubt sie, in die Augen ihres Vaters zu sehen.

Er hält sie ein Stück von sich weg und zwinkert ihr zu: »Ist das etwa die Kleine, die mir damals diesen widerlichen schwarzen Käfer unters Kettenhemd gesteckt hat?«

Sie schnieft, wischt sich die Tränen ab und lächelt zurück. »Merkwürdig«, sagt sie und tut so, als würde sie angestrengt nachdenken. »Ich kann mich gar nicht erinnern!«

»Du Frätzchen!«, lacht er.
Es ist, als seien sie keinen Tag voneinander getrennt gewesen.

Im Triumphzug führt Raymond sie in seine Stadt. Das französische Kreuzfahrerheer, das an diesem Tag in der Orontesmündung den Schiffen entsteigt, ist zwar nur noch ein Schatten dessen, was sich einst zu Metz versammelt hatte. Dennoch – die rund tausend Mann sind immer noch das größte Kontingent, das seit dem ersten Kreuzzug das Heilige Land betreten hat. Und Raymond braucht diese Hilfe dringend.

Aliénor vergisst ihre Erschöpfung, als sie nach einer kurzen Schifffahrt Antiochia erreichen. Um die Stadt herum liegen Hügel, auf denen schon ein Meer von Frühlingsblumen blüht. Die Winterregen sind vorüber, ein lauer Wind weht, alles grünt, es riecht nach frisch gepflügter Erde. Die Kreuzfahrer passieren die mächtige Mauer, die nicht weniger als 360 Türme besitzt. Und dann – das ist ja eine Märchenstadt, fast noch schöner als Konstantinopel! So großartig hat sich Aliénor die alte Metropole nicht vorgestellt, die einmal eine der wichtigsten Städte im Römischen Reich gewesen ist. Erbaut auf langgezogenen grünen Terrassen entlang der Hänge des Bergs Silpius, kommt Antiochia der Königin wie ein riesiger Garten vor. Innerhalb der Mauern gibt es Pinienwälder, Wasserspiele, Gemüsegärten und Obstwiesen. Weiß leuchten säulengeschmückte Paläste in der Frühlingssonne, man reitet über marmorgepflasterte Straßen, vorbei an großartigen Kirchen, Amphitheatern und – welch ein Luxus – öffentlichen Bädern! Vierzehnhundert Jahre ist Antiochia alt; Julius Caesar hat die Stadt besucht, Herodes hier gebaut, Diokletian die Wasserversorgung sichern lassen. Aliénor sieht sich an ihrer Seite reiten. Die Araber waren hier, die Byzantiner, die Türken und jetzt die Christen. Und überall hört die junge Königin vertraute Laute: Das Okzitanische ist offizielle Sprache im ganzen Fürstentum. Ihr ist, als käme sie heim in ein Paradies.

Raymond bringt die noblen Gäste in seinen eigenen Räumen unter, im Palast auf dem Silpius. Hier brennen bei ihrer Ankunft parfümierte Kerzen, es gibt fließendes Wasser, die Zimmer haben gläserne Fenster wie in Frankreich die Kirchen! Aliénor kann endlich ihre stinkenden, zerfetzten Kleider ablegen und ein Bad nehmen, mit der schäumenden Olivenseife, für die Antiochia berühmt ist. Es liegen herrliche Seidengewänder für sie bereit, Sandalen mit Goldriemchen, fast durchsichtige Sonnenschleier. Sie fühlt sich wie in einem Traum.

Und über allem schwebt das Gesicht ihres Onkels.

Auch Ludwig ist unendlich erleichtert. Nach all diesen verräterischen Byzantinern, den erbarmungslosen seldschukischen Feinden, den geldgierigen Händlern von Attalya hat auch er endlich das Gefühl, aufatmen zu können. Und er sonnt sich in der Begeisterung, mit der die Bewohner von Antiochia ihn und seine Ritter überall auf den Straßen als Retter feiern.

Ein Bankett jagt das andere, Raymond scheut weder Kosten noch Aufwand. Natürlich sitzen Aliénor und Ludwig zu beiden Seiten ihres Gastgebers; seine Frau hingegen fehlt. Konstanze lasse sich bei Besuch nie sehen, heißt es, wahrscheinlich sei sie gerade zum wiederholten Male schwanger oder im Kindbett oder sonstwie unpässlich. Sie verlässt nur selten ihre Gemächer, darf sich keinesfalls aufregen, alles strengt sie an. Aliénor ist es recht, wie selbstverständlich übernimmt sie die Rolle der ersten Dame. Sie trinken roten Wein, gekühlt mit Schnee von den Bergen des Libanon, probieren genüsslich das knusprige weiße Brot, für das Syrien berühmt ist, naschen blutrote Granatapfelkerne, lassen sich eingelegte Artischocken und marzipangefüllte Feigen schmecken. Dazu singen Troubadoure ihre Lieder, Joglare zeigen ihre Kunst. Raymond ist nicht umsonst ein Kind des Poitou. Sein Hof ist mindestens so prächtig und kultiviert, findet Aliénor, wie der seiner Väter.

Und dabei ist er selber ein wahrer Sohn des Troubadours. Männlich und gutaussehend, ein Abenteurer, prallvoll mit Lust und Leben. Ein Kämpfer mit Leib und Seele. Er hält sich an die feinen höfischen Regeln, ist ritterlich zu den Damen und ehrerbietig zu den Herren, bleibt stets gleich liebenswürdig. Er kann Geschichten erzählen, dass die Leute wie gebannt an seinen Lippen hängen, und sein trockener Humor bringt alle zum Lachen, selbst Ludwig. Nichts an seiner ungezwungenen Art und seiner guten

Laune deutet darauf hin, dass er um seine Existenz fürchtet. Denn er war es, der Papst Eugen um Hilfe gebeten hat. Seit dem Fall Edessas ist ihm klar, dass er sein Fürstentum so schnell wieder verlieren kann, wie er es gewonnen hat.

Nach einer Anstandsfrist, in der Ludwig und seine Männer Gelegenheit zu Erholung und Muße hatten, bittet Raymond um eine Unterredung im engsten Kreis. Er hat keine Zeit zu verlieren. »Der Atabeg Nur ad-Din von Aleppo, Zengis Sohn und Nachfolger«, so erklärt er, »hat sich bereits an der Grenze von Edessa bis nach Hama festgesetzt und das letzte halbe Jahr damit verbracht, eine unserer Kreuzfahrerburgen nach der anderen zu erobern. Es steht zu befürchten, dass sich seine Kontingente nun mit denen der Seldschuken vereinigen, die Euch am Kadmos überfallen haben. Und dann, Ihr Herren, ist Antiochia verloren. Das wäre der Anfang vom Ende der christlichen Herrschaft im Heiligen Land.«

»Wir werden Jerusalem verteidigen«, entgegnet Ludwig, »wenn es sein muss, bis zum letzten Blutstropfen. Wenn Ihr uns noch ein paar Tage Zeit gebt, um unsere Marschvorräte aufzufüllen, können wir sofort aufbrechen.«

Das will Raymond nicht hören. Er hat ganz andere Pläne. »Sire, verzeiht, aber es führt zu nichts, jetzt nach Jerusalem zu reiten. Nur ad-Din würde sofort nach Eurem Abzug von hier das ganze nördliche Syrien überrennen. Nein, wir müssen angreifen, statt zu verteidigen. Wir müssen auf das Herz des feindlichen Territoriums zielen. Aleppo.«

Ludwig kratzt sich ausgiebig am Kinn. »Das war so nicht geplant.«

Raymond sieht den jungen König ein wenig mitleidig an. »Es war auch nicht geplant, dass die Türken den größten Teil des französischen Heeres noch vor Erreichen des Heiligen Landes abschlachten. Wären Eure Truppen noch vollzählig, Sire, so könnten wir die Hälfte davon nach Jerusalem schicken und abwarten. Aber so müssen wir zuerst das tun, was den Christen in Outremer das Überleben sichert. Nämlich angreifen und Aleppo nehmen.«

Thierry Galeran, der neben Ludwig sitzt, schürzt die Lippen. »Mit Verlaub, Herr, aber wir sind hierhergekommen, um das Heilige Grab zu schützen, und nicht um die Hauptstädte des Feindes zu erobern.« Er schickt einen beifallheischenden Blick zu seinem König hinüber.

Raymond bleibt geduldig. »Nur ad-Din entscheidend im eigenen Land zu schwächen ist die beste Möglichkeit, Jerusalem zu sichern. Er rechnet nicht mit einem Angriff. Wenn wir jetzt Aleppo nehmen, muss er seine eigene Herrschaft verteidigen. Er wird sich von unseren Grenzen zurückziehen. Er wird Teile des Truppenkontingents brauchen, das Edessa hält. Und sobald er die abgezogen hat, holen wir uns mit Eurer Unterstützung Edessa zurück.«

»Und natürlich Eure verlorenen Burgen und Provinzen östlich des Orontes«, wirft Geoffroy von Rançon spöttisch ein.

»Darum geht es doch gar nicht«, entgegnet Raymond wütend. »Ihr versteht nicht: Ohne Edessa und Antiochia ist es nur noch eine Frage der Zeit, wann Jerusalem fällt. Nur die beiden Fürstentümer im vollständigen Besitz ihrer Kraft sichern das Heilige Grab auf Dauer vor dem Zugriff der Heiden. Sie sind der Schutzwall Gottes. Sagt Ihr es ihnen, Herr Joscelin.«

Joscelin von Courtenay, vormaliger Fürst von Edessa, übernimmt das Reden. Er hat im Kampf um seine Stadt eine Wunde an der Schulter empfangen; sein linker Arm hängt kraftlos herunter. »Ihr Herren«, sagt er im Brustton tiefster Überzeugung, »hört auf diejenigen, die schon ihr ganzes Leben in Outremer verbracht haben. Wir kennen dieses Land, wir wissen, wie man den Ungläubigen am besten begegnet. Fürst Raymond hat vollkommen recht. Wir müssen uns Aleppo holen und damit Nur ad-Din nach Norden zurücktreiben.«

Thierry Galeran beugt sich zu Ludwig und raunt ihm ins Ohr: »Ich glaube denen kein Wort.«

Ludwig erhebt sich. »Ich werde darüber nachdenken, Ihr Herren, und den Allmächtigen im Gebet um Rat fragen. Lasst uns ein andermal weitersprechen.«

»Wie es Euch beliebt, mi reis.« Raymond lässt sich seine Enttäuschung nicht anmerken. Er geleitet den König in aller Freundlichkeit hinaus, legt ihm dabei den Arm auf die Schulter. Ludwig schüttelt die Berührung ab. Dieser Raymond mit seinem halb heidnischen Lebensstil ist ihm irgendwie zuwider. Der Mann kleidet sich wie ein Muselmane, ernährt sich von scharf gewürzten Speisen, die einem die Zunge verbrennen, und geht jeden Tag ins Bad wie die türkischen Weiber. Kann so einer überhaupt noch denken wie ein christlicher Fürst? Und außerdem: Es gefällt Ludwig nicht, dass dieser Kerl die ganze Zeit mit seiner Frau zusammensteckt. Ja gut, sie sind Verwandte, und sie haben sich seit ihren Kindertagen nicht mehr gesehen. Da gibt es bestimmt viel zu erzählen. Aber es muss schließlich auch einmal gut sein. Und Ludwig hat die Blicke bemerkt, die Aliénor ihrem Onkel zuwirft. Das Ganze passt ihm nicht. So wie in Byzanz beginnt auch hier am Orontes die Eifersucht an ihm zu nagen wie ein kleiner Wurm. Ein winziges Tier, das in seiner Brust wächst und wächst und wächst und dessen Bisse immer schmerzhafter werden.

Während der König von Frankreich versucht, seine Antworten im Gebet zu finden, sitzt Aliénor auf einer der vielen Terrassen des Fürstenpalasts und füttert eine Horde Spatzen mit Brotkrumen. Sie wartet auf Raymond, der versprochen hat, noch vor Mittag zu ihr zu kommen. Wer die Königin noch vor kurzem auf dem Schiff gesehen hat, würde nicht glauben, dass dies heute dieselbe Frau ist. Aus der bleichen, abgemagerten, von Angst und Entbehrungen gezeichneten Gestalt ist innerhalb von wenigen Tagen wieder die alte, strahlende Schönheit geworden. Ein leichter Hauch von Sonnenbräune liegt auf ihrer Haut, die Wangen sind gerötet, die Augen leuchten wieder. Sie hat dieses schwarze Zeug entdeckt, das die Frauen hier als Schminke benutzen, es bringt das dunkle Grün ihrer Augen noch besser zur Geltung als die Kohle, die sie sonst nimmt. Armenische Zofen haben im Bad ihr Haar entfilzt und geglättet, ihr die rissigen Hände mit duftendem Balsam massiert. Ihr Körper ist dünn und sehnig geworden, aber auch das wird sich wieder geben. Sie isst zu jeder Mahlzeit, als ob sie immer noch am Verhungern wäre.

Und sie verbringt ihre Zeit mit Raymond. Stunde um Stunde sitzen sie und reden. Kramen Erinnerungen hervor, erzählen sich Geschichten. Er weiß noch viel mehr von früher, spricht von ihrer Mutter, die sie sich kaum noch vorstellen kann, und von den vielen anderen Begleitern ihrer gemeinsamen Kindheit. Und von seinem Vater, ihrem Großvater, dem er angeblich so ähnlich ist. Sie kichern bald selber wie die Kinder, necken sich, werden übermütig. Er will alles über Aquitanien wissen. Wie Bordeaux jetzt aussieht, ob die neue Kirche in Poitiers inzwischen fertig ist. Ob die Austern immer noch so köstlich sind, und der Wein. Sie entdecken gemeinsame Vorlieben und Abneigungen, kommen vom Hundertsten ins Tausendste. Er zeigt ihr die Palastgärten, in denen Palmen und Hibiskus wachsen, die Ställe, wo seine herrlichen grauen Araberhengste ihn schnobernd empfangen. Er bringt sie mit verrückten Geschichten zum Lachen, dass sie sich den Bauch hält, zeigt ihr mit wilden Verrenkungen, wie die Muselmanen tanzen, bis sie schwindlig ist vom Zuschauen. Und sie?

Sie schwebt. Singt und lacht und träumt. Ihr Kopf fühlt sich leicht an, so leicht. Ihr ist, als ob sie jetzt erst angefangen hat, zu leben. Zu spüren. Sie könnte die Welt umarmen.

Die Herzogin von Aquitanien und Königin von Frankreich ist jetzt fünfundzwanzig Jahre alt. Sie ist seit über zehn Jahren eine verheiratete Frau und Mutter eines Kindes.

Und sie ist zum ersten Mal in ihrem Leben verliebt.

Endlich kommt er, und sie sieht an seinen gerunzelten Brauen, dass die Besprechung mit Ludwig kein Erfolg war. »Was ist los?«, fragt sie. »Habt ihr euch gestritten?«

Er schüttelt den Kopf. »Lass nur. Es ist nicht wichtig.« Dann ist schon wieder die gewohnte Fröhlichkeit da. »Komm, bela, ich zeig dir was!«

Er hat zwei Berberstuten satteln lassen, und zusammen galoppieren sie zum Fluss hinunter, ein Stück von der Stadt weg. Am Ufer, umgeben von sattgrünen Wiesen, steht ein winziges Jagdschlösschen, erbaut aus hellem Marmor. Vier runde Türmchen, zinnenbewehrte Mauern, hohe Doppelfenster mit Säulen und feinem Maßwerk. Es sieht fast aus wie eine Spielzeugburg. Aliénor stößt einen kleinen Schrei des Entzückens aus: »Talmont! Du hast Talmont nachbauen lassen!«

Er hilft ihr vom Pferd. »Es hat mir gefehlt, weißt du. Dort war ich als Junge immer am liebsten. Dein Vater hat mich zu Talmont die Beizjagd gelehrt. Und heute habe ich hier meine Falknerei.«

O ja, sie erinnert sich. Schon ihr Großvater hat in dem Lustschlösschen Jagdfalken gehalten, sie selber hatte dort stets ihren eigenen kleinen Saker, und Petronilla einen hübschen, zahmen Turmfalken.

Raymond führt sie hinein, wo drei arabische Falkner in Pluderhosen ihren Herrn ehrerbietig begrüßen. Die Vögel hocken ruhig auf ihren Stangen und Gestellen, lauter wunderschöne Gere. Sie tragen buntbemalte, lederne Häubchen, die mit Goldplättchen und Schmucksteinen besetzt sind. Aliénor geht auf das schneeweiße Weibchen in der Mitte zu und krault ihr den gefiederten Nacken. »Solch eine Schönheit!«

Raymond hat sich einen Handschuh und einen Beutel mit Zehrung geben lassen; vorsichtig nimmt er das Tier auf. »Sie heißt Shahrazad«, sagt er. »Komm, lassen wir sie fliegen.«

Dann stehen sie auf den Zinnen der Falkenburg. Raymond wirft den Vogel hoch in die Luft, und der Falke fliegt davon. Majestätisch zieht er seine Kreise durch den blauen Himmel über dem Fluss, hin und wieder flattert er, dass die Fußglöckchen bimmeln. Dann, als Raymond auf seinen Arm klopft, kehrt er zurück und setzt sich mit einem hellen Schrei auf die hochgehaltene Faust. Raymond holt ein Stückchen rohes Fleisch aus dem Beutel, um ihn zu belohnen. »Lass mich«, bittet Aliénor.

Sie nimmt den Leckerbissen und hält ihn dem Vogel hin, und im selben Augenblick lässt die Sonne ihren Armreif aufblitzen. Der Falke erschrickt und beißt mit seinem messerscharfen Schnabel zu. Aliénor schreit auf. Ein Blutstropfen erscheint auf der Spitze ihres Ringfingers.

Raymond setzt Shahrazad ab. Sanft greift er nach Aliénors Hand und nimmt ihre Fingerspitze zwischen seine Lippen, seine Zunge leckt an der kleinen Wunde.

Aliénor hält ganz still, nur still, damit er nicht aufhört, dieser Zauber, der sie beide umfängt. »In unseren Adern fließt dasselbe Blut«, hört sie sich sagen. »Ich wollte, es wäre nicht so.«

Er sieht sie an, stumm. Immer noch hält er ihre Hand.

Dann kommt der Falkner. Der Bann ist gebrochen.

Später reiten sie zurück. Beide haben Angst. Angst vor sich selber und dem, was geschehen könnte.

Johann von Salisbury, Historia pontificalis

Während der König und die Königin in Antiochia blieben, um diejenigen, die den Untergang des Heeres erlebt hatten, zu trösten, zu heilen und wiederzubeleben, erregten die Aufmerksamkeiten, die der Fürst der Königin erwies, und seine ständigen, in der Tat fast unaufhörlichen Gespräche mit ihr das Misstrauen des Königs.

Odo von Deuil, De Ludovici VII Francorum Regis, Profectione in Orientem

Schuld könnte unter dem Deckmantel der Verwandtschaft versteckt sein ...

Antiochia, März 1148, einen Tag später

»Wo warst du die ganze Zeit?« Ludwig empfängt sie mit verdrießlicher Miene im Palast.

Sie sieht ihn herausfordernd an. »Das kann dir doch ganz gleich sein.«

»Warst du wieder mit dem Fürsten zusammen, ja?«

»Nein«, erwidert sie schnippisch, »ausnahmsweise nicht. Ich war mit der Gräfin von Flandern und Florine von Troyes im türkischen Bad. Sie schlagen dort mit einer Art Netz die Seife zu Schaum und hüllen einen darin ein. Das macht die Haut herrlich weich. Du solltest das auch einmal versuchen.«

»Bin ich ein Muselmane?« Ludwig findet Baden überflüssig. Einmal vor den hohen Feiertagen genügt.

Zur Bestätigung von Aliénors Worten kommen jetzt auch die

beiden Damen herein, süß nach Ambra und Rosenöl duftend. Ludwig fühlt sich wie ein dummer Junge unter ihren Blicken. Die Freundinnen kichern. Aliénor schiebt ihren linken Ärmel hoch und enthüllt eine kleine Hennazeichnung auf ihrem Handrücken. »Sieh nur«, lächelt sie versöhnlich, »ist das nicht hübsch? Alle Frauen tragen das hier.«

Er mustert die zierliche Blumenranke mit angewiderter Miene. »Das ist heidnischer Kram«, knurrt er. »Einer christlichen Königin unwürdig. Ich möchte, dass du das sofort entfernen lässt. Mein Gott, Aliénor, hast du vergessen, dass wir auf Kreuzzug sind? Glaubst du, dass es den Allmächtigen freut, wenn du dich herausputzt wie ein Türkenweib?«

Wütend lässt sie den Ärmel wieder herabgleiten. »Ich wette, dem Fürsten gefällt es.«

Ludwig packt sie am Handgelenk. »Ich wünsche nicht, dass du deinen Onkel so oft siehst. Es ist unschicklich, wie ihr euch benehmt.«

Sie reißt sich los. »Schäme dich für deine schmutzigen Gedanken, Ludwig.« Sie geht auf die Zehenspitzen. »Plagen dich etwa deine ungestillten Begierden?«, flüstert sie ihm ins Ohr. »Das geschieht dir recht.«

Bevor Ludwig etwas erwidern kann, klopft es, und Thierry Galeran kommt herein. »Mein König«, sagt er, »es ist Zeit für die Unterredung mit dem Grafen Raymond.«

Ludwig nickt. »Wir sprechen uns später«, zischt er Aliénor zu. Dann tritt er zu Galeran hinüber.

Aliénor gesellt sich zu den Frauen, die den Streit belustigt mitverfolgt haben. »Seht nur, die beiden Busenfreunde«, sagt sie so laut, dass die Männer es beim Gehen noch hören können. »Der König und der Eunuch. Wie gut sie doch zueinander passen: Der eine will nicht und der andere kann nicht.« Die Damen brechen in Gelächter aus.

Galeran dreht sich um. In seinem Blick liegt Mordlust. Aliénor lächelt ihm freundlich zu.

Im Turmzimmer wartet bereits der Fürst mit etlichen anderen einheimischen Rittern, er will einen weiteren Versuch machen,

Ludwig zum Angriff auf Aleppo zu bewegen. Er redet mit Engelszungen, und Joscelin von Courtenay tut sein Bestes, um ihn zu unterstützen. Auch der am Tag zuvor angekommene Großmeister des Templerordens, Robert von Craon, wendet all seine Überredungskünste auf. Vergeblich. Der König bleibt verstockt: »Der Zweck dieses Kreuzzuges, Ihr Herren, ist zuallererst die Pilgerschaft. Mein Schwur als Kreuzfahrer verpflichtet mich, nach Jerusalem zu ziehen. Von dieser heiligen Pflicht kann und will ich nicht abweichen. Ich werde keinen Feldzug unternehmen, bevor ich nicht an den heiligen Stätten gebetet habe. Danach können wir weiterreden.«

»Ja, aber Ihr habt doch bereits am Kadmos gekämpft«, wirft der Großmeister ein.

»Das war etwas ganz anderes«, entgegnet Ludwig bockig.

Der Großmeister schüttelt den Kopf; Joscelin ballt zornig die Fäuste. »Wenn Ihr jetzt nicht gemeinsam mit uns handelt«, sagt er, »gefährdet Ihr die Sicherheit Jerusalems und aller Kreuzfahrerstaaten, mon roi.«

»Ihr wollt doch nur möglichst schnell Eure Stadt wiederhaben, Courtenay«, brummt Thierry von Galeran.

Joscelin will hochfahren, aber Raymond legt ihm die Hand auf die Schulter. »Dieser Vorwurf, Herr Thierry, ist nicht ehrenhaft.«

Jetzt geht Ludwig dazwischen. »Über das, was ehrenhaft ist, Herr Raymond, solltet vielleicht Ihr Euch Gedanken machen.«

So ist das also, denkt der Fürst, daher weht der Wind. Es geht um Aliénor. Ihm liegt eine Erwiderung auf der Zunge, aber er bleibt doch stumm. Er will nicht offen mit seinem Gast streiten, zu viel steht auf dem Spiel. Der Mann hat ja recht, denkt er, sie und ich, wir spielen beide mit dem Feuer. Aber keine Angst, du Bübchen, ich kann mich zurückhalten. Ich weiß ganz gut, dass sie die Tochter meines Bruders ist. Und deine Frau.

Mit zusammengepressten Lippen neigt Raymond höflich den Kopf. Da eilt ein Diener herein und flüstert ihm ein paar Worte zu. Der Fürst erhebt sich. »Gerade erfahre ich, dass der Patriarch von Jerusalem hierher unterwegs ist, mon roi. Vielleicht sollten wir abwarten und weiterreden, wenn er eingetroffen ist.«

Die Männer gehen in denkbar schlechter Stimmung auseinander.

»Wie ist das mit diesem Feldzug nach Aleppo?« Aliénor tritt zu Raymond auf die mondhelle Terrasse. Das Festbankett ist vorbei, die Gäste fort, nachdem der König sich viel zu früh entschuldigt hat, um zu Bett zu gehen. »Habt ihr euch darüber gestritten, du und Ludwig?«

»Ja, Herrgott noch mal.« Raymond fährt sich mit allen zehn Fingern durchs Haar. »Er begreift einfach nicht. Und ich ihn auch nicht. Was will er denn hier in Outremer, wenn nicht die Türken zurückdrängen und Edessa wieder befreien? Wenn wir jetzt zuschlagen, erwischen wir Nur ad-Din auf dem falschen Fuß. Und dann ist die Zukunft des Heiligen Landes auf lange Zeit für die Christen gesichert. Aber dein Mann weigert sich, stur wie ein Esel. Es ist zum Verrücktwerden.«

Aliénor ist entsetzt. Sie hat die aquitanischen Ritter schon reden hören und geglaubt, dass die französischen Truppen Nur ad-Dins Hauptstadt in Bälde angreifen würden.

»Kannst du nicht mit ihm reden?«, fragt Raymond.

Er weiß ja nicht, was er da verlangt. Sie schüttelt den Kopf. »Ich bin wohl die Letzte, auf die mein Gatte hören würde. Er gibt mir und meinen Vasallen ja schon die Schuld an der Niederlage am Kadmos. Und außerdem ... es wird wohl auch dir nicht verborgen geblieben sein, dass wir uns nicht mehr verstehen.«

»Und woran liegt das?«, will er wissen.

Sie lächelt bitter, spürt, wie sich in ihrem Hals ein Kloß bildet. »Ach, da sind so viele Dinge. Es war schon immer schwierig, von Anfang an. Und irgendwo zwischen Byzanz und hier haben wir uns wohl ganz und gar verloren.«

Verloren, denkt er. Verloren sieht sie aus, so wie sie da steht, die Hand auf der Brüstung, den Abendstern über sich. Eine enttäuschte Frau, so schön, dass es ein Verbrechen ist, sie nicht zu lieben. Dieser Ludwig muss ein Narr sein.

Sie sieht ihn an. »Ich habe einen Mönch geheiratet.« In ihren Augen glitzert es. »Er rührt mich nicht an, Raymond.«

Er wischt eine Träne von ihrer Wange. »Armes Frätzchen«, sagt er rau. »Nicht weinen.«

Und jetzt weint sie doch. »Sieh mich an!«, schluchzt sie. »Bin ich nichts wert? Ich bin doch aus Fleisch und Blut! Ich bin jung!

In ganz Frankreich singt man Lieder über meine Schönheit. Und mein eigener Mann, der einzige, den ich haben kann, will mich nicht.« Und dann kommst du, denkt sie, und es ist unmöglich.

Raymond steht mit hängenden Armen da. Sieht zu, wie die Schluchzer ihren schmalen Körper schütteln. Versucht, an Schlachtaufstellungen zu denken, Angriffstaktiken und Nachschublinien, an irgendetwas, was ihn davon abhalten könnte, das zu tun, wonach es ihn drängt.

»Ich fühle mich wie eine vertrocknete Frucht«, sagt sie. »Alles ist wie tot.«

Es geht nicht mehr.

Mit einem Stöhnen reißt er sie in seine Arme, und sie erwidert seinen Kuss mit der Gier einer Verhungernden. Nur nicht denken. Ganz gleich, dass es beides ist: Ehebruch und Blutschande. Sie gräbt die Finger tief in seinen Rücken, er hält sie so fest, dass es weh tut.

»Lass mich dich lebendig machen, mi cors«, flüstert er. »Nur dieses eine Mal.«

Soll die Welt doch untergehen.

Cercamon, Lied

Besser für sie, nie geboren worden zu sein, als den Fehltritt begangen zu haben, über den die Welt von hier bis ins Poitou reden wird.

Gervasius von Canterbury,
Otia Imperialia

Ich wünschte, niemand wüsste, was doch viele wissen. Die Königin zog mit ihrem ersten Gatten nach Jerusalem – lasst uns nicht weiter davon sprechen. Schweigt stille.

Von Navarrete nach Logroño
März 1200

Blanche wirft immer wieder einen heimlichen Blick auf ihre Großmutter. Den ganzen Tag hat sie noch kein Wort gesprochen. Das Frühstück hat sie kaum angerührt. Aber sie hat sich wie jeden Tag die Augenbrauen mit Kohle nachgezogen, den Siegelring angelegt und die Kette mit dem Amulett umgehängt. Sie ist mit energischen kleinen Schritten auf die Kutsche zugegangen und hat ohne Hilfe den Einstieg geschafft. Krank kann sie also nicht sein. Die Prinzessin ahnt den Grund für die großmütterliche Schweigsamkeit. Sie wäre auch die Einzige auf der Welt, die nicht gehört hätte von den galletriefenden Gerüchten über Aliénors Zeit in Antiochia. Von dem, worüber ein anständiger Mensch nur hinter vorgehaltener Hand spricht, wenn überhaupt. Was man sich gar nicht vorstellen mag. Oh, ihre Mutter hat gesagt, davon will ich gar nichts hören, das sind blanke Bösartigkeiten. Lügen. Glaub ihnen nicht. Und doch – warum ist ihre Großmutter dann so merkwürdig? Sie getraut sich nicht, zu fragen, aber sie platzt schier vor Neugier. Schließlich fasst sie sich ein Herz. »Grandmère«, sagt sie, »was war nun in Antiochia?«

Aliénor hebt die Brauen. »Was soll gewesen sein? Nichts natürlich.« Sie presst die Lippen aufeinander, sieht zum Fenster hinaus. »Wir waren dort, blieben eine Weile und ritten dann weiter nach Jerusalem.«

»Aber ...«

»Was aber?« Aliénors Stimme wird scharf. »Was?«

Blanche schluckt. »Entschuldige, Großmutter«, druckst sie herum. »Ich wollte nicht ... ich meine ... du musst nicht erzählen, wenn du nicht willst.«

»Da hast du wohl recht«, schnappt Aliénor. »Naseweise junge Dinger wie du müssen auch nicht alles wissen.« Du verlangst zu viel, denkt sie. Er gehört nur mir. Ich gebe ihn nicht her.

»Weißt du«, plappert Blanche in ihrer Verlegenheit, »ich glaube ja auch nicht, dass all die Sachen stimmen, die die Leute so erzählen. Na ja, ich meine, wenn man eine so berühmte Frau ist, wie du, dann gibt es wohl immer jemanden, der einem Schlechtes will. Und das bleibt dann an einem hängen. Ich will ja nur sagen, dass ... ach herrje!«

Aliénor hat einen Hustenanfall. Blanche klopft ihr auf den Rücken, fächelt ihr Luft zu, aber es will und will gar nicht mehr aufhören. Sie holt die lederne Feldflasche mit dem Wein unter dem Sitz hervor und gibt ihrer Großmutter schluckweise zu trinken, bis der Anfall vorüber ist. Danach lehnt sich Aliénor bleich und müde in die Polster zurück. Sie schließt die Augen. Sie spürt, wie Blanche ihr schüchtern die Hand streichelt. »Das wollte ich nicht, Grand-mère«, flüstert sie. »Bitte, verzeih mir.«

Was gibt es da zu verzeihen? Aliénor ist wütend über sich selber. Das Kind kann weiß Gott nichts für die Sünden ihrer Großmutter. Und eigentlich sollte sie die Wahrheit erfahren. Damit wenigstens einer sie kennt. Wäre es dir recht, mi cors?, fragt sie stumm. Fast ist ihr, als höre sie ihn lachen. Was kann es uns wohl noch schaden, Frätzchen? Nichts, denkt sie, du hast recht, mi amor. Ein tiefer Seufzer löst sich aus ihrer Brust. »Also gut, Blanche.« Sie setzt sich auf. »Wenn ich schon jemandem mein größtes Geheimnis erzählen soll, dann wohl meinem eigen Fleisch und Blut, oder etwa nicht?« Sie hustet ein letztes Mal.

Und dann, während der Chariot durch die endlosen Weinberge des Rioja rollt, kommen die Worte wie von selbst.

Als sie geendet hat, weiß Blanche gar nicht mehr, was sie denken soll. Soll sie jetzt Entsetzen und Abscheu empfinden, oder lieber Mitgefühl und Verständnis? Je länger sie darüber nachdenkt, vielleicht sogar Neid? Wer, fragt sie sich, hat je solche Leidenschaft erleben dürfen? Solches Glück? Höchstens Gestalten, die sie aus Legenden und Liedern kennt, und die hat es in Wirklichkeit nie gegeben. Jetzt ist Blanche diejenige, die stumm bleibt.

Aliénor ist es recht. Sie horcht dem Widerhall ihrer Worte nach. Das Reden hat gutgetan. Ihr Gesicht mit den tausend Runzeln ist entspannt, sie hat die Hände im Schoß gefaltet, hält die Augen geschlossen und spürt und sieht doch so viel. Seine Fingerspitzen auf ihrer Haut, sein Lächeln, als er ihre Brüste streichelt, seine hochaufgerichtete Männlichkeit, die mühelos in sie eindringt als gäbe es nichts Selbstverständlicheres auf dieser Welt. Unwillkürlich spannt sie die Rückenmuskeln an wie damals, als sie sich ihm entgegenwölbte, um ihn mit ihren Schenkeln einzufangen und in sich aufzunehmen, ganz und gar. Sie hält den Atem an genau wie in dieser unwirklichen Nacht, als sie glaubte, vergehen zu müssen unter seinen Stößen. Als sie glaubte, sterben zu wollen an dieser unbeschreiblichen Lust nach noch mehr und mehr und immer mehr. Sie hört sich wieder schreien wie damals und spürt, wie sich seine raue Hand auf ihren Mund presst. »Schschsch, bela«, hört sie ihn an ihrem Ohr raunen, während er sich dabei immer schneller in ihr bewegt, bis sie sich aufbäumt und sich die jahrelang angestaute Leidenschaft in ihrem Inneren berstend und wirbelnd und zuckend entlädt. Danach hält er sie ganz fest, bis ihr Körper aufgehört hat zu beben.

Die Tränen laufen ihr übers Gesicht.

Irgendwann hört sie Blanches Stimme. »Grand-mère«, sagt das Mädchen träumerisch. »Ich möchte auch einmal eine solche Liebe erleben, wie du sie mit dem Fürsten Raymond hattest.«

»Wünsch dir das nicht zu sehr, Kleines«, sagt sie müde. »Es könnte noch wahr werden. Manchmal ist das Schlimmste, was geschehen kann, dass Träume in Erfüllung gehen.«

»Aber du warst doch glücklich ...«

»Ja.« Sie lehnt sich wieder zurück und lächelt. Und jetzt endlich, nach all den Jahren, geht ihr das Herz auf. Ja. Sie war glücklich, damals, bis zum Himmel und darüber hinaus. Wer kann das schon am Ende seines Lebens von sich behaupten?

»Wie hat der König davon erfahren?«, will Blanche wissen.

»Oh, ganz einfach. Thierry Galeran hat es ihm erzählt. Woher der es wusste, kann ich nicht sagen. Vielleicht ist er mir heimlich nachgeschlichen. Jedenfalls war das seine Rache für die vielen Male, die ich ihn bloßgestellt und lächerlich gemacht hatte.« Sie zuckt mit den Schultern. »Vermutlich hätte ich an seiner Stelle dasselbe getan.«

»Und was ist dann geschehen? Es heißt, Ludwig wollte dich am liebsten umbringen?«

»Ach Schätzchen! Das hätte er niemals getan. Er liebte mich doch! Aber natürlich kam es zum großen Streit.« Sie legt die Stirn in Falten. »Wenn ich mich recht erinnere, war es im Palastgarten, bei dem kleinen künstlichen Wasserfall, der mir so gut gefiel. Ich war immer noch so erfüllt von meiner Nacht mit Raymond, dass ich wie auf Wolken ging. Am liebsten hätte ich gesungen und getanzt.«

»Ja, hattest du denn kein schlechtes Gewissen?«

»Schlechtes Gewissen? Kindchen, ich hatte Angst, in die Hölle zu kommen. Aber es war mir ganz gleich, denn dort würde ich Raymond wiedertreffen. Und er war alles, was ich mir wünschte, im Diesseits und im Jenseits.« Und ist es noch, nach all den Jahren. Immer und ewig.

»Ich wusste nicht, dass er es schon erfahren hatte, also tat ich so, als sei nichts. Ich fragte ihn, warum in aller Welt er unbedingt zuerst nach Jerusalem wollte, anstatt auf den Rat der Fürsten aus Outremer zu hören.

›Ich muss mich vor dir nicht rechtfertigen‹, knurrte er. ›Das ist meine Entscheidung.‹

›Aber alle französischen Ritter sind für einen Angriff auf Aleppo‹, entgegnete ich, ›bis auf den Eunuchen natürlich.‹

Er fuhr hoch. ›Deine okzitanischen Ritter vielleicht, Aliénor. Aber ich bin dagegen. Ich lasse mich von deinem sauberen Onkel nicht vor den Karren spannen.‹

›Jetzt wird mir alles klar.‹ Ich lachte ihm ins Gesicht. ›Du verweigerst dich dem Angriff nur, weil du ihn nicht leiden kannst, nicht wahr? Er ist alles das, was du nicht bist. Und das kannst du nicht ertragen. Lieber opferst du Jerusalem den Heiden, als dass du zugibst, dass er recht hat. Das ist so kindisch, Ludwig!‹

Ich sah, wie seine Hand zuckte; am liebsten hätte er mich geschlagen. Aber wie immer beherrschte er sich. ›Fang an zu packen‹, sagte er nur. ›In spätestens zwei Tagen brechen wir nach Jerusalem auf.‹

›Ich denke ja gar nicht daran‹, erwiderte ich kalt. ›Wenn du abreisen willst, bitte, nur zu. Aber ich bleibe mit meinen Aquitaniern hier.‹ Ich bekam Angst. Ich wollte nicht fort. Nicht um alles in der Welt.

›Du bist meine Frau‹, fauchte er. ›Und ich bin dein Mann. Du wirst dahin gehen, wo auch ich bin.‹

›Wenn du willst, dass ich mich wie deine Frau verhalte‹, schrie ich zurück, ›dann musst du mich auch so behandeln.‹ Es sprudelte nur so aus mir heraus. ›Aber du bist ja nicht in der Lage, das zu tun, was jeder Bauernbursche im Heu zustande bringt. Deine absonderlichen Vorstellungen von Keuschheit und deine Abscheu vor der eigenen Lust haben dich gründlicher entmannt als Abaelard das Messer. Nein, Ludwig, du warst nie wirklich mein Mann und wirst es auch nie sein. Das weiß ich jetzt.‹ Ich trat dicht vor meinen Gatten hin. ›Aber selbst das könnte ich noch ertragen. Was ich dagegen nicht ertragen kann, ist ein Schwächling. Ein König, der selber nicht fähig ist, eine Schlacht zu gewinnen, aber den Rat der Klügeren aus törichten Gründen in den Wind schlägt. Der sich von Gebeten leiten lässt und nicht von Notwendigkeiten. Der zum Einsiedler taugt, aber nicht dazu, die Geschicke von Ländern und Menschen zu bestimmen. Ich halte dich nicht mehr aus, Ludwig.‹

Ludwig war bleich geworden wie die Wand. ›Und darum, nicht wahr, hast du dir einen anderen Mann gesucht‹, sagte er leise. ›Wie eine läufige Hündin hast du dich bespringen lassen von diesem Protz, diesem Wüstling, diesem Heidenkerl!‹

›Ja!‹, schrie ich. ›Und es war das Beste, was mir je in meinem Leben geschehen ist. Ja, ich habe dich betrogen, Ludwig, und es tut mir nicht leid. Es war wie im Himmel!‹

Und da schlug er mich endlich. Sein Ring riss mir den Mundwinkel auf, und ich schmeckte das Blut.

›Hure‹, brüllte er. ›Du bist ein wertloses Stück Fleisch‹. Sein Speichel sprühte mich an. ›Nicht allein, dass du schamlos Ehebruch begangen hast‹, schrie er voller Abscheu. ›Nein, du hast auch noch das Widerlichste, Unnatürlichste, Lästerlichste getan, was ein Mensch tun kann: Du hast Unzucht mit deinem eigenen Onkel getrieben! Gott, wie entsetzlich tief bist du gesunken, in welchem Unflat hast du dich gesuhlt mit diesem Hurenbock. Mich ekelt! Weißt du, wie man das nennt, wenn man sündhaft mit seiner eigenen Verwandtschaft im Lotterbett liegt?‹

›Blutschande!‹, schrie ich zurück und horchte dem Klang dieses Wortes nach. Und dann wurde ich plötzlich ganz ruhig. Alles schien klar. Ich wusste, was ich zu tun hatte. Der Augenblick war da. ›Und wenn wir schon über Inzest reden, Ludwig, dann müssen wir wohl endlich auch über unsere eigene Verwandtschaft sprechen.‹

›Was willst du damit sagen?‹ Er stand da wie vom Donner gerührt.

›Dass wir im vierten und fünften Grad miteinander verwandt sind, mon roi. Ich dachte, das wüsstest du!‹

Er ließ sich auf einen Scherenstuhl fallen, fassungslos. »Das glaube ich nicht!«

›Frag Bernhard von Clairvaux. Ich weiß es von ihm. König Robert von Frankreich, dein Ururgroßvater, war gleichzeitig mein Urururgroßvater.‹ Jetzt war es heraus. Atemlos stand ich da, mit geballten Fäusten.

Ludwig heulte auf wie ein Tier. Es klang, als sei er wahnsinnig geworden. Er riss sich das Hemd über der Brust auf, Rotz lief ihm aus der Nase. Es war mir ganz gleich, ich hatte kein Mitleid. Ich wollte nur noch weg von ihm. ›Ich denke, es ist an der Zeit, diese Ehe aufzulösen‹, sagte ich. ›Sie war von Anfang an ein Fehler.‹

»Wusstest du das mit der Verwandtschaft schon die ganze Zeit?«, fragt Blanche verblüfft. »Und hast nie etwas gesagt?«

Aliénor schüttelt den Kopf. »Wüsstest du, mit wem dein Urururgroßvater vor hundert Jahren verwandt war? Siehst du, und ich wusste es auch nicht, als ich heiratete. Aber diejenigen, die diese Heirat eingefädelt hatten, die wussten es. Es ist schließlich üblich, dass man solche Dinge überprüft, und so hatten auch Ludwigs Vater und der Erzbischof von Bordeaux ihre Herolde beauftragt, in der Vergangenheit zu forschen. Sie kamen auf genau dieses Ergebnis: Verwandtschaft im vierten und fünften Grad; unser gemeinsamer Ahn war Ludwigs Urururgroßvater, König Robert II. von Frankreich. Aber sie beschlossen, dass man das vernachlässigen könnte angesichts der ungeheuren Vorteile einer Verbindung der Häuser Capet und Poitiers. Also verheimlichte man uns das Ganze. Erst viel später, als die Geschichte mit Petronilla und Raoul von Vermandois auf eine Trennung des Grafen aufgrund zu naher Blutsverwandtschaft zusteuerte, da erfuhr ich es. Bernhard von Clairvaux hatte einen Brief an Ludwig geschrieben, den ich ganz zufällig abfing.« Sie grinst spitzbübisch. »Da gab es einen jungen gascognischen Schreiber in Ludwigs Kanzlei, der empfing immer die auswärtigen Boten und war sehr verliebt in mich. Nun, gleichwie ... Ich las also Bernhards Brief. Er wollte ja diese schändliche Trennung unbedingt verhindern, und er argumentierte damit, dass Raoul von Vermandois mit seiner Frau genauso eng verwandt sei wie Ludwig mit mir. Wenn also die Vermandois-Ehe ungültig sei, so müsse es auch die königliche Verbindung sein. Ich zeigte den Brief sofort Abbé Suger, und der gab ohne Umschweife zu, dass Bernhard recht hatte. Er selber als Vertrauter Ludwigs des Fetten hatte den Bericht der Herolde gelesen.«

»Und das hast du deinem Mann verheimlicht?«

Aliénor nickt. »Ich war natürlich auch erschrocken. Aber du weißt ja, das Haus Aquitanien hat nie übermäßig viel auf kirchliche Vorschriften gegeben. Und ich fühlte mich nicht schuldig, schließlich konnte ich nichts dafür. Und damals wollte ich Ludwigs Frau bleiben, ich liebte ihn noch. Abbé Suger war auch dafür, dem König nichts zu erzählen. Du darfst nicht vergessen, er war damals in diesem schrecklichen Gemütszustand der Melancholie wegen Vitry, und die Nachricht, er lebe in einer sündhaften Ehe, hätte er wohl nicht verkraftet. Also beließen wir es dabei und verbrannten Bernhards Brief.«

Blanche denkt eine Weile über Aliénors Erzählung nach, dann sieht sie ihre Großmutter missbilligend an. »Es war grausam, was du da zu Ludwig gesagt hast. Ich meine, du wusstest ganz genau, wie sehr ihn das alles treffen würde, oder?«

Aliénor senkt schuldbewusst den Blick. »Ja, du hast recht, Liebes. Ich habe deinen Tadel verdient. Deine Großmutter ist ein böses Weib. Aber in mir hatten sich in all den Jahren meiner Ehe so viel Groll und Erbitterung angestaut, dass es irgendwann einmal heraus musste. Mein Temperament ist wie so oft mit mir durchgegangen. Ei, du kommst hoffentlich in diesem Punkt nicht nach mir. Und nach deinem Großvater, der war noch viel schlimmer, beim Heiligen Sankt Georg!« Sie lacht auf, dann wird sie wieder ernst. »Jedenfalls, in diesem Augenblick, als Ludwig ankündigte, Antiochia zu verlassen, wollte ich ihn nur noch verletzen. Und ich wollte um alles in der Welt bei Raymond bleiben.«

»Aber selbst wenn du bleiben hättest können, und selbst wenn es zu einer Auflösung deiner Ehe gekommen wäre – Raymond wäre doch immer noch dein Onkel geblieben, und ein verheirateter Mann.«

»Wohl wahr, mein kluges Fräulein, wohl wahr.« Aliénor dreht nachdenklich an ihrem Siegelring. »Aber das wollte ich damals nicht wahrhaben. Weißt du, wenn Gefühle ins Spiel kommen, hören die Menschen gern auf, vernünftig zu denken. Damals war ich eine Törin aus lauter Liebe. Alles, was ich wollte, war, bei dem Mann zu bleiben, den ich liebte.«

»Und was hat er zu all dem gesagt?«, will Blanche wissen.

»Raymond?« Aliénor schüttelt den Kopf. »Das weiß ich nicht.«

»Du weißt es nicht?«

Die alte Königin schließt die Augen. »Ich habe ihn nie wiedergesehen.«

Ludwig

Das kann nicht sein. Es darf nicht sein. Ich will es einfach nicht glauben. Wie konnten sie mir das antun, mein Vater und Suger? Mich ins Unglück rennen lassen? Und alles für Aquitanien! Ich wollte, dieses verfluchte Aquitanien würde aus der Welt verschwinden. Gott, hilf mir! Alles ist aus den Angeln. Mein Leben, meine Ehe – nichts als ein Scherbenhaufen.

Ich habe es ihr auf den Kopf zugesagt, und sie hat es zugegeben!

Thierry hatte tatsächlich recht mit seiner Behauptung. Meine Frau hat ihrem eigenen Onkel beigelegen! Ich halte das nicht aus. Es zerreißt mich. Allein der Gedanke, dass er sie angefasst hat mit seinen dreckigen Händen, bringt mich um. Dass er sie geküsst, sie unter sich gezogen und genommen hat, es macht mich verrückt. Und sie, sie hat es genossen! Hure! Wer weiß, vielleicht haben sie es ja auch auf widernatürliche Weise miteinander getrieben. Von hinten. Wie die Tiere. Oder sie oben. Wenn man eine Todsünde begeht, kommt es vielleicht auf die zweite schon nicht mehr an. Er hat sie schreien gehört, sagt Thierry, vor Lust.

Bei mir hat sie nie geschrien. Aber ich bin ja auch nur ihr Ehemann. Den sie verabscheut. Himmel, sie hasst mich. Wie sehr muss sie mich hassen, mir das anzutun. Was hat sie ihm wohl für Heimlichkeiten über mich erzählt? Wie meine Männlichkeit beschaffen ist? Hat sie unsere Körper verglichen? Ihm gesagt, dass es mit mir fade ist? Hat er es besser mit ihr getan als ich? Schneller, härter, tiefer? Mehrmals hintereinander? Wie werden sie und ihr schamloser Liebhaber über mich gelacht haben. Über mich, den König von Frankreich. Und das alles auch noch während des Kreuzzugs. In einer Zeit, die heilige Keuschheit verlangt. Mein Abscheu lässt sich gar nicht in Worte fassen.

Ja, ich weiß, ich bin nicht so stark, wie ich sein sollte. Wie sie es sich immer gewünscht hätte. Vieles ist mir nicht geglückt. Diese Pilgerschaft steht unter keinem guten Stern. Von Anfang an zu wenig Proviant, nie genug Geld dabei. Aber woher hätte ich wissen sollen, dass dieser Deutsche vor mir nach Konstantinopel zieht? Und wieso haben meine Berater mich nicht gewarnt? Allen voran der alte Vermandois, der die meisten Kriegszüge mitgemacht hat! Er zumindest hätte es wissen müssen. Und dann diese Lügen, die mir der Kaiser in Byzanz erzählt hat, der elende Verräter! Dabei hat er Aliénor noch schöne Augen gemacht. Vermutlich war sie mit ihm auch im Bett! O Herr, befreie mich von diesem Gedanken! Der Mann war am Ende sogar beschnitten, weiß es einer?

Dass sie mir die Niederlage am Kadmos vorwirft, ist eine Unverschämtheit! Ich hätte auf die Bürger von Ephesos hören sollen, sagt sie. Ja, Herrgott, auf den einen hört man und wird betrogen, auf die anderen hört man nicht, und das ist dann auch ein Fehler!

Und ich hätte die falsche Strecke gewählt. Bin ich denn in diesem gottlosen Land aufgewachsen? Woher soll ausgerechnet ich wissen, welcher Weg gut ist, welche Ecken man meiden muss und wo die Türken lauern? Ich habe doch alles getan, was ich konnte. Glaubt denn einer, es hätte mir Spaß gemacht am Kadmos? Ich wäre schließlich fast selber dabei in Stücke gehauen worden. Und wenn jemand schuld ist, dann doch wohl dieser Rançon und seine Aquitanier. Ah, ich hätte ihn doch aufhängen lassen sollen. Vielleicht hätte sie dann Respekt vor mir gelernt. Ich bin einfach zu weich. Das mögen die Frauen nicht.

Wie soll das jemals wieder gut werden? Diese Ehe liegt in Trümmern. Was habe ich mich auf unseren gemeinsamen Einzug in Jerusalem gefreut! Auf die Nacht, in der wir unseren Sohn zeugen würden! Aber kann ich meinem Weib denn noch beiliegen in dem Wissen, dass vorher ein anderer Mann an meiner Stelle war? Würde mich das nicht selber beschmutzen? Und würde sie es überhaupt noch wollen? Und dann muss ich an das Schlimmste denken: Was, wenn er sie geschwängert hat? Wenn sie seinen Sohn zur Welt bringt? Aber nein, das kann doch nicht sein! Das darf nicht sein! Ich muss sofort aufhören, das zu denken, sonst werde ich irre.

Herr, ich weiß nicht mehr, was ich tun soll. Soll ich sie ins Kloster stecken? Soll ich sie wegen Ehebruchs anklagen und verstoßen? Oder einfach unsere Verbindung lösen lassen, wie sie es verlangt hat? Herr im Himmel, gib mir Rat! Und gib mir Kraft! Ich kann diese Schmach kaum ertragen! Wie stehe ich jetzt da? Ein Hahnrei bin ich, ein Tölpel, ein gehörnter Ehemann! Die Welt wird lachen über mich. Ich habe ja jetzt schon das Gefühl, dass mich alle merkwürdig ansehen. Deshalb blieb mir auch nichts anderes übrig, als der sofortige Abmarsch nach Jerusalem. Ich musste handeln. Ich musste mich als hart erweisen.

Ich möchte sie hassen, aber ich kann nicht. Ich kann nicht leben ohne sie. Ich brauche sie. Ganz gleich, was sie getan hat, ich liebe diese Frau immer noch. Wenn sie mich um Verzeihung bitten und ihren Fehltritt ehrlich bereuen würde, ja, dann könnte ich ihr vergeben. Das ist schließlich christliches Gebot.

Doch reicht das aus? Ich habe in den letzten Tagen an nichts anderes gedacht als an diese zu nahe Verwandtschaft zwischen uns beiden. Selbst wenn ich ihr vergeben würde, dieses Hindernis bliebe ja doch bestehen. Es ist eine Sünde. Und dennoch denke ich, vielleicht ist es ein lässliches Vergehen. Als wir heirateten, wussten wir ja nichts davon. Und ein gemeinsamer Vorfahre im vierten und fünften Grad, das ist Generationen her. Blut. Heute Nacht habe ich von Blut geträumt. Ich hatte Wundmale an Händen und Füßen wie unser Herr Jesus, und es lief rot und warm aus mir heraus, strömte und strömte, bis ich aufwachte. Wie viel Blut ist in einem menschlichen Körper wie meinem? Man müsste einen Arzt fragen. Und wenn es ein Eimer voll wäre? Oder vielleicht nur die Menge eines großen Krugs? Wie viel davon wäre dann genau gleich mit ihrem Blut? Ein Becher voll, oder eine Nussschale, oder ein Fingerhut? Kann eine solch kleine Menge eine so große Rolle im Leben spielen? Ich werde an Suger schreiben und ihn fragen.

Und wenn wir es einfach vergäßen? Einfach so weiterlebten wie vorher? Niemand müsste es erfahren. Aber nein, ich kann das nicht. Ich weiß es jetzt, und es lastet auf mir wie ein Stein. Wenn ich diese Ehe aufrechterhalten soll, dann muss ich sicher sein, dass Gott uns nicht zürnt. Ich brauche die Dispens der Kirche. Und diese Dispens kann nur vom Heiligen Vater selber kommen, der die Wege des Himmels kennt. Ich werde mit Aliénor reden. Wenn sie einverstanden ist, wenden wir uns an den Papst. Wenn ... Aber wie ich sie kenne, wird sie sich weigern. Sie verachtet die Kirche, wie ihre gottlosen Vorväter.

Und doch, sie muss. Das muss sie schon für unser Kind tun, die kleine Marie. Das arme Wurm darf doch kein Spross aus sündiger Verbindung sein. Und unser Sohn auch nicht.

Ach, schon denke ich wieder an Dinge, die viel zu weit weg sind. Noch sitzt Aliénor hinter mir im Wagen, bereit, jedem die Augen auszukratzen, der sich ihr nähert. Wie eine Wildkatze. Aber ich habe beschlossen, nicht nachzugeben. Ich bin ihr Mann, und ich werde sie zwingen, mir zu gehorchen. Es ist mein gutes Recht, und Frauen brauchen Härte. Das war vielleicht mein größter Fehler; ich habe sie viel zu nachgiebig behandelt. Nun, das lässt sich ändern. Sie wird schon noch einsehen, dass ich das Richtige für uns beide getan habe. Wenn wir erst in Jerusalem sind, wird der Himmel sie zur Erkenntnis führen.

Sie wird den Fürsten von Antiochia vergessen und wieder mich lieben. Auf diesen Tag warte ich, und ich kann warten. Ich will sie auch zum Schreien bringen. Meinen Namen soll sie rufen und dabei meinen Samen empfangen. Ich werde ihr geben, was sie braucht.

Einen Sohn.

Logroño
März 1200

»Sie stopften mir irgendeinen stinkenden alten Lappen in den Mund, packten mich in eine Decke und schleppten mich davon«, erinnert sich Aliénor und spürt wieder die gleiche unbändige Wut wie damals. »Es war mitten in der Nacht. Ludwig hatte Befehl dazu gegeben, und Thierry Galeran, sein Handlanger, hatte ihn ausgeführt. Ich wehrte mich mit aller Kraft, aber es half alles nichts. Im Hof steckten sie mich in einen Reisekarren, und dann rollten wir durch die nächtlichen Gassen und durch das Paulstor, wo die Wächter schon bestochen waren. Vor der Stadt wartete Ludwig mit dem marschbereiten Kreuzfahrerheer. Klammheimlich hatte er zum Aufbruch blasen lassen, und so verließ der französische Heerbann Antiochia auf unritterliche Weise und ohne Abschied.«

»Und ihr durftet euch nicht einmal Lebewohl sagen«, ergänzt Blanche. Sie hat sich von Aliénors Zorn anstecken lassen. »Das ist bitter.«

Draußen bricht die Sonne durch die Regenwolken und schickt einen breiten Fächer rotgoldenen Abendlichts über die Hügel. Der schöne Blick auf Logroño, das in der Ferne seine Türme in den Himmel reckt, passt gar nicht zu der düsteren Stimmung, die sich im Chariot ausgebreitet hat. Sonne, Mond und Sterne haben sich noch nie um unsere kleinen Menschensorgen gekümmert, denkt Aliénor, und das ist wohl auch gut so. »Der Weg führte uns zuerst nach Tripolis«, spricht sie weiter. »Anfangs tobte ich in meinem Reisewagen, aber irgendwann war ich zu erschöpft. Dann weinte ich nur noch. Irgendwo in meinem Hirn nistete ein Stückchen Hoffnung darauf, dass Raymond kommen und mich holen würde. Doch woher sollte er wissen, dass ich nicht freiwillig mit Ludwig gegangen war?«

Blanche stellt Mutmaßungen an: »Bestimmt hat er geglaubt, dass du die Nacht mit ihm bereut hast und möglichst schnell mit deinem Gatten davonziehen wolltest. Oder er dachte, lass gut sein, vielleicht ist es am Besten so …«

Aliénor fühlt sich gekränkt. Mit einer fahrigen Handbewegung wischt sie die Worte ihrer Enkelin weg. Sie will das nicht hören. Nein, so war es nicht, denkt sie. Er hat mich nicht aufgegeben. Er hat nur beschlossen abzuwarten. Vielleicht hoffte er auf einen Brief von mir, irgendein Zeichen. Aber das hat Ludwig zu verhindern gewusst. »Bis Jerusalem brauchten wir fünf Wochen. Fünf Wochen, in denen ich aus Trotz meinen Wagen nicht verließ, obwohl Ludwig mir gestattet hätte, in einem bewachten Zelt zu schlafen. Ich weigerte mich. Also reichte man mir einen Nachtscherben und das Essen hinein. Ich war verzweifelt. Jeder Tag brachte mich weiter fort von Raymond. Die Ungewissheit brachte mich fast um. Keine Nachricht von meinem Liebsten, und keine Möglichkeit, ihm einen Brief zu schicken und mich zu erklären. Wie sollte es jetzt weitergehen? Mit der Zeit wurde mir klar, dass er meinetwegen nicht die Zukunft der Kreuzfahrerstaaten aufs Spiel setzen konnte. Wenn ich Ludwig für ihn verließ oder er versuchte, mich mit Gewalt zurückzuholen, würde dies unweigerlich zum offenen Zerwürfnis zwischen den Kreuzfahrern und den christlichen Rittern von Outremer führen. Dann hätte Nur ad-Din freie Bahn bis Jerusalem. Nicht einmal ich in meinem unendlichen Kummer wollte das. Uns blieb nichts anderes als abzuwarten.«

»Und dann habt ihr endlich Jerusalem erreicht!« Blanche setzt sich auf, ihre Augen blitzen. »Die herrlichste Stadt der Christenheit.«

»Du glaubst gar nicht, wie egal mir das war.« Aliénor schnaubt durch die Nase. »Als wir am Sonntag Jubilate endlich vom Nebi Samuel aus die weißen Mauern von Jerusalem erblickten, brachen alle in überschwänglichen Jubel aus. Ich konnte aus meinem Wagenfenster beobachten, wie alle tränenüberströmt auf die Knie fielen, beteten, jauchzten. Manche fingen an, zu singen und zu tanzen, andere blieben stumm und starrten mit weit aufgerissenen Augen überwältigt auf die Heilige Stadt. Ich, ich fühlte nichts. Wir schlugen unser letztes Lager auf, und die ganze Armee hielt Vigil. Niemand dachte in dieser Nacht an Schlaf. Wir hatten unser Ziel erreicht, jeder Einzelne von uns war glücklich – und in mir war nichts als Leere.

Am nächsten Tag stiegen wir über einen Pfad namens Pilgerleiter ab und hielten auf das Jaffator zu. Unterwegs lenkte Ludwig sein Pferd an mein Wagenfenster. ›Jerusalem, Aliénor!‹, sagte er, und ich sah den Glanz in seinen Augen. ›Gleich sind wir da! Wie fühlst du dich?‹

Ich gab keine Antwort. Nur Ludwig konnte solch eine völlig überflüssige Frage stellen. Er wartete ein Weilchen, dann machte er mir einen Vorschlag.

›Hör zu‹, sagte er, ›ich möchte dir und mir Peinlichkeiten ersparen. Lass uns wenigstens hier in Jerusalem den Schein wahren. Wenn du mir versprichst, nicht davonzulaufen und nichts Anstößiges zu tun, dann kannst du an meiner Seite in die Stadt einreiten.‹

Ich sagte immer noch nichts, also redete er weiter. ›Bis jetzt weiß hier niemand, was in Antiochia geschehen ist. Aber wenn man merkt, dass wir zerstritten sind, werden schneller Gerüchte aufkommen, als du ein Vaterunser aufsagen kannst. Das weißt du so gut wie ich. Ich will das hier mit Anstand zu Ende bringen, Aliénor. Hilf mir dabei. Danach können wir reden.‹

›Danach will ich die Trennung‹, sagte ich.

Er widersprach nicht.

Also hielten wir als König und Königin von Frankreich Einzug in die Heilige Stadt. Ich lächelte und winkte, und mir war dabei zum Kotzen. Ei, schau nicht so entsetzt, ich weiß schon, das ist nicht die Sprache, die du gewöhnt bist. Manchmal falle ich eben aus dem Rahmen. Dafür werde ich wohl nie alt genug.« Sie lacht ihr trockenes, heiseres Greisenlachen.

Blanche muss mitlachen. »Ich wette, das gefällt dir, gib's zu, Grand-mère! Du bringst immer noch gern andere aus der Fassung!«

»Darauf kannst du Gift nehmen, Schätzchen! Das ist das einzige Vergnügen, das ich als alte Frau noch habe.« Sie kramt in ihrem Beutel und hält Blanche eine getrocknete Feige hin. »Nimm auch eine, ist gut gegen Ärger. Hält die Verdauung auf Trab! Sonst bläht sich mein Bauch, und bei meinem Ruf geht im Nu das Gerücht um, ich sei wieder schwanger.«

Blanche kichert und beißt in die Feige. »Und von wem?«

Aliénor überlegt. »Der Vogt von Navarrete hätte mir gefallen können.«

»Aber der ist viel jünger als du!«, kreischt Blanche. »Und er hat Haare auf dem Bauch, ich hab's gesehen!«

»Na und? Mit bald achtzig kann man nicht mehr allzu wählerisch sein.«

»Kriegst du eigentlich nie genug?«, fragt Blanche belustigt.

Aliénor zieht eine Grimasse. »Ihr Jungen glaubt immer, die Liebe sei nur etwas für euch, und die Alten sollen vertrocknen und versauern. Aber ihr habt keine Ahnung. Wer will schon auf die schönen Dinge des Lebens verzichten? Du wirst das schon noch selber merken, Frätzchen.« Das Wort ist ihr entschlüpft, und im selben Augenblick wird ihr Blick wieder düster. »Willst du jetzt immer noch wissen, wie es in Jerusalem war? Ja? Wie ich schon sagte: zum Kotzen. Das Volk begrüßte meinen Gatten, als sei er der Engel des Herrn. Königin Melisande und ihr Sohn Balduin empfingen uns mit höchsten Ehren und führten uns auf Ludwigs Wunsch zuallererst in die Heiliggrabkirche. Ludwig war im höchsten Maß ergriffen, fand sich am Ziel all seiner Wünsche. Feierlich nahm er die Oriflamme und legte sie über den heiligsten Altar auf Erden. Die Tränen liefen ihm dabei übers Gesicht. Mein Gott, was dieser Mann geweint hat! Danach erteilte Fulcher von Angoulême, der ehrwürdige Patriarch von Jerusalem, uns und allen Kreuzfahrern die Absolution von sämtlichen Sünden. Es war ein bewegender Gottesdienst, und als ich da so kniete, schoss mir plötzlich durch den Kopf, dass ich dadurch auch von meiner Sünde mit Raymond gereinigt war. Vermutlich hatte Ludwig denselben Gedanken, denn er tastete nach meiner Hand. Ich ließ sie ihm. Im Angesicht des Heiligen Grabes muss jeglicher Zwist ruhen.

Am Abend bezogen wir schließlich unsere Gastgemächer in der

Davidszitadelle, mir selber erwies Königin Melisande die große Ehre, mich für die erste Nacht in ihr Bett einzuladen. Zum ersten Mal seit Antiochia schlief ich tief und traumlos.«

Inzwischen haben sie Logroño gerade noch knapp vor Toresschluss erreicht. Sie fragen in der nächstbesten Pilgerherberge um ein Nachtlager, bevor es ganz und gar dunkel wird. Die Wirtin scharwenzelt beflissen um Aliénor und ihre Enkelin herum und preist ihre Zimmer in den höchsten Tönen. Auch sei ihr Essen das beste in der ganzen Stadt. Und tatsächlich, sie hat nicht zu viel versprochen. Es gibt eine wunderbare Mammonia, einen Hammeleintopf mit Honig und Mandeln, und hinterher in Hypocras eingelegte Birnen. Der Wein aus der Gegend kann es fast mit dem aus Bordeaux aufnehmen, und so herrscht unter der Reisegesellschaft eine gelöste Stimmung.

Als sie schließlich in ihrem Stübchen auf dem Strohsack liegen, ist Aliénor fast zu müde und zu satt, um weiterzuerzählen.

»Nur noch ein bisschen«, drängelt Blanche. Da heißt es immer, die Jugend braucht ihren Schlaf und die Alten keinen. Aliénor gibt nach.

»Na gut, du Quälgeist. Wo waren wir stehengeblieben? Ach ja. In den ersten Tagen besuchten wir alle heiligen Stätten in Jerusalem. Wir standen unter Ölbäumen im Garten Gethsemane, ritten durch das Goldene Tor, durch das der Messias seinen Einzug in die Stadt gehalten hatte. Wir beteten in der Golgatha-Kapelle, die auf dem Felsen erbaut wurde, auf dem Christi Kreuz stand. Und ich hielt am Mariengrab Zwiesprache mit der Muttergottes. Es war sehr bewegend, das alles zu sehen, ich war zutiefst berührt und dankte meinem Herrgott, dass er mich hierhergeführt hatte.«

»Ich dachte, du bist gar nicht so fromm«, wirft Blanche ein, dick in ihre Decke eingemummelt.

»Das stimmt nicht«, entgegnet Aliénor empört. »Natürlich bin ich fromm. Ohne den christlichen Glauben kann kein Mensch leben. Aber man muss den Kirchenmännern nicht alles zulieb tun, denn die sind manchmal größere Sünder als wir alle.« Sie grunzt verächtlich. »Das wirst du schon noch merken, wenn du erst Königin bist.«

Blanche unterdrückt nun doch ein Gähnen. »Dein Mann muss doch überglücklich gewesen sein, damals.«

»Das war er. Er war sogar so überglücklich, dass er nachts in meine Kammer kam. Er bot mir großzügig Verzeihung an für meinen Fehltritt. Und er wollte mit mir jetzt endlich den Sohn und Erben zeugen.«

»Und du?«

»Ich wies ihn hinaus. Mein Entschluss stand inzwischen felsenfest. Ich hatte es mir gut überlegt, hatte mich sogar Königin Melisande anvertraut, die sich als Ratgeberin mit Erfahrung erwies. Sie hatte selber eine schreckliche Ehe gehabt und sich am Ende im offenen Aufstand gegen ihren Gatten gewendet und durchgesetzt. Eine bewundernswerte, stolze Frau, die mir in dieser Zeit zur Freundin wurde. Jedenfalls gelangten wir gemeinsam zu der Einsicht, dass es keinen Sinn hatte, etwas zu unternehmen, solange wir im Heiligen Land waren. Melisande machte mir endgültig klar, dass auch Raymond für die Dauer des Kreuzzugs die Hände gebunden waren. Die einzige Möglichkeit für mich bestand darin, Geduld zu haben und nach der Rückkehr aus Outremer die Auflösung meiner Ehe wegen zu naher Blutsverwandtschaft zu betreiben. Danach würde ich frei sein. Und man könnte weitersehen.

An diese Hoffnung klammerte ich mich, sie hielt mich aufrecht. Melisande sandte für mich heimlich einen Brief nach Antiochia. Und Raymond – er konnte ja nicht schreiben – schickte mir ein Geschenk zurück. Nein, nichts Großartiges, nicht, was du denkst. Es war nur ein winziges silbernes Glöckchen. Das Fußglöckchen eines schneeweißen Falkenweibchens, das wir zusammen hatten fliegen lassen.« Sie lächelt in sich hinein. »Da wusste ich, dass er auf mich warten würde. Und so überstand ich ein ganzes Jahr.«

»Was?« Blanche kann es nicht glauben. »So lange bliebt ihr noch dort, Ludwig und du?«

»Nun, es kam ja noch zum Kampf gegen die Heiden. Auf einem Konzil zu Akkon beschlossen die Kreuzritter – inzwischen war auch der deutsche König Konrad wieder dazugestoßen, nachdem er sich zu Konstantinopel von seiner Kopfwunde erholt hatte – den Sturm auf Damaskus. Ausgerechnet Damaskus! Niemand hat mir je erklären können, warum man die einzigen Verbündeten angriff, die man im muslimischen Lager hatte. Du musst wissen, dass diese Stadt in Frieden mit den Kreuzfahrerstaaten lebte und eigentlich mit Nur ad-Din verfeindet war. Wieder einmal hatte Ludwig eine furchtbare Fehlentscheidung getroffen. Ende Juli begann die Belagerung. Und natürlich schickte der Emir von Damaskus in seiner Not einen Hilferuf an Nur ad-Din und verbrüderte sich mit ihm. Aber die Eingeschlossenen mussten gar nicht abwarten, bis Hilfe kam. Denn unsere Anführer wählten für ihr Feldlager offenbar eine für sie denkbar ungünstige Stelle ohne Wasserversorgung. Ein paar kleinere Ausfälle aus der Stadt genügten – so berichteten mir zumindest meine Aquitanier –, sie entscheidend zu schlagen, und so zog der christliche Heerbann am Ende gedemütigt ab. In den Augen der Muslime hatten sich die Kreuzfahrer nun endgültig lächerlich gemacht. Allen voran wie immer Ludwig.«

»Wieso überrascht mich das nur nicht?«, murmelt Blanche. »Mein Gott. Er muss einem ja fast schon leidtun.«

»Mit tat er nicht leid«, fährt Aliénor hoch. »Seinetwegen ging ein heiliger Krieg verloren und Tausende Menschen mussten sterben. Nun, sei es wie es sei, danach begann sich der Rest des französischen Heerbanns aufzulösen. Unter denen, die sich nun eilends auf den Heimweg machten, waren Ludwigs Bruder, Graf Robert von Dreux, und der Graf von Flandern – allerdings ohne seine Frau. Anders als Florine von Troyes, die mit mir heimreiste, wollte meine Freundin Sybille für immer im Heiligen Land bleiben, sie nahm später in Jerusalem den Schleier. Jedenfalls, viele einfache Kämpfer desertierten in den folgenden Wochen und Monaten. Nur wer sich die Heimreise nicht leisten konnte, blieb da, enttäuscht und verbittert. Auch König Konrad zog mit den Überbleibseln seiner Armee nach Hause, das war im September. Ludwig dagegen machte keinerlei Anstalten zurückzukehren. Ich versuchte vergeblich, ihn zur Abreise zu bewegen. All mein Drängen war sinnlos. Er fürchtete sich vor der doppelten Demütigung in der Heimat: Einmal, weil es ihm nicht gelungen war, die Kreuzfahrer zum Sieg zu führen, und zum anderen wegen der Auflösung unserer Ehe, die ich ihm angedroht hatte. Er würde in jeder Hinsicht als Versager dastehen. Lieber ließ er die Zeit vergehen in der Hoffnung, dass sich die Dinge irgendwann von selber lösten. Darin war er schon immer gut. Er reiste im Büßergewand kreuz und quer durchs Königreich, besuchte Nazareth, schwamm im Jordan. Er hockte sich in die Zelle, in der Salomon sein Buch der Weisheit geschrieben hatte, schlief im Schatten der Pinien auf dem Berg Zion, saß am Teich von Bethesda, wo Jesus den Lahmen geheilt hatte. Und verteilte sein letztes Geld als Almosen. Schließlich schrieb ihm Suger, der ja, du erinnerst dich, sein Statthalter war, zum wer-weiß-wievielten Mal und bat dringend um seine Rückkehr. Daheim nämlich kehrte sich die Stimmung im Volk gegen Ludwig, und Suger befürchtete, Ludwigs Bruder Robert könne die Krone an sich reißen. Da endlich entschloss sich Ludwig, Jerusalem zu verlassen. Wir feierten noch Ostern in der Stadt, und dann schifften wir uns ein.«

»Wie hast du nur das lange Warten überstanden?«, wundert sich Blanche. Sie weiß doch inzwischen, was für eine ungeduldige Seele ihre Großmutter ist.

Aliénor zuckt die Schultern. »Das frage ich mich auch. Aber mir waren die Hände gebunden. Ich konnte ja niemandem etwas befehlen, meine Vasallen waren inzwischen fort, und es war mir nicht möglich, ohne Ludwig abzureisen. Ich hatte keinen Zugang zu Geld, und meinen Schmuck hatte ich schon am Kadmos verloren. Außerdem ließ mich Ludwig immer noch durch diesen Teufel Galeran bewachen. Ohne Melisande wäre ich wohl verrückt geworden. Dann wurde ich um Weihnachten herum auch noch krank und lag wochenlang mit Fieber darnieder.« Sie seufzt tief und ausgiebig. »Nach der Messe am Ostersonntag des Jahres 1149 segelten wir endlich ab, inmitten einer Flotte sizilianischer Handelsgaleeren. Das waren schnelle Schiffe, hundertfünfzig Fuß lang und mit zwei Reihen Ruderern übereinander, sie konnten wie Pfeile durchs Wasser gleiten. Ich hatte mich geweigert, mit Ludwig gemeinsam auf einem Schiff zu reisen. Die ganzen letzten Monate über hatte er versucht, mir die Trennung auszureden. Sein anfänglicher Zorn darüber, dass ich ihn betrogen hatte, war verraucht. Und auch unsere zu nahe Verwandtschaft schien ihn nicht mehr zu schrecken. Er wollte einen Sohn mit mir, einen Sohn, einen Sohn. Er war bereit, mir alles zu geben, was ich verlangte – nur das nicht, das ich mir am meisten wünschte. Ich hielt seine ständigen

Annäherungsversuche kaum mehr aus. Als ich meine Galeere bestieg, war ich erleichtert, für die nächste Zeit von ihm getrennt zu sein. Wie lange ich ihn allerdings nicht mehr sehen würde, ahnte ich damals nicht ...«

Sie bemerkt Blanches gleichmäßige Atemzüge. Das Mädchen schläft. Die alte Königin rollt sich auf die Seite und schließt die Augen.

Späterer Vorwurf des englischen Papstes Hadrian (1154–1159) an Ludwig von Frankreich

Ihr ... habt die Reise nach Jerusalem ohne Umsicht unternommen und nicht das erreicht, was Ihr Euch erhofft habt ... Es ist offensichtlich, welche Katastrophe und welcher hohe Preis ... der Kirche Gottes und nahezu dem gesamten christlichen Volk daraus erwachsen ist. Die heilige römische Kirche ist, da sie Euch in dieser Angelegenheit Rat und Unterstützung gewährt hat, dadurch in nicht geringem Maß geschwächt worden ...

Von Logroño nach Viana
März 1200

Nach einer kräftigen Mehlsuppe, in denen die Reste des gestrigen Eintopfs schwimmen, geht es kurz nach Sonnenaufgang weiter. Die Reisenden überqueren den Rio Ebro auf einer steinernen Brücke, und danach geht es leicht bergauf über einen angenehm breiten Weg ohne allzu viele Rinnen und Löcher.

»Oh, ich habe die ganze Zeit vergessen, etwas zu fragen«, sagt Blanche plötzlich.

Aliénor massiert sich den Nacken, sie hat letzte Nacht irgendwie krumm gelegen. »Ei, etwas Wichtiges wohl?«

»Ja!«, ruft Blanche. »Die Löwen zum Beispiel! Hast du welche gesehen?«

»Nun ja, einen. Der gehörte König Balduin von Jerusalem und lebte in einem Zwinger hinter Gittern. Ein Geschenk des Emirs von Palmyra, wenn ich mich recht erinnere. Ein furchteinflößendes Tier, sandfarben, mit dunkler, zottiger Mähne. Und riesigen Pranken. Ich durfte ihn am Rücken streicheln. Ein solcher Löwe kann mit einem Hieb einen Menschen erschlagen, erzählte der Löwenbändiger. Und dass ich ihm den Kopf ins Maul stecken könne, so zahm sei er. Na, ich wollte das nicht ausprobieren.«

»Und all die anderen Tiere? Mantikoren, Chimären?«

»Du meinst diese seltsamen Mischwesen, von denen man sich seit alters her erzählt?«

»Ja! Die Mantikoren mit dem Körper eines Löwen, dem Schwanz eines Skorpions und einem Menschengesicht! Und die Chimären mit ihren drei Köpfen. Ach, und der Phönix, der bei Sonnenaufgang in der Glut der Morgenröte verbrennt und aus seiner eigenen Asche verjüngt wieder aufersteht!«

»Keins von denen habe ich gesehen im Heiligen Land«, antwortet Aliénor nachdenklich. »Vielleicht leben sie weiter im Osten, in den Wüsten, wo wir nicht hingekommen sind. Was ich gesehen habe, waren Tiere ähnlich wie Pferde, nur größer und mit einem langen gekrümmten Hals. Sie hatten einen riesigen Buckel auf dem Rücken. Man konnte auf ihnen reiten, und sie wurden auch als Lasttiere benutzt. Es hieß, sie könnten ohne zu trinken durch die Wüste ziehen.«

»Und Mohren?«, will Blanche nun wissen. »Waren die wenigstens da?«

Aliénor lacht. »O ja. Etliche habe ich getroffen. Sie sehen aus wie wir, nur dass eben ihre Haut schwarz ist. Und nein, sie sind gar nicht gefährlich. Es heißt, im Land Africa leben viele von ihnen.«

»Stimmt es, dass sie durch Gottes Strafe so schwarz sind, wegen ihrer großen Sünden?«

Aliénor wackelt mit dem Kopf. »Ich weiß nicht recht. Vielleicht kommt es auch von der Sonne, die lässt unsere Haut ja auch dunkler werden. Wenn Sünde schwarz machen würde, müssten ja auch bei uns viele Menschen Mohren sein, meinst du nicht?«

Das sieht Blanche ein. Und will noch mehr wissen.

»Hast du denn auch Skiapoden getroffen? Die mit nur einem riesigen dicken Fuß, auf dem sie hüpfen, und den sie sich beim Liegen als Schutz vor der Sonne über den Kopf halten? Und Blemmyer, die keinen Kopf haben und stattdessen Mund, Nase und Augen auf der Brust? Ach, und die Panothier mit ihren Ohren, die so groß sind, dass sie ihnen bis zu den Knien reichen und die sie sich wie einen Mantel umlegen, wenn sie frieren? Und ...«

»Halt, halt, Kindchen! Woher kennst du diese merkwürdigen Kreaturen nur alle?«

Blanche ist stolz auf ihr Wissen. »Mein alter Beichtvater, Pater Rodrigo, hat mir davon erzählt. Hast du sie jetzt gesehen, oder nicht?«

»Da muss ich dich enttäuschen«, lächelt Aliénor. »Aber es gibt sie ganz bestimmt. Auch ich habe nach ihnen gefragt im Heiligen Land. Tief im Osten, hat man mir gesagt, dort, wo die Sonne aufgeht. Da leben sie, am Rand der Erdenscheibe. Im Reich des Priesterkönigs Johannes.«

»Davon hab ich noch nie gehört«, sagt Blanche.

»Johannes, den man auch den Presbyter nennt, ist ein großer christlicher Herrscher über ein unendlich reiches Land voller Herrlichkeiten. Um dieses Land zu erreichen, muss man den Sambatyon überqueren, einen Fluss, der ganz und gar aus rollenden Steinen besteht.«

»Und dort warst du nicht, damals?«

»Keiner war jemals dort, Schätzchen. Es ist zu weit, und die Widrigkeiten der Reise zu groß. Papst Alexander hat es vor etlichen Jahren wieder einmal versucht; er hat seinen Leibarzt Philipp dorthin geschickt, um König Johannes als Verbündeten zu gewinnen. Aber der Arzt ist nie zurückgekehrt, er blieb auf immer verschollen.«

Blanche zieht einen Schmollmund. »Ach, wer weiß, vielleicht ist es ja auch nur eine Geschichte, die man sich erzählt.«

»Hm«, macht Aliénor. »Mag sein. Aber die Mohren und die Löwen gibt es ja auch.«

Eine Zeitlang fahren sie schweigend weiter. Es geht gleichmäßig dahin durch eine weite, graubraune Landschaft mit Dornbüschen und dürren Gräsern, an denen der Wind zerrt. Blanche hängt ihren Gedanken nach, vor ihrem inneren Auge hüpfen Einfüßler dahin, Kamele ziehen in der Ferne, Mohren lassen sich von der Sonne verbrennen. Ohrenmenschen sitzen frierend am Weg, die Ohren fest um die Körper geschlungen. Löwen brüllen.

Und dann springt genau vor dem Chariot ein Feldhase auf. Die Pferde scheuen, sie brechen aus, gehen durch. Die Frauen schreien in Panik, wild holpern die Räder über Stock und Stein. Der Kutscher brüllt, reißt verzweifelt an den Zügeln und macht damit die Rösser noch mehr verrückt. Aliénor sucht mit beiden Händen am Sitz Halt, Blanche hat es auf den Boden des Wagens geschleudert. Ein lautes Krachen unter ihr, dann hängt die Kutsche schräg. Und immer schneller geht es querfeldein. Blanche krallt sich an ihrer Großmutter fest, ihre Schreie gellen in Aliénors Ohren. Hin und her werden sie geworfen. Dann ein dumpfer Schlag, ein Splittern und Bersten – lange kann es nicht mehr dauern, bis die Kutsche auseinanderbricht. Doch Gott sei Dank naht bereits die Rettung in Gestalt zweier Waffenknechte, die links und rechts neben die durchgehenden Wagenpferde galoppieren und ihnen in die Backenriemen greifen. Die wilde Jagd wird langsamer, und endlich stehen sie.

Blanche steigt mit zitternden Knien aus, sie hat eine Schramme auf der Stirn. Nach ihr steckt Aliénor den Kopf aus der Tür, und ein paar Männer helfen ihr aus dem Wagen.

»Heiliger Strohsack«, sagt sie trocken und klopft sich den Staub vom Mantel. »Das hätte übel ausgehen können.«

»Die Achse ist gebrochen«, ruft einer. »Das wird uns aufhalten, verdammt noch eins!«

Blanche dreht sich zu dem Mann um, ganz Prinzessin. »Hier wird nicht geflucht! Dankt lieber Gott, dass meiner Großmutter und mir nichts geschehen ist!«

»Recht hast du!«, pflichtet Aliénor ihr bei. Man kann ihr ansehen, dass sie Schmerzen hat, aber sie reißt sich zusammen.

Nach einer kurzen Beratung beschließt man, dass die Hälfte der Leute mit den beiden Damen bis zur nächsten Ortschaft vorausreiten soll. Der Rest muss versuchen, die Kutsche wieder so weit fahrtüchtig zu machen, dass sie nachkommen kann. Spätestens in Torres del Rio wird es hoffentlich eine Möglichkeit geben, sie zu richten. Also nehmen Aliénor und Blanche die Stuten ihrer beiden Zofen, die wiederum steigen jede hinter einem der Waffenknechte aufs Pferd, was bei den Männern zu anzüglichen Bemerkungen führt. Dann geht es im Schritt weiter.

Es ist eine Plage, im Damensitz zu reiten, wenn einem sowieso schon alles wehtut, denkt Aliénor. Die Männer haben es da viel leichter. Sie hat es einmal ausprobiert, ein wilder Ritt, eine verzweifelte Flucht, die auch in Verzweiflung endete. Auch davon werde ich erzählen müssen, denkt sie. Irgendwann später. Sie versucht, eine Position zu finden, in der die Rückenschmerzen am wenigsten schlimm sind.

Endlich sehen sie in einer Senke ein ganzes Stück abseits des Weges mehrere Bauernhäuser, umgeben von einem morschen, löchrigen Palisadenwall, über den sich Angreifer wohl totlachen sollen. Auch eine Möglichkeit, den Feind zu besiegen. Aliénor grinst trotz ihrer Schmerzen in sich hinein. Sie lässt einen ängstlichen Knaben, der am Weg eine Herde Gänse hütet, nach dem Namen des kleinen Weilers fragen. Der versteht erst nicht, er ist wohl blöde. Schließlich begreift er und stammelt: »Viana. Ach die lieben Gänslein, ich armer Bub. Amen.« Dann lässt er seine Gänse im Stich und flitzt los, als sei der Teufel hinter ihm her.

Zu Viana, so stellt sich heraus, gibt es ein paar ärmliche Bauernhöfe und eine winzige Kapelle, die dem Apostel Petrus geweiht ist. Aliénor beschließt zu bleiben, auch, weil sie nicht weiter kann. Hinlegen will sie sich, und vielleicht einen warmen Stein für ihren Rücken. Eine der Bauersfrauen ist in der Heilkunde bewandert, sie verspricht zu helfen. Derweil richten sich Aliénor und Blanche im größten der Holzhäuser ein. Es riecht streng, weil auch zwei Ziegen mit darin wohnen; auf dem gestampften Lehmboden scharren Hühner. Ein Feuer mitten im Raum sorgt für spärliche Wärme.

»Na«, sagt die alte Königin, »es ist nicht grade der Palast von Burgos, was?«

Blanche verzieht das Gesicht. »Solange es nicht so viel Geziefer hat, ist mir alles recht.«

Das mit dem Geziefer war ein frommer Wunsch. Man sieht die Flöhe ja schon von weitem in ausgelassener Vorfreude hüpfen.

Die Bäuerin kommt, in der Hand ein irdenes Schälchen. Hinter einer notdürftig aufgespannten Decke als Sichtschutz zieht Aliénor ihren Bliaut aus und lässt sich mit einer grünlichen Salbe den Rücken einreiben. »Gänsefett mit Arnika, Beinwell und Rosmarin«, murmelt die Frau. »Vertreibt die Schmerzen, hohe Frau, so Gott will.« Am Schluss macht sie merkwürdige Gesten über Aliénors fettglänzender Haut, als wolle sie etwas wegscheuchen. Dazu singsangt sie unverständliches Zeug. Wenn's hilft, denkt Aliénor, während Blanche argwöhnisch zusieht.

An diesem Abend, nachdem endlich die zurückgebliebenen Männer mit der notdürftig reparierten Chariot eingetroffen sind, gibt es Bohnenmus und Gänsebraten für alle. Der kleine Hütebub hat fünf seiner lieben Vögel hergeben müssen und hockt jetzt greinend neben der Tür. Blanche geht zu ihm und schenkt ihm zum Trost ihr kleines Essmesser mit dem geschnitzten Griff aus Lindenholz.

Abends bekommt Aliénor tatsächlich einen heißen Stein ins Bett, und die Bäuerin bringt ihr und Blanche auch noch einen Schlafgenossen: Einen uralten, struppigen Hund, der sich sofort mit einem tiefen Grunzer zu ihren Füßen hinlegt. »Was soll das?«, fragt Blanche. So ein hässliches Tier hat sie noch selten gesehen.

»Chico wird sich nicht vom Fleck rühren, so hat er es gelernt. Er ist ein besonderer Hund. Solange er bei Euch liegt, hohes Fräulein, beißt Euch kein Floh. Er zieht sie alle auf sich. Sonst schläft er immer bei uns, aber Ihr seid unsere Gäste.«

Ja, wenn das so ist. Blanche bedankt sich und kuschelt sich gemütlich in die Decken.

»Grand-mère, hast du Schmerzen? Oder kannst du weitererzählen?«

Aliénor bewegt ihren Rücken, spannt die Muskeln an – es ist tatsächlich schon ein ganzes Stück besser geworden. Morgen muss sie die Bäuerin unbedingt nach der Rezeptur für die grüne Salbe fragen. »Wo waren wir denn stehengeblieben?«, überlegt sie laut.

»Eure Rückreise aus dem Heiligen Land.«

»Ach ja. Nun, wir segelten also endlich von Akkon ab, insgesamt dreihundert Menschen – alles, was von Ludwigs glorreichem Kreuzzug übriggeblieben war. Ich hatte darauf bestanden, dass Ludwig und ich auf getrennten Schiffen segelten, einfach weil ich ihn nicht mehr sehen wollte.«

»Und stand Eure Rückfahrt wenigstens unter einem guten Stern?«

Aliénor lacht auf. »Lieber Gott, nein! Es dauerte nicht lang, da kam nachts ein furchtbarer Sturm auf. Unsere Schiffe wurden voneinander getrennt, einige sanken. Wir wussten nicht mehr, wo wir waren, trieben hilflos auf dem Meer. Die Wasservorräte gingen zur Neige, alles Essbare war längst geschimmelt. Immer mehr von uns wurden krank. Erst zwei Monate nach unsere Abreise aus dem Heiligen Land erreichten wir in letzter Not Palermo, wo mich König Roger mit großer Freude empfing. Man hatte uns schon auf dem Grund des Meeres geglaubt.«

Blanche kratzt sich, der Hund hält wohl doch nicht, was die Bäuerin versprochen hat. »Und was war mit Ludwig?«, fragt sie.

»Das wusste niemand. Sein Schiff war nirgendwo gesichtet worden, und man fürchtete um sein Leben. Auch mir selber ging es sehr schlecht, ich hatte mich an dem verdorbenen Essen an Bord vergiftet. Ich konnte nichts mehr bei mir behalten, mir war so übel, dass ich kaum gehen konnte. Dann bekam ich noch Fieber. Die Ärzte standen hilflos um mein Bett. Aber ich, ich wollte noch nicht sterben. Ich wollte leben für Raymond. Ich schluckte jede Arznei, aß jeden Löffel Brei, den man mir reichte, auch wenn ich danach fast alles wieder erbrach. Ich klammerte mich an die Hoffnung, meinen Geliebten wiederzusehen.«

»Allein die Liebe hat dich wieder gesund gemacht«, ruft Blanche mit glänzenden Augen. »Wie es die alten Lieder besingen.«

Aliénor nickt. »Das glaube ich auch. Nun, und dann kam die Nachricht, dass Ludwig den Sturm ebenfalls überlebt hatte. Sein Schiff war in Kalabrien gestrandet. Sobald ich mich gut genug erholt hatte, reiste ich zu ihm aufs Festland; König Roger ließ es sich nicht nehmen, mich zu begleiten. In der prachtvollen königlichen Residenz von Potenza trafen wir uns dann wieder, das war im August 1149. Wir planten, nach Rom weiterzureisen, denn Ludwig bestand immer noch darauf, unsere Sache in die Hände des Papstes zu legen. Ich wollte das zwar nicht, aber ich hoffte darauf, den Heiligen Vater überzeugen zu können. Und dann ...«

Sie bricht ab. Ihr Rücken schmerzt wieder ärger, vermutlich hat sie inzwischen am ganzen Körper blaue Flecken. Und sie fühlt sich plötzlich unendlich müde. Zu ihren Füßen schnarcht der Hund und scharrt im Traum mit den Pfoten.

»Lass uns morgen weiterreden, Kleines«, murmelt sie. »Morgen ist schließlich auch noch ein Tag.«

Morgen werde ich Kraft genug haben, es zu erzählen, sagt sie sich. So Gott will. Offenbar hat er dort droben immer noch Lust daran, eine alte Frau zu quälen.

Pamplona, März 1200

König Sancho, den sie den Starken nennen, faltet nachdenklich den Brief zusammen, den ihm sein Kaplan gerade vorgelesen hat. Das Pergament fühlt sich trocken an zwischen seinen Fingern. Nachdenklich starrt der König ins Feuer, dann wirft er mit einer entschlossenen Bewegung das Schreiben in die aufzüngelnden Flammen. Keine guten Nachrichten, bei Gott. Er nimmt den Schürhaken und stochert damit in der Glut herum, bis auch das letzte Restchen des Pergaments zerfallen ist. Ärger steigt in ihm hoch, obwohl er sonst selten wütend ist. Wie alle großen Männer – und er ist wirklich sehr groß! – ist er eher sanftmütig, immer darauf bedacht, mit seiner Stärke und Stattlichkeit niemandem aus Versehen weh zu tun. Er seufzt, fährt sich mit beiden Händen durch das üppige schwarze Haar. Aliénor von Aquitanien, denkt er, diese alte, hinterhältige Krähe! Kein Wort hat sie über die geplante Heirat zwischen einer ihrer Enkelinnen und dem französischen Prinzen gesagt! Er hat sie fürstlich empfangen, als sie vor Weihnachten durch Navarra kam, hat ihr zu Ehren sogar ein Festessen angeordnet, ihr Geschenke gemacht. Ha! Sie wolle auf ihre alten Tage noch einmal ihre Tochter in Kastilien besuchen, hat sie erzählt. Und auf dem Rückweg eine ihrer Enkelinnen mitnehmen, um sie in Fontevraud zu erziehen und als gute Gesellschafterin zu haben. Alles Lüge! Und er, arglos wie er war, hat Aliénor freies Geleit für den Rückweg zugesagt. Sanchos Gesicht läuft nun doch langsam rot an – aber vielleicht liegt es ja auch an der Hitze des Feuers.

Kastilien, verflucht sei dieses Land! Seit Sancho denken kann, liegt Navarra im Krieg mit dem Nachbarreich. Zu Anfang seiner Herrschaft haben sie um das Rioja gestritten, er hat damals verloren wegen seiner Unerfahrenheit. Zu jung war er gewesen, zu ungeduldig. Und danach hat sich Alfonso mit dem König von Leòn verschworen, um Navarra zu vernichten. Doch da ist Sancho schon klüger gewesen, hatte sich behaupten können. Aber er weiß, dieser Krieg wird niemals vorüber sein.

Der König erhebt sich, richtet sich auf zu seiner außergewöhnlichen Größe von über acht Fuß, und geht zu seinen kleinen Bastardsöhnchen hinüber, die auf einem maurischen Teppich einträchtig mit ihren Holztierchen spielen. Ihre Mutter, eine blondgelockte Wirtstochter aus Pamplona, sitzt in einer Ecke und hat die Augen geschlossen, sie ist eingenickt. Ein friedliches Bild, unschuldig und wunderschön. Sanchos Wut verfliegt. Er beschließt, erst einmal über die Angelegenheit nachzudenken und dabei in aller Ruhe auf die baldige Ankunft des Mannes zu warten, den der Gatte seiner kleinen Schwester als Mörder ausgeschickt hat. Dann wird man weitersehen.

Potenza, Montecassino und Tusculum, September und Oktober 1149

In der großen Halle haben sich die normannischen Barone von Festlandssizilien versammelt. Es ist der Tag Mariae Geburt; nach der Messe gibt es einen Empfang zu Ehren des französischen Königspaars. Noch hat niemand Platz an den langen Tischen genommen, einzelne Grüppchen stehen beieinander, lachen und reden. Zwei Harfner spielen im Hintergrund zarte Melodien. Die Damen sind noch im Garten.

»Ah, da seid Ihr ja!« König Roger gesellt sich zu Ludwig, der an einer Säule lehnt und gerade mit dem Bischof von Langres die Heimreise bespricht. Seine Miene ist ernst. »Es gibt wieder schlechte Nachrichten aus Outremer«, sagt er.

Ludwig hebt höflich die Augenbrauen, aber eigentlich will er gar nichts hören. Er hat dieses Outremer so satt. Nur Unglück und Verdruss hat es ihm gebracht. Pilger hatte er sein wollen, kein Kämpfer, aber wen hat das schon gekümmert! Und nun geben ihm alle die Schuld am Scheitern des Unternehmens.

Roger erzählt, was ihm eben ein Bote aus Akkon berichtet hat: »Nur ad-Din hat im späten Frühjahr mit einem starken Heer Antiochia angegriffen, wie befürchtet. Fürst Raymond stand auf verlorenem Posten. Doch anders als sein Nachbar Joscelin von Edessa weigerte er sich, einen Waffenstillstand zu schließen und damit einen Teil seines christlichen Fürstentums aufzugeben. Er entschloss sich verzweifelten Mutes zum Kampf.«

»Ein christlicher Held fürwahr«, wirft der Bischof von Langres ein, was ihm einen missbilligenden Seitenblick seines Königs einträgt.

»Wohl gesprochen, Eminenz«, pflichtet Roger bei. »Der Fürst zog also aus, um die wichtige Kreuzritterburg Inab gegen Nur ad-Din zu verteidigen. Er lagerte mit seinen Männern in einer Bodensenke nahe der Festung, bei einem Brunnen namens Murad. Dort wurden sie in der Nacht auf Peter und Paul vom Feind umzingelt. Fürst Raymond blieb eigentlich nur, die Waffen zu strecken. Doch tollkühn, wie es immer seine Art war, griff er stattdessen mit seinen wenigen Rittern die feindliche Übermacht an. Es war schierer Selbstmord. Der Fürst kämpfte wie ein Löwe, aber es war aussichtslos. Man sagt, er wollte sterben, todesmutig wie weiland Graf Roland in Roncevaux. Lange stand er wie ein Fels, doch am Ende wurde er von den gottlosen Heiden niedergemetzelt. Er fiel, von tausend Wunden übersät. Sie schlugen ihm den rechten Arm und den Kopf ab, und Nur ad-Din sandte seinen blutigen Schädel in einer silbernen Truhe an den Kalifen von Bagdad. Der spießte ihn auf eine Pike und stellte ihn über dem Stadttor zur Schau zum

Beweis dafür, dass Allahs gefährlichster Feind endlich besiegt war. Die Ungläubigen feiern immer noch seinen Tod.« Der König von Sizilien legt die Hand auf Ludwigs Arm. »Ich dachte, Ihr wolltet die schlimme Nachricht vielleicht selber Eurer Gemahlin überbringen. Schließlich war er ihr Onkel.«

Die Männer hören ein Geräusch und drehen sich um. »Ach Gott«, entfährt es Roger.

Denn da steht Aliénor, starr wie eine Statue und totenbleich. Ihr Gesicht zeigt keine Regung; die Arme hängen schlaff herunter.

»Ma reine ...«, beginnt der Bischof.

Da erwacht sie aus ihrer Starre. Sie sieht König Roger an. »Entschuldigt mich«, sagt sie leise und höflich, wie im Traum. Dann dreht sie sich um und geht.

Sie setzt Fuß vor Fuß und hat doch das Gefühl, den Boden nicht zu berühren. Alles ist taub. Der Weg durch die Halle ist endlos lang, so lang. Die Menschen sehen sie an, als wäre sie ein Geist. Sie nimmt niemanden wahr, hört nicht die Musik. Dort ist die Tür. Nur noch ein kleines Stück, dann hat sie es geschafft. Fuß vor Fuß. Aufrecht bleiben. Atmet sie überhaupt noch? Schlägt ihr Herz noch? Sie spürt nichts mehr.

Draußen im Gang bricht sie ohnmächtig zusammen.

Drei Tage lang liegt die Königin von Frankreich mit offenen Augen im Bett, zusammengekrümmt wie ein Kind im Mutterleib. Sie spricht nicht, isst nicht, trinkt nicht. Sie lässt niemanden zu sich, nicht den Bischof, nicht König Roger, nicht ihren Ehemann. Nur ihre Dienerinnen sind bei ihr. Es ist ein Elend, sie so zu sehen. Ludwig lässt bei Hof verbreiten, seine Frau litte am Bauchfluss. Wie soll er sonst erklären, dass sie die Nachricht vom Tod ihres Onkels so über die Maßen mitnimmt? Aber natürlich kennt man auch am Hof von Potenza die Gerüchte aus dem Heiligen Land, und alle zerreißen sich das Maul. Um der Peinlichkeit ein Ende zu bereiten, beschließt Ludwig, nach Rom aufzubrechen. Er ist grenzenlos enttäuscht. Sie hat Raymond von Antiochia jetzt ein Jahr nicht gesehen und durfte keine Hoffnung haben, ihn je wieder zu treffen. Und doch tut sie so, als wolle sie ihm nachsterben. Es nagt an Ludwig. Wie sehr muss sie diesen Mann geliebt haben! Und ich, denkt der König. Ich bin ihr Mann, was ist mit mir? Wenn ich tot wäre, würde sie wahrscheinlich auf meinem Grab tanzen! Er tröstet sich damit, dass der Papst Aliénor in Kürze ins Gewissen reden wird. Dann wird alles gut werden. Auf ihn wird sie hören, den Stellvertreter Gottes auf Erden. Seiner Autorität wird sie sich beugen, anders kann es ja gar nicht sein. Vielleicht war sogar Gottes Hand im Spiel, als die Türken Fürst Raymond erschlagen haben, denkt Ludwig. Er hat seine gerechte Strafe bekommen. Und sie, sie muss einsehen, dass ich alles bin, was ihr bleibt.

Auf Ludwigs Anordnung steckt man Aliénor in Reisekleidung, und ihre Zofen führen sie behutsam in den Hof, wo sie eine Sänfte besteigt. Ihr ist alles gleich. Die nächsten Tage vergehen irgendwie, das Wetter ist gut, und so schaffen sie es in einer Woche bis Neapel. Unterwegs gelingt es ihrer Lieblingszofe Arnaude, ihr in Brühe eingeweichte Brotbrocken in den Mund zu stecken. Immer noch lehnt Aliénor es ab, mit Ludwig oder sonst jemandem zu reden. So erreichen sie das Reichskloster Montecassino, die Mutter aller Benediktinerklöster.

Abt Ranulf, ein rotnasiger älterer Herr, dem man die Liebe zum Wein ansieht, lässt es sich nicht nehmen, Aliénor persönlich aus der Sänfte zu helfen. Fröhlich gestikulierend spricht er sie auf Lateinisch an, doch sie antwortet nur mit einem Nicken, und schon das fällt ihr schwer. Sie lässt sich sofort in ihr Gastgemach bringen. Bei der Begrüßungsmesse ist sie nicht anwesend. Ludwig muss wieder Erklärungen für ihr seltsames Verhalten finden, und jetzt hat er es satt. Er schiebt Aliénors Zofen unsanft zur Seite und stürmt in ihr Gemach, wo sie in einem einfachen wollenen Kleid am Fenster sitzt und mit leeren Augen über die Hügel Richtung Osten schaut. Sie dreht nicht einmal den Kopf, als er hereinkommt.

»Es reicht jetzt, Aliénor«, sagt er aufgebracht. »Du benimmst dich unmöglich. Alle stößt du vor den Kopf. Herr im Himmel, seit bald zwei Wochen lässt du dich gehen wie ein kleines Kind! Deine übertriebene Trauer um diesen Menschen ist eine Zumutung. Du weißt, ich bin geduldig, aber was zu viel ist, ist zu viel. Der Abt hat uns gerade eingeladen, gemeinsam mit ihm die Zelle des heiligen

Benedikt von Nursia zu besichtigen, den Ort, an dem er die goldenen Regeln des Mönchstums aufgeschrieben hat. Ein wahrhaft großer Mann. Ich möchte, dass du dich jetzt ankleidest und mitkommst.«

Er packt ihren Arm und will sie hochzerren. Und da plötzlich kommt Leben in Aliénor. Sie erwacht aus ihrer Betäubung, springt auf, in ihren Augen lodert Hass. »Duuu!« Ihre Stimme überschlägt sich. Ihr Gesicht verzerrt sich zur Fratze. »Duuuuu!« Mit den blanken Fäusten geht sie auf Ludwig los, schlägt ihn, ganz gleich, wohin sie trifft, hämmert gegen seine Brust. »Mörder!«, kreischt sie im Rhythmus ihrer Schläge. »Du ... bist ... schuld ... an ... seinem ... Tod!« Sie prügelt auf ihn ein, tritt und kratzt wie ein in die Enge gedrängtes Tier, eine blindwütige Furie. Er ist so überrascht, dass er sich kaum wehren kann. »Du allein!«, schreit sie, ihr Speichel sprüht ihm ins Gesicht. Und dann brechen alle Dämme, es muss aus ihr heraus wie eine gärende Masse, die ein irdenes Gefäß sprengt. »Du hast ihn umgebracht ... du ... du hättest mit ihm gegen die Türken ziehen müssen, du elender Narr, anstatt das christliche Heer vor Damaskus in Schimpf und Schande zu ziehen ... Ihr hättet Nur ad-Din gemeinsam besiegen können. So war er allein. Allein. Deinetwegen musste er sterben, wegen deiner plumpen Eifersucht und deiner verstockten, verbohrten, verdammten Dummheit!«

Jetzt endlich ist es ihm gelungen, ihre Handgelenke zu fassen. Sie ringt mit ihm, dreht und windet sich, schleudert ihm Beleidigungen, Gemeinheiten und Obszönitäten ins Gesicht. Und dann ist ihre Kraft gebrochen, sie kann nicht mehr. Schluchzend geht sie in die Knie, lässt sich zu Boden fallen, heult endlich, endlich ihr ganzes Elend hinaus. Es schüttelt sie am ganzen Körper, sie ist nur noch Fleisch gewordene Verzweiflung.

Mönche drängen herein, draußen dachte man, jemand wolle der Königin ans Leben. Ludwig sieht auf seine Frau hinunter, er ist fassungslos. Mörder hat sie ihn genannt. Das ist so ungerecht. Wer soll da noch die Welt verstehen? In diesem Augenblick begreift er, dass er sie verloren hat, wenn nicht noch ein Wunder geschieht.

»Lasst mich durch«, erklingt die gebieterische Greisenstimme des alten Silianus, der zu Salerno Medizin studiert hat und die

Krankenstube des Klosters leitet. Er kniet sich neben Aliénor, die inzwischen nur noch wimmert. Widerstandslos lässt sie sich von ihm zum Bett führen, wo er sie sanft in die Kissen drückt.

»Alle hinaus«, befiehlt der Alte. Dann untersucht er seine Patientin, tastet Bauch und Magen ab, riecht an ihrem Atem, sieht ihr in die Ohren, fühlt den Puls und die Körpertemperatur. »Euer Körper ist gesund, Herrin«, sagt er schließlich. »Das Leiden sitzt in Eurem Kopf. Oder soll ich sagen, in Eurem Herzen?«

Sie kann nichts sagen, aber sie nickt.

»Wie ich höre, habt Ihr einen schweren Verlust erlitten«, fährt der alte Mönch fort. »Das führt manchmal zu solchen Zuständen. Aber ich weiß ein Mittel, Euch zu helfen.«

Aliénor schüttelt den Kopf. Sie will nicht, dass ihr geholfen wird. Sie will eigentlich nur sterben.

»O nein, meine Liebe, hier wird nicht gestorben!« Kann der Alte ihre Gedanken lesen? Er tätschelt ihr die Hand. »Ihr werdet wieder glücklich sein, auch wenn Ihr jetzt nicht daran glaubt. Der Herrgott lässt Euch nicht aus seiner Hand.«

Es klopft, und ein Diener bringt ein seltsames Gefäß: das Haus einer großen Nautilusschnecke auf einem Fuß aus Bergkristall. »Trinkt«, lächelt Silianus. »Keine Angst, es ist nur eine Essenz aus Johanniskraut, und weil sie so bitter ist, lasse ich sie immer mit Lauterwein verdünnen. Es nimmt die Schwärze und lässt wieder Licht in die Seele.«

Folgsam trinkt sie das bittersüße Gebräu aus und schließt dann die Augen. Sie glaubt tatsächlich nicht daran, dass es besser werden wird, aber zum ersten Mal seit Potenza kann sie wieder schlafen.

»Ist sie besessen?«, will Ludwig wissen. »Der Teufel, ja? Er ist in sie gefahren?«

Silianus wehrt erschrocken mit beiden Händen ab.

»Dann ist es der Wahnsinn? Sie redet irre, es muss der Wahnsinn sein!«

»Wieso, mein König, denkt Ihr nicht an die einfachste Lösung für die Krankheit Eurer Gemahlin?« Der greise Mönch schüttelt den Kopf. »Seht, die Weiber sind von der Zusammensetzung ihrer Säfte her nicht so stark im Ertragen von Widrigkeiten wie wir

Männer. Das liegt, wie allgemein bekannt ist, an den weiblichen Organen des Unterleibs, deren Zustand oft im Ungleichgewicht ist. Wir erkennen das schon allein daran, dass sie regelmäßig bluten. Das führt zu einem unausgeglichenen Verhältnis zwischen den Körpersäften, und dieses wiederum hat zur Folge, dass das Weib weniger Vernunft besitzt, wankelmütig ist und anfällig für die Sünde. Und es leidet viel mehr unter den Unbilden des Lebens, die wir Männer ertragen können, eben weil wir stark sind. Gott hat das so eingerichtet, als er Adam den Lebenshauch einblies und Eva aus seiner Rippe schuf. Eure Gemahlin nun hat viele schlimme Dinge erlebt: Schlachten im Heiligen Land, Schiffbruch und Entführung, Krankheit und Entbehrung. Tapfer hat sie alles ertragen. Nun, so höre ich, erfährt sie, als sie schon glaubt, alles Furchtbare sei endlich ausgestanden, vom Tod ihres geliebten Onkels. Und dieses Tröpfchen hat wohl das Gefäß zum Überlaufen gebracht. Ihre Körpersäfte stehen im Unverhältnis zueinander. Nota bene: Es ist ganz eindeutig ein Zuviel an schwarzer Galle, das zu ihrem Zustand geführt hat.«

Ludwig schluckt. So hat er das noch nicht betrachtet. Es liegt also gar nicht an Raymonds Tod allein. Sie ist einfach ganz und gar ein Weib nach Gottes Plan. Vielleicht gibt es doch noch Hoffnung. »Könnt Ihr denn helfen, Vater?«, fragt er.

»Ich denke schon«, erwidert der Alte. »Morgen werde ich Eurer Gemahlin ein sanftes Brechmittel geben, das die schwarze Galle abführt. Wenn Ihr sie dann noch ein Weilchen in meiner Obhut lasst, dürfen wir auf die heilende Kraft des Gelben Krauts vertrauen. Und die Natur wird dazu ihr Übriges tun.«

»Mit Gottes Hilfe«, sagt Ludwig. »Ich danke Euch.«

Silianus verneigt sich und wendet sich zum Gehen. Dann hebt er die Hand und dreht sich noch einmal um. »Manchmal«, lächelt der alte Arzt, »manchmal hilft auch ein Kindlein. Die weiblichen Organe wollen beschäftigt sein, wenn Ihr wisst, was ich meine. Das hält die Säfte im Gleichgewicht.«

Ich habe es immer gewusst, denkt Ludwig. Unser beider Heil liegt in einem Sohn. Und bei Gott, ich werde dafür sorgen, dass wir diesen Sohn bekommen.

Tatsächlich zeigen das Brechmittel und das Johanniskraut Wirkung, der Königin geht es schrittweise besser. Sie isst wieder und sie spricht. Nur nicht mit ihrem Mann. Aber Ludwig kann warten. Anfang Oktober schließlich erteilt Vater Silianus die ärztliche Erlaubnis zur Weiterreise. Er gibt Aliénor einen beträchtlichen Vorrat an Medizin mit, etliche Glaskaraffen, die mit einem Wachspfropfen gut verschlossen sind, damit nichts ausraucht. Dann, nach einem herzlichen Abschied, zieht das Königspaar weiter nach Norden.

Man hat inzwischen erfahren, dass sich Papst Eugenius nicht in Rom, sondern im benachbarten Tusculum aufhält, einer kleinen Stadt in den Albaner Bergen. Am Sonntag Dionysi reiten die heimkehrenden Kreuzfahrer unter strömendem Regen dort ein.

In Aliénor ist eine Art Ruhezustand eingekehrt. Ihre Trauer ist nicht weniger geworden, aber sie kann gottlob wieder klar denken. Und sie ist immer noch genauso fest entschlossen wie vorher, ihre Ehe zu beenden. Sie wird dem Papst ihre Gründe darlegen; er muss sie einfach verstehen. Sie kennt ihn ja noch von Vézelay her; ein liebenswürdiger kleiner Pisaner, kaum bis zur Schulter geht er ihr, so erinnert sie sich. Er hat ihr Latein gelobt und ihren Wunsch, am Kreuzzug teilzunehmen, sofort gebilligt und unterstützt. Auch diesmal, so hofft sie, wird sie in ihm einen väterlichen Freund finden. Sie versucht, sich zurechtzulegen, was sie sagen will.

Beim Begrüßungsmahl zusammen mit den Kardinälen muss das Königspaar in geheuchelter Eintracht über seine Besuche der heiligen Stätten erzählen, und Aliénor hat keine Gelegenheit, den Papst anzusprechen. Danach ziehen sich Eugenius und Ludwig in ein stilles Gemach zurück. Sie geht voller Unruhe in ihrer Kammer auf und ab, viel zu lang dauert ihr das alles. Ob Ludwig dem Heiligen Vater gerade von ihrer Liebesnacht in Antiochia erzählt? Himmel, nur das nicht! Aber vermutlich wird Ludwig dem Heiligen Vater nur ihren Verwandtschaftsgrad erläutern, wird ihn um eine Dispens bitten. Die Zeit vergeht, es ist schon mitten am Nachmittag, als endlich ein Diener an ihre Tür klopft. Der Pontifex will sie sprechen, endlich.

Ganz hinten vor der Wand sitzt er, auf einem riesigen Polstersessel, der ihn noch zierlicher wirken lässt, als er ohnehin ist. Sein Gesicht drückt Strenge aus, tiefen Ernst, oder ist es vielleicht Zorn? Aber als sie nah genug ist, ihm in die sanften, hellblauen Augen zu blicken, sieht sie nichts als Güte und Mitgefühl. Da ist es um ihre Fassung geschehen. Mit einem leisen Aufschrei wirft sie sich ihm zu Füßen, umfasst mit beiden Händen seinen samtenen Schuh wie eine Bittstellerin.

»Filia mea, surge!«, ruft er überrascht.

»Peccatrix sum.« Sie hebt ihren Blick und sieht ihn flehentlich an. Und in diesem Augenblick erkennt sie, dass sie nicht noch mehr auf ihr Gewissen laden kann. Sie wird ihm die Wahrheit sagen. »Vergebung, Vater. Ich bin ein schlechter Mensch, weniger wert als der Schmutz unter Euren Schuhsohlen.«

Eugenius erhebt sich, zieht Aliénor sanft hoch und setzt sich mit ihr auf ein gepolstertes Bänkchen. »Sprecht, meine Tochter«, sagt er. »Was bedrückt dich?«

»Sanctissime ...« Sie sucht nach den richtigen Worten und kann sie nicht finden. Am Ende sagt sie einfach, wie es war: »Ich habe im Heiligen Land Ehebruch begangen, Vater. Und nicht nur das: Ich bin meinem eigenen Onkel beigelegen.«

Der Papst zuckt ganz leicht zusammen. Ja, ist es denn die Möglichkeit? Das ist ja ungeheuerlich! Jetzt versteht Eugenius, was Ludwig vorhin nur vorsichtig angedeutet hat!

Aliénor spricht weiter, obwohl sie sein Erschrecken bemerkt hat. »Ich wage nicht, Euch um Euren Segen zu bitten, dessen ich doch so dringend bedürftig bin. Ja, Ihr habt allen Grund, Euch voller Ekel von mir abzuwenden.«

Ein Pfui über die Schwäche der Weiber, denkt Eugenius. Immer wieder beißen sie in den Apfel, den ihnen die Schlange hinhält. Dann sieht er die Tränen in Aliénors Augen und besinnt sich auf seine Pflichten. »Aber nicht doch, Tochter, es stünde dem obersten Hirten der Christenheit schlecht an, einen reuigen Sünder in seiner Not zu verlassen.«

Sie schüttelt den Kopf. »Ihr versteht nicht, Sanctissime. Ja, ich sehe meine Sünde ein. Aber ich bereue nichts. Ich kann nicht glauben, dass Gott den Menschen ein solch großes Glück schenkt, um sie damit in die Verdammnis hinabzuziehen. Was wir taten, Raymond von Antiochia und ich, das hatte seinen eigenen Segen. Und ich werde dem Himmel jeden Tag meines Lebens dafür danken. Ich kann nicht bereuen.«

Der Papst weiß gar nicht, was er sagen soll. Diese Frau bringt ihn aus der Fassung! Keine Reue! Zornig müsste er sein über so viel Eigensinn, solch unchristliche Widerspenstigkeit. Aber er fühlt eher Mitleid. »Du hast einen sehr schweren Fehler begangen, Tochter«, sagt er schließlich. »Wie alle deines Geschlechts bist du verführbar und schwach. Deshalb wirst letztlich auch du Vergebung beim Herrn finden. Bete darum, und bitte die Muttergottes um Fürsprache, die dich am besten versteht, weil sie ja auch ein Weib ist. Sie wird dir aus deiner Verstocktheit helfen. Ehebruch ist eine schwere Sünde, und Blutschande ebenso. Aber hab keine Angst: Jesus Christus hat die Sünden der Welt auf sich genommen. Sein Tod am Kreuz erlöst auch dich.«

»Amen«, flüstert Aliénor.

»Dein Gatte hat dir ja schon verziehen«, spricht der Papst weiter, »denn er will dich auch in Zukunft als sein Weib behalten, trotz eurer Blutsverwandtschaft. Er hat mich um eine Dispens gebeten.«

Damit hat sie schon gerechnet. Entschlossen schüttelt sie den Kopf. »Ich will diese Dispens nicht, Heiliger Vater. Wenn das, was ich aus Liebe mit Raymond von Antiochia getan habe, Sünde war, dann ist meine Ehe das auch. Wir sind nach den Gesetzen der Kirche zu nah miteinander verwandt.«

Eugenius runzelt unwillig die Stirn. »Und deshalb willst du nun deine Ehe auflösen, Tochter?«

»Auf dieser Ehe lag von Anfang an kein Segen«, erwidert Aliénor. »Darum hat der Himmel uns auch lange keine Kinder geschenkt, und dann nur ein Mädchen. Ludwig und ich haben in all den Jahren nicht zusammengefunden an Tisch und Bett. Es ist eine Qual für uns beide, auch wenn er das aus lauter Trotz nicht einsieht.«

Sie blickt Eugenius an und hat plötzlich das Gefühl, bisher nur Falsches gesagt zu haben. Ihr Herz klopft. Sie will noch mehr sagen, Argumente vorbringen, aber sie kann nicht. Alles, was sie sich zurechtgelegt hat, ist wie weggewischt. Ihr Kopf ist leer.

Der Papst seufzt. »Unter uns, mea filia, es gibt viele Ehen wie die eure. Die Kirche drückt in diesen Fällen zumeist beide Augen zu. Letztlich stammen wir ja alle von Adam und Eva ab, auch das ist schließlich eine Art Verwandtschaft. Also mach dir nicht so viele Sorgen. Ihr seid noch jung, Kinder werden bestimmt noch kommen. Und manchmal gibt es in den besten Ehen Unstimmigkeiten. Das kann sich auch wieder ändern. Dein Gatte liebt dich auf beinahe kindliche Weise, ich habe mit ihm gesprochen. Er hängt mit großer Leidenschaft an dir und ist bereit, alles zu verzeihen und zu vergeben. Er wünscht die Auflösung der Ehe nicht.«

»Aber ...«

»Es heißt, das Weib sei dem Manne untertan.« Eugenius steht auf und breitet seine kurzen Ärmchen aus. »Ich glaube nicht, dass eine Verbindung gegen den Willen des Ehemannes gelöst werden darf.«

Aliénor schlägt die Hände vors Gesicht.

Der Papst atmet einmal tief durch. »Ich will Gott im Gebet um Rat fragen, Tochter. Er wird mir sagen, was richtig und was falsch ist. Heute Abend werde ich dich und deinen Gatten rufen lassen, um euch meine Entscheidung mitzuteilen.« Dann geht er hinaus und lässt Aliénor in dem großen Raum allein.

Sie ahnt, dass sie verloren hat.

Am Abend speist das Königspaar alleine mit Eugenius. Der Papst lässt seinen besten Wein kredenzen, plaudert freundlich und tut alles, um das Essen angenehm zu gestalten, aber Aliénor und Ludwig sind verkrampft und bringen kaum einen Bissen hinunter. Das Mahl ist überschattet von gespannter Erwartung. Am Ende kommt Eugenius endlich zur Sache. »Meine Kinder«, beginnt er, »ich habe in eurer Sache Zwiesprache gehalten mit dem Allmächtigen, und er hat mir guten Rat geschenkt. Er hat mich in seiner unendlichen Weisheit in dem bestärkt, was vorher schon meine Meinung war. Und er hat mich daran erinnert, was ich bin: Ein Brückenbauer, und kein Richter. Ich war stets ein großer Befürworter des Sakraments der Ehe. Die Mutter Kirche hat es den Menschen geschenkt, um ihnen die Endgültigkeit ihrer Entscheidung füreinander aufzuzeigen und um ihrer Verbindung den Segen des Himmels zu erteilen. Denn anders als wir Kirchenleute, die wir uns alleine Gott weihen, soll der Mensch nicht alleine sein. Ihr nun, meine Kinder habt bei mir Rat gesucht, so wie ich beim Herrn. Und mein Rat lautet nun: Sehet euch an in Liebe. Euere Ehe habt ihr geschlossen in Unwissenheit einer zu nahen Verwandtschaft. Ihr seid ohne Schuld. Hiermit spreche ich euch frei von jeder Gewissensnot. Eine schriftliche Dispens sei euch gewährt, und die Strafe des Himmels komme über jeden, der jemals wieder die Rechtmäßigkeit eurer Verbindung anzweifelt.«

Aliénor verbirgt das Gesicht in den Händen. Sie fühlt sich, als habe ihr jemand einen Schlag in die Magengrube versetzt. Vorbei. Sie ist dazu verdammt, weiter Ludwigs Frau zu bleiben. Für immer.

Ludwig dagegen fällt ein Stein vom Herzen. Er atmet tief durch, faltet die Hände und spricht ein kurzes Dankgebet. Der Papst sieht lächelnd zu ihm hinüber. Er ist stolz darauf, das Richtige getan zu haben. Und er hat noch etwas vorbereitet, um die beiden miteinander zu versöhnen, eine gut gemeinte Überraschung. »Steht auf, meine Kinder, und kommt mit mir«, sagt er fröhlich. Er nimmt einen Kerzenleuchter und führt die beiden aus dem Esszimmer. Ludwig sucht Aliénors Blick, aber sie sieht ihn nicht an, während sie dem Pontifex durch die dunklen Gänge der Burg von Tusculum folgen.

Schließlich bleibt der Papst vor einer spitzbogigen Doppeltür stehen. Umständlich stellt er den Leuchter ab und drückt beide Flügel auf. Dann schiebt er das Königspaar mit sanftem Nachdruck in das Zimmer.

Drinnen steht ein einziges, alles beherrschendes Möbel: ein Prunkbett mit reich geschnitzten Pfosten und damastenem Himmel. Buntseidene Laken sind darauf ausgebreitet, weiche Kissen mit Quasten und Fransen, feinwollene Decken. An den Wänden hängen Bilder mit biblischen Szenen, Heiligenmotive vor goldenem Hintergrund. Der Boden ist bedeckt mit feingewirkten Webteppichen. Alles glüht im Licht der dicken Bienenwachskerzen, die auf Standleuchtern überall im Raum verteilt sind. Der Papst lächelt fast spitzbübisch über das Meisterstück, das er sich ausgedacht hat, um seine beiden Sorgenkinder zu versöhnen. »Dies alles habe ich aus meinen eigenen Gemächern hierherbringen lassen«, sagt er frohgemut. »Ein schöneres Schlafgemach hat wohl nie jemand betreten. Und eines, auf dem größerer Segen liegt. Gehet hin, mein Sohn und meine Tochter, und erfreuet euch aneinander. Ein Kind der Versöhnung möge euch geschenkt werden, denn es steht geschrieben: Wachset und mehret euch! Der Herr sei mit euch, im Namen des Vaters und des Sohnes und des Heiligen Geistes, Amen.« Weihevoll schlägt er das Kreuz über dem Paar und geht zufrieden aus dem Zimmer. Mit lautem Krachen fällt die Tür ins Schloss.

Aliénor will nicht glauben, was sie sieht. Sie hebt hilflos die Arme, macht ein paar Schritte zum Bett und setzt sich. Sie ist enttäuscht, ratlos, verzweifelt. All ihre Hoffnungen haben sich zerschlagen. Auf immer und ewig wird sie verbunden sein mit diesem Mann, den sie hasst und verachtet. Der sie liebt und an ihr hängt wie ein kleiner Junge. Jetzt soll sie die Nacht mit ihm verbringen – dabei hat sie seit dem Anfang des Kreuzzuges, seit diesem unseligen Abend in Metz, nicht mehr in einem Bett mit ihm geschlafen. Und wollte das auch nie mehr tun. Aber was soll sie jetzt machen?

Ludwig setzt sich neben sie, viel zu nah. Sie rückt weg von ihm. »Aliénor«, sagt er in bettelndem Tonfall, »lass es uns doch versuchen. Der Heilige Vater hat im Namen Gottes gesprochen.«

Sein Atem riecht nach der Zwiebelpastete, die es zum Abendessen gegeben hat. Sie wendet den Kopf ab. »Du und ich«, sagt er, »wir gehören doch zusammen.«

Nein, denkt sie. Nein. Sie steht auf und geht zur Tür. Er kommt ihr nach, verstellt ihr den Weg. »Du bist meine Frau, Aliénor. Ich habe ein Recht auf dich.«

Da erwacht wieder die alte Wut in ihr. »Ach! Dieses Recht hast du in den zwölf Jahren unserer Ehe selten genug in Anspruch genommen«, spottet sie. »Warum jetzt plötzlich?«

»Weil ich jetzt des göttlichen Segens gewiss bin«, erwidert er. »Du hast gehört, was der Papst gesagt hat. Er hat von einem Kind der Versöhnung gesprochen.«

Sie schaut ihn an, seine blassblauen Augen, die sie einmal so hübsch gefunden hat. Die weichen Lippen, die zu große Nase, über die sie früher beide hatten lachen können. Sie kann nicht mehr verstehen, dass sie diesen Mann einmal haben wollte. Jetzt stößt er sie ab. Sie blickt an sich herunter und bemerkt seine bleiche, weiche Hand auf ihrem Arm, und sie denkt an das Prickeln, das Raymonds Fingerspitzen auf ihrer Haut ausgelöst haben.

»Komm doch«, drängt Ludwig und nestelt an ihrem Ausschnitt. Lieber Gott hilf. »Ich will nicht«, sagt sie.

Er versucht, sie zu küssen. »Alles wird gut, ich verspreche es dir.«

Sie windet sich. Soll sie nachgeben? Wäre es nicht das Beste? Einfach die Augen zumachen und an etwas anderes denken?

Er drängt sie zum Bett, drückt sie in die Kissen. Endlich gelingt es ihm, ihr Mieder zu lockern, und er streichelt ihre Brüste so unbeholfen wie immer. »Ich verzeih dir doch alles«, flüstert er. Sie erwidert keine seiner Zärtlichkeiten, fühlt sich wie gelähmt. Lass es doch zu, denkt sie. Lass es einfach zu. Es ist ja nicht das erste Mal. Du kennst ihn doch, weißt, wie er sich anfühlt, was er tut, wie er es tut.

»Ich liebe dich doch, Alí«, keucht er. »Lass uns neu anfangen.«

Sie spürt die Härte seiner Männlichkeit an ihrer Hüfte. In ihr sträubt sich alles. Und dann küsst er sie. Einer dieser nassen Küsse, die sie nie gemocht hat. Er schiebt seine Zunge in ihren Mund, sein Speichel mischt sich mit ihrem. Im selben Augenblick packt sie der Ekel mit solcher Wucht, dass sie ihn mit aller Kraft von sich stößt.

Er starrt sie an.

»Ich kann nicht«, sagt sie.

Sein Gesicht verzerrt sich. »Es gab eine Zeit, da hast du schier darum gebettelt«, zischt er und zerrt an seiner Bruoche. »Weil du's gebraucht hast. Gib doch zu, dass du's brauchst!« Er greift ihr grob unter die Röcke. »Da willst du's haben, oder? Sag's mir, los, sag's mir!«

Sie kämpft mit ihm, stumm, verbissen. »Du kleine Hure«, keucht er, »du wirst mich nicht abweisen. Du nicht.« Er schiebt ihr Kleid hoch, zwingt mit den Knien ihre Beine auseinander. Zu stark ist er, übermächtig stark, sogar er, der als Ritter nie etwas taugte, der für Männer nie ein Gegner war. Einer Frau ist er überlegen, sie kann sich nicht wehren. »Na, gefällt dir das?«, zischt er. Sie spuckt ihm ins Gesicht. Ohnmächtig schlägt sie auf seinen Rücken ein, bis es ihm gelingt, ihre Handgelenke zu packen. Dann liegt er auf ihr, drückt ihre Hände neben ihrem Kopf nieder. Sie bäumt sich auf, versucht, sich wegzudrehen, aber ihre Kraft schwindet. Und dann ist er in ihr. Stößt zu in seiner wilden Wut, immer wieder, und jedes Mal schreit sie auf vor Schmerz und Erniedrigung.

Dann ist es vorbei. Er rollt schwer atmend von ihr herunter. Sie blutet, er hat sie verletzt. Aber sie spürt jetzt nichts mehr, ihr ganzer Leib ist wie ein totes Stück Holz. Das einzig Lebendige in ihr ist der Hass, der wie ein glühendes Eisen in ihren Eingeweiden wühlt. Noch nie in ihrem Leben hat sie ein Mensch so gedemütigt. Noch nie ist sie sich so schmutzig vorgekommen, so wertlos. Mit offenen Augen liegt sie da, schaut in den nachtblauen Betthimmel. Eingestickte Sterne, denkt sie, mit Silberfaden. So viele. Mein Stern ist nicht dabei.

Von Viana nach Torres del Rio
März 1200

»Du hast dich ihm verweigert?« Blanche sitzt ganz aufrecht in der Kutsche und sieht ihre Großmutter ungläubig an. Den eigenen Ehemann darf man doch nicht abweisen!

Aliénor stößt einen kleinen Laut durch die Nase aus, den Blanche nicht deuten kann. »Das wollte ich, ja.« Unwillkürlich haben sich ihre Hände zu Fäusten geballt. Ihre Augen werden ganz schmal vor Abscheu. Jetzt noch spürt sie den Hass und die Verzweiflung von damals. Seine Finger, die an ihrem Bliaut zerren. Sie sieht sich in diesem herrlichen, prachtvollen Zimmer, schaut zu, wie er sie aufs Bett zwingt. Spürt den eisernen Griff seiner Hände um ihre Handgelenke. Hat wieder seinen Geruch in der Nase. Und dann gibt sie sich einen Ruck. Nein. Sie will das nicht noch einmal durchleben. Einmal hat genügt. Und Blanche muss das alles nicht so genau wissen, besser für sie.

»Aber was geschah dann?«, fragt Blanche.

Aliénor versucht, sich nichts anmerken zu lassen. »Nun, er hat mich mehr oder weniger überredet«, sagt sie leichthin. Aber ihre Augen verraten sie.

Blanche ist nicht dumm. Sie begreift, was ihre Großmutter angedeutet hat. Sie spürt, wie es immer noch in ihr wühlt, nach all der Zeit. Und sie achtet Aliénors Willen, nicht darüber zu sprechen. Also stellt sie keine weiteren Fragen. Stattdessen kramt sie im leinenen Proviantsäckchen und holt zwei getrocknete Feigen hervor. »Willst du?« Sie hält Aliénor eine der braunen Trockenfrüchte hin. »Gut gegen Verstopfung, wie ich gehört habe.«

Aliénor muss grinsen. »Und gegen böse Erinnerungen.« Sie nimmt die Feige und knabbert ein Stück ab. »Wir zwei verstehen uns, was?«

Danach hängt jede der beiden Frauen ihren Gedanken nach. Der Chariot rumpelt langsam durch eine weite Hochebene, über die ein eisiger Wind pfeift. Kein Mensch, kein Tier ist zu sehen. Am Himmel ballen sich dunkle Wolken und ziehen Richtung Osten. Die ersten schweren Regentropfen zerplatzen auf dem harten, trockenen Boden.

Schließlich bricht Blanche das lange Schweigen. »Wie ging es nach Tusculum weiter?«

Aliénor lächelt. Sie ist dankbar, dass ihre Enkelin nicht weiter bohrt nach dieser Nacht und ihren Vorkommnissen. Dieser Nacht, die sie wie betäubt am äußersten Rand des Betts verbracht hat, starr vor Angst, dass er es noch einmal versuchen könnte. In der sie ernsthaft darüber nachgedacht hat, ob es besser sei, sich aus dem Fenster zu stürzen oder lieber den Gürtel zu benutzen. Neben ihr schlief Ludwig die ganze Zeit wie ein Säugling. Als das erste Morgenlicht durch die Fenster auf sein Gesicht fiel, sah er friedlich aus wie ein kleiner Junge.

Sie erinnert sich, dass sie so geräuschlos wie möglich aufstand, hastig ihre Sachen zusammenraffte und fluchtartig den Raum verließ.

»Wie es nach Tusculum weiterging?«, wiederholt Aliénor. »Nun, wir brachen am nächsten Morgen auf, nachdem uns Eugenius augenzwinkernd umarmt und mit Abschiedsgeschenken überhäuft hatte. Ein ganzer Sack voll Kardinäle begleitete uns. Ich fühlte mich zerschlagen und unendlich müde, aber niemals hätte ich um eine Sänfte gebeten. Ich ritt aufrecht auf meinem Zelter, und ich lächelte. Der Teufel sollte mich holen, wenn ich auch nur die geringste Schwäche zeigte. Ich gönnte Ludwig den Triumph nicht. Er tat so, als sei nichts gewesen, war überaus freundlich zu mir. Vielleicht hatte er auch ein schlechtes Gewissen. In Rom besuchten wir den Lateran, die Peterskirche, irgendwelche Ruinen, ich weiß nicht mehr, was noch. Ich sah alles mit blinden Augen. Ludwig hingegen war begeistert, offensichtlich mit sich selber im Reinen. Ich vermied es, mit ihm zu reden, ihn auch nur anzusehen. Sonst hätte ich ihn womöglich mit meiner Reitpeitsche kastriert.« Sie ringt sich ein Grinsen ab. »Nein, nein, ich mache nur Spaß.«

»Ich hätt's dir aber zugetraut«, grinst Blanche zurück.

»Kleines, was redest du da? Weißt du denn, was mit Frauen geschieht, die ihre Männer umbringen? Ich kann's dir sagen: Man gräbt sie bis zum Kopf in die Erde ein und lässt sie dann elend verrecken. Oder man wirft sie ins Wasser und drückt sie mit Stangen nach unten, bis sie jämmerlich ertrunken sind. Für Königinnen gilt das vielleicht nicht ganz, sie verschwinden in Kerkern oder hinter Klostermauern. Schlimm genug. Das wäre es nicht wert gewesen, oder? Ich sage dir eines, Schätzchen: Wenn man nach Rache strebt, dann sollte man sie kalt genießen. Und ich wusste, meine Zeit würde kommen. Irgendwann.« Sie lehnt sich zurück und isst ihre Feige zu Ende, bevor sie weiterspricht.

»Ich hielt mich also bei meinen Frauen und schlief wieder alleine in meinem Zelt, bis wir wieder in Frankreich waren. Ich wusste einfach nicht, was ich sonst hätte tun sollen, außer mich unter die Hufe meines Pferdes zu werfen. Im November erreichten wir die Hauptstadt, und niemand im ganzen Gefolge fürchtete wohl den nahenden kalten Winter so wie ich. Ich war völlig durcheinander. Am einen Tag schüttelte mich die Verzweiflung, am anderen fühlte ich wieder den alten Trotz und die Entschlossenheit, meine Freiheit wiederzugewinnen. Aber dann, in den feuchten, kalten Mauern des Palastes von Paris, konnte ich endlich nicht mehr die Augen vor dem verschließen, was ich inzwischen längst wusste.«

»Du warst schwanger«, ruft Blanche, »o lieber Gott!«

Aliénor nickt. »Ahi! Ob Gott etwas damit zu tun hatte, weiß ich auch jetzt noch nicht! Jedenfalls brachte es mich fast um den Verstand. Hatte dieser Gott, der offenbar entschlossen war, mich immer wieder aufs Neue für meine Sünden zu strafen, etwa Ludwig dafür belohnt, mich wie ein Bauernmädchen zu schänden? Schenkte er ihm dafür tatsächlich einen Sohn? Sollte das die Strafe sein für meine Liebe zu Raymond? Ich hasste Ludwig, ich hasste die Welt, ich hasste Gott, ich hasste dieses Kind. Jeden Tag sprang ich heimlich von Tischen oder Bänken, ich badete zu heiß, ritt aus bis zur Erschöpfung. Ich aß nichts, ich traktierte in den Nächten meinen Bauch mit Fäusten, bis ich blaue Flecken bekam. Ich trank bitteren Absud vom Sadebaum und spie mir die Seele aus dem Leib. Aber es nützte nichts. Dieses Kind wollte zur Welt kommen. Ludwig, fragst du? Nun, Ludwig war überglücklich, als er es erfuhr. Er schenkte mir eine goldene Kette, die so schwer war, dass sie mich zu Boden gezogen hätte – hätte ich sie jemals getragen.«

»Habt ihr euch denn wieder versöhnt, wegen des Kindes?«

Die alte Königin zieht verächtlich die Mundwinkel nach unten. »Willst du wissen, wie meine Versöhnung mit ihm aussah? Als er mir die Kette brachte und versuchte, mich auf die Wange zu küssen, zog ich einen kleinen Dolch unter meinem Gewand hervor, eine wunderschöne Waffe mit gekrümmter Damaszenerklinge und einem Silbergriff, über und über mit kleinen Rubinen besetzt. ›Schau ihn dir gut an‹, sagte ich. ›Ah, ein hübsches Stück‹, erwiderte er. ›Ja‹, sagte ich, ›ein Geschenk der Königin von Jerusalem. Ich trage ihn seit Tusculum Tag und Nacht bei mir. Und wenn du mich noch ein einziges Mal anrührst, dann bringe ich dich damit um.‹ Er starrte mich an. Dann ging er. Ich warf ihm die Kette nach, aber er nahm sie nicht mehr zurück. Später, in Poitiers, ließ ich dafür hundert Seelenmessen für Raymond lesen.« Das war wohl das Letzte, was du dir gewünscht hast, Louis, denkt sie. Aber nur ein Vorgeschmack dessen, was ich für dich vorgesehen hatte.

Blanche muss lachen. »Du bist einfach nicht kleinzukriegen, Grand-mère!«

Aliénor bleibt ernst. »Viel hat damals nicht gefehlt, weiß Gott. Aber ich war schon immer ein bockiges, zähes Weibstück. Und ich wusste, wenn ich Raymonds Tod hatte ertragen können, würde ich auch alles andere überstehen. Also trug ich dieses Kind aus und betete täglich, dass es ein Mädchen würde.«

»Aber warum?« Blanche macht große Augen. »Das verstehe ich nicht! Ihr wolltet doch immer einen Sohn!«

»Ei, überleg doch!«, erwidert Aliénor. »Nachdem ich mich von der Demütigung in Tusculum erholt hatte, war die Auflösung meiner Ehe der einzige Weg, den ich für mich noch sah. Ich lebte nur noch für den Augenblick, in dem ich mein Leben mit Ludwig hinter mir lassen konnte. Aber wenn ich einen Sohn zur Welt bringen würde, dann, so war mir klar, hatte ich endgültig verloren. Denn eine Annullierung wegen zu naher Blutsverwandtschaft hätte einen schwerwiegenden Makel für den Thronfolger bedeutet, man hätte seine Legitimität anzweifeln können. Deshalb würde Ludwig sich dagegen sträuben bis zum letzten Tag seines Lebens. Du musst außerdem bedenken: Seit hundertfünfzig Jahren hatte bisher jeder Capet-König mühelos für einen Erben gesorgt. Nur Ludwig nicht. Er hatte Angst, der Letzte seiner Linie zu sein. Deshalb wünschte er sich umso dringender einen Sohn und würde nichts tun, was dessen Ansprüche gefährden könnte. Bei einem Mädchen hingegen sah alles ganz anders aus. Ludwig würde es als Zeichen dafür nehmen, dass unsere Ehe doch nicht unter dem göttlichen Segen stand, den die päpstliche Dispens verheißen hatte. Und er würde vielleicht den Glauben daran verlieren, dass ich ihm überhaupt noch einen Sohn schenken könnte. Den Sohn, den er brauchte, um dem Haus Capet die Krone zu sichern. Er würde letztlich mit dem Gedanken spielen, ein zweites Mal zu heiraten. Nur so, das wusste ich, gab es für mich eine Zukunft ohne ihn.«

Das muss ja kaum auszuhalten gewesen sein, denkt Blanche. Da trägt man ein Kind, dass in Gewalt gezeugt worden ist, von einem Mann, den man hasst, und man muss auch noch Angst haben, dass es ein Junge wird. »Aber«, sagt sie, »wenigstens hast du damals die kleine Marie wiedergesehen, und deine Schwester!«

Aliénor atmet durch. »Du hast recht, das war schön. Marie war zu einem pausbäckigen kleinen Ding herangewachsen, gesund und voller Leben. Sie hat mich anfangs nicht wiedererkannt; die Fremdheit zwischen uns sollte für immer bleiben. Und Petronilla – nun, an ihr sah ich, was Eheglück bedeutete. Damals wusste ja niemand, wie es mit ihr enden würde. Sie blühte wie eine Rose, hatte ihr zweites Kind geboren, einen kräftigen Sohn, der den lieben langen Tag strampelte und brüllte, dass der ganze Palast widerhallte. Ich beneidete sie so sehr.«

Am späten Nachmittag erreicht der kleine Zug das Städtchen Torres del Rio, man hat die Strecke schneller geschafft als geplant. Sie finden Quartier in einer ganz neu erbauten Herberge, einem schmucken Haus mit zwei Kaminen und steingefliesten Fußböden. Ein jüngst ansässig gewordener Orden Benediktinerinnen sorgt für alle Annehmlichkeiten, die sich ein Reisender wünschen kann, bis hin zu einer kleinen Badstube mit einem Holzzuber, in dem bis zu fünf Leute Platz finden. Gebadet kann allerdings nicht werden, weil der Zuber undicht ist und erst wieder mit Pech verpicht werden muss. Die Priorin, eine grobschlächtige Frau mit gelben Zähnen wie ein Pferd, erbietet sich, ihre vornehmen Gäste stattdessen zur Iglesia del Santo Sepulcro zu führen. »Der Templerorden hat dieses Kirchlein gegründet«, erzählt sie voller Ehrfurcht. Der Innenraum des achteckigen Baus ist von schlichter Schönheit; durch wenige kleine Fensterschlitze fällt das Licht der untergehenden Sonne in den schmucklosen hohen Raum. »Das ist eine maurische Kuppel«, erklärt Aliénor ihrer Enkelin und deutet nach oben. »So kenne ich es aus Outremer. Die Templer haben sich viel Schönes von dort abgeschaut.« Sie sprechen ein Gebet, und Blanche stiftet eine dicke Bienenwachskerze für den Altar.

Später, nachdem die Reisegruppe sich an gerösteter Blutwurst mit Schmalzzwiebeln und frischem Weizenbrot gütlich getan hat – für die Damen gab es noch Rosinentörtchen mit Ingwerzucker –, begeben sich alle zur Ruhe.

»Magst du noch weitererzählen?«, fragt Blanche.

Aliénor spürt, wie es in ihren Gedärmen rumpelt. Es ist ein Kreuz, sie verträgt Zwiebeln einfach nicht mehr so gut wie früher. »Wenn du willst«, erwidert sie. Sie kann jetzt sowieso nicht schlafen. »Nun also – das Kind in mir gedieh, und mit meinem Leibesumfang wuchs meine Entschlossenheit, Ludwig zu verlassen. Inzwischen zerriss sich der ganze Hof in Paris das Maul über das, was vermeintlich in Antiochia oder sonstwo geschehen war. Ich hätte mich wie eine Dirne benommen, geiferten meine

Feinde, und nicht wie eine Königin. Außerdem habe es an mir und meinen Frauen gelegen, dass der Kreuzzug fehlschlug, denn wegen uns kam das Heer angeblich nicht vorwärts. Die alten Vorwürfe wurden wieder aufgewärmt. Doch all das gehässige Gerede war mir gar nicht so unrecht – alles, was mich als Königin unmöglich machte, würde Ludwig einer Zustimmung zur Trennung näherbringen. Also unternahm ich nichts gegen die Gerüchte. Du wirst es nicht glauben: Am Ende hieß es sogar, dass ich ein unzüchtiges Verhältnis mit dem Sultan Saladin gepflegt hätte!« Sie lacht rau auf. »Nicht nur, dass ich den edlen Anführer der Muselmanen zu meinem Bedauern nie kennengelernt habe – nein, er wäre zur fraglichen Zeit keine zwölf Jahre alt gewesen, und zu kleinen Knaben fühlte ich mich weiß Gott nie hingezogen. Das überlasse ich gern der Geistlichkeit.«

Blanche kichert. Die Vorlieben mancher Mönche sind beliebter Inhalt von lästerlichen Witzen und Geschichten, die man sich allenthalben hinter vorgehaltener Hand erzählt.

Aliénor zieht die Beine an und massiert mit beiden Händen ihren rumorenden Bauch. »Ich hielt mich die nächsten Monate in meinen Gemächern auf. Es war einer der bitterkältesten Winter, die Paris je erlebt hat. Von meinem Fenster aus konnte ich zusehen, wie die Seine ganz zufror und die Kinder darauf Schlittschuh fuhren, mit knöchernen, geschnitzten Kufen, die sie sich unter die Schuhe schnallten. Alle Brunnen froren ein, und im Palast ging kurz nach Weihnachten das Feuerholz aus. Eine Woche lang froren wir entsetzlich, bis endlich Nachschub aus den Wirtschaftshöfen der Kronlande kam. Ludwig fieberte derweil meiner Niederkunft entgegen und blieb den ganzen Winter über in Paris; nur im Frühjahr verließ er kurz die Stadt, um in Vitry, das sie inzwischen ›das Verbrannte‹ nannten, Zedern zu pflanzen, die er aus dem Heiligen Land mitgeschleppt hatte. Nun, wenn es sein Gewissen erleichtert hat … Und dann, am Donnerstag nach Pfingsten des Jahres 1150, war es so weit. Die Wehen setzten ein. Der ganze Hof hielt den Atem an. Ludwig ließ in seiner Vorfreude hundert Ochsen aus den benachbarten Fronhöfen zusammentreiben und sämtliche Weinfässer aus St. Denis in den Palast schaffen, um ganz Paris zur Geburt seines Erben zum Festschmaus einzuladen. So sicher war er sich der göttlichen Gnade. Was kam, muss ein schrecklicher Schlag für ihn gewesen sein ...«

»Wieder ein Mädchen!«, ruft Blanche triumphierend.

»Alix«, nickt Aliénor. »Ich war so erleichtert, dass ich nach der Geburt nicht aufhören konnte zu weinen. Alle glaubten, ich bejammere meine Unfähigkeit, einen Sohn zu gebären, nur Petronilla kannte den wahren Grund, und der kluge Suger ahnte ihn vielleicht. Nun hatte ich wieder Hoffnung, diesem Kerker Paris zu entfliehen.«

»Und Ludwig war grenzenlos enttäuscht!«

»Das war er. Er würdigte das kleine Mädchen keines Blickes. Er ließ keine Glocken läuten, und auf den Plätzen der Île de France loderten diesmal keine Freudenfeuer wie damals noch bei Marie. Die Ochsen wurden zurück auf ihre Sommerweiden getrieben und die Weinfässer fanden wieder ihren alten Platz im Klosterkeller. Ludwig sandte mir kein Geschenk zur Geburt. Er hatte wieder versagt. Und ich. Wir beide. Er haderte mit Gott und der Welt. Ich hingegen verbrachte die vierzig Tage des Wochenbetts guten Mutes, erholte mich schnell und freute mich an dem gesunden Kind. Ab jetzt würde die Zeit für mich arbeiten.«

Aliénor bläst zufrieden die Kerze aus. Die Bauchschmerzen sind verflogen.

Ludwig

In Tusculum, als der Papst meine Ehe noch einmal segnete, schöpfte ich gute Hoffnung. Der Heilige Vater muss es doch wissen, dachte ich. Wer sonst kann den Willen des Allmächtigen kennen? Und er hat es mir doch gesagt! Er hat gesagt, ich solle all meine Ängste fahren lassen. Die Verbindung zu meiner Gemahlin sei frei von Sünde. Du musst es doch wissen, Herr! Er hat deinen Segen auf uns herabgerufen! In dieser Nacht hat sich uns der Himmel geöffnet und unsere fleischliche Begegnung mit einer Schwangerschaft belohnt. Mir war, als hätte ich endlich Vergebung gefunden, Herr, bei dir. Doch wie sehr habe ich mich getäuscht. Der Sohn, den ich als Beweis deiner Liebe zu mir erhofft hatte, ist nicht gekommen. Meine Ehe hat doch einen Makel in deinen göttlichen Augen, und seine Heiligkeit hat deinen Willen wohl doch nicht gekannt. Die Krone Frankreichs bleibt ohne Erben.

Nun kann auch ich bald nicht mehr glauben, dass mein Weib noch Söhne gebären kann. Meine Ratgeber bestürmen mich beinahe täglich, sie aufzugeben. Nur Abbé Suger versucht, mich zu trösten und aufzurichten. Er ist der Überzeugung, ich solle die Höflinge reden lassen und das göttliche Sakrament der Ehe achten. Aber ich weiß nicht mehr, ob er recht hat. Er ist ein alter Mann geworden. Alle meine Kronräte sagen, meine Pflicht Frankreich gegenüber sei größer als die, eine unfruchtbare Ehe aufrechtzuerhalten. Täglich machen sie mir neue Bräute schmackhaft. Jung, hübsch, willig. Prallbrüstige und breithüftige Mütter zukünftiger Söhne. Besonders eine preisen sie an, die blutjunge Konstanze von Kastilien. Ein Muster sei sie an Schönheit, ein Ausbund an Tugendhaftigkeit, allerchristlichst erzogen und ohne jede Verwandtschaft zu mir. Herr, ich weiß nicht mehr, was ich tun soll. Wird mir eine neue Frau männliche Nachkommen schenken? Gib mir deinen Willen kund, ich flehe dich an. Doch Aliénor sagt, mit unserer zweiten Tochter habest du dies bereits getan. Sie sagt, auch sie fürchte um ihren Seelenfrieden. Es sei nicht unsere Schuld, dass diese Ehe zustande kam, aber es sei unsere Schuld, wenn wir sie nicht beenden. Zum Wohle Frankreichs.

Herr, du mein Gott, gib deinem untertänigsten Knecht die Kraft, zu handeln!

Zweites Buch

Von Torres del Rio nach Irache
März 1200

»Was weißt du über das Haus Anjou?«, fragt Aliénor, als sie am nächsten Tag wieder im Chariot sitzen.

Blanche wundert sich. Wieso schweift ihre Großmutter plötzlich ab? Sie möchte viel lieber wissen, wie es denn jetzt weitergegangen ist nach der Geburt ihrer – ja tatsächlich, es ist ihre Tante! Aber nun etwas völlig anderes? »Warum fragst du, Grand-mère?«

»Das wirst du schon sehen. Also, was fällt dir ein, wenn du den Namen Anjou hörst?«

»Die Teufelsfrau!«, antwortet Blanche prompt.

Aliénor lacht tief und rau. »Das musste ja kommen! Die alte Geschichte hängt den Angevinern bis in alle Ewigkeit an! Statt sich ihrer Verdienste zu erinnern, denkt jeder nur an den Teufel, der in ihnen steckt!« Es ist tatsächlich eine uralte Legende: Einst nahm ein Graf von Anjou eine Frau, die er sehr liebte und die ihm vier Kinder gebar. Sie hatte nur eine merkwürdige Gewohnheit: Bei jeder Messe lief sie unmittelbar vor der Erhebung der Hostie aus der Kirche. Eines Tages nun befahl der Graf heimlich vier Rittern, sich auf die Enden ihres Umhangs zu stellen, damit sie nicht davon konnte. Da schrie sie auf, griff sich zwei ihrer vier Kinder, flog mit ihnen durch die Lüfte und entschwand durch ein Fenster. Man sah sie nie wieder. Es war der Teufel höchstselbst in Gestalt eines schönen Weibes gewesen. Aliénor schmunzelt. »Solche Legenden gibt es viele«, sagt sie. »Über die Lusignan-Familie erzählt man sich etwas ganz Ähnliches. Aber bei den Angevinern ist das Dämonenweib heute noch allgegenwärtig. Bernhard von Clairvaux hat einmal über das Haus Anjou gesagt: ›Sie kommen alle vom Teufel, und zum Teufel werden sie gehen!‹ Henry, dem alten Miststück, hat das Spaß gemacht, aber so mancher aus seiner Familie sah die alte Legende als schlimmen Makel.«

»Ich würde mich auch nicht darüber freuen, vom Teufel abzustammen«, meint Blanche.

»Ach, Geschichten.« Aliénor zuckt mit den Schultern. »Viel wichtiger ist doch die Wahrheit. Und die solltest du kennen, schließlich hast auch du Anjou-Blut in dir, und davon nicht wenig. Also. Die Anjou entstammen einem Geschlecht von Kastellanen im Tal der Loire, dem es innerhalb mehrerer Generationen gelungen war, ein bemerkenswertes Territorium zu erwerben und straff darüber zu herrschen. Sie galten als kriegerisch und wild, und als berechnend. Bis heute haben sie, und das kann ich bezeugen, nichts verloren von ihrem aufbrausenden Wesen, ihrem Hang zur Gewalttätigkeit und ihrer nie versiegenden Machtgier. Natürlich kommt das alles von der Teufelsfrau, woher auch sonst? Ich sehe, du lachst! Gut so! Aber die Angeviner waren auch kluge und willensstarke Herrscher, oft fein gesittet und von höfischem Benehmen, und sie hatten einen Schlag bei den Frauen. Sie waren bekanntermaßen gutaussehend, allen voran natürlich Gottfried der Schöne und nach ihm mein hübscher Richard.« Sie hält inne, spürt das Stechen in ihrer Brust. Richard, ihr Liebling. Der Löwe. All ihre Hoffnungen hat sie auf ihn gesetzt, all ihre Liebe hat sie ihm geschenkt. Und dann ... dann war da dieser blutjunge Kerl mit seiner Armbrust, an einem herrlich milden Frühlingsmorgen in Chalus, der zum ersten und einzigen Mal in seinem Leben einen Treffer gesetzt hat. Aliénor blinzelt; die Sonne scheint durchs Fenster herein und blendet sie. Sie betupft mit dem langen Ende ihres Ärmels ihre Augen; nein, natürlich weint sie nicht. Es ist nur die blendende Helligkeit. Mit einem Ruck löst sie die Kordel, die den hochgerollten Lederlappen über dem Fenster oben hält, und es wird düster im Chariot. Blanche wartet darauf, dass ihre Großmutter weitererzählt; natürlich hat sie vom Löwenherz gehört, ihre Mutter hat ständig von ihm erzählt, und die Mär von seinem heldenhaften Leben und seinen verschlungenen Schicksalswegen geht schließlich durch alle Lande. War er tatsächlich so tollkühn und verwegen, wie es in den Liedern hieß? Und stimmt es, dass ihn sein Freund Blondel, der Troubadour, aus der Gefangenschaft gerettet hat? Und hat er wirklich lästerliche Neigungen gehabt, wie man hinter vorgehaltener Hand munkelt? Sie getraut sich nicht zu fragen.

Schließlich, nach einer langen Pause, redet Aliénor weiter. »Nun jedenfalls, im Laufe der Zeit vervielfältigten die Angeviner durch Eroberungen und Heiraten ihren Besitz und vereinigten am Ende Maine, Touraine und Anjou zu einem einzigen großen Fürstentum. Damals, als ich noch Königin von Frankreich war, galt das Haus Anjou als mächtigstes in Frankreich und als größter Gegenspieler der Krone. Das kam so: Gottfried von Anjou, den sie Geoffroy le Bel nannten, den Schönen – und das zu Recht –, schloss als ganz junger Mann eine Ehe, die das Schicksal zweier Königreiche bestimmen sollte. Man schrieb das Jahr 1127, damals war ich noch ein kleines Kind.«

»Gottfried der Schöne – ist das der mit dem Ginsterzweig?«, wirft Blanche ein.

»Jaja, die Planta Genista.« Aliénor grinst. »Plantagenet, das war sein Spitzname, weil er im Sommer stets einen Ginsterzweig an seiner Kappe trug. Er war eben ein eitler Pfau, und die Leute machten sich lustig darüber. Später blieb der Name dann an seinem ganzen Geschlecht hängen. Aber hör weiter: Gottfried Plantagenet also heiratete Mathilde, die Tochter des englischen Königs. Und wer war damals englischer König, hm?«

Blanche kramt ihr Wissen aus dem Unterricht mit Padre Bernardo hervor. »Ähm, Heinrich?«

»Ganz recht. Der Sohn Wilhelms des Eroberers, des Herzogs der Normandie, der vor nun bald hundertfünfzig Jahren England im Handstreich genommen hat. Er hatte einen Sohn, auf den er alle Zukunftsträume setzte, doch sie versanken mit dem Jungen auf den Grund des Meeres, damals, beim schrecklichen Untergang des Weißen Schiffes. Ein Unglück, das damals von der ganzen Welt betrauert wurde.«

Blanche nickt, sie kennt die alten, herzzerreißenden Lieder. *Und England weint um seinen edlen Spross, die schönste Blüt'... Anstatt des güldnen Throns, der seiner harrt', fand er ein kaltes Grab im tiefen Ozean ...* Sie summt die Melodie, und Aliénor stimmt mit ein, bevor sie weiterspricht. »Nun, nach dem Tod ihres Bruders blieb einzig Mathilde als Erbin der englischen Krone und des Herzogtums Normandie. Sie war eine willensstarke, ehrgeizige Frau, weiß Gott, ich hab sie gut genug gekannt. Stolz und streitbar war sie, hart wie Stein, wenn's drauf ankam. An der ist ein Kerl verlorengegangen, sage ich dir. Auf Wunsch ihres Vaters heiratete sie den schönen Gottfried, aber als Königstochter gab sie sich mit Anjou beileibe nicht zufrieden. Nachdem ihr Vater Heinrich sich gierig an einer Schüssel Neunaugen zu Tode überfressen hatte – so hieß es zumindest –, erhob sie sogleich Anspruch auf die englische Krone und die Normandie, und sie war ja auch die rechtmäßige Erbin. Doch ihr Vetter Stephan von Blois kam ihr in England zuvor und schwang sich zum König auf. Es folgte ein langer, langer Krieg mit immer wieder aufflammenden, furchtbaren Kämpfen. England war zerrissen zwischen beiden Lagern und litt große Not; in den Chroniken heißt es, dass damals Christus und seine Engel schliefen. Die Schotten und die Waliser, lauter Wilde und Barbaren, nützten die Lage aus und fielen ein; schrecklich wüteten sie unter den Menschen im Grenzland. Es gab elende Hungersnöte, die Städte verwaisten, das Land lag brach. Schließlich sah man auf der Insel weder mit Mathilde noch mit Stephan eine Zukunft. Die Hoffnungen auf Frieden richteten sich am Ende auf einen kleinen Jungen: Henry, den Sohn Mathildes mit Gottfried dem Schönen und Enkel des alten Königs.«

»Dein Henry?«

Aliénor nickt grimmig. »Wenn du es so nennen willst. Ha, ›mein‹ Henry! Gut, dass er das nicht mehr hören kann, du heiliger Strohsack! Aber lass mich erzählen, noch ist es nicht so weit. Erst einmal setzte Gottfried der Schöne die Ansprüche seiner Frau in Frankreich durch und eroberte ihr Erbe, das Herzogtum Normandie. Das war ein harter Schlag für König Stephan von Blois, aber auch unangenehm für Ludwig, der keinen mächtigen Nebenbuhler im eigenen Land brauchen konnte. So war die Lage um das Jahr 1150. Zu der Zeit, von der ich nun reden will, hatte Gottfried die normannische Herzogswürde bereits an seinen Sohn übergeben, und Mathilde hatte ihren Anspruch auf die englische Krone an ihn abgetreten. Weil ihm Anjou zu mächtig zu werden drohte, entschloss sich nun Ludwig, Stephan von Blois zu unterstützen, und verlieh dessen Sohn Eustach den Titel eines Herzogs der Normandie. Natürlich hätte er wissen müssen, dass die Angeviner sich das nicht gefallen lassen würden. Der Krieg begann also. Es gab erste Kämpfe im Grenzgebiet zwischen der Île de France und der Normandie. Aber – du ahnst es schon – die militärische Lage entwickelte sich schnell zu Ungunsten meines wackeren Gatten, und prompt erkrankte er an einem Fieber. Er legte sich für die nächsten Wochen ins Bett, bot Friedensverhandlungen an und lud Gottfried von Anjou und seinen jungen Sohn Henry dazu nach Paris. Ja, und dort trafen wir uns dann.«

Aliénor lächelt in sich hinein. Sie sieht ihn wieder vor sich, wie vor fünfzig Jahren, mein Gott! Diesen kraftstrotzenden Prachtkerl von einem jungen Ritter, diesen verwegenen, unverschämt selbstsicheren Neunzehnjährigen, der schier platzte vor Tatendrang. Der sich benahm, als gehöre der Königspalast ihm und ganz Frankreich obendrein. Der vor nichts und niemandem Respekt hatte, am allerwenigsten vor ihr. Der sich erdreistete, sie mitten unter allen Leuten auszuziehen mit seinem Blicken, frech und fröhlich, sprühend vor Lust und Leben. Als sei alles nur ein Spiel. Als könne ihm alles gelingen, was er nur wollte.

Aliénor rollt die Lederklappe wieder hoch und schaut ins Tal hinaus. Jetzt kann der gleißende Sonnenschein ihren Augen nichts mehr anhaben, ihre Erinnerungen sind so hell wie das Mittagslicht über den Hügeln. Drunten in der Ferne liegt schon das Kloster Santa Maria la Real de Irache, umgeben von weitläufigen Weingärten. Ah, Henry, denkt sie. Was warst du für ein Mann! Und was ist dann aus dir geworden, ahi las! Ein jämmerlicher Hurenbock. Ein sturer alter, krummbeiniger Esel. Ein verfluchter Dummkopf, der mit dem Hintern alles einreißen musste, was er vorher mühselig mit den Händen aufgebaut hat.

Aber damals, da glaubtest du, die Welt erobern zu können, und den Himmel und die Sterne dazu. Es war deine Zeit.

Und meine.

Paris, August 1151

»Platz da!« Die Flügel der Saaltür schwingen auf, und herein stapfen mit polternden Schritten zwei Männer in edler Kleidung, allerdings mit ledernem Brustharnisch und Kurzschwertern an der Seite. Der ältere von ihnen zieht an einer schweren Kette den gefesselten königlichen Seneschall Gerald Berlai hinter sich her.

Es ist brüllend heiß, die Menschen in der großen Halle des Cité-Palastes fühlen sich wie in einem Backofen. Alle schwitzen, über die Gesichter und am Rücken entlang rinnt es feucht, aber niemand am Hof hätte die Ankunft der beiden Angeviner verpassen wollen. Jetzt halten die Leute erschrocken den Atem an und bilden eine Gasse, durch die Gottfried und Henry von Anjou ihren Gefangenen zerren, bis hin vor den Thron, auf dem der vom Fieber noch geschwächte Ludwig mehr hängt als sitzt. Rechts neben dem König steht finsteren Blickes Bernhard von Clairvaux; er ersetzt Abt Suger, der im Januar an einer zehrenden Bauchgeschwulst gestorben ist. An Ludwigs linker Seite sitzt Aliénor, auch sie wollte den glorreichen Empfang der gegnerischen Fürsten um nichts in der Welt versäumen. Um ihre Lippen spielt ein kleines Lächeln, ihre Augen funkeln vor Belustigung. So ein Schauspiel hat es in diesen heiligen Hallen lange nicht gegeben!

Ludwig ist noch blasser geworden. Er muss zusehen, wie Gottfried der Schöne mit seinem Sohn und dem zerschundenen Gefangenen hochmütig durch die Mitte der Halle schreitet bis vor seinen Thron. Dann gibt Gottfried dem armen Berlai einen bühnenreifen Tritt, dass der mit einem Aufschrei dem fassungslosen König vor die Füße fällt.

Ludwig möchte aufspringen, hat aber nicht die Kraft. »Eine solche Darbietung, mein Herr von Anjou, ist des französischen Hofes nicht würdig«, japst er. »Ihr verhöhnt meine Bereitschaft zum Frieden, wenn Ihr einen meiner edelsten Getreuen auf derart unritterliche Weise demütigt.«

Der Angesprochene stellt sich breitbeinig hin und zieht spöttisch die Augenbrauen hoch. »Aber Sire, Eure Rede verwundert mich! Ich bringe Euch diesen Euren Dienstmann lebend! Was wollt Ihr mehr? Es ist ein Beweis meines guten Willens!«

»Das ist eine Frechheit!«, zischt Ludwig. Bernhard greift ein, bevor sein König noch mehr sagen kann. Er tritt einen Schritt vor. »Herr Gottfried, Euer Betragen verstößt gegen die Regeln einer ehrenhaften Friedensverhandlung unter Edelleuten, das wisst Ihr wohl. Allein um der Schmach des getreuen Berlai ein Ende zu bereiten, mache ich Euch ein Angebot: Lasst Euren Gefangenen sofort frei, in diesem Augenblick, und ich will Euch dafür von dem Kirchenbann lösen, den ich wegen seiner Gefangennahme über Euch verhängt habe.«

»Euer Bannspruch schert mich nicht, alter Mann!« Gottfried lacht und entblößt dabei eine Reihe makelloser Vorderzähne, eine Seltenheit in seinem Alter. »Habt Ihr vergessen, dass wir Angeviner vom Teufel abstammen?«

Bernhard schnappt nach Luft. Dann greift er mit beiden Händen nach seinem Umhängekreuz und hält es dem Angeviner entgegen. »Und zum Teufel wirst du auch gehen, Gottfried von Anjou«, faucht er. Seine Augen verschleiern sich, er wankt vor und zurück. »Ich sage dir, noch in diesem Sommer wirst du vor deinem ewigen Richter stehen.«

Gottfried nimmt das Schauspiel für das, was es ist. Er winkt ab. Aber Henry, sein Sohn, stürmt wutentbrannt nach vorne, zwei Männer greifen ein und halten ihn gerade noch zurück. Gottfried gibt ihm ein Zeichen, ruhig zu bleiben.

Auch Ludwig ist jetzt aufgesprungen. Die Verhandlungen scheinen gescheitert, noch bevor sie begonnen haben. Da wendet Gottfried sich lächelnd an den König. »Aber behaltet doch Platz, mon roi.« Er macht einen Schritt auf ihn zu und drückt dem verblüfften Ludwig die Kette in die Hand, an deren anderem Ende Berlai hängt. »Hier habt Ihr Euren Seneschall, Sire.« Er verbeugt sich elegant und wendet sich zum Gehen. »Ich hatte ohnehin nicht vor, ihn wieder mitzunehmen«, ruft er über die Schulter zurück.

Und dann sind die beiden Angeviner auch schon aus dem Saal stolziert.

Aliénor verbirgt das Gesicht hinter ihrem Fächer. Armer Ludwig, denkt sie.

Die Verhandlungen beginnen am nächsten Morgen. Aliénor kann von ihrem Fenster aus beobachten, wie die Männer im Hof unter der großen Linde über Krieg und Frieden palavern. Und erstaunlicherweise ist es weniger Gottfried, der für Anjou das Wort führt, sondern eher sein junger Sohn, der neunzehnjährige Henry. Nicht so gutaussehend wie sein Vater, ist er dennoch ein Mann, der alle Augen auf sich zieht. Ruhelos marschiert er beim Reden hin und her, wie ein Raubtier im Käfig. Als wisse er nicht, wohin mit seiner Kraft. Trotz seiner Jugend wirkt er sehr erwachsen mit seiner breiten Brust, den muskulösen Armen und kräftigen Beinen, die fast aus den Beinlingen platzen. Ein Ringkämpfer, kampfgeschult. Er trägt sein rotblondes Haar kurzgeschnitten wie ein Waffenknecht, das Kinn rasiert. Gegen ihn wirkt Ludwig noch blasser und noch kränklicher als ohnehin schon. Nein, dieser junge Anjou hat nichts von einem Mönch, denkt Aliénor. Und plötzlich wird ihr klar, dass sie seit Antiochia keinen Mann mehr so angesehen hat. Sie erschrickt vor sich selbst und weicht vom Fenster zurück.

Doch nach einer Weile steht sie wieder dort. Die Männer reden immer noch. Nein, denkt sie, der Kerl ist doch ein Bauer. Seine Bewegungen, seine Gesten haben nichts Höfisches an sich. Und wie er sich kleidet! Offensichtlich legt er keinen Wert auf seine äußere Erscheinung, im Gegensatz zu seinem Vater, der sich am Morgen einen frischen Ginsterzweig für seinen Hut hat bringen lassen. Er trägt zwar teures Tuch, aber um seine Schultern hängt ein lächerlich kurzer Mantel, wie sie ihn noch nie gesehen hat. Nein, dieser Henry von Anjou schreibt bestimmt keine kunstvollen Gedichte, und er ist sicherlich auch keiner, der mit feinsinnigen Sätzen und Gesten eine Dame umwirbt. Und dennoch – dieser Mann strahlt etwas aus, was Aliénor mit Macht anzieht.

Jetzt hat er sie am Fenster entdeckt. Er deutet eine leichte Verbeugung an. War das etwa Spott in seinen Augen? Mit einem hochmütigen Nicken erwidert sie seinen Gruß.

Für den nächsten Tag ist ein Ritt nach Saint Denis geplant; die Gäste sollen dort an den alten Königsgräbern Ehrfurcht vor der Krone Frankreichs lernen. In aller Frühe geht es schon los; die Königin ist auf Wunsch Bernhards von Clairvaux dabei, der in der Kathedrale das Hochamt halten wird. Im luftigen hellen Reitkleid besteigt sie über ein Holztreppchen ihren prächtig aufgezäumten Zelter und lenkt ihn an Ludwigs Seite. Er lächelt ihr zu. Seit Sugers Tod haben sie aufgehört zu streiten, haben eine Art Burgfrieden geschlossen. Aber sie lässt ihn nicht mehr in ihr Bett. Auch er zweifelt inzwischen ernsthaft an seiner Ehe, auch wenn er sich noch nicht zu einer Trennung hat durchringen können. Aliénor hat ihre Anziehungskraft für ihn noch nicht verloren. Sie ist reifer geworden, der Frühling ihrer Schönheit hat sich zum Sommer gewandelt. Das Haar, dichter und glänzender denn je, reicht ihr inzwischen bis zu den Oberschenkeln. Sie zupft die Brauen schmaler als früher, was ihre Augen noch größer erscheinen lässt. Durch die Schwangerschaften sind ihre Brüste ein wenig üppiger geworden, und sie wiegt sich noch weicher in den Hüften als vorher. Eine begehrenswerte, erwachsene Frau, in deren Blick immer noch der Übermut des Mädchens hervorblitzt. »Du bist heute Morgen schöner denn je«, sagt Ludwig voller Stolz. Sollen sie sehen, diese Plantagenets, welch wunderbare Königin er sein Eigen nennt.

Den Rest wissen sie schließlich nicht.

Durch den angenehm kühlen Morgen reiten sie aus der Stadt hinaus, durch die Obstgärten und Wiesen. Man plaudert und scherzt, heute wird nicht verhandelt. Ludwig ist daran gelegen, die Stimmung zu heben, und auch die beiden Anjou wollen das gestern mühsam aufgebaute gegenseitige Verständnis nicht gefährden. Also erzählt man sich Geschichten von der Beizjagd, fachsimpelt über Streitrösser und prahlt mit Turniererfolgen. Aliénor trägt das Ihre zur Unterhaltung bei, indem sie auf Bitten Gottfrieds ein paar Lieder ihres Großvaters rezitiert – natürlich nur die schicklichen – und pflichtgemäß über die kleinen Scherze der Herren lacht. Henry bleibt eher wortkarg. Wieder trägt er diesen unmöglichen Kurzmantel, und er reitet ohne Handschuhe. Aber er sitzt mit der Haltung eines Fürsten zu Pferd, und wenn er etwas sagt, dann ist es scharfsinnig und von trockenem Witz. Die höfische Konversation beherrscht er also, wenn er will, denkt Aliénor. Sie bemerkt, wie er sie immer wieder verstohlen von der Seite mustert, wie er seinen Hengst tänzeln lässt und lässig die rechte Hand auf den Schenkel legt. Unwillkürlich spielt sie sein Spiel mit. Sie tut, als wäre er Luft für sie, lacht ein bisschen zu laut, wirft den langen dunklen Zopf über die Schulter zurück, fächelt sich mit dem Handschuh Luft zu. Ein Prickeln liegt in der Luft, das nur die beiden spüren, als sie nebeneinander an der Spitze des Zuges reiten.

Und dann wird Ludwigs Schimmel vor ihr von einer Bremse gestochen und schlägt aus. Ihre Stute steigt, buckelt, macht einen Sprung nach vorne, dass es Aliénor im Sattel nach hinten reißt und sie fast den Halt verliert. Sie schreit hell auf, und dann geht ihr die Stute durch, im gestreckten Galopp über Wiesen, Stock und Stein. Noch bevor jemand anders eingreifen kann, hat Henry seinen Rappen herumgerissen und sprengt hinter Aliénor her. Ihr Pferd fliegt förmlich über den Boden, setzt in weitem Sprung über einen Graben und stürmt dahin, bis Henry endlich die Ausreißerin erreicht hat und in die Zügel greifen kann. »Ruhig, Mädchen«, sagt er, »ruhig, meine Schöne, langsam, so ist's gut.«

Endlich stehen die beiden Pferde, schnaubend und mit Schaum vor den Mäulern. Henry springt ab und hilft Aliénor aus dem Sattel, ganz der edle Retter. Besorgt will er sie stützen, auf den großen Schreck hin ist sie sicherlich wacklig auf den Beinen. Da sieht er sie an: die Wangen gerötet, die blauen Augen funkelnd vor Vergnügen, das Haar aufgelöst. Ihre Brust hebt und senkt sich, sie ist außer Atem, aber da ist keine Spur von Angst. »Ich danke Euch, Henry von Anjou«, sagt sie und wirft ihm einen Blick zu, den er nicht deuten kann. »Meine Luna ist manchmal ein bisschen schreckhaft.«

»Ihr habt Euch gut gehalten«, sagt er.

»Ach?« Sie schmunzelt. Dann zieht sie die Handschuhe aus und beginnt, ihren Zopf neu zu flechten. Henry sieht verlegen zu, es hat etwas Aufreizendes, wie sie so vor ihm steht und ihr Haar richtet wie ein Mädchen nach einer Liebesnacht. Diese Frau verwirrt ihn. Fordert sie seine Männlichkeit absichtlich heraus? Er wendet sich ab, um sich von ihrem Anblick zu lösen, geht um die Stute herum und kontrolliert Sattel und Zaumzeug.

»Könnt Ihr wieder reiten?«, fragt er, ohne sie anzusehen.

»Natürlich. Schließlich müssen wir zurück, sonst fragt man sich womöglich noch, was wir hier tun.«

Er bückt sich, verschränkt die Finger, und sie setzt ihren linken Fuß hinein. Legt die Hände auf seine Schultern. Er hebt sie hoch. Und dann traben sie gemeinsam zurück zu den anderen, wo man beide mit erleichterten Rufen begrüßt.

»Möchtest du lieber wieder heimreiten, mon cœur, nach diesem Schrecken?«, fragt Ludwig besorgt. Aliénor nickt dankbar. »Das wäre mir angenehm«, haucht sie. »Ich fühle mich noch ganz zittrig und möchte lieber ins Kühle.«

Du Biest, denkt Henry.

Spät am selben Abend kehrt Ludwig mit seinen Gästen zurück. Im Saal brennen schon die Fackeln, und ein kaltes Mahl ist gerichtet. Aliénor und ihre Damen haben mit dem Essen auf die Ausflugsgesellschaft gewartet, und man speist entspannt zu dezenter Flötenmusik. Ludwig und Gottfried scheinen sich ein wenig nähergekommen zu sein, zumindest hat man den Eindruck. Es wird nur ein kurzes Beisammensein, denn alle sind müde und von der Hitze erschöpft. Ludwig, der ja noch vom Fieber geschwächt ist, hebt die Tafel auf und geht voraus, gefolgt von Gottfried dem Schönen, dessen Ginsterzweig inzwischen welk an der Kappe hängt. Aliénor verlässt die Halle als Letzte und will durch den langen Gang zum Turm gehen, als sie jemand am Handgelenk packt und hinter eine Säule zieht.

Es ist Henry. »Das war ein nettes Schauspiel, das Ihr uns heute Morgen geboten habt, Madame.«

Sie schenkt ihm ihren unschuldigsten Blick. »Wovon redet Ihr, mon duc?«

Seine grauen Augen sprühen Funken zurück. »Eure Stute hatte Blut an den Flanken. Sie ist gar nicht durchgegangen – Ihr habt ihr die Sporen gegeben!«

Aliénor windet sich aus seinem Griff. »Das stimmt nicht ganz«, lächelt sie. »Sie hat wirklich gescheut und wollte davon. Natürlich hätte ich sie halten können. Aber dann bekam ich Lust auf einen schnellen Ritt.«

Er grinst vergnügt. Jetzt erst bemerkt sie die Anzüglichkeit ihrer Rede. O Gott, denkt sie, habe ich das wirklich gesagt? Schnell spricht sie weiter. »Ich bin schon als Kind gern über die Felder galoppiert; aber leider kommt man als Königin selten in den Genuss einer wilden Jagd. Da dachte ich, die Gelegenheit ist günstig.«

»Und warum wolltet Ihr danach nicht mehr mit nach Saint Denis?«, fragt er. Seine linke Braue hebt sich spöttisch. Es ist, als flirre die Luft zwischen ihnen, prickelnd und erregend.

»Nun ja.« Sie sieht ihn schelmisch an. »Habt Ihr Bernhards Predigt gehört?«

Er rollt mit den Augen. »Es war die reinste Hölle. Feuer und Schwefel hat er auf uns vom Himmel regnen lassen, und das bald drei Stunden lang.«

»Dann wisst Ihr, warum.«

Er legt den Kopf in den Nacken und lacht los.

»Schscht! Wollt Ihr, dass man uns beide hier zusammen findet?«

Er wird ernst. »Und wenn? Sollte man Böses dabei denken?«

Bevor sie etwas erwidern kann, spürt sie schon seine Hände an ihren Schultern, seine Lippen auf ihrem Mund. Er drängt sie gegen die Säule, schiebt sein Bein zwischen ihre Schenkel. Trägt er eine Schamkapsel oder ist es seine Männlichkeit, die sie spürt? Er streichelt ihren Hals, seine Finger umfassen ihre linke Brust. Sie erwidert seinen Kuss, spürt ihren Körper lebendig werden, spürt, wie die Lust machtvoll in ihr aufsteigt. O Gott! Mach weiter, denkt sie. Nimm mich, gleich hier und jetzt! Er stöhnt auf, beißt in ihre nackte Halsbeuge. Und dann gewinnt ihr Verstand doch die Oberhand. Schluss! Sie wehrt sich, stößt ihn von sich weg. Schwer atmend stehen sich beide gegenüber. Er lacht, wie ein unverschämter Junge, der gerade einem Mädchen unter den Rock geschaut hat. Da holt sie aus und schlägt ihn ins Gesicht. »Ihr vergesst Euch, Henry von Anjou«, zischt sie. Und dann läuft sie von ihm fort, läuft, bis sie ihre Schlafkammer erreicht hat und die Tür hinter ihr zufällt. Keuchend lehnt sie sich an die Wand, ihr ganzer Körper vibriert. »Du Bastard«, flüstert sie. »So einfach sollst du mich nicht kriegen.«

Den ganzen nächsten Tag verlässt Aliénor ihre Gemächer nicht. Sie muss denken. Muss ihre fünf Sinne beieinanderhalten. Im letzten Jahr hat sie Ludwig beinahe so weit gebracht, dass er eine Auflösung der Ehe wenigstens in Betracht zog. Jetzt darf sie keinen

Fehler machen, nur weil ihr ein dahergelaufener Grünschnabel aus dem Anjou dazwischenkommt.

Und doch ist ihre Ruhe dahin. Die halbe Nacht hat sie kein Auge zugetan. Sie ärgert sich über sich selber. Wie konnte sie sich so gehen lassen! Aber immer noch spürt sie den Abdruck seiner Zähne an ihrem Hals, hat immer noch seinen Geruch in der Nase. Leder, Salz und Schweiß.

Am Abend bringt Arnaude ihr das Essen aus der Palastküche. »Domna«, sagt sie, nachdem sie das Tablett auf dem Tisch abgestellt hat, »ein Mann hat mich auf dem Gang angesprochen. Er bittet Euch um eine Unterredung, nur Ihr und er.«

Henry, denkt Aliénor. »Wer ist es?«, fragt sie.

»Ich weiß nicht, er trug die Kapuze seines Umhangs tief im Gesicht, und es war dunkel. Aber er hat mir das hier gegeben.« Sie streckt Aliénor etwas entgegen. Einen kleinen Zweig mit länglichen, dunkelgrünen Blättchen und gelben Blüten daran.

Die Planta Ginesta. Gottfried von Anjou.

Aliénor runzelt die Stirn. Diese Plantagenets werden ihr langsam ein wenig zu aufdringlich. Aber es muss etwas Wichtiges sein, wenn er es wagt, so heimlich an sie heranzutreten. »Geh und sag ihm, er soll wiederkommen, wenn alles zu Bett gegangen ist und die Lichter gelöscht sind. Und zeig ihm den Weg über den alten Wehrgang, auf dem ihn niemand entdeckt.«

Sie ist gespannt.

»Ich danke Euch, Herrin, dass Ihr mich empfangt.« Gottfried verbeugt sich höflich, der Ginsterzweig an seiner goldbestickten Kappe wippt, als er sie abnimmt.

Aliénor neigt huldvoll den Kopf. »Ein etwas ungewöhnliches Treffen, das Ihr da wünschtet, mon comte. Ihr habt Mut.«

»So wie Ihr, Domna.« Er benutzt ihre aquitanische Anrede. »Aber was ich Euch vorzuschlagen habe, ist ein Wagnis wert, denke ich.«

Ah! Sie lächelt und deutet auf die mit Kissen ausgelegte Fensterbank. »Setzt Euch doch. Wein?«

Arnaude bringt auf ihr Händeklatschen hin eine Karaffe und zwei Silberpokale. Dann zieht sie sich ins Nebenzimmer zurück.

Aliénor setzt sich Gottfried gegenüber und schenkt ein. »Waren die Verhandlungen mit meinem Gatten heute zu Eurer Zufriedenheit?«

Gottfried streicht sich durch das lange graumelierte Haar. »Nun, es geht voran, wenn auch mühsam. Wir sind uns noch nicht ganz einig über das Vexin.«

Aliénor nickt. Ludwig will unbedingt die Oberhoheit über dieses Gebiet haben, das wie eine Pufferzone zwischen den Kronlanden und der Normandie liegt.

»Aber das ist nicht der Grund meines Kommens«, fährt Gottfried fort. »Ihr wisst, ich bin dafür bekannt, geradeheraus zu sprechen.«

O ja, denkt Aliénor, das habe ich schon bemerkt. »Fahrt fort, mon comte.«

Er nimmt einen Schluck Wein und sieht ihr ein bisschen zu tief in die Augen. »Nun, ma reine, ich habe zufällig bemerkt – nein, es konnte einem ja schwerlich entgehen –, wie mein junger Henry Euch ansieht.«

Ihre Augen werden schmal. »Hat er Euch geschickt?«

»Um Himmels willen«, wehrt er ab, »wenn er wüsste, dass ich hier bin, würde er mich eigenhändig da draußen in der Seine ersäufen! Nein, ich habe mir meine eigenen Gedanken gemacht. Und die beginnen eben damit, dass mein Sohn von Euch so gefesselt ist wie der gute Berlai, als ich ihn hergebracht habe. So habe ich ihn noch nie erlebt.«

Sie umfährt mit der Fingerspitze den Rand ihres Bechers, dann sieht sie ihm geradewegs in die Augen. »Wieso erzählt Ihr mir das, Herr Gottfried?«

»Nun, ich denke, Ihr solltet wissen, dass mein Henry, sagen wir, durchaus empfänglich für Eure Reize ist.«

Sie zuckt hochmütig mit den Schultern. »Ei nun, mon duc? Viele Männer begehren mich. Ich kann nichts dafür, wenn ein übermütiger junger Kerl sich nicht im Zaum halten kann.«

Gottfried Plantagenet schürzt die Lippen. »Mein Sohn, Domna, ist nicht irgendein übermütiger junger Kerl. Ihr habt ihn kennengelernt. Und seine Absichten könnten, sagen wir, durchaus ernsthaft sein.«

Aliénor denkt an den Kuss am Abend vorher. »Ich bin eine verheiratete Frau«, sagt sie lahm. Und etwas fester: »Und die Königin von Frankreich.«

»Das nun ist mir ausreichend bekannt«, lächelt er. »Aber, wenn ich so offen sein darf, die Spatzen pfeifen auch von den Dächern, dass Ihr schon seit langem die Auflösung Eurer Ehe anstrebt.«

»Und wenn es so wäre – was hat das mit der jugendlichen Verliebtheit Eures Sohnes zu tun?« Auch Aliénor nippt an ihrem Becher.

Gottfried stützt die Arme auf das kleine Tischchen, das zwischen ihnen steht. »Darf ich fragen, was Ihr vorhabt, gesetzt den Fall, dass Ihr nicht mehr Königin von Frankreich sein werdet?«

»Nun, dann wäre ich immer noch die Herzogin von Aquitanien. Ich würde nach Poitiers zurückkehren und über mein Land herrschen. Wie gesagt, gesetzt den Fall …«

Der Plantagenet schüttelt leicht den Kopf. »Verzeiht, Domna, aber glaubt Ihr, eine Frau alleine könnte das? Wer soll das Land denn schützen, wenn es Krieg gibt? Wer soll unbotmäßige Vasallen zur Vernunft bringen? Wer soll Eure Burgen verteidigen?«

Sie reckt das Kinn vor. »Ich habe meinen Constabler Saldebreuil und ich habe meine Onkel aus dem Haus Chatelleraut.«

»Das ist nicht dasselbe, und das wisst Ihr auch.« Gottfried richtet sich auf. »Ich fürchte, ma reine, Ihr würdet leichte Beute für machtgierige Barone. Wie lange, glaubt Ihr, würde es dauern, bis einer Eurer Vasallen die Hand nach Euch und dem Herzogtitel ausstreckt? Ihr wisst selbst, dass in ähnlichen Fällen schon Frauen geraubt und zur Heirat gezwungen wurden. Wir leben in unruhigen Zeiten.«

Aliénor stellt ruhig ihren Becher hin. »Soll das eine Drohung sein, Monsieur?«

Gottfried hebt abwehrend die Hände. »Gott, nein. Ich bitte Euch, verzeiht mir. Vielleicht habe ich mich ungeschickt ausgedrückt. Was ich sagen wollte ist: Ihr braucht einen Mann an Eurer Seite. Einen Ritter, der Aquitanien verteidigen kann. Und Euch.«

Aliénor lehnt sich zurück. Genau daran hat sie auch schon länger gedacht. Aber sie hat den Gedanken wieder verworfen. Sie will sich nicht wieder unterordnen. Sie hat selber das Zeug zum Herrschen. Es ist ihr Land. Sie will niemanden, der ihr die Dinge aus der Hand nimmt. »Ich glaube, ich verstehe, was Ihr mir sagen wollt, Herr Gottfried. Ich soll – immer noch angenommen, dass ich meine Ehe tatsächlich lösen will – Euren Welpen heiraten.«

»Dieser Welpe, wie Ihr ihn zu nennen beliebt, ist jetzt schon der mächtigste Landesherr in Frankreich«, entgegnet Gottfried etwas pikiert. »Hört mir zu, Domna. Wir sind Nachbarn. Wir haben eine gemeinsame Grenze, die keine drei Tagesritte nördlich von Eurer Hauptstadt Poitiers verläuft. Unsere beiden Herzogtümer vereinigt wären das gewaltigste Fürstentum, das Frankreich je gesehen hat. Wir könnten die Kapetinger vor uns her treiben. Würde Euch das nicht gefallen?«

Sie richtet sich auf. »Ich hege keinen Groll gegen das Haus Capet, Herr Gottfried.«

»Dann lasst uns weiter in die Zukunft denken, ma reine. Mein Sohn Henry ist der Enkel des letzten rechtmäßigen englischen Königs. Seine Mutter hat ihre Ansprüche auf die Krone an ihn abgetreten. Noch herrscht Stephan von Blois in England, aber er ist alt und schwach. Sein Sohn Eustach, nun, man hört nicht viel Vorteilhaftes über ihn. Lasst noch ein paar Jahre ins Land gehen und Gott auf unserer Seite sein – dann wird mein Henry unter der englischen Krone schreiten. Und Ihr neben ihm – wenn Ihr denn die richtige Entscheidung trefft. Dann hättet Ihr – immer noch gesetzt den Fall, Ihr dächtet tatsächlich an eine Trennung von Ludwig – eine Krone verloren, aber eine andere gewonnen.«

Dass er es wagt, mir dieses Angebot zu machen!, denkt Aliénor. Er hat Mut, bei allen Heiligen. Sie könnte ihn wegen Hochverrats ans Messer liefern, jetzt sofort, in diesem Augenblick! Aber sie wird es nicht tun. Denn genau über das, was er ihr gerade vorschlägt, hat Aliénor längst selber nachgedacht in den letzten Tagen. Sie hebt ihren Pokal und trinkt dem Angeviner zu. »Das sind große Pläne, mon comte. Ich wünsche Euch Glück dazu und Gottes Hilfe.« Dann erhebt sie sich. »Ihr werdet verstehen, dass ich Euch zum gegenwärtigen Zeitpunkt nichts zusagen kann.«

Er steht ebenfalls auf. »Das habe ich gar nicht erwartet, Domna. Es genügt mir vollkommen, wenn Ihr ein wenig über meinen Vorschlag nachdenkt. Man soll schließlich nichts übers Knie brechen, nicht wahr? Es ist ganz und gar Eure Entscheidung.«

Sie neigt gnädig den Kopf. »Ich wünsche Euch eine gute Nacht, mon comte, und Erfolg für Eure weiteren Verhandlungen mit meinem Gatten. Wenn Ihr ihm ebenso kluge Vorschläge macht wie mir, dann kann einem baldigen Frieden wohl wenig entgegenstehen.«

Lächelnd setzt er seine Kappe wieder auf und geht. Aliénor schließt leise die Tür hinter ihm. Da bemerkt sie zu ihren Füßen den Ginsterzweig, er hat ihn verloren. Nachdenklich hebt sie ihn auf, dreht und wendet ihn in ihren Händen. Gottfried von Anjou hat an diesem Abend ausgesprochen, was ihr schon die ganze Zeit im Kopf herumgeht. Es wäre eine Möglichkeit, denkt sie. Aber dann schüttelt sie den Gedanken an eine Heirat wieder ab. Sie will keine neue Ehe. Sie will Aquitanien alleine regieren. Die englische Krone? Pah! Nichts als Hirngespinste. Dafür wird sie sich bestimmt nicht an einen neuen Mann binden.

Aber während Arnaude sie auskleidet und ihr danach das lange Haar kämmt, spürt sie immer noch den Kuss des jungen Normannenherzogs auf ihren Lippen.

Vielleicht, denkt sie.

Von Irache nach Estella
März 1200

Sie verlassen Irache bei herrlichstem Sonnenschein. Eine Horde Spatzen tschilpt aufgeregt im Klosterhof und fliegt schimpfend hoch, als die Wagen vorbeirollen. Auf dem Weg durch die Weingärten riecht es nach nasser Erde und Gras, der Wind ist lau. Der Frühling ist da, Aliénor kann es in allen Gliedern spüren.

»Und du hast dich sofort in Henry verliebt, damals in Paris?« Blanche sitzt mit funkelnden Augen erwartungsvoll da.

»Verliebt, verliebt, was heißt das schon«, brummt Aliénor. »Aber du hast recht. Er war so jung, so voller Kraft. Weißt du, nach

Raymonds Tod hatte ich geglaubt, nie mehr einen Mann ansehen zu können. Ich hatte mich gefühlt wie eine Witwe, deren Leben zu Ende war. Und dann kam dieser unverschämte normannische Prachtkerl und erweckte in mir, was ich schon verloren glaubte. Und dennoch entschied ich mich gegen ihn. Ich hatte Angst, mich neu zu binden. Ich wollte nicht wieder pflichtgemäß Erben gebären müssen. In einen fremden Haushalt einziehen, mich an eine wildfremde Familie gewöhnen. Und vor allem wollte ich mich nicht noch einmal dem Willen eines Ehemannes unterwerfen. Freiheit, das war es, was ich mir wünschte.«

»Und die Aussicht auf den englischen Thron?«, will Blanche wissen.

»Daran glaubte ich damals noch nicht. Was mich viel mehr lockte als eine neue Krone, war die Alleinherrschaft über Aquitanien. Die konnte mir keiner streitig machen. Niemand würde mir mehr hineinreden. Ich könnte tun und lassen, was ich wollte, ohne Rücksichten, ohne von irgendjemandem abhängig zu sein. Das war es, was mich vorantrieb.«

»Und wie hast du Ludwig am Ende überzeugt, dich gehen zu lassen?«

»Nun, damals fehlte ohnehin nicht mehr viel. Abbé Suger, der Einzige, der unsere Ehe nach dem Kreuzzug noch befürwortet hatte, war tot. Der ganze Hof lag Ludwig in den Ohren, mit einer neuen Frau einen männlichen Erben zu zeugen. Es brauchte nur noch eine Kleinigkeit, um ihn endgültig zu einer Entscheidung zu bewegen. Ei, und diese Kleinigkeit war – die Planta Genista!« Aliénor zuckt die Schultern. »Ich gebe zu, es war nicht gerade die feine Art. Aber damals war mir das egal. Ich sorgte dafür, dass der Ginsterzweig, den Gottfried der Schöne bei mir verloren hatte, am nächsten Morgen vor der Tür meiner Schlafkammer gefunden wurde.«

Blanche reißt entrüstet die Augen auf. »Du bist doch ...«

»... ein Biest, sag es ruhig.« Aliénor grinst, wird aber schnell wieder ernst. »Nein, ich bin nicht besonders stolz darauf. Weiß Gott, später habe ich es oft genug bereut. Aber das Zweiglein erfüllte seinen Zweck. Es dauerte keinen halben Tag, da erzählte man sich bei Hof hinter vorgehaltener Hand, dass der Herzog von Anjou die Königin nächtens besucht habe. Ich stritt natürlich alles ab und schwor, dass zwischen uns niemals etwas gewesen sei – was ja auch der Wahrheit entsprach. Aber natürlich glaubte mir niemand. Nicht einmal mehr Ludwig.«

»Du hast damit selber deinen guten Ruf aufs Spiel gesetzt!«

Aliénor lacht auf. »Nach Antiochia war mein guter Ruf ohnehin beim Teufel, Schätzchen. Ich hatte nichts mehr zu verlieren.«

Ein Sonnenstrahl kitzelt Blanche an der Nase, sie muss niesen. Ausgiebig schnäuzt sie sich in ihren Ärmel, was Aliénor missbilligend mit der Zunge schnalzen lässt. Der kastilische Hof ist eben doch nicht Poitiers, denkt sie. Bei mir hätte sie gelernt, ein Fazenettlein zu benutzen. »Ab sofort putzt du dir die Nase mit einem Tüchlein«, sagt sie und hebt den Zeigefinger. »Das macht man inzwischen sogar in Paris.«

Blanche schämt sich ein bisschen. »Sieh nur, vor uns im Tal liegt schon Estella!«, lenkt sie ab. »Estella la bella, so heißt es. Die Stadt soll so reich sein wie Burgos, sagt man in Kastilien!«

»Ah!« Aliénor späht nach draußen. Gott sei Dank hat sie immer noch Adleraugen, nur auf die Nähe sieht sie nicht mehr gut. Sie erkennt die Türme zweier Kirchen hinter einer von schrägen Pfeilern gestützten Stadtmauer und die leuchtenden Zinnen des neugebauten Palastes, in dem regelmäßig die Könige von Navarra residieren. »Da werden wir wohnen«, erklärt sie ihrer Enkelin. Sie war schon auf dem Hinweg hier und hat die Bequemlichkeiten der Residenz genossen.

Beim Mittagsläuten fahren sie in Estella ein, passieren die Kirche San Pedro de la Rua mit ihrer eleganten Treppe und die Iglesia de San Miguel, auf deren Vorplatz ein Metzgerstand geröstetes Spanferkel feilbietet. Sie erreichen den Palast gerade rechtzeitig, denn auf der Plaza San Martin beginnt eines ihrer braven Kutschpferde stark zu lahmen, das Tier schafft es gerade noch bis in den Schlosshof.

Der Burgvogt Don Ramon empfängt seine Gäste mit ausgesuchter Höflichkeit. Er ist ein imposanter älterer Herr mit schlohweißen Haaren und einem kugelrunden Bäuchlein, und er himmelt Aliénor an, als wäre er ein junger Galan.

»Du, Großmutter«, sagt Blanche später, als sie zusammen im

Frauenzimmer sitzen und auf das Abendessen warten, »der würde dich vom Fleck weg heiraten!«

»Gott bewahre!« Aliénor schlägt den Handrücken vor die Stirn und rollt die Augen wie ein junges Mädchen. »Der ist mir viel zu alt!«

Blanche prustet los, und die alte Königin lacht mit. »Außerdem: Zwei Gatten genügen für ein Leben!«

Blanche nimmt sich eine kandierte Nuss aus dem Schälchen und beißt sie krachend entzwei. »Ach ja!«, meint sie süffisant, »bei welchem deiner Gatten sind wir stehengeblieben?«

»Bei Ludwig«, erwidert Aliénor und wirft einen bedauernden Blick auf die Nüsse. Zu wacklige Zähne, denkt sie. In ihrem Alter muss man Hartes meiden; den mit Gold- und Silberdrähten befestigten künstlichen Backenzähnen traut sie nicht wirklich. »Nun also, die Sache mit dem Ginsterzweig tat ihre Wirkung. Er war todeifersüchtig, aber er hatte endlich begriffen, dass er mich nicht würde halten können. Seine Berater wiesen ihn darauf hin, dass bei meinem Ruf selbst ein Sohn, der noch käme, die Krone nicht sicher auf dem Haupt tragen könne. Denn stets würde man annehmen, dass er nicht von ihm sei, sondern von einem Liebhaber. Sie schlugen ihm vor, mich wegen Untreue zu verstoßen.«

»Himmel!«, entschlüpft es Blanche. »Die Schande!«

Aliénor nickt. »Gott sei Dank kam es nicht so weit. Denn Ludwig wollte nicht in aller Öffentlichkeit als doppelt gehörnter Ehemann dastehen. Und er wollte auch nicht, dass man dann im Nachhinein an der Legitimität seiner beiden Töchter zweifelte. Schließlich waren sie die einzigen Erbinnen, die er hatte, und er konnte nicht sicher sein, dass sich daran noch etwas änderte. Also kam er zu dem Entschluss, die Ehe mit mir wegen zu naher Verwandtschaft aufzulösen. So, wie ich es wollte.«

Blanche seufzt. »Der Arme!«

»Du hast ein gutes Herz, mi cors.« Aliénor streicht ihrer Enkelin übers Haar. »Ja, es ging ihm schlecht. Er hat nichts wirklich böse gemeint, das weiß ich. Aber das machte mir mein Unglück nicht angenehmer. Ich musste einfach heraus aus dieser Ehe.« Sie sieht Ludwig noch vor sich, als er ihr mitteilte, er habe sich zur Trennung entschlossen. »Dein Verhalten ist nicht mehr vereinbar mit der Würde einer Königin, sagt der Kronrat.« Wie ein geprügelter Hund stand er damals vor ihr, enttäuscht, traurig, mit diesem Blick wie ein waidwundes Reh, den er sich damals angewöhnt hatte. »Jetzt freust du dich sicher«, sagte er. »Endlich wirst du mich los.« – »Du täuschst dich, Louis«, hatte sie entgegnet, »auch ich trauere mit dir. Um die vergeblichen Jahre. Um die Liebe, die wir verloren haben. Darum, dass ich Frankreich keinen Erben schenken konnte. Aber wir müssen nach vorne schauen. Du brauchst einen Sohn.« – »Und du, was brauchst du?«, fragte er. »Meine Freiheit. Aquitanien«, sagte sie. »Deine Vergebung.« – »Die sollst du haben.« Er nahm ihre Hand. »Lass uns allen Hader vergessen, Alí.«

Brief König Ludwigs von Frankreich an Abt Bernhard von Clairvaux vom 17. September 1151

Wir, Ludwig von Gots Gnaden Koenigk von Frankreich, entbiethen Euch, dem Frömmsten der Frommen, unsern Grusz zuvorn, auch Gnad und Segen des Himels immerdar. Stets seyd Ihr, Abbé, uns und dem gantzen Reich ein treuer Rathgeber geweßen. So bitten wir Euch auch dieß maln, Euer Meinungk und Willen billigst kundt zu thun über das, was wir auf vielfachs Drängen der Großen Franckreichs entscheiden wölln.

Item seit Eurer Abreise aus Paris vor nunmehro fünf Wochen ist Etlichs geschehn, was unß bedrückt, und wölln wir nit verhehlen, daß wir Eurn geistlich Beystand nothwendigst gebraucht hetten. Denn auß Euern Wortten floß stets der Honigk Seim der Wahrheyt.

Dieweiln Ihr noch vor den Herrn von Anjou abgeritten seid, wisset Ihr wohl noch nit, daß der Frieden geschloßen ist zum Wolgefallen aller, Amen. Gott sey Lob und Danck. Nur ein Dingk bleibet Stachel in unßerm Fleische, und Ihr werdet Euch dencken, was das sey. Langk haben wir gezaudert, doch nun ist die Zeyt gekomen, auch dießen bittren Kelch bis zur Neige zu leeren. Mir dünckt, Ihr habt bei Hof noch bemerckt, daß mein Weib die lüstren Blicke der Männer immer noch auf sich ziehet wie das Licht die Motthen. Beßonders der junge Hertzog Anjou hat sich nit die geringkste Zurückhaltungk auferlegt. Wir selber mußten guthe Miene darzu machen, denn es gingk ja um das Wohl des Reiches. Alßo hieltten wir unß im Zaume und machten guthe Miene. Vater Bernardus, kennet Ihr die Eiffersucht? Wie sie naget im Gebein, wühlet im Hirn, brennet im Leyb? Zuerst gingk das Gerücht, der junge Henry, Gott mögk ihm die Männlichkeyt verdorren laßen, habe sich der Königin unzüchtig genähert. Doch dann schlugk der alte Plantagenet eine Verlobungk seins Sohnes mit unßrer älteren Tochther Marie vor. Also war alles wohl doch nur Lüge. Aber späther, zu unßerm Entsetzen, fand eine Wäschemagd den Ginßter Zweigk des alten Plantagenet vor der Kammerthür meiner Gemahlin und redete dieß überall herumb. Ihr werdet Euch unschwer vorstellen, Vater, wie sich bey Hof seithero alle die Mäuler zerreißen. »Die poitevinische Hure hat ihrem Gemahl Hörner aufgesetzt«, heißet es. Oder man spottet: »Des Königks Gastfreundtschaft kennet keine Grentzen, er machet sogar freundlichst seynen Platz im Ehebett frey«. Die Königin selbsten streittet alles ab, sie hat sogar angebothen, auf die Heylige Schrifft zu schwörn, dass sie mit Gottfried von Anjou nicht geludert hat. Wir können ihr nit mehr glauben. Schon einmal hat sie unß zum Hahnrei gemacht.

Abbé, nun ist das Maß unsrer unendtlichen Gedult voll, bey Gott. Wir können ertragen, wenn sie unß nit mehr in ihr Bett lässet, aber der Gedancke, daß ein andrer darin mit ihr lieget, zerreißet unß gantz entzwey. Item darumb bitten wir Euch alß unßern höchßten geystlichen Rathgeber, thut uns Euer Meynungk kundt: Sollen wir, wie unßre weltlichen Berather fordern, unsere Ehe durch kirchlichen Schiedsspruch beendigen? Wäret Ihr, Vater, bereyt, unßer Gewissen zu beruhigen, indem Ihr unß noch vor der Auflößung des Sakraments die Absolution von aller Schuldt und Sünde ertheilet, die damit verbunden seyn könnt?

Gegeben zu Paris, den Montagk Lamberti ao. 51

Ludovicus Rex

*Antwort Bernhards von Clairvaux auf Ludwigs
Ansuchen vom 28. September 1151*

Ego te absolvo. Bernardus Abbas.

Estella
März 1200

»Und dann war eure Ehe vorüber!«, sagt Blanche. Sie und ihre Großmutter machen einen Spaziergang durch den Palastgarten; überall strecken schon Schneeglöckchen und Winterlinge ihre Blütenköpfe durch die schwarze Erde, die ersten grünen Knospen an den Bäumen brechen auf.

»Dir kann wohl nie etwas schnell genug gehen!«, lacht Aliénor. »Nein, zuerst hatten wir noch viele Dinge zu regeln. Ich musste durchsetzen, dass der Kronrat meine Alleinherrschaft in Aquitanien anerkannte. Ein Schreiben an den Papst musste hinaus, in dem nun Ludwig um die Auflösung der Ehe bat, und die Antwort musste abgewartet werden. Ein Konzil der französischen Bischöfe musste einberufen werden. Das alles brauchte Zeit. Im Herbst des Jahres 1151 schließlich machten Ludwig und ich einen Umritt in Aquitanien, auf dem er persönlich allen königlichen Mannschaften auf Burgen und in Städten befahl, das Herzogtum zu verlassen. Wir feierten Weihnachten in Limoges und Saint-Jean-d'Angely.«

»Das war bestimmt kein großes Vergnügen«, meint Blanche altklug.

»Du wirst es nicht glauben, aber es war eines der schönsten Christfeste, die wir zusammen verbracht haben. Seit unsere Trennung feststand, vertrugen wir uns so gut wie selten zuvor. Alle Spannung war von uns abgefallen, wir konnten plötzlich über so vieles reden. Freunde – ja, das waren wir mit einem Mal. Und wir empfanden beide Wehmut, aber auch ein Gefühl der Befreiung.

Etwas Neues konnte nun beginnen, für ihn und für mich. Mir war, als könnte ich plötzlich wieder atmen.«

Eine dicke Hummel brummt heran und setzt sich auf Aliénors leuchtendgelben Ärmel. »Ludwig ritt dann im Januar des neuen Jahres nach Paris ab, und ich blieb in Bordeaux bis zum Konzil.«

»Hast du ihn vermisst, später?« Blanche stupst die Hummel an, die immer noch auf Aliénors Ärmel herumkrabbelt.

»Vermisst? Nein, ich denke nicht. Aber es ist schon ein merkwürdiges Gefühl zuzusehen, wie der Mensch, mit dem du fünfzehn Jahre deines Lebens verbracht hast, durchs Tor hinausreitet, ohne sich noch einmal umzudrehen. Ich wusste, wir würden uns nur noch einmal als Mann und Frau vor der Versammlung der Bischöfe wiedersehen. Ein letztes Mal.« Sie hält den Arm hoch und pustet die Hummel an, damit sie davonfliegen kann. »Aber weißt du, ich hatte keine Zeit für Trübsal. Ich musste mein Land neu ordnen. Meine Vasallen auf mich einschwören. Privilegien bestätigen und erneuern. Mich mit Klöstern und Städten ins Einvernehmen setzen. All das. Eine Regierungsübernahme ist schließlich keine Kleinigkeit. So vergingen zwei Monate, bis schließlich im März 1152 das Konzil begann. In Beaugency an der Loire, das liegt fünf Tagesreisen südwestlich von Paris.«

Blanche hockt sich auf ein Mäuerchen und blinzelt in die Sonne. »1152. Da warst du also ziemlich genau doppelt so alt wie ich.«

»Stimmt.« Aliénor setzt sich daneben. »Knapp dreißig.«

»Und du warst immer noch eine schöne Frau, nicht wahr? Wenn der junge Henry dich so begehrt hat …«

Aliénor fühlt sich geschmeichelt. »Ei, das mein ich wohl! Ich war der Traum vieler junger Ritter! Für manche Frauen ist dreißig schon ein ganz schönes Alter, aber ich habe mich schon immer gut gehalten, oder was sagst du?« Mit der Behändigkeit eines jungen Mädchens hüpft sie vom Mäuerchen, breitet die Arme aus und dreht sich einmal um sich selbst.

Blanche lacht. »Du bist die schönste Großmutter, die es je gegeben hat!«

»Urgroßmutter, wenn ich bitten darf!«

»Oh, Verzeihung!« Blanche springt ebenfalls auf, fasst Aliénor bei den Händen, und gemeinsam wirbeln sie ein paarmal im Kreis herum, bis die alte Königin keuchend stehen bleibt und sich die Hüften hält. »Oh, das ist zu viel für meine alten Knochen!«

»Ich wäre auch gern so schön wie du!«, ruft Blanche überschwänglich. »Aber sieh mich nur an! Mein Haar ist kaum zu bändigen, und Mutter sagt immer, mein Mund ist zu groß. Und meine Augenbrauen erst!«

Aliénor hebt mit dem Zeigefinger das Kinn ihrer Enkelin an und mustert ihr Gesicht mit gerunzelter Stirn. »Du hast recht! Mit deinen Augenbrauen müssen wir etwas machen.«

»Ach bitte, Grand-mère, kannst du sie mir nicht auszupfen, so wie bei dir?«

Aliénor schürzt die Lippen. »Ich zupfe meine Brauen schon lange nicht mehr, sie sind bloß immer weniger gewachsen. Deshalb male ich sie mir mit Kohle auf. Bei dir müsste man sie nur in die Form von Schwalbenschwingen bringen.« Sie lacht übermütig und klatscht in die Hände. »Komm mit!«

Gemeinsam laufen sie zurück ins Frauenzimmer. »Jimena!«, ruft Blanche ihre Zofe, »hol uns eine Pinzette!«

Aliénor hält die Dienerin zurück. »Lass. Die brauchen wir nicht. Bring stattdessen einen festen, dünnen Faden.«

Von dem Faden trennt die alte Königin dann eine knappe Elle ab und bindet die losen Enden zusammen. »Diese Art zu Zupfen habe ich in Outremer gelernt, von einer Badefrau im Hamam. Es geht viel besser als mit einer Pinzette, du wirst sehen. Leg den Kopf zurück, so. Und zieh mit beiden Zeigefingern die Augenbraue glatt. Jetzt pass auf, und nicht zucken!«

Aliénor spannt den Faden und zwirbelt ihn ein paarmal in der Mitte, bis eine Acht entsteht. Sie setzt die Zwirbelmitte an jedem einzelnen Härchen an, öffnet abwechselnd die Finger der linken und der rechten Hand und zupft es so mühelos mitsamt der Wurzel aus. »Autsch!«, quiekt Blanche. »Das ziept!«

»Wer will sein fein, muss leiden Pein!«, entgegnet Aliénor ungerührt und macht weiter, bis die Form entsteht, die sie sich vorgestellt hat. Blanche steht das Wasser in den Augen, aber sie hält tapfer durch. Dann die zweite Braue. Am Ende hält Aliénor ihrer Enkelin einen Handspiegel hin. Blanche wischt sich die Tränen ab und sieht gespannt auf die polierte Silberplatte. Sie erkennt zwei dunkle Augen, überwölbt von schwarzen, schmalen Brauen, die seitlich spitz auslaufen. Sind das tatsächlich ihre? »Oh, wie wunderbar!«, ruft sie und fällt ihrer Großmutter stürmisch um den Hals. »Danke, Grand-mère!«

Aliénor betrachtet zufrieden ihr Werk. Was ein bisschen Zupfen so ausmacht, denkt sie. »Na, jetzt bist du wirklich schön für deinen Prinzen! Er wird dich anbeten, ich schwör's dir! Und dein Mund ist überhaupt nicht zu groß – deine Mutter hat Unsinn geredet. Sie hatte immer einen etwas merkwürdigen Geschmack. Ich weiß noch, wie sie sich Stein und Bein geweigert hat, ihren Haaransatz ausrasieren zu lassen, damit sie eine schöne hohe Stirn bekommt. Ha, bin ich froh, dass ich sie trotzdem so gut unter die Haube gebracht habe.«

»Soll ich das auch machen?«, fragt Blanche.

Aliénor streicht ihrer Enkelin das Haar zurück und mustert sie kritisch. »Nein, Schätzchen, deine Stirn ist sehr schön so. Das hast du von mir, meine ich. Ich musste auch nie rasieren. In meiner Jugend haben sich manche Damen die Stirn von Ohr zu Ohr freigemacht, das fand ich immer ziemlich übertrieben. Außerdem sieht es nicht gut aus, wenn das Haar dunkel ist und in Stoppeln nachwächst.«

Blanche ist glücklich. Endlich findet sie sich hübsch. Die nächste Stunde verbringt sie selbstverliebt mit ihrem Handspiegel, bevor ihr wieder einfällt, dass sie ja das Gespräch mit ihrer Großmutter kurz vor dem wichtigen Trennungskonzil unterbrochen hat. »Du musst mir noch erzählen, Grand-mère, wie es dann war in Beaugency!«

Aliénor setzt sich auf einen bequemen Lehnstuhl. »Nun. Alle Erzbischöfe waren da, von Sens, von Reims, von Rouen und Bordeaux und so weiter, dazu viele Bischöfe und weltliche Große. Bernhard von Clairvaux fehlte übrigens, er war unpässlich und konnte nicht reisen. In seinen letzten Jahren suchte ihn Gott mit allen möglichen Krankheiten heim, und ich kann nicht sagen, dass mir das leidtut.« Beim Gedanken an ihren alten Feind verzieht sie das Gesicht, als habe sie gerade in eine faule Baumnuss gebissen. »Das Konzil trat in der Kirche Notre Dame zusammen, einem schmucklosen Bau, der gut zum traurigen Anlass passte. Vor dem

Altar saßen hochnäsig wie immer die geistlichen Herren; ich stand mit Ludwig vor ihnen und fühlte mich wie vor einem Tribunal. Die Blicke der alten Männer durchbohrten mich wie Dolche. Oh, ich wusste genau, was sie dachten: ›Sie kann keine Söhne gebären‹ die einen, ›Sie ist ein liederliches Weib‹ die anderen. Der Bischof von Langres warf sogar die Frage auf, ob es für Ludwig nicht besser sei, mich zu verstoßen, weil mein Verhalten mit der Würde einer Königin unvereinbar sei. Das war ein dummer Vorschlag, denn im Falle einer Scheidung hätte Ludwig nicht mehr heiraten können. Man entschied sich also dagegen. Schließlich traten Verwandte aus meiner und Ludwigs Familie vor und bestätigten frei und offen, was die Welt inzwischen längst wusste: Wir hatten in König Robert II. von Frankreich einen gemeinsamen Urahn, der viel zu nahe lag. Nachdem sie ihre Eide darauf geschworen hatten, erklärte der Erzbischof von Bordeaux ohne weitere Umstände unsere Ehe, die er vor fünfzehn Jahren selber geschlossen hatte, für null und nichtig. Mein territoriales Erbe Aquitanien wurde mir bestätigt.«

»Und die Kinder?«, will Blanche wissen.

»Kinder gehören immer dem Mann.«

Blanche runzelt die frischgezupften Brauen. »Du hast sie bei ihm zurückgelassen?«

Aliénor senkt den Kopf. »Sie lebten damals ohnehin nicht mehr am Hof. Ludwig hatte Marie schon im Heiligen Land dem Grafen Theobald von Blois für dessen erstgeborenen Sohn versprochen, und kurz vor Alix' Geburt schickte er sie ins Kloster von Avenay, damit sie dort erzogen würde. Das war so vereinbart.«

Blanche nickt. Das kennt sie, es wird an allen Fürstenhöfen so oder ähnlich gehandhabt, auch in Kastilien. Ihre älteste Schwester Berenguela ist im Kloster aufgewachsen, sie selber und Urraca haben etliche Jahre bei den Nonnen verbracht, ihre jüngeren Schwestern Mafalda und Costanza ebenfalls. Man sah die Eltern oft nur an den hohen Feiertagen. »Trotzdem«, sagt sie, »ist es dir nicht schwergefallen, von deinen Töchtern Abschied zu nehmen?«

»Ich habe sie vor dem Konzil noch einmal besucht«, erinnert sich Aliénor. »Alix war inzwischen auch in Avenay. Auf Ludwigs Wunsch hin hatte ich sie schon im Alter von zwölf Monaten weggeben müssen. Ich fand das zu früh, aber er duldete keinen Widerspruch. Ihr Anblick erinnerte ihn jedes Mal daran, dass er keinen Sohn zeugen konnte, und das ertrug er nicht. Ja, es war schwer, den Kleinen auf Wiedersehen zu sagen. Aber ist es nicht das Schicksal aller adeligen Mütter, ihre Kinder früher oder später herzugeben? Gerade die Mädchen! Das wird dir einmal nicht anders gehen, ma petite.«

»Aber ihr seid euch später bestimmt noch oft begegnet«, meint Blanche.

»Ja, das hätte ich mir gewünscht«, antwortet die alte Königin leise.

Blanche will es kaum glauben. »Du hast sie ...«

»... niemals wiedergesehen.« Aliénors Stimme zittert. »Sie standen unter Ludwigs Einfluss, gaben mir wohl an allem die Schuld; ich kann das gut verstehen. Und jetzt sind sie beide tot und begraben, und ich bin noch da.« Sie senkt den Kopf. »Es ist ein Fluch, die eigenen Kinder überleben zu müssen.« Nicht nur euch, Marie und Alix, denkt sie bitter. Auch all die anderen. Gott hat sich gut überlegt, welche Strafe er für mich wählen sollte, und bei der Entscheidung muss ihm Bernhard von Clairvaux mit großem Vergnügen zur Seite gestanden haben. Ihr Blick schweift nach draußen, wo an einem sanften Hang kahle Apfelbäume ihre schwarzen Äste in den Himmel recken. Tief saugt sie die kalte Luft in ihre Lungen und lässt sie in einem langen, leisen Seufzer wieder ausströmen. Sie bemerkt den verräterischen Glanz in Blanches Augen. »Sieh mich nicht so an«, knurrt sie. »Mitleid kann ich nicht vertragen.« Nur weitererzählen, denkt sie, reden, um nicht der Trauer um ihre verlorenen Kinder nachgeben zu müssen, die schon wieder in ihr zu brennen beginnt wie tausend glühende Nadeln. Es bringt nichts als Schmerz, wenn man mit dem Schicksal hadert. »Nun also. Als Ludwig und ich die Kirche von Beaugency verließen, war unsere Ehe Vergangenheit; das war am Freitag vor Palmarum des Jahres 1152. Vor den versammelten Bischöfen küsste er mich ein letztes Mal auf beide Wangen. ›Ich wünsche dir Glück‹, sagte er mit Tränen in den Augen. ›Und ich dir eine gute Frau, die dir Söhne schenkt‹, antwortete ich, und das meinte ich auch so. Dann gingen wir getrennte Wege. Meine Eskorte aus flämischen

Söldnern wartete bereits vor dem Donjon im Burghof, ich hatte meine Zofe schon in aller Frühe packen lassen. Ich bestieg meinen Schimmel, und wir preschten davon, in Richtung Südwesten. Ich fühlte mich leer und ausgelaugt, wie nach langer, anstrengender körperlicher Arbeit. Erst als wir die Stadt weit hinter uns gelassen hatten, begann die Anspannung aus meinem Körper zu weichen. Ein himmlisches Glücksgefühl durchströmte mich und ließ mich laut aufjubeln. Es war ein herrlicher Tag, die Sonne schien über die grünenden Wiesen, und in ein paar Tagen würde ich zu Hause sein. Mit einem Aufschrei riss ich mir mitten im Galopp den Schleier vom Kopf und ließ mein Haar im Wind flattern. Ich war frei.«

Blanche grinst. »Aber nicht lange ...«

Aliénor zuckt die Schultern. »Ich hab's zumindest versucht.«

»Und warum hast du dann deine Meinung geändert?«

Die alte Königin bläst die Backen auf. »Die Machtgier der Männer.«

Blanche versteht nicht. »Was meinst du?«

»Nun, es begann damit, dass uns vor Blois ein Trupp Berittener in Empfang nahm und im Namen des Grafen Theobald in den Palast einlud. Sie machten nicht den Eindruck, als würden sie uns im Falle einer Ablehnung einfach vorbeilassen. Also ritten wir in die Stadt. Es kam mir schon merkwürdig vor, dass man für meine Männer angeblich keinen Platz in der Burg hatte und sie in einer Herberge in der Stadt unterbrachte, aber ich protestierte nicht. Der junge Graf erwies sich als überaus freundlich, verwöhnte mich mit einem wunderbaren Mahl und machte mir schöne Augen. Wir unterhielten uns recht angenehm über dies und jenes, bis er mir ganz unverblümt vorschlug, ihn zu heiraten. Ich lachte ihm ins Gesicht und ging zu Bett. Nachts schrak ich dann plötzlich hoch, weil sich jemand an meiner Bettdecke zu schaffen machte. Ich schrie auf. Dann spürte ich schon das Gewicht eines Mannes auf mir.« Es schüttelt Aliénor jetzt noch, wenn sie daran denkt, wie der Graf von Blois in dieser Nacht ihre Brüste begrapschte und ihr seine speichelnasse Zunge in den Mund zu stecken versuchte.

»Dieser Widerling!«, ruft Blanche und stößt einen Laut des Ekels aus. »Du hast ihm hoffentlich die Augen ausgekratzt!«

»Hätte ich machen sollen«, sagt Aliénor amüsiert. »Aber inzwischen war auch meine Zofe Mamie aufgewacht und tat das einzig Richtige: Sie schrie ›Feuer‹! Im Nu war meine Schlafkammer voller Leute, ein paar hatten Ledereimer mit Wasser dabei.« Sie grinst. »Das war ein Spaß! Der Graf trollte sich wie ein ertappter Dieb, und ich hatte meine Ruhe. Allerdings nur bis zum nächsten Morgen. Da eröffnete er mir, dass ich den Donjon von Blois erst wieder verlassen würde, nachdem ich seine Frau geworden sei.«

»Aber er konnte dich doch nicht einfach so zwingen!«, entrüstet sich Blanche.

»Ich wäre nicht die erste gewesen, die gegen ihren Willen geheiratet wurde«, entgegnet die alte Königin ungerührt. »So etwas kommt auch heute noch immer wieder vor, und damals noch viel öfter. Denk nur an die arme Isabeau von Telliers, oder an Marguerite von Rossancourt. Die eine hat man entführt und zwei Jahre eingesperrt, die andere hat man halb totgeschlagen, bis sie endlich zustimmte.«

»Aber du warst doch ...«

»Ich war eine alleinstehende Frau, der König würde mich nicht schützen. Und wer mich besaß, hatte auch Aquitanien.«

Blanche ballt wütend die Fäuste. »Ja, ist man denn als unverheiratete Frau nichts als Freiwild für die Männer?«

Aliénor lacht. »Ei, du kannst ja richtig zornig sein. Das war ich damals auch, und wie. Ich zermarterte mir in meiner Kammer den ganzen Tag das Hirn, wie ich entkommen könnte. Schließlich bat ich um eine Unterredung mit der Mutter des Grafen, die, wie ich wusste, ihren Witwensitz im Kloster St. Laumer in der Stadt hatte. Ich konnte nur hoffen, dass sich dabei eine Gelegenheit zur Flucht bot. Theobald erklärte mir, dass seine Mutter krank sei, aber weil er wusste, dass wir uns von früher kannten, gestattete er mir diesen Besuch. Er ließ mich also am nächsten Morgen von ein paar Wächtern zu den Benediktinerinnen bringen.« Aliénor hält einen Augenblick inne, bevor sie weiterspricht. »Ich erschrak, als ich Mathilde von Blois wiedersah. Der Schlagfluss hatte sie getroffen, sie saß seltsam zusammengesunken auf einem Lehnstuhl, die linke Seite ihres Gesichts hing herunter. Sie war eine uralte Frau geworden. Ich erzählte ihr vom Vorhaben ihres missratenen Sohnes, aber sie konnte kaum sprechen, ich verstand nicht, was sie mir sagen wollte. Mein Blick fiel auf das Fenster – und dann fasste ich einen Entschluss. ›Tausch deine Kleider mit mir, Mamie‹, befahl ich. Gott sei Dank hatte ich nicht die kleine, pummelige Arnaude, sondern Mamie mitgenommen, die mir in Größe und Statur ähnelte. Gesagt, getan. Die alte Gräfin sah zu; sie versuchte aufzustehen, ruderte wie wild mit ihrem rechten Arm, gurgelte einen Protest, aber draußen konnte sie niemand hören. Da stieg ich aus dem Fenster. Mein Glück war, dass die Räume der alten Gräfin genau neben der Baustelle für die neue Klosterkirche lagen. Deren Ostmauer wurde gerade aufgerichtet, und das hölzerne Gerüst war vom Fenster aus leicht zu erreichen. Ich raffte die Röcke und kletterte hinunter, verfolgt von den verblüfften Blicken der Bauleute und ihren anzüglichen Bemerkungen. Kaum war ich unten, rannte ich los.

Noch bevor meine Bewacher etwas merkten, war ich schon im Getümmel des Wollmarkts verschwunden. Ich wusste erst nicht, wohin, lief einfach weiter, und plötzlich stand ich am Handelskai. Ein Lastkahn war gerade dabei abzulegen, und ich sprang auf. ›Wohin?‹, fragte ich atemlos. ›Wir bringen Wolle nach Tours‹, antwortete der Schiffer. ›Nehmt Ihr mich mit?‹ – ›Für fünf Denar‹, antwortete er. Ich zog meinen silbernen Ring vom kleinen Finger. ›Der ist viel mehr wert‹, sagte ich. Und so fuhr ich unbehelligt aus der Stadt.«

»Aber du hattest deine Männer verloren.«

»Und meine Zofe, die im Kloster zurückgeblieben war. Ja.« Aliénor steht auf ihrem Stuhl auf und reckt die steifen Glieder. »Theobald ließ sie alle laufen, was hätte er auch mit ihnen anfangen sollen? Inzwischen hatte sich natürlich herumgesprochen, wie ich aus Blois entkommen war, und meine Leute ritten nach Tours, wo sie mich vermuteten. Dort trafen wir uns dann wieder. Bischof Pierre de Lamballe, der am Tag vorher aus Beaugency angekommen war, nahm mich gastlich auf, ließ mir neue Kleider besorgen und lieh mir einen hübschen Zelter für die Weiterreise, denn meine Schimmelstute hatte ich ja notgedrungen in Blois lassen müssen.«

»Also ist diesem gemeinen Theobald nur ein Gaul geblieben!«, meint Blanche zufrieden.

»Damit ist er verdammt gut weggekommen«, brummt Aliénor. Die alte Königin schlägt wütend nach einer Vorhangquaste, die vor ihr baumelt.

»Mir wird heute noch ganz schlecht, wenn ich an ihn denke!« Sie setzt sich zu Blanche in die Fensternische und tut einen tiefen Atemzug. »Aber ganz gleich, ich war jedenfalls gerettet. Vorläufig. Denn unbehelligt kamen wir gerade einmal bis an die Grenze zwischen der Touraine und dem Poitou.«

Blanche schüttelt ungläubig den Kopf. »Noch einer, der dich heiraten wollte?«

Aliénor nickt. »Du sagst es. Ich hatte schon so eine Ahnung, deshalb schickte ich nun bei jeder Etappe zwei meiner Flamen voraus. Als wir bei Port-de-Piles die Creuse überqueren wollten, sprengten sie mir schon entgegen. ›Ein Hinterhalt‹, meldete einer der Männer. ›Im Haus des Fährmanns wartet eine ganze Rotte Bewaffneter! Ihr Anführer ist Geoffroy von Anjou, dem Wappen auf den Pferdedecken nach.‹ Henrys jüngerer Bruder! Ich konnte es nicht glauben! Dieser Rotzlöffel wagte es! Und da kamen sie auch schon herangaloppiert. Meine Getreuen stellten sich ihnen entgegen, und fochten auf Leben und Tod, um mir Zeit zu verschaffen. Währenddessen preschte ich mit meiner Zofe und nur noch zwei Beschützern nach Süden davon. Wir erreichten die Vienne und setzten in einem alten Kahn über; drüben flüchteten wir dann in halsbrecherischem Galopp Richtung Poitou. Wir ritten die Nacht durch und den nächsten Tag auch noch, vermieden die Hauptwege und die Dörfer, bis wir endlich im Palast von Poitiers in Sicherheit waren.«

Blanche atmet auf. »So, wie ich dich kenne, warst du bestimmt weniger erleichtert als wütend …«

Aliénor wirft die Arme hoch. »Wütend? Ich habe getobt! Ich war so zornig, ich hätte alle Männer dieser Welt erdolchen können! Und gleichzeitig erkannte ich, wie verwundbar ich war. Es war nichts als ein Wunschtraum gewesen, eigenständig zu herrschen. Ich war eine Frau, ganz alleine auf sich gestellt, und ich brauchte einen Beschützer. Für mich und für mein Herzogtum. Sie würden mich sonst nicht in Frieden lassen. Ich brauchte einen Mann.«

Blanches Miene hellt sich auf. »Einen, den du dir selber erwählt hast.«

»Ganz genau.«

»Henry!«

»So ist es!«

»Also hast du ihn gar nicht geliebt, sondern nur aus Notwendigkeit genommen!«, schlussfolgert Blanche ein bisschen enttäuscht.

Aliénor antwortet nicht. Sie lächelt versonnen in sich hinein und spielt mit ihrem grauen Zopf wie ein junges Mädchen.

Schreiben der Herzogin Aliénor von Aquitanien an Henry Plantagenet vom 1. April 1152

Meinen Grusz zuvor, mon duc, und Gots Schutz und Segen allewege. Die Hertzogin von Aquitaine hat nunmehro das Bett des Königks verlaßen und ihrn Haußhalt zu Poitiers eingericht. Sie hat für sich selbsten beschloßen, daß es nit gut sey, allein zu bleyben. Sie hat sich darumb erinert an ein jungken Ritter, stoltz und muthig, den sie zu Paris gekannt. Dießem Ritter biethet sie jetzo an den freyen Platz an ihrer Seiten und in ihrem Bett. Auf dasz der rechte Fürßt mit ihr herrsche in ihrem Landt und der rechte Mann in ihrem Hertzen. Item so ihr wöllet dißer Fürßt und Mann sein, dann eilet Euch, denn sie erwarttet Euch mit groszer Freud.

Geschriben mit eygen Handt zu Poitiers,
 den Dienstagk nach Oßtern ao 52

Aliénor

Henry

Ich wusste es!

Dieses Prachtweib hat mich verdammt lang auf die Folter gespannt! Aber es war nur eine Frage der Zeit. Wen hätte sie denn sonst nehmen sollen? Den Grafen von Blois vielleicht, diesen jämmerlichen Tropf, der es nicht einmal geschafft hat, sie in seiner Burg zu halten? Irgendeinen ihrer aquitanischen Vasallen? Sie musste einfach nur begreifen, dass sie nicht alleine bleiben konnte. Und dabei habe ich ihr ein bisschen geholfen, zugegeben. Für meinen kleinen Bruder war es ein Heidenspaß, endlich einmal bei einem ordentlichen Kampf mitmachen zu dürfen, und die paar Männer, die auf der Strecke geblieben sind, zählen nicht weiter. Wichtig war, ihr klarzumachen, dass sie einen Beschützer brauchte.

Sie wollte mich auch. Das habe ich gespürt, in Paris. Ausgehungert war sie – kein Wunder, bei diesem Capet-Versager! Sie hat seine lahmen gallischen Umarmungen schon lange sattgehabt. Aber natürlich ist eine wie sie nicht leicht zu erobern. Sie kennt ihren Preis. Aber sie ist auch klug genug zu wissen, was gut für sie ist.

Wenn ich nicht ein Mensch wäre, der nur an das glaubt, was er anfassen kann, würde ich sagen, sie hat mich verhext. Seit dem Sommer ist kein Tag vergangen, an dem ich nicht an sie gedacht hätte, und jedes Mal ist mir fast die Hose geplatzt. Ich habe mir einen ganzen Haufen willige Mädchen ins Bett geholt, aber keine konnte die Aquitanierin aus meinem Kopf bannen. Ich bin fast verrückt geworden beim Gedanken an ihren Körper, wie er nackt und schön unter ihren teuren Kleidern steckt. Wäre ich Adam – dieser Eva würde ich nicht nur einen Apfel, sondern einen ganzen Apfelbaum aus der Hand fressen.

Und dann fordert sie mich auf, nach Aquitanien zu kommen. Endlich! Mit wohlgesetzten Worten hat sie in ihrem Brief eigentlich nur eines gesagt: Komm und hol dir, was du willst!

Und das tue ich jetzt, bei den Augen Gottes!

Aus der Chronik des Hélinand de Froidmont

Ludwig trennte sich von seiner Frau wegen ihrer Wollust; sie betrug sich nicht wie eine Königin, sondern wie eine Dirne ...

Aus der Historia Rerum Anglicarum des William von Newburgh

... Nachdem das Konzil die Trennung Aliénors von König Ludwig beschlossen hatte, bestellte sie mit gesetzloser Willkür schnellstens ihren neuen Geliebten zu sich ...

Aus den Historischen Werken des Gervase von Canterbury

... Angelockt von der Vornehmheit jener Dame und beseelt vom Verlangen nach der großen Ehre, die ihr anhaftete, nahm sich der Herzog der Normandie, ungeduldig ob jeder Verzögerung, einige wenige Gefährten, legte den langen Weg in großer Eile zurück und hatte nach kurzer Zeit die Ehe gewonnen, die er sich so lange gewünscht hatte.

Von Estella nach Puente la Reina
März 1200

»Er riss die Tür auf und stürmte in meine Kammer«, erinnert sich Aliénor. Blanche hängt an den Lippen ihrer Großmutter, aber die tut ihr nicht den Gefallen, gleich weiterzuerzählen. Sie blickt erst lange aus dem Fenster des Chariot, hinaus in das sanfte Tal und auf den Rio Ega, der wild über Felsen und Steine schäumt. Natürlich hatte sie längst Nachricht über Henrys Aufbruch aus Lisieux, wo ihr Bote ihn angetroffen hatte. Sie hatte ihn erwartet, hatte ihn in den Hof des Palastes einreiten sehen, damals im Mai. Und trotzdem klopfte nun ihr Herz vor Aufregung wie bei einem jungen Mädchen, das seinen Geliebten zum ersten Mal trifft. Da stand er, mitten im Raum, Mantel und Stiefel staubig vom Ritt. Noch bevor sie ihn willkommen heißen konnte, sah er Mamie und Arnaude grimmig an und sagte: »Hinaus!« Dann trat er zu ihr, breitete die Arme aus und grinste: »Hier bin ich, Liebste!« Sie konnte nur noch einen Schrei ausstoßen, als er sie packte, hochhob und um sich herum wirbelte. Lachend setzte er sie ab, doch er ließ sie nicht los. Und dann küsste er sie so ungestüm, dass ihr Hören und Sehen verging. Atemlos löste sie sich von ihm. »Bei Gott, das ist keine höfische Werbung um eine Dame, mon duc!«, schalt sie. Er zog sie wieder an sich. »Du hast mich doch längst erwählt, mein Herz!«, raunte er. Und dann, bevor sie etwas sagen oder tun konnte, hatte er sie schon zum Bett gezogen, hatte mit geübten Griffen ihr Kleid aufgenestelt und nach unten gestreift. Sie stand vor ihm, nackt und bloß, ihre meerblaugrünen Augen funkelten. Langsam zog sie eine Nadel nach der anderen aus ihrem hochgesteckten Haar, dass es ihr offen um die Schultern bis zur Taille fiel. Er trat einen Schritt zurück. »Bei den Augen Gottes«, rief er, »du bist die schönste Fee, die mir je erschienen ist.«

»Aber ich bin aus Fleisch und Blut«, lächelte sie und streckte ihm die Hand hin.

»Muss ich Angst haben vor deinem Zauber?«, neckte er.

Sie hob stolz das Kinn. »Nicht, wenn du meinem Willen gehorchst.«

Er nahm ihre Finger und verschränkte sie mit seinen. »Gebiete über mich, Herrin, allezeit«, sagte er rau. Ihre Blicke versanken ineinander.

»Komm her«, sagte sie.

Aliénor schreckt hoch, die Kutsche ist über einen Stein gerumpelt. Blanche sieht sie immer noch erwartungsvoll an. »Wie? Er kam herein – und dann?«, fragt sie.

»Ts, ts, du freches Ding.« Die alte Königin schnalzt mit der Zunge. »Das geht dich gar nichts an.«

»Na gut«, seufzt Blanche. »Vermutlich war es ganz langweilig mit ihm, und ihr habt miteinander über öde Nichtigkeiten geplaudert und eine Partie Mühle gespielt.«

»Ha!« Aliénor schlägt mit dem Handschuh nach ihrer Enkelin. »Du willst deine alte Großmutter wohl ärgern, wie? Na gut, wenn du's genau wissen willst – wir haben drei Tage lang das Bett nicht verlassen!«

»Ooooh!« Blanche schlägt verzückt die Hand vor den Mund. »Wie wunderbar! Ach, ich wünschte, so ginge es mir auch mit meinem Prinzen in Paris!«

Ich würd's dir von Herzen gönnen, denkt Aliénor. Das wäre ein großes Glück für euch beide. »Schau«, ruft sie, »dort vorne kommt eine Kapelle. Da wollen wir ein kurzes Gebet sprechen, damit der liebe Gott dir deinen Wunsch erfüllt.« Mit ihrem Gehstock klopft sie dreimal an die Vorderwand als Zeichen für den Kutscher.

Das kleine Kloster Ermita de San Miguel besteht nur aus ein paar Holzhäuschen für die Mönche, die sich um ein steinernes Kirchlein ducken. Das Glöckchen über dem Giebel schlägt Mittag, als die beiden Frauen den einfachen Bau betreten. Sie knien sich vor den Altar aus roh behauenem Stein und sprechen ein leises Paternoster. Beim Verlassen der Kapelle bietet ihnen ein hinkender, junger Novize einen Schluck kaltes Brunnenwasser dar, den sie dankbar annehmen. Dann geht es wieder weiter.

»Wie war er denn so, dein Henry?«, will Blanche wissen.

»Jung«, sagt Aliénor. »Ungestüm. Ehrgeizig und klug. Stolz. Voller Kraft. Ein Draufgänger, immer fröhlich. Er war laut, man hörte ihn schon, bevor man ihn sah. Seine Augen wanderten unaufhörlich hin und her, und seine Hände waren immer in Bewegung. Nie konnte er stillsitzen, er aß sogar oft im Stehen, diktierte seine Briefe beim Herumgehen. Sogar bei der Messe war er unruhig, spielte meist an irgendetwas herum, schwätzte mit jemandem, stand manchmal sogar auf und ging. Ein Unruhebündel. Alles, was er tat, tat er in einer Geschwindigkeit, mit der ich oft Mühe hatte mitzuhalten.«

»Also keine Nickerchen unter Bäumen und stundenlange Besinnung wie bei Ludwig«, stellt Blanche fest.

Aliénor lacht auf. »Da hast du wahrlich recht. Ich hatte mit Henry in allem das Gegenteil.«

»Aber es heißt, er sei nicht allzu gebildet gewesen.«

»Das stimmt nicht. Er wirkte manchmal ungehobelt, ja. Nach außen hin erschien er hart und kriegerisch, so dass man ihm kaum zutraute, ein Buch zu lesen. Aber das tat er! Er nahm sogar manchmal Bücher mit ins Bett!« Himmel, kann es sein, dass ich ihn verteidige?, denkt Aliénor. Henry, du Miststück, das fehlte noch! Bin ich am Ende altersmild geworden? Aber was wahr ist, muss wahr bleiben. »Du wärst überrascht«, hört sie sich weiter reden, »wie groß sein Wissen war. Und wenn er etwas las oder hörte, vergaß er es nie. Er war übrigens auch stets ein Förderer der Geschichtenschreiber und Troubadoure an seinem Hof, ließ beim Bankett keinen Sänger ohne einen silbernen Becher oder einen edlen Pelz gehen. Und er umgab sich gerne mit gelehrten Männern.« O ja, denkt Aliénor, und den klügsten unter ihnen, deinen besten Freund, den hast du umbringen lassen, nicht wahr, Henry? Ihre Augen werden schmal. Du hattest keine Angst vor ihm, Tom, und das konnte er nicht ertragen.

Blanche reißt sie aus ihren Gedanken. »Aber schön war Henry nicht, oder? Meine Mutter sagt ...«

»Deine Mutter sollte über Tote nichts Schlechtes reden«, fährt Aliénor ihrer Enkelin über den Mund, »vor allem dann nicht, wenn es sich um den eigenen Vater handelt. Pah!« Sie schüttelt missbilligend den Kopf. »Wenn, dann sage ich über ihn, was zu sagen ist. Also. Dein Großvater war nicht im üblichen Sinn gutaussehend, aber er strahlte eine Männlichkeit aus, die keine Frau kaltließ.« Leider, denkt sie. Henry, du Miststück, du konntest jede um den

Finger wickeln. Und du hast das auch weidlich ausgenutzt, später. Aber das, findet Aliénor, braucht Blanche nicht zu wissen. Jedenfalls jetzt noch nicht. Sie runzelt die Stirn, als fiele es ihr schwer, sich zu erinnern. »Nein, schön war er eigentlich nicht. Nicht so wie Ludwig mit seinen blonden Haaren und blauen Augen.« Bis auf die Nase natürlich. »Aber dafür war dein Großvater ein ganzer Kerl! Und was für einer. Wenn er einen Raum voller Menschen betrat, war mit einem Mal Stille. Ein Blick genügte, eine hochgezogene Augenbraue, und jeder beugte sich seinem Willen. Er war der geborene König, geboren, um zu herrschen und zu befehlen. Und zu kämpfen.« Merkwürdig, denkt Aliénor. Je mehr ich über ihn erzähle, desto weniger Hass kann ich empfinden. Mein Groll, so lange gehegt und tief in meinem Herzen eingeschlossen – er schwindet. Ein Knoten beginnt, sich zu lösen. Es tut gut. Henry, du Miststück, vielleicht kann ich dir sogar noch irgendwann vergeben, bevor ich sterbe. Aber ach was, ich werde weich. Aliénor ärgert sich. Er hat ihre Nachsicht nicht verdient. Sie stößt einen kleinen, unwilligen Laut aus und merkt auf einmal, dass sie ihr Taschentuch zerknüllt hat.

Blanche kramt im Vorratsbeutel und hält ihrer Großmutter eine getrocknete Feige hin, die Aliénor wortlos annimmt, um lustlos darauf herumzukauen. Jetzt ist Ablenkung nötig, denkt sie. Sonst kriegt sie wieder Bauchkrämpfe. »Und dann habt ihr in Glanz und Pomp geheiratet«, mutmaßt sie fröhlich.

Aliénor winkt ab. »Aber wo! Ganz im Gegenteil. Denk doch nach, Kindchen: Unsere Verbindung war geradezu eine Kampfansage an den König von Frankreich. Wir haben keine zwei Monate nach meiner Trennung von Ludwig geheiratet, das konnte er nur als Beleidigung auffassen. Wir wollten nicht noch mehr Öl ins Feuer gießen, indem wir die Hochzeit in aller Öffentlichkeit feierten. Oh, Henry wäre es ganz gleich gewesen. Aber ich mochte Ludwig nicht noch mehr kränken. Ich fürchtete, er würde mit dem Schwert antworten, und ich sollte recht behalten …«

Blanche macht ein enttäuschtes Gesicht. »Also keine große Festlichkeit?«

»Nein. Keine Trompetenklänge, keine üppigen Gelage, keine Einladungen an den großen Adel. Nur eine stille kleine Zeremonie im engsten Kreis, für die sämtliche Vorkehrungen im Geheimen getroffen worden waren. Die Hochzeitsnacht hatten wir ja ohnehin schon vorweggenommen.«

Blanche kichert ein bisschen. »Und dann hofftet ihr, dass Ludwig sich diese Kränkung bieten lassen würde.«

»Nun ja, es war ja nicht nur die Hochzeit selber. Es war auch ...« Aliénor beißt sich auf die Zunge. Beinahe hätte sie das ausgeplaudert, was viele Jahrzehnte lang ein sorgsam gehütetes Geheimnis ihrer Ehe geblieben war. Nämlich, dass sie mit Henry über den normannischen Herzog Robert II. noch enger verwandt war als mit Ludwig. Er muss das gewusst haben, denkt sie. Und er hat ganz richtig gefolgert, dass es mir bei Henry egal war und bei ihm nicht. Dass ich die Konsanguinität nur vorgeschoben hatte, um ihn loszuwerden. Sonst wäre seine Antwort auf meine neue Eheschließung nicht so heftig ausgefallen.

»Was meinst du?«, bohrt Blanche nach.

Aliénor weicht aus. »Ei, Henry und ich waren beide Ludwigs Vasallen, wir hätten ihn um Erlaubnis für diese Ehe bitten müssen. Allein das war eine Brüskierung der Krone. Und schau, kein Mann ist glücklich darüber, wenn die Frau, mit der er verheiratet war, so schnell einen anderen nimmt. Niemand will so gedemütigt werden vor den Augen des ganzen Landes. Natürlich glaubte Ludwig, das Ganze sei ein abgekartetes Spiel gewesen. Ich und Henry hätten ihn hintergangen und uns schon in Paris gegen ihn verschworen. Das dachten viele.« Und ganz so falsch lagen sie damit schließlich nicht, wenn man den Vorschlag Gottfrieds des Schönen betrachtet, und den nächtlichen Kuss im Saal. Gleichwohl, erinnert sich Aliénor, in Paris habe ich den Gedanken an diese Heirat noch verworfen. Ich habe Ludwig nie mit einem Anjou betrogen. »Unsere Verbindung«, fährt sie fort, »bedeutete über alle Empfindlichkeiten des Königs hinaus auch eine Gefahr für die Krone und das Haus Capet, das immer noch keinen Erben hatte. Es war der Zusammenschluss der beiden mächtigsten Herzogtümer Frankreichs. Ludwig musste etwas dagegen tun. Also warteten Henry und ich darauf, dass der Sturm losbrach, der sich über unseren Köpfen zusammenbraute ...« Und wir haben uns die Zeit wunderbar vertrieben, ergänzt die alte Königin für sich und lächelt stumm in sich hinein. Mein Gott, war ich glücklich damals. Ich lag in den starken Armen meines jungen Gemahls, und ja, ich liebte ihn. Und er mich. Wir waren verrückt nacheinander. Es gab nur uns beide. Aliénor schließt die Augen. Sie sieht sich wieder im Maubergeonne-Turm von Poitiers als junge, begehrenswerte Frau, angebetet von ihrem kampfgestählten normannischen Ritter. Sie denkt an seine Küsse, seine Berührungen, die Koseworte, die er murmelte. An die herrlich wilden Nächte, in denen sie nach der Liebe erschöpft in den Kissen lagen und bis zum Morgengrauen über die unsinnigsten Dinge redeten. »Glaubst du, dass es heute noch Drachen gibt?«, fragt sie einmal, ihre Finger spielen mit den dunklen Löckchen auf seiner Brust. »Natürlich«, antwortet er. »Im Drachenland. Dort, wo noch nie ein Mensch hingekommen ist.« Er streichelt ihre Brüste. »Sag, wenn ich einen für dich töten soll«, flüstert er ihr ins Ohr. »Drachenblut soll unsterblich machen«, murmelt sie schläfrig. Seine Hand gleitet tiefer, und er raunt: »Als Fee brauchst du das gar nicht.« Dann wandert seine Zunge zwischen ihre Schenkel, und alle Drachen der Welt werden ganz klein und unbedeutend im Riesenreich ihrer Leidenschaft. Er liebte nie wie ein Knabe, erinnert sich Aliénor, und ein kleiner Schauer läuft ihr über den Rücken. Er liebte immer wie ein Mann, besitzergreifend, gierig und wollüstig, und er genoss es dabei, ihr Lust zu verschaffen. Himmel, kommt es Aliénor in den Sinn, ob es wohl jetzt noch so wäre mit ihm, wenn er nicht tot und begraben läge, wenn wir nicht …

»Grand-mère?« Blanches Stimme reißt sie aus ihren Gedanken. »Darf ich dich noch was fragen?«

»Nur zu, Kind.«

»Hast du denn gar nicht mehr an Raymond gedacht?«

Es ist, als habe sie einen Schlag in die Magengrube bekommen.

Puente la Reina
März 1200

Raymond. Allein sein Name macht die Erinnerungen an meinen Honigmond mit Henry schal. Aber du warst tot, Liebster. Und ich habe um dich getrauert bis an den Rand des Wahnsinns. Du musst das doch wissen. Ich habe dich nicht verraten. Ich wollte nur weiterleben. Du hättest nicht gewollt, dass ich den Rest meiner Tage als trauernde Witwe verbringe, das weiß ich. Dass ich Henry nahm, hat nichts mit meiner Liebe zu dir zu tun. Es schmälert nicht die Gefühle, die ich für dich hatte. Aber ich war noch so jung, ich wollte doch wieder glücklich sein. Und da war dieser Traum. Bevor ich an Henry schrieb, hast du mich besucht in der Nacht. Dein Geist war da, ich habe ihn gespürt. Du hast mich freigegeben. Geh, hast du gesagt. Auf Erden kann ich nicht mehr bei dir sein. Aber ich warte auf dich, da wo ich jetzt bin. Weißt du's nicht mehr, Liebster? Du musst es doch noch wissen!

»Doch, ich habe an Raymond gedacht«, sagt sie leise zu Blanche. »Aber ich wollte auch leben, verstehst du? Die Toten verblassen mit der Zeit, und die Lebenden nehmen sich ihr Recht. Ich habe Raymond nie vergessen, Blanche. Aber ich war mir auch sicher und bin es noch, dass er sich für mein Glück gefreut hat. Ich habe lange Zeit um ihn geweint, habe mit mir selber gehadert, wollte am liebsten auch sterben, tot und kalt in der Erde liegen. Gott hat ihn gewollt, habe ich mir gesagt, warum will er mich nicht? Unsere Sünde war dieselbe. Aber irgendwann habe ich seinen Tod angenommen als Gottes Entscheidung. Und wenn Gott wollte, dass ich weiterlebe, dann musste ich dieses Leben annehmen. Und zu diesem Leben gehörte dann eben Henry. Ich hätte nicht alleine bleiben können. Und ich war zu sehr Frau, um ohne Mann zu sein. Das ist Evas Vermächtnis an uns. Vielleicht habe ich es zu sehr gespürt, dieses Vermächtnis. Und wenn das so ist, dann habe ich auch dafür gebüßt. Gott möge mich weiter strafen, wenn es ihm gefällt, in der Zeit, die mir noch bleibt. Ich bin meinen Weg gegangen, so gut wie ich es eben verstand.«

Blanche bleibt stumm. Das war eine lange, ernste Rede. Nach einer Weile bemerkt sie, dass ihre Großmutter eingedöst ist. Sie hat die Hände im Schoß gefaltet, weiße, handschuhverwöhnte Hände, überzogen mit pergamentener Haut über Sehnen und Knochen, gesprenkelt mit lauter winzigen Altersflecken. Blanche überlegt, dass diese Hände, einst jung und schön, ihren Großvater Henry gestreichelt haben. Und noch viele andere Männer auch, wenn man den Gerüchten glaubt, die schon so lange an allen Höfen die Runde machen. Aber ob sie es auf dieser Reise noch wagen wird, danach zu fragen? Sie schließt die Augen und stellt sich ihre Großmutter als wunderhübsche junge Frau vor, wie sie mit Henry von Anjou das Eheversprechen tauscht. Dann schläft auch sie ein.

Die beiden Frauen erwachen erst, als sie von draußen Rufe hören. Die flämischen Waffenknechte geben ihrer Bewunderung für ein großartiges Bauwerk Ausdruck: die Puente la Reina, die Brücke der Königin. Eine mächtige, gewölbte Steinbogenbrücke überspannt den Rio Arga am Eingang zur Stadt Puente la Reina. Sie wurde vor weit mehr als hundert Jahren errichtet, um die Pilgerströme über den Fluss zu tragen. Denn kurz vor dem Städtchen vereinigen sich, von Osten kommend, der aragonesische und der navarresische Zweig des Jakobswegs. Noch ist die Brücke allerdings fast leer, denn im Winter und Frühling pilgert kaum jemand über den Gebirgszug der Pyrenäen.

Auch Aliénor und Blanche bewundern das imposante Bauwerk, auf das ihr Wagen zurollt. Dahinter erhebt sich die nach der Brücke benannte alte Templerstadt hinter einer trutzigen Stadtmauer. »Die Königin von Navarra, Dona Mayor, ließ die Brücke einst bauen«, erklärt Aliénor ihrer Enkelin. »Eine kleine Stadt entstand, die heute dem Orden der Tempelritter gehört. Neben der Kruzifix-Kirche gibt es eine schöne Herberge, die ich schon auf dem Herweg benutzt habe. Dort fahren wir hin.«

Über die Brücke und dann durch die Calle Mayor geht es zum Templerkloster, wo sie freundlich empfangen werden. Man weist den Damen und ihren beiden Zofen ein einfaches, aber sauberes Zimmer im ebenerdigen Gästetrakt zu, dessen Wände ganz frisch geweißt sind. Die Beine der zwei großen Betten stehen in wassergefüllten irdenen Töpfen, denn die ersten Ameisen sind schon wieder unterwegs. »Ah, endlich eine Nacht ohne krabbelndes Geziefer«, stellt Blanche zufrieden fest. »Welch eine Wohltat.« Das Abendessen nehmen sie gemeinsam mit dem Abt und der Gemeinschaft der Mönche im Refektorium ein, und weil sie nach ihrem Nachmittagsschläfchen noch nicht müde sind, setzen sie sich noch ein Weilchen am Kamin zusammen.

Aliénor erzählt unaufgefordert weiter, sie will vermeiden, dass Blanche noch einmal mit Raymond anfängt. »Unsere erste gemeinsame Zeit nach der Heirat dauerte gerade einmal zwei Wochen«, beginnt sie. »Dann erhielten wir Nachricht, dass Ludwig ein Heer an der Grenze zur Normandie zusammenzog. Er hatte ein Bündnis mit den Grafen von Blois und der Champagne sowie mit Heinrichs jüngerem Bruder Geoffrey geschlossen, der mit seinem Erbe unzufrieden war. Was ist? Ach, hatte ich noch nicht erwähnt, dass Geoffroy der Schöne inzwischen gestorben war? Ein Fieber hatte ihn dahingerafft, viel zu jung. Bernhard von Clairvaux hatte es ja prophezeit – inzwischen glaube ich wirklich daran, dass der alte Widerling die Gabe des Sehens besaß. Nun jedenfalls, der junge Geoffrey war schlecht bedacht worden und wollte sich an seinem Bruder dafür rächen, obwohl der weiß Gott nichts dafür konnte. Henry bekam einen Wutanfall, als er davon erfuhr. Es war der erste, den ich von ihm erlebte, und bei weitem nicht der Schlimmste, auch wenn dabei ein paar wunderbare grüne Glaskelche zu Bruch gingen. Ha, wie er tobte! Wenn er zornig war, schwollen an seinem Hals zwei dicke Adern, sein Gesicht färbte sich rot, und seine Augen waren im Nu blutunterlaufen. Zum Fürchten sah das aus!«

»Also musste er dich verlassen und in den Krieg ziehen!«, stellt Blanche fest. »Weil sein Bruder nach mehr Besitz strebte und weil Ludwig sich gedemütigt fühlte und euch jetzt hasste.«

»Genau so war es«, nickt Aliénor. »Henry unternahm einen Gewaltritt nach Norden, drei seiner Pferde brachen unterwegs vor Erschöpfung zusammen. Aber es gelang ihm rechtzeitig, seine Ritter zusammenzuziehen. Er fiel ins Vexin ein und in das Gebiet seines Bruders, den er mühelos von den drei läppischen Burgen befreite, die bisher sein Erbe gewesen waren. Geschah ihm recht!

Innerhalb von sechs Wochen führte mein kriegerischer Gatte einen wahren Siegeszug gegen alle seine Feinde; Ludwig war ihm trotz all seiner Bundesgenossen nicht gewachsen.«

Das wundert Blanche nun gar nicht. »Was tat Ludwig dann?«

Aliénor zuckt die Schultern. »Oh, er bekam wieder einmal Fieber. Er zog sich in die Île de France zurück und brütete über seine eigenen Unzulänglichkeiten nach und darüber, warum Gott ihm schon wieder seine Hilfe verweigerte.«

»Der Kampf war also zu Ende.«

»Es gab einen Waffenstillstand, ja. Und danach kehrte Henry nach Aquitanien zurück, für ganze vier Monate.« Vier Monate, denkt sie. So lange am Stück waren wir selten ohne Unterbrechung zusammen. Und das ganz ohne Streit! »Ich zeigte ihm meine Heimat. Wir ritten durch die Gascogne und die Saintonge, tranken Wein in Bordeaux, besuchten Angoulême und das Limousin, La Marche, Lusignan, dann natürlich Chatellerault, wo meine Onkel Hugo und Ralph de Faye uns mit großer Freude empfingen. Wir tunkten unser Brot in das Salz von Les Sables, schlürften Austern in La Rochelle und kosteten Muscheln auf der Île d'Oléron. Wir fuhren mit dem Boot auf der Vienne, ritten durch die Marschen bei Soulac, warfen unsere Falken in den Flussauen bei Chinon hoch in die Lüfte. Und wir beteten in den Klöstern von Niort, Saintes und Fontevraud.« Nur eines hab ich ihm nie gezeigt, Raymond, mi cors: Talmont. Diese Erinnerung gehört nur uns, bis heute.

Knisternd und krachend fallen die glühenden Holzscheite im Kamin in sich zusammen, Funken sprühen. Blanche springt auf und fegt ein glimmendes Kohlestückchen von ihrem Rock.

»Das muss wie ein einziges großes Fest gewesen sein«, sagt sie schließlich, als sie wieder sitzt.

»O ja. Natürlich hatten wir ein vielköpfiges Gefolge bei diesem Umritt. Immer waren da Lieder, Lärm und Lachen. Viele Ritter begleiteten uns, Damen vom Adel, Geschichtenerzähler, Troubadoure. Damals lernten wir Bernard von Ventadorn kennen, als er noch nicht berühmt war.«

Blanche horcht auf. »Der Bernard? Mit dem du ...«

»O Heiland, jetzt fang du nicht auch noch davon an. Ich hatte nie etwas mit ihm, auch wenn diese verfluchten Klatschmäuler etwas anderes behaupten. Er war ein lustiger Gesell, reichte mir gerade einmal bis zur Brust und wog kaum mehr als ein Spatz. Henry hat ihn gemocht, und deshalb war er später auch oft bei uns am Hof. Seine Lieder waren wunderschön, und er konnte nächtelang erzählen. Aber du lieber Gott, damals hatte ich nur Augen für Henry, und wer etwas anderes herumerzählt, der lügt.«

»Aber Bernard war in dich verliebt«, sagt Blanche. »Oder nicht? Er hat Gedichte über dich geschrieben ...«

»Einige. Er nannte mich ›mon aziman‹, das heißt ›mein Leitstern‹, schrieb, ich sei der Magnet, zu dem es ihn hinzöge. Aber das darf man nicht so ernst nehmen, weißt du. Troubadoure loben stets die Ehefrauen ihrer Mäzene, um von den Herren dafür belohnt zu werden. Sei's, wie es sei – dafür, dass er der Sohn eines Ofenheizers auf der Burg Ventadour war, besaß er erstaunliches Talent. Und wegen seiner zuckersüßen Schmeicheleien war er als Weiberheld verrufen. Ventadour musste er verlassen, weil er etwas mit der Frau des Grafen Èble angefangen hatte.« Aliénor schürzt amüsiert die Lippen. »Aber er konnte schreiben, herrlich! Henry hat ihn mit Geschenken überhäuft, aber irgendwann fiel er bei ihm in Ungnade, ich habe nie erfahren, warum. Vielleicht war er ja doch eifersüchtig, weil Bernard mich so bewunderte. Jedenfalls verließ der kleine Troubadour später den Hof und ging nach Toulouse. Ich sah ihn nie wieder. Da fällt mir ein, ich hatte ein Lieblingslied von ihm, das ›Lerchenlied‹ ... wie ging es nur?« Die alte Königin besinnt sich, und dann klingt ihre feine, brüchige Stimme durch den Raum:

»Can vei la lauzeta mover
de joi sas alas contral rai,
que s'oblid'e.s laissa chazer
per la doussor c'al cor li vai,
ai! tan grans enveya m'en ve
de cui qu'eu veya jauzion,
meravilhas ai, car desse
lo cor de dezirerer no.m fon.

Wenn ich die Lerche seh,
die froh die Flügel unterm Sonnenstrahl bewegt,
die sich vergisst und fallen lässt
vor lauter Süße, die ans Herz ihr greift,
ach! Dann wächst in mir so großer Neid
auf jeden, den ich glücklich seh.
Mich wundert, dass mein Herz mir nicht
vor Sehnsucht schmilzt.«

Ach, waren das schöne Zeiten! Aliénor tupft sich mit dem Ärmel eine Träne aus dem Auge und nippt an ihrem Becher Wein. »Du liebe Güte, ich werde weinerlich.« Sie räuspert sich. »Das muss das Alter sein. Wo waren wir stehengeblieben? Ah ja, Henry wurde also gegen Ende des Jahres nach England gerufen. Du erinnerst dich: Dort schwelte immer noch der Kampf um die Krone zwischen Stephan von Blois und dem Haus Anjou, dessen Ansprüche über Königin Mathilda an ihren Sohn Henry übergegangen waren.«

»Aber Henry war doch die ganze Zeit gar nicht dort!«

»Seine Anhänger vom Adel kämpften für ihn. England war in zwei Parteien zerfallen, die sich bis aufs Messer bekriegten. Im Herbst 1152 war die Lage so schwierig, dass Henrys Anwesenheit auf der Insel unabdingbar wurde.«

»Du warst sicher sehr traurig, dass er fortmusste.«

Aliénor nickt. »Aber ich hatte etwas, das mich tröstete. Jaja, du denkst richtig: Ich war schwanger!«

Blanche klatscht in die Hände. »Das ging aber schnell!«

»Gott sei Dank. Du glaubst gar nicht, wie erleichtert ich war. Schließlich galt ich allenthalben als unfruchtbar, weil ich in fünfzehn Jahren mit Ludwig nur zwei Kinder geboren hatte. Jetzt konnte jeder sehen, dass es an ihm gelegen hatte. Und ich war so glücklich für Henry. Er hatte mich trotzdem geheiratet, und er hatte von Anfang an fest daran geglaubt, dass ich mit ihm fruchtbar sei.« Und wie fruchtbar, denkt Aliénor. So viele Kinder. Manchmal kam ich mir vor wie ein Karnickel. Aber es machte mich auch stolz. Das Haus Plantagenet wuchs durch mich. Und wie hast du es mir gedankt, Henry, du Miststück? Unwillig schüttelt sie den Kopf. »Hast du vielleicht eine Feige?«, fragt sie.

Blanche sucht in ihrem Beutel, aber es ist keine mehr da. »Ich dachte, du warst glücklich über die Schwangerschaft?«, sagt sie.

Aliénor winkt ab. »Aber ja doch. Und ich wollte Henry auch nicht so schnell missen, also zog ich mit ihm in die Normandie. Er wünschte sich, dass ich seine Mutter kennenlerne, die berühmte Mathilda. Sie sollte mir in der Schwangerschaft und bei der Geburt beistehen, während er in England war.«

»So lange plante er wegzubleiben?«

»Ei ja, und das war gut so. Denn während ich zusammen mit meiner Schwiegermutter in Angers meinen Bauch hütete, ereignete sich in England Bedeutsames: Henry gewann die berühmte Schlacht von Malmesbury und fügte seinen Gegnern damit einen großen Schaden zu. Und dann verlor König Stephan auch noch seinen ältesten Sohn und Erben Eustach. Der Kronprinz erstickte überaus unköniglich an einer Fischgräte. Ganz England sah das als Zeichen dafür, dass Gott auf Henrys Seite war. In Stephan stiegen die schwarzen Säfte auf. Völlig entmutigt schloss er in Winchester einen Vertrag mit Henry, in dem er ihn zu seinem Erben erklärte. Stephan sollte bis zu seinem Tod König bleiben, danach würde die Krone an Henry fallen. Das englische Volk, kriegsmüde und von vielen Nöten geplagt, begrüßte diese Lösung mit großer Erleichterung. Nun konnte Henry wieder zu mir heimkehren. Und ich hatte ein wunderbares kleines Begrüßungsgeschenk für ihn ...«

Blanche strahlt, während Aliénor weiterspricht. »Denn am Tag nach Maria Himmelfahrt im Jahre des Herrn 1153 hatte ich William zur Welt gebracht, unseren ersten Sohn!«

»O wie wunderbar«, sagt Blanche und hält dann inne. Ihr Gesicht wird wieder ernst. »Armer Ludwig!«

Aliénor seufzt. »Ja, mir tat er auch leid. Er war wirklich zu bedauern. Alle Welt konnte nun sehen, dass er derjenige von uns beiden gewesen war, der keinen Sohn zeugen konnte. Das muss hart für ihn gewesen sein. Ich hatte den Erben geboren, nach dem er immer gehungert hatte, aber er würde einmal eine andere Krone tragen.« Aliénor beißt sich auf die Lippen. Was hat sie da eben gesagt? Sie zieht ihr Schultertuch enger, ihr ist auf einmal kalt trotz des Kaminfeuers. Denn der kleine William, ihr Erstgeborener, Henrys ganzer Stolz ... Sie wischt sich mit zittrigen Fingern über die Augen.

Blanche ruft nach dem Ofenknecht und bedeutet ihm nachzufeuern. Dann legt sie ihrer Großmutter eine Decke um und spürt, wie schmal und knochig die Schultern der Alten unter ihren Händen sind. »Hat Henry denn seinen Sohn geliebt?«, will sie wissen.

»Oh, er liebte alle seine Kinder, auf seine Weise. Er verwöhnte sie mit Geschenken, machte große Pläne für sie, er spielte sogar manchmal mit ihnen. Und er hing an ihnen wie selten ein Vater, auch an den Töchtern.« Du konntest gar nicht genug Kinder haben, Henry, nicht wahr? Ganz gleich, mit wem ... Unwillig zupft Aliénor an den Fransen ihrer Wolldecke. Sie hat jetzt keine Lust mehr weiterzuerzählen. Müde stemmt sie sich aus ihrem Sessel hoch und sucht vergeblich nach dem Gehstock. »Bring mich zu Bett«, bittet sie Blanche, und auf ihre Enkelin gestützt schlurft sie aus der Kaminstube.

Pamplona, am selben Tag

»Euer untertänigster Diener!« Guy de Valmort sinkt vor dem König von Navarra auf die Knie.

»Erhebt Euch.« Sancho der Starke tätschelt dem neuen Deckhengst, den er für seine andalusischen Stuten gekauft hat, die Flanke. Ein schönes, stolzes Tier, denkt er, das wird herrliche Fohlen geben. Dann wendet er sich dem Mann zu, der vor ihm steht. Ein unauffälliger Mensch, farblos und nichtssagend. »Ihr seid also der, äh ... Bote meines Schwagers aus der Champagne.« Sein Französisch ist leidlich gut, dank seiner Ehefrau, einer Tochter des Grafen von Toulouse.

Valmont lächelt. »So ist es, Majestät. Ich danke Euch, dass Ihr mich heute empfangt.« Das ist ein freundlicher Hinweis darauf, dass Sancho ihn vier Tage hat warten lassen in dieser doch so dringlichen Angelegenheit.

»Ich bin ein vielbeschäftigter Mann, Señor«, erwidert Sancho ungerührt. Er packt den andalusischen Hengst am Maul und begutachtet die großen gelblichen Zähne des Tieres. »Was also habt Ihr zu berichten?«

Valmont breitet die Arme aus. »Das dürfte nur zwei Paar Ohren etwas angehen, Majestät.«

»Nun gut. Kommt.« Der König übergibt die Zügel seinem Stallmeister und geht mit seinem Besucher ein paar Schritte hinüber zu den Pferdekoppeln.

»Ihr wisst, mit welchem Auftrag ich hier bin«, beginnt Valmort vorsichtig.

Sancho nickt. »Meine Schwester hat mir geschrieben.«

Valmort streckt die Hand aus und lässt eine fuchsfarbene Stute schnuppern. »Ich nehme an, dass Königin Aliénor vor Weihnachten hier durchgekommen ist und Ihr sie getroffen habt?«

»Ich habe sie mit allen Ehren empfangen«, antwortet Sancho und füttert die Stute mit einer süßen Dattel. »Schließlich kennen wir uns von früher. Meine Schwester Berengaria ist ihre Schwiegertochter, wie Ihr vermutlich wisst.«

»Gewesen«, nickt Valmort. »Und hat die alte Dame Euch etwas über den Zweck ihrer Reise erzählt?«

»Nicht über den eigentlichen Zweck, nein.« Das ärgert Sancho immer noch. »Aber ich kenne den Zweck Eures Aufenthalts hier.«

»Das ist gut, Herr. Dann könnt Ihr Euch wohl denken, dass ich Euch bitten werde, mir bei der Ausübung meines Auftrags behilflich zu sein.«

Sancho sieht zu, wie die kleine Stute über die Wiese davontrabt. Die Hübsche werde ich als erstes decken lassen, denkt er. Abrupt dreht er sich zu Valmort um. »Ich weiß nicht, was meine Schwester Euch erzählt hat, Señor. Navarra liegt im Krieg mit Kastilien, ja. Und ich bin nicht erfreut über die Behandlung, die meine Schwester von ihrem Plantagenet-Gatten erfahren hat. Dennoch: Der König von Navarra ist ein Mann von Ehre und Ritterlichkeit. Ich bin stets bereit, für eine gute Sache zu kämpfen. Das weiß

Spanien und der Rest der Welt. An Mut fehlt es mir nicht. Aber meine Schwester hat eines vergessen: Ich kämpfe gegen Könige, nicht gegen alte Frauen und junge Mädchen.«

»Aber Majestät, es geht hier ...«

»Schweigt«, fällt der König seinem Gast ins Wort. »Ich habe lange über das Ansinnen meiner Schwester nachgedacht. Und ich bin zu dem Entschluss gekommen, dass ich mir in dieser Sache nicht die Hände schmutzig machen möchte. Ich habe Aliénor von Aquitanien freies Geleit versprochen, und ich breche mein Wort nicht. In meinem Königreich wird weder ihr noch ihrer Enkelin etwas zustoßen. Habt Ihr mich verstanden, Señor?«

Valmort bleibt nichts anderes übrig, als klein beizugeben. Der König sieht furchterregend aus in seiner Riesenhaftigkeit, mit den blitzenden schwarzen Augen und dem entschlossen vorgereckten Kinn. »Aber«, wagt er zu fragen, »was ist, wenn die beiden Navarra verlassen haben ...«

Sancho zuckt die Schultern. »Dann könnt Ihr sie haben, Monsieur Valmort. Das steht außerhalb meiner Verantwortung.«

Guy de Valmort verbeugt sich zum Abschied. »Ich danke Euch für Eure Offenheit, Majestät. Ich werde Eurer Schwester davon berichten. Und ich werde an den Grenzen Eures Reiches warten. Auf Eure Verschwiegenheit darf ich rechnen?«

Der König atmet einmal tief durch. »Königin Aliénor wird mich auf ihrer Rückreise leider nicht in Pamplona antreffen. Ihr habt freie Hand, Señor, sobald sie die Grenzen meines Königreichs überschritten hat. Mehr kann und will ich nicht für meine Schwester tun.« Er wendet sich ab. »Geht jetzt.«

Valmort entfernt sich gemessenen Schritts. Er ist wütend. Dieser Feigling! Nun gut, er wird auch ohne die Hilfe des Königs zurechtkommen.

*Eilbotschaft des Erzbischofs Theobald von Canterbury
an König Henry Plantagenet von England und Irland
vom 25. Oktober 1153*

Sire, Euer unterthänigster Diener von Canterbry lässet Euch mit dißen Zeylen wißen, daß König Stephan von Engelland durch Gots Willen vor dreyen Tagen schwer kranck auffs Lager gezwungen wurd. Er litt schon langk unter einer bößen Geschwulßt am Arss, die ihme grosz Schmertzen und Unbilden brachtt. Geßtern mittag nunmehro began der Königk am Anuß zu bluthen und verschied, versehn mit den heyligen Sacramentten, heute bey Sonnenaufgangk. Requiescat in pace.
Von nun an möget Ihr mit Gots Segen herschen, mein Königk Henry, den wir allhier nennen Fitzempress, Sohn der Königin Mathilde, Enckel deß Königks Henry, Ur-Enckel des Königs Wilhelm, des Eroberers. Adel und Volck wölln Euch begrüßen alß Erben der Krone und alß Friedens-Bringer. Mögen in Engelands glücklichern Zeytten Gerechtigkeyt und Gnade leuchthen, dartzu die ausgeglichne Machtt guther Regirung. Eilet! Euer Diener Theobaldus trägt Sorg, daß alles für die Krönungk gerichtet sey. Heill unßerm newen Königk Henry.

*Gegeben zu Dover, den Sontagk vor Allerheyligen,
Theobaldus Archiepiscopus Canterburiensis
IesusMariaAmen*

Barfleur, englische Küste, Winchester und London
November/Dezember 1153

»Verdammtes Wetter!« Henry steht am Fenster der Burg in Barfleur und blickt mit grimmiger Miene aufs Meer hinaus. Draußen grollt der Donner, und die Wogen des Ärmelkanals türmen sich. Regen, Graupel und stürmische Winde peitschen die Wasser, Gischt spritzt, ein Heulen fährt durch die Lüfte. Bei solchen Bedingungen nach England überzusetzen käme einem Selbstmord gleich. Das sagen die Seeleute alle, die tatenlos in den Tavernen am Hafen sitzen und warten, genau wie der junge englische König. Seit dem Nikolaustag läuft er im Donjon herum wie ein gefangenes Raubtier, schlägt sich die Fäuste an den rauen Wänden blutig vor Ungeduld. Denn er weiß, dort drüben formieren sich seine Gegner.

Jeden Morgen und Nachmittag lässt er seine Kapitäne rufen, um Mutmaßungen über das Wetter anzustellen, und jedes Mal kommt das Gleiche heraus: die Überfahrt ist völlig unmöglich. Die kleine normannische Flotte liegt seit nunmehr drei Wochen fest vertäut im Hafen, und Henrys obszöne Flüche sind bis zu den Docks von Barfleur zu hören.

Nur Aliénor und der kleine William können dem noch ungekrönten König in diesen Tagen ein Lächeln entlocken. So wie jetzt, als die beiden die Turmstube betreten, die Henry als Ausguck dient. Der kleine Prinz quietscht begeistert, als sein Vater ihn aus den Händen der Amme entgegennimmt und hoch in die Luft wirft. »Nicht so stürmisch«, ruft Aliénor lachend und fällt ihrem Gemahl in den Arm.

»Pah, er ist doch nicht aus Glas«, entgegnet Henry. »Seine Hoheit der Kronprinz von England sind von königlichem Blut und gut normannischem Stamm. Wir Anjou-Männer halten was aus!«

»Nur Geduld habt ihr keine, was?« Aliénor nimmt den Kleinen und gibt ihn der Amme zurück. »Ich habe gehört, du bist heute auf einen deiner Kapitäne losgegangen, nur weil er gemeldet hat, dass die Stürme noch andauern werden. Und deine Mutter lässt dir ausrichten, du sollst gefälligst leiser toben, wenn sie ihren Nachmittagsschlaf hält.«

Henrys Gesicht wird finster. »Die Gezeiten haben sich gegen mich verschworen! Wie lange soll ich noch hier hocken? Das ist nicht auszuhalten! Gott hasst mich!«

»Was für ein Unsinn.« Aliénor tritt zu Henry, nimmt seine Hände und legt sie vorsichtig auf ihren schwellenden Leib. »Und was ist das, hm? Wenn Gottes Hass so aussieht, dann möchte ich bitte mehr davon.«

Zärtlich streichelt er über ihren Bauch. Sie führt seine Hand. »Fühl doch nur! Er strampelt!«

Henry bleibt ganz ruhig, um die Bewegungen des Kindes zu spüren. »Und du meinst wirklich, dass es wieder ein Sohn wird?«

»Was so strampelt, kann kein Mädchen sein. Das sagt deine Mutter auch.«

Er küsst sie lächelnd auf die Wange. »Du hast recht, Liebste. Gott ist mit uns. Jetzt muss er nur noch dem Sturm Einhalt gebieten, und dann bist du wieder Königin.«

Zum zweiten Mal, denkt Aliénor. Wer hätte gedacht, dass es so schnell geht? Dass Stephan so schnell abberufen würde aus dieser Welt? »Ich kann es kaum erwarten, mit meinem Sohn auf dem Arm den Thron zu besteigen! Und mit dir neben mir!«

Er ballt die Faust. »So zeigen wir es der ganzen Welt, Alí! Und zuallererst Ludwig von Frankreich, dieser Memme! Wenn er hört, dass wir wieder einen Sohn erwarten, wird er platzen vor Neid!«

»Er tut mir leid.« Aliénor tritt ans Fenster und schaut auf das aufgewühlte Wasser im kleinen Hafen. »Vielleicht schenkt ihm seine neue Frau ja Söhne.«

»Konstanze von Kastilien? Dieses Kind? Dass ich nicht lache!« Er tritt hinter Aliénor, umfasst ihre prallen Brüste mit beiden Händen und küsst ihre Halsbeuge. »Der einzige König, der hier Söhne zeugt, bin ich«, flüstert er ihr ins Ohr. »Ich kann's gar nicht erwarten, bis du wieder so weit bist.«

Sie schließt die Augen und genießt seine Wärme an ihrem Rücken. Es tut gut, sein Begehren zu spüren. Du bist mein Mann, denkt sie, und eines Tages will ich mit dir am Feuer sitzen, eine ganze Schar Kinder und Enkelkinder um uns. »Erzähl von England«, sagt sie. »Ich bin schrecklich neugierig auf unser neues Königreich.«

»Nun ja«, meint er schulterzuckend, »es ist natürlich nicht Frankreich. Vieles liegt drüben im Argen wegen des jahrzehntelangen Krieges. Aber wenn sich das Land erst einmal erholt hat, wird es reich und fruchtbar sein, du wirst schon sehen. Es gibt herrliche Wälder drüben, randvoll mit Wild – man kann nach Herzenslust jagen, besser als hier.«

»Wenn du das sagst!« Aliénor kennt die Jagdleidenschaft ihres Mannes.

»Wir Normannen haben die Insel seit bald hundert Jahren fest im Griff«, erzählt Henry weiter, »auch wenn sich die angelsächsische Bevölkerung nur langsam an eine geordnete Herrschaft gewöhnt hat. Das Beste ist: Anders als in Frankreich gehört alles Land dem König; er allein vergibt es an seine Lehnsleute.«

»Also ist die Macht der Krone auf der Insel viel größer als hier!«, stellt Aliénor zufrieden fest. »Das klingt gut. Allerdings gehört, soweit ich weiß, nicht die ganze Insel zum Königreich ...«

Henry lässt Aliénor los und beginnt, mit der ihm eigenen Ruhelosigkeit im Raum umherzuwandern. »Richtig. Da ist Schottland im unwirtlichen Norden, ein christliches Königreich, dessen Bevölkerung aber noch recht barbarisch anmutet. Stell dir vor, die Männer tragen Weiberröcke, und vor dem Kampf malen sie sich die Gesichter blau an. Die sind schlimmer als die Heiden! Malcolm ist ein schwacher Herrscher; die wahre Macht im Norden haben die Clans, die oft untereinander verfeindet sind. Ihre wilden Horden fallen in die Grenzgebiete ein, töten, plündern und rauben. Ich werde ihnen bald den Spaß dort droben verderben.« Er klopft auf den Griff seines Schwertes. »Und danach kümmere ich mich dann um den Westen der Insel. Dort lebt ein aufsässiges einheimisches Volk, dessen blutige Beutezüge unseren Untertanen immer wieder zu schaffen machen. Sie haben wie die Schotten eine eigene Sprache, die klingt, als ob sie Holzbrocken im Mund hätten.«

Aliénor lacht. »Ei, du wirst mit ihnen sicherlich so reden, dass sie es verstehen, mein König!«

»Worauf du dich verlassen kannst«, grinst Henry. »Übrigens sprechen auch die Angelsachsen immer noch ihre eigene Sprache, eine bemerkenswerte Mischung aus Brummen, Gurgeln und Knurren, aber sie verstehen heute fast alle Französisch. Bis auf die Bauern natürlich, aber die sind schließlich überall gleich, und die Sprache der Peitsche wird in Kent genauso verstanden wie im Cotentin.« Henry hält inne und späht kurz hinaus in den Sturm, bevor er sich wieder resigniert vom Fenster abwendet. »Was kann ich noch erzählen? Das Land ist unglaublich grün, weil es viel regnet. Korn wächst nicht so gut wie bei uns, aber dafür ist England reich an Bodenschätzen: Eisen, Kohle, Blei, Zinn und Silber. Aber die Grundlage des Wohlstands waren schon seit jeher – Schafe! Vor allem die Zisterzienser besitzen überall im Land riesige Schafherden; sie haben englische Wolle auch auf dem Kontinent berühmt gemacht. Ha! Es geht schon aufwärts in diesem Land, und wenn wir erst drüben sind, werden wir diesen Aufstieg beschleunigen. Ich sehe sie schon vor mir, die blühenden Städte, die wogenden Kornfelder, die Mühlen und Werkstätten überall. Mein Königreich!« Er breitet die Arme aus.

»Unser Königreich!«, bemerkt Aliénor trocken.

»Oh, natürlich«, beeilt sich Henry zu sagen. »Ich brauche dich an meiner Seite, das weißt du doch. Eine starke Königin, die meine Stelle einnehmen kann, wenn ich auf dem Festland bin. Denn unsere französischen Herzogtümer müssen ja auch regiert werden, da wird es nicht ausbleiben, dass ich öfters Zeit in Frankreich verbringen muss.«

Aliénor nickt ernst. »Du kannst dich auf mich verlassen, Henry. Genau das ist es, was ich mir immer gewünscht habe: Ich will an der Herrschaft teilhaben, will mithelfen, das Land zu regieren. Mit Ludwig war das nicht möglich.«

»Ich wäre ein Narr, wenn ich die Klugheit meiner Frau nicht nutzen würde.« Henry drückt im Vorbeigehen einen Kuss auf Aliénors Wange. »Ich wette, es wird dir gut gefallen in England. Die Kirche haben wir drüben übrigens auch im Griff. Die Erzbischöfe von Canterbury und York stehen fest auf Seiten der Krone, und die meisten Äbte und Bischöfe, die ich bis jetzt kennengelernt habe, sind recht weltlich eingestellt. Kein Bernhard von Clairvaux weit und breit!«

Aliénor lacht auf. »Dann werde ich England lieben!« Schnell macht sie das Kreuzzeichen – der alte Mann ist diesen Sommer zu Clairvaux gestorben und liegt nun tot und kalt in der Erde. Ein Feind weniger auf dieser Welt, denkt sie.

»Ich habe gehört, dass London ganz anders sein soll als Paris«, meint Aliénor.

»Darauf kannst du Gift nehmen!« Henry lacht. »Paris ist doch nichts als eine elende Ansammlung von Pfaffen! Nicht, dass ich etwas gegen Gelehrsamkeit hätte, aber Reichtum kommt nun einmal von Handwerk und Handel. Alles andere kostet bloß Geld. Und das wird in London erwirtschaftet! Die Stadt ist so voller Leben, Alí! Und ihre Lebensader ist die Themse, ein gut schiffbarer Fluss, bei dem du wie in Bordeaux noch die Gezeiten sehen kannst. Nicht gerade schön, wenn ich ehrlich sein soll – eigentlich ist es eine trübe braune Brühe. Und nicht so groß wie die Garonne. Aber über den Fluss kommen Waren aus aller Herren Länder in den Hafen. Gold aus Arabien, Edelsteine vom Nil, Pelze aus Russland, Seide aus China. Und, das wird dich freuen, beste Weine aus Aquitanien! Wenn wir da sind, musst du unbedingt den Pferdemarkt in Smithfield sehen – der ganze englische Adel kauft dort seine Streitrösser, Zuchtstuten und Fohlen. Da ist was los! London ist voller Menschen, von den Docks bis Cheapside! Es gibt eine große Kathedrale, über hundert Kirchen, Zunfthallen und Adelspaläste. Und Märkte, wo du alles kaufen kannst, was dein Herz begehrt! Es gibt Bärenhatzen, Hahnenkämpfe, Pferderennen, Wettbewerbe im Bogenschießen oder Ringen ...«

»Halt, halt!«, unterbricht Aliénor lachend. »Ich bin ja schon überwältigt!« Sie geht zu Henry und schmiegt sich an ihn. »Wäre das nicht der richtige Ort, um unseren zweiten Sohn zur Welt zu bringen?«

Er macht sich los, geht zum Fenster und sieht mit finsterem Blick hinaus. »Ja, wenn wir rechtzeitig hinkommen«, knurrt er.

Draußen fegt der Wind Hagelkörner waagrecht übers Meer.

»Sire, wacht auf!« Ein Diener rüttelt unsanft an Henrys Schulter. »Der Sturm hat sich gelegt! Eure Kapitäne sind unten in der Halle!«

Henry schreckt hoch. Nackt springt er aus dem Bett und hastet zum Fenster. Draußen herrscht eine fast unheimliche Ruhe nach dem Wüten des Sturms. Alles ist grau, dicker Nebel liegt über der See. Henry schreit triumphierend auf. Weil er so schnell seinen Umhang nicht findet, reißt er den Seitenvorhang des Baldachins samt Fransen ab und wirft ihn sich um. Dann nimmt er mit bloßen Füßen zwei Stufen auf einmal nach unten.

»Meine Herren! Wir segeln in – sagen wir – einer Stunde!«

Einer der Kapitäne, ein alter Seebär mit Beinen so krumm wie Kornsicheln, wagt Einwände: »Sire, die Winde haben sich beru-

higt, aber wir sollten noch warten, bis der Nebel sich verzieht. Er ist dicker als Graupensuppe. Man sieht von der Mole aus nicht einmal den Leuchtturm von Barfleur.«
»Wie lang kann das dauern? Bis Mittag?«
»Nein, nein.« Der Alte kratzt sich am Kopf. »Ein, zwei Tage. Eher drei, meiner Erfahrung nach. Die Feuchtigkeit muss erst aus der Luft ...«
Henry packt den Kapitän am Kragen. »Bist du irre, Tesselin? Kommandierst du einen Heringsfänger, du Weib?«
Ein anderer Kapitän springt seinem Kollegen bei. »Es ist zu gefährlich bei dieser Sicht, Majestät. Felsen, Riffe ... die Flotte kann so nicht zusammenbleiben ...«
Henry bekommt schon wieder blutunterlaufene Augen. Er ist mit seiner Geduld am Ende. Der Sturm hat sich gelegt, und er will verflucht sein, wenn er noch länger wartet. »Wir segeln!«, sagt er, und sein Blick signalisiert, dass er keinen Widerspruch dulden wird. »In zwei Stunden.« Dann stürmt er zurück in seine Schlafkammer.

Aliénor ist bereits in Reisekleidung, als Henry zurückkommt. Grinsend wirft sie ihm Bruoche und Beinlinge zu. »Zieh dich an, mi cors. So kannst du nicht gehen. Außer, du willst, dass dich deine Matrosen für ein Mädchen halten!«
Er lacht und fängt die Sachen aus der Luft. Während er sich ankleidet, steht Aliénor mit einer Liste in der Hand neben einer riesigen Truhe. »Zweiundvierzig Seidenbliauts, vierzehn Paar Schuhe, sechs davon mit Gold bestickt, fünf hermelingefütterte Mäntel, dann sämtliche Schleier und noch zehn warme Unterkleider«, murmelt sie. »Das muss genügen. Wann geht's los?«, fragt sie über die Schulter und rollt das Pergament zusammen.
»Für dich gar nicht, meine Liebe.« Henry fährt in seinen linken Stiefel. »Es wird eine Fahrt durch den Nebel. Zu gefährlich für die Königin von England und ihren ungeborenen Sohn.«
Mit einem Schritt ist sie bei ihm. »Das kommt überhaupt nicht in Frage.«
Er seufzt. »Alí, sei doch vernünftig. Ich muss es wagen, wer weiß, wie lange meine Gegner in England stillhalten. Aber du ...«

»Ich lass dich nicht allein.«

Er zieht seinen zweiten Stiefel an und steht auf. »Ich hab das schon entschieden, Alí.«

Sie stellt sich ihm in den Weg. »Fang ja nicht damit an, über mich zu bestimmen, Henry Plantagenet«, ruft sie aufgebracht. »Weißt du nicht mehr, was wir uns geschworen haben, in Poitiers? Dass wir immer füreinander da sein werden! Dass wir gemeinsam alles schaffen werden! Und jetzt willst du mich hier zurücklassen, in diesem gottverlassenen Kaff! Nein, Henry, entweder wir holen zusammen die englische Krone, oder ich gehe gemeinsam mit dir im Meer unter.« Mit funkelnden Augen steht sie vor ihm, die Fäuste geballt, die Wangen gerötet, schön wie eine Göttin.

»Ich liebe dich«, sagt er und küsst ihre Lippen wund.

Zwei Stunden später laufen sieben Galeeren aus dem Hafen von Barfleur. Himmel und Meer und Nebel sind schwertgrau, man sieht kaum bis zum nächsten Schiff. Es ist so windstill, dass die Männer rudern müssen; die Riemen heben und senken sich beinahe lautlos, nur ein leises Knarren an den Dollen ist zu hören, und manchmal ein Aufspritzen, wenn ein Riemenblatt ins Wasser taucht. Schwarzsilbern kräuselt sich das Kielwasser hinter dem königlichen Flaggschiff, das sich an der Spitze hält.

Als sie draußen auf dem Meer sind, es ist schon später Nachmittag, bricht mit unvermittelter Wucht der Sturm wieder los. Sie müssen die eben gehissten Segel einholen; die Schiffe werden wie Nussschalen hin und her geworfen. Als es Nacht wird, ist der kleine Konvoi längst auseinandergerissen worden. Henry brüllt von seinem Platz am Bug aus abwechselnd auf den Kapitän, den Lotsen und den Steuermann ein, während Aliénor voller Angst unter Deck in einem Kastenbett liegt und mit der Übelkeit kämpft. Sie ist froh, dass sie sich am Ende entschlossen hat, wenigstens den kleinen William bei ihrer Schwiegermutter in Barfleur zu lassen. Niemand findet Schlaf in dieser Nacht.

Als es am nächsten Morgen hell wird, hat der Sturm nachgelassen. Von den anderen Schiffen weit und breit keine Spur. Die Position der Galeere ist unklar. Erst gegen Mittag, nach vierundzwanzig Stunden Irrfahrt durch den Kanal, meldet der Junge im Ausguck Land. Sie haben schließlich glücklich die Insel erreicht, zwar nicht wie geplant Southampton, sondern einen kleinen Naturhafen an der Küste von Hampshire, südlich des New Forest, der Osterham heißt. Henry hilft Aliénor über die glitschige Planke, und dann waten sie gemeinsam durch das knöchelhohe Wasser an den Strand. Er fällt auf die Knie, greift in den nassen Sand und stößt einen triumphierenden Schrei aus: »England!«

Die Nachricht verbreitet sich mit Windeseile im Land. Mit ungläubigem Staunen hören die Menschen auf der Insel, dass ihr neuer König wagemutig Sturm und Nebel getrotzt hat, um zu ihnen zu kommen. Sie verlassen ihre Herdstellen, hocken sich an den eisigen Rand der Straße nach London und warten geduldig, dick in Decken und Felle gewickelt. Sie wollen um jeden Preis einen Blick erhaschen auf diesen einundzwanzigjährigen Henry, der sein Leben auf See riskiert hat, und auch auf seine berühmte Königin, diese unerhört schöne Frau, die einen langweiligen Gatten für einen mutigen jungen Krieger verlassen hat. Bald sind die Straßen nach London mit unzähligen Neugierigen gesäumt. Wer den König sieht, der hat sein Leben lang an den Herdfeuern genug zu erzählen, und wer erst beschreiben kann, wie die Königin aussieht, ha, der hat bei den Weibern bis in alle Zukunft einen Schlag.

Und Aliénor war nie schöner als an dem Tag, der ihr die englische Krone brachte. Ihre blaugrünen Augen strahlen, sie trägt Juwelen im aufgesteckten Haar, den schlanken Hals ziert eine herrliche Goldkette. Aufrecht und gerade hält sie sich auf ihrem Zelter, und wenn sie lacht, sieht man ihre makellosen Zähne. Sie winkt den Menschen zu, wirft Almosen in die Menge, jeder Zoll eine Königin.

Dem edlen Paar schallen Jubel und Hochrufe entgegen, in denen die freudige Hoffnung auf Frieden mitklingt. Immer mehr Leute gesellen sich dem Zug bei. Grafen und Barone mit ihrem Gefolge, Bischöfe und Prälaten, reiche Stadtbürger.

»Trostlos sieht das Land aus«, bemerkt Aliénor enttäuscht. »Grau und kalt und eintönig.«

»Wir haben Dezember, mein Schatz«, entgegnet Henry lachend. »Da ist's in Aquitanien auch nicht viel schöner.«

Aliénor blickt auf das schneeverkrustete braune Brachland, die

Bäume an den Hängen, die wie schwarze Geister ihre dürren Äste in den Wind recken, mustert die schäbigen Hütten, die sich in den Dörfern aneinanderducken, und die zerlumpten Menschen, die ihr schüchtern zuwinken. Ich werde mich wohl eingewöhnen müssen, denkt sie und zieht fröstelnd ihre Pelzmütze tiefer in die Stirn.

Und dann endlich reiten sie am Nachmittag des Dienstags Lucia in London ein. Henry hat darauf bestanden, ihr die Stadt zu zeigen, bevor sie ihr Quartier im Palast von Westminster beziehen. »Denk nur, London hat sieben Doppeltore!«, ruft Henry ihr über seinen Rücken zu. »Bishopsgate, Cripplegate, Moorgate, Aldgate, Aldersgate, Ludgate und Billingsgate. Schau, das hier ist die große Brücke zum Südufer der Themse hinüber, die will ich in Stein bauen lassen! Und dort vorne kommt der große White Tower, den Wilhelm der Eroberer bauen ließ. Er ist neunzig Fuß hoch, und seine Mauer ist die stärkste der Welt – man hat damals das Blut wilder Tiere in den Mörtel gemischt.«

Der Fluss stinkt, denkt Aliénor. Aber die Häuser sind hübsch mit ihren Anstrichen in Rot, Blau und Schwarz. Und hier ist wirklich etwas los! Sie nickt und lächelt nach allen Seiten, winkt zu den Menschen hoch, die ihre Köpfe aus den Fenstern stecken. Langsam schlängelt sich der königliche Zug die Old Fish Street entlang in Richtung Westen. Man wirft einen kurzen Blick auf die Baustelle der St. Pauls-Kathedrale, die nach dem letzten großen Brand immer noch nicht ganz fertig ist. Bei Blackfriars geht es aus der Stadt, dann die breite Straße namens Strand entlang, bis schließlich Westminster in Sicht kommt. »Der Palast neben der großen Abteikirche wird unser Londoner Aufenthaltsort sein«, erklärt Henry seiner Frau, die inzwischen todmüde ist und nur noch ins Bett möchte. »Seit der Tower nur noch als Festung und als Gefängnis genutzt wird, ist hier die Residenz der englischen Könige.«

Aliénor seufzt erleichtert auf. Endlich. Ihr Siebenmonatsbauch macht das Reiten nicht gerade leichter, und ihr Rücken schmerzt wie die Hölle. Sie lässt sich ein Holzpodest zum Absteigen bringen, zwei Pferdeknechte helfen ihr aus dem Sattel. »Führt die Königin gleich in ihre Gemächer«, befielt Henry ein paar Frauen von der Dienerschaft. »Sie möchte sich ausruhen.« Er küsst Aliénor auf die Stirn. »Wir sehen uns später, meine Liebe.«

»Hier bleibe ich keinen Augenblick!« Aliénors Augen sprühen Funken. Ihr Gesicht ist hochrot, alle Müdigkeit ist verflogen und dem Zorn gewichen. »Da drinnen sieht es aus wie in einer Rumpelkammer. Der Schmutz liegt schuhhoch in den Ecken! Alles ist baufällig, die Möbel sind wacklig, die Treppenstufen bröckeln. Überall Ratten und Mäuse! Zerrissene Vorhänge, rostige Kerzenständer, Schmierereien an den Wänden. Es stinkt, als ob unter den Dielen Kadaver faulten! Das ist kein Palast, Henry, das ist eine Zumutung! Und du wagst es, mich hierherzubringen!«

Henry ist so überrumpelt von ihrem Zorn, dass er erst einmal einen Schritt zurücktritt. »Aber Alí ... reg dich doch nicht so auf«, murmelt er. »Das Kind ... es nimmt ja Schaden ...«

»Sag du mir nicht schon wieder, was ich zu tun habe!«, empört sich Aliénor. »Das Kind nimmt Schaden, wenn seine Mutter in solchen Zuständen hausen muss.«

Der Erzbischof von Canterbury mischt sich ein. »Mylady, der Krieg«, sagt er und macht ein Gesicht wie ein trauriger Hund. »In den letzten zwanzig Jahren waren öfters Waffenknechte hier einquartiert, und der Palast hat wohl einige, wie soll ich sagen, Beeinträchtigungen erlitten. König Stephan und sein Gefolge haben ihn ein wenig herunterkommen lassen, nicht wahr, und niemand hatte Zeit und Geld, alles grundlegend wiederherzurichten. Wir haben unser Möglichstes getan ...«

»Und das war augenscheinlich nicht viel«, entgegnet Aliénor wütend.

»Nun ja, der Tod König Stephans kam doch recht plötzlich, und wir konnten auch nicht ahnen, dass Ihr und Euer Gatte so schnell von Frankreich ...«

»Papperlapapp.« Aliénor wendet sich brüsk vom Erzbischof ab.

»Nun, für eine Nacht wird es schon gehen«, meint Henry schulterzuckend.

Sie piekt ihren Zeigefinger auf seine Brust. »Mich bringen keine zehn Pferde wieder da hinein. Ich erwarte von dir, dass du dafür sorgst, dass wir noch heute eine ordentliche, warme, saubere Unterkunft bekommen, deren Anblick nicht meine Augen und meine Nase beleidigt.«

Henry ist jetzt auch wütend geworden. Dass Westminster in so schlechtem Zustand ist, hat ihm niemand gesagt. Er hat wohl auch nicht danach gefragt, das war ein Fehler. Und er ärgert sich jedes Mal maßlos, wenn er Fehler macht. »Findet eine Lösung«, bellt er Theobald von Canterbury an. »Und zwar sofort!«

Da tritt ein Mann vor, ganz in Schwarz gekleidet. Er ist groß, dünn und dunkelhaarig, hat scharfgeschnittene Züge, schmale Lippen und eine Adlernase. Aliénor fallen sofort seine Hände auf. Zart und feingliedrig, wie die Hände einer Frau. »M…Majestät, wenn Ihr erlaubt – es gäbe da einen k…kleinen Palast in Bermondsey, der Euren Ansprüchen vielleicht g…genügen könnte.«

Kurze Zeit später lassen sich Henry, Aliénor und ihr engster Hofstaat die Themse hinunterrudern. Sie beziehen, wie sich herausstellt, einen alten angelsächsischen Ansitz am Surrey-Ufer der Themse, gegenüber dem Tower und gleich unterhalb der London Bridge. Aliénors Laune bessert sich sofort. In der Halle flackert ein schönes Feuer, die Binsenschüttung ist frisch und sauber, dünne Pergamente in den Fenstern halten den kalten Wind draußen. In dem weichen Himmelbett mit Baldachin, das mit Kissen aus Eiderdaunen und weichen Felldecken bestückt ist, schläft sie zum ersten Mal seit Tagen die Nacht durch. Gleich am nächsten Morgen fragt sie Erzbischof Theobald, wer der Mann war, der diese gute Lösung vorgeschlagen hat. »Ei fürwahr«, nuschelt der Erzbischof, »ein heller Kopf, nicht wahr? Zuverlässig und klug und nie um einen Gedanken verlegen, so ist er. Aus einfachen Verhältnissen, aber immerhin Normanne, in London geboren. Und studiert, Jus, auch auf dem Kontinent. Eben erst habe ich ihn zu meinem Erzdiakon ernannt, weil …«

»Der Name, Eminenz.«

»Ach ja. Becket. Thomas Becket.«

Puente la Reina
März 1200

»Der Thomas Becket?« Blanche horcht auf. Sie sitzt mit ihrer Großmutter im Refektorium und löffelt die Frühsuppe aus Bier, Graupen und Eiereinlauf.

Aliénor sieht ihre Enkelin missbilligend an. Was soll die Frage?

»Hat's denn mehr davon gegeben?«

»Natürlich nur einen, entschuldige«, murmelt Blanche. »Grandmère, bist du heute schlechtgelaunt?«

»Ach was.« Doch. Sie ist schlechtgelaunt, aber das liegt nur daran, dass sie die ganze Nacht kein Auge zugetan hat, weil sie unerträgliche Schmerzen im großen Zeh hatte. Die Gicht. Sie hätte gestern Abend keine Innereien essen sollen, danach hat sie öfters solche Anfälle. Der Arzt hat es ihr verboten, aber sie ist es einfach nicht gewohnt zu gehorchen. Das hab ich nun davon, denkt sie.

Jeannot, einer ihrer flämischen Waffenknechte, kommt ein wenig atemlos herein. »Herrin, Vergebung, aber gerade ist beim Anschirren die Deichsel eines unserer Karren gebrochen, und die zersplitterte Spitze ist in die Fessel des Zugpferds gefahren. Wir mussten den Schinder holen. Und eine neue Deichsel brauchen wir auch.«

Die alte Königin ist erleichtert, lässt sich aber nichts anmerken. »Dann werden wir wohl notgedrungen einen Tag bleiben, bis alles erledigt ist und wir ein neues Ross haben. Sag allen Bescheid.«

Der Mann verbeugt sich und geht. »Ah«, ruft Aliénor und entspannt sich, »ein Tag Erholung. Blanche, Liebes, tu mir einen Gefallen und frag unseren guten Wirt, ob es hier eine Kräuterfrau gibt. Und lass mir ein paar Kissen bringen. Heute wollen wir die Gicht das Fürchten lehren.«

Nach einer ganzen Weile erscheint ein altes, verschrumpeltes Männlein und stellt sich als Valentì vor. Valentì ist Ziegenhirte, seit er denken kann, und genauso lange versorgt er schon Mensch und Tier in der ganzen Gegend mit Heilkräutern und Medizin.

»Hast du Petersilie?«, fragt Aliénor hoffnungsvoll. Der Alte nickt. »Raute?« Noch ein Nicken. »Dann bring mir vier Handvoll Petersilie, eine Handvoll Raute und, wenn's davon gibt, Bockstalg. Wenn nicht, Baumöl.« Sie wendet sich an Blanche. »Das ist eine Rezeptur der Heilerin Hildegard, einer weisen Frau, die ich früher gekannt habe. Sie war Äbtissin am Rhein, und es gab und gibt niemanden, der sich in Krankheiten so gut auskennt wie sie. Sie ist schon lange tot, aber ich habe mir vor ein paar Jahren Zutaten und Zubereitung ihrer Gichtsalbe aufschreiben und nach Fontevraud schicken lassen. Man muss die Kräuter in Bockstalg rösten und so heiß, wie man es aushält, auf die schmerzende Stelle packen. Die Kälte des Petersiliensaftes bändigt nämlich das Anschwellen der Gichtsäfte, der scharfe Rautensaft hält sie zusammen, so dass sie nicht im Übermaß zunehmen, und der Bockstalg durchdringt sie und löst sie auf.«

Blanche lächelt. »Das hilft bestimmt, Grand-mère.«

»Und du musst noch etwas für mich tun, Kleines«, sagt Aliénor. »Such einen Ameisenhaufen und schaufle ein paar Handvoll davon in einen Eimer. In der Küche sollen sie alles in drei Seidlein Wasser kochen. Darin will ich meinen Fuß baden, bevor ich die Salbe auf den Zeh streiche.«

Blanche macht sich auf den Weg. Natürlich findet sich kein Ameisenhaufen; erst als sie in einer Gasse ein paar spielende Kinder fragt, führt sie ein kleiner Junge in die Hofreit seiner Eltern. Gemeinsam graben sie, und Blanche kommt mit ihrem gefüllten Ledereimer zurück in die Herberge.

»Heiligemariamuttergottes!«, entfährt es Aliénor, als sie ihren Fuß in die Wanne mit dem Ameisenabsud steckt. Erst sticht es wie tausend Hornissen, dann fühlt es sich an, als ob der Zeh platzt. Um sich vom Schmerz abzulenken, erzählt sie weiter von ihrer Zeit in London.

»Dieses Schlösschen in Bermondsey war das Himmelreich. Becket hatte es für sich selber herrichten lassen; schließlich war er der Stellvertreter des Erzbischofs von Canterbury in London, und er besaß einen erlesenen Geschmack. Ich traf ihn vor der Krönung noch mehrmals. Nun ja, er war von niedriger Herkunft, aber von seltener Klugheit und Bildung. Ich kann nicht sagen, dass ich ihn sofort mochte – dafür war er zu eingebildet, das stand ihm nicht zu –, aber ich schätzte seine unglaublich schnelle Auffassungsgabe und sein untadeliges Verhalten. Auch Henry war von ihm über die Maßen angetan. Er brauchte solche Leute. Kämpfer hatte er genug, aber Männer, die einen Staat verwalten konnten, waren rar. Und Becket war einer von ihnen, der beste. Er war Gold wert.« O ja, denkt sie. Ich weiß nicht, ob ich ihn benutzt habe oder er mich. Wir waren ebenbürtig. Und damals, für eine viel zu kurze Zeit, dachte ich, ich hätte jemanden gefunden, der so dachte wie ich. Der bereit war, mir zu folgen. Herrgott, Tom, so war das nicht gemeint. Ich wollte dich nicht opfern. Alles, nur das nicht. Verzeih mir, mein Freund. Aber du warst auch nicht bereit, den winzigsten Schritt zurückzuweichen, als es um alles ging, damals. Du kanntest Henry doch! Ja, ich weiß, nichts ist schlimmer als der Sturkopf eines Mannes. Aber du warst doch so klug! Warum hast du dich nicht gerettet? Ich schwöre dir, ich konnte nichts mehr für dich tun. Ich hatte keinen Einfluss mehr auf Henry. Ich hab's versucht, das schwöre ich. Und ich habe versagt. Ich konnte dir nicht mehr helfen, Tom. Verzeih mir.

Blanche trocknet den Fuß mit dem rotgeschwollenen Zeh vorsichtig mit dem Handtuch ab. »Wann wurdet ihr gemeinsam gekrönt?«, fragt sie.

»Das war am vierten Adventssonntag.« Aliénor stöhnt leise. »Ein eiskalter, frostiger Morgen. Ich eitle Törin war unbedingt darauf versessen, meinen schönsten Seidenmantel zu tragen, und dafür war es viel zu kalt. Mein Gott, was habe ich gezittert. Als wir die Kirche von Westminster betraten, klapperten mir die Zähne, dass man es bis ans andere Ufer der Themse hören konnte. Henry ging in seinen dünnen Ziegenlederstiefeln neben mir her, und ich schwöre dir, ihm war so warm, als säße er vor dem Kaminfeuer von Bermondsey. Sein Gesicht war rosig wie das eines satten Säuglings. Ich habe nie erlebt, dass es ihn fror. Wenn alle anderen schon steif vor Kälte waren, lief er immer noch im Hemd herum. Auch winters trug er stets nur den kurzen, zweckmäßigen Jagdumhang, den er so liebte – die Leute in England nannten ihn deshalb bald mit Spitznamen Henry Kurzmantel. Handschuhe trug er nur zur Beizjagd, und ich erinnere mich an Nächte, in denen ich neben ihm schlotterte, während er die Laken von sich warf und über heiße Füße stöhnte. Liebe Güte, ich glaube, manche Menschen haben so viel von der trockenen Hitze abbekommen, dass sie noch im Winter in eiskaltes Wasser springen könnten. Ich jedenfalls brauche Sonne und Wärme – das ist mein aquitanisches Erbe. Ah, Kind, jetzt bring mir die Salbe aus der Küche.«

Ganz zart schmiert Blanche das grüne Zeug auf Aliénors Zeh und wickelt dann einen Leinenstreifen drumherum. Aliénor beißt die Zähne zusammen; jede Berührung schmerzt höllisch. Nie wieder Innereien, schwört sie sich. Als der Verband fertig ist, lässt sie sich aufatmend im Lehnstuhl zurücksinken und legt den wehen Fuß hoch. »Ja, Westminster damals, das war ein Triumph! Die Kirche war ein einziges Kerzenmeer, die goldbestickten Roben der Bischöfe glitzerten. Mitten durch die Menge ging ich, hochschwanger, neben meinem jungen Henry, der an diesem Tag am Ziel all seiner Wünsche war. Später erzählten sich die Leute, wir hätten ein Licht ausgestrahlt, heller als der Stern von Bethlehem. Das war natürlich maßlos übertrieben. Man sah uns ganz einfach an, dass wir glücklich waren. Unter dem Gesang der Mönche salbte uns Theobald von Canterbury mit heiligem Öl an Händen, Brust und Kopf und setzte uns dann die Kronen auf. Meine war ein herrliches Diadem mit Smaragden und Rubinen, tja, leider liegt sie jetzt in der Schatzkammer der Kathedrale von Worcester, der ich sie später geschenkt habe.« Schön dumm, denkt Aliénor, was hätte ich später davon Waffenknechte für den Aufstand bezahlen können! Sie knurrt ihren Ärger leise in sich hinein. Zum Henker, vermutlich hätte es auch nichts genutzt. Die Welpen konnten den alten Leithund nicht besiegen, wer war es noch, der das gesagt hatte? Egal – wer hatte den König von England je besiegt? Sie hatte es versucht. »Henry«, fährt sie fort, »trug die Krone, die Wilhelm der Eroberer vor über hundert Jahren für sich selbst hatte fertigen lassen, nach dem Vorbild der Krone Karls des Großen. Sie stand ihm verdammt gut.«

»Welche Krönung war denn nun die schönere für dich?«, will Blanche wissen. »Die zur Königin von Frankreich oder die zur Königin von England?«

Aliénor lächelt. »Ei, in Frankreich war ich doch noch ein halbes Kind. Gott, ich war so aufgeregt, dass mir schier schlecht wurde, und Ludwig ging verkrampft und angespannt neben mir. Er wagte während der ganzen Zeremonie nicht ein einziges Mal, mich anzusehen. Und dann Westminster: Ich war eine erwachsene Frau, hatte einen Sohn geboren und trug stolz den nächsten. Ich hatte eine Krone verloren, aber dafür die zweite gewonnen. Und ich hatte einen Mann, den ich liebte und der mit mir regieren wollte. Vor uns lag eine blendende Zukunft. Es war unglaublich! Ich war glücklich wie noch nie. Und als mich Henry nach der Krönung auf den Stufen der Kirche küsste, liefen mir die Tränen über die Wangen.« Dass Schwangere immer heulen müssen, hat Henry gesagt und sie schief angegrinst. Komm, Königin, und lass dir vom Volk zujubeln. Aliénor hat jetzt noch die Rufe in den Ohren: Waes hael. Vivat Rex. Vive le roi. Glück und Segen.

»Wir hielten Weihnachtshoftag in Bermondsey, aber was für einen! Es hatte über Nacht geschneit, der Schnee lag wie ein weißes Laken über Billingsgate und Castle Baynard. Überall der Rauch von unzähligen Herdfeuern, die ganze Stadt roch danach. Der englische Adel war zur Krönung aus dem ganzen Königreich herbeigeströmt und bevölkerte nun die Halle unseres kleinen Palastes. Sie brachten Hunde mit und Falken, zahme Luchse, Wölfe, Äffchen und Papageien. Bermondsey ähnelte eher einer Menagerie als einer königlichen Behausung. Ah, wie ich das genoss! Ich war inzwischen unförmig wie ein Elefant, meine Beine schwollen abends an, aber ich mischte mich unter die Leute und ließ mich bewundern. Herrlich war das, ein Bankett jagte das andere, und ich und Henry immer im Mittelpunkt aller Fröhlichkeit. Ach, und dann kam Petronilla.« Aliénor bewegt vorsichtig ihren großen Zeh. Es wird schon besser, dank Hildegards Rezeptur. Sie muss in Zukunft daran denken, unterwegs immer ein Töpfchen Salbe dabeizuhaben. »Meine arme kleine Schwester. Dieser Schweinefurz von Vermandois hatte sie inzwischen verstoßen und ihr die Kinder genommen. Sie hatte sich nicht anders zu helfen gewusst, als zu mir nach England zu kommen. Ich war der einzige Mensch, der ihr noch blieb. Sie brachte den kleinen William mit; meine Schwiegermutter schickte ihn uns nach. Ich weiß noch, wie ich mich freute, als mein Erstgeborener auf seinen eigenen zwei Beinchen auf mich zutrippelte – er hatte inzwischen laufen gelernt! Und ihm folgte das, was Vermandois aus Petronilla gemacht hatte. Ich erkannte sie kaum, sie war weiß wie ein Gespenst und hatte so viel an Gewicht abgenommen, dass ihr Kleid an ihr schlotterte. Meine liebe, gute, dicke, glückliche Petró war nur noch die Hülle eines Menschen. Ein Schatten ihrer selbst. Sie fiel mir um den Hals und brachte nicht einmal mehr die Kraft auf zu weinen. Das tat ich dann für sie.«

Blanche schluckt. »Arme Petronilla.«

»Ja«, nickt Aliénor traurig. »Ich dachte, vielleicht hilft es ihr, wenn sie sich um den kleinen William kümmern kann, aber nichts auf der Welt konnte sie von dem Ort zurückholen, an den sich ihre Seele begeben hatte.« Die alte Königin schiebt mit zittrigen Fingern eine Haarsträhne zurück unter den Schleier. »Wie hatte ich sie einst um ihr Glück beneidet – jetzt musste sie zusehen, wie ich meines lebte. Eine Woche nach ihrer Ankunft, am Montag nach Oculi 1155, brachte ich unseren zweiten Sohn zur Welt. Henry. Die Leute nannten ihn bald Henry den Jungen, um ihn von seinem Vater zu unterscheiden. Sein Haar war silbern wie der Mondschein, er hatte die schmalen Lippen und die weit auseinanderstehenden Augen meiner Mutter. Ein liebes Kerlchen, das viel schlief und selten schrie. Henry trug ihn voller Stolz am Tag nach der Geburt im ganzen Palast herum und zeigte ihn sogar den Dienstboten, so stolz und glücklich war er. Ganz London feierte die Ankunft des zweiten Thronerben mit Freudenfeuern und Kirchengeläut. Die Geburt war leicht gewesen, mir ging es danach so gut, dass ich kaum die Wöchnerinnenzeit in meiner Kammer abwarten konnte. Dann ließ ich die beiden Kinder in der Obhut ihrer Ammen, vertraute Petronilla einem Arzt an und einer Nonne, die sie pflegen sollte, und reiste Henry nach. Es war Frühling, überall begann es zu grünen und zu blühen, und ich wollte endlich mein Königreich in Besitz nehmen.«

»Du bist also mit Henry auf Umritt gegangen?«

Aliénor hebt die gemalten Augenbrauen. »Natürlich. Wenn du über ein Land herrschen willst, musst du es dir wenigstens einmal ansehen, oder? Und das wollte ich schließlich, herrschen. Also ritten wir kreuz und quer über die Insel. Ich nahm die königlichen Residenzen in Augenschein, in denen ich in Zukunft leben würde: Old Sarum, Winchester, Oxford, Windsor, Gloucester. Dann die vielen kleinen Jagdschlösschen, von denen so manches kaum mehr war als eine einfache Hütte. Henry ließ später etliche davon zu richtigen Palästen ausbauen, Woodstock zum Beispiel oder Clarendon.« Woodstock, denkt sie. Der Ort meiner größten Demütigung. Sie schnaubt wütend durch die Nase. »Blanche, Liebes, hol mir eine Feige«, sagt sie. »Oder zwei.« Eine für Henry, eine für Rosamund, denkt sie.

Beim Hineinbeißen merkt sie, dass oben ein Zahn wackelt. Auch das noch. Vorsichtig schiebt sie zwei Finger in den Mund und tastet nach dem lockeren Backenzahn. Es ist ein eingesetzter Menschenzahn, mit Golddraht festgemacht. Ein Kunstwerk, auf das sie richtiggehend stolz ist. Sie hat noch drei davon, aber die sitzen nach wie vor fest. Herrje, denkt sie, hoffentlich hält er noch, bis ich wieder zurück in Fontevraud bin, dann kann ich den Goldschmied aus Poitiers kommen lassen. Bis dahin muss ich wohl aufpassen und auf der anderen Backe kauen. Sie legt den angebissenen Rest der Feige zur Seite.

»Wie lange wart ihr gemeinsam unterwegs?«, will Blanche wissen.

Aliénor denkt nach. »Das muss bis Mai oder Juni gewesen sein. Dann gab ich auf. Ich konnte mit Henrys Geschwindigkeit einfach nicht mehr mithalten. Der ganze Hofstaat litt unter der Rastlosigkeit des Königs. Meistens stand er noch vor dem ersten Hahnenschrei auf, obwohl er bis spät in die Nacht gezecht oder gearbeitet hatte. Dann musste alles bereit zum Abmarsch sein, egal ob zur Jagd oder in die nächste Burg, zur nächsten Schlacht oder zum nächsten Gerichtstag. Wer krank war, musste, ganz gleich in welchem Zustand, mit oder aber zurückbleiben und seine Stelle als Schreiber, Pferdeknecht oder Tischdiener verlieren. Manchmal glaube ich, Henry machte sich einen Spaß daraus, Leute in die Erschöpfung zu treiben. Er nahm auf nichts und niemanden Rücksicht. Und man wusste nie, wann er seine Pläne änderte. Wenn es hieß, am nächsten Morgen ginge es bei Tagesanbruch los, schlief er auf einmal bis mittags. Alle lungerten dann todmüde im Hof herum, gestiefelt und gespornt, die Rösser angeschirrt und aufgesattelt, die Packesel beladen und reisefertig, bis er irgendwann aus der Halle stürmte, aufs Pferd sprang und mit wahnwitziger

Geschwindigkeit an der Spitze des Zugs vorausritt. Seine Tagesetappen waren doppelt und dreimal so lang wie üblich. Der König reitet nicht, er fliegt, murrten die Höflinge. Kamen wir dann abends am Ziel unserer Reise an, fielen alle völlig erschöpft in die Betten – bis auf Henry, der noch bis nach Mitternacht Geschäfte erledigte, Urkunden diktierte, Schenkungen veranlasste und Recht sprach. Natürlich alles im Herumlaufen, denn im Sitzen hielt er es ja nie aus. Oder aber er setzte sich doch hin, aber putzte und flickte nebenher seine Jagdsachen. Er war unglaublich geschickt mit den Händen, hätte drei Knoten in eine Augenwimper knüpfen können. Er liebte es, Handschuhe zu stopfen, ich zog ihn immer damit auf. Es war unheimlich, welche Kraft in ihm steckte. Dann kam noch dazu, dass er oft aus irgendwelchen Launen heraus an Orten Aufenthalt nehmen ließ, die höchstens für ihn und mich und zwei, drei Adelige von Rang Platz boten. Das konnten Herbergen sein oder kleine Klöster, hölzerne Wohntürme verarmter Ritter oder gar das Haus eines Müllers oder Forstaufsehers. Er machte einfach, was ihm gefiel. Der restliche Hofstaat musste dann in Scheunen, Schuppen oder im Freien nächtigen, und das waren oft über zweihundert Leute. Ich erinnere mich an tödliche Schwertkämpfe um eine Bettstelle oder einen Schlafplatz in einer stinkigen Hütte, oh, da war viel böses Blut. Aber niemand wagte es, gegen den König aufzubegehren.« Aliénor schüttelt leicht den Kopf. »Mir selber wurde auf dem Umritt nicht nur schnell klar, dass ich auf die Dauer mehr Ruhe brauchte, auch für die Kinder. Ich sah auch, dass die königlichen Burgen und Paläste alt und durch den langen Krieg heruntergekommen waren. Hallen, deren Boden aus gestampfter Erde bestand, in der Mitte ein großes Feuer, dessen Rauch durch ein Loch in der Decke abzog. Schlafkammern ohne Kamine, mit nackten, eiskalten Wänden. So wollte ich in Zukunft nicht wohnen. Ich unterbreitete also Henry meine Pläne eines Abends, als wir in einem schäbigen königlichen Donjon weit im Norden zu Bett gingen. ›Henry‹, sagte ich, ›wir brauchen ordentliche Residenzen. Nicht so wie das hier, sondern wohnlich, vorzeigbar und eines mächtigen Königs würdig. Wo auch Platz für edle Gäste und einen ausreichenden Hofstaat ist, damit keiner unter seinem Stand untergebracht werden muss.‹ Er runzelte die

Stirn. ›Mir genügen meine Burgen und Höfe‹, brummte er. ›Ich weiß gar nicht, was du hast. In Oxford zum Beispiel ist es doch ganz gemütlich, oder in Bermondsey.‹ – ›In Oxford ist es feucht und zieht überall wie Hechtsuppe, die Fenster sind kaum größer als Schießscharten, und die Möbel stammen vermutlich noch aus der Zeit der Wikingereinfälle‹, entgegnete ich. ›Und Bermondsey ist auf Dauer zu klein; außerdem war es nur eine Notlösung.‹ – ›Und was willst du nun genau?‹, fragte Henry grinsend. ›Du hast doch schon einen Plan.‹ Ich grinste zurück. ›Wir sollten nach und nach alle unsere Wohnsitze ordentlich herrichten lassen. Zuallererst Westminster. Ich denke da an einen östlichen Anbau an Stephens Palastflügel, mit einer prächtigen Halle, und mit Kaminen in unseren Wohnräumen. Ein großer Hof, und zur Themse hin Obstgärten. Im alten Bau kannst du die Schreiberei und andere Verwaltungsämter einrichten, und Wohnräume für die Dienstleute. Was hältst du davon?‹ Henry nickte, ja, damals war er noch nachgiebig. ›Und wer soll sich um all das kümmern?‹ Natürlich wusste ich schon, wer: ›Becket‹, sagte ich. ›Oh‹, meinte er, ›guter Mann.‹ – ›Eigentlich viel zu gut, um nur Stellvertreter des Erzbischofs zu sein, meinst du nicht auch?‹, wandte ich ein. ›Aber ich kann ihm nichts befehlen; er ist in Canterburys Diensten‹, gab Henry zu bedenken. Ich zuckte die Schultern. ›Mach ihn zum Lordkanzler. Du brauchst jemanden an der Spitze der Landesverwaltung, der dir ergeben ist und treu. Einen Juristen mit messerscharfem Verstand. Du hast ihn doch selber kennengelernt – er ist ehrgeizig, und er wird es dir danken.‹ Henry ging ein paarmal im Kreis herum, dann blieb er vor mir stehen, kniff die Augen zusammen und sah mich scharf an. ›Becket also‹, sagte er, und damit war alles beschlossen.«
Die alte Königin schaut lange ins rotzuckende Feuer, bis das Flackern und Züngeln der Flammen irgendwann verschwimmt. Ein Gesicht formt sich im aufsteigenden Rauch, schmal und kantig, um den Mund ein spöttischer Zug, kluger Blick aus grauen Augen, das Haar zur Tonsur geschoren. Eine kleine Narbe, fein, fast unsichtbar, über der rechten Oberlippe.

Blanche beobachtet ihre Großmutter; sie scheint Zeit und Raum vergessen zu haben. Klein und zusammengesunken sitzt sie da, ganz alt sieht sie auf einmal aus. Leise murmelt sie Worte in sich hinein; Blanche versteht nur Bruchstücke: »Ich habe es nicht vorausgesehen, Tom. Bei Gott. War es mein Fehler? Bin ich schuld, Tom?«

Leise steht Blanche auf und geht hinaus.

Henry

Manchmal bin ich versucht, mich zu kneifen, um zu wissen, dass es kein Traum ist. Und es ist keiner, bei den Augen Gottes! Stephen, der alte Sack, hat das Zeitliche gesegnet, und England gehört mir. Ich bin am Ziel. Und nicht nur das: Ich nenne die schönste Frau der Welt mein Eigen, und sie hat mir zwei Söhne geboren. Söhne! Nachdem Ludwig, dieser Jammerlappen, ihr nur Mädchen machen konnte. Ich war mir immer sicher. Ein Weib wie sie ist von Gott dazu erschaffen, Söhne zu tragen. Himmel, wie ich sie begehre! Selbst wenn sie schwanger ist, kann ich an nichts anderes denken, als sie unter mir zu haben, in sie hineinzustoßen, sie zu vögeln, bis es mir das Hirn aus dem Kopf treibt. Es gibt Tage, da will ich nichts anderes als ihren Geschmack im Mund haben. Ihr Stöhnen hören, wenn sie mich spürt. Ihr in die Augen sehen, wenn sie gerade kommt. Sie ist das unglaublichste Geschöpf, das mir je vorgekommen ist. Sie könnte einen hundertjährigen Einsiedler dazu bringen, sein Gelübde zu vergessen. Und sie liebt mich! Sie bringt mich dazu, ihr jeden Wunsch von den Augen abzulesen. Ich verspreche ihr die verrücktesten Sachen, nur um sie lächeln zu sehen. Um zu hören, wie sie meinen Namen flüstert: Henry. Mit dieser tiefen, leicht heiseren Stimme, die ich so liebe. Ich habe ihr sogar in einer schwachen Stunde versprochen, niemals andere Weiber zu haben. Das war natürlich nicht ernst gemeint. Schließlich gibt es hübsche feuchte Furchen, die ein Mann nicht ungepflügt lassen darf, schon gar nicht einer wie ich, ha, mit einer eisernen Pflugschar, die gewetzt werden will. Das hat mit meiner Liebe zu Aliénor gar nichts zu tun, und ich werde einen Teufel tun und es ihr auf die Nase binden. Ein König ohne Liebschaften und ohne Bastarde ist wie ein Hund ohne Schwanz, das hat mein Großvater einmal gesagt, und der musste es schließlich wissen. Dreißig Bankerte hat er gehabt, und das sind nur die, die er anerkannt und versorgt hat. Ei, so viele brauche ich nicht unbedingt. Man muss es schließlich nicht übertreiben. Mir sind eheliche Söhne wichtiger. Und davon wird mir Aliénor noch etliche schenken, dafür sorge ich schon, und zwar mit dem allergrößten Vergnügen. Gott, nie war ein Paar auf dem Thron glücklicher als wir! Neulich sagte der Gesandte des deutschen Kaisers zu mir: »Die ganze Welt beneidet Euch um dieses herrliche Weib!« Und er hat recht. Ich muss aufpassen. In allen Königreichen rühmt man ihre Schönheit. Man singt Lieder über sie, schreibt Gedichte, vergleicht sie mit König Artus' Weib. Die Männer umschwirren sie wie die Fliegen den Honigkuchen. Wenn ich nur an diesen lüsternen Zwerg von Troubadour denke, Ventadorn! Eigentlich ein ganz unterhaltsamer Mann mit schönen Versen. Er hat sie derart angehimmelt, dass man glauben konnte, er schnappt gleich über. Verse hat er über sie geschrieben, die immer weniger an Deutlichkeit zu wünschen übrig ließen: *Wenn ein süßer Wind / zu mir von deinem Gemach her weht / dann ist mir, als spürt ich / den Hauch des Paradieses.* Dieser aufgestellte Mäusedreck! »Aziman« hat er sie genannt, Okzitanisch für Stern oder Sonne oder Mond, wasweißich, ich hab's schon wieder vergessen! Und dabei hat er gesabbert wie ein Kater, der Baldrian gefressen hat, und angeglotzt hat er sie wie ein waidwundes Reh. Da brauchte er sich nicht zu wundern, dass ich eines Tages ganz freundlich zu ihm gesagt habe, Bürschchen, wenn du nicht innerhalb der Zeit eines Vaterunsers von hier verschwunden bist, schneide ich dir die Eier ab und verspeise sie zum Abendessen. Und hinterher lasse ich den Rest von dir schön langsam kleinhacken und meinen Hunden zum Fraß vorwerfen. Da sah man nur noch die Staubwolke hinter seinem Gaul. Mir nimmt keiner, was mir gehört. Und zuallerletzt sie. Die Mutter meiner Söhne. Meine Königin.

Aus den Carmina Burana
145a
Lied eines deutschen fahrenden Scholaren

Uvere div werlt alle min
von deme mere unze an den Rin
des wolt ich mih darben
daz chunich von Engellant lege an minem arme!

Und wäre die ganze Welt mein
vom Meer bis an den Rhein,
das alles würd ich dafür geben
läg die Königin von England in meinen Armen!

Von Puente la Reina bis zum Alto del Perdòn
März 1200

Mutter hat erzählt, dass man dich in England heute noch die Adlerfrau nennt.« Blanche und Aliénor sitzen im Chariot, die alte Königin hat den Fuß mit der schmerzenden Zehe auf das Knie ihrer Enkelin hochgelegt. Jetzt lächelt sie. »L'aigle, ja. Ich war der Adler und Henry der Löwe. Ein königliches Paar fürwahr.«

»Henry war der Löwe, weil er Löwen im Wappen trug, das verstehe ich«, sagt Blanche.

»Stimmt. Zwei Löwen. Einen hatte er von seinem Vater übernommen, den anderen von mir. Den aquitanischen Löwen auf rotem Grund.«

»Aber du? Wieso der Adler?«

»Oh, ganz einfach, mi cors. Die Engländer leiteten meinen Namen Aliénor fälschlicherweise vom französischen aigle ab, dem Adler, und von l'or – Gold. Das war natürlich Unsinn. Ich wurde damals einfach nach meiner Mutter benannt, in einer lateinischen Ableitung. Ich war alia Aénor, die andere, die zweite Aénor. Aber das mit dem Adler gefiel mir immer ganz gut, und deshalb habe ich es nie richtiggestellt.«

»Hat dich das Volk verehrt?«

Aliénor wiegt den Kopf hin und her. »Oh, in den ersten Jahren sicher nicht! Schließlich eilte mir mein Ruf voraus. Ich war eine liederliche Ehebrecherin, die es mit jedem treibt. Und ich war eine Fremde. Ich brachte neue Sitten und Gebräuche aus dem Süden mit, eine andere Art, mich zu kleiden. Und ich war dazu noch Aquitanierin, galt als unberechenbar und wild. Später dann haben mich die Menschen besser angenommen, als Mutter vieler königlicher Söhne. Und als ich an Richards Stelle regierte, während er im Heiligen Land war, da endlich liebten sie mich.«

»Hast du denn deine Untertanen geliebt?«

Aliénor lacht heiser auf. »Du stellst Fragen! Wieso sollte ich? Soll ich diese haarigen, dreckstrotzenden Bauern lieben, die so verlaust sind, dass man glaubt, das Haar läuft ihnen gleich über den Rücken davon? Die stinken wie die Schweine und auf den Acker kacken? Schau, dort vor uns, da laufen zwei zerlumpte Weiber und bringen Eier in die Stadt. Liebst du die? Na also. Nein, Schätzchen, es geht nicht um Liebe. Es geht darum, dafür zu sorgen, dass sie zufrieden sind. Die haben nichts davon, dass man sie liebt, die haben etwas davon, wenn sie genug zu essen kriegen. Das ist deine Aufgabe als Königin, wenn du mal eine bist. Du musst wissen, was sie wollen, und ihnen geben, was sie zum Leben brauchen.«

»Also muss ich mit meinen Untertanen reden«, folgert Blanche.

Die alte Königin winkt ab. »Nun übertreib's mal nicht. Das findet man auch auf andere Art und Weise heraus. Wenn sie verhungern, zum Beispiel, dann ist die Abgabenlast zu hoch. Ganz einfach. Ich konnte mit dem englischen Volk nie reden – schließlich sprechen wir nicht dieselbe Sprache. Das einfache Volk, über das wir Normannen herrschen, stammt ja von Angelsachsen, Kelten und Dänen ab.«

»Hast du denn nie Englisch gelernt?«

Aliénor runzelt die Stirn. »Wieso hätte ich das tun sollen? Um-

gekehrt wird ein Schuh draus. Soll doch das Volk die Sprache seiner Könige lernen. Wer hat denn wem zu folgen, hm?«
»Stimmt.« Blanche nickt nachdenklich. »Da hast du wohl recht, Grand-mère. Aber warum muss ich dann dauernd mit dir Französisch reden?«
»Dummchen, weil dein zukünftiger Gatte Franzose ist natürlich.«
Eine Weile sitzen sie einander stumm gegenüber, jede hängt ihren Gedanken nach. Der Weg führt jetzt steil bergauf zum Alto del Perdòn, er ist steinig, der Chariot rumpelt so stark hin und her, dass sich die beiden Frauen festhalten müssen. Aliénor denkt an die unzähligen Umzüge von Burg zu Burg, die sie mit Henry hinter sich gebracht hat. Ja, es hat Zeiten gegeben, da hat sie mehr Stunden auf dem Pferderücken verbracht als im Bett. Und war nie allein. Immer der ganze Hofstaat um sie herum. Der Steward, der für die Verpflegung des Hofes aus Küche und Keller verantwortlich war. Der Butigler, zuständig für die königliche Tafel. Der Chamberlain, Aufseher über alles Mobiliar, die Unterbringung und das Gepäck. Der Schatzmeister, der die Geldvorräte zu beaufsichtigen hatte, die nachts in einer Truhe im königlichen Schlafzimmer aufbewahrt wurden. Der Konstabler, Aufseher über das Gesinde. Der Marschall, zuständig für Pferde und Ställe, aber auch Befehlshaber der persönlichen Schutztruppe des Königs, der Bogenschützen. Die Kanzlisten, die Hofkapelle. Die Ritter mit ihren Damen und Edelknaben. Die Schauspieler, Tänzer, Zwerge, Musiker und Dichter. Der Träger des königlichen Betts, der Zeltmeister, die Türhüter, die Jäger. Die Wäscherinnen, der Katzenjäger, die Schneider, der Kerzenkämmerer. Der königliche Wäschetrockner. Der Almosenier. Die Schreiber, Fuhrleute, Hundeführer. Die Köche, Kellerdiener, Schildträger, Kammermägde, Knappen und Pagen, Pferdeknechte, Nachtscherbenleerer. Und nicht zu vergessen, die Huren. Ja, Henry, du Miststück, dein Hof war zuzeiten nichts als ein Hurenhaus. Du hattest sogar einen eigenen Aufseher über die feilen Weiber, und den brauchtest du auch dringend, bei der Menge. Das sei so Brauch in England, hast du mir erzählt, und ich blöde Kuh hab dir das geglaubt! Ich glaubte dir sogar, dass die öffentlichen Fotzen, wie du sie genannt hast, nur für die anderen da seien. Nicht für

dich, oh, natürlich nicht, niemals! Schließlich hattest du mir ja geschworen, keine andere Frau anzuschauen. Du mieser, gemeiner Lügner. Und ich war eifersüchtig auf Becket!

Blanche reißt sie mit einer Frage aus ihren bösen Erinnerungen.

»Hattest du damals deinen eigenen Haushalt, Grand-mère? So wie meine Mutter in Kastilien?«

»Natürlich, Kind. Das waren ungefähr vierzig Leute. Petronilla und ihre Pflegerin gehörten dazu, außerdem noch etliche englische Damen vom Adel. Aber viel wichtiger: Ich hatte nicht nur meinen eigenen Haushalt, sondern ich hatte auch mein eigenes Geld. Henry hatte mir Herrensitze und Städte in allen Teilen Englands überschrieben, Zehntrechte, Pfründe, Zinngruben in Devon, Landgüter überall. Dazu erhielt ich als jährliche Zuwendung noch das Königinnengeld, wie wir es nannten. Außerdem hatte ich ja noch Einkünfte aus Aquitanien. Ich war insgesamt wohl reicher als der reichste Fürst in England oder Frankreich.« Sie kneift die Augen zusammen. »Welcher Dichter war es noch, der mich die ›riche dame de riche rei‹ nannte – reiche Frau eines reichen Königs? Ahi, vergessen.« Ärgerlich schüttelt sie den Kopf. »Nun, es ist ja auch nicht von Bedeutung. Jedenfalls musst du in Paris darauf achten, dass dein Ehemann dich ähnlich gut stellt. Das ist wichtig.«

»Ich weiß«, sagt Blanche altklug. »Ich will ja meinen Mann nicht wegen jeder kleinen Ausgabe um Erlaubnis fragen müssen.«

Aliénor tätschelt Blanches Hand. »Recht so, Kleines. Und du willst ja auch mit deinem Geld etwas anfangen. Ich zum Beispiel habe eine eigene Werft in den Docklands von London bauen lassen. Queenhithe. Dort liefen später alle Handelsschiffe aus Aquitanien ein. Mit den Einnahmen konnte ich der Kirche viele Stiftungen und Schenkungen zukommen lassen.« Auch die eine, denkt sie, die vom Sommer 1156, die ich unter Tränen gemacht habe. Um Gott anzuflehen, mir meinen Sohn zu lassen. Das werde ich Blanche auch noch erzählen müssen. Wie es ist, um das Leben eines Kindes zu bangen.

Ihr Inneres krampft sich zusammen. Da spürt sie es wieder, als sei es nie fort gewesen: Dieses fürchtbare, würgende, das Herz abschnürende Bangen, dieses ohnmächtige Zusehen-müssen-und-nicht-helfen-Können. Ja, denkt sie, das war damals der erste

Einbruch des Unglücks in mein neues Paradies. Nichts ist wohl umsonst in diesem Leben. Ist das dein Plan, Gott? Dein Begriff von Gerechtigkeit? Dass der Mensch für alles Glück mit Leid bezahlen muss? Aber warum, Gott, müssen dabei immer die Unschuldigen büßen? Sie spürt einen bitteren Geschmack im Mund. Wer bin ich, Herr, deinen Ratschluss anzuzweifeln?

Inzwischen haben sie den Gipfel des Passes überwunden; laute Rufe reißen Aliénor jäh aus ihren Erinnerungen. Man hält an. Vorne bei den Reitern ist Unruhe entstanden. Die beiden Frauen steigen aus. Sie befinden sich an einem kleinen, grasbewachsenen Rastplatz; Wasser plätschert, zwischen moosbewachsenen Steinen entspringt eine Quelle. Ein hübsches Idyll, wenn nicht dieses grauenvolle Röcheln und Stöhnen gewesen wären, und all das Blut. »Was ist hier los?«, fragt Aliénor und drängt sich mit ihrem Stock durch die flandrischen Waffenknechte. Dann sieht sie es. Aufgerissene Münder. Augen, in denen kein Leben mehr ist. Verdrehte Gliedmaßen. Klaffende Wunden, in denen das Blut noch nicht getrocknet ist. Schwarzer Stoff, vom Wind gebläht. Herrgott, es sind alles Nonnen, halbnackt, mit zerfetztem Habit. Eine von ihnen schmiegt ihr Gesicht noch im Tod in die weiße Pilgermuschel. Die flandrischen Söldner stehen mit versteinerten Mienen da, einer flucht leise in seiner Muttersprache. Aliénor lauscht, woher das Stöhnen kommt. Eine der Frauen liegt halb an einen Baumstamm gelehnt, die Hände in blauschwarzes Gedärm gekrallt, das aus einem Schnitt in ihrem Bauch quillt. Ihre Beine zucken. Aliénor gibt einem der Waffenknechte ein kurzes Zeichen. Der Mann nickt, geht mit mahlenden Kiefern hinüber, kniet sich hin, setzt kurz an und treibt der Sterbenden seinen Dolch bis ans Heft ins Herz. Sie bäumt sich auf, dann liegt sie still. Aliénor bekreuzigt sich. Blanche sinkt auf Hände und Knie und erbricht sich, bis nur noch Galle kommt.

»Es kann noch nicht lange her sein, Herrin«, sagt der Kommandant ihrer Schutzgarde zu Aliénor. »Dort drüben sind sie hingeritten, die Spuren sind gut zu erkennen. Erlaubt uns …«

Die alte Königin nickt. »Beeilt euch.«

Während zehn ihrer Männer in Richtung Norden davonsprengen, heben die anderen fünf mühsam ein Grab für die toten Pilgerinnen aus. Blanche und Aliénor sitzen auf einem flachen Stein bei der Quelle. »Das müssen Tiere gewesen sein, keine Menschen«, sagt Blanche. Sie ist kreidebleich. »Warum haben sie das getan?«

»Ich weiß es nicht.« Aliénor schüttelt müde den Kopf. »Eine Pilgerschaft ist kein ungefährliches Unterfangen. Überall gibt es Räuber, die auf Geld oder Pferde aus sind. Oder auf Frauen. Ich würde niemals ohne einen Trupp Bewaffneter auf Reisen gehen, aber das kann sich nicht jeder leisten. Die armen Nonnen hier haben wohl umsonst auf Gottes Schutz vertraut.«

Sie warten. Aliénor ist jetzt nicht danach weiterzuerzählen, aber Blanche zuliebe tut sie es. Das Kind ist ja immer noch weiß wie eine frisch gekalkte Wand. »So, wo waren wir stehengeblieben, hm? Ah, ich weiß wieder. England. Nach meinem abgebrochenen Umritt mit Henry kehrte ich nach London zurück. Zuerst nach Bermondsey, doch bald zog ich mit meinem ganzen Haushalt in den neu hergerichteten Westminster-Palast. Becket hatte ein Wunder vollbracht. Innerhalb von fünfzig Tagen hatte er mithilfe einer Armee von Arbeitern geschafft, wofür jeder andere ein Jahr gebraucht hätte. Der neue Flügel war noch nicht ganz fertig, aber ich bezog derweil bequeme Räumlichkeiten im alten Bau. Ich verbrachte viel Zeit mit meinen Söhnen.« Und mit dir, Tom, denkt sie. Wir lernten uns gut kennen in diesem Sommer. Ich schätzte deinen feinen Witz, deinen trockenen Humor, deine Klugheit. Und ich spürte hinter all deiner kühlen Höflichkeit, dass du mich auch mochtest. Nichts auf der Welt hast du mehr gehasst als Dummheit. Und ich hasste nichts auf der Welt mehr, als im Tric Trac gegen dich zu verlieren. Nie hatte ich auch nur den Hauch einer Chance gegen dich.

Die beiden Frauen beobachten, wie die Männer mit Äxten und hölzernen Schaufeln tiefer und tiefer in den harten Boden graben. »Wann musstest du Petronilla beerdigen?«, fragt Blanche unvermittelt.

»Das war erst später«, erwidert Aliénor. »Im Winter des Jahres 1160. Sie hat noch ein paar Jahre gelebt, in ihrer eigenen, dunklen Welt, wo ich sie nicht erreichen konnte. Dann beschloss sie wohl zu sterben. Sie machte einfach nicht mehr mit. Sie stand am Morgen nicht mehr auf, aß nicht mehr, trank nicht mehr. Am Ende war ihr Tod eine Erlösung.«

Blanche sieht zu, wie zwei Männer die erste Leiche an Händen und Füßen packen und in das Loch hinunterlassen. Ihre Hände kneten ein Taschentüchlein. Aliénor legt den Arm um die Schulter ihrer Enkelin. »Hör zu, wie es weiterging«, sagt sie schnell.

»Ich begann, mich in London einzugewöhnen. Weißt du, was das Allerneueste in der Stadt war? Was alle zum Staunen brachte? Eine öffentliche Garküche, stell dir vor! Sie lag am Themseufer, ein neuerbautes Haus mit steinernem Erdgeschoss, oben ganz in Erdbeerrot gestrichen. Es hatte Tag und Nacht geöffnet, und man konnte dort fertiggekochtes Essen kaufen und mitnehmen. Gesottene Ochsenbrust, Fischsuppen, Sperlinge in Safran, ganze Ferkel am Spieß, Kaninchenpasteten, knusprige Lammkeulen – alles, was das Herz begehrte. Wenn man überraschend Besuch bekam und hatte nichts im Haus, schickte man einfach einen Diener hin. Kam man erst spät in London an und wollte nicht warten, bis die Köche das Herdfeuer angeschürt und Speisen zubereitet hatten – in der Garküche bekam man alles, was man brauchte, um seinen Hunger sofort zu stillen. Dergleichen habe ich nicht einmal in Byzanz gesehen!«

Blanche bekommt wieder etwas Farbe im Gesicht. »Vielleicht kann ich so etwas in Paris einführen«, sagt sie, »wenn ich erst Königin bin.«

»Das musst du unbedingt tun«, lächelt Aliénor.

Inzwischen liegen alle Nonnen in ihrem kalten Grab, und die Männer beginnen zuzuschaufeln. Das Schlimmste ist überstanden, meine Kleine, denkt Aliénor und spricht weiter. »Als Henry im Herbst vom Umritt nach London zurückkehrte, war ich glücklich. Er schmiedete natürlich schon wieder Pläne. Nie konnte er mit etwas zufrieden sein. Diesmal war es Irland. Die Insel war damals im Chaos versunken. Die irischen Barone – oder soll ich sie lieber Häuptlinge nennen? – lagen in ständiger Fehde untereinander. Jeder wollte die Macht, keiner hatte sie. Henry hatte schon im Kopf, wann und wo er mit seiner Armee übersetzen wollte, als uns die Nachricht erreichte, dass sein jüngerer Bruder Geoffrey, ja, du hast recht, genau derjenige, der mich hatte entführen wollen, den Aufstand gegen ihn plante. Der aufsässige Hitzkopf wollte Anjou und Maine an sich reißen. Damit war die Eroberung von

Irland in weite Ferne gerückt. Wir feierten noch Weihnachten in Winchester, und gleich nach Neujahr 1156 marschierte Henry mit seinen Rittern nach Southampton, um sich nach Frankreich in den Krieg einzuschiffen. Ich blieb zurück. Und was glaubst du wohl?« Aliénor grinst ihre Enkelin an.

»Du warst schon wieder schwanger«, ruft Blanche entzückt.

Aliénor sieht sie in gespieltem Erstaunen an. »Ei, wie kommst du jetzt bloß darauf?«

Wallingford Castle, Mai 1156

Der Frühling ist spät gekommen in diesem Jahr, aber dafür mit Macht. Bäume und Büsche stehen in vollem, sattem Grün, auf den Wiesen blüht es weiß und gelb. Überall singt es und zwitschert. Die Bauern treiben ihre Ochsen über die Äcker, drücken schnaufend hölzerne Pflugscharen in den feuchten, saftigen Boden, brechen fette Schollen heraus, die im Sonnenlicht glänzen und nach frischer Erde duften. Über den Fischteichen hinter dem Wirtschaftshof summen die ersten Mückenschwärme. Es ist so warm, dass Aliénor befohlen hat, die dicken Lammfelle von ihrem Bett zu nehmen; die Wintereinsätze aus gewachsten, zusammengenähten Schafsblasen sind ohnehin längst aus allen Fenstern genommen. Licht durchflutet die Räume und lässt Herrschaft und Gesinde die trübe Winterstimmung vergessen, die sich in den letzten Monaten breitgemacht hat. Es gibt wieder Grünes zu essen; die ersten Kräuter – Giersch, Löwenzahn und Schnittlauch – lassen die langweiligen Eierspeisen und Suppen endlich wieder nach Sommer schmecken.

Aliénor ist nach Berkshire gekommen, um den neuen Münzmeister von Wallingford persönlich zu vereidigen und ihm seinen Prägestempel zu überreichen. Es war eine angenehme Reise von Westminster hierher, sie sind themseaufwärts getreidelt. Und weil sich der als wunderlich bekannte Vogt von Wallingford Castle zur allgemeinen Erheiterung eine Horde zahmer Füchse hält – was nicht seine einzige Marotte ist –, hat Aliénor beschlossen, den inzwischen dreijährigen William mitzunehmen. Der Kleine liebt Tiere; er hat zwei kleine, wollige Hündchen, die er mit ins Bett nimmt, ein schneeweißes Pony, ein Eichhörnchen und einen Käfig voller Zeisige, und er wünscht sich heiß und innig einen sprechenden Raben, den Aliénor noch nicht hat auftreiben können. Den Säugling Henry hat sie mit seiner Amme in London gelassen, er zahnt und ist unleidlich, weshalb sie ihn nicht aus seiner gewohnten Umgebung hat reißen wollen. Will ist glücklich, seine Mutter und die Kinderfrau allein für sich zu haben, er ist immer noch ein wenig eifersüchtig auf den neuen kleinen Bruder und freut sich auch gar nicht auf das neue Kindlein, das im dicken Bauch seiner Mutter steckt und bald herauswill. Er staunt über die hübschen roten Füchse mit den buschigen Schwänzen, die sogar ein paar Kunststücke beherrschen, und schließt sofort Freundschaft mit dem sonderlichen Vogt. Jetzt sind sie grade draußen bei den Fischgruben am Themseufer, um Karpfen mit abgetropftem Gerstenmalz vom Bierbrauen zu füttern. Aliénor beobachtet die beiden vom dreibogigen Fenster der Halle aus. Sie sieht mit einem kleinen Aufschrei, wie der alte Vogt im nassen Gras ausrutscht und armerudernd ins Wasser fällt, und sie schreit noch lauter, als Will fröhlich krähend hinterherhopst.

Keine zwei Atemzüge später läuft sie schon, ruft nach Decken und Dienerschaft und heißem Wasser. Sie fliegt den Abhang der Motte hinunter, gefolgt von Mägden und Burgleuten, und als sie unten ankommt, stehen Vogt und Kind schon pitschnass und schlotternd vor Kälte am Ufer. Der Fischmeister hat sie herausgezogen. Sie wirft eine Wolldecke um den zähneklappernden Will, und dann trägt ihn einer der Männer hinauf zum Donjon. Drinnen rubbeln sie den Kleinen gründlich ab, setzen ihn vors Feuer und stecken seine Füßchen in heißes Wasser. Für Will ist das alles ein großer Spaß, er bekommt sogar ein paar Schlucke heißen Würzwein, damit ihm wieder warm wird. Das macht ihn im Kopf ganz schwindlig. Schließlich schläft er ein, das Ganze war doch ganz schön anstrengend für so ein kleines Bürschchen. Aliénor lässt ihn ins Bett packen, und dort schläft er tief und fest bis zum nächsten Morgen. Der Schreck ist vorüber.

Am nächsten Tag ist Will lebhaft und übermütig, verspeist zum Frühstück wie immer sein geliebtes eingebrocktes Weißbrot in Honigmilch und spielt anschließend mit den Füchsen. Am Nachmittag beginnt er zu husten. In Aliénors Hirn tickt eine böse Vorahnung; sie schickt einen schnellen Reiter nach London, um den königlichen Leibarzt zu holen.

»Es wäre wohl doch nicht nötig gewesen, den Physikus herzubemühen«, sagt die Königin zwei Tage später erleichtert zu Mavise, Wills Kinderfrau. »Das Fieber ist nicht gestiegen.« Mavise nickt. »Nur eine kleine Erkältung, nichts weiter, Dank sei Gott. Wenn er schön im Bett bleibt, ist alles in ein paar Tagen vorüber.«

Aber eine Woche später ist gar nichts vorüber, obwohl inzwischen der Arzt eingetroffen ist und den kleinen Prinzen mit feuchten Wickeln traktiert hat. Auch der eklige Absud aus Efeu und Schneckenschleim, den Will unter heftigem Gebrüll hinuntergewürgt hat, will einfach nicht helfen. Das Fieber geht nicht zurück, und der Husten steckt ganz tief in der Brust, hart und trocken. Aliénor entgeht nicht, dass Meister Fulbert sorgenvoll dreinschaut, und die Angst schleicht immer tiefer in sie hinein wie ein böser kleiner Wurm. Einmal legt sie wie der Medicus das Ohr auf Wills dünne, blasse Brust. Sie hört ein Knistern, wie trockenes Heu.

Am Mittwoch vor Himmelfahrt, kurz vor Sonnenuntergang, beginnt das Fieber deutlich zu steigen. Will jammert leise vor sich hin, er will die Hühnerbrühe nicht essen, die Aliénor ihm anbietet. »Will nicht«, krächzt er und muss dabei gleich wieder husten. Sein Gesicht ist gerötet, er schwitzt.

Die Angst in ihr wächst langsam, ein böses Geschwür, das immer mehr Raum einnimmt. »Tut etwas«, herrscht sie Meister Fulbert an. »Ihr seid doch Arzt, oder nicht! Helft ihm!«

Meister Fulbert wendet all seine Kunst auf. Umschläge aus Ziegenkot, vermischt mit Minze. Aufgüsse aus Thymian, Lungenkraut und Engelwurz. Das Einatmen von heißen Dämpfen. Eine dicke Scheibe rohes Ochsenfleisch, auf die Brust gebunden. Nichts hilft. Das Fieber steigt.

Aliénor stiftet der Klosterkirche von Wallingford 100 Mark

Schillinge und ihren Lieblingsmantel als Altartuch. Sie lässt stündlich eine Messe in der Abtei St. Albans lesen. Tag und Nacht sitzt sie am Bett ihres Sohnes. Wenn ihr die Augen zufallen, löst die Kinderfrau sie ab, aber sie besteht darauf, alle zwei Stunden geweckt zu werden. Es tut weh, so weh, nicht helfen zu können. Zusehen zu müssen, wie Will leidet. Zuhören zu müssen, wie er wimmert und schreit, weil ihm die Brust brennt wie Feuer. Er verlangt nach seinen Hündchen, aber die haben sie in London gelassen. Also erteilt sie Befehl, irgendwoher einen Welpen zu beschaffen, den sie ihm dann ins Bett legt. Sein verschwitztes Gesichtchen sieht einen Augenblick lang glücklich aus; er presst das zappelnde Tierchen an sich und streichelt es liebevoll.

Das Fieber steigt und steigt. Sie hält ihren Sohn, will ihn nicht hergeben. Legt sich zu ihm, erzählt immer neue Geschichten, singt ihm Lieder vor. Er weint, lässt sich nicht trösten. »Mama, Mama«, jammert er, »Mama, Mama«. Gott, betet sie, nimm mich. Nicht ihn. Er ist unschuldig und rein. Wenn du mich strafen willst für meine Sünden, tu mit mir, was du willst. Aber lass ihn leben. Ich flehe dich an.

Gott bleibt stumm.

Es schnürt ihr die Kehle zu. Will leidet so sehr. Der Husten schüttelt den mageren kleinen Kerl. Er schwitzt am ganzen Körper, seine hellblonden Locken ringeln sich feucht in die Stirn. Er tut sich schwer mit dem Atmen. Wir müssen ihn hochlagern, sagt der Arzt. Seine Miene ist verzweifelt und ernst und ohne Rat. Hoffnung, sagt er. Wir dürfen die Hoffnung nicht verlieren.

Aber am Abend Himmelfahrt tut sie es. Sie lässt alle Hoffnung fahren. Sie hat geschlafen, unruhig und mit bösen Träumen, und als sie danach ihren Sohn ansieht, hat sich etwas in seinem Gesicht verändert. Es ist schmaler geworden, spitz, nicht mehr hitzerot, sondern graubleich. Das Gesicht eines Greises. Nur die Augen sind übergroß und glänzen vor Fieber.

Gott, fleht sie. Nicht. Tu mir das nicht an. Ich baue dir eine Kathedrale, ich gehe ins Kloster, ich hacke mir die Hände ab. Ich entsage allen Reichtümern, die ich besitze. Sag, was du von mir willst. Alles, alles gebe ich her, nur ihn nicht. Nicht ihn. Gott im Himmel, sei doch barmherzig.

Gott bleibt stumm.

Als es auf Mitternacht zugeht, kann Will nicht mehr sprechen. Sein Atem geht rasselnd. Nur ab und zu hustet er kraftlos, mit geschlossenen Augen. Er liegt in ihren Armen, schlaff und glühend heiß, seine Haut scheint zu brennen. Sie wiegt ihn, wiegt ihn, Tränen laufen über ihre Wangen. Der Schmerz wühlt in ihrem Herzen wie ein Messer. Sie wiegt ihn, wiegt ihn. Der Arzt kommt, will ihren Griff lockern. Sie lässt es nicht zu. Wiegt ihn, wiegt ihn. Mavise will sie fortziehen, sie hört sich schreien. Sie wiegt ihn und wiegt ihn, und irgendwann ist sein kleiner Körper kalt und stumm und tot unter ihren Händen.

Am Freitag vor Pfingsten bringt sie ein gesundes Mädchen zur Welt, drei Wochen vor der Zeit.
Der Herr nimmt, und der Herr gibt.

Brief Aliénors an Henry vom 3. Juni 1156

Mein libster Gemahl, ich küß und grüez dich voll der Trauer. Was ich dir itzo schreyben musz, thut mit in der Seelen leyd, und wollt, ich könnt beßere Dingk berichtten. Unßer erstgeborens Söhnlein, mein Schatz und Sonnenscheyn, ist vom Hergott in seim unergründtlich Rathschluß zu den Engeln beruffen worden. Unßer kleiner Will starb am trocknen Lungen Fluß in den Morgenstunden des Tagks Christi Himmelfarth. All ärztlich Kunßt war vergebens. Ich hab ihn feßt gehaltten biß zuletzt. Nun ist er im Himmel, JesusMariaAmen. Ich bin von Thränen leer. Hab ihn zu Grab legen laßen in der Abtey von Reading zu Füszen seins gottseligen Ur-Groszvaters, damit er nit so alleyn sey. Noch am selben Tagk bin ich eins Mädchens geneßen, das ich Matilda genannt hab nach deiner Mutter. Es gehet ir wohl, sie hat deine Augen. Ich wollt ich könnt dich beßer trößten, und wollt so gern von dir gehaltten und geborgen seyn, damit die Trauer mich nit so hartt anfechten möcht. Ich bin gantz alleyn. Mein Löwe, wann kömmst du heym? Ich brauch dich bey mir, du bißt immer so vil stärcker alß ich. Hilff mir, dieße schweren Tagk zu überstehn. Schick mir baldt eyn Nachrichtt, ich wart voller Ungeduldt auf ein Wortt von dir.

In Lieb und uebergroszem Kummer umarmet dich Aliénor dein Weib.

Gegeben zu Westminster, am Montagk Pentecoste ao 1156

Vom Alto del Perdòn bis Cizur Menor
März 1200

Die flandrischen Söldner kehren von ihrer Strafexpedition zurück. Sie haben die Pferde der Räuber im Schlepptau, zusammen mit zwei Eseln, die das Gepäck der toten Nonnen tragen: ein großes Zelt, Decken, Proviant, ein zwei Fuß langes Elfenbeinkreuz mit Silberbeschlag, das wohl nach Santiago gebracht werden sollte. Zwei Lederbeutel mit Reisegeld, die Münzen sind in Köln geprägt worden. »Die Ärmsten hatten schon den größten Teil ihres Weges hinter sich«, sagt Blanche. »Was machen wir jetzt mit dem Geld?«

»Wir werden sehen.« Aliénor spricht am Grab der Frauen ein Paternoster, die flandrischen Kriegsknechte legen noch ein paar große Steine auf die aufgeworfene Erde, damit keine Wölfe die Leichen ausgraben können. Dann geht es weiter. Eigentlich wollten sie heute Pamplona erreichen, aber sie sind schon froh, dass sie es vor Einbruch der Dunkelheit bis zum kleinen Ort Cizur Menor schaffen. Hier gibt es zum Glück eine Herberge, die von drei uralten Johannitermönchen betrieben wird. Haus und Einrichtung sind schmutzig und völlig verwahrlost, aber sie haben wenigstens ein Dach über dem Kopf. Für die Gäste liegen nur Strohsäcke zum Schlafen bereit, und als Aliénor durch den Schlitz in der Mitte hineingreift, stellt sie fest, dass das Stroh schimmlig ist und stinkt. Sie lässt für sich und Blanche die beiden Spannbetten aufstellen, die sie für Notfälle dabeihat, die anderen müssen mit dem vorliebnehmen, was nun einmal da ist. Zu Essen bekommen sie einen faden Eierschmarren mit Schmalzzwiebeln, mehr gibt die Küche der drei Greise nicht her. Als sie schließlich schlafen gehen, sind alle froh, dass dieser schlimme Tag endlich vorbei ist.

»War es wieder ein Junge?«, fragt Blanche, nachdem sie das Talglämpchen ausgeblasen hat.

»Wie?« Aliénor versteht nicht.

»Na, das Kind. Du warst schwanger, schon vergessen?«

»Ach so. Nein. Diesmal war es ein Mädchen. Matilda.« Sie will Blanche nichts vom Tod des kleinen William erzählen, nicht an diesem Tag. Später vielleicht. »Sie war sehr zart, die Kleine, kaum zu glauben, dass aus ihr eine so zähe, robuste Frau wurde, die lebenstüchtigste und zupackendste aller meiner Töchter. Allerdings auch die unansehnlichste, leider. Sie hatte immer eine schlechte Haut, da konnte man noch so viel mit Balsam und Rosenwasser arbeiten. Außerdem standen ihre Zähne ein wenig vor, und ihr Rücken war nicht richtig gerade. Das lag vermutlich daran, dass die Amme sie anfangs nicht fest genug gewickelt hatte. Aber Mattie war ein so liebenswertes Mädchen, dass es niemanden wirklich gestört hat. Und sie hatte wunderschöne Hände.«

Blanche dreht sich vom Rücken auf den Bauch, die Seile des Spannbetts knarzen. »Hast du alle deine Kinder gleich liebgehabt?«

»Oh, natürlich, was denn sonst? Alle gleich!« Aliénor schnaubt durch die Nase. »Bin ich Gott? Nicht einmal der liebt alle Menschen gleich, möchte ich wetten. Oder hast du das Gefühl, er hat die verlausten, dreckigen, stinkenden Abortgrubenleerer in der Londoner Fish Street genauso gern wie den feisten Bischof von Glastonbury? Glaubst du, er liebt die Kinder, die in den Zinngruben von Devon schuften, bis sie elend am schwarzen Staub ersticken, genauso sehr wie dich und mich? Sieht nicht so aus, was?«

Blanche hat es für den Moment die Sprache verschlagen, mit so einer Antwort hat sie nicht gerechnet. Sie liegt ganz still.

Die alte Königin lacht leise. »Ja, das sollte man als Mutter, nicht wahr? Alle Kinder gleich liebhaben. Vielleicht gelingt es anderen,

ihre Liebe gerecht auf alle zu verteilen. Ich hab's versucht, ganz ehrlich, aber nicht geschafft. Das lag nicht unbedingt nur an mir, sondern auch an den Kindern. Manche entwickeln sich nicht so, wie man es sich wünscht. Die einen sind fröhlich und rechte Sonnenscheine, die anderen schwierig oder verschlossen oder jähzornig oder faul. John zum Beispiel war schon immer ein Aas.«
Sie wird schon wieder wütend, wenn sie an ihren jüngsten Sohn denkt. Dass ausgerechnet er von all ihren Söhnen noch übrig ist, erfüllt sie mit Bitterkeit.

Blanche nickt weise. »Mein Bruder Fernando ist dumm und gemein, und meine kleine Schwester Mafalda ein Biest. Gott sei Dank hast du die in Burgos nicht kennengelernt, weil sie in Palencia war.«

»Siehst du. Die Menschen sind eben nicht gleich. Trotzdem sollte eine Mutter natürlich ihre Kinder lieben und alles tun, damit sie glücklich werden.« Und sich nicht gegenseitig hassen und bekriegen, denkt sie. Lag es an mir? Habe ich so viel falsch gemacht? Nein, das war es nicht. Es lag an dir Henry, du Miststück. Du hast sie verzogen, ihnen Versprechungen gemacht, sie gegeneinander ausgespielt und aufgehetzt. Du hast Unfrieden unter deinen Söhnen gesät, weil es dir immer nur um dich selber ging. Und was ist am Ende geblieben? Wer regiert nun das Reich, das wir beide aufgebaut haben und richtet es Stück für Stück zugrunde? Der unter unseren Kindern, der am wenigsten würdig und fähig ist. Ich hoffe, du siehst das von deiner Ecke der Hölle aus, in der du schmorst.

»Und wer war dann dein Liebling?«, will Blanche wissen.

»Richard.« Da gibt es nichts zu überlegen. Richard, ihr Augenstern, ihr Ein und Alles. Ihr schöner Prinz.

»Das dachte ich mir«, sagt Blanche und setzt sich kerzengerade im Bett auf. »Er ist ja auch in aller Welt berühmt! Der tapferste Ritter! Der herrlichste Mann! Oh bitte, erzähl mir von ihm!«

Die alte Königin tätschelt ihrer Enkelin die Hand und drückt sie dann in die Kissen zurück. »Langsam, mi cors. Alles schön der Reihe nach. Jetzt sind wir erst einmal in Reading, und ich habe die kleine Matilda zur Welt gebracht.«

Blanche schmollt kurz, protestiert aber nicht, also spricht Aliénor weiter. »Matilda. Unser drittes Kind in drei Jahren. Sobald sie kräftig genug war, die Reise über den Kanal zu überstehen, nahm ich sie mit nach Frankreich zu Henry.«

»Du wolltest sie ihm natürlich gleich zeigen!«

»Ja«, sagt Aliénor, aber das stimmt nicht ganz. Sie hat es nicht mehr ausgehalten in England, nach Wills Tod. In den Räumen, die eben noch von seinem Lachen erfüllt waren, in denen seine Spielsachen lagen, in denen sie sein Gesichtchen überall sah. Sie wollte in Henrys Arme flüchten, brauchte seinen Trost und seine Liebe. »Ich habe ihn überrascht, im August. Am Tag Johannes' Enthauptung stand ich vor ihm, in Saumur, und streckte ihm seine erste Tochter entgegen. Er hat geweint vor Freude.« Und vor Schmerz. Beides. Wie die Ertrinkenden haben wir uns geliebt in dieser Nacht. Wir brauchten uns so sehr. So muss es sein, hat sie damals gedacht, vereint im Glück und im Leid. Nie wieder hat sie eine solch tiefe Verbundenheit mit ihrem Mann gespürt als in dieser Zeit. Sie hat geglaubt, ihre Liebe könne nicht größer werden, ohne ein Menschenherz zu sprengen. »Er machte mir die Freude und zog mit mir nach Aquitanien«, erzählt sie. »Wir blieben fast drei Monate und hielten einen prächtigen Weihnachtshoftag in Bordeaux. Stell dir vor, am Neujahrstag ließen wir am Ufer der Garonne hundert weiße Tauben in den blauen Himmel aufsteigen. Das war ein Anblick!« Und wir stifteten ein großzügiges Seelgerät für unseren kleinen Will in der alten Kirche von Saint Emilion. Die alte Königin seufzt. »Im Februar des Jahres 1157 schließlich wollte Henry seinem aufrührerischen Bruder Geoffrey – den er übrigens längst in die Schranken gewiesen hatte – noch einen Besuch abstatten. Er traute ihm nicht, und das mit Recht. Ich hielt es für besser, nicht dabei zu sein – ich hasste den Kerl wie die Pest, du weißt ja, warum. Außerdem gab es in England inzwischen ein paar Dinge zu regeln, die nicht warten konnten. Also segelte ich von Barfleur aus zurück …«

»… und war wieder einmal schwanger«, zieht Blanche ihre Großmutter auf.

»Du sagst es«, meint Aliénor trocken. Dann prusten beide los. Der Tag geht mit einer frohen Erinnerung zu Ende.

Am nächsten Morgen lässt Aliénor den Priester der kleinen Kirche von Cizur Menor holen und überreicht ihm das Elfenbeinkreuz der Pilgerinnen und die zwei Geldbeutel. »Es ist mein Wunsch, dass ihr einen schönen Altar für die Heilige Muttergottes errichten lasst und dieses Kreuz darüber hängt«, sagt sie. »Und jedes Jahr soll am Datum des gestrigen Tages eine Seelenmesse für die toten Nonnen gelesen werden.«

»So sei es«, sagt der Priester.

Danach reiten sie ab. Pamplona ist nicht mehr weit.

Pamplona
März 1200

Die kurze Strecke von Cizur Menor bis nach Pamplona bewältigen sie in einer knappen Stunde. Aliénor sitzt schlecht gelaunt in ihrem Chariot; sie hat am Morgen auf ein Steinchen in ihrem Brot gebissen, und nun ist der wacklige Zahn endgültig aus seiner Verankerung gebrochen. Blanche hat zu allem Überfluss auch noch gelacht, als sie den Zahn ausgespuckt hat, das freche Gör. »Jedes Kind ein Zahn«, hat sie gegrinst. »Das hat meine Mutter immer gesagt.«

»Dann dürfte ich eigentlich gar keine mehr haben«, knurrt Aliénor. Wieder so ein Blödsinn, den ihre Tochter anscheinend ständig von sich gibt. Immer wieder tupft sie mit der Zungenspitze in die Lücke hinein, es regt sie selber ganz auf, dass sie das nicht lassen kann. Ob es in Pamplona einen navarresischen Goldschmied gibt, der das richten kann? Wer weiß, die Spanier sind nicht gerade für ihre glorreiche Handwerkskunst berühmt.

Sie denkt noch einmal an ihren Besuch in Aquitanien, von dem sie letzte Nacht erzählt hat. Damals ist es ihr nicht aufgefallen, erst nachträglich wurde ihr klar, dass dieser Aufenthalt für fast zehn Jahre das Ende ihrer persönlichen Herrschaft über ihr Herzogtum markierte. Sie war so in ihrer Trauer versunken, dass sie Henry das Regieren überließ. Nicht ein Mal benutzte sie ihr Siegel. Sie ließ ihn alle Verfügungen treffen, fertigte keine Urkunden aus, erteilte keine Befehle. All das tat er. Er mischte sich im Erbfall des Vizegrafen von Limoges ein, focht einen Strauß mit dem Vizegrafen von Thouars aus, unterwarf etliche aufsässige Adelige im Limousin, beendete ein paar Fehden. Kurz, er machte klar, dass in Zukunft nicht Aliénor, sondern er das Sagen hatte. Sie hätte das verhindern müssen, aber sie erkannte die Gefahr nicht. Verdammt, denkt sie. Du hast mir ins Handwerk gepfuscht, Henry, du Miststück. Damals schon. Aquitanien war meine Sache, und du hast meine Schwäche einfach ausgenutzt. Du hast angefangen, meine Barone unter dein Joch zu zwingen, und hast sie dadurch gegen uns beide aufgebracht. Denn sie dachten natürlich, ich wollte das so. Himmelherrgott, wie dumm war ich damals! »Blanche, wo sind die Feigen?« Ach, zum Henker, die sind ja vorgestern alle geworden. »Wir müssen in Pamplona welche auftreiben. Pah, vermutlich gibt es in dem Kaff ohnehin keine.«

Blanche rollt mit den Augen. Grand-mère kann einem manchmal ganz schön den Tag verderben.

Und Pamplona ist beileibe kein Kaff. Es ist die Hauptstadt des Königreiches Navarra und fast so groß wie Burgos. Eine mächtige Festung wacht über der Stadt, und es gibt etliche schöne Kirchen. Schon das Stadttor, durch das Aliénor und Blanche nun einziehen, ist ein imposantes Bauwerk mit Zinnen und Türmchen. Die Wächter fragen pflichtgemäß nach ihren Namen und ihrem Begehr, und die alte Königin gibt bereitwillig Auskunft. Weder ihr noch Blanche fällt der dunkel gekleidete Mann auf, der neben dem Tor an der Mauer lehnt und sich jetzt aus dem Schatten löst. Seit über einer Woche hat Valmorts Helfer geduldig gewartet, während die anderen beiden schon über die Berge vorausgeritten sind. Jetzt hat er es eilig, die Nachricht von der Ankunft ihrer Opfer zu Valmort zu bringen. Keine Viertelstunde später galoppiert er durch die Porta Francia. Es gilt, die letzten Vorbereitungen zu treffen.

Derweil rollt der Chariot mit Blanche und Aliénor durch die belebten Gassen der Stadt. »Auf dem Weg zu dir nach Kastilien habe ich in den Gastgemächern des Königs übernachtet«, berichtet Aliénor. »Sancho ist der Bruder meiner Schwiegertochter Berenguela.«

»Die deinen Richard geheiratet hat?«

»Genau die. Ein nettes Ding, ein bisschen zu ruhig vielleicht, aber ich mochte sie gern. Auch ihr Bruder – sie nennen ihn el Fuerte, den Starken – ist ein angenehmer Mensch, und ein Riese dazu. Stell dir vor, er ist über acht Fuß groß.«

»Angenehmer Mensch?«, faucht Blanche. »Er ist im Krieg mit meinem Vater.«

»Der in sein Königreich eingefallen ist, als Sancho außer Landes war, ja«, erwidert Aliénor ungerührt. »Das ist auch der Grund, warum wir heute leider nicht die Gäste des Königs sein können. Er hat mir schon auf dem Herweg deutlich gemacht, dass er die Tochter seines Erzfeindes nur ungern beherbergen möchte. Wir versuchen, eine andere Möglichkeit zu finden.«

»Bei dem will ich gar nicht übernachten.« Blanche ist bockig. »Am besten ziehen wir gleich weiter.«

»Blödsinn. Ich brauche einen neuen Zahn, und Feigen haben wir auch keine mehr.«

»Und wenn mich dieser Sancho entdeckt und gefangen nimmt?«

Aliénor lacht. »Dummchen, er weiß doch, dass wir hier durchkommen. Ich habe ihm vor zwei Monaten erzählt, dass ich eine kastilische Prinzessin nach Frankreich hole, und von ihm freies Geleit zugesichert bekommen. Trotzdem will ich ihn nicht mit dir von Angesicht zu Angesicht behelligen. Man muss es ja nicht auf die Spitze treiben.«

Sie finden Quartier im fränkischen Viertel Cernin; ein reicher Händler aus La Rochelle nimmt beide unter unzähligen Verbeugungen in sein großes Haus auf. Blanches Laune bessert sich sofort, als sie die gemütliche Bohlenstube mit dem breiten Himmelbett sieht, die man ihnen hergerichtet hat. »Manchmal glaube ich, in den Bürgerhäusern ist es besser zu wohnen als in unseren großen Burgen«, meint sie und springt ins Bett, um die Matratze zu testen. »Es gibt sogar einen Abtritt gleich nebenan.«

Aliénor nickt. »Da kannst du recht haben, Schätzchen. Was Spanien angeht, auf jeden Fall. In England und Frankreich habe ich in fast allen meinen Wohngemächern Holzfußböden einziehen lassen. Und Aborte bauen. In Fontevraud, wo ich jetzt lebe, habe ich sogar einen dieser neuartigen Kachelöfen, die die Wärme so schön halten. Es ist himmlisch! Ich musste eigens einen Ofenbauer aus Flandern kommen lassen.«

»Kachelofen? Hab ich noch nie gesehen.«

»Lass dir zu Paris einen bauen. Kein Vergleich mit einem offenen Feuer, glaub mir.« Aliénor lässt sich von ihrer Zofe die Schuhe ausziehen. Der Zeh ist wieder fast schmerzfrei, sie bewegt ihn hin und her. »Geh zum Markt, Nolwen«, sagt sie, »und kauf einen halben Scheffel Feigen, aber weiche. Und erkundige dich nach einem Gold- oder Silberschmied, der Zähne einsetzen kann.« Die Zofe eilt hinaus.

»Ah!« Aliénor macht erst einmal ausgiebig Gebrauch vom Abtritt, dann lässt sie sich von Blanche den steifen Nacken massieren. Ihre Laune ist schon viel besser geworden, und sie bessert sich weiter, als Nolwen zurückkehrt und einen dicken kleinen Goldschmied namens Juan Ruiz mitbringt. Sie hält dem Mann den Zahn hin. »Den habe ich verloren, Meister Juan. Könnt Ihr ihn wieder befestigen?«

»So etwas habe ich noch nie gemacht, Señora. Aber ich kann es versuchen.« Der Mann scheint verunsichert, aber als er dünnen Silberdraht um den Zahn wickelt, tut er das sehr geschickt und mit großer Fingerfertigkeit.

Aliénor öffnet den Mund, und Meister Juan sieht hinein. Für eine alte Frau hat sie noch ungewöhnlich viele Zähne, denkt der Goldschmied. Er fingert mit dem Zahn herum, setzt ihn ein und wickelt mit einem Zänglein die Enden des Drahtes um die Nachbarzähne. Das wird er noch seinen Enkeln erzählen, dass er der Königin von England in den Mund hat langen dürfen! Aliénor beißt versuchsweise zu und klappert ein bisschen, es ist nicht perfekt, aber bis zu Hause sollte es so halten. Zufrieden gibt sie dem Mann einen Silberdenar.

Später sitzen sie in der guten Stube des Kaufmanns beim Essen. Der lässt sich nicht lumpen. Es gibt einen wunderbaren Hypocras mit Honig und Ingwer, Kressesuppe, Täubchen mit Sauce Cameline und eine Mammonia mit Lamm, Oliven und Mandeln. Aliénor überlegt ernsthaft, ob sie ihm seinen Koch abspenstig machen soll. Auch Blanche schmeckt es; sie stopft so viel von der Nachspeise in sich hinein, dass sie rülpsen muss. »Bist auch ein kleiner Feinschmecker, was?«, grinst Aliénor. »Das hast du von mir, deine Mutter auch. Ich habe gutes Essen stets geliebt. Und ich hatte das Glück, immer viel essen zu können, ohne davon dick zu werden.«

Blanche verzieht das Gesicht. »Ach je, ich sehe eine Süßspeise nur an und bekomme schon einen fetten Hintern.«

Die alte Königin löffelt aus dem Napf mit dem Mandelflan. »Na, tröste dich: Die Männer mögen ohnehin keine dürren Frauen, mi cors«, sagt sie mit vollem Mund. »Das heißt allerdings nicht, dass du dich gehen lassen darfst. Und die Hauptsache ist, dass du dir selber gefällst. Petronilla zum Beispiel war dick und hat das nicht gemocht. Sie hatte aber auch nie die Selbstbeherrschung, etwas daran zu ändern. Obwohl ihr das an Henrys Hof hätte leichtfallen können. Das Essen dort war nämlich bekanntermaßen furchtbar.«

Blanche wischt sich die klebrigen Finger am Tischtuch ab. »Das gibt's doch nicht!«

»O doch«, lacht Aliénor. »Aber lass mich erst noch ein wenig weitererzählen. Ich kam also im späten Winter des Jahres 1157 wieder in England an, und das, wie du ganz richtig bemerkt hast, gesegneten Leibes. Kaum hatte ich mich in London eingerichtet, erfuhr ich, dass im Westen, an der Grenze zu diesem nichtsnutzigen, lästigen Volk der Waliser, wieder Mord und Totschlag herrschten. Natürlich ließ ich ein Aufgebot marschieren, unter dem Befehl des jungen, vielversprechenden Hugh von Carlisle. Es gab etliche siegreiche Gefechte, und ich glaubte schon, alles sei erledigt. Dann schickte mir Owain Gwynedd, der Fürst der Waliser, ein Geschenk. Ich öffnete die kleine Truhe, und darin lagen – fein säuberlich auf einem Seidenpolster – die ausgestochenen Augen Carlisles. Ich schrieb sofort an Henry und forderte ihn auf, diese Beleidigung zu rächen, und vier Wochen später war er in England. Er wies Gwynedd in die Schranken, ja, kämpfen konnte er wie kein zweiter. Und es war schön, ihn in der Nähe zu wissen, als ich schließlich am Tag Mariae Geburt, also im September, zu Oxford unseren dritten Sohn zur Welt brachte.«

»Richard!«

»Er tat seinen ersten Schrei in Beaumont Castle, und was für ein Schrei das war! Ich glaube, man hat ihn bis nach London gehört. Ja, so war er immer, mein Richard. Geräuschvoll. Man hörte ihn kommen, bevor man ihn sah. Als Erwachsener hatte er eine durchdringende, tiefe Stimme, mit der er wunderschön sang.« Sie blinzelt, dann nimmt sie einen weiteren Löffel Flan. »Ich habe Henry sofort das Versprechen abgenommen, dass Richard einmal Aquitanien bekommt. Schließlich ist er der einzige unserer Söhne, der dort gezeugt wurde, und das hat doch etwas zu bedeuten! Henry hätte ihm die ganze Welt zum Geschenk gemacht. Er hatte eine kindliche Freude daran, dass der Kleine ganz sein Ebenbild war. Rötliches Haar, die Grübchen, wenn er lachte, und die blauesten Blauaugen, die je gesehen wurden. Ei, später sah Richard natürlich viel besser aus als sein Vater, größer und mit ebenmäßigeren Zügen. Und ohne krumme Beine. Aber damals sagte sogar der alte Kammerdiener, der Henry noch als Kind gekannt hatte, er glaubte, er sähe seinen Herrn wieder vor sich. Henry feierte die Geburt seines dritten Sohnes wie keine andere, weder vorher noch nachher hat es solch ein Fest bei Hof gegeben.«

Blanche beißt in ein Zuckertörtchen. »Und da war das Essen auch furchtbar?«

Aliénor zuckt die Schultern. »Nun, bei besonderen Gelegenheiten ließ Henry sich nicht nachsagen, dass er an der Verpflegung sparte. Er wollte schließlich bei den Gästen Eindruck machen. Aber sonst? Henry hatte einfach kein Organ dafür. Er aß, um satt zu werden, das war alles. Ihm war es gleich, was es gab. Ich kenne niemanden, der schneller mit dem Essen fertig war als er. Er stopfte achtlos Sachen in sich hinein und hörte dann einfach wieder damit auf. Das war's.« Sie grinst. »Einmal beschwerten sich die Mönche von Sankt Swithun bei ihm darüber, dass ihnen ihr Bischof nicht mehr als zehn Gänge zum Mittagsmahl gestattete. Weißt du, was er ihnen antwortete?« Sie ahmt seine Stimme nach. »›An meinem Hof genügen mir drei Gänge. Euer Bischof soll verrecken, wenn er euch mehr erlaubt!‹ Er hatte aber Spaß daran, wenn es mir schmeckte. Er hat es immer geliebt, wenn ich herzhaft und mit Genuss speiste. Wenn er in Frankreich war, schickte er mir im Herbst oft frische Esskastanien nach England, weil er wusste, dass ich für geröstete Kastanien sterbe. Aber dass sich andere an seinem Hof mit schlechtem Fleisch den Magen verdarben, war ihm ganz gleich. Er selber hatte eine Rossnatur.«

»Dann hattest du wohl einen eigenen Koch?«, mutmaßt Blanche.

»Was denn sonst?« Aliénor schüttelt sich. »Den Fraß an Henrys Tafel konnte ja keiner lang ertragen. Ich ließ für mich und die Kinder eigene Speisen kochen, aus meinen eigenen Vorräten, und so mancher Höfling drängte sich danach, an meiner Tafel aufgenommen zu werden.« Du auch, Tom, denkt sie. Dir war ja schon übel, wenn du nur an das Abendessen mit Henry dachtest. Und trotzdem wart ihr so dicke Freunde. »Nun ja, die meiste Zeit aßen ich und die Kinder ohnehin getrennt von den anderen. Wir hatten unseren Tisch in den Frauengemächern, wie üblich.«

Blanche legt beide Hände auf ihren Magen. »Ich kann nicht mehr, Grand-mère. Wollen wir zu Bett?«

Aliénor stützt sich auf ihren Stock und erhebt sich. »Wie Euer königliche Hoheit wünschen!«

Aus den Epistolae des Archidiakons Peter von Blois

... Bei den Mahlzeiten herrschen weder Ordnung noch Zurückhaltung. Ritter und Dienerschaft ernähren sich von schlechtem, kaum aufgegangenem, ungekneteten, ungewürztem und nur halb durchgebackenem Gerstenbrot, das aus den Abfällen vom Bierbrauen gemacht wurde, voller Spelzen und schwer wie Blei. Zu Trinken bekommen sie schlierigen, dicken, geschmacklosen Wein, der ölig und trüb ist und nach Schlamm schmeckt. Ich habe gesehen, wie man Personen von hervorragendem Rang Wein vorgesetzt hat, der so dick war, dass ein Mann die Augen schließen, die Zähne zusammenbeißen und ihn mit Schreckensmiene einschlürfen musste, um ihn überhaupt hinunterzubekommen. Das Bier schmeckt auch schrecklich und sieht aus wie Dreckwasser.
Wegen des großen Bedarfs muss der Hof viel Vieh aufkaufen, ge-

sund oder krank. Fleisch wird eingekauft, ganz gleich, ob frisch oder nicht, und auch Fisch ist nicht billiger, nur weil er schmierig ist oder widerlich riecht. Wir müssen uns von Aas ernähren, unsere Bäuche werden zu Gräbern für Kadaver. Den Dienern ist es egal, ob die unglücklichen Gäste krank werden oder gar sterben, Hauptsache die Tafel ist gedeckt. Tatsächlich kommt manchmal völlig verrottetes Zeug auf den Tisch, und wären wir es nicht gewohnt, würden wir daran krepieren ...

Pamplona
März 1200

In der Taverne zum blauen Stier geht es hoch her. Hier haben die flandrischen Waffenknechte Quartier genommen, die im Haus des aquitanischen Kaufmanns keinen Platz mehr gefunden haben. Während ihre Herrin nach Einbruch der Dunkelheit längst zu Bett gegangen ist, sitzen sie immer noch in der Schankstube und leeren eine Karaffe Wein nach der anderen. Großmäulig erzählen sie Witze, spielen sich als ganz harte Burschen auf, protzen mit ihren Abenteuern und ihren scharfgeschliffenen Kurzschwertern. Grund dafür sind die beiden Zwillingstöchter des Wirts, Luz und Rosa, glutäugige, schwarzhaarige Schönheiten, die nicht mit ihren Reizen geizen. Anfangs herrscht allgemeine Heiterkeit, aber irgendwann schlägt die Stimmung in Rivalität unter den Männern um. Schließlich kann es nur zwei geben, für die dieser Abend wunschgemäß endet. Und der Wein hat seine Wirkung getan, alle sind hoffnungslos besoffen. Als einer Luz – oder ist es Rosa? – auf seinen Schoß zieht und ihr ungeniert tief in den Ausschnitt langt, geht plötzlich alles ganz schnell. Die Männer brüllen, hauen sich gegenseitig um, taumeln, fallen, ringen miteinander. Niemand kann hinterher mehr sagen, wer zuerst seine Waffe zog. Aber plötzlich blitzen Klingen, Wutschreie verwandeln sich in Stöhnen, Schimpfworte in Schmerzensgebrüll. Als der Wirt, der beim ersten Anzeichen eines Kampfes zur Hintertür hinausgekrochen ist, mit den Stadtbütteln und dem Nachtwächter zurückkommt, ist schon alles vorbei. Von den flandrischen Waffenbrüdern liegen zwei tot am Boden, drei bluten und krümmen sich vor Schmerzen, einer hockt brabbelnd unter dem Tisch und die anderen stehen belämmert da, weil ihnen dämmert, was sie gerade angestellt haben. Wer noch gehen kann, wird vom Büttel abgeführt, die Verletzten sind ein Fall für den Bader, den man flugs benachrichtigt. Die Leichen werden fürs Erste in den Hinterhof gebracht und im Schweinetrog gelagert.

»Ich lass euch alle vierteilen, ihr Dummköpfe, ihr Versager, ihr nichtsnutziger Haufen Galgenvögel!« Aliénor schäumt. Man hat sie zur Unzeit aus dem Bett gerissen und ihr die ganze Bande vorgeführt – bis auf die beiden Toten, die gerade auf dem Schinderkarren zum Friedhof gebracht werden. »Wofür habe ich euch angestellt, frag ich? Dafür, dass ihr euch selber gegenseitig die Schädel einschlagt? Ich fasse es nicht! Habt ihr euer Hirn etwa in Flandern gelassen? Schaut euch nur an – ihr seht aus wie Räuberpack, nicht wie gutbezahlte Leibwachen! Das könnt ihr vergessen, dass ich euch euren vollen Lohn zahle! Du da, kannst du überhaupt noch weiter?«

Der Angesprochene schüttelt mit schuldbewusster Miene den Kopf. Er hat sich den Knöchel gebrochen und einen tiefen Stich in die Schulter abbekommen. »Es tut mir leid, Herrin«, flüstert er. »Jammer nicht!«, fährt ihn Aliénor an. »Und was ist mit euch anderen, hm? Ich könnte euch ...«

Die Männer kneten ihre Ledermützen.

»Was mache ich jetzt mit euch?« Aliénor schlägt dem Mann, der ihr am nächsten ist, mit dem Handschuh gegen die Brust.

»Lasst uns weiter mitkommen, Herrin, in Gottes Namen«, sagt einer.

Sie fährt ihn an. »Ich kann keine unzuverlässigen Kerle gebrauchen! Und auch keine Verwundeten, die im Ernstfall nicht mit voller Kraft kämpfen können. Du, Pieter«, wendet sie sich an den Anführer, der mit ihr im Kaufmannshaus genächtigt hat. »Du schaffst mir fünf oder sechs neue Kriegsknechte, ganz gleich, wie du das anstellst. Die anderen holen sich bei dir ihren Lohn ab –

alle Tage zählen bis auf den gestrigen. Dann sollen sie die Pferde dalassen und verschwinden.«

»Aber Herrin ...«

»Mund halten«, faucht die alte Königin. »Das war's.« Sie dreht sich auf dem Absatz um, als wäre sie achtzehn und nicht fast achtzig Jahre alt, und verlässt den Raum.

Pieter von Zeeland zuckt die Schultern. »Ihr habt's gehört, Männer.«

Aliénor ist wütend. Sie kann Zuchtlosigkeit nicht ausstehen. Das hier wird sie aufhalten; bis Pieter neue Männer gefunden hat, vergehen bestimmt zwei Tage. Aber mit weniger Schutz will sie den Weg nicht machen, man weiß ja nie. Sie hat gelernt, vorsichtig zu sein.

Mit verkniffenem Gesicht geht sie in die Schlafkammer zurück. »Schlaf weiter, Blanche«, brummt sie. »Heute bleiben wir noch in Pamplona, da können wir uns genauso gut ein bisschen erholen.«

Erst spät stehen beide auf und lassen sich das Morgenessen bringen. Die Zofen servieren Brühe mit Fleisch und schwarzen Linsen, frischgebackenes Gerstenbrot und Wein. Danach befiehlt Aliénor ihnen, nicht die Reisemäntel, sondern nur leichte Wollumhänge herauszulegen. »Wir gehen auf den Markt«, sagt sie zu Blanche. »Irgendwie müssen wir den Tag ja herumbringen. Vielleicht finden wir etwas Nettes.«

Der Marktplatz von Pamplona liegt vor der Zitadelle, die heute keine Beflaggung aufweist – König Sancho el Fuerte ist also nicht anwesend, was bei Blanche für Erleichterung sorgt. Die beiden Frauen schlendern in Begleitung ihrer Zofen durch die Marktstände. »Pamplona war lange Zeit die Hauptstadt des Baskenvolkes, sein alter Name ist Iruna«, erzählt Aliénor nebenher. »Als Karl der Große im Jahre 778 auf dem Rückzug seines großartigen Krieges gegen die Mauren hier durchkam, ließ er die Stadt schleifen, weil er vor den Pyrenäen keine Festung im Rücken haben wollte. Jetzt steht sie wieder da und ist reicher als je zuvor. Das liegt wohl vor allem an den vielen Pilgern nach Santiago, die alle hier durchkommen.«

Blanche nickt. In letzter Zeit haben sie täglich mehr Jakobspilger getroffen, die ihnen entgegengekommen sind. Der Winter hat sich inzwischen aus den hohen Bergen zurückgezogen, und damit hat die Saison begonnen. Noch ein paar Wochen, und der Weg, auf dem sie gekommen sind, wird bevölkert sein von Leuten, die die Muschel am Gürtel tragen, zu Pferd, zu Fuß, im Wagen. Männer und Frauen, Alte und Junge, alleine und in Gruppen. Reuige Sünder, Abenteurer, fromme Bittsteller und Weltenbummler. Alle zieht es ans westliche Ende Europas, nach Santiago de Compostela, ans Grab des Apostels Jakob. Die Zeit der menschenreichen Pilgerschaft und der überfüllten Herbergen wollte Aliénor vermeiden, deshalb ist sie mitten im Winter nach Kastilien aufgebrochen.

Blanche lässt Jimena einen Kringel Fettgebackenes vom Zuckerbäcker kaufen und verspeist ihn mit Appetit, während sie durch die Gassen wandern. Sie kommen am offenen Laden eines Stoffhändlers vorbei. »Nun sieh mal einer an«, sagt Aliénor, »das hier ist Scharlach aus Lincolnshire, das erkennt man am Stempel.« Sie wendet sich an Blanche, die ihre Finger gerade am Saum ihres Kleides abwischt. »Blau und rot gefärbter Scharlach wurde zu meiner Zeit in England ausschließlich für die königliche Familie hergestellt, die Elle kostete über sechs Schilling. Heute bekommt ihn leider jeder Hinz und Kunz, der genug Geld hat. Grün wollte ich nicht bei Hof, das gibt's überall. Für Bettzeug bestellte ich oft gestreifte Ware, das sah nett aus und war nicht so langweilig wie einfacher heller Stoff. Und natürlich kaufte ich feine sizilianische Seide für meine Sommerbliauts und die Schleier. Ich hatte einmal ein purpurfarbenes Gewand, ganz enganliegend, mit eckigem Ausschnitt und Zaddelärmeln, das liebte Henry besonders an mir. Als ich es zum ersten Mal trug, sagte er: ›Für dieses Kleid hätte dich dein alter Freund Bernhard von Clairvaux mit dem Kirchenbann belegt, mein Lämmchen!‹« Ah, und dann hatte er sie geküsst und nach allen Regeln der Kunst aus diesem Kleid herausgeschält. Ja, denkt sie, damals, als er mich noch liebte. Und ich ihn.

»Warum hast du Richard von all deinen Söhnen bevorzugt?«, will Blanche unvermutet wissen. »Meine Mutter hat immer gesagt, der junge Henry wäre der edelste aller Ritter gewesen.«

Aliénor wiegt den Kopf. »O ja, das stimmt schon. Henry war unser Goldjunge. Er sah gut aus, und er konnte sehr gewinnend sein. Aber er war auch unglaublich launisch, verfiel von einem Augenblick auf den andern in düsterste Stimmung und konnte dann sehr verletzend sein. Und er hatte etwas Verbissenes, und das verstärkte sich, je älter er wurde. Wenn man, wie die meisten, die Freigiebigkeit als beste Eigenschaft eines Fürsten ansieht, dann genoss er wohl seinen Ruf zu Recht. Er hat sein Geld stets mit vollen Händen ausgegeben und seine Freunde wahllos mit Wohltaten überschüttet. Sein Vater ärgerte sich darüber – mein Gott, der Gute war immer ein Geizkragen. Ich glaube, er war der einzige Edelmann bei Hof, der nicht um Geld gewürfelt hat – er hätte es nicht ertragen, auch nur einen Schilling zu verlieren.« Sie muss wider Willen lachen. »Nun, dass deine Mutter voll des Lobes über ihren Bruder Henry ist, glaube ich gern. Sie hat ihn schon als kleines Kind unendlich bewundert, ist ihm überallhin nachgelaufen, was ihm oft vor seinen Spielgefährten peinlich war. Aber er mochte sie auch gern und beschützte sie, wenn die anderen sie ärgerten. Ja, die beiden hatten ein ganz besonderes Verhältnis.«

»Und William, dein Erstgeborener?«

»Ach, Kindchen, er ist gestorben, als er drei Jahre alt war.« Aliénor muss es jetzt doch erzählen, aber sie will es kurz machen. »Am Lungenhusten. Das war sehr schlimm damals. Er war ein so liebes Kind. Gott hat ihn zu sich geholt, als ich mit Matilda schwanger war. Die Kleine war mir ein großer Trost in meinem Schmerz. Und dann kam als nächster Sohn Richard. Das hat uns wieder für den Verlust entschädigt, auch wenn man einen Menschen nicht durch einen anderen ersetzen kann.« Sie beobachtet einen kleinen dunkelhaarigen Jungen, der hinter einem gefleckten Hündchen hertollt und zwischen zwei Häusern verschwindet. Dann nimmt sie einen tiefen Atemzug. »Ja, Richard. Du willst also wissen, warum ich so besondere Stücke auf ihn hielt? Nun, er war mir in vielen Dingen ähnlich, denke ich. Und er war derjenige von meinen Söhnen, der mir seine Liebe am deutlichsten zeigte. Noch als erwachsener Mann schämte er sich nicht, mich vor allen Leuten zu umarmen und zu küssen.« Sie lächelt. »Aber das war es nicht allein. Ich setzte all meine Hoffnungen auf ihn, vor allem, was Aquitanien betraf. Du musst wissen, es gab eine Prophezeiung. Es stand geschrieben. Der Zauberer Merlin hat eine Weissagung gemacht, die lautete:

›Der Adler des gebrochenen Bundes wird Freude haben an seinem dritten Nestling.‹ Adler, damit war natürlich ich gemeint und mit dem gebrochenen Bund meine aufgelöste Ehe mit Ludwig. Und der dritte Nestling, das war Richard, mein dritter Sohn. Ich war von Anfang fest davon überzeugt, dass Richard einmal die Krone tragen würde. Henry hat das nie recht glauben wollen, aber heute wissen wir ja, dass die Prophezeiung richtig war.« Nur hast du nichts davon gesagt, Merlin, dass Richard seine Herrschaft nicht lange genießen würde. So ist das wohl mit Zauberern und Weissagungen, ahi. Man bekommt immer nur einen Teil der Wahrheit.

»Aber der dritte Nestling, damit hätte doch auch Matilda gemeint sein können«, sagt Blanche, mit vollen Backen kauend. »Oder William. Schließlich war Richard dein sechstes Kind.« Sie macht einen Schmollmund. »Offensichtlich gelten Töchter nichts, zumindest nicht bei Zauberern und all solchen Leuten. Das ist ungerecht.«

»Aber Engelchen«, erwidert Aliénor. »Du weißt doch selber, dass Mädchen nicht von Bedeutung sind, wenn es um Herrschaft und Krone geht. Da zählen nur die Söhne. So ist das nun einmal. Ja, an Matilda hatte ich auch meine Freude, ganz bestimmt. Sie war diejenige meiner Töchter, mit der ich die meiste Zeit verbringen durfte. Wir schickten sie ja erst im Alter von elf Jahren zum Heiraten an den Hof des Herzogs von Sachsen. Und später, als ihr Mann in die Verbannung gehen musste, hielt sie sich mit ihren Kindern oft in meinem Haushalt auf.«

»Aber Mädchen sind eben doch von Bedeutung!« Blanche stampft mit dem Fuß auf. »Schließlich werde ich bald auch eine Krone tragen. Wie Richard.«

Aliénor nickt ernst. »Und du wirst das gut machen. Vielleicht wirst du deinen Ehemann auch in der Herrschaft vertreten, so wie ich. Oder gemeinsam mit ihm regieren. Das ist eine große Verantwortung, aber auch eine Freude. Ich habe es immer genossen. Wenn zum Beispiel Henry auf dem Kontinent war, reiste ich so wie er kreuz und quer durchs Land, um überall Recht zu sprechen und Befehle zu erteilen. Die Kinder waren immer dabei, Henry und Matilda mit ihren Kinderfrauen, Richard mit seiner Amme Hodierna, die er sehr liebte. Es ging von Oxford nach London, von Middlesex nach Southampton und Berkshire, von Surrey nach Cambridge, Winchester nach Dorsetshire. Shropshire, Gloucester, Somerset, Carlisle. Überall besuchte ich Städte und Dörfer, förderte Handel und Handwerk. Das Land blühte und gedieh sichtbar, und darauf war ich stolz, denn es war auch mein Werk. Inzwischen waren auch die meisten Kronresidenzen neu ausgestattet, so dass ich mit den Kleinen gut dort wohnen konnte. Nur Windsor Castle war noch ein alter, morscher Holzbau auf einer Motte aus Grassoden, aber auch den ließen wir später noch in Stein ausführen. Und du musst dir vorstellen, dass ich diese ganzen Reisen gesegneten Leibes unternahm, denn im September 1158, ein Jahr nach Richards Geburt, brachte ich fast schon nebenbei Geoffrey zur Welt, unseren vierten Sohn.«

»Warst du eigentlich auch mal nicht schwanger?«, fragt Blanche grinsend.

»Werd bloß nicht frech«, erwidert Aliénor. »Es war Gottes Wille. Und manche Paare sind einfach fruchtbarer als andere.«

»Mit ›andere‹ meinst du Ludwig und seine zweite Frau, oder?«

»Die arme Konstanze, ja. Sie wurde erst zwei Jahre nach der Hochzeit schwanger und gebar – wieder ein Mädchen. Marguerite. Niemand auf der Welt glaubte mehr daran, dass die französische Krone einen Erben bekommen würde. Das war auch der Grund, warum Henry und ich es für einen klugen Schachzug hielten, unseren ältesten Sohn mit dieser kleinen Kapetingerin zu verloben.«

»Und Ludwig hat das mitgemacht?«

»Zu meiner eigenen Verblüffung, ja! Ich habe nie begriffen, warum er sich ohne Not in diese Lage begeben hat. Weshalb sollte er ausgerechnet einen Plantagenet als Schwiegersohn und möglichen Nachfolger auf dem französischen Thron haben wollen? Nun, diese Verlobung hat wohl nur einer zustande bringen können: Becket. Er reiste mit großem Gefolge nach Paris und überzeugte Ludwig. Wie er das anstellte, ich weiß es nicht. Aber am Ende musste Konstanze die kleine Marguerite hergeben, noch kein Jahr alt. Ludwig bestand lediglich darauf, dass seine Tochter nicht in meinem Haushalt erzogen würde, er hegte seinen Groll gegen mich wohl bis an sein Lebensende. Also einigten wir uns, das Mädchen in den Haushalt von Robert von Newburgh zu geben, Henrys Seneschall in der Normandie, wo sie bis zur Hochzeit aufwachsen sollte. In der folgenden Zeit kamen Henry und Ludwig erstaunlich gut miteinander aus; sie unternahmen sogar eine gemeinsame Pilgerreise zum Mont Saint Michel. Sie tauschten kostbare Geschenke aus, und Ludwig ließ öffentlich verlauten, er kenne keinen liebenswerteren Menschen als den König von England.«

Blanche staunt. »Nicht zu fassen.«

Aliénor setzt sich auf eine hölzerne Bank unter einem Walnussbaum, die angenehm von der Sonne beschienen wird. »Du kannst dir natürlich vorstellen, dass wir daraufhin ein rauschendes Weihnachtsfest in Cherbourg feierten. Die Zukunft schien glänzend wie nie, vor allem, weil in diesem Jahr auch noch Henrys nichtswürdiger Bruder Geoffrey überraschend in Nantes gestorben war – sein Turniergegner hatte versehentlich eine scharfe Lanze benutzt. Damit fiel auch noch die Bretagne, die Geoffrey als Herzog gehalten hatte, an die Krone. Wir wussten gar nicht, wohin mit so viel Glück. Und dann, dann machte ich einen Fehler.« Nachdenklich spielt sie mit den Fransen ihres Schals. »Ich wollte alles.«

Henry

Sie hat mich dazu gebracht, verdammt! Sie hat ja nicht locker gelassen in diesen Tagen. Geradezu besessen war sie von dem Gedanken. Toulouse, Toulouse, Toulouse, das war alles, was ich von ihr hörte. Ich wollte erst nicht. Lass gut sein, sagte ich, fordere das Glück nicht heraus. Aber dann steckten sie und Becket die Köpfe zusammen, wochenlang. Sie planten und überlegten, suchten nach Möglichkeiten. Oh, die beiden waren schon immer gut. Seit Thomas für sie Westminster umgebaut hat, vergöttert sie ihn. Zugegeben, er ist ja auch für mich ein Glücksgriff! In jeder Hinsicht! Er hat einen messerscharfen Verstand, und ich bin wirklich froh, dass ich ihn zu meinem Kanzler gemacht habe. Der Mann ist ein glänzender Stratege und ein hervorragender Redner.

Bei Verhandlungen ist er nicht zu schlagen, er kann säuseln wie ein Weib, wenn er will. Und gleichzeitig knochenhart sein. So hat er vermutlich auch meinen guten alten Freund Ludwig gegen jede Vernunft dazu gebracht, seine Tochter unserem Henry anzuverloben. Man stelle sich vor! Außerdem ist Thomas ein Kerl, mit dem man Pferde stehlen kann. Wenn ich es recht bedenke: Ich glaube nicht, dass ich je einen Freund hatte, außer ihm. Er ist ein ganzes Stück älter als ich, aber dennoch verstehen wir uns prächtig, wie die besten Waffenbrüder. Man kann mit ihm saufen, und man kann mit ihm reden. Er ist der Einzige am Hof, dem ich erlaube, sich über mich lustig zu machen. Aliénor würde es zwar nie zugeben, aber sie ärgert sich, dass ich ihr den Guten ausgespannt habe. Natürlich war mir klar, dass sie glaubte, sie könne ihn für ihre Zwecke benutzen, nachdem sie mich vermeintlich dazu gebracht hatte, ihn zum Lordkanzler zu erheben. Aber das hätte ich ohnehin getan. Und er macht sich zu niemandes Handlanger, dafür hat er viel zu viel Selbstbewusstsein. Aber natürlich hat er sie glauben lassen, er sei ihr Geschöpf, hat sie umschmeichelt und ihr in allen Dingen Liebs getan. Dabei wusste er immer, dass ich derjenige bin, dem er zu gehorchen hat, nicht Aliénor. Anfangs waren die beiden ganz dick, aber seit letztem Jahr verbringt Thomas fast jede freie Stunde mit mir zusammen, und das ist gut so. Ich brauche jemanden, dem ich blind vertrauen kann.

Allerdings, mit diesem Toulouse-Unternehmen hat sie ihn wieder auf ihre Seite gebracht. Er hat mich schließlich überzeugt, dass der Sommer 1159 ein guter Zeitpunkt für einen Angriff sei. Dass meine Macht nie größer war als jetzt. Dass die Gelegenheit vielleicht nie wieder käme. Zugegeben, es juckte mich immer mehr. Langsam fand ich Spaß an den Vorbereitungen, und ich gewann ganz gegen meine Befürchtungen wichtige Bundesgenossen, allen voran Berengar von Aragon und den König von Schottland – mir ist immer noch schleierhaft, was der sich von der Sache versprach. Jedenfalls brachte ich für den Juni die größte Streitmacht zusammen, die ich je befehligt hatte, schier eines Kreuzzugs würdig. Wir sammelten uns am Tag Johannes des Täufers in Poitiers, das war ein Spektakel! Allein Becket erschien mit einem Kontingent von siebenhundert Rittern – soll mal einer sagen, ich hätte ihn nicht reich gemacht, dass er sich das leisten konnte! Solch ein Heer zu unterhalten war natürlich eine kostspielige Sache, aber Aliénor hatte den Einfall, in England eine Sondersteuer zu erheben, die über neuntausend Pfund Silber einbrachte. Das war ein verdammter Fehler, und ich könnte mich heute noch deswegen ohrfeigen. Aber sie hat es ja schon immer geschafft, mich um den Finger zu wickeln. Bei den Augen Gottes, ich liebe sie. Und sie nutzt das aus. Das wird in Zukunft aufhören, ich schwöre es. Jetzt muss ich mir von den Kirchen und Klöstern wegen der Abgabenerhöhung die Hölle heißmachen lassen. »Ungehörige und ungerechtfertigte Auspressung« werfen sie mir vor, geifern, ich herrsche gegen den »alten Brauch und unsere rechtmäßige Freiheit«. Unerhört ist das, ich bin ihr König, sie haben zu gehorchen, das ist alter Brauch! Das hab ich jetzt davon, dass ich bisher der Kirche gegenüber so gutmütig war. Jetzt sitzen mir die Bischöfe im Nacken, zum Kotzen ist das. Und wofür? Für nichts und wieder nichts. Ich bin doch das dämlichste Arschloch, das je einem Weib nachgegeben hat. Aber soll doch mal jemand in diese Augen schauen und dann nein sagen!

Ja gut, vielleicht habe ich auch einen Fehler gemacht. Ich hätte die Belagerung nicht abbrechen sollen. Aber was war da noch zu machen? Ludwig, der Hinterfotz, hat mich überlistet. Erst erscheint er freundlich lächelnd bei mir im Heerlager und versucht zu vermitteln, weil ja der Graf von Toulouse sein Schwager ist. Und dann, bevor ich noch an Böses denken mag, hockt er plötzlich innerhalb der Mauern von Toulouse. Wie zum Henker kann ich eine Stadt angreifen, in der mein eigener Lehnsherr sitzt? Als Herzog der Normandie und der Bretagne bin ich Ludwigs Vasall. Ich darf ihn mir nicht zum Feind machen, und ich wollte vor allem auch nicht riskieren, dass er die Verlobung seiner Tochter mit meinem Henry auflöst. Außerdem dauerte die ganze Sache viel zu lange. Geduld war noch nie meine Stärke, das gebe ich offen zu. Ich ließ natürlich nebenher jede Menge Raubzüge ins Hinterland abhalten, Dörfer niederbrennen, Äcker verheeren, all das. Aber zweieinhalb Monate erfolglos eine Stadtmauer anglotzen, das soll erst einmal einer aushalten. Ich jedenfalls nicht. Ich hasse das. Zu allem Überfluss ging ab August auch noch die Scheißerei unter den Rittern um, es stand zu befürchten, dass sich das zu einer Seuche ausweiten würde. Und dann erhielt ich auch noch die sichere Nachricht, die Stadt sei randvoll mit Vorräten und könne mühelos ein Jahr standhalten. Da hab ich mir gesagt, jetzt reicht es. Thomas war dagegen, wir hätten beinahe gestritten deswegen, aber selbst er musste zugeben, dass das Geld langsam zur Neige ging, und woher nehmen und nicht stehlen? Noch eine Sondersteuer, um weitere Monate Belagerung zu bezahlen? Das war mir Toulouse nicht wert.

Und jetzt hab ich deswegen ein schlechtes Gewissen. Wie soll ich es Aliénor beibringen? Sie wird mich in der Luft zerreißen. Die ganze Zeit sitzt sie in Poitiers und wartet auf meine siegreiche Rückkehr. Und dann kommt kein glorreicher Eroberer neuer Welten, sondern bloß einer, der vom dauernden Herumsitzen in Südfrankreich das Arschbluten gekriegt hat. Ich mag gar nicht dran denken.

Das Beste wird sein, ich ziehe mit meinem Heerbann gar nicht nach Poitiers, sondern gleich in die Normandie. Dann kann sie die schlechte Nachricht erst einmal verdauen. Sie wird sich schon wieder beruhigen. Zur Hölle, was schere ich mich eigentlich überhaupt um die Launen meiner Frau? Bin ich denn närrisch geworden? Ein Mann darf sich nicht zu sehr abhängig machen, das ist nicht gut fürs Gleichgewicht der Körpersäfte.

Falaise, Dezember 1159, und London, April 1160

»Erklär's mir!« Aliénor steht vor Henry, die Fäuste geballt. Sie sieht aus wie eine Raubkatze vor dem Sprung.

»Mich freut es auch sehr, dich wiederzusehen, meine Liebe.« Henry versucht ein spöttisches Grinsen, aber es misslingt. »Willst du nicht wenigstens erst den Reisemantel ablegen?«

Wütend reißt sie am Tasselband und wirft dann ihren Umhang mit Schwung in die nächste Ecke. »Wie konntest du mir das antun, Henry? Du wusstest, wie wichtig mir Toulouse ist!«

Henry hebt den Umhang auf und klopft den Staub ab. »Was nicht geht, geht einfach nicht, Alí. Es sprach zu viel dagegen.« Er legt den Mantel betont sorgsam über eine Stuhllehne.

»Ach ja?« Sie stellt sich vor Henry und funkelt ihn an. »Du hast es mir versprochen!«

Er wendet sich ab und beginnt, wie immer rastlos im Raum umherzustapfen. »Herrgott, manchmal kann man ein Versprechen eben nicht halten. Das Geld war aufgebraucht, meine Ritter starben wie die Fliegen an der Darmpest. Toulouse hätte noch ewig durchgehalten.«

»Natürlich hätte es ewig durchgehalten«, zischt sie. »Wenn du nie ernsthaft angreifst!«

»Konnte ich doch nicht, solange Ludwig in der Stadt war«, verteidigt sich Henry.

»Dann hättest du ihn nicht hineinlassen dürfen! Herrgott! Da habe ich zwei Ehemänner geschickt, um mein rechtmäßiges Erbe zu erkämpfen, und was ist herausgekommen? Nichts! Oh, dass Ludwig Toulouse nicht erobern konnte, kann ich ja noch verstehen. Er war ein miserabler Kämpfer. Aber du! Immer und überall siegreich, ein Held, ein Krieger! Du hättest es in der Hand gehabt, Henry, und du hast es versaut!«

Er fährt herum. »Gar nichts hab ich versaut, gar nichts! Du tust dich leicht, Aliénor! Du zerdrückst ein paar Tränen und bringst mich dazu, für dich die Drecksarbeit zu machen. Ständig erwartest du Erfolge, ständig verlangst du etwas. Tu dies, tu das, räche mich in Wales, lass Windsor neu bauen, hol mir Toulouse. Bin ich dein Lakai?«

»Nein, du bist der König von England«, faucht sie. »Und du hast es weder geschafft, Wales zu holen noch Toulouse, und Windsor ist auch immer noch ein schäbiger Holzverschlag. Die Bretagne ist dir in den Schoß gefallen, genauso wie Aquitanien, und die Verlobung Henrys mit Marguerite war mein Einfall. Worauf also, Henry, bist du so stolz?«

Er bleibt vor ihr stehen, nimmt ihre Hände. »Auf unsere Söhne«, sagt er. »Auf meine schöne, ehrgeizige Königin, die ich liebe. Auf alles, was wir haben. Brauchen wir denn unbedingt Toulouse zu unserem Glück? Willst du deswegen mit mir streiten bis aufs

341

Messer? Ganz Europa beneidet uns. Wir sind dabei, ein Reich zu schaffen und eine Dynastie. Lass uns das nicht zerstören, indem wir miteinander hadern.«

Sie windet ihre Hände aus seinem Griff. Wir sind hier in dem Palast, in dem Wilhelm der Eroberer geboren wurde, hat sie eben noch sagen wollen. Dein Ahnherr. Dir wird man wohl einst einen anderen Beinamen geben. Sie beißt sich auf die Lippen. Sie weiß, dass Henry versöhnliche Worte noch nie leichtgefallen sind. Es wäre nicht klug, ihn jetzt noch zurückzuweisen. »Du hast mich enttäuscht«, sagt sie schließlich.

Henry streckt seine Hand aus, streichelt ihren Hals, und sie lässt es geschehen. Seine Fingerspitzen lösen ein Prickeln auf ihrer Haut aus; ohne dass sie es will, antwortet ihr ganzer Körper auf seine Berührung, so wie immer. »Ich mach's wieder gut«, flüstert er und lässt seine Hände tiefer gleiten, umfasst mit festem Griff ihre Hinterbacken. Ein leiser Laut entweicht ihren Lippen, als er sie hochhebt, und sie umschlingt ihn mit ihren Beinen. Er drängt sie gegen die harte Wand, zerrt ihre Röcke hoch, nestelt an Hose und Bruoche, und dann ist er in ihr, nimmt sie mit harten, tiefen Stößen, als müsse er ihr zeigen, wer der Herr ist. Sie will es nicht, aber es reißt sie mit sich fort, sie keucht und stöhnt mit ihm, nach ihm, bis sich Liebe und Zorn und Leidenschaft in einem einzigen mächtigen, letzten Stoß und Schrei entladen und beide zu Boden sinken.

Thomas Becket, der gerade hereinkommen wollte und die kurze Szene beobachtet hat, schließt leise die Tür.

Vier Wochen später, nachdem wegen des Fehlschlags von Toulouse ein eher bescheidener Weihnachtshoftag abgehalten worden ist, besteigt Aliénor, in dicke Pelze gehüllt, die Esnecca, den schnellen königlichen Segler für Kanalüberquerungen. Auf dem Kontinent herrscht einer der bittersten Winter des Jahrhunderts, Vögel fallen tot vom Himmel, die Unbehausten erfrieren zu Tausenden in Städten und Dörfern. Die Königin will ihre Kinder aus der Kälte bringen, drüben in England ist es angenehmer. Diesmal ist sie nicht schwanger, und sie fragt sich, warum. Wenn es stimmt, dass die Liebe Voraussetzung für eine Empfängnis ist, dann ist sie schuld.

Ihre Beziehung zu Henry hat einen Riss bekommen. Ja, sie haben sich versöhnt, ja, sie liebt ihn noch, aber ein Missklang, ein winziges Stückchen Entfremdung, eine kleine Dolchspitze des Haders, all das ist geblieben. Ob es wohl auch bei ihm so ist, denkt sie. Ob ich zu viel von ihm verlangt habe? Ob es wieder so werden kann wie früher? Aber dann schaut sie ihre Kinder an, die vorne im Bugaufbau spielen, Henry und Richard mit ihren Holzschwertchen, Matilda mit einer Strohpuppe, der einjährige Geoffrey an der Brust seiner Amme nuckelnd. Und sie weiß, dass alles gut ist.

»Ihr müsst glücklich sein, wenn Ihr Eure Kinder anseht.« Becket ist neben sie getreten.

Sie lächelt ihn an. »Fürwahr, Tom, ich danke Gott jeden Tag für sie.«

»Und für Euren Gatten?« Er legt den Kopf schief, wie es seine Art ist, und sieht sie von der Seite her an. Ist da Spott in seinem Blick? »Ich habe schon befürchtet, er würde den Weihnachtshoftag nicht mehr erleben, nach Toulouse.«

»Ha!« Sie lacht rau und tief. »Ihr habt geglaubt, ich erdolche ihn eigenhändig vor lauter Wut, nicht wahr, Tom?«

»Zugetraut hätte ich es Euch, das muss ich sagen. Deshalb habe ich ihm auch geraten, nicht über Poitiers in die Normandie zu ziehen, sondern über Limoges.«

»Ah, Ihr wart das! Sehr klug von Euch, mein Freund. Sonst wäre ich noch in Versuchung gekommen.«

»Aber nun habt Ihr Euch wieder versöhnt, ma reine, und das ist gut so.« Becket reibt sich die klammen Hände.

»Wieso habt Ihr keine Frau, Tom?« Aliénor forscht in seinem Gesicht. »Stimmt dieses Gerücht, das man sich erzählt?«

»Dass ich ein Gelübde abgelegt habe, keusch zu bleiben?« Er lacht. »Nein. Und um Eurer nächsten Frage zuvorzukommen: Ich habe auch keine widernatürlichen Neigungen. Es ist nur einfach so, dass es für mich Wichtigeres gibt.«

»Wichtigeres als die Liebe?«

Er zuckt die Schultern. »Liebe ist vergänglich.«

Sie hebt die Brauen. »Aber auch Macht und Reichtum.«

Unvermittelt sagt er: »Ich habe Euch gesehen, damals in Paris, als junge Königin. Ich war nur ein kleiner Student, und Ihr habt die Messe besucht in St. Germain-des-Prés. Ihr trugt ein grünes Kleid, und Eure Lippen waren erdbeerrot.«

Sie hebt die Brauen. »Soso, Ihr nehmt also doch Frauen wahr.«

»Nur die unerreichbaren«, sagt Becket ernst.

Dann meldet der Ausguck Land in Sicht. Southampton.

»Der Lordkanzler ist hier, Madam, und bittet um eine Unterredung.« Havise von Rochester, die als neue Edeldame in den Haushalt der Königin aufgenommen wurde, knickst. Aliénor hält mit ihrer Arbeit inne, gerade überfliegt sie mit ihrem Schreiber eine Liste der Dinge, die für Ostern noch eingekauft werden sollen. »Schreib noch zwei Spielzeugschilde aus Holz für die Jungen dazu, Jourdain, und neue Hundslederschuhe für Matilda, ihre Füße wachsen so schnell. Und das Löwen-Aquamanile vom alten Tafelgeschirr müsste neu vergoldet werden, es sieht schon ganz abgegriffen aus. Am besten gleich mitsamt der Waschschüssel. Das wäre alles.« Meister Jourdain, der Schreiber, verbeugt sich und geht hinaus.

»Tom!« Aliénor hält Becket die Hand zum Kuss hin. »Wie schön, Euch zu sehen. Was macht Eure Erkältung?«

»Fast schon vorbei, Madam. Zwei Aderlässe und viel schwitzen, das hilft immer. Und der Frühling heilt ohnehin alles.«

»Da habt Ihr recht.« Die Königin sieht das Schriftstück in Beckets Hand. »Was führt Euch zu mir?«

»Die Aufstellung aller königlichen Burgen und Häuser im Königreich, Madam, die Ihr wünschtet. Über sechzig sind es, alle hier aufgelistet und nach Shires geordnet. Und Vauquelin, der Abt von Abingdon, beschwert sich, dass etliche Ritter, die Lehen der Abtei halten, ihm die üblichen Dienste und Abgaben verweigern. Ich habe hier ...«

Sie werden durch einen Tumult unterbrochen, Schreie und Durcheinander im Hof unter dem Fenster. Aliénor sieht hinaus. Drunten scharen sich ein paar Palastwachen um eine ärmlich gekleidete Frau, die sich offensichtlich vor Schmerzen krümmt, und einen kleinen schmutzigen Jungen. Die Frau hat blondes, mit der Brennschere gelocktes Haar und trägt ein auffälliges rotes Schultertuch mit gelben Bändern. Sie reißt sich von den Händen los, die sie packen wollen, und streckt den Männern etwas Kleines, Blitzendes entgegen. »Ich will zum Herrn König!«, kreischt sie so laut, dass man es bis Blackfriars hören kann. »Das hier hab ich von ihm! Bringt mich zum König, Ihr verlauste Bande Drecksäcke!« Die Wachen greifen sie unter den Armen und schleifen sie in Richtung Tor, sie kratzt und beißt, und der Junge trabt heulend hinterher. Die Mägde im Hof lachen.

Aliénor lacht nicht. »Halt!«, ruft sie hinunter, und dann ist sie auch schon unterwegs nach unten.

»Was geht hier vor?«

Das Weib reißt sich los und presst die Arme vor den Leib. »Ich muss zum Herrn König, M'lady«, stöhnt sie. Der Schweiß steht ihr auf der Stirn, sie sieht aus, als würde sie jeden Augenblick zusammenbrechen.

Einer der Wachen stößt sie in den Rücken. »Das ist die Königin«, raunzt er. »Auf den Boden mit dir, du Schlampe.« Mit einem Schmerzenslaut fällt die Frau auf die Knie.

»O Gott, Herrin, das wusste ich nicht. Ich ...«

»Was hast du da?«

Mit bebenden Fingern hält die Frau Aliénor einen kleinen silbernen Ring hin. Er ist dünn ausgeschlagen, nicht besonders wertvoll, aber es ist ein Wappen darauf eingraviert. Das Wappen mit den Löwen der Grafen von Anjou. Daneben die Worte: Henricus Dux.

Aliénor schaut auf den Ring, die Frau, den blonden Jungen. Und dann, ganz langsam, begreift sie. Sie schwankt. Becket greift nach ihrer Hand und hält sie. Auch er hat verstanden. Mit einem Wink schickt er die Wachen fort.

»Wer bist du?«, fragt Aliénor; ihre Lippen sind blutleer.

»Ykenai heiß ich, zu Gefallen«, sagt die Frau voller Angst. Sie weiß nicht, was sie erwartet. Ihre Augen glänzen fiebrig.

»Und das Kind?« Die Königin deutet auf den Jungen.

»Das ist mein Jeff«, lächelt Ykenai mühsam und schiebt den kleinen Burschen vor.

Aliénor nickt. Sie sieht Henrys Nase, Henrys Kinn, den Wirbel am Haaransatz über der Stirn. Sie schließt die Augen. »Wann ist er geboren?«

»In dem Jahr, als die große Feuersbrunst alle Lagerhäuser an den vorderen Docks zerstört hat«, antwortet Ykenai. »Im Frühling.«

Aliénor sieht Tom an. Er muss es wissen. Becket weicht ihrem Blick aus, und sie stöhnt auf. Ihr ist, als söge ein kalter Strudel sie in die Tiefe. In ihrem Kopf schwirrt es wie in einem Bienenstock. Der Kanzler nimmt ihre Hand fester, damit sie Halt spürt.

»Und was willst du nun, Ykenai?«, fragt die Königin, als sie sich wieder gefasst hat.

»Herrin, Vergebung. Der Herr König ... er ist ... er kam damals häufig in die Taverne am Vintner's Quai, wo ich gearbeitet hab. Ich war mal schön, das könnt Ihr mir glauben. Die schönste ...«

»Weiter«, unterbricht sie der Lordkanzler.

»Der Herr König ... er hat mir damals Geld gegeben für den Unterhalt. Er hat gesagt, wenn der Junge größer sei, dürfe ich zu ihm kommen, er würde sich dann um alles Weitere kümmern. Ehrlich. Aber das hab ich nicht getan, Herrin, weil, ich wollte meinen Jeff nicht verlieren.« Sie drückt dem Kleinen einen Kuss ins strubbelige Haar. »Aber nun«, sie wischt sich über die Augen, »ist die Zeit da. Ich kann nicht mehr für ihn sorgen. Jetzt braucht er seinen Vater.«

»Warum jetzt?«, fragt Becket knapp.

Als Antwort nestelt Ykenai vorsichtig die Bänder ihres schmutzigen Hemds auf und öffnet es. Aliénor und Thomas prallen zurück. Die ganze linke Seite ihres Leibes ist eine einzige schwarze, schwärende, eiternde Wunde. »Ein Rattenbiss. Das heilt nicht mehr. Ich hab nicht mehr lang.« Tränen laufen über Ykenais eingefallene Wangen. »Ich bitt Euch, Herrin, im Namen der Muttergottes, wenn Ihr ein Herz habt, sorgt für meinen Jeff. Er ist ein lieber Bursche, gescheit und anstellig. Der Herr König wird ihn gern mögen, ganz bestimmt, und ...«

Aliénor holt tief Atem. Da steht Henrys Sohn mit seiner sterbenden Mutter. Einen winzigen Augenblick lang denkt sie daran, dass sie beide in das tiefste Kerkerloch Englands werfen und dort verrotten lassen könnte. Und dann einfach alles vergessen. Aber sie weiß auch, dass sie es nicht vergessen würde. Und sie denkt an ihre Kinder. Dieser Junge trägt genauso viel Plantagenet-Blut in sich wie sie. Er ist illegitim, aber er ist Henrys Sohn. Der Sohn des Königs. Sie fasst einen Entschluss.

Drüben am Eingang zum Wohnflügel steht Havise von Rochester, sie winkt die Hofdame herbei. »Havise«, sagt sie, »tu mir den Gefallen und nimm diesen Jungen mit nach oben. Lass ihm ein Bad eingießen und steck ihn in ordentliche Kleider. Er wird von nun an am Hof seine Erziehung erhalten.« Wie es bei königlichen Bastarden üblich ist, hätte sie beinahe hinzugefügt. »Und lass dieser Frau eine Mahlzeit richten. Danach nimmst du sie mit zu meinem Almosenier, er soll ihr zwanzig Schilling geben für ihre Mühe.« Das sollte reichen, um ihr die letzten Lebenstage angenehm zu machen, denkt sie. Ein Arzt, ein Bett, ein Mittel gegen die Schmerzen.

Ykenai schluchzt laut auf und greift nach dem Saum von Aliénors Gewand, um es zu küssen. Die Königin reißt sich los und geht davon, sie muss sich beherrschen, um nicht loszurennen. Blind lenkt sie ihre Schritte zum Obstgarten; benommen, wie vor den Kopf geschlagen, geht sie an den weißblühenden Kirschbäumen vorbei bis zum Ufer der Themse hinunter, wo sie sich auf eine steinerne Bank sinken lässt. Sie fühlt sich müde, unendlich müde.

Irgendwann spürt sie eine leichte Berührung auf ihrer Schulter. Becket ist ihr nachgegangen. Sie beginnt zu schluchzen, ein trockenes, heiseres Schluchzen, das in der Brust weh tut. Er geht vor ihr auf die Knie, will sie trösten, weiß gar nicht, wie er es anstellen soll, ohne sie in die Arme zu nehmen, und das verbietet schließlich die Etikette. Schließlich legt er hilflos die Hand auf ihren Unterarm und lässt sie die ganze Zeit dort liegen, bis sie aufhört zu weinen.

»Wie kann er mir das antun?« Sie starrt ihn anklagend an, als könne er etwas dafür. »Sagt mir das, Tom! Wie kann er mit einer billigen, dreckigen Hure von den Docks ... Wie konnte er ein feiles Weib anfassen, obwohl ich doch da war? Habe ich nicht immer alles getan, was er wollte? O Gott, Tom ...«

Er weiß nicht, was er antworten soll. Ausgerechnet er, der Frauen nie näher angesehen hat. Er hat doch keine Ahnung von solchen Dingen.

»In welchem Jahr war dieser Brand, Tom?«

»Madam ...«

»Ihr wisst es. Ich will es hören!«

Er senkt den Kopf. Lügen hat keinen Sinn, sie kann es jederzeit herausfinden. »Im selben Jahr, in dem auch Euer William zur Welt kam«, sagt er und spürt Wut in sich aufsteigen. Henry, du Narr, da gehört dir die schönste Frau der Welt, und du musstest trotzdem deine Gier an einer schäbigen Hafendirne stillen!

Aliénor hat es ohnehin gewusst, aber jetzt duckt sie sich doch unwillkürlich, als habe sie ein Schlag getroffen. Wenn der Junge im Frühling geboren ist, dann kann sie sich unschwer ausrechnen, wann des Königs Samen in den Leib der Hure geflossen sein muss. Sie schlägt beide Hände vors Gesicht und krümmt sich, als hätte sie körperliche Schmerzen.

Becket wird immer wütender. Dabei weiß auch er, dass jeder Fürst einen Haufen Bastarde in die Welt setzt, das ist üblich, und niemand stört sich daran. Henrys Großvater, König Heinrich der Erste, hatte über dreißig solcher Kinder, und das ganze Land war stolz auf diese Beweise königlicher Männlichkeit.

Aliénor putzt sich mit einem Fazenettlein die Nase. Gemeinsam sehen sie eine Weile zu, wie die graubraunen Wasser der Themse an ihnen vorbeifließen, vorne neben der Weide einen kleinen Strudel bilden und sich dann wieder lösen, um dem Meer zuzustreben. Eine Entenmutter watschelt quakend heran, gefolgt von ihrer Brut.

»Ich habe auch zwei Bastardbrüder, wusstet Ihr das?«, fragt sie den Kanzler. Er schüttelt den Kopf. »Joscelin und Guillaume, viel jünger als ich. Mein Vater hat sie nach dem Tod meiner Mutter mit einer Handschuhmacherstochter aus Poitiers gezeugt. Heute sind sie Mitglieder meines Hofes, es sind anständige Kerle.« Sie sieht ihn an. »Die Treuesten der Treuen. Denn sie sind dankbar.«

Becket nickt. »Das wird bestimmt auch dieser kleine Bursche sein, Madam.«

»Natürlich.« Sie steht auf, strafft den Rücken. Becket sieht den Schmerz in ihrem Gesicht, aber auch den Hass. »Madam, ich bewundere Euch. Ihr hättet auch anders entscheiden können.«

Ja, denkt sie. Aber auf diese Stufe begebe ich mich nicht. Ich bin die Königin.

»Thomas«, sagt sie, »darf ich mit Eurer Verschwiegenheit rechnen? Ich will nicht, dass jemand von meinen Tränen erfährt. Und Henry zuallerletzt.«

Er verbeugt sich tief. »Ich schwöre Euch, Madam, ...«

Sie lacht bitter auf. »Schwüre sind nichts als Schall und Rauch, wisst Ihr das nicht?« Erst in Falaise hat Henry mir wieder ewige Liebe geschworen, denkt sie. Was sind seine Schwüre wert? »Sagt einfach nur, dass Ihr schweigen werdet, Tom.«

»Bis ans Ende meiner Tage.«

»Dann lasst uns gemeinsam zurückgehen.« Sie hakt sich bei ihm unter. Er spürt sie neben sich, und ihm ist merkwürdig wohl und froh dabei.

Pamplona
März 1200

Der Nachmittag auf dem Markt ist wie im Flug vergangen. Die alte Königin hat sich noch ein paar schöne weißgeschwefelte Spitzentücher gekauft, und Blanche hat ein handliches kleines Essmesser mit gedrechseltem Griff aus Olivenholz gefunden – ihres hat sie ja in Viana dem traurigen Hütejungen geschenkt. Auf dem Rückweg zum Haus des Kaufmanns in Cernin entdecken sie noch den winzigen Laden eines Kräuterkrämers und nehmen ein paar Unzen Zahnpulver aus Kräutern und Knochenmehl mit. »Gute Zähne sind das Allerwichtigste für ein hübsches Gesicht«, schulmeistert Aliénor. »Dafür, dass sie gerade sind, sorgt der liebe Gott – das hat er bei dir zum Glück getan. Dafür, dass sie schön weiß bleiben, musst du sorgen. Jeden Tag auf weichen Faserhölzchen kauen, alle paar Wochen eine Paste aus Gerstenmehl, Alaun, Salz und Honig benutzen und ab und zu einen Zahnstocher. Am allerbesten ist es, sie mit einem Blatt Salbei abzureiben, das macht sie glatt. Nein, nicht den gewöhnlichen Salbei, sondern eine besondere Sorte mit kurzen Härchen, dunkelgrün und rundblättrig. Ich hab ihn immer in all meinen Gärten anpflanzen lassen. Ich werde dir im Sommer ein paar Pflanzen nach Paris schicken lassen, damit du nicht nachlässig wirst.«

»Bin ich doch gar nicht, Grand-mère«, entrüstet sich Blanche.

»Dann ist es ja gut«, meint die alte Königin. »Merk dir: Schönheit kostet Zeit, und die muss man sich nehmen. Du darfst dich niemals gehen lassen, als Frau von Stand schon gar nicht.«

Blanche weicht mit einem kleinen Hüpfer einer Schlammpfütze aus, die mitten in der Gasse liegt. »Grand-mère, du kennst dich so gut aus in Schönheitsdingen! Sag, was ist noch wichtig, wenn man immer hübsch und jung aussehen will?«

Aliénor umrundet die Pfütze vorsichtig. »Nun, ich kann dir sagen, was ich immer gemacht habe.« Solange es sich gelohnt hat, denkt sie. »Einmal in der Woche den ganzen Körper erst mit einem Gemisch aus Salz, Honig und Kleie abreiben und danach mit Pfirsichöl salben, das macht die Haut wunderbar weich. Hautflechten oder Ausschläge kann man gut mit Auripigment behandeln, oder mit Wermutsaft. Das ist auch gut zur Vorbeugung. Und später, wenn du älter bist, dann nimmst du am besten einen Malvenabsud oder in Wein gekochte Veilchen gegen die Falten. Aber vor allem musst du dir eines merken, denn das ist das Allerwichtigste: niemals in die Sonne gehen! Sonst bekommst du irgendwann ein Gesicht wie eine Walnuss.«

»Und die Haare? Meine Haare sind so störrisch!«

Aliénor lacht. »Widerspenstiges Haar pflegst du mit Olivenöl, Honig und Alaun, zu gleichen Teilen vermischt mit Quecksilber. Auch Weidenblätteraufgüsse sind gut. Und ich verrate dir ein Geheimnis, das nur ich kenne: Perlenstaub. Eine Fingerspitze ganz fein zerstoßene Perlen übers Haar, das macht einen wunderbar schimmernden Glanz.«

Als sie in ihrem Quartier ankommen, wartet der Befehlshaber der Waffenknechte schon auf sie. Er berichtet, dass man fünf kampfestüchtige Männer gefunden habe, die allerdings erst in zwei Tagen fertig ausgerüstet und bereit zum Abritt seien.

»Dann haben wir ja noch viel Zeit in diesem gemütlichen Haus«, freut sich Blanche. »Und zum Erzählen. Komm, Grand-mère.«

Sie setzen sich im Garten unter einen Feigenbaum und lassen sich süßen Honigwein bringen.

»Du willst nun vermutlich wissen, wie es nach dem Fehlschlag von Toulouse weiterging?«, fragt Aliénor. »Also. Ich verzieh Henry. Und ich verzieh ihm auch, dass in London eine … Frau mir seinen Bastard übergab. Jeff. Ich nahm ihn in meinen Haushalt auf, wie es sich gehört, und ließ ihn zusammen mit meinen Kindern erziehen.«

Blanche macht schmale Augen. »Mein Vater hat auch Kinder nebenher. Mutter hat das nie gestört. Ich glaube, mir würde das aber nicht gefallen. Ich möchte nicht, dass mein Mann anderen Frauen beiliegt.«

»Ach Gottchen, Kind, wer möchte das schon? Denkst du, ich habe für Henrys Bastard damals eine Dankesmesse abhalten lassen? Aber es ist doch so, dass es eben alle tun. Männer brauchen das. Sie sind Jäger, und wenn ein Reh vor ihnen durch die Büsche bricht, müssen sie ihm nach. Außerdem sagt die Medizin folgendes: Ein Mann muss sich regelmäßig seiner Lust entschütten, sonst bekommt er den gefährlichen Säftestau. Das kann zu ernsthaften Krankheiten führen. Nun sind aber Männer wie dein Vater und Großvater viel unterwegs und von ihren Frauen getrennt. Wie sollen sie das also anstellen, ganz alleine?«

Blanche druckst ein bisschen herum. »Na ja, ich meine ... ich hab gehört, dass ... da gibt es doch noch die Sache mit dem Samen, der auf den Boden fällt ... sagt doch die Heilige Schrift, oder?«

»Dann wirst du sicherlich auch wissen, dass das eine Sünde ist«, entgegnet Aliénor. »Keine Sünde ist es hingegen, mit einer anderen Frau fleischlich zu verkehren, als mit der, die man geheiratet hat.«

Blanche runzelt die Stirn. »Aber umgekehrt gilt das nicht! Zu Toledo hat vor zwei Jahren einer von meines Vaters Vasallen seine Frau erdolcht und den Mann, mit dem er sie bei, na du weißt schon, erwischt hat. Alle Ritter haben ihm danach auf die Schulter geklopft, und der Mann wurde vom Bischof sündenfrei gesprochen. Die Frau hat man nicht einmal mehr in der Familiengrablege bestattet.«

Aliénor schüttelt den Kopf. »Das ist ja auch etwas ganz anderes, Schätzchen. Wenn ein Mann außerhalb der Ehe ein Kind zeugt, ist die Erbfolge nicht gefährdet. Aber wenn eine Frau ihrem Mann nicht die eheliche Treue hält und gleichzeitig mit einem anderen Umgang hat – wer weiß dann, von wem das Kind ist, das sie vielleicht zur Welt bringt? Niemand kann dann mehr sicher sein, dass der rechte Erbe den Titel bekommt. Wie will der echte Sohn beweisen, dass ihm die Nachfolge gebührt? Also, du siehst schon, das geht nicht. Wenn Frauen ungestraft ihren Mann betrügen dürften – das würde ja die ganze Welt durcheinanderbringen!«

Blanche überlegt. »Aber die Minnelieder der Troubadoure handeln doch von nichts anderem! Ein junger Ritter begehrt die Frau eines anderen und verführt sie ...«

Aliénor lacht geradeheraus. »Natürlich geht es in den höfischen Versen um Ehebruch, was denn sonst? Das ist ja das Pikante daran! Das ist das Neue, das Wilde, Verrückte an der neuen Vorstellung von Liebe, die in meiner Kindheit aufkam. Das ist das Unerhörte! Der Kitzel, den die jungen Leute suchen, die Gefahr, das Wagnis!«

»Siehst du!«, triumphiert Blanche. »Die Frauen tun es also doch auch!«

Aliénor will gerade weiterreden, da beißt sie sich auf die Lippen. Sie kann ihrer Enkelin doch nicht sagen, wie es wirklich zugeht! Das wäre ja eine Ermunterung! Am Ende kommt das eigensinnige Ding noch auf den Gedanken, sie müsse ihrem Ehemann nicht treu sein. O Gott. Die alte Königin besinnt sich und winkt energisch ab: »Liebchen, das verstehst du ganz falsch. In Liedern kann man vieles singen. Ob man es in Wirklichkeit auch tut, ist eine andere Frage. Du hast ja gerade erzählt, was geschieht: Der Ehemann bringt das Paar um, das ihm Hörner aufsetzt. Dazu hat er jedes Recht. Deshalb wird niemand so weit gehen, diesen Betrug tatsächlich zu begehen, zumindest keine Frau, die noch alle ihre Sinne beieinander hat.«

»Aber in der Geschichte von König Artus hat doch Königin Guinevere mit Ritter Lanzelot die größte Liebe aller Zeiten ...«

»Papperlapapp!« Jetzt wird Aliénor ärgerlich. Hätte sie sich doch nie auf dieses Thema eingelassen. »Das sind Legenden. Kennst du den Unterschied zwischen Legende und Wirklichkeit? Na also! Und im Übrigen, was wurde aus Artus und Guinevere und Lanzelot, hm? Die ganze Geschichte geht schlecht aus. Da hast du's!«

»Aber du hast's trotzdem getan!«, verteidigt sich Blanche. »Du hast deinen Mann mit Raymond von Antiochia betrogen!« Sie sieht ihre Großmutter mit ganz neuer Hochachtung an. »Du hast damit dein Leben aufs Spiel gesetzt.«

Ja, und ich hätte es hingegeben, denkt Aliénor. Ohne etwas zu bereuen. Und ich würde heute nicht anders handeln. Du warst es wert, mi cors. »Ich war jung und dumm«, sagt sie harsch. »Und ich hatte Glück. Ein anderer als Ludwig hätte mich umgebracht.« Plötzlich packt sie Blanche mit beiden Händen an den Schultern. »Versprich mir, dass du niemals solche Dummheiten machst, Blanche. Du musst klüger sein als ich. Der schönste Mann ist das nicht wert.« Sie lässt ihre Enkelin los. »Die Liebe, von der wir träumen, ist genau das: ein Traum«, sagt sie leise. »Wir können sie entweder nicht haben, oder wenn wir sie haben, können wir sie nicht halten.«

Blanche schaut ihre Großmutter lange an. Dann sagt sie: »Jetzt sprichst du von Henry, nicht wahr?«

Aliénor glättet mit zittrigen Fingern die Falten ihres Kleides. »Ja, wohl wahr, Kleines. Mit Toulouse fing es an. Mein Bild von Henry als siegreichem Helden hatte einen tiefen Kratzer bekommen. Dann kam dieser Junge, Jeff – er hatte ihn mit einer angelsächsischen Hübschlerin gezeugt, als er nach unserer Hochzeit für ein paar Monate nach England ging. Nicht einmal in der Zeit, in der wir uns liebten und begehrten, war er mir treu. Das war der zweite Kratzer, und er war, wenn ich heute darüber nachdenke, der tiefere von beiden. Aber auch das konnte ich noch aushalten. Ich war tief gekränkt, ja, aber das verlor sich. Ich liebte ihn immer noch. Er war doch mein Löwe, mein junger Ritter voller Kraft und Leben. Ich wachte über die Erziehung der Kinder, und mir wurde immer mehr bewusst, was ich an ihnen für einen Schatz hatte. Ich gewann sogar den kleinen Jeff lieb.« Er war derjenige unter deinen Söhnen, denkt sie, der dir bis zum Ende treu blieb, Henry. Das war bitter, nicht wahr? Die anderen hast du hinausgeekelt, weggestoßen, behandelt wie Verbrecher, und sie haben es dir so vergolten, wie du es verdient hast. Nur Jeff, der gute Jeff, der es eigentlich mir verdankte, dass er überhaupt am Leben blieb, der war am Ende bei dir. Trost oder bittere Enttäuschung, Henry, sag, was hat dir das bedeutet?

»Und hast du nicht deswegen mit Großvater Henry gestritten?«, will Blanche wissen.

Aliénor schüttelt den Kopf. »Wir haben uns erst nach Monaten wiedergesehen, und da war anderes wichtiger. Was geschehen ist? Nun, Ludwig, mein armer erster Gatte – ihn traf im Herbst des Jahres 1160 ein zweifacher Schicksalsschlag. Seine Frau Konstanze kam zum zweiten Mal nieder – wieder mit einem Mädchen. Am selben Tag noch starb sie.« Aliénor schlägt das Kreuz. »Alle dachten, dass Ludwig den Wunsch nach Nachkommen nun endgültig aufgeben würde. Aber nein, er überraschte uns damit, dass er, kaum war Konstanzes Leichnam erkaltet, die Hochzeit mit Adèle von Blois vorbereitete. Und da fasste Henry den Entschluss zu handeln. Er ordnete an, dass unser Sohn jetzt sofort mit Marguerite verheiratet werden sollte. Sie waren ja noch so klein – Henry fünf, Marguerite zwei Jahre alt. Aber es ging darum, Marguerites Mitgift zu retten für den Fall, dass Ludwig mit seiner neuen Frau einen Sohn haben und die Verlobung zu nichts führen würde.«

»Und was war die Mitgift?«

»Das Vexin! Grenzgebiet zwischen der Normandie und den französischen Kronlanden, stets umkämpft und im Krieg ganz entscheidend. Wer das Vexin hat, ist grundlegend im Vorteil. Also ließ Henry die kleine Prinzessin nach Rouen bringen, ich kam mit unserem Sohn dazu, und wir feierten ein hübsches kleines, heimliches Fest. Damit auch niemand die Ehe anfechten konnte, hatten wir eigens zwei Kardinäle aus Rom geladen, die den Bund bekräftigten.« Aliénor lacht hellauf. »Ei, das war eine Hochzeit! Die kleine Marguerite stand völlig verdattert da, wir mussten ihr gewaltsam den Daumen aus dem Mund ziehen, damit sie ›ja‹ sagen konnte. Henry bestand darauf, sein Hündchen mit zur Zeremonie zu nehmen, und im entscheidenden Augenblick pinkelte es den Erzbischof von Rouen an. Zum Beilager packten wir die Braut schlafend ins Bett, während Henry brüllte wie am Spieß, weil er Bauchweh hatte; er hatte beim Festmahl zu viel Süßes gegessen. Es war eine rechte Komödie! Henry und ich waren gottfroh, als dieser Tag vorüber war. Später hörten wir, dass Ludwig, als er die Nachricht erhielt, dem Boten mit bloßen Händen an die Gurgel ging.«

»Der Ärmste tut mir immer mehr leid«, sagt Blanche langsam. »Ihr habt ihn so oft zum Narren gemacht, und er hat so viel Unglück mit seinen Nachkommen.«

»Am Ende hat er ja doch gewonnen«, erwidert Aliénor bitter. Und du bist schuld, Henry, du Miststück. So viele Söhne, und alle hast du von dir gestoßen. Das Haus Capet bedankt sich! Du Narr, du elender, törichter, verbohrter Narr! Mit einem Knurren nimmt Aliénor die Feige, die Blanche ihr hinhält. »Du weißt inzwischen schon, was ich brauche, hm?«, brummt sie und beißt in das zähe Ding.

»Vorsicht, dein Zahn!«, warnt Blanche, und Aliénor wirft ihr einen ungnädigen Blick zu.

Blanche grinst versteckt in sich hinein. »Ihr habt euch also wieder versöhnt, du und Henry, bei der Hochzeit?«

Aliénor schluckt ein Stück Feige hinunter. »Ja. Haben wir. Ich habe ihm Vorwürfe gemacht, und er hat sich entschuldigt. Hat eingewendet, die Sache mit dieser meretrix publica – hat er tatsächlich so gesagt – sei ja vor dem Zeitpunkt gewesen, an dem er mir ewige Treue geschworen hat.«

»Hat er das tatsächlich?«, fragt Blanche mit träumerischem Blick. »Wie wunderbar.«

Aliénor knurrt etwas zur Antwort, was sich wie ›gerührte Scheiße‹ anhört. Eine ganze Zeit lang kaut und nibbelt sie an ihrer Feige, während Blanche mit ihrem neuen Essmesserchen spielt. Dann sagt sie: »Wir ließen also die Burgen des Vexin besetzen, feierten Weihnachten in Le Mans im Kreise unserer Kinder, alles war gut, und dann ...«

»... warst du wieder schwanger!«, quiekt Blanche. »Mit ...«

»... deiner Mutter. Du sagst es. Ein Kind der Versöhnung. Glaubte ich.«

Blanche umarmt ihre Großmutter in einer plötzlichen Aufwallung. »Gott sei Dank!«, ruft sie. »Sonst gäbe es ja auch mich nicht!«

Aliénor drückt ihre Enkeltochter fest an sich. »Ja«, sagt sie, »Gott sei Dank, mi cors.«

Denn du, denkt sie, wirst bald die erste Plantagenet sein auf dem französischen Thron. Mit dir schließt sich der Kreis.

Später sitzen sie beim Abendessen, der Koch des Kaufmanns hat sich wieder selbst übertroffen. Es gibt Sperlinge in Safran, in Wein gesottene Neunaugen und als Höhepunkt eine Galimafrée vom Spanferkel, wie Aliénor sie noch aus ihrer Kinderzeit kennt. Die alte Königin vergisst sogar, vorsichtig zu kauen, um ihren Zahn nicht zu strapazieren. Für ein gutes Essen werde ich wohl nie zu alt, denkt sie, und erzählt frohgelaunt weiter. »Zu Beginn des Jahres 1161 war Henry in Hochstimmung, nicht zuletzt auch wegen meiner erneuten Schwangerschaft. Wir waren so glücklich miteinander. Jeder Tag war ein Fest. Henry wich nicht von meiner Seite. Wir waren manchmal wie die Kinder, ach lieber Gott! Stell dir vor, manchmal versteckten wir uns vor dem Hofgesinde in Winkeln und Kammern, nur um allein zu sein! Dann suchten sie uns ganz verzweifelt, bis wir fröhlich wieder auftauchten und sie auslachten. Damals brauchten wir keine Worte, um uns zu verstehen. Blicke genügten, oder Gesten. Alí, sagte er damals zu mir, ich will nicht ins Paradies kommen. Allmächtiger, erwiderte ich, warum denn nicht? – Weil es hier drunten mit dir viel schöner ist, lachte er und schwenkte mich herum, wie er es liebte. Um mir seine Liebe zu beweisen, beschloss er, Poitiers umzugestalten. Er ließ neue Mauern bauen, die Brücke über den Caen, die Kirchen Notre-Dame-la-Grande und Saint Pierre, schöne Plätze. Ich selbst entwarf Pläne für den Umbau des alten Herzogspalastes. Ich dankte Gott für diese wunderbare, unbeschwerte Zeit mit Henry. Als ihn um Pfingsten herum ein Fieber aufs Lager warf, pflegte ich ihn Tag und Nacht, bis er wieder auf den Beinen war. Er schenkte mir dafür einen silbernen Becher mit goldenem Fuß; ich durfte mir aussuchen, was ich darauf eingravieren lassen sollte. Ich wählte eine Abbildung: Adler und Löwe unter einer gemeinsamen Krone.«

»Wo kam dann meine Mutter zur Welt?«, will Blanche wissen.

»Das war in Domfront, in der Normandie. Die Geburt fiel mir diesmal schwerer, deine Mutter war ein großes, kräftiges Kind. Henry bestand darauf, das Mädchen nach mir zu benennen, ein weiterer Beweis seiner Liebe. Sie wurde von Kardinal Heinrich von Pisa getauft. Ein paar Wochen später traf sich Henry mit Ludwig in Frétéval, und die beiden schlossen einen Waffenstillstand über das Vexin.« Aliénor nimmt einen Schluck Wein. »Dieses Jahr war wirklich wunderschön.

Henry bestand darauf, dass ich bei ihm in Frankreich blieb, und ließ England von den Justiziaren Richard de Lucy und Robert von Leicester regieren. Wir waren zusammen, jeden Tag. Henry und ich – und Becket.«

»Ihr wart dicke Freunde, nicht wahr?« Blanche zieht eine Gräte aus dem Mund und nimmt sich vom duftenden, weißen Brot.

»O ja.« Aliénor nickt wehmütig. »Damals waren wir das.« Und wir hätten es bleiben können. Aber es sollte anders kommen. Lag es an mir? Wir haben niemals darüber gesprochen, es hätte zu viel zerstören können, ich wagte nie zu fragen. Wer liebte wen mehr? Fühltest du dich wirklich beleidigt, Henry, du Miststück? Wolltest du dich rächen für zurückgewiesene Freundschaft? Konntest du nicht ertragen, dass dir jemand die Stirn bot? Oder war es reine Machtgier, die dich trieb? Ich weiß bis heute nicht, welche Rolle ich dabei gespielt habe, Tom. Das musst du mir glauben.

»Erzähl mir etwas über den berühmten Becket, Grand-mère!« Blanche legt ihrer Großmutter vom Braten vor.

Aliénor stochert gedankenverloren auf ihrem Teller herum. »Damals war er noch nicht so berühmt. Und neben seinem Amt als Lordkanzler, das niemand hätte besser ausfüllen hätte können als er, war er vor allem eines: ein Freund. Er war der Einzige – außer mir –, von dem Henry sich etwas sagen ließ. Sie schliefen auf Jagden im selben Bett, teilten Teller und Becher miteinander, waren manchmal wochenlang unzertrennlich. Dabei war Thomas nicht einmal von Stand, sein Vater war ein normannischer Kaufmann gewesen. Henry vertraute ihm blind. Ja, sie waren wie Brüder. Obwohl zwei Männer unterschiedlicher kaum sein konnten. Henry war voller Leidenschaften, laut und überschäumend, ruhelos, immer in Bewegung. Tom dagegen – die Ruhe selbst. Er dachte stets nach, bevor er etwas sagte, und dann kam ein perfekt formulierter Satz von seinen Lippen. Ich kannte nie einen kühleren Denker als ihn. Er hatte vollendete Manieren und einen erlesenen Geschmack – etwas, was ich Henry erst hatte beibringen müssen. Er war stets wie aus dem Ei gepellt, trug nur die feinsten Stoffe und neuesten Schnitte, im Gegensatz zu Henry, der am liebsten den ganzen Tag in seinen Jagdkleidern herumgelaufen wäre. Er hatte Hände ... wie die einer Frau, gepflegt, die Nägel gefeilt, mit Balsam gesalbt. Henrys Hände – ha, die sahen aus wie die eines

Dienstboten. Er weigerte sich ja stets hartnäckig, Handschuhe zu tragen. Einmal hat Tom ihn darüber aufgezogen. Henry war ja ein Meister der Curée, keiner konnte ein erlegtes Wild so elegant mit wenigen Schnitten zerlegen wie er. ›Nur kein Neid, Thomas‹, sagte er einmal, über die perfekt zerteilten Stücke eines Hirsches gebeugt, ›das würdet Ihr wohl auch gern können!‹ Thomas antwortete: ›Sire, da sei Gott vor! Sonst hätte ich ja Hände wie die Euren!‹ Die umstehenden Ritter hielten den Atem an. Jedem anderen hätte Henry die Gurgel durchschneiden lassen – über Toms Frechheit schüttete er sich aus vor Lachen. Ja, so war das.«

»Das klingt so, als hättest du Becket sehr gern gehabt«, stellt Blanche fest.

Aliénor bleibt stumm. Sie erinnert sich an einen Sommertag, sie haben einen Ausflug gemacht, Tom und sie sitzen unter dem Blätterdach einer alten Buche und sehen zu, wie Henry und die anderen Blindekuh spielen. Sie weiß nicht mehr, wo genau das war, Le Mans, Angers, Rouen? Aber sie weiß noch, dass sie beide zu viel Wein getrunken haben. Und dass sie über den neuen Roman de Brut sprachen, der die Geschichte Britanniens erzählte und die des großen Königs Artus und seiner Ritter. ›Robert Wace hat sein Werk Euch als Königin gewidmet‹, sagt Tom leichthin, ›was wollt Ihr ihm dafür geben?‹ – ›Oh, ich weiß noch nicht‹, lacht sie, ›einen Kuss vielleicht?‹ Er sieht sie an. ›Das wäre dem Guten sicherlich Lohn genug, Madam. Es gibt junge Ritter an Eurem Hof, die dafür sterben würden.‹ Sie runzelt die Stirn. ›Ach, muss denn bei euch Männern immer gestorben werden, Tom?‹ Er antwortet nicht, lehnt sich zurück, schließt die Augen. Sie betrachtet ihn stumm, forscht in seinem Gesicht. In einer plötzlichen Aufwallung tippt sie mit der Fingerspitze sanft gegen seine Oberlippe. Er zuckt ganz leicht. ›Wo habt Ihr die Narbe her?‹, fragt sie. Er blinzelt. ›Einer der Mastiffs meines Vaters hat mich gebissen, als ich ein kleines Kind war‹, sagt er. ›Meine Mutter musste es mit zwei Stichen nähen. Deshalb habe ich bis heute Angst vor Hunden. Aber erzählt das bloß nicht dem König.‹ Sie lacht. Eine Weile betrachten sie schweigend die Wölkchen, die über den Himmel tanzen. Schwalben durchschneiden mit ihren schmalen, glänzenden Flügeln das Blau, das Lachen der anderen dringt an ihre Ohren, alles ist leicht. Sie kostet den Augenblick aus, diese wohlige Ruhe, dieses Gefühl, nirgendwo anders sein zu wollen. Mit niemand anderem als ihm. Sie liegt neben ihm im Gras, und mit einem Mal wird ihr klar, dass ihre kleinen Finger sich berühren. Die ganze Zeit schon. Hat er es auch bemerkt? Sie bleibt stumm, hält ganz still, um die köstlichen, prickelnden Wellen nicht zu stören, die von Fingerspitze zu Fingerspitze überspringen. ›Hätten Artus, Guinevere und Lanzelot nicht einfach glücklich miteinander sein können?‹, fragt sie irgendwann. ›Muss man sich immer an die Regeln halten?‹ Da zieht er seine Hand zurück, setzt sich auf. Die Sonne zeichnet Lichter in sein dunkles Haar. ›Ich habe immer an Regeln geglaubt‹, sagt er leise. ›Mein ganzes Leben lang. Sie sind das Netzwerk, das die Welt zusammenhält.‹ Sie sieht ihn an und weiß, dass es vorbei ist, noch ehe es begonnen hat. ›Habt Ihr denn noch nie gegen eine Regel verstoßen, Tom?‹ Er hält ihrem Blick stand. ›Nur in meinen Träumen.‹ Sie steht auf. ›Das ist sehr klug von Euch‹, sagt sie mit fester Stimme, und schon läuft sie leichtfüßig auf die Wiese zu den anderen hin. Sie hört nicht mehr, was er erwidert. ›Nein‹, sagt er. ›Nicht klug. Nur feige.‹

Aliénor blickt nachdenklich auf ihren kleinen Finger, den Tom berührt hat. Was soll sie sagen? Dass sie manchmal nicht wusste, wo ihr das Herz stand? Dass sie ihn manchmal mehr vermisste als Henry? Dass die Vertrautheit mit ihm immer stärker wurde, ihr Angst machte? Dass sie manchmal eifersüchtig war auf die Männergespräche, die kumpanhafte Verschworenheit, die Becket mit Henry hatte? Dass sie sich selber ein dummes Ding schalt? »Grandmère? Geht es dir nicht gut?« Blanches Stimme holt die alte Königin zurück. Sie schüttelt den Kopf. »Ich war nur in Gedanken, Kleines. Alte Leute verlieren sich manchmal in der Vergangenheit, weißt du? Was ich eigentlich sagen wollte: Thomas Becket war ein kluger Mann. Und mutig. Er tat immer das Richtige und ließ sich nie beirren.« Sie atmet tief durch. »Deshalb haben wir auch unseren Henry in seinen Haushalt nach Berkhamstead gegeben, als er vier Jahre alt war. Thomas sollte sein Erzieher und Lehrmeister sein, wie das eben so üblich ist. Schließlich war er der Beste, einige der bedeutendsten Adelsfamilien Englands hatten ihm bereits ihre Söhne anvertraut. Henry ging gerne zu ihm, er kannte ihn ja schon, seit er denken konnte. Die beiden waren ein gutes Gespann, bis ... aber davon wirst du später noch hören.« Aliénor erhebt sich und nimmt ihren Stock zur Hand. »Jetzt will ich zu Bett, Liebes. Morgen geht es wieder weiter auf unserer Reise.«

Blanche fügt sich, obwohl sie noch gar nicht müde ist. Schnell steckt sie noch ein knuspriges Merveille-Plätzchen in den Mund und läuft dann ihrer Großmutter nach. Nachts träumt sie von edlen Rittern, die adeligen Damen den Hof machen, von wild gewordenen betrogenen Ehemännern und von Lanzelot und Guinevere, die König Artus eine lange Nase drehen.

Von Pamplona nach Larrasoaña
März 1200

Der um fünf navarresische Kriegsleute verstärkte Reisezug verlässt Pamplona durch die Porta Francia und überquert den Rio Arga auf der gerade erst neu verstärkten Magdalenenbrücke. Der Weg ist breit und ausgefahren, er führt vorbei an Wiesen und Äckern, auf denen das erste helle Grün steht. Von Süden her weht ein milder Wind, der süß nach den ersten Pollen duftet und die Fahne mit dem gelben Löwen von Aquitanien, die Pieter von Zeeland aufgepflanzt trägt, fröhlich flattern lässt.

Aliénor ist bester Laune, der Ruhetag hat ihr gutgetan. Noch bevor sie das kleine Dorf Trinidad de Arre erreichen, hat sie Blanche gleich drei alte poitevinische Lieder beigebracht. Ihr gichtiger Zeh ist gut abgeschwollen, sie hat keine Schmerzen mehr, und beim Singen fühlt sie sich beinahe wieder jung. Sie denkt daran, wie viele Lieder sie mit ihren eigenen Kindern gesungen hat, wie viele Reime auswendig gelernt, wie viele Geschichten erzählt. Wehmut überfällt sie wie ein kühler Windstoß. Unvermutet beginnt sie, zu reden: »Man hat mir später oft vorgeworfen, ich hätte mich zu wenig um meine Kinder gekümmert, aber das ist nicht wahr. Böse Zungen finden immer Schändlichkeiten, die sie verbreiten können.

Ich war viel unterwegs, das stimmt, als Herrscherin eines großen Reiches ging das gar nicht anders. Aber wo immer es möglich war, habe ich die Kinder mitgenommen. Und wie oft habe ich Henry allein ziehen lassen, weil es zu anstrengend für die Kleinen geworden ist. Manchmal waren sie ja ganz durcheinander, wussten gar nicht mehr, wo sie gerade waren. Dann blieb ich einige Wochen oder Monate, damit sie wieder zur Ruhe kommen konnten. Natürlich konnte ich mich nicht den ganzen Tag um jedes einzelne Kind kümmern, dafür hat man schließlich das entsprechende Gesinde. Jedes Kind hatte seine geliebte Amme oder Kinderfrau, seinen eigenen Erzieher, seine eigene kleine Dienerschar. Mindestens einmal am Tag versammelte ich sie alle um mich, wir gingen bei schönem Wetter spazieren, machten Spiele, aßen zusammen. Was waren wir oft für eine lustige Gesellschaft! Ach, und wie viele Stunden saß ich an ihren Bettchen, wenn sie krank waren! Davon erzählen die Chronisten nichts, dieses elende Lügenpack!«

»Und Henry? Sah er seine Kinder oft?«

Aliénor schüttelt den Kopf. »Wie sollte er denn? Schau, in den ersten Jahren hielt er sich fast nur auf dem Kontinent auf. Nur wenn ich zu ihm reiste und die Kinder – oder zumindest einige von ihnen – mitnahm, traf er sie. Meistens war das zu den großen Hoftagen an Weihnachten oder Ostern. Dann verwöhnte er sie so sehr mit Geschenken, dass ich ihm Einhalt gebieten musste. Sie hatten ja bald alles schon doppelt und dreifach. Er machte großes Aufhebens um die Jungen – die Mädchen waren ihm nicht wichtig. Aber wenn du fragen wolltest, ob seine Kinder ihm wirklich nahestanden – nein, das taten sie wohl nicht. Ich weiß noch, dass der kleine Henry ihn nach langer Abwesenheit einmal nicht wiedererkannte und schreiend vor ihm weglief. Und deine Mutter weigerte sich an irgendeinem Hoftag unter Gekreisch und Gebrüll, auf seinem Schoß zu sitzen. Solche Dinge machten ihn jedes Mal wütend.« Ja, Henry, du Miststück, du warst schon immer gut darin, Liebe einzufordern, ohne dafür welche zu geben. Die Mädchen waren dir stets gleichgültig, außer wenn es darum ging, sie gewinnbringend zu verheiraten. Und die Jungen hast du letztlich nur gut behandelt, wenn sie taten, was du wolltest. Wenn sie sich deinem Willen unterwarfen. Genau so wie mich. Nur an einem deiner Söhne hingst du mit einer Affenliebe. John. Ausgerechnet er, der nur aus Bösartigkeit, Dünkel und Machtgier bestand. Der dich am Ende genauso verriet wie seine Brüder, die wenigstens guten Grund dafür hatten. Das Kind, das ich schon im Mutterleib verabscheute. Manchmal denke ich, vielleicht war ich schuld, John, dass du so ein Aas wurdest. Vielleicht hätte ich meinen Widerwillen überwinden müssen. Aber er hat dich mir ja weggenommen, weil er mir zeigen wollte, wer der Herr ist. Da konntest du ja nur noch von ihm lernen. Er hat dich zu dem gemacht, was du bist. Ah! Aliénor spürt es schon wieder sauer aus ihrem Magen aufsteigen. Und ich musste dich am Ende noch auf den Thron heben, bevor ihn Arthur von der Bretagne bekommen hätte. Aber was hätte ich sonst tun sollen? Es stimmt schon, Blut ist dicker als Wasser.

Blanche zählt derweil etwas an ihren Fingern ab, hört auf, setzt wieder neu an. »Wie viele Kinder hattest du nun insgesamt, Grand-mère? Da waren die zwei Mädchen mit Ludwig ...«

»Und die Totgeburt am Anfang, wenn du die mitrechnen willst«, wirft Aliénor trocken ein. »Das waren drei. Dann acht mit Henry, von denen das erste starb.« Und ich das letzte nicht haben wollte, denkt sie.

»Und davon sind nun nur noch zwei übrig«, murmelt Blanche. »Meine Mutter und John.«

»Danke, dass du mich daran erinnerst«, knurrt die alte Königin. »Sehr freundlich von dir.«

Blanche legt betroffen die Hände vor den Mund. »Verzeih mir, Grand-mère, ich bin so dumm. Es muss schlimm sein, so viele Kinder sterben zu sehen.«

»Schon gut.«

»Grand-mère, weinst du? Ach bitte, Grand-mère, wein doch nicht!«

Aber sie weint doch, stumm und mit bebenden Lippen. Um all ihre Kinder, die ein erbarmungsloser, unerbittlicher Gott sie hat überleben lassen. Das totgeborene, namenlose Söhnchen, Marie und Alix, die sie nie wirklich gekannt hat, den kleinen Will, den stolzen Henry. Um Richard, ihr Liebstes. Geoff, den Schwierigen. Johanna, die Unglückliche. Matilda, die ihrem Haus Ehre gemacht hat. Wann endlich ich, denkt sie. Es ist längst an der Zeit. Wann erlöst du mich, Herr?

Blanche klopft an die Vorderwand zum Kutschbock, das Zeichen zum Anhalten. Wenn ihre Mutter Heulanfälle hatte, musste sie immer ein bisschen herumgehen, das half meistens. »Lass uns kurz aussteigen«, sagt sie zu Aliénor, die immer noch um Fassung ringt. Die alte Königin nickt dankbar. Sie lässt sich aus dem Chariot helfen, richtet sich auf und atmet ein paarmal tief durch. Der Wind bläst ihr ins Gesicht und kühlt ihre geröteten Augen. Sie und Blanche gehen ein paar Schritte bis zum Ufer eines kleinen lebhaften Flüsschens, das sich mäandernd seinen Weg durch die Wiesen sucht. An einer tieferen Stelle stehen ganz ruhig riesige Forellen und schlagen mit ihren Schwanzflossen gegen den Strom an.

»Wenn ich einmal ein Mädchen bekomme, Grand-mère, dann nenne ich es nach dir«, sagt Blanche, um ihre Großmutter aufzumuntern.

Aliénor streicht ihrer Enkelin übers Haar. »Das würde mich freuen, mi cors.«

Eine Weile sehen die beiden einträchtig zu, wie die Wellen silbrig über Steine tanzen und dabei kleine Schaumkrönchen bilden. Von irgendwoher klingt Ziegengemecker, ein Hund bellt. »Komm, lass uns zurückgehen«, sagt Aliénor schließlich. Sie legt den Arm um Blanches Schulter und lässt sich von ihr stützen. »Jaja, Kind, ich bin schon recht empfindlich geworden auf meine alten Tage. Früher hätte ich mich niemals so gehenlassen, das kannst du mir glauben. Aber wenn man so viele Erinnerungen hat wie ich, dann überwältigen sie einen manchmal, reißen einen mit sich wie eine große Meereswelle. Dann vergisst man für kurze Zeit, dass man dankbar sein muss für alles, was Gott für einen vorgesehen hat. Dass man viel Gutes erlebt hat und viel Schönes. So wie jetzt zum Beispiel.«

Drinnen in der Kutsche kuscheln sich die beiden wieder in ihre Decken, und im Nu ist Aliénor eingeschlafen. Der Gefühlsausbruch von vorhin hat sie erschöpft. Als sie wieder aufwacht, ist Larrasoaña nicht mehr weit, wo sie die Nacht verbringen wollen. Sie umfahren noch einen letzten bewaldeten Hügel, und dann riechen sie es schon. Irgendwo muss es gebrannt haben. Der Geruch wird immer stärker, und die bösen Ahnungen bestätigen sich: Von dem kleinen Dorf, in dem die alte Königin schon auf dem Herweg Quartier genommen hat, sind nur noch Ruinen übrig. Die einfachen Holzhäuser mit ihren Ställen und Scheunen sind fast vollständig ein Raub der Flammen geworden, von der Herberge stehen nur noch die Grundfesten. Schwarze Balken ragen wie anklagende Finger aus den geborstenen Mauerresten des Kirchleins. Einzelne Brandnester glühen und rauchen noch. Es ist ein trauriger Anblick. Menschen wühlen in den Überresten ihrer Behausungen nach Brauchbarem. Kinder plärren, ein paar Hunde schnüffeln geschäftig umher. Neben dem Kirchhof liegen zwei mit Leinlaken bedeckte Körper, dabei sitzt ein gramgebeugtes altes Weib, dessen laute Klage mit der Asche vom Wind davongetragen wird.

»Der Herr straft uns«, greint der greise Priester der Ortes und reckt seine Hände gen Himmel. »Alles ist verloren, wir haben nichts mehr.«

»Was ist geschehen?«, fragt Blanche.

»Heute Nacht war's, es ging in der Hütte von Jorge und Carmen los, die da drüben liegen.« Der Priester bekreuzigt sich. »Vielleicht hat sie vergessen, die Feuerglocke auf die Herdstelle zu setzen oder das Talglicht zu löschen. Wir werden's nicht mehr erfahren. Die Flammen waren nicht mehr aufzuhalten, der Wind hat die Funken überallhin getragen. Gott sei uns allen gnädig.«

»Amen!«, sagt Aliénor.

»Wo könnten wir dann für die Nacht unterkommen?«, fragt Blanche. »Wie weit ist es bis zum nächsten Dorf?«

»Das erreicht Ihr nicht vor der Dunkelheit, Herrin«, antwortet der Priester.

Aliénor entscheidet, hinunter zum Fluss zu fahren und dort die Zelte aufzuschlagen. Gott sei Dank sind sie auch für solche Notfälle gerüstet. Es dauert eine Weile, dann steht für die Damen ein einigermaßen komfortables Konstrukt aus hölzernen Stangen, Leder- und gewachsten Stoffbahnen. Drinnen finden gerade einmal die beiden Spannbetten für Blanche und Aliénor Platz. Ein paar Waffenknechte sammeln Holz für ein ordentliches Feuer, einer geht zum verbrannten Dorf, um zu fragen, ob noch Vorräte zum Verkauf da sind. Er kommt mit einem Korb voll geräucherter Fische und einem Sack Hirse zurück, das Einzige, was die Leute entbehren konnten.

Aliénor hat ohnehin keinen Hunger. Sie fühlt sich ausgelaugt und müde. Während die anderen ums Feuer sitzen, essen und reden, bleibt sie stumm. Ihr ist, als gehöre sie nicht dazu, nicht hierher. Sie fühlt sich plötzlich um Jahre gealtert. Mir ist die Kraft ausgegangen, denkt sie, alles ist taub, ich kann nicht mehr. Ich habe mich überschätzt, ich hätte diese Reise nie antreten sollen. Aber ich wollte es ja nicht wahrhaben. Habe geglaubt, ich könne den Jahren ein Schnippchen schlagen. Wollte immer noch mitmischen im großen Spiel. Wollte entscheiden, welche meiner Enkelinnen Königin von Frankreich wird. Als ob es mir nicht ganz gleich sein könnte. Ich werde ohnehin nicht mehr erleben, ob sie meinen Hoffnungen gerecht wird. Die Brust wird ihr plötzlich eng, sie bekommt kaum noch Luft. Jeder Atemzug strengt an. Und mit einem Mal kommt die Angst. Dabei hatte sie nie Angst vor dem Tod. Nicht im wildesten Kampfgetümmel von Outremer, nicht in den Klauen der einsamen Gefangenschaft, nicht bei der schwierigen letzten Geburt. Der Tod war immer weit weg gewesen, war für alle da, nur nicht für sie. Selbst in den letzten Jahren hatte sie nie das Gefühl gehabt, sie müsse sich vorbereiten. Als habe sie das ewige Leben. Aber nun, hier, an diesem Feuer am Fuß der Pyrenäen, spürt sie auf einmal die eigene Endlichkeit. Es dröhnt und stampft, sie sucht nach dem Ursprung des Lärms, dabei ist es ihr eigenes Herz, das gegen den Tod anschlägt. In ihren Ohren rauscht es. Lass mich nur noch diese Aufgabe erfüllen, Herr. Lass mich das Mädchen nach Frankreich bringen. Dann will ich gerne gehen. Ich habe mir immer gewünscht, in Aquitanien zu sterben, in meiner Heimat. Dort in Fontevraud, wo mein Richard liegt, da will auch ich sein. Kannst du noch ein Weilchen warten, Herr? Ich habe deinen Ruf gehört. Ich komme bald.

Falaise und Cherbourg, Mai 1162

Rumms. Aliénor ist auf dem Rückweg von der Messe, sie durchquert ganz in Gedanken den Gesindetrakt des Donjon, hinter ihr läuft die Amme mit der kleinen Leonor auf dem Arm, ein mit Leinenstreifen streng gewickelter weißer Kokon. Rumms. Die Königin hält inne. »Hast du das gehört, Odile?« Die Amme zuckt mit den Schultern. Rumms. Ein Rumpeln, jetzt ein leises Stöhnen, ein unterdrücktes Schluchzen. Rumms. Es kommt aus einer unbenutzten Kammer, in der Möbel aufbewahrt werden, die nicht gebraucht werden. Aliénor öffnet die Tür. Drinnen stehen ein paar Kisten und Schranktruhen, Hocker und Stühle sind aufgestapelt, ein zerbrochenes Wäschereck lehnt an der Wand. Ganz hinten vor dem Fenster ein massiver Eichenholztisch mit dicken, gedrechselten Beinen. Havise von Rochester ist gerade im Begriff, zum wer weiß wie vielten Mal auf diesen Tisch zu klettern, um dann wieder herunterzuspringen. Als sie das Quietschen der Tür hört, fährt sie herum. Tränen laufen über ihr Gesicht.

Aliénor begreift sofort. Sie geht auf ihre erste Hofdame zu, die vor Schreck beide Hände vor den Mund schlägt. »Was tust du, um Gottes willen?«

Mit einem Aufschrei fällt Havise auf die Knie. »Verzeiht mir, Herrin! Um der Muttergottes willen, ich bitte Euch, verzeiht mir!«

Ach, diese jungen Dinger! Werden schwach, lassen sich verführen, und dann? Aliénor seufzt, sie erlebt das nicht zum ersten Mal. Es wirft ein schlechtes Licht auf ihren Haushalt. Aber meistens kann dann doch eine Heirat arrangiert werden.

»Wer ist der Vater?«, will die Königin wissen.

Havise antwortet nicht. Sie kriecht zu ihrer Herrin und versucht, ihre Knöchel zu umfassen. »Ach lieber Gott, ich bin nicht den Staub unter Euren Füßen wert, Herrin«, weint sie. »Verstoßt mich nicht, bei der Liebe Christi!«

»Wer?«, sagt Aliénor ungeduldig.

Havise schüttelt verzweifelt den Kopf und schluchzt haltlos. Die Königin seufzt wieder.

Und dann trifft sie die Erkenntnis wie ein Faustschlag. Sie bekommt keine Luft mehr. Weiße Lichter tanzen vor ihren Augen. In ihr ist alles eiskalt. Unendlich langsam dreht sie sich um und schickt die Amme fort, dann dreht sie sich wieder zu Havise um.
»Seit wann geht das schon?«
Das Mädchen wimmert. »Seit dem Winter.« Sie sieht flehend zu Aliénor auf. »Ich wollte zuerst nicht, ich schwöre! Aber er hat nicht aufgehört, mir nachzustellen. Er war immer da, ganz beharrlich, und er war so freundlich zu mir. O Gott, ich konnte mich doch dem König nicht widersetzen. Ich konnte doch nicht ... da habe ich nachgegeben. Herrin, verstoßt mich nicht ...«
Aliénors Gesicht ist wie versteinert. Sie möchte dieses Mädchen packen und schütteln, aber sie kann sich nicht bewegen. Der Schmerz lähmt sie, oder ist es der Hass? »Geh«, sagt sie tonlos. »Geh und pack deine Sachen. Ich schicke dich zurück nach England.«
»O Himmel, nur das nicht«, heult Havise auf. »Mein Vater erschlägt mich!«
»Du wirst nie wieder an den Hof kommen. Und du wirst dieses Kind ins Kloster geben.«
»Herrin ...«
»Aus meinen Augen.«
Havise rafft die Röcke und läuft schluchzend aus dem Zimmer. Aliénor wartet, bis das Mädchen draußen ist. Sie geht zum Fenster, krallt ihre Finger in die steinerne Brüstung und blickt hinaus in einen eisenfarbenen Himmel, aus dem unaufhörlich der Regen fällt. Ihrer Brust entringt sich ein wilder, gellender, heiserer Schrei.

An diesem Abend findet Henry die Tür zur Schlafkammer seiner Frau verschlossen. Er rüttelt, ruft, bekommt keine Antwort. Unverrichteter Dinge kehrt er in seine eigenen Gemächer zurück.
Als der König am nächsten Morgen in den Hof hinuntersieht, bemerkt er zu seiner Verwunderung alle Anzeichen eines Aufbruchs. Diener laufen geschäftig umher, Maultiere werden beladen, zwei Karren stehen fertig bepackt am Tor, gesattelte Pferde stampfen ungeduldig vor dem Marstall. Auch Aliénors isabellfarbener

Zelter ist darunter. Henry macht sich auf den Weg nach unten und trifft Aliénor auf der Treppe. Er hält sie an der Schulter auf.

»Was geht hier vor?«

»Lass mich vorbei.«

»Was soll das, Alí?«

Sie drängt sich an ihm vorbei und nimmt hastig die restlichen Stufen nach unten. Langsam geht Henry ein Licht auf. Er läuft ihr nach. »Warte! Wo willst du hin?«

Aliénor dreht sich nicht um. Wortlos verlässt sie die Halle durch die große Tür, die ein verdutzter Wächter für sie geöffnet hat.

Henry bemerkt das versteckte Grinsen auf den Gesichtern der umstehenden Dienerschaft. Mit einem Wutschrei schlägt er die Faust gegen den Türstock.

Eine Woche später reitet der König mit kleinem Hofstaat in Cherbourg ein, wo Aliénor in Sturm und Dauerregen auf die Überfahrt nach England wartet. Er nimmt ein ausgiebiges Bad, lässt sich Haare und Nägel schneiden und wählt – ganz gegen seine Gewohnheit – ein elegantes Hofgewand. So betritt er, ohne dass die Türhüter es wagen, ihn daran zu hindern, unangemeldet das Frauenzimmer.

Aliénor sitzt im Kreis ihrer Damen. Alle haben ihre Stickrahmen in Händen, eine Troubaritz singt und spielt dazu auf der Laute. Die Frauen erheben sich beim Anblick des Königs und fallen in einen tiefen Knicks. Henry nimmt sich nicht die Zeit für ein freundliches Wort, stattdessen macht er eine knappe Bewegung mit dem Kinn, und die Hofdamen verlassen eilig mit raschelnden Röcken das Zimmer. Dann breitet er mit einem schrägen Grinsen die Arme aus. »Ei, ist das keine Überraschung?

Aliénor bleibt sitzen.

Er versucht es noch einmal. »Willst du deinen König denn nicht begrüßen, Alí?«

»Nein, das will ich nicht.« Sie legt ihre Stickerei zur Seite und erhebt sich. »Verschwinde, Henry. Lass mich in Ruhe.«

Er lässt die Arme hängen. »Also gut, Alí. Ich habe einen Fehler gemacht. Es tut mir leid, ich bitte dich um Verzeihung.«

Sie funkelt ihn an. »Unter meinen Augen«, sagt sie, und ihre

Stimme bebt vor Zorn. »Unter meinen Augen stellst du einer anderen Frau nach. Du betrügst mich. In meinem eigenen Haus betrügst du mich. Du bist widerlich.«

Schuldbewusst sieht er auf seine hochgebogenen Schuhspitzen. »Alí, das hat alles nichts zu bedeuten. Du weißt doch: Du bist die einzige Frau, die ich liebe. Ich schwöre dir ...«

»Hör auf, Henry. Wir wissen beide, was deine Schwüre gelten.« Sie steht da, mit geballten Fäusten. »Du hast mir geschworen, dass du keine andere Frau neben mir haben wirst. Erinnerst du dich?« Sie stellt sich ganz dicht vor ihn hin, ihr Blick ist hart. »Dein Wort ist nichts wert, König.«

Er holt etwas aus dem Beutel, den er am Gürtel trägt und hält es ihr hin. Eine wunderschöne, ellenlange Perlenkette, ein Vermögen wert. Sie schlägt ihm den Schmuck aus der Hand, hundert Perlen rollen über den steinernen Boden. »Meine Gunst, Henry, ist nicht käuflich. Ich bin keine von deinen Dirnen. Wenn du Wohlwollen gegen Bezahlung willst, musst du schon zu den Damen in den gelben Röcken gehen, die deinen Hof bevölkern. Solche Weiber sind ja offenbar nach deinem Geschmack.«

Er verzieht das Gesicht. »Touché, meine Liebe.« Dann bückt er sich und beginnt, die Perlen aufzusammeln. Sie schaut ihm zu, kochend vor Wut. »Ich habe ertragen, Henry, dass du dich keine paar Monate nach unserer Hochzeit mit einer Londoner Hafenhure vergnügt hast. Ich habe die Frucht dieser Vergnügungen in meinen Haushalt aufgenommen, wie es altes Herkommen ist. Ich ziehe deinen Bastardsohn zusammen mit meinen eigenen Kindern auf. Und ich habe dir verziehen.«

»Na, siehst du«, schnauft Henry erleichtert. »Es ist immer schon so gewesen in Familien wie der unseren. Meine Mutter hat ihre Augen vor den Liebschaften meines Vaters verschlossen, wie es guter Brauch ist. Und meine Großmutter hat mit Würde und Anstand über die zahllosen Seitensprünge meines Großvaters hinweggesehen, und auch sie hat seine Bastardsöhne in ihr Haus genommen. Wir Fürsten sind nicht so wie einfache Männer. Wir müssen unsere Männlichkeit aller Welt beweisen.«

»Gar nichts musst du beweisen!«, faucht Aliénor. Ihre Stimme zittert. »Ich habe dir seit unserer Hochzeit jedes Jahr ein Kind geboren. Das ist Beweis genug. Vier Söhne und zwei Töchter, Henry!«

»Das ist es ja«, erwidert er und hebt die Hände. »Du bist ständig schwanger! Wie soll ich da ...«

Wie eine Furie geht Aliénor auf ihn los, fährt ihm mit allen zehn Fingern ins Gesicht. »Das wirfst du mir also vor, ja? Du beleidigst die Mutter deiner Söhne! Du gemeiner ...« Sie schreit auf. Henry hat sie geschlagen. Sie keucht, ihr Haarknoten hat sich gelöst, dunkle Strähnen fallen ihr wirr in die Stirn. Dann plötzlich holt sie aus und schlägt zurück. Auf seiner Wange erscheint ein winziger Blutstropfen, ihr Ring hat seine Haut aufgerissen. Mit einem Wutschrei packt er ihre Hände, ringt mit ihr, drückt sie auf einen Diwan vor dem Fenster. Seine Finger liegen um ihren Hals. Sie ringt um Luft. »Bei den Augen Gottes«, presst er zwischen den Zähnen hervor. »Niemand schlägt den König! Nicht einmal du, Alí!« Er lässt sie los, sie lehnt keuchend in den Polstern. »Tu das nie wieder, hörst du?«

Sein Gesicht ist dunkelrot angelaufen, an seinem Hals treten die Adern wie Stränge hervor. Er sieht aus wie ein Sendbote des Leibhaftigen. Sie richtet sich auf, versucht, ihren Atem zu beruhigen. Sie hat keine Angst vor ihm. »Mir ist es vollkommen gleich, Henry, ob die Frauen deines Hauses ihren Männern einen Freibrief für Hurerei erteilt haben. Das war ihre Sache.« Sie steht auf und reckt stolz das Kinn. »Ich tue das nicht. Ich dulde es nicht, Henry.«

Der König lacht laut und gekünstelt. »Ach! Du duldest es nicht, ja? Ausgerechnet du! Natürlich, du bist ja eine Heilige! Du hattest nie eine Liebschaft, hast nie einen Ehemann betrogen! Aber halt ... Wie war das noch, damals in Antiochia, hm? Mit deinem eigenen Onkel, wie überaus geschmackvoll!«

»Damals hat mein Mann mein Bett gemieden und seine ehelichen Pflichten nicht erfüllt«, zischt Aliénor. »Das weißt du genau.«

»Ach ja? Ich kann dir das glauben oder nicht, meine Liebe. Genau wie ich den Gerüchten Glauben schenken kann, die sagen, dass du und mein Vater Vergnügen aneinander hattet!« Sie schreit auf vor Wut. »Und da fällt mir ein: Dieser Troubadour-Zwerg – mit dem warst du ja wohl auch im Bett, nach all dem, was er geschrieben hat.«

»Mach dich nicht lächerlich!«

»Lächerlich? Glaub bloß nicht, dass ich nicht bemerkt hätte, was zwischen dir und unserem gemeinsamen Freund Becket vorgeht.« Er spuckt es förmlich aus. »Denkst du denn, ich hätte keine Augen im Kopf? Denkst du, ich hätte nicht bemerkt, wie ihr euch anseht? Wie er dich anschmachtet? Wie du dich von ihm anfassen lässt, was du sonst von niemandem duldest? Na, wie oft habt ihr's schon getrieben, he? Und wo? In welchen Kleiderkammern, auf welchen Hintertreppen? Wie oft hast du schon die königlichen Schenkel geöffnet für meinen besten Freund? O nein, Aliénor, du bist die letzte, die mir Vorwürfe machen darf!«

Aliénor schnappt nach Luft. »Das ist ... das ist infam, Henry! Ich und Thomas haben niemals miteinander ...«

»Lüg doch nicht!« Speicheltröpfchen sprühen von Henrys Lippen. »Aber ich weiß schon, was ich dagegen unternehme, meine tugendsame Königin. Du wirst nicht mehr viel von ihm haben in Zukunft.« Ein feines Lächeln erscheint auf seinem Gesicht.

»Gott, Henry, was willst du tun?«

»Oh, ganz einfach. Ich mache ihn zum Erzbischof von Canterbury.«

Sie prallt zurück. »Das ist nicht dein Ernst!«

Er lacht. »Doch, meine Liebe. Seit der alte Theobald letztes Jahr gestorben ist, zerbreche ich mir den Kopf über einen würdigen Nachfolger. Jetzt hab ich ihn gefunden. Und wenn Thomas erst die höheren Weihen hat, dann kann er sich keine Liebelei mehr erlauben. Mit dir nicht und mit keiner Frau. Tja, das wär's dann.« Er zuckt bedauernd die Schultern.

Sie sinkt zurück auf den Diwan. »Das ist ein Fehler, Henry.«

»Deine Meinung dazu ist mir egal.« Er wendet sich zum Gehen. Jetzt, wo er Oberwasser hat, ist er wieder ganz ruhig. An der Tür dreht er sich noch einmal um. »Ich habe dir ein Friedensangebot gemacht, Alí, und du hast es abgelehnt. Aber ich bin nicht nachtragend. Überleg's dir. Beruhige dich und denk über alles nach. Wir sind immer ein gutes Paar gewesen. Und du weißt, dass ich dich liebe. Ich habe schon veranlasst, dass für die kleine Havise ein Platz im Kloster Saint Trinité in Caen gefunden wird. Mein Gott, Alí, das ist doch den ganzen Aufruhr nicht wert. Lass uns morgen zusammen mit den Kindern zu Abend essen – ich hab gesehen, dass eine Kiste Austern geliefert worden ist, die magst du doch so gern. Also?«

Sie sieht zur Wand, und er geht.

Am nächsten Tag findet Henry Aliénors Gemächer leer. Sie hat mit den Kindern ohne Abschied die Esnecca bestiegen und ist auf dem Weg nach England.

Henry

Ich habe mir das Ganze verdammt gut überlegt. Die Kirche in England ist mir seit Jahren ein Stachel im Fleisch. Die Bischöfe sind zu selbstbewusst. Sie wollen kein Geld geben, wenn die Krone es braucht. Sie unterwerfen sich nicht der königlichen Gerichtsbarkeit, Kleriker können ungeniert Verbrechen an Leib und Leben begehen – oder gegen die Krone –, ohne bestraft zu werden. Das kann so nicht angehen. Den guten alten Theobald von Canterbury in allen Ehren, schließlich hat er mich gekrönt, aber auch er war mir in vielen Dingen zu aufsässig. Ich dulde keinen Staat im Staate. Wir Normannen haben auf dieser Insel eine Regierung eingeführt, so straff wie nirgendwo sonst. In keinem anderen Land ist die Verwaltung so durchgreifend, das Lehnswesen so ausschließlich auf die Krone ausgerichtet, die königliche Justiz so allumfassend. Nur die Kirche führt bis jetzt ein Eigenleben. Und das werde ich ändern. Der Ärger um die Steuern für den Toulouse-Feldzug hat mich endgültig überzeugt.

Es gibt keinen Besseren für das Amt als Thomas. Ich habe ihn groß gemacht, der Mann ist mir auf ewig zu Dank verpflichtet. Er ist der Klügste und hat als Lordkanzler stets die Belange der Krone gegen den Widerstand der Bischöfe durchgesetzt. Er ist ein mit allen Wassern gewaschener Jurist, hat lediglich die niederen Weihen empfangen. Und er ist durch und durch ein nüchterner Mensch. Glaubenssachen haben ihn nie besonders berührt. Über all dem steht aber eines: Er ist mein Freund, und er wird mich niemals enttäuschen.

Das mit Aliénor und Becket – hier ist wohl meine Wut mit mir durchgegangen. Ich weiß, dass zwischen den beiden niemals etwas war. Thomas ist einer dieser verschrobenen Kerle, die kein Verlangen nach Frauen haben. Vermutlich hat er sogar noch nie ... Jedenfalls, natürlich bewundert er die Königin. Sie ist klug, sie ist stolz, und sie ist immer noch schön, bei den Augen Gottes. Beide sind im gleichen Alter, sie sind Freunde – wenn es so etwas zwischen Mann und Frau überhaupt geben kann. Sie hat ihn sehr gern, so viel ist klar. Und vielleicht, wenn er es darauf anlegte ... wer weiß? Aber so ist er nicht. Er ist ein Mann, der an die Moral glaubt und an die Macht der Gesetze. Er ist untadelig. Auch deshalb vertraue ich ihm.

Eines hat mich allerdings enttäuscht: Ich habe doch tatsächlich geglaubt, er wäre mir dankbar für das neue Amt. Höchster Würdenträger der englischen Kirche und gleichzeitig Lordkanzler! Wer hatte je außer dem König so viel Macht in Händen? Und er, was tut er? Er wehrt ab! Da habe ich gedacht, er fällt mir vor Begeisterung um den Hals, und er – er will nicht! Verdammter Narr! Was hat er noch gleich gesagt? Ach ja, erst wollte er auf die witzige Art abwiegeln. Hat grinsend zu mir gesagt: »Seht mich an, Mylord, seht meine kostbare Robe, meinen goldenen Gürtel, die teuren Ringe. Da habt Ihr Euch einen wahrhaft heiligmäßigen Mann ausgesucht, um über die wichtigsten Glaubensdinge Englands zu wachen.« Als ich sein Grinsen nicht erwidert habe, wurde er deutlicher: »Ich weiß eines ganz sicher, Majestät: Nähme ich dieses Amt an, dann würde Eure Freundschaft für mich sich schnell in Hass verwandeln. Ihr wollt mit meiner Hilfe die Macht der Kirche in England brechen – aber ich dürfte als Erzbischof von Canterbury Euren Forderungen niemals nachgeben. Ganz gleich, wie meine Entscheidung ausfiele, es wäre mein Verderben. Ich würde entweder Eure Gunst verlieren – oder die Gnade Gottes. Ich bitte Euch bei unserer Freundschaft, erspart mir dies.« Eine Unverschämtheit! Was bildet sich dieser niedriggeborene Lümmel ein? Ich biete ihm das höchste Amt der englischen Kirche, und er glaubt, er kann einfach so ablehnen! Sich meinem Willen verweigern! Er kann froh sein, dass ich ihn sofort nicht ins Loch habe werfen lassen – der Turm in Falaise hat ein besonders tiefes. Damit er darüber nachdenken kann, dass man seinem König nichts abschlägt. Aber ich bin ja kein Unmensch. Ich habe seine Einwände einfach überhört. Und er war dann klug genug, nicht mehr zu widersprechen. Er segelte nach England, wurde zum Erzbischof gewählt, zum Priester geweiht, und am Sonntag Trinitatis in Canterbury in sein Amt eingesetzt. Ich war nicht dabei, aber man hat mir erzählt, er habe bei seiner Weihe geheult wie ein Schlosshund. Liebe Güte, das soll einer begreifen!

Das mit Aliénor wird sich schon wieder einrenken. Am besten, ich lasse sie eine Weile in Ruhe. Mein Gott, hat das Weib Temperament. Es wird dauern, bis sie sich wieder beruhigt. Aber schließlich ist sie viel zu klug, um nicht zu wissen, was gut für sie ist. Jetzt mache ich ihr erst einmal die Freude, unseren Henry zum König krönen zu lassen. Es ist zwar nicht Brauch in England, zu Lebzeiten des Vaters bereits den Sohn zu krönen, aber in Frankreich macht man das längst so, und es hat seine Vorteile. Die Nachfolge steht auf sicheren Beinen, wenn die Großen des Landes dem nächsten König schon gehuldigt haben. Morgen lasse ich eine Nachricht an sie schicken und bitte sie, bei den Londoner Goldschmieden eine Krone und ein schönes Zepter in Auftrag zu geben, meinetwegen soll es vierzig Pfund kosten oder auch ein paar Schilling mehr, da will ich nicht knausrig sein. Becket hat dann als Erzbischof von Canterbury die ehrenvolle Aufgabe, das Zeremoniell vorzunehmen. Und spätestens bei der Krönung werden Alí und ich gemeinsam in die Kirche schreiten, stolz auf unseren Sohn sein, und aller Hader ist vergessen. Bis dahin darf sie ruhig noch ein bisschen schmollen, ich kann warten. Geduld ist die Tugend des Jägers.

Von Larrasoaña nach Bizkarreta
März 1200

Entgegen all ihren Befürchtungen fühlt sich die alte Königin am nächsten Morgen erholt und ausgeruht. Sie hat tief und erschöpft geschlafen, traumlos. Es war nur eine vorübergehende Schwäche, denkt sie. Der liebe Gott lässt ja doch mit sich verhandeln! Sie spürt die alten Kräfte wieder, die sie schon immer angetrieben haben. Ja, sie wird ihre Mission zu Ende bringen. Beim Morgenessen langt sie kräftig zu, scherzt mit ihrer Zofe und fragt Pieter von Zeeland, wie sich die neuen Männer aus Pamplona einfügen. Nachdem das Zelt und die Spannbetten abgebaut sind, brechen sie auf. Die Sonne scheint warm aus einem seltsam glasigen Himmel, immer noch liegt Brandgeruch in der Luft. Der schwierigste Teil ihrer Reise liegt jetzt genau vor ihnen: der Aufstieg in die Pyrenäenberge über den Pass von Roncesvalles. Als sie noch einmal durch Larrasoaña kommen, warnt sie der alte Priester. Schnee sei zu erwarten, er spüre das in seinen Knochen. Aliénor gibt ihm einen Beutel Münzen für den Wiederaufbau der Kirche und betrachtet dabei misstrauisch die ersten Wolken, die über den Bergen im Norden auftauchen. Sie nimmt solche Aussagen durchaus ernst, sie kennt das Ziehen und Stechen selber gut genug, das sich einstellt, wenn das Wetter umschlägt. Nur dass sie es im großen Zeh hat und nicht im Rücken wie der greise Priester.

Bis Zubiri scheint noch die Sonne; bei der Brücke machen sie kurz halt. Der Legende nach sollen kranke Tiere wieder gesund werden, wenn sie diese dreimal überqueren. Der Gaul eines der flandrischen Söldner hat den Rotz, und der Mann führt ihn langsam hin und zurück und hin und zurück. So viel Zeit muss sein.

Dann geht es an den ersten Anstieg auf den Alto de Erro. Aus heiterem Himmel kommt plötzlich ein Windstoß, und die Kälte steht vor ihnen wie eine Wand. Schwarze Wolken türmen sich, Schneeflocken beginnen zu wirbeln. Man sieht keinen halben Klafter Wegs mehr. Der alte Priester hat sich nicht getäuscht. Langsam kämpfen sich die Reiter voran, ducken sich gegen den Sturm, der die Schneeflocken in ihre Augen fegt.

Noch haben es Aliénor und Blanche gemütlich in ihrem Chariot. Sie holen die Decken aus Fuchsfell unter ihren Sitzen hervor und mümmeln sich bis zum Hals ein. Die alte Königin wartet auf Blanches Aufforderung zum Weitererzählen. Bisher hat sie oft widerwillig die alten Geschichten wieder hervorgeholt, aber seit gestern ist etwas anders geworden. Sie weiß, dass sie nicht mehr viel Zeit hat. Und plötzlich spürt sie den Drang zu reden. Sie will ihr Leben erzählen, will, dass dieses junge Mädchen erfährt, wer ihre Großmutter war. Sie will, dass Blanche ihre Geschichte kennt, bis zum Ende. Und nicht nur das. Sie hat gemerkt, dass Erzählen befreit. Früher hat Aliénor immer gelächelt, wenn alte Leute endlos über alte Geschichten sprachen. Jetzt spürt sie an sich selber, wie gut es tut. Das Zurückblicken fühlt sich fast an wie eine Beichte. Nur, dass diese Beichte keine Absolution bringen wird. Die kann ihr nur noch der dort droben erteilen.

Die Worte kommen ganz von selber. »Das Jahr zweiundsechzig brachte ein großes Ereignis, das alles andere in den Schatten stellte. Beckets Weihe zum Erzbischof. Ich war nicht dabei, wollte das nicht mitansehen. Ich hatte vorher in London noch mit ihm gesprochen, und er war verzweifelt. Ich glaube, er wusste von Anfang an, wie es enden würde. Aber ich konnte ihm nicht helfen. Ich konnte mir beim besten Willen nicht vorstellen, wie er aus dieser Sache wieder herauskommen sollte. Des Königs Befehl – und etwas anderes war es ja nicht – zu verweigern, hätte an Hochverrat gegrenzt. Ich riet Thomas also anzunehmen. Und ich muss zugeben, nicht ganz ohne Hintergedanken. Weißt du, damals war ich auf meinen Gatten nicht gut zu sprechen, um es milde auszudrücken. Er hatte mich wieder einmal betrogen, und ich wünschte ihm die Pest an den Hals. Mir war klar, dass er in Thomas einen harten Gegner bekommen würde, und das gönnte ich ihm von Herzen. Ich kannte beide gut genug. Henry wollte Thomas benutzen, und Thomas würde das nicht zulassen.« Ich hätte dir sagen sollen: »Lauf, Tom. Lauf, so schnell du kannst. Du kannst dieses Spiel nur verlieren.« Aber ich bin stumm geblieben. Ich wollte dich genauso benutzen wie Henry, wollte, dass du ihn zur Weißglut treibst, dass du seinen Machtgelüsten widerstehst, wollte, dass er mit dir seinen besten Freund, seinen einzigen Freund verliert. Damit er leidet.

Ich war gehässig und böse damals. Das ist es, wohin einen verletzter Stolz treibt. Es tut mir leid, Tom. Auch wenn du ohne meinen Rat vermutlich auch nicht anders gehandelt hättest.

Blanche versucht, einen Floh zu erwischen, der im Fuchsfell hüpft, und gibt es wieder auf. »Hat Becket sich dann wirklich so sehr mit Henry überworfen?«

Aliénor schnaubt. »Bei Gott, ja. Gleich nach seiner Weihe sagten die Leute, Henry habe mit seiner Ernennung ein Wunder bewirkt. Es hieß, er habe den Mann aus seinem Körper ausgetrieben und Jesus Christus hineingelassen. Denselben fieberhaften Eifer, mit dem er vor Jahren seine Kanzlerschaft angetreten hatte, legte er nun an den Tag, seine Rolle als Erzbischof zu erfüllen. Man erzählte sich, er trüge zwar Roben aus Seide und Gold, aber darunter Tag und Nacht ein härenes Büßergewand, in dem es vor Ungeziefer wimmelte.«

»Iih«, quietscht Blanche.

»Nun ja«, beschwichtigt Aliénor, »ich habe das nie gesehen. Aber es könnte schon stimmen, zumindest am Ende. Was auf jeden Fall stimmte, war, dass er sich fast nur noch von Brot und Suppe ernährte – er, der große Genießer, dessen Tafel einmal die üppigste und teuerste im ganzen Land gewesen war! Dazu trank er Wasser aus dem Brunnen, und zwar solches, wie man es zum Auskochen von Heu hernahm. Es hieß, er ließe sich täglich von seinen Mönchen geißeln, und er schliefe neben seinem Bett auf dem nackten Fußboden. Und er wüsche jeden Morgen dreizehn Armen die Füße. Er hatte für jedermann sichtbar allem Weltlichen entsagt, und die Menschen erkannten in seiner Verwandlung die Hand Gottes.« Auch deine äußerliche Verwandlung war deutlich, Tom. Beinahe erschreckend. Und damit meine ich nicht die Tonsur, die du dann trugst, und die dich älter wirken ließ. Auch nicht, dass du noch dünner und hagerer wurdest als ohnehin schon. Sondern ich meine dein Gesicht. Spitz und eingefallen, von graubleicher Farbe, vergeistigt und gleichzeitig trotzig – das Gesicht eines Kranken, wären da nicht diese Augen gewesen. Voller Leidenschaft waren sie, in ihnen loderte ein Feuer, das ich vorher an dir nicht gekannt hatte. Es waren die Augen eines Menschen, der für etwas brannte. Der zu allem entschlossen war. Henry hätte das sehen müssen. Er hätte erkennen müssen, dass du nicht nachgibst. Aber er kannte nur den alten Tom, den neuen nahm er nicht wahr.

Es ging schnell. Nach kaum sechs Wochen schickte Thomas das Große Siegel an Henry zurück. Ich weiß es nur aus Erzählungen meiner Gewährsleute an Henrys Hof – o ja, die hatte ich. Ein Mann namens Ernulf brachte ihm ein Päckchen und eine Botschaft von Becket. Henry sah das Siegel und rief: ›Bei den Augen Gottes! Will er es nicht mehr behalten?‹ Der Bote antwortete: ›Er hat das Gefühl, die Last zweier Ämter sei zu viel für ihn.‹ – ›Und ich habe das Gefühl, er will mir nicht länger dienen‹, schnappte Henry. Ja, und damit war Thomas nicht länger Lordkanzler. Er hatte sich entschieden. Er würde sich in Zukunft ausschließlich der Sache der Kirche von England verschreiben.«

»Aber Henry hat ihn dazu getrieben«, ruft Blanche. »Er musste sich entscheiden.«

»Wohl wahr«, antwortet die alte Königin. »Thomas hat später einmal zu mir gesagt: ›Ich kann nicht zwei Herren dienen. Und wenn der eine der König ist und der andere Gott, dann habe ich keine Wahl.‹ Nun, er hatte wohl recht. Er war klug. Er zog die Ewigkeit dem Diesseits vor.«

Von draußen ertönen Rufe. Die Kutsche kommt zum Halten. Pieter von Zeeland erscheint am Fenster. »Wir haben uns verirrt, Herrin, bitte um Vergebung. Aber man kann die Hand vor Augen nicht sehen. Gebt Erlaubnis umzukehren.«

»Gewährt.« Aliénor schaut nach draußen. Nichts als Grau und Weiß, alle Konturen sind verschwommen, alle Geräusche gedämpft. Die Kutsche wendet auf engstem Raum, und dann geht es wieder zurück. Das Schneegestöber wird schlimmer statt besser, aber sie finden dennoch den Punkt, an dem sie falsch geritten sind. Der richtige Weg führt steil bergauf, und schließlich erreichen sie den Gipfel des Erro. Es ist schon Nachmittag, sie haben viel Zeit verloren. Und eines der Zugpferde des Chariot lahmt; es ist an einer abschüssigen Stelle ausgerutscht, die linke Vorderfessel ist dick geschwollen. Sie überschreiten den höchsten Punkt des Erro; auf der anderen Seite ist das Schneegestöber noch dichter. Der Weg hinunter ist so glitschig, dass die Pferde ständig ausgleiten. Und dann ein Schrei, ein Rumpeln und Poltern – der Karren mit der

Ausrüstung ist seitwärts gekippt, er reißt die Maultiere mit, überschlägt sich den Hang hinunter und bleibt unten an einem Baumstamm hängen. Alles ruft durcheinander. Gott sei Dank ist wenigstens der Wagenlenker rechtzeitig abgesprungen. Aber von drunten kommen die hellen, markerschütternden Schreie der Mulis.

Die ersten Waffenknechte schlittern den Hang hinunter. Die Schmerzensschreie verstummen abrupt. »Wir müssen umladen«, meldet Pieter von Zeeland, sein Atem bildet weiße Wölkchen. »Es wird länger dauern, bis wir alles heraufgeschleppt und verstaut haben. Dort drüben am Waldrand steht eine verlassene Hütte, ich habe jemanden hingeschickt. Der Mann sagt, drinnen ist ganz gut sein. Wenn Ihr befehlt, lasse ich Decken und Kissen hintragen und Ihr könnt mit Euren Zofen dort eine Weile ruhen, bis wir fertig sind.«

»Recht so, Pieter.« Aliénor und Blanche werfen sich die Pelze um und steigen aus. Einer der Navarresen führt sie die kurze Strecke durch den Wald bis zur Hütte und geht dann zurück, um trockenes Feuerholz zu holen. Die Zofen betreten das schäbige kleine Holzhäuschen als Erste, um für ihre Herrinnen ein Lager zu bereiten. Blanche und Aliénor suchen sich ein Stück abseits ein windgeschütztes Plätzchen, um sich zu erleichtern. Das Schneetreiben hat nachgelassen. Und dann nimmt Blanche zwischen den Bäumen und Felsbrocken eine Bewegung wahr. Sie richtet sich auf, zupft die Röcke zurecht. Da! Da ist es wieder! Sie macht eine Bewegung in die Richtung – und erstarrt. Keine fünf Schritte vor ihr steht ein Wolf! Das Tier fletscht die Zähne und knurrt bösartig. Blanche bringt keinen Ton heraus. Sie ist wie gelähmt vor Angst, wagt kaum zu atmen. Der Wolf beobachtet sie aus gelben Augen. Es ist ein großes Tier, struppig grau, mit riesigen, spitzen Reißzähnen. Das Grollen kommt tief aus seiner Kehle. Blanches Blick irrt hin und her. Was soll sie tun? Stehenbleiben? Flüchten? Himmel, hilf! Plötzlich ist Aliénor an ihrer Seite. Sie bückt sich langsam, hebt einen Stein auf, holt aus und wirft ihn mit aller Kraft auf den Wolf. O Gott, sie trifft nicht, der Stein prallt nur gegen einen nahen Baumstamm. Schnee fällt von den Ästen auf den Wolf; der schüttelt sich unwillig und – trabt gemächlich davon.

Aliénor sieht dem Tier mit zusammengekniffenen Augen nach,

bis es zwischen den Bäumen verschwunden ist. Dann schüttelt sie den Kopf und schnaubt verächtlich. »Die Wölfe sind auch nicht mehr das, was sie mal waren!«

Neben ihr fällt Blanche in Ohnmacht.

Starke Arme heben Blanche auf und tragen sie zur Hütte. Drinnen brennt schon ein kleines Feuer; der navarresische Waffenknecht legt die Prinzessin sanft auf eine Decke; er tätschelt ihr die Wangen, bis sie die Augen öffnet. Voller Panik starrt sie ihn an, dann dringen beruhigende Worte auf Spanisch an ihre Ohren. »Todo bien, todo bien, Señorita. Alles ist gut. Ihr seid in Sicherheit.« Dann drängen die Zofen den jungen Mann zur Seite, lassen Blanche ein paar Schlucke heißen Weins trinken, und es geht ihr schon wieder besser.

Aliénor sieht ihre Enkelin missbilligend an. »Bei Gefahr einfach umfallen war noch selten hilfreich«, bemerkt sie trocken.

»Tut mir leid, Grand-mère. Ich hatte solche Angst, und mir war plötzlich so schlecht. Und du bist so mutig!«

»Pah!« Aliénor nimmt auch einen Schluck Wein. »Das war nur ein einzelnes Tier, die Todesschreie der Pferde haben es angelockt. Liebe Güte, wenn ich da an England denke! Droben im Norden, da kommen die Wölfe bis in die Dörfer und Städte, wenn die Winter hart sind. Wenn wir in Nottingham waren, haben wir sie jede Nacht gehört, schauerlich. Da wärst du von einer Ohnmacht in die nächste gefallen, du Seelchen! Einmal schliefen wir in einem Jagdschloss in den Hügeln, und wir hörten in der Ferne lautes Heulen und Jaulen, stundenlang. Am nächsten Morgen kamen wir an einer Köhlerhütte vorbei. Ein Rudel Wölfe war durch das strohgestopfte Fenster gebrochen und hatte die ganze Familie zerrissen, bis auf ein Wickelkind, dass sie in eine Truhe gesperrt hatten. Es sollte lieber verhungern als gefressen werden. Von den anderen fanden wir nur noch blutige Überreste, daneben den Kadaver eines Wolfs, den der Köhler mit einem Messer getötet hatte. Ha, das waren noch Wölfe! Die hätte kein Stein vertrieben!« Die alte Königin bemerkt gar nicht, dass Blanche ihr kaum zuhört. Mit einem zufriedenen Seufzer legt sie sich neben das Feuer, zieht die Felldecke fest um die Schultern und macht ein hochverdientes Nickerchen.

Blanche dagegen liegt wach. Sie kann jetzt nicht schlafen. Aber sie denkt nicht an den Wolf. Nein, sie denkt an das dunkle Augenpaar, in das sie beim Erwachen geblickt hat, an die sanfte, samtene Stimme, die ihr alle Angst nahm. An das hübsche, sonnengebräunte Gesicht unter einem lockigen, schwarzen Haarschopf. Wie er wohl heißt?, fragt sie sich. Ihre Lippen umspielt ein Lächeln, während sie träumt ...

Zwei Stunden später geht es weiter. Immer noch schneit es, an das Erreichen ihres ursprünglichen Zieles ist nicht mehr zu denken. Sie sind froh, dass sie vor dem frühen Einbruch der Dunkelheit das Dörfchen Bizkarreta erreichen. Die Männer steigen hundemüde von ihren Pferden; Pieter von Zeeland sorgt dafür, dass für die Frauen ein Bauernhaus geräumt wird. Blanche folgt ihrer Großmutter über den Hof, wo die Waffenknechte absatteln und die Tiere versorgen. Sie hält nach dem jungen Navarresen Ausschau und entdeckt ihn bei einem der Karren. Wie zufällig geht sie an ihm vorbei, er hebt den Kopf. »Gracias«, sagt sie mit gesenktem Blick und so leise, dass es niemand hören kann.

Er wird rot vor Verlegenheit. Erst als sie im Haus verschwunden ist, wagt er ein Lächeln.

Von Bizkarreta nach Roncesvalles
März 1200

Die Auseinandersetzung zwischen Henry und Becket trieb ihrem ersten Höhepunkt zu, als Henry im Sommer 1163 nach England kam. Becket wies bei einem Konzil in Westminster Henrys Ansinnen zurück, die Kirche der königlichen Gerichtsbarkeit zu unterstellen. Daraufhin konfiszierte Henry die Güter Eye und Berkhamstead, die er Thomas während seiner Kanzlerschaft verliehen hatte. Und er holte unseren Sohn Henry aus Beckets Haushalt. Das war eine mehr als deutliche Warnung.«

Aliénor sitzt mit Blanche am Herdfeuer des Bauernhauses, während die Waffenknechte bei den umliegenden Bauern nach Lasttieren Umschau halten. Die Ladung des Karrens muss verteilt werden, bevor es den Pass hinaufgeht, und die Frauen vertreiben sich die Wartezeit mit Erzählen. »Henry bestand darauf, Weihnachten ausgerechnet in Berkhamstead zu feiern, um Thomas noch mehr zu erniedrigen. Wohl oder übel stimmte ich zu, um die Lage nicht noch unangenehmer zu machen.«

»Wart ihr beide denn immer noch im Streit, du und Henry?«, will Blanche wissen.

»Nun, es war kein offener Streit mehr. Aber ich hielt mich von ihm fern und ließ ihn nicht mehr in mein Bett, was er mir dadurch heimzahlte, dass er sich mit irgendwelchen Hofhuren tröstete. Mir war das inzwischen ganz gleich. Ich veranstaltete Geburtstagsfeste für die Kinder, ging hier ein bisschen auf Beizjagd und tanzte dort mit ein paar vornehmen Damen Ringelreihen. Ich kümmerte mich um die Bestände an Silbergeschirr, bestellte Lavendelstöcke für die königlichen Gärten und Kerzen für den großen Radleuchter in Westminster. Vor lauter Schmollen fiel mir gar nicht auf, dass Henry mich auch nicht mehr an seinen Entscheidungen beteiligte. Ich regiere nicht mehr mit, und ich regte mich nicht einmal darüber auf, verbohrt und beleidigt, wie ich war.«

»Und was sagten die anderen zu alldem?«, fragt Blanche.

»Oh, nach außen hin«, fährt Aliénor fort, »wahrten wir den Schein. Henry war mit der Vernichtung Beckets hinlänglich beschäftigt. Zunächst ließ er zu Clarendon sechzehn Punkte für eine Konstitution aufsetzen, die nur ein Ziel hatte: der Kirche sämtliche Freiheiten zu nehmen. Becket weigerte sich schlichtweg, sein Siegel darunterzusetzen. Er wagte es, Henry die Stirn zu bieten! Er ging sogar so weit, sich an den Papst zu wenden, der ihm prompt seine Unterstützung in diesem Kampf zusicherte. Henry schlug zurück, indem er von Thomas öffentliche Rechenschaft für sämtliche in seiner Kanzlerschaft ausgegebenen Gelder verlangte, ihn der Untreue beschuldigte und ihn vor Gericht forderte. Ganz England hielt den Atem an! Es war ungeheuerlich, was da geschah: Der König wollte den höchsten Vertreter des christlichen Glaubens in seinem Reich wie einen Verbrecher verurteilen! Und der Angeklagte erschien vor dem Tribunal. Es kam zu einem denkwürdigen Auftritt in Northampton. Thomas betrat vor dem versammelten Gerichtshof und allen Bischöfen den Saal, in vollem Ornat. Er schritt durch die Menge; das riesige silberne Kruzifix, das ihm als Bischof von Canterbury sonst immer von einem jungen Priester vorangetragen wurde, hielt er selber in den Händen, reckte es hoch über seinem Kopf dem König entgegen. ›Ist diese Insel zu klein geworden für uns beide?‹, fragte er. Henry brüllte auf vor Zorn, er riss sich den Mantel vom Leib, warf ihn zu Boden und trampelte darauf herum. Mit sich überschlagender Stimme forderte er die sofortige Verkündung des Urteilsspruchs, doch bevor diese erfolgen konnte, drehte sich Thomas mit verächtlicher Miene um und verließ in aller Seelenruhe den Saal. Noch in derselben Nacht floh er als Mönch verkleidet nach Frankreich. Das war im Oktober des Jahres 1164.«

»Ludwig wird sich gefreut haben, ihn aufzunehmen«, mutmaßt Blanche.

»Darauf kannst du Gift nehmen«, grinst Aliénor. »Henry schickte bald darauf einen Boten, der die Auslieferung, desjenigen forderte, ›der einmal Erzbischof von Canterbury war‹. Ludwig fragte mit unschuldigem Blick, wer Becket denn abgesetzt habe? Er wundere sich doch sehr, erklärte er. Schließlich sei auch er ein König, so wie Henry, aber er besäße nicht die Macht, auch nur den geringsten Leutepriester seines Amtes zu entheben. Nun, und ab da saß Thomas Becket sicher wie in Abrahams Schoß in Frankreich. Henry konnte ihm nichts mehr anhaben – dafür verbannte er alle seine Verwandten und Freunde. Vierhundert Menschen beraubte er all ihrer Habe, ließ sie in Boote pferchen und nach Flandern übersetzen, wo sie dann als Bettler umherzogen.«

»Das ist eines Königs nicht würdig.« Blanche schüttelt den Kopf.

»Gut, dass du das so siehst«, erwidert Aliénor trocken. »Nun, jedenfalls, danach trat für längere Zeit Ruhe ein. Das Jahr 1165 brachte neue Pläne. Es war an der Zeit, einen Bräutigam für Matilda zu suchen, sie war ja inzwischen schon acht. Und es fand sich ein großartiger Kandidat: Heinrich der Löwe, Herzog von Sachsen, Cousin des Kaisers Barbarossa und mächtigster Mann im Reich nach ihm. Ein gebildeter, reicher Fürst, kunstsinnig und tapfer, in aller Welt berühmt. Er war zwar schon fast vierzig – nein, schau nicht so entsetzt! Ältere Männer sind manchmal verständnisvollere und bessere Ehegatten als junge, unerfahrene Burschen. Denk nur an mich und Ludwig! Und die Ehe wurde dann ja auch sehr glücklich ... Jedenfalls, die Heiratsverhandlungen brachten mich und Henry einander wieder näher. Wir schmiedeten Zukunftspläne auch für die anderen Kinder, saßen oft mit allen zusammen um das Feuer, und eines Abends sagte Henry zu mir: ›Sieh nur, was wir geschaffen haben, Alí: das Haus Plantagenet! Bist du nicht stolz und glücklich?‹ Natürlich war ich das! Er kam zu mir und legte mir von hinten ganz leicht die Hände auf die Schultern – die erste vertraute Berührung seit so langer Zeit. ›Lass uns doch Frieden schließen, Alí‹, sagte er. ›Ich war ein Narr. Ich habe geglaubt, andere Frauen könnten mir etwas geben. Aber das war ein Trugschluss. Keine kommt dir gleich, Alí. Das weiß ich jetzt. Du bist die eine, die Einzige, die ich brauche. Das musst du mir glauben.‹ Ich sah die Kinder an, die in seltener Eintracht auf dem Teppich miteinander spielten, und mir kamen die Tränen. Er war doch ihr Vater. Und ich liebte ihn doch, trotz allem. Es war viel geschehen, ja, aber es konnte auch wieder alles gut werden.«

»Da bist du schwach geworden«, meint Blanche altklug.

Die alte Königin hebt ein Reislein vom Boden auf, dreht es zwischen den Fingern und wirft es mit unwilligem Schwung ins Feuer. »Ich hätte es wissen müssen«, presst sie zwischen den Zähnen hervor. »Ich hätte wissen müssen, dass er mich anlog. Aber wer will so etwas schon wahrhaben? Ich wünschte mir so sehr, dass es wieder gut würde mit uns beiden. Ja, er war schwierig. Er war herrschsüchtig und hoffärtig und brutal. Ich fand es unsäglich, wie er mit Thomas umgegangen war. Aber ich dachte, vielleicht verhielt er sich deshalb so voller Hass gegen ihn, weil er wirklich glaubte, ich und Tom hätten ein Verhältnis miteinander gehabt. Vielleicht lag all dem nur Eifersucht zugrunde. Ja, vielleicht würde sich alles wieder einrenken, wenn Henry und ich erst wieder in Liebe zueinandergefunden hatten.«

Blanche sieht ihre Großmutter von der Seite her an. »Brauchst du vielleicht eine Feige?«, fragt sie mit Unschuldsmiene.

»Unverschämtes Ding!« Aliénor holt mit dem Handrücken aus, als wolle sie ihrer Enkelin eine Ohrfeige geben, aber sie muss selber dabei lachen. Eine Weile sieht sie zu, wie das Feuer fast zärtlich die Holzscheite umzüngelt und der Rauch in kleinen Mäandern nach oben steigt, um durch die Dachluke zu entweichen. Und sie denkt daran, wie wunderschön diese Versöhnung war. Wie sanft und dankbar, beinahe ehrfürchtig er sie geliebt hat in dieser Nacht. Wie gut es tat, in seinen Armen zu liegen, nachdem sich ihre Säfte vermischt hatten in einem leidenschaftlichen Akt der Liebe und Versöhnung. Ihm zuzuflüstern: »Verlass mich nie wieder.« Und seine Antwort zu hören: »Bei den Augen Gottes, Alí, ich bleibe bei dir bis zum Ende der Welt!« Wie glücklich sie war in dieser Nacht. Als er sie bestürmte, sie solle sich etwas wünschen, irgendetwas, ganz gleich was – er würde es ihr geben. Einen Augenblick lang hatte sie daran gedacht, sich die Erneuerung seiner Freundschaft mit Tom zu wünschen, aber sie fürchtete, damit den wunderbaren neuen Bund zu zerstören. Stattdessen wünschte sie sich einen Rosengarten. »Wo soll er denn stehen?«, fragte er und umrundete mit dem Zeigefinger sanft ihre Brüste. Ohne zu überlegen hatte sie geantwortet: »Woodstock!« Das kleine Schlösschen war in den letzten Jahren zu ihrem Lieblingsaufenthaltsort geworden. »Wie es dir gefällt«, lächelte er, und dann liebten sie sich noch einmal.

Woodstock, denkt Aliénor. Gott im Himmel! Bittere Galle steigt in ihr auf. »Wenn ich noch einen Wunsch auf der Welt hätte, würde ich es in Schutt und Asche legen lassen!«, sagt sie laut.

»Was meinst du, Grand-mère?«

Die alte Königin schreckt hoch. »Ach, nichts, mi cors. Lass gut sein.«

»Willst du nicht doch eine Feige?«

Aliénor streckt die Hand aus. »Gib schon her.«

Die Tür geht auf, und Pieter von Zeeland kommt herein. »Wir können weiter, Herrin. Vier neue Esel und ein Maultier tragen die Karrenladung.«

»Gut.« Aliénor greift nach ihrem Stock und erhebt sich ächzend. »Ach ja, und bevor du fragst«, dreht sie sich zu Blanche um, »ich war wieder schwanger.«

Langsam, aber stetig geht es bergauf, Gott sei Dank schneit es nicht mehr, aber der Weg ist rutschig. Er führt meistens durch Wald, draußen gibt es nicht viel zu sehen, also erzählt die alte Königin weiter.

»Das Jahr 1165 brachte Henry einen Feldzug gegen die Waliser, den er unverrichteter Dinge abbrechen musste. Diese Barbaren waren erstaunlich zähe Kämpfer, verschlagen und hinterlistig beim Verhandeln, wie wilde Tiere in der Schlacht.« Aber du hast trotzdem nicht vergessen, meinen Rosengarten anlegen zu lassen, Henry, du Miststück. Er wurde herrlich – du ließest sogar Rosen aus Poitiers bringen, die hellgelben mit dem wunderbar süßen Duft, die ich als Kind so geliebt habe. Ein Brunnen und ein kleiner Teich fehlten nicht, und sogar an einen Irrgarten hattest du gedacht – ich hatte dir erzählt, dass es in Belin, wo ich geboren wurde, ein solches Labyrinth aus dichtbelaubten Büschen gab. O ja, an alles hattest du gedacht, nur nicht daran, dass dieses Geschenk, kaum dass es fertig war, keinen Pfifferling mehr wert war. Sie spürt, wie der Hass über ihr zusammenschlägt, unbändiger, wilder, zähnefletschender Hass. Immer noch lauert er in ihr, um aus seinem Käfig zu schießen, sobald das Gitter hochgezogen wird. Nach all den Jahren, denkt sie. Immer noch dieses Brodeln, dieses weißglühende Wühlen in ihren Eingeweiden. »Sonst gibt es über dieses Jahr nicht mehr viel zu berichten«, sagt Aliénor. »Nur, dass im August unsere Pläne, was Frankreich betraf, zunichtegemacht wurden. Denn Ludwigs Hoffnungen auf einen Erben erfüllten sich endlich. Seine dritte Frau, Adela von der Champagne, gebar einen Sohn. Philipp. Sie nannten ihn Dieudonné, denn von Gott geschenkten. Unser Sohn Henry würde also nie die französische Krone tragen.«

»Philipp«, sagt Blanche langsam. »Mein zukünftiger Schwiegervater.«

»Ganz genau. Gott sei Dank war ich gerade in Frankreich und Henry in England, als die frohe Botschaft ihn erreichte. Sonst hätte ich einen weiteren seiner berühmten Wutanfälle über mich ergehen lassen müssen. Ich linderte seinen Zorn später im Oktober, als ich in Angers Johanna zur Welt brachte, unsere dritte Tochter. Dachte ich zumindest. Dabei war es etwas ganz anderes, das ihm die Niederlage in Wales und den Verlust der französischen Erbaussichten erträglich machte ...«

Blanche hebt neugierig die Augenbrauen. »Und was?«

»Ja, was!« Aliénors Lippen wurden schmal. »Dasselbe, was ihn dazu brachte, Weihnachten nicht zu mir nach Angers zu kommen, obwohl es geplant war. Was ihn davon abhielt, seine Tochter zum ersten Mal auf den Arm zu nehmen.« Sie spuckt den Namen aus wie ein Stück vergiftetes Konfekt: »Rosamund Clifford!«

Und dann sagt sie bis zur Ankunft in Roncesvalles kein einziges Wort mehr.

Henry

In der Sache mit Becket benimmst du dich wie ein kleines Kind, dem man sein Lieblingsspielzeug weggenommen hat! Das hat Alí zu mir gesagt, und wie immer den Nagel auf den Kopf getroffen. Zugeben würde ich es nie, aber ja, vielleicht habe ich mich hinreißen lassen. Und jetzt kann ich nicht mehr zurück, ohne mein Gesicht zu verlieren. Becket hockt auf meinem Rücken wie ein Alb, den ich nicht mehr abstreifen kann. Herrgott! Ich habe den Mann aus der Gosse geholt! Habe ihn reich gemacht und zu meinem besten Freund! Ja, ich bin gekränkt! Wenn es etwas gibt, das ich hasse, dann ist es Undankbarkeit! Und dann läuft er auch noch zu Ludwig über, nach Frankreich. Der weiß vor lauter Glück gar nicht, wie ihm geschieht! Becket und ein Erbe! Ich höre ihn bis über den Kanal lachen! Zu allem Überfluss erzählt man sich in England, in der Nacht der Geburt des Capet-Thronfolgers seien zwei Kometen am Himmel erschienen – verdammt, jedermann weiß schließlich, dass Kometen den Untergang eines Reiches ankündigen! Ich kann vor lauter Wut nicht schlafen; mein Arzt gibt mir Mohnsaft.

Wenigstens ein Kriegsschauplatz ist inzwischen befriedet: meine Ehe. Irgendwann musste Alí ja aufhören, beleidigt zu sein. Ich gebe zu, das Ganze hat mir mehr zu schaffen gemacht, als ich dachte. Es ist einfach lästig, wenn im eigenen Haus kein Frieden herrscht. Und eins muss ich schon sagen, im Bett ist sie leidenschaftlich wie keine. Das muss man sich einmal vorstellen – immerhin ist sie ja schon, wie alt? – zweiundvierzig? Dreiundvierzig? Und sieht immer noch aus wie eine frisch erblühte Rose. Sieben Kinder haben ihrem Leib kaum etwas anhaben können. Und sie hat noch alle Zähne! Ich hingegen habe schon zwei verloren, Gott sei Dank unten, wo man es nicht sieht. Und ich habe diese Fisteln im Arsch. Der Physikus sagt, es kommt vom vielen Reiten, und ich soll das einschränken. Idiot! Soll sich der König von England in einer Sänfte schaukeln lassen wie ein Weib? Lieber scheiße ich Blut.

Und dann die Waliser! Ich kriege die noch klein, das schwöre ich. Nur eine Frage der Zeit. Genau wie Irland. Aber immerhin hat mich der Krieg gegen Wales im Sommer nach Bredelais geführt, und das war eine Fügung des Schicksals. Wahrhaftig. Denn dort in Bredelais, in der Grenzfestung, die im Besitz von Sir Walter Clifford ist, traf ich sie. Seine Tochter. Gott, nie sah ich ein sanfteres Wesen! Ein Mädchen in der ersten Blüte ihrer Jugend, Haar wie Gold und Augen so blau wie der tiefste Ozean. Ein Gesicht, das man nie wieder vergisst. Ich war ihr sofort verfallen, mit Haut und Haar. Ich muss mich zwar nicht rechtfertigen, aber ich hatte nach meiner Versöhnung mit Alí wirklich vor, ihr in Zukunft treu zu bleiben. Ganz ehrlich. Aber als ich Rosamund sah, waren alle guten Vorsätze vergessen.

Ich umwarb sie nach allen Regeln der Kunst, aber sie blieb züchtig wie eine Nonne. Es war auch nicht so einfach, denn ihr Vater wachte über sie, schlimmer als ein eifersüchtiger Ehemann. Ich kam einfach nicht zum Zug. Aber natürlich konnte Walter Clifford nicht ablehnen, als ich ihn und seine Familie zum Dank für seine Kriegsdienste an den Hof nach Oxford einlud. Sie erschienen im November, nun ja, eher einfache Leute, aber tüchtig und treu. Ich ließ sie mit allergrößten Ehren behandeln, empfing sie zum Bankett, ging mit Walter zur Beizjagd. Ich machte Rosamund Geschenke, die sie mit süßem Lächeln annahm, ohne mir in die Augen zu sehen. Ich gab mir wirklich große Mühe, aber dieses wunderbare Geschöpf ist jede Anstrengung wert. Und sie, sie erhörte mein Werben nicht, ließ sich in ihrer Unschuld nicht erweichen. Sie wies den König ab! Aber dann ...

Bei den Augen Gottes, und nun bin ich verliebt wie zum ersten Mal im Leben. Ja, ich mache mich für sie zum Narren. Der Hof tuschelt, aber es kümmert mich nicht. Aliénor ist ja Gott sei Dank in Frankreich. Eigentlich war ausgemacht, dass ich zu Weihnachten nach Angers komme, aber ich werde mir eine Ausrede einfallen lassen. Ich kann den Gedanken nicht ertragen, auch nur einen Tag von Rosamund getrennt zu sein. Und mitnehmen kann ich sie schließlich nicht. Wie soll ich das nur in Zukunft handhaben? Ich darf gar nicht daran denken, was geschieht, wenn Alí von ihr erfährt. Nun, mir wird schon etwas einfallen. Schließlich bin ich der König.

Roncesvalles
März 1200

Roncesvalles. Ein Ort, den die ganze Christenheit kennt. Blanche kann ihre Enttäuschung kaum verbergen, als sie bei der Ankunft aus dem Chariot steigt. Ein paar windschiefe Häuser, die sich unauffällig an die Hänge schmiegen. Ein schmuckloses Augustinerkloster mit einfachem Kirchlein und Gästehaus. Die große Baustelle der neuen Stiftskirche, die schon fast fertig ist. Wälder. Ein unscheinbares Flüsschen. Hier soll sie also gewesen sein, die berühmteste Schlacht der Christenheit? Man sieht ja gar nichts!

Der uralte, tattrige Abt führt sie und ihre Großmutter in ein schönes Zimmer mit Himmelbett – sein eigenes. Er besteht darauf, es zur Verfügung zu stellen, und Aliénor widerspricht nicht lang.

»Wo fand er denn nun statt, der Überfall der Sarazenen?«, fragt Blanche den Greis.

Der fängt begeistert an, zu reden. »Es war im August des Jahres 778, als der berühmteste aller christlichen Herrscher, Karl der Große, Verteidiger der Christenheit, auf dem Rückweg von seinem Sarazenenfeldzug hier vorbeikam. Glorreiche Siege hatte er errungen, die Feinde des Herrn erniedrigt und geschlagen. Er marschierte mit seinem stolzen Heerbann bergauf, nur der

Ibaneta-Pass lag noch zwischen ihm und der Heimat. Dieser Pass nun ist nichts als ein enger, schmaler Weg, der zwischen turmhohen Felswänden nach Norden führt. Die Franken mussten in langer und verwundbarer Reihe marschieren, nur wenige Männer konnten nebeneinander gehen. Deshalb ließ Karl der Große eine Nachhut unter Graf Roland, seinem getreuesten Kampfgefährten, zurück, um das vorausziehende Hauptheer abzusichern.« Der Alte wackelt so sehr mit dem Kopf, dass es Blanche angst und bang wird. »Nun, als das Hauptheer schon fast den Übergang geschafft hatte, stürzten sich die hinterlistigen Sarazenen, diese heidnischen Meuchler und Totschläger, von den Hängen herab auf Graf Rolands tapfere Männer. Die christlichen Ritter kämpften heldenhaft, tapferer als die Löwen. Doch sie konnten der Übermacht nicht viel entgegensetzen. Einer nach dem anderen fiel im furchtbaren Kampf, ein letztes Mal noch tönte Rolands Horn Olifant und schickte seinen Ruf um Hilfe aus. Dann starb auch Roland, der größte Held der Christenheit!«

»Ich wollte eigentlich wissen, wo das war«, sagt Blanche hartnäckig.

»Oh, droben am Pass. Ihr werdet an der Stelle vorbeikommen, morgen. Da, wo Graf Roland fiel, steht ein Holzkreuz. Aber wenn Ihr sein Schwert und sein Horn sehen möchtet, müsst Ihr unsere Kapelle Santo Espìritu besuchen. Wir haben dort beides so aufbewahrt, wie es sich für Reliquien eines Märtyrers geziemt.«

»Unbedingt.« Blanche will die sagenhaften Gegenstände natürlich sehen. Sie kennt das Rolandslied fast auswendig, es hat sie stets in seinen Bann gezogen. Bei der Stelle von Rolands Tod hat sie als Kind immer geweint.

»Ihr müsst nur die Treppe hinunter und über den Hof«, lächelt der Abt. »Zum Tor hinaus und dann rechts die Straße entlang. Die Kirchentür ist stets offen.«

Aliénor will sich ausruhen, also geht Blanche nur in Begleitung ihrer Zofe los. Das winzige Kirchlein ist im Inneren so einfach gehalten wie außen. Karg bemalte Steinwände, nur wenige schmale Fenster und eine schmucklose Holzdecke verleihen ihm ein ernstes Gepräge, beinahe bedrückend. Blanche läuft ein kleiner Schauer über den Rücken, als sie durch das niedrige Portal eintritt. Ganz vorne neben dem Altar entdeckt sie die vergitterte Nische, in der ein gekrümmtes, beinernes Horn mit silbernem Mundstück liegt. Olifant. Nur in der höchsten Not durfte es benutzt werden; sein Ton ließ die Sarazenen erzittern. Dreimal blies Graf Roland hinein, aber er entschloss sich zu spät zum Hilferuf. Das zurückeilende Haupteer fand nur noch Tote. Blanche seufzt leise, dann wendet sie sich zur anderen Seite des Altars. In einer zweiten Nische liegt dort Rolands Schwert, ein langer Bihänder mit Blutrinne, inzwischen von unzähligen Roststellen befallen. Vor der Nische kniet jemand auf dem Boden, ganz versunken in den Anblick der heiligen Waffe. Blanche tritt näher, und der Kniende hebt den Kopf. Es ist der junge Navarrese. Schnell erhebt er sich und will gehen, aber Blanche hält ihn zurück. »Bleib doch«, sagt sie freundlich. »Du störst mich nicht.«

Er weiß nicht, was er sagen soll, bleibt unschlüssig stehen. Eine Weile verharren sie stumm nebeneinander, die Augen auf Rolands sagenumwobenes Schwert geheftet.

»Darum bin ich mitgekommen«, sagt der Navarrese leise. »Ich wollte es sehen.« Seine Augen glänzen.

Blanche nickt. »Durendart. Das Unzerstörbare. Der Schrecken der Sarazenen.« Sie streckt ihre Hand durch das Gitter, ganz langsam und vorsichtig. Voller Ehrfurcht berührt sie den Griff der Waffe.

Er sieht zu. Ob er es auch wagen darf? Sie lächelt ihn an und nickt. Da zwängt auch er seine Finger durch die Eisenstäbe und legt sie auf die blanke Klinge. Sie sehen sich an wie zwei Verschwörer. Blanche fühlt, wie eine Woge des Glücks ihren Körper durchströmt. Alles in ihr ist hell, sie möchte am liebsten laut aufjubeln. Sie meint, die Wärme zu spüren, die von seiner Hand auf ihre ausstrahlt. Er hat lange, schmale Finger, so nah an den ihren, es wäre ganz einfach, sie zu streicheln. Aber was denkt sie da! Beide ziehen ihre Hände gleichzeitig zurück, und einen winzigen Augenblick lang streift die Spitze seines kleinen Fingers dabei die Innenseite ihres Handgelenks. Sie schrecken beide zurück wie ertappte Diebe. Dann verbeugt er sich rasch und geht.

Auch Blanche verlässt das Kirchlein und gesellt sich wieder zu ihrer Zofe, die draußen geblieben ist. Auf dem Rückweg sehen sie den jungen Waffenknecht auf einem großen Stein sitzen und seine Stiefel schnüren. Er hat gewartet, denkt Blanche. Als sie an ihm vorbeikommt, fragt sie: »Wie heißt du?«

Seine Augen sind dunkel wie die Nacht. »Angel«, sagt er.

Später erzählt sie ihrer Großmutter von Olifant und Durendart, und natürlich erwähnt sie Angel mit keinem Wort. Aliénor wundert sich, dass ihre Enkelin so aufgeregt ist, sie hat ja ganz rote Wangen. Aber es ist ja auch ein wirklich besonderer Ort, dieses Roncesvalles, alte Legenden haben ihre Faszination. Auch sie hat als Kind das Rolandslied geliebt. »*Halt sunt li pui e li val tenebrus / les roches bises, les des treiz merveillus / le jur passerent Franceis a grant dulur ...*«, rezitiert sie die alten Verse. »*En Rencesvals irai Rollant ocire ... U estes vos, bels niés?*«

Blanche fällt ein: »*Morz est Rollant, Deus en ad l'anme es cels ...*« Sie seufzt. »Ach. Er hat seine geliebte Aude nie wieder gesehen ... und sie ist vor Kummer gestorben. Ich habe eine rechte Wut auf die Sarazenen und den König Marsilie!«

Aliénor schüttelt mit einem nachsichtigen Lächeln den Kopf. »Auf die musst du nicht zornig sein. Ich weiß schon, dass man sich die Geschichte so erzählt, aber es waren nicht die Sarazenen, die Karls des Großen Nachhut vernichtet haben.«

Blanche runzelt die Stirn. »Aber wer dann?«

»Ha!« Aliénor verschränkt die Arme vor der Brust. »Es waren christliche Basken! Sie nahmen Rache für die Zerstörung Pamplonas. Das war alles.« Mitleidig streicht sie ihrer Enkelin übers Haar. »Jaja, es war kein letzter Abwehrkampf gegen die bösen Heiden. Es war einfach ein sinnloses Gemetzel aus niedrigen Beweggründen. Natürlich bleibt Graf Roland trotzdem ein großer Held. Aber du darfst nicht immer alles glauben, was die Lieder erzählen, Kleines.«

Blanche ist enttäuscht. Der Zauber des Chanson de Roland ist verflogen.

Nur der Zauber von Angel, dem Jungen aus Pamplona, der bleibt.

Am nächsten Morgen werden Aliénor und Blanche durch lautes Krachen und Schreie geweckt. Eine Zofe wird losgeschickt und kommt mit der Nachricht zurück, ein Teil der neugebauten Südmauer der Stiftskirche sei eingestürzt. Es hat die ganze Nacht weiter geschneit, und man entschließt sich, den Aufbruch zu verschieben. Der Weg, so sagt der Abt, sei vermutlich auf beiden Seiten des Col de Lepoeder unpassierbar. So etwas käme häufiger vor, auch wenn es schon spät im März ist. Die Berge sind unberechenbar.

Während die Waffenknechte bei den Aufräumarbeiten auf der Baustelle helfen, sitzen die Damen im Refektorium und wärmen sich am großen Kamin. Vor Blanche liegen zwei riesige graue Zottelhunde, wie sie in den Pyrenäen zum Schafehüten gezüchtet werden, und lassen sich hin und wieder die Bäuche kraulen.

Blanche weiß nicht recht, wie sie anfangen soll, aber schließlich getraut sie sich doch zu fragen. »Wann hast du denn von dieser Rosamund erfahren?«

Aliénor zuckt mit den Schultern. »Oh, anfangs noch gar nicht. Ich war enttäuscht, dass Henry zu Weihnachten nicht nach Angers kam, aber ich glaubte ihm seine windigen Ausreden. An Ostern kam er dann endlich.« Ja, weil du bei ihr inzwischen zum Ziel gekommen warst, Henry, du Miststück. Du hattest sie erobert, sie gehörte dir, und da konntest du dich wieder um anderes kümmern. »Er war gleich ganz vernarrt in die kleine Johanna und freute sich sehr, seine Söhne wiederzusehen. Wir feierten fröhlich die Auferstehung des Herrn im Kreise unserer französischen Vasallen, ließen mit den Kindern rote und goldene Eier rollen. Ich schenkte den Mädchen ein buntgeflecktes Kätzchen, dem sie Kleider und Schuhe und Häubchen anzogen und es dann umhertrugen wie eine Puppe. Es war ein wunderbares Fest. Henry und ich verstanden uns prächtig, aller Zwist und Hader waren vergessen. Wir schmiedeten Pläne, lachten und liebten uns.

Und dann kam Rohese de Clare. Das war in Chinon, wohin wir von Angers aus zogen. Ihre Mutter war eine meiner Hofdamen, und ihr Vater einer der treuesten Vasallen der Krone. Sie war damals frisch und glücklich verwitwet, eine junge Frau, die nach einer langweiligen Ehe endlich das Leben genießen wollte. Ihr Vater plante, sie im Poitou neu zu verheiraten, und hatte sie deshalb an den Hof geholt. Henry sah sie und gierte sofort nach ihr. Himmel, ich wollte es erst nicht wahrhaben. Es konnte doch nicht sein, dass er sich nach unserer Versöhnung schon wieder vergaß!«

Blanche ist überrascht. »Aber er hatte doch inzwischen Rosamund!«

»Darauf hätte er gesagt: ›Schon, aber die ist eben grade nicht da. Da muss ein Mann auf andere Frauen zurückgreifen. Schließlich hat man seine Bedürfnisse. Und ich bin Rosamund zu nichts verpflichtet.‹« Aliénor schnaubt. »Was hätte ich tun sollen? Sie vom Hof schicken? Sie zur Rede stellen? Einen offenen Streit vom Zaun brechen? Ich hätte mich damit zum Gespött gemacht. Außerdem ging es mir gar nicht um Rohese. Wenn er sie nicht nahm, dann eine andere. Auswahl gab es genug, viele Frauen wären stolz darauf gewesen, die Geliebte des Königs zu sein. Und es hätte ohnehin niemand verstanden, warum ich eifersüchtig war. Alle Männer machten es doch so wie Henry – jedenfalls die vom Adel, beim einfachen Volk weiß ich das nicht.« Sie zuckt mit den Schultern. Die Untertanen waren womöglich anders, wer konnte das schon sagen? »Ich legte mir damals einen Schutzschild zu«, fährt sie fort, »ich wollte mich nicht mehr aufregen. Ich begriff, dass Henry sich nicht ändern würde. Er würde mich immer belügen. Und ich beschloss, mich nicht mehr belügen zu lassen. Ich wollte dieses Spiel nicht mehr mitspielen.« Die alte Königin lächelt plötzlich. »Nur ab und zu ging es noch mit mir durch. Ich erinnere mich an einen Abend in Chinon, als wir alle gemeinsam in der Halle ein paar Akrobaten und Zwergen bei ihren Späßen zusahen. Es war schon spät, und ich sah Henry mit Rohese bei einer Säule stehen. Die beiden waren der Mittelpunkt einer kleinen Gesellschaft, die sich lebhaft amüsierte. Sie trug ein Kleid mit tiefem Ausschnitt, und er streichelte wie unabsichtlich mit dem Handrücken über ihre nackte Haut. Laut lachend warf sie den Kopf in den Nacken, und er flüsterte ihr danach etwas ins Ohr. Sie spitzte die Lippen und schickte ihm Luftküsse zu. Da überkam es mich. Die Menge teilte sich, als ich zu ihnen ging. Ich hob die Hand und schlug Rohese ins Gesicht.«

Blanche entfährt ein kleiner Schrei, sie hebt die Hand vor den Mund.

»Jaja«, sagt Aliénor. »Alle waren entsetzt. Rohese bebte am ganzen Körper, ob vor Angst oder Wut weiß ich nicht. Ich lächelte ihr ins Gesicht. ›Ihr zittert ja‹, sagte ich zuckersüß. ›Oooh, das ist nicht gut. Denn wisst Ihr, mein Gatte, der König, bevorzugt Huren mit ruhiger Hand. Er liebt es, wenn man ihm vor dem Zubettgehen die eingewachsenen Zehennägel schneidet.‹ Henry wurde bleich wie die Wand, und die umstehenden Höflinge wussten nicht, wo sie hinsehen sollten. ›Ach‹, sprach ich ganz liebenswürdig weiter und deutete auf die nussgroße Kugel aus durchbrochenem Silber, die Rohese an einer Kette trug, ›Eine hübsche Riechkugel habt Ihr da! Rosen- oder Veilchenöl?‹ Ich wartete nicht auf ihre Antwort. Sagte: ›Die legt Ihr am besten nachts neben das Bett. Der König furzt gern im Schlaf.‹ Dann wandte ich mich um und rauschte mitten durch die Leute aus der Halle. Hinter mir hörte ich noch Henrys Schrei, aber ich drehte mich nicht um.

Am nächsten Tag reiste ich mit meinem Haushalt ab und ging nach England. Es reichte mir, Henry vor allen Leuten bloßgestellt zu haben. Sollte er doch jetzt tun, was er wollte.«

Blanche denkt eine Weile nach. »Weißt du, ich glaube, wenn man jemandem so furchtbar böse ist, muss man ihn vorher sehr geliebt haben.«

Aliénor wirft ihrer Enkelin einen schrägen Blick zu. »Na, du musst es ja wissen«, brummt sie und rückt ihren Stuhl ein bisschen näher ans Feuer, bevor sie weiterspricht. »Ungefähr um die gleiche Zeit erfuhr ich, dass Alice, die Tochter eines bretonischen Grafen, von Henry ein Kind erwartete. Gott! Dieser Mensch besprang alles, was einen Rock trug und nicht bei drei auf dem Baum war. Er widerte mich an. Für mich war ab da meine Ehe vorbei. Da brauchte es gar keine Rosamund mehr.«

»Das klingt so, als habe es dir nicht besonders viel ausgemacht«, wirft Blanche ein.

Die alte Königin schließt die Augen. »Nicht viel ausgemacht? Was, glaubst du, fühlt eine Frau mit fünfundvierzig Jahren, wenn ihr Mann sie mit Mädchen betrügt, die ihre Töchter sein könnten? Ich zählte die Falten in meinem Gesicht, verabscheute meinen Körper, der nach so vielen Schwangerschaften nicht mehr straff und fest war. Meine Schönheit verblich. Ich fühlte mich alt und überflüssig. Ich hatte meine Schuldigkeit als Zuchtstute getan, und nun war ich entbehrlich. Sein Vergnügen hatte mein Gatte nun mit anderen. Nie wieder, so schwor ich mir, würde ich Henry erlauben, mich anzufassen, und bei Gott, ich habe diesen Schwur gehalten. Aber das Schlimmste kam noch: Bei meiner Rückkunft in England war ich wieder schwanger. Und diesmal freute ich mich nicht darüber. Ich dachte daran, dass mein Gatte womöglich geradewegs aus Roheses Bett zu mir gekommen war. Ich hasste das, was in meinem Bauch heranwuchs. Ich wollte dieses Kind nicht. Es war seins. Ich sprang von Tischen, so wie die arme Havise. Ich trank Aufguss vom Sadebaum. Jeden Morgen stand ich auf, fühlte mich alt und hässlich, und hoffte, dies sei der Tag, an dem das Kind endlich abgeht. Aber dieses Kind wollte zur Welt kommen. Es wuchs in meinem Leib, zehrte von mir, nahm mir meine Kraft. Ich wollte am liebsten sterben. Und dann erfuhr ich von Rosamund.«

Blanche hebt die Augenbrauen und hört auf, die Hunde zu streicheln.

»Das war in Marlborough. Das Getuschel von Hofdamen. Zusammengesteckte Köpfe. Irgendwann fiel ihr Name. Ich stellte Mary, eine der Kinderfrauen, zur Rede. Und sie erzählte mir, dass halb England von der Liebesgeschichte des Königs wusste. Dass man Rosamund ›die Schöne‹ nannte. Und dass es hieß, Henry habe Woodstock als Wohnsitz für sie erkoren, wo sie ganz öffentlich als seine Geliebte mit allen Annehmlichkeiten lebte. Bei allen Heiligen, ausgerechnet Woodstock! Das war mehr als ich ertragen konnte! Woodstock, wo er für mich zum Zeichen unserer Versöhnung den Garten hatte bauen lassen! Da ging nun dieses Mädchen spazieren und roch den Duft meiner Rosen! Lebte wie eine Königin in meinen Gemächern! Ich musste wissen, ob das stimmte. Ich musste es mit eigenen Augen sehen.«

»Du bist also nach Woodstock, stimmt's?«

»Ich gab sofort Befehl, nach Oxford zu ziehen. Das war im späten Herbst, ich erinnere mich, dass beim Reiten herunterfallende Blätter auf meinem Bauch liegenblieben. Ich hatte noch vier Wochen bis zur Niederkunft. Wir richteten uns in Oxford ein, und gleich am nächsten Morgen ritt ich in Begleitung meiner Zofen und etlicher Waffenknechte durch den Wald nach Woodstock.« Aliénor tut einen tiefen Atemzug. Sie erinnert sich nicht gern an diesen Tag. Aber sie musste Gewissheit haben. Denn dies war etwas anderes als die flüchtigen Abenteuer, die Henry bis dahin gehabt hatte. Wenn er diese Rosamund in aller Offenheit in einem königlichen Palast unterbrachte, dann war sie ihm wichtig. So wichtig, dass er sie nicht verstecken wollte. So wichtig, dass er den offenen Bruch mit der Königin in Kauf nahm.

»Ich kam also in Woodstock an, und tatsächlich: Es war nicht verlassen, so wie alle Kronresidenzen, an denen der Hof sich gerade nicht aufhielt. Schon von weitem sah ich Rauch aus den Kaminen steigen. Am Tor hielten zwei Waffenknechte Wache, die jedoch sofort öffneten, als sie das königliche Wappen auf den Schabracken der Pferde erkannten. Ich ritt in den Hof ein und ließ mir einen Tritt bringen, um besser absteigen zu können. Da eilte mir schon Guy de Paxton entgegen, der Verwalter. Sein Gesicht sagte alles. Er konnte mir bei der Begrüßung nicht in die Augen sehen. ›Sir Guy‹, sagte ich, ›ist es wahr?‹ Er senkte den Kopf. Ich spürte die Kälte in mir aufsteigen. O Gott, es stimmte also. Ich hielt mich aufrecht, obwohl ich am liebsten zu Boden gesunken wäre. ›Lasst sie herunterholen‹, befahl ich. ›Ich will sie sehen.‹ Ich musste sie sehen. Ich wollte meiner Liebe zu Henry den endgültigen Todesstoß versetzen.

Und dann stand sie vor mir. Fair Rosamund, wie die Angelsachsen sie später nannten. Blutjung war sie, und schön wie der helle Tag. Sie fiel in den tiefsten Hofknicks, den ich je gesehen habe. Natürlich hatte sie Angst vor mir. Und sie schämte sich. Sie wagte nicht, sich aufzurichten. Aber ich hatte genug gesehen. Gegen diese unschuldige Schönheit konnte ich nichts ausrichten. Aber ich wollte wenigstens einen kleinen Sieg. ›Sir Guy‹, sagte ich laut über Rosamunds Kopf hinweg, so dass es alle hören konnten. ›Sorgt dafür, dass die Metze bis heute Abend Woodstock verlassen hat. Danach räuchert Ihr die Burg mit Kräuterbuschen aus, verbrennt alles, was sie angefasst hat, und richtet die Frauengemächer neu ein. Ich lasse Euch das nötige Geld zuweisen.‹ Dann bestieg ich meinen Zelter. Ich fühlte mich müde und erschöpft, zerschlagen. Aber um nichts in der Welt hätte ich mich in Woodstock ausgeruht. Ich ritt hocherhobenen Hauptes aus der Burg. Das Kind lag wie Blei in meinem Leib. Ich wusste nicht, was werden sollte. Wie sollte ich weiter mit Henry leben? In mir brodelte ein Hass, der unerträglich war, aus mir heraus wollte. Ich begann, im Zimmer umherzugehen und mit Henry zu reden, als ob er da sei. Ich beschimpfte ihn, spie ihm Flüche und Beleidigungen ins Gesicht. Am liebsten hätte ich ihm erst das Gemächt abgeschnitten und ihn danach umgebracht. Ja, schau nicht so, Kindchen, ich hab's ja nicht getan. Aber manchmal hasst man so sehr, dass man den anderen tot sehen möchte. Man wünscht sich, dass er genauso leidet wie man selbst. Aber so ist das nun einmal nicht im Leben. Es ist nicht gerecht. In meiner Seelennot schrieb ich an die ehrwürdige Äbtissin Hildegard von Bingen, die damals in ganz Europa als weise und heiligmäßige Frau berühmt war.«

Blanche staunt. »Die große Prophetin und Heilerin?«

»Dieselbe«, nickt Aliénor. »Schon mehrfach hatte ich Briefe mir ihr gewechselt und achtete sie hoch. Viele große Persönlichkeiten holten sich damals Hilfe und Anleitung von ihr, und so bat auch ich sie um Rat. Sie antwortete ohne Verzug und schenkte mir viel Trost. Mit ihrer Hilfe habe ich die letzten Wochen meiner Schwangerschaft überstanden. Henry vergnügte sich vermutlich in Frankreich gerade mit seiner nächsten Hure, während ich unter Schmerzen mein letztes Kind zur Welt brachte: John. Heute tut es mir leid, aber damals wollte ich ihn nach der Geburt nicht einmal anschauen. Ich hätte es nicht ertragen, wenn er Henrys Augen gehabt hätte.«

»Und, sah er ihm ähnlich?«

»Kein bisschen. Er wurde der unansehnlichste unserer Söhne. Dunkles Haar, dunkle Augen, untersetzt und kräftig. Die Beine ein wenig zu kurz für den Oberkörper. Und üppige Lippen, ei, die hatte er von mir.«

»Hast du John wirklich nie geliebt?«

Aliénor denkt nach. »Ich weiß nicht. Henry nahm ihn mir bald weg, er wollte sich damit dafür rächen, dass ich Rosamund aus Woodstock gewiesen hatte. Ich habe nie viel Zeit mit John verbracht, Henry hat ihn zu seinem Geschöpf gemacht. Er hat ihn abgöttisch geliebt. Seinetwegen hat er sich mit seinen anderen Söhnen überworfen. Henry und Geoffrey waren eifersüchtig auf ihn. Richard nicht, er hat nie nach der Liebe seines Vaters gestrebt. Aber natürlich hat es ihn tief getroffen, als Henry nach Johns Geburt verkündete, Richard würde Aquitanien nicht bekommen.«

»Das hatte er dir doch versprochen?«, wirft Blanche ein.

»Ganz recht. Und es ist auch überall altes Herkommen, dass der zweite Sohn die Besitzungen der Mutter erbt. Henry hat sich einfach darüber hinweggesetzt. Er wusste, dass Richard mein Liebling war; durch ihn wollte er mich treffen. Beim Weihnachtshoftag, den er in Poitiers hielt, präsentierte er Jung-Henry den aquitanischen Vasallen als ihren zukünftigen Herzog. Und ich saß in Oxford und konnte nichts dagegen tun. Auch nichts dagegen, dass er Rosamund Clifford zu sich nach Frankreich holte, nachdem ich sie hinausgeworfen hatte.«

Blanche macht ein finsteres Gesicht. »Langsam kann ich gut verstehen, dass du Henry umbringen wolltest.«

Aliénor lacht bitter. »Gott sei Dank sahen wir uns fast ein ganzes Jahr lang nicht. Ich blieb in England, kümmerte mich um die Mitgift von Matilda, die ja im Winter heiraten sollte, und um die Kinder. Bis er mich nach Frankreich befahl.«

»Er wollte dich tatsächlich wieder sehen?«

»Aber wo! Er brauchte mich, das war der Grund. Überall im Poitou gab es Aufstände und Scharmützel, deren er nicht Herr wurde. Das Land stand am Rande einer großen Rebellion. Die aquitanischen Großen hassten und bekämpften ihn, weil er immer wieder versuchte, sie unter seine Knute zu zwingen. Er brauchte mich für einen Friedensschluss, denn sie achteten und liebten mich. Und er wollte, dass ich die Kinder mitbringe. Kaum waren wir angekommen, befahl er Eleanor und die kleine Johanna zur Erziehung ins Kloster Fontevraud, wo sich der kleine John schon die ganze Zeit aufhielt. Er nahm mir die Mädchen. Nachdem Matilda im Februar achtundsechzig dann den Herzog von Sachsen geheiratet hatte, blieben mir nur noch Richard und Geoffrey. Henry war ja schon dreizehn und hatte seinen eigenen Haushalt.«

»Das hast du alles mitgemacht?«, wundert sich Blanche.

»Was hätte ich denn tun sollen? Die Frau steht unter der Munt des Ehemannes. Es gab keine Möglichkeit, gegen Henrys Willen über die Kinder zu bestimmen. Das Einzige, was ich tun konnte, war, Aquitanien für Richard zurückgewinnen. Als Gegenleistung dafür, dass ich die aufständischen aquitanischen Vasallen beruhigte, die Henry keine Zeit für andere Dinge ließen, forderte ich Richards Nachfolge als mein Erbe. Henry stimmte zu. Was natürlich wieder Jung-Henry vor den Kopf stieß. So säte der König Feindschaft zwischen seinen Söhnen, eine Feindschaft, die sich später auch gegen ihn selbst richten sollte.«

»Und du bist Henry bei eurem Wiedersehen nicht mit allen zehn Fingern ins Gesicht gefahren?« Blanche schmunzelt. »Das sieht dir gar nicht ähnlich.«

»Ich habe meinen Zorn gezügelt, Kleines. Ich wollte Henry nicht reizen, und auch er hatte offensichtlich vor, die Wogen zu glätten, denn er hatte Rosamund vor meiner Ankunft nach England geschickt. Wir waren uns beide schnell einig: Es war das Beste, einander in Zukunft fernzubleiben.« Eigentlich war es anders, denkt Aliénor. Ich hatte keine Kraft mehr nach Johns Geburt. Ich litt unter der Erkenntnis, dass meine Ehe gescheitert war, meine Träume vorbei. Ich wollte einfach nur ein Ende meiner Kämpfe mit Henry. Ruhe für die kommenden Jahre.

»Eine Trennung also? Wie bei Ludwig?«

Aliénor schüttelt den Kopf. »Nein, nicht im formalen Sinn. Das hätte vielleicht einmal zu Schwierigkeiten in der Erbfolge geführt, und das wollten wir beide nicht. Wir beschlossen einfach, nicht mehr gemeinsam zu leben. Mein Wunsch war es, mit Richard in Aquitanien zu bleiben und Henry möglichst nie mehr zu begegnen. Henry wollte einfach zufriedengelassen werden und seinen Liebschaften nachgehen. Und er war der Überzeugung, ich könne Aquitanien leichter befrieden als er. Also fanden wir eine Lösung. Ich ließ mich in Poitiers nieder, und er blieb Aquitanien fern. Ich sehnte mich nach ein wenig Frieden und freute mich darauf, mein Land in Ordnung zu bringen. Das war es doch, was ich immer gewollt hatte – Herrschaft ausüben zum Wohle aller. Es sollten gute Jahre werden für mein Herzogtum.«

*Aus einem Brief der Hildegard von Bingen
an Eleonore von Aquitanien vor 1170*

»... dein Geist gleicht einer Mauer, an der wechselnde Wolken vorüberziehen. Du blickst überall umher, hast aber keine Ruhe. Das fliehe! Stehe in Beständigkeit – Gott und den Menschen gegenüber! In allen Trübsalen wird Gott dir beistehen. Bei all deinen Werken schenke Gott dir seinen Segen und seine Hilfe ...

Henry

Was kann die Welt doch friedlich sein! Ruhe – nie habe ich solche Ruhe empfunden. Alles ist im Lot. Und das hat eine einzige Frau bewirkt. Sie. Rosamund, die Schöne. Bei ihr finde ich endlich Frieden. Sie lässt mich sein, wie ich bin, treibt mich nicht an, verlangt nichts von mir. Ihre Sanftheit macht mich zum Lämmchen, wer hätte je gedacht, dass der König von England die Hand vom Schwert lässt.

Mit Aliénor war es ein ganz anderes Leben. Kam ich heim vom Kampf, siegreich und stolz, schickte sie mich in den nächsten Krieg. Sie ließ mir keine Zeit zum Durchatmen. Brachte mich dazu, Dinge zu versprechen, die ich nie halten wollte. Trieb mich an, machte stets neue Pläne. Aber ein Mann will sich nach gewonnener Schlacht auch einmal ausruhen, um neue Kraft zu schöpfen. Und das kann ich bei Rosamund. Sie fragt nicht nach Sieg oder Niederlage, sie nimmt mich einfach in die Arme, ist glücklich, dass ich bei ihr bin. Sie verlangt nichts, fordert nichts. Das habe ich gebraucht nach all den Jahren.

Ja, ich bin älter geworden. Alí hat schon recht: Meine Fußnägel eitern, mein Hintern schmerzt, meine Beine werden vom Reiten immer krummer. Ich werde dick. So wie früher ist es nicht mehr, das habe ich längst einsehen müssen. Auch wenn ich noch keine vierzig bin, das Leben fordert eben seinen Tribut. In den letzten zwanzig Jahren habe ich einen Kampf nach dem anderen ausgefochten, jetzt bin ich müde. Ich will nicht einmal mehr mit Alí streiten. Ich will mit Rosamund durch den Garten spazieren und abends mit ihr am Feuer sitzen. Es kommt die Zeit, in der meine Söhne mir zur Seite stehen und das Reich regieren werden. Henry ist ja schon dreizehn. Ich bin stolz auf ihn, obwohl er sich für Becket verwendet hat. Nun ja, er hat schließlich lange bei ihm gelebt. Aber wenn Becket nicht geflohen wäre, hätte ich ihn längst zum König krönen lassen können. Ich will, dass dieser Krönung kein Makel anhaftet, sie muss vom Erzbischof von Canterbury durchgeführt werden. Ich kann warten, Becket wird mich noch anwinseln eines Tages. Ludwig von Frankreich tut ja schon alles, um ihn mit mir zu versöhnen. Noch ein paar Treffen und Gespräche, dann wird Thomas schon klein beigeben. Bis dahin versuche ich, mich nicht aufzuregen. Und es gelingt mir sogar, dank Rosamund.

In Gottes Namen, es wird sich schon alles fügen. Mit Alí bin ich auch auf einem guten Weg. Zu meinem großen Erstaunen hat sie ganz vernünftig mit sich reden lassen. Sie bleibt in Zukunft in Aquitanien und sorgt dort für Ordnung, und ich kann machen, was ich will. Das war es mir sogar wert, Richard wieder als ihren Erben einzusetzen, auch wenn Henry ziemlich beleidigt war. Aber er braucht nicht zu jammern. Erstens bekommt er ja England und die Normandie, und zweitens soll er sich gefälligst dem Wort seines Vaters beugen. Wo kämen wir sonst hin, wenn die Söhne selber ihr Erbe bestimmen? Nach Sodom und Gomorrha! Für Geoffrey habe ich die Bretagne im Sinn, und für den kleinen John denke ich an eine kirchliche Laufbahn. Darum habe ich ihn ja auch nach Fontevraud zur Erziehung gegeben. Er soll einmal Erzbischof von Canterbury werden – dann bleibt Jung-Henry einst der Ärger erspart, den ich mit Becket am Hals habe.

Matilda ist auch gut unter der Haube, die anderen Mädchen habe ich Alís Einfluss entzogen. Um Ludwig von Frankreich ruhig zu halten, habe ich ihm wieder einmal für die Normandie gehuldigt. Und ich habe eine zweite Verlobung mit dem Haus Capet zustande gebracht: Richard wird einmal Alais heiraten, Ludwigs vierte Tochter. Ein farbloses Ding von neun Jahren, das seitdem in meinem Haushalt lebt. Ludwig hat außerdem sein Einverständnis zu Geoffreys Hochzeit mit Konstanze von der Bretagne erklärt. Der König von Frankreich will offenbar zur Zeit genauso wenig Ärger haben wie ich.

Schön. Das Haus ist also bestellt. Ich kann aufatmen, kann endlich auch einmal das Leben genießen. Bei den Augen Gottes, das habe ich mir doch redlich verdient!

Drittes Buch

Roncesvalles
März 1200

Im Lauf des Vormittags ist das Wetter erneut umgeschlagen. Die Schneewolken haben sich so schnell verzogen, wie sie gekommen sind. Aus einem strahlend blauen Himmel scheint hell die Frühlingssonne, und es weht ein warmes Lüftchen von Süden her. Blanche und Aliénor machen einen kleinen Spaziergang durch den Klostergarten und das Dorf. Als sie an der Baustelle für die neue Stiftskirche vorbeikommen, sind alle Männer bei den Aufräumarbeiten. Der aragonesische Baumeister steht dabei und rauft sich die Haare, weil er sich nicht erklären kann, warum die Mauer nicht gehalten hat.

Blanche hält verstohlen Ausschau nach Angel und entdeckt ihn, wie er im hellen Sonnenlicht Steine aus dem Schutthaufen bricht. Wie die meisten anderen hat er das Hemd ausgezogen, sein nackter Oberkörper glänzt vom Schweiß. Ein rotes Tuch um die Stirn hält das dunkel gelockte Haar zurück. Er sieht aus wie einer der Helden aus den Legenden der alten Griechen, die Blanche so gut kennt. Lachend ruft er seinem Nebenmann etwas zu, der wirft ihm in gespieltem Zorn ein Steinchen an den Kopf. Blanche ertappt sich bei dem Gedanken, ob ihr zukünftiger Ehemann wohl auch so blitzende Augen, so weiße Zähne, solch eine breite Brust zum Anlehnen hat. Ob er sich ebenso kraftvoll und doch anmutig bewegt. Und ob sie bei seinem Anblick wohl auch das selbe Prickeln spüren wird wie bei diesem Jungen aus Pamplona...

Angel bemerkt, dass sie ihn beobachtet. Ihre Blicke treffen sich für einen kurzen Augenblick, dann sieht sie verlegen weg.

Später sitzen sie und ihre Großmutter wieder beisammen. Blanche spielt gedankenverloren mit ihren Zöpfen.

»Was ist los mit dir?«, fragt Aliénor. »Du hast mich heute noch kein einziges Mal gebeten weiterzuerzählen.«

Blanche schreckt hoch. »Entschuldige, Grand-mère. Ich denke nur gerade an meinen Bräutigam. Sag, was weißt du über ihn?«

»Ludwig? Nun, er ist in deinem Alter, das ist doch schon sehr schön. Man sagt, er sei als Kind von eher schwacher Gesundheit gewesen – vor ein paar Jahren wäre er um ein Haar an der Darmseuche gestorben. Aber inzwischen scheint er ganz robust zu sein. Er hat eine ausgesprochen gute Erziehung genossen zu Paris, spricht mehrere Sprachen, und es heißt, er habe angenehme Umgangsformen. Ein Prinz, wie er sein sollte, so denk ich.«

»Ja, aber ...«, Blanche zögert. »Ist er denn auch wenigstens ein bisschen hübsch?«

Aliénor lacht. »Du stellst Ansprüche! Ich habe ihn noch nicht gesehen, aber seine Mutter, Isabella von Hennegau, soll eine Schönheit gewesen sein. Die Hennegau stehen ja ohnehin im Ruf, das gute Aussehen gepachtet zu haben. Also wird er schon nicht ganz garstig sein, Liebes, mach dir keine Sorgen.«

Aber so schön wie Angel ..., denkt Blanche. Ob er solche Augen hat, und diese weichen Lippen ... »Ob er auch mich schön findet?«, überlegt sie.

»Du bist so hübsch, daran habe ich überhaupt keinen Zweifel.«

»Aber ich habe eine so dunkle Hautfarbe, gar nicht bleich und edel. Wie eine Spanierin eben.«

»Oh, da können wir was tun«, lächelt Aliénor. »Du nimmst Dampfbäder fürs Gesicht. Danach tragen wir eine Mischung aus zerstoßenen Kichererbsen und Eiweiß auf, gemischt mit Ampfersaft. Das zieht die Farbe aus der Haut. Wenn du das regelmäßig machst, wirst du blass wie ein weißes Rosenblatt.«

»Du weißt einfach immer Rat, Grand-mère!« Blanche umarmt Aliénor heftig. Trotzdem ist ihr nicht ganz wohl bei dem Gedanken an ihre zukünftige Ehe. Das, was sie von ihrer Großmutter gehört hat, trägt nicht gerade dazu bei, frohgemut in die Zukunft als Ehefrau zu sehen. Sie seufzt schwer auf.

»Was ist nun? Willst du nicht hören, wie es nach meiner Trennung von Henry weiterging?« Aliénor stopft sich ein Kissen in den Rücken und macht es sich bequem.

»Das weiß ich doch schon!«, trumpft Blanche auf. »Du hast einen Liebeshof eingerichtet!«

»Ach du liebes bisschen! Sagt das wieder einmal deine Mutter?«

»Nein! Das sagen alle Damen. Sie bewundern dich dafür! Dich und Marie von der Champagne, die Gräfinnen von Narbonne und Flandern und all die anderen, die dabei waren.«

Aliénor muss lachen. »Keine von denen war dabei, Schätzchen. Meine Tochter Marie habe ich seit der Annullierung meiner Ehe mit Ludwig nie mehr gesehen. Und die Gräfin von Narbonne – nun, wir konnten uns gegenseitig nicht leiden. Das ist alles Unsinn. Ein Damenhof, an dem nicht regiert wird, sondern tagaus tagein nur über die Liebe geplappert – mit diesem Gerücht wollte man mich damals lächerlich machen. Was glaubst du, wie sich die Herren an Henrys und Ludwigs Hof auf die Schenkel klopften, wenn sie das hörten! Natürlich waren viele Frauen in meinem Haushalt. Aber wir hielten kein Gericht über Liebesdinge ab, ganz im Gegenteil. Ich hatte genug damit zu tun, das wieder in Ordnung zu bringen, was Henry bei den Baronen an Vertrauen zerstört hatte. Und Richard in eine gute Ausgangslage zu bringen für die Übernahme der herzoglichen Gewalt in Aquitanien.«

»Also habt ihr niemals Urteile in Liebesfragen gesprochen?« Blanche ist enttäuscht.

»Nein, Dummchen. Wir haben auch nicht jeden Tag Bankette und Lustbarkeiten abgehalten, getanzt und gesungen und den lieben Gott einen guten Mann sein lassen. Und bevor du fragst: Nein es kamen nicht von nah und fern die Troubadoure an den Hof, so wie früher. Einige, ja, hin und wieder. Aber Bertrand von Ventadorn zum Beispiel, mein alter Verehrer, ließ sich nicht blicken. Er fand wohl, sein Leitstern sei inzwischen zu alt für Liebeslieder geworden.« Sie zuckt die Schultern.

»Aber es war schon etwas Besonderes, dass eine Frau alleine und unabhängig geherrscht hat, so wie du!« Blanche gibt nicht auf.

»Da hast du recht. Ich richtete meinen Hof so ein, wie es mir gefiel. Ich ließ Mädchen und junge Frauen aus dem Adel zur Erziehung kommen. Ich herrschte ganz nach meinem Wohlgefallen. Natürlich strömten dann auch, so wie früher, viele junge Männer, Ritter und Knappen, nach Poitiers. Besonders im Juni, zwischen

Pfingsten und dem Johannestag, wenn nach altem Brauch alle Fehden ruhten. Das war ein unruhiger, kampflüsterner Haufen, manche landlos, junge Kerle ohne Erbe und mit dem Ziel, sich zu beweisen. Sie kamen, um zu turnieren und zu würfeln, um sich aneinander zu messen und natürlich, um Frauen zu finden – zum Heiraten oder als Abenteuer. Bei Hof herrschte deshalb immer eine gewisse Spannung, wenn du verstehst, was ich meine. Aber das ist schließlich überall so. Damit sie nicht über die Stränge schlugen, musste man den jungen Männern Regeln geben. Und das tat ich. Ich wachte darüber, dass sie sich an den Geist der hohen Minne hielten. Sie sollten sich eine verheiratete Dame erwählen, die sie leidenschaftlich verehrten, aber niemals in ihr Bett holen durften. Sie fochten für sie, sangen für sie Lieder, aber sie rührten sie nicht an. Das bedeutet wahre, edle Liebe und große Ritterlichkeit. Nun, dieser Plan war nicht immer erfolgreich. Manche Damen erhörten ihre Verehrer im Geheimen natürlich doch, und es kam zu Verwicklungen. Ich erinnere mich an einen Zweikampf zwischen einem gehörnten Gatten und dem Liebhaber, der für beide tödlich endete. Und einmal führten die unverschämten Junggesellen folgende Sitte ein: Wer von den Rittern noch keine Dame erwählt hatte, trug ein weißes Band an der Kappe. Wer schon eine gefunden, aber noch nicht berührt hatte, der trug gelb. Und wer schon zum Ziel gekommen war, trug rot.« Aliénor lacht laut auf. »Was glaubst du, was das für wilde Gerüchte gab, wer mit wem, und wann, und wer nicht! Das war ein Spaß!«

»Da wäre ich gern dabeigewesen!«, ruft Blanche und fängt sich einen strengen Blick ihrer Großmutter ein. »Du bist still und heiratest, damit das klar ist! Und du wirst deinem Mann eine treue Ehefrau sein. Schließlich bist du nicht irgendwer, sondern die Königin von Frankreich. Und du bist das Unterpfand der Versöhnung zwischen den Häusern Plantagenet und Capet. Verdirb das nicht!«

»Jaja«, schmollt Blanche. »Aber eins will ich doch noch wissen: Es heißt, dass man an deinem Liebeshof damals die Frage gestellt hat, ob es wahre Liebe zwischen Eheleuten überhaupt geben kann ...«

»Und, was habe ich angeblich geantwortet?«

»Du hast nein gesagt!«

Aliénor hebt belustigt die gemalten Brauen. »Dann wird's wohl so sein.«

»Wenn das so ist, will ich diesen Ludwig nicht heiraten!« Blanche springt auf. »Ich will nämlich wirklich und wahrhaftig lieben!«

»Bleibst du hier!« Die alte Königin fasst Blanche am Handgelenk. »Sei kein Schaf. Schau, der Liebe kann man nicht befehlen. Sie kommt und geht, ob du einen Mann heiratest oder nicht. Wart's doch einfach ab. Ludwig wird schon der Richtige sein, das hab ich im Gefühl. Und ich täusche mich selten, glaub mir.«

Blanche kann nicht verhindern, dass ihr die Tränen kommen. Ludwig. Angel. Ludwig. Sie ist ganz durcheinander. Die Liebe ist so kompliziert. Wie soll man denn da wissen, was richtig und falsch ist?

»Na, na, nicht weinen, Kleines.« Aliénor zieht Blanche wieder zurück auf ihr Bänkchen und nimmt sie in den Arm. »Was hast du denn auf einmal? Es ist doch alles gut!«

Blanche schnieft. »Ach, Grand-mère, manchmal weiß ich auch nicht, was mit mir los ist.«

»Kleines, dummes Hühnchen. Komm, trink einen Schluck vom Würzwein. Und dann erzähle ich dir, wie es weiterging.« Ich erzähle dir, denkt sie, vom folgenreichsten Fehler, den du, Henry, je in deinem Leben begangen hat. Dem schrecklichen Ereignis, das damals die ganze Christenheit bis in die Grundfesten erschüttert hat. Das ich nicht verhindern konnte. Ach, Tom.

Bur-le-roi, Weihnachten 1170

Es ist ein nasskalter Dezembertag in der Nordnormandie, an dem Aliénor mit den Kindern im Jagdschloss von Bur nahe Bayeux eintrifft. Sie hat Henry seit über zwei Jahren nicht gesehen und war einigermaßen überrascht über seine Einladung zum Weihnachtshoftag. Im August hat ihn zu Domfront ein Dreitagesfieber aufs Lager geworfen; er war so schwer krank, dass man um sein Leben fürchtete. Die Begegnung mit dem Tod hat ihn wohl weich gemacht. Nicht nur, dass er seine ganze Familie nach Jahren wieder um sich versammeln will, nein, er hat sogar im ewigwährenden Streit mit Becket nachgegeben. Nach langen Verhandlungen hat er Jung-Henry vom Erzbischof von York zum König krönen lassen, und danach sandte er Becket Erlaubnis, nach Canterbury zurückzukehren. Die Dinge scheinen sich zu fügen, denkt Aliénor beim Einreiten in den Hof des kleinen Schlösschens. In den letzten zwei Jahren hat sie eine gewisse Gleichgültigkeit ihrem Gatten gegenüber entwickelt, der Hass ist erkaltet, das ist gut so. Sie nimmt sich vor, nicht mit Henry zu streiten. Umso mehr, als er darauf verzichtet hat, Rosamund herzuholen, die seit Jahren in Woodstock lebt und inzwischen genauso oft von ihm betrogen wurde wie Aliénor. Aliénor weiß das natürlich, sie hat ihre Leute in Henrys Haushalt.

Schon auf der Treppe eilt ihr der fünfzehnjährige Henry entgegen und lässt sich von ihr in die Arme schließen. »So lange hab ich dich nicht gesehen!«, ruft sie. »Himmel, wie bist du gewachsen! Ein richtiger Mann bist du geworden! Und dieser Bart steht dir gut!«

»Ich bin glücklich, dich wohl und gesund wiederzusehen, Mutter.« Henry küsst sie auf beide Wangen. »Ja, ich bin erwachsen geworden. Das sagen alle.«

»Und jetzt bist du auch noch König!«

Sein hübsches Gesicht verfinstert sich. »Gekrönt bin ich, das schon. Aber Vater gibt mir nichts von seiner Macht ab. Ich habe keine eigenen Einkünfte und keine Herrschaftsbefugnis, nicht einmal in der Normandie. Ich muss ihn für alles um Geld bitten. Er traut mir nicht.«

Sie hakt sich bei ihm ein. »Das kommt sicher noch, Junge. Hab Geduld.«

»Du lässt Richard schon seit zwei Jahren mitregieren, und er ist jünger als ich«, sagt er bitter. »Er kann eigenständige Entscheidungen treffen, hat sein eigenes Geld. Ich dagegen kann nicht einmal die Mitglieder meines Haushalts selber bestimmen. Verdammt, Mutter, die Krone auf meinem Kopf ist nichts wert.«

»Vielleicht kann ich mit deinem Vater reden«, erwidert sie.

»Weißt du, was er mir für ein Siegel hat machen lassen?« Jung-Henry stampft aufgebracht mit dem Fuß auf. »Da steht nicht drauf ›König durch die Gnade Gottes‹ wie üblich. Und er hat das Schwert weggelassen. Absichtlich. Um allen zu zeigen, dass ich ein Nichts bin!«

Aliénor legt ihm die Hand auf den Arm. »Lass uns doch erst einmal gemeinsam feiern.« Er sieht nicht so aus, als könne er seinen Zorn gut zügeln, denkt sie. Hoffentlich hält er sich zurück.

Dann begrüßt sie erst einmal Jung-Henrys kleine Frau, die elfjährige Marguerite, und ihre schüchterne Schwester Alais, die seit ihrer Verlobung mit Richard am Königshof lebt. Geoffrey kommt ihr entgegen, inzwischen Bräutigam der bretonischen Erbin Konstanze. Mit seinen zwölf Jahren gilt er inzwischen als erwachsen, und so benimmt er sich auch. Er umarmt seine Mutter hölzern und betont ernst, aber dann spielt er ganz unbeschwert mit seinen Schwestern Eleanor und Johanna und dem vierjährigen John. Aliénor wacht stolz und glücklich über ihrer Kinderschar – nur eine fehlt: Matilda, die längst eine verheiratete Frau in Braunschweig ist und regelmäßig Briefe nach Poitiers schreibt.

Henry kommt erst nachmittags von der Jagd zurück und eilt sofort ins Frauenzimmer. Er und Aliénor begrüßen sich bemüht freundlich, im Kreis der Kinder ist das ganz leicht. Er fragt ganz unverfänglich, wie die Reise war, und sie erkundigt sich nach seiner Gesundheit. Man umkreist sich vorsichtig und lässt die Krallen eingefahren. Wie zwei Kater, die sich im selben Revier treffen, denkt Aliénor. Und du siehst schlecht aus, Henry. Dein Körper hat diesem Fieber sichtbar Tribut gezollt.

Am Abend wird unter allgemeinem Beifall das riesige Weihnachtsscheit in die Halle geschleppt, wie es alter Brauch ist. Die Funken stieben im großen Kamin, und das Bankett beginnt. Zwanzig junge Aufwarter tragen im ersten Gang Speisen herein, der Wein fließt in Strömen. In der Mitte des Raumes, genau vor dem König, hat man auf einem Tischchen den Kopf einer Wildsau präsentiert, die er selber erlegt hat. Henry ist bester Stimmung und schon ziemlich angetrunken. Auch Aliénor entspannt sich langsam. Es scheint alles gut zu verlaufen. In diesem Augenblick steht der König auf, holt das Tablett mit dem Schweinskopf und bietet Jung-Henry ein Stück knuspriger Backe dar. »Was sagst du nun, mein Sohn?«, dröhnt er, so dass es der ganze Saal hört. »Es ist schon ungewöhnlich, wenn einem ein König bei Tisch aufwartet!«

»Fürwahr, nicht jeder Prinz wird von einem König bedient«, pflichtet der Erzbischof von Rouen lächelnd bei, der daneben sitzt.

Prinz! Der junge König bleibt todernst. »Aber es ist immerhin nicht unüblich, dass der Sohn eines Grafen dem Sohn eines Königs vorlegt.«

Im Saal hätte man eine Nadel fallen hören. Totenstille. Der Erzbischof hustet; er hat sich an seinem Wein verschluckt. Und dann bricht Richard in wieherndes Gelächter aus, er krümmt sich auf seinem Platz vor Lachen, wirft das Messer hin. Geoffrey fällt ein und lacht sich halbtot. Die Kinder kichern. Aliénor ist zu Stein erstarrt.

Henry ist krebsrot angelaufen. Er macht Anstalten, sich abzuwenden. Doch dann dreht er sich noch einmal um und kippt das Tablett mit dem Schweinskopf in den Schoß seines Sohnes. Der springt auf. Da holt Henry aus und verpasst dem jungen König eine schallende Ohrfeige. Vor dem versammelten Hof. Jung-Henry ballt die Fäuste. Mit verzerrter Miene verlässt er den Saal und stürmt die Treppe zu den königlichen Gemächern hinauf.

Henry geht langsam wieder an seinen Platz und setzt sich. Die Adern an seinem Hals pulsieren. Er schaut in die betretenen Gesichter, dann packt er einen Wecken und wirft ihn dem Narren an den Kopf. »Tu was für dein Geld, Maulaffe«, zischt er.

Und der Narr tritt auf.

Man gibt sich danach alle Mühe, fröhlich zu sein. Der Erzbischof von Rouen macht Konversation mit Henry, Aliénor schickt besonders vornehmen Gästen kleine Häppchen und lässt die Aufwarter zu den nächsten Gängen einlaufen. Henry hat sie irgendwann angesehen und gesagt: »Dein Sohn!«

Sie hat versucht, die Wogen zu glätten. »Er ist so jung«, hat sie erwidert. »Du musst Geduld mit ihm haben. Und ihm vertrauen. Er leidet darunter, dass du ihm keine Machtbefugnisse überträgst und kein Einkommen zugestehst.«

»Wenn er so weitermacht, bekommt er weder das eine noch das andere«, knurrt Henry. Lustlos stochert er mit dem Messer an einem Schwanenflügel herum.

»Er hat nur denselben Ehrgeiz wie du«, gibt sie zurück. »Eigentlich müsstest du ihn gut verstehen.«

»Misch dich nicht ein!« Henry hat jetzt genug. Er klatscht in die Hände, um den Musikern ein Zeichen zu geben.

Da plötzlich schwingt die Tür zur großen Halle auf. Drei vornehme Männer in Reisemänteln stapfen herein, geschmolzener Schnee auf ihren Kapuzen, die Stiefel durchweicht, die Gesichter von der Kälte gerötet. Aliénor erkennt Erzbischof Roger von York und die Bischöfe von London und Salisbury. Das verheißt nichts Gutes.

»Sire«, beginnt Roger von York, »Ihr seht vor Euch drei aufrechte Christen, die der Hölle der Verdammnis preisgegeben wurden. Bitteres Unrecht ist uns geschehen, denn Thomas Becket, der Erzbischof von Canterbury, den Ihr nach England zurückgesandt habt, hat den Bannfluch der Kirche über uns ausgesprochen.«

Henry steht langsam auf. »Aus welchem Grund?«, sagt er leise.

»Er behauptet, es sei, weil wir den jungen König gegen Recht und Gesetz gekrönt haben. Aber das stimmt nicht. Er will seine kirchlichen Gegner aus dem Weg haben. Sire, er reist durchs Land, überall jubeln ihm die Menschen zu. Sie lieben ihn! Er macht Euch Euer Volk abspenstig! Er wiegelt die Kirche und all ihre Gläubigen auf gegen die Krone, wie er es von Anfang an getan hat!«

Henry stößt einen Wutschrei aus, den man bis Bayeux hören kann. Mit einer weit ausholenden Armbewegung fegt er den Tisch vor sich leer, Teller und Knochen landen auf Aliénors hellem Seidenkleid.

»Mein König«, sagt der Bischof von Salisbury, »so lange dieser Mensch lebt, werdet Ihr keine Ruhe mehr vor ihm haben, noch gute Tage sehen.«

»Der gottverfluchte Bastard!« Henry ist außer sich; seine Stimme überschlägt sich. Seine Flüche hallen durch den Saal, die Gäste ducken sich unter seinem Zorn. Aliénor schließt die Augen und wartet, dass der Ausbruch vorübergeht.

Und dann hält der König schwer atmend inne. »Und was ist

mit Euch?«, faucht er den versammelten Adel an, der seinem Blick ausweicht. »Was ist mit Euch, he? Ich habe in meinem Haus eitles, armseliges Pack genährt und gefördert, das seinem Herrn keine Treue zeigt! Ritter, die es zulassen, dass ihr König von einem dahergelaufenen Priester zum Gespött der Welt gemacht wird. Fluch! Fluch über Euch alle!«

Protest regt sich. Füße scharren. Fäuste schlagen empört auf Tische, Wein schwappt aus den Pokalen. »Nicht doch, Sire!«, ruft jemand. »Wir lieben Euch!«

Der König hebt die Arme zum Himmel. Seine Augen rollen zum Himmel, bis man das Weiße sieht. »Wer«, donnert Henrys heisere Stimme durch die Halle. »Wer, bei den Augen Gottes, befreit mich nur von dieser Schlange, die ich an meinem Busen genährt habe?« Dann lässt er sich erschöpft auf seinen Platz fallen und schlägt mit der Stirn auf die Tischplatte.

Ganz hinten im Saal, unbemerkt von den meisten, tauschen vier Männer verstohlene Blicke. Dann erheben sie sich und verlassen ohne Abschied den Saal. Sie haben den König verstanden.

Danach ist die Weihnachtsfeier bald zu Ende, die Stimmung ist verdorben. Aliénor zieht sich mit den Kindern in die Frauengemächer zurück und lässt sich für die Nacht herrichten. Eine Zofe kämmt mit langsamen, regelmäßigen Strichen ihr gelöstes Haar, während sie die Augen geschlossen hält, erleichtert, dass der Abend vorüber ist. Da klopft es. Richard kommt herein. »Und du heißt das gut?«, beginnt er ohne Umschweife.

Aliénor dreht sich zu ihm um. »Du kennst doch die Ausbrüche deines Vaters«, sagt sie. »Und dein Bruder hat ihn bis aufs Blut gereizt, mit Absicht.«

»Das meine ich nicht. Ich meine das mit Becket.« Richard setzt sich auf die Fensterbank und lässt die Beine baumeln.

Aliénor winkt die Zofe hinaus. »Ich wünschte, die beiden würden endlich Frieden schließen«, seufzt sie. »Aber Thomas kann einfach keine Ruhe geben. Er ist stur wie ein Esel.«

»Verdient er deshalb den Tod?«

Sie fährt hoch. »Wie kommst du darauf?«

Richard springt vom Sims. »Ja, hast du nicht gesehen, dass Reginald Fitz-Urse, William de Tracy, Hugh de Morville und Richard de Brito gleich nach Vaters Ausbruch den Saal verlassen haben? Ich wette, ich weiß, wo die hin sind!«

Aliénor packt Richard an den Schultern. »Bist du sicher?«

»Henry hat's auch gesehen. Und Vaters Rede war ja wohl eindeutig.«

»O Gott!« Aliénor schlägt die Hände vors Gesicht. Sie kennt die vier, es sind Männer, die vor nichts zurückschrecken. Und Speichellecker, die für ihr Fortkommen bei Hof alles tun würden. Becket! Himmel, so weit darf es nicht kommen! Sie legt sich einen Nachtmantel um und lässt Richard einfach stehen. Von Angst gepackt hastet sie durch die Gänge zu Henrys Schlafgemach. Die Wachen lassen sie verblüfft durch, ein nächtlicher Besuch der Königin ist schon lange nicht mehr vorgekommen.

Drinnen sitzt der König noch angezogen auf dem Bett, er schlürft heißen Mohnsaft, den ihm sein Leibarzt nach solchen Aufregungen immer bereitet. Sie geht mit schnellen Schritten auf ihn zu.

»Pfeif deine Bluthunde zurück, Henry!«

Er sieht sie mit unschuldigem Blick an. »Ich weiß nicht, was du meinst, Alí.«

»Die Männer, die du ausgeschickt hast, um Thomas zu töten!«, ruft Aliénor erbittert.

»Einen solchen Befehl habe ich niemals gegeben«, erwidert Henry ruhig.

»Lass die Spielchen«, zischt die Königin. »Henry, das ist Wahnsinn! Du kannst das nicht wollen! Das wird England bis in die Grundfesten erschüttern. Und ganz gleich, was zwischen euch vorgefallen ist – Tom hat das nicht verdient!«

»Tom?« Henry setzt den Becher ab und steht auf. »Ach so ist das also doch!« Er stellt sich ganz dicht vor sie hin. »Ich will dir was sagen: Dein lieber Tom ist ein Dorn in meinem Hintern, und er ist ein Hochverräter! Es wird Zeit, dass das alles ein Ende hat.«

»Gott, Henry, mach dich nicht unglücklich! Er war einmal dein bester Freund!«

»O ja, und jetzt ist er mein schlimmster Feind.«

»Du machst dich zum Mörder. Das ist deiner nicht würdig.

Überleg doch, Henry! Willst du deinen Vasallen ein solches Beispiel geben? Willst du deine Söhne lehren, dass solch heimtückischer Befehl sich für einen König ziemt? Wo bleibt deine Ehre, Henry? Hat blinder Hass dich zu einem Monstrum gemacht? Und was, wenn der Papst dich exkommuniziert? Soll das ganze Königreich leiden? Ich bitte dich, schick deinen Todesboten jemanden nach, lass sie nicht tun, was sie vorhaben! Noch ist Zeit!« Mit offenem Haar und geröteten Wangen steht sie vor ihm, immer noch schön und stolz wie je.

Er lächelt sie an. »Was kann ich dafür, dass meine Ritter mich lieben? Ich sag's dir noch einmal, Alí: Ich habe niemals und niemandem den Befehl erteilt, dem Erzbischof von Canterbury ein Leids zu tun. Der ganze Saal ist Zeuge.«

»Gott ist Zeuge«, sagt sie leise.

»So? Merkwürdig, den habe ich den ganzen Abend nicht gesehen!«

Sie blickt ihm in die Augen. »Versündige dich nicht, Henry.«

Er schnaubt und winkt ab. »Geh wieder ins Bett, Weib.«

»Henry, ich bitte dich.«

»Genug!« Henry öffnet die Tür. »Geleitet die Königin in ihre Gemächer zurück«, blafft er die Wachen an.

Aliénor tritt in den Gang hinaus. Tränen laufen über ihre Wangen, während sie vor den Türhütern hergeht. Sie weiß, sie kann nichts mehr tun.

In ihrer Kammer haben Richard und Geoffrey gewartet, Jung-Henry ist inzwischen auch da. »Ich will nicht, dass Thomas etwas geschieht«, sagt er. Ihm stehen die Tränen in den Augen; Becket hat ihm jahrelang den Vater ersetzt.

»Der König bleibt unerbittlich«, antwortet Aliénor händeringend. »Ich konnte nichts ausrichten.«

Jung-Henry ballt die Fäuste. »Ich hasse ihn«, zischt er, »ich hasse ihn.« Aliénor nimmt ihn tröstend in die Arme.

»Vielleicht können wir ihn noch warnen.« Richard will nicht aufgeben. »Ich könnte eine Nachricht schreiben.«

»Du kannst schreiben?«, fragt Jung-Henry erstaunt.

Richard zuckt verlegen mit den Schultern. »Ich schreibe manchmal Verse, so zum Zeitvertreib.«

Geoffrey rümpft verächtlich die Nase. »Schöne Beschäftigung für einen Prinzen!«
»Geoff, sei still.« Aliénor strafft den Rücken. »Und du, Richard, hol dein Schreibzeug. Sofort. Ich werde dir diktieren.«
Eine Stunde später ist der schnelle Reiter unterwegs. Er hat Befehl, nötigenfalls seine Pferde zuschanden zu reiten.

Nachricht an Erzbischof Thomas Becket nach Canterbury
Weihnachten 1170

Wapne dich, Tomas Beckett, den eß sint Buben auß gesandt, dich zu thöten. Verlir nit Zeitt, flieh die Mörder. Der Königk hat deyn Unther Gangk besloßen!

Die Kathedrale von Canterbury, 29. Dezember 1170

Im Refektorium geht das gemeinsame Essen der Mönche zu Ende. Es ist später Nachmittag, schon senkt sich das Zwielicht herab auf Kloster und Stadt. Der Erzbischof hat sich in seine Gemächer zurückgezogen, um in der Heiligen Schrift zu lesen. Während die letzten Mönche noch trinken und reden, betreten vier Ritter mit schweren Schritten den Innenhof. Unter einem Maulbeerbaum legen sie schweigend ihre Waffenhemden an, gürten sich mit den Schwertern, setzen die Helme auf, streifen die genagelten Handschuhe über. So gerüstet begehren sie lautstark Einlass in die Halle, der ihnen vom Bruder Beschließer standhaft verweigert wird. Wütend beginnen sie, mit Schwertern, Äxten und

Beilen gegen die versperrte Tür zu hacken. Die Schläge hallen im ganzen Kloster wider. Unter den Mönchen bricht helle Aufregung aus. Sie ahnen, was das alles zu bedeuten hat.

Derweil sitzt Thomas Becket bewegungslos auf seinem Bett, Visionen des Todes vor Augen. Aliénors Warnung hat ihn erreicht, vor einer halben Stunde. Aber er ist entschlossen, nicht zu weichen. Nie war er ruhiger, sein Mut fester, sein Gewissen reiner.

»Sie kommen!«, ruft ein junger Mönch voller Angst. »Im Namen aller Heiligen, Eminenz, rettet Euch! Sucht Zuflucht in der Kathedrale, dort seid Ihr sicher!«

Er schüttelt den Kopf.

Drunten hämmert und hackt es, Holz birst. Zehn Mönche können Becket nicht überzeugen, auch nicht seine Schreiber und Notare. Er weiß, sein Weg ist zu Ende. Und er will es so. Sein Untergang wird sein Sieg sein, dessen ist er gewiss. Ein toter Märtyrer ist mächtiger als der größte König der Welt. »Lasst mich«, sagt Thomas mit belegter Stimme. »Ich will mein Schicksal auf mich nehmen. Der Herr ist mit mir.«

Die Mönche sehen sich verzweifelt an. Schließlich packt einer den Erzbischof und zerrt ihn hoch. Die anderen fassen mit an, und so schleppen, ziehen und schieben sie den Widerstrebenden in die Kathedrale.

Dort feiert man gerade die Vesper. Die Mönche brechen ihre Gesänge ab und scharen sich um ihren Erzbischof. Sie glauben sich sicher im Heiligtum, bietet die Kirche doch seit uralten Zeiten sichere Zuflucht vor Verfolgung. Doch schon nähern sich dröhnende Schritte, Schwerter klirren. Ein paar Novizen laufen zur großen Doppeltür, um sie zu verriegeln, aber Becket verbietet es ihnen.

»Da sei der Allmächtige vor«, ruft er ihnen zu, »dass wir sein Haus in eine Festung verwandeln! Wer immer in Gottes Kirche eintreten will, der möge dies tun, jetzt und allezeit. Der Wille des Herrn geschehe!«

Inzwischen ist es bald fünf Uhr abends, durch die Fenster der Kathedrale streckt die Dunkelheit ihre Finger. Die flackernden Kerzen auf dem Altar und an den Wänden werfen wabernde Schatten auf den Steinboden. Rötliches Licht fällt auf die angsterfüllten Gesichter der Mönche und die entschlossene Miene ihres

Erzbischofs. Groß und hager steht er da, mit mahlenden Kiefern, die Augen auf das Portal gerichtet. Die Tür fliegt auf. Und dann dröhnt eine tiefe, heisere Stimme durch die Schatten: »Wo ist Thomas Becket, Verräter an König und Reich? Wo ist der Erzbischof?«

Die ersten Mönche versuchen, sich hinter Säulen und in Mauernischen zu verstecken, aber Becket steht wie ein Fels. »Hier bin ich«, ruft er. »Kein Verräter am König, sondern ein Priester des Herrn. Was wollt Ihr von mir?«

»Erteilt denen, die Ihr mit dem Bann belegt habt, die Absolution, und nehmt sie wieder in die Gemeinschaft der Gläubigen auf.«

»Das kann und will ich nicht tun!« Becket steht inzwischen allein vor den bewaffneten Rittern; die Mönche haben sich ängstlich ins Dunkel des Seitenschiffs zurückgezogen. Der Erzbischof wankt nicht. Auf seiner Brust blitzt im Kerzenschein das goldene Kruzifix.

»Ihr weigert Euch? Dann sollt Ihr augenblicklich sterben und den Lohn für Eure bösen Taten erhalten!«

Becket sieht dem Wortführer in die Augen. »Ich bin bereit, für meinen Herrn zu sterben«, sagt er laut. »Durch mein Blut möge die Kirche Frieden und Freiheit finden. Aber ich bitte Euch im Namen des Allmächtigen, verschont meine Mönche.«

Die Ritter stürmen auf ihn zu, packen ihn, versuchen, ihn aus der Kirche zu ziehen, aber Becket gelingt es, eine kleine Säule zu packen und sich daran festzuklammern. Die Männer fluchen und zerren; sie wollen nicht im heiligen Asyl vor den Augen des Gekreuzigten einen Mord begehen. Aber Beckets Arme lösen sich nicht vom Stein; mit geschlossenen Augen ruft er Gottes Namen, ruft nach der Heiligen Maria, nach dem Märtyrer Sankt Denis. Da! Die stählerne Klinge des Reginald Fitz-Urse saust durch die Luft und rasiert den obersten Teil der Bischofskappe mitsamt Beckets Kopfhaut weg. Ein junger Mönch springt herbei und stellt sich vor Becket, fängt mit seinem Arm todesmutig einen zweiten Hieb ab und fällt. Ein weiterer Schlag trifft Beckets Kopf, aber immer noch hält sich der Erzbischof aufrecht. Beim vierten Schlag erst fällt er mit einem grauenhaften Stöhnen auf Ellbogen und Knie. »Im Namen Jesu«, presst er hervor, »im Namen Jesu und für die

Heilige Mutter Kirche umarme ich dich, Tod.« Dann trifft die furchtbare Klinge ein letztes Mal. Sie trennt Beckets Schädeldecke vom Kopf, bevor sie mit metallischem Klirren auf den Boden aufprallt und Funken schlägt. Becket sackt zusammen, bleibt zuckend am Fuß der Säule liegen. Blut und Hirnmasse laufen aus, färben die steinernen Fliesen lilienweiß und rosenrot, wie sich später die Alten erzählen werden. Richard de Brito setzt triumphierend seinen Fuß auf das Genick des Sterbenden, stochert mit der Spitze seines Schwerts im offenen Schädel und verschmiert blutiggraue Klumpen auf dem Boden. »Nichts wie weg, Männer!«, brüllt er. »Der steht nicht mehr auf!«

Noch ist Beckets Körper nicht erkaltet, da strömen schon die Menschen aus Canterbury in die Kathedrale. Sie betupfen ihre Augen mit seinem Blut. Sie füllen es in irdene Gefäße und tragen es heim. Sie schneiden Fetzen aus seinen Kleidern, reißen ihm Haarbüschel aus, nehmen seine Fingernägel und die Ohrläppchen. Jeder will eine Reliquie des heiligen Mannes haben, der für die christliche Kirche gegen seinen König aufstand und nun wie ein Hund erschlagen worden ist. Noch am selben Abend verbreitet sich die Nachricht von seinem Tod wie ein Lauffeuer über die ganze Insel. Später wird es heißen, in dieser Nacht habe ein blutroter Mond am Himmel gestanden und England in das Licht der Hölle getaucht.

In Frankreich steht am nächsten Morgen die Königin am Südfenster des Maubergeon-Turms und sieht über die regennassen Dächer von Poitiers. Ein bleierner Himmel liegt schwer über der Stadt. Plötzlich ist ihr, als habe sie ein Schlag in den Magen getroffen. Ihre Hände krallen sich so fest um den Steinsims, dass die Knöchel weiß hervortreten. Sie krümmt sich, atmet stoßweise, und dann ist es vorbei. Sie richtet sich auf. Und sie weiß es.

Tom, denkt sie. Du sturer Kerl. Ach, lieber Gott, Tom.

Augenzeugenbericht des Bischofs Arnulf von Lisieux über das Eintreffen der Nachricht von Beckets Tod am Königshof in Argentan, 1. Januar 1171

Auff die ersten Worte des Bothen hin brach der Königk in lautte Trauerrufe aus. Er legte alle königlichen Roben ab und kleydete sich in Sack und Asche. In der That benahm er sich also, als sey er ein Freundt des Thoten gewesen und nit sein Königk. Zuzeitten verfiel er in eine Starre, und dann wieder begann er, zu stöhnen und noch lautter und bitterlicher zu weinen als zuvorn. Drey gantze Tage lang schloß er sich in seiner Kammer ein und verweygerte das Eßen, noch erlaubte er jemandem, ihn zu trösthen. Es schien baldt so, daß er vor über groszer Trauer selber sterben wollt. Wir begannen, umb sein Leben zu fürchtten.

Aus einem Schreiben König Ludwigs von Frankreich an den Papst Januar 1171

... Dieße That ist das schlimmste Verprechen seitt der Kreutzigung Christi. Sie übersteyget die Bößartigkeyt des Nero, die Grausamkeyt des Herodes, ja sogar den gotslästerlichen Verrath des Judas. Solch nie da geweßene Barbarey rufet nach nie da gewesner Vergelttung. Ziehet das Schwert Petri auß der Scheide, umb den Märtyrer von Canterbry zu rächen! ...

Henry

Ja, verdammt! Ja, ich habe mich hinreißen lassen. Es war ein Fehler. Der größte Fehler, den ich je gemacht habe. Becket hat mich bis aufs Blut gereizt. Nie hat mich ein Mensch so herausgefordert. Er hat es so gewollt! Und ich habe ihm den Gefallen getan, ich Narr. Oh, nicht dass ich es bedaure, dass er tot ist. Er hat den Tod verdient, bei den Augen Gottes! Meine Freundschaft hat er mir schlecht gedankt, er hat mich verraten. Und die Krone. Nein, ich habe kein schlechtes Gewissen.

Aber wie stehe ich jetzt da? Als Mörder. Vor aller Welt. Der Papst will mich bannen. Zum Kotzen ist das. Ich fühle mich krank und ausgelaugt. Ich trinke zu viel. Und ich habe wieder diese gemeinen Schmerzen im Arsch. Außerdem finde ich nachts keine Ruhe. Ich habe Rosamund aus England holen lassen, sie tut mir gut. Das Mädchen ist wie ein Engel zu mir. Nur in ihren Armen kann ich einschlafen.

Und dann träume ich. Blut. Ich sehe Blut, überall. Es fließt aus Wänden, quillt aus dem Boden, tropft aus Deckenbalken. Über Treppen läuft es abwärts, unter Türritzen hindurch, nichts kann es aufhalten. Ich träume, dass ich auf diesem Blut ausgleite, und dann wache ich auf, schweißnass. Rosamund sagt, es ist Beckets Blut. Die Gute, sie ist vermutlich der einzige Mensch auf der Welt, der mir glaubt, wenn ich sage, ich hätte seinen Tod nicht gewollt. Sie ist durch Canterbury gekommen auf ihrer Reise hierher und hat sein Grab besucht. Sie hat mit eigenen Augen gesehen, dass ein von Krämpfen geschütteltes Weib plötzlich von der Bahre gesprungen und gesund von dannen gegangen ist. Sie sagt, Beckets Geist suche mich heim mit diesen Träumen, die mich quälen. Ich soll eine Wallfahrt an sein Grab machen. Eher springe ich vom Dach!

Aber vielleicht hat sie ja recht. Der Kerl bietet mir noch aus der Grube heraus die Stirn. Schon heißt es, er solle heiliggesprochen werden. Dass ich nicht lache! Der Papst soll sich gut überlegen, was er macht! Denn die englische Kirche ist nach Beckets Tod auf das Wohlwollen des Königs mehr angewiesen denn je! Seht euch vor, ihr Diener Gottes! Das Schwert ist mächtig!

Meine liebe Rosamund, ich brauche keine Wallfahrt, ich brauche einfach nur Ablenkung. Dann geht's mir wieder besser. Ein hübscher kleiner Kriegszug wäre nicht schlecht. Vielleicht sollte ich einen neuen Versuch machen, die Iren zu unterwerfen. Das wäre früher oder später ohnehin fällig, warum nicht jetzt? In Frankreich ist alles ruhig, und Aquitanien hält Alí fest in der Hand. Es ist schon außergewöhnlich, was die Frau zustande bringt. Das Land war schon im Aufstand begriffen, und sie hat es innerhalb kürzester Zeit befriedet. Soll sie es meinetwegen Richard geben, ich habe nichts dagegen. Wenn ich erst Irland habe, könnte ich ja Geoffrey damit beglücken. Und die Bretagne dafür Jung-Henry überlassen. Oder umgekehrt. Oder Irland an Henry und dafür die Normandie ...

Der Pass von Roncesvalles
März 1200

Die ganze Welt machte Henry für den Mord an Becket verantwortlich, so sehr er es auch immer wieder abstritt. Er war für viele zum Aussätzigen geworden. Umso mehr, als sich die Heiligkeit Beckets immer deutlicher erwies. Schon an Ostern ereigneten sich an seinem Grab die ersten Wunder. Unaufhörlich wälzten sich riesige Pilgerströme nach Canterbury, die Menschen weinten an seinem Totenschrein, flehten ihn um Schutz und Hilfe an, legten ihr Wohl und Wehe in seine Hände. Es war so, wie Thomas es vorausgesehen hatte: Sein Tod war kein Ende, sondern ein Anfang. Als wolle er beweisen, welch große Dinge Märtyrer aus dem Grab heraus bewirken können, reckte Thomas seine Hand aus der Erde, die seinen Leib deckte, packte Henry und hielt ihn in eisernem Griff. Der König von England wurde der bestgehasste Mann in allen Reichen, niemand wollte mehr etwas mit ihm zu tun haben.« Aliénors Blick wird hart. »Und am allerwenigsten ich. Auch ich verabscheute ihn jetzt umso mehr. Ich glaube auch, dass dies der Augenblick war, an dem sich unsere

Söhne ganz und gar von ihrem Vater loslösten. Sie schämten sich für ihn und verachteten sein Handeln. Ohnehin hatten sie nie wirkliche Nähe zu ihm empfunden. Sie respektierten ihn, o ja. Aber sie liebten ihn nicht. Er war eine polternde Erscheinung, die an Weihnachten oder Ostern in ihr Leben hineinstürmte, nachdem sie ihn monate- oder jahrelang nicht gesehen hatten. Und dann erteilte er ihnen Befehle, kommandierte sie herum, hatte Erwartungen und Forderungen an sie. Er machte ihnen Geschenke, und am selben Tag schlug er sie. Sie kannten seine Ausbrüche zur Genüge, hatten sie am eigenen Leib erfahren. Und sie sahen auch, wie ich unter seinen Liebschaften litt. Es konnte einfach nicht gutgehen ...«

»Es ist schon verrückt«, sagt Blanche. »Eigentlich wart ihr doch vom Glück gesegnet. Vier Söhne! Vier Erben der Blutlinie! Ludwig von Frankreich hätte wohl wer weiß was dafür gegeben ...«

»... und hatte nur einen Sohn, der die Krone übernahm und sein Reich zu Größe und Reichtum führte. Unsere Söhne dagegen sollten sich gegen ihren Vater erheben und sich gegenseitig zerfleischen.« Aliénor tut einen tiefen Atemzug. »Ja, so war das. Und auch ich trage ein gerüttelt Maß an Verantwortung dafür. Aber der eigentlich Schuldige war Henry. Er ließ seinen Thronfolger am ausgestreckten Arm verhungern, demütigte ihn und hielt ihn klein. Er machte Richard deutlich, dass er ihm Aquitanien geben oder nehmen konnte, ganz nach Gutdünken, und wenn er sich nicht wohl verhielt, würde er eben nichts bekommen.«

»Und Geoffrey?«

Die alte Königin schließt die Augen. Ja, Geoffrey! Du standest immer im Schatten deiner Brüder, mein Junge. Auch ich habe dich vernachlässigt, denkt sie, genauso schlimm wie dein Vater. Heute tut mir das leid, aber damals habe ich es nicht gesehen. »Er war immer das fünfte Rad am Wagen«, sagt sie. »Ich sehe es vor mir: Oft ging Henry mit den Jungen umher und erzählte ihnen etwas, im Garten oder in der großen Halle. Rechts von ihm Jung-Henry, links Richard, die Arme des Vaters um ihre Schultern. Und hinterher trabte Geoffrey, hing an Henrys Mantelzipfel und wollte so gerne auch beachtet werden. Aber sein Vater tat ihm nie den Gefallen. Das bohrte in ihm. Er glaubte immer, er sei nichts wert. Deshalb hat er auch stets klaglos jeden Brocken hingenommen, den ihm Henry als Erbe zugeworfen hat. Letztlich war es die Bretagne.«

»War denn Geoffrey auch so gutaussehend und klug wie seine Brüder?«, will Blanche wissen.

Aliénor schüttelt mit einem Lächeln den Kopf. »Nun, er war eher klein gewachsen, dunkelhaarig und von gröberem Körperbau. Hässlich war er nicht, aber es war wenig Anziehendes an ihm. Die Leute mochten ihn nicht. Es hieß, er sei wetterwendisch und hinterhältig. Er war zwar klug, aber nicht leutselig. Und er war ein guter Redner, jemand hat einmal gesagt, er könne allein mit seiner Zunge Königreiche zugrunde richten. Seine Eloquenz hatte für viele etwas Schmieriges und Heuchlerisches. Aber so war er; er wollte sich mit jedem gutstellen, er hungerte nach Anerkennung.«

»Und was war mit John?«

»Ei, er war der Nachzügler, mit dem eigentlich niemand mehr gerechnet hatte. Ich habe nicht viel Zeit mit ihm verbringen können, weil Henry ihn mir früh wegnahm. Zu Fontevraud durfte ich ihn ab und zu besuchen, das war schon alles. John war ebenso unansehnlich wie Geoffrey, und dazu fehlte es ihm an der Klugheit aller seiner Brüder. Er wurde zu einem verschlagenen, bösartigen, verwöhnten Kind, dessen Tobsuchtsanfälle denen seines Vaters glichen. Und als Erwachsener bündelten sich seine schlechten Eigenschaften zu Dummheit, gepaart mit hinterhältiger Grausamkeit.«

»Das ist bestimmt furchtbar, wenn eine Mutter so etwas über ihren Sohn sagen muss.«

»Ach, weißt du«, Aliénor seufzt und winkt ab. »Ich bin zu alt, um mich selber zu belügen. Nicht nur, was John betrifft, nein. Auch die anderen hatten ihre schlechten Eigenschaften. Stolz. Neid. Ehrgeiz, ja, vor allem wilder, unbändiger Ehrgeiz. Sie gönnten sich gegenseitig nichts Gutes. Henry hat sie zu Konkurrenten um die Macht erzogen, vor allem die beiden ältesten. Jung-Henry ist ein Schild, und Richard ein Hammer, das hat er einmal gesagt, und es trifft. Henry turnierte elegant und kunstvoll – Richard ritt in die Schlacht und tötete. Henry umgarnte die Frauen und hatte Liebschaften – Richard hielt sich von den Verlockungen der Weiblichkeit fern. Henry war gewinnend zu jedermann – Richard sagte ehrlich und unverbrämt seine Meinung. Sie nannten ihn in Aquitanien damals ›Oc e No‹, das heißt ›Ja und Nein‹, was bedeuten sollte, dass er stets aufrecht war und sein Wort hielt. Ach, sie waren beide wert, eine Krone zu tragen ...«

»Wie kam es dann, dass sie sich alle so sehr zerstritten? Und ihren Vater so sehr hassten?«

Aliénor wiegt den Kopf hin und her. »Henry hätte jetzt gesagt, weil die angevinische Sippe eben vom Teufel kommt und auch wieder dahin gehen wird.« Sie lacht. Henry, du Miststück, das war immer deine einfachste Erklärung. »Ich sage, es lag letztlich an Henrys Ungeschick, seine Nachfolge zu regeln. An seiner Weigerung, Macht abzugeben, die Jungen teilhaben zu lassen. Damit ...«

Der Chariot kommt abrupt zum Halten. Rufe ertönen von draußen. Pieter von Zeeland zügelt seinen Grauschimmel vor dem Fenster. »Majestät, wir sind auf der Passhöhe angelangt. Dort drüben ist Rolands Grab. Die junge Herrin wünschte, es zu sehen.«

Blanche steigt aus und geht die paar Schritte hinüber zu dem einfachen Holzkreuz, das aussieht, als wüchse es aus dem flechtenbewachsenen Granit heraus. Links und rechts vom Weg ragen himmelhohe Felswände auf, dass man die Sonne nicht sieht. Der graue Stein wirkt abweisend, gefährlich, eher vom Teufel geschaffen als von Gott. Hier wächst nichts und lebt nichts. Niemand möchte hier begraben sein, denkt Blanche. Winzig klein kommt sie sich vor angesichts der Felstürme und der Geröllhalden. Wenn sie die Augen schließt, kann sie das Klirren der Schwerter hören, die Rufe der Kämpfer, die Schreie der sterbenden Ritter. Welch trostloser Ort!

Vor dem Kreuz knien schon etliche der Waffenknechte. Auch sie sinkt auf die Knie und spricht ein Paternoster für den toten Helden. Dann erhebt sie sich und klopft umständlich ihr Kleid ab. Die Krieger gehen zurück zu ihren Pferden, einer nach dem anderen. Am Ende bleiben nur noch sie – und Angel. Er wagt ein Lächeln und streckt die Hand aus. »Dort«, sagt er und weist auf den großen Felsbrocken neben dem Kreuz, »dort hat er versucht, Durendart zu zerschlagen, auf dass es nicht in die Hände der Feinde fällt.«

Sie wendet sich ihm zu. »Hast du gewusst, dass seine Braut Aude vor Kummer starb, als sie die Nachricht von seinem Tod erhielt?«, fragt sie leise.

Er schüttelt den Kopf.

Blanche hält ihren Schleier im Wind fest und sieht ihn an. »Wen hätte sie noch lieben sollen, nachdem sie ihn gekannt hat?«

Er schluckt. Weiß nicht, was er sagen soll. Außer, dass sie das schönste Mädchen ist, das er je gesehen hat, und dass er ewig mit ihr hier stehen möchte.

Von einem Felsvorsprung weit droben im Kar, verborgen von einem verkrüppelten Kiefernbusch, dessen Wurzeln sich mit letzter Kraft im Berg festkrallen, beobachtet ein Augenpaar die beiden Gestalten vor dem Rolandskreuz. Guy de Valmort wartet schon seit zwei Tagen, geduldig und angespannt wie ein Raubtier vor dem Sprung. Sein Mann aus Pamplona ist schon vor drei Tagen zu ihm gestoßen. Jetzt wird es ernst. Sobald die Prinzessin von Kastilien über den Ibaneta-Pass ist, gehört sie ihm. Alles ist vorbereitet.

Langsam löst sich Valmort von der Bergkante und steigt auf einem schmalen Grat ab, bis dorthin, wo sein Pferd steht.

Es geht weiter. Sie rollen über den höchsten Punkt des Bergpasses, dann geht es abwärts. Aliénor weist mit einer großzügigen Geste hinaus auf gleißende Gipfel, Schneefelder und grünende Täler. »Schau nur, mi cors, wie schön!«, sagt sie lächelnd. »Willkommen in Aquitanien!«

Blanche tut einen kleinen Juchzer. »Sind wir schon in deinem Herzogtum?«

»Aber ja! Und damit auch in Frankreich. Dem Erbe deines Bräutigams!«

Blanche blinzelt wie eine zufriedene Katze. »Ach, Grand-mère, ich wollte, mein Prinz wäre auch ein großer Held, so wie Roland, auf den ich stolz sein könnte.«

Aliénor zieht ihre Felldecke über die Knie. »Helden sterben jung«, bemerkt sie trocken. So wie Richard, denkt sie. Vor der Zeit. Und lassen gebrochene Herzen zurück.

Schweigend sehen die beiden eine Weile aus dem Fenster. Es ist ein herrlicher Tag, der Himmel ungetrübt und meerblau. Aus dem Tal weht schon der Frühling herauf. Aliénors Gedanken wandern zurück zu einem anderen Frühling – dem, in dem sie um Becket trauerte. Und sich immer wieder die Frage stellte, ob sie mitschuldig an seinem Tod war. Weil sie den König eifersüchtig gemacht hatte. Weil sie nicht genug unternommen hat, die beiden zu versöhnen. Weil sie nicht vorausgesehen hat, wie es enden musste. Und wieder spürt sie den unbändigen, bohrenden Hass auf Henry, der damals in ihr wühlte und sie nachts nicht schlafen ließ.

Leise erzählt sie weiter. »Nach Beckets Tod, als ich wieder im Poitou war, beschloss ich, zukünftig in allen meinen Urkunden die Formulierung wegzulassen, die Henry als Herrscher mit einschloss. Stattdessen setzte ich immer öfter Richards Namen mit unter Erlässe und Schenkungen, um seine Nachfolge vorzubereiten. Aquitanien sollte sehen, dass es mein Wille war, ihn zum Herzog zu machen. Ich gab ihm immer mehr Verantwortung, ließ ihn vieles selbständig entscheiden und überließ ihm so viel eigene Einkünfte, wie er brauchte.«

»Das muss den jungen Henry doch umso mehr erbost haben«, meint Blanche.

»Der Ärmste, ich konnte es ihm nicht ersparen. Es war der einzig richtige Weg, in meinem Land die Macht reibungslos zu übergeben. Ich wollte schließlich nicht den gleichen Fehler machen wie der König. Und Richard war glücklich.« Aliénor lächelt in sich hinein. »Diese Jahre in Aquitanien waren wunderschön. Wir machten so vieles gemeinsam, und wir verstanden uns prächtig. Mein Richard wuchs zu einem Mann heran, und ich genoss es, dabei zuzusehen. Er wurde ein starker Ritter und zugleich ein vollendeter Höfling. Stell dir vor, er schrieb sogar Lieder, wie sein Urgroßvater!«

»Und was taten deine anderen Söhne derweil?«

»Nichts.« Aliénor zuckt die Schultern. »Jung-Henry blieb ein machtloser Niemand unter Henrys starker Faust und fraß seinen Zorn mehr und mehr in sich hinein. Er besuchte mich öfters in Poitiers; jedes Mal war er verbitterter als zuvor. Ich konnte nichts anderes tun, als ihn zur Geduld zu mahnen. Geoffrey gierte weiter wie ein Hündchen nach der Zuneigung seines Vaters, und der kleine John verbrachte seine Zeit abwechselnd in Fontevraud und am englischen Hof.«

»Und Henry selber?«

»Oh, der beschloss damals, die Insel Irland zu erobern. Dafür hatte er einen verdammt guten Grund: Päpstliche Kardinallegaten waren auf dem Weg von Rom zu ihm, um mit ihm den Mord an Becket zu bereden. Henry wusste, dass ihm nach diesem Gespräch die Exkommunikation drohte. Lieber ergriff er die Flucht, denn ohne die geplante Befragung konnte der Bann nicht ausgesprochen werden. Er spielte auf Zeit. Und außerdem hatte er inzwischen wieder einmal seine Meinung zur Erbfolge geändert. Du erinnerst dich? Es war vereinbart, dass Jung-Henry die Krone und die normannischen Erblande der Plantagenets bekommen sollte, Richard Aquitanien und Geoffrey die Bretagne. John war für die Kirche gedacht. Nun plötzlich wollte Henry für John die Krone von Irland holen. Es gelang ihm auch tatsächlich, die Insel unter sein Schwert zu beugen.«

Blanche schüttelt missbilligend den Kopf. »Dem jüngsten Sohn ein Königreich geben? Das ist ungerecht den anderen gegenüber.«

Die alte Königin nickt zustimmend. »Das war der Zeitpunkt, an dem auch Geoffrey, der bis dahin mit der Bretagne zufrieden gewesen war, sich gegen seinen Vater wandte.«

»Und wurde Henry nun vom Papst exkommuniziert?«, fragt Blanche.

»Als er ein Jahr später nach Frankreich zurückkehrte, leistete er einen Eid auf seine Unschuld am Mord in der Kathedrale von Canterbury, ließ sich öffentlich geißeln und tat Buße dafür, dass er mit einem missverständlichen Satz unwillentlich die Mörder losgeschickt hatte. Natürlich glaubte ihm niemand, aber der Papst war in der Zwischenzeit des Ärgers müde geworden und ließ ihm die Absolution erteilen.«

»Bei der lieben Muttergottes«, ärgert sich Blanche. »Er hätte nicht so einfach davonkommen dürfen!«

Die alte Königin winkt müde ab. »Er hat seine Strafe doch bekommen! Alle seine Söhne haben sich von ihm losgesagt. Das große Angevinische Reich, von dem er immer geträumt hat, ist zerbrochen. Und von der Hölle aus, wo er jetzt im heißesten Kessel gesotten wird, muss er zusehen, dass ich immer noch lebe.«

Blanche lacht. »Das ist wahrlich eine Strafe!«

Die beiden hören nicht das hohle Grollen von droben, wo der baumlose Steilhang über dem schmalen Weg aufragt. Auf der Talseite, ganz tief drunten, rauscht von fern ein Gebirgsbach. Langsam und vorsichtig setzen die Pferde Fuß vor Fuß auf dem steinigen Boden. Der Kutscher lenkt die Tiere wachsam; ein Fehltritt auf dieser Strecke wäre tödlich. Das Grollen von droben wird lauter. Männer und Tiere schauen unruhig hinauf zum Berg.

Da! Ganz plötzlich kommt sie herunter, die Steinmuhre, genau über ihnen. Die vorausreitenden Kriegsknechte geben ihren Pferden die Sporen, sie brüllen und fluchen. Ihre Schreie dringen ans Ohr der beiden Frauen im Chariot, die gar nicht wissen, was geschieht. Aber ihr Kutscher sieht, Gott sei Lob und Dank, die Staubwolke von droben heranrasen. Mit einem Angstschrei schwingt er die Peitsche, lässt sie auf den Rücken der Zugrösser herabklatschen. Die Pferde machen wilde Sprünge, bocken und buckeln. Der Wagen rumpelt auf dem engen Weg vorwärts, und dann ist die tödliche Steinlawine da – keine Armlänge hinter ihnen bricht sie mit ohrenbetäubendem Lärm über den Weg talabwärts! Die Frauen schreien in ihrer Panik, klammern sich aneinander fest, bis der Chariot zum Stehen kommt. Blanche reißt das Türchen auf und sieht beim Aussteigen gerade noch den Wagen der Zofen, der hinter ihnen gefahren ist. Es hat ihn mitgerissen; er überschlägt sich wieder und wieder, während er in die tiefe Schlucht hinabstürzt. Blanche stürzt zum Wegrand und muss hilflos zuschauen, wie die Kutsche tief drunten aufschlägt und krachend in tausend Teile zerspringt. Sie hört sich selber schreien. Kräftige Arme packen sie und reißen sie vom Abgrund zurück. Angel, der mit in der Vorhut geritten ist, hält sie und streicht ihr ungeschickt übers Haar, während sie immer noch ihre Verzweiflung hinausschluchzt.

Später stehen alle mit entsetzten Mienen da und starren in den Abgrund. Ganz tief drunten erkennt man zwei bunte Flecke, einer hellrot, der andere ockergelb. Die Kleider der Zofen. Es ist keine Bewegung auszumachen.

»Das können sie nicht überlebt haben«, sagt Pieter von Zeeland und spuckt aus.

Aliénor nickt. Sie ist immer noch zittrig. Merkwürdig, denkt sie, man kann nie alt genug für die Todesangst werden. Aber nein, Henry, ich komme dich noch nicht besuchen! Du wartest schon so lang, da spielt ein Jahr mehr oder weniger keine Rolle – ich weiß, wovon ich rede. Warten habe ich gelernt, in Sarum. Auf die Freiheit. Auf den Tod. Deinen oder meinen ...

Die alte Königin stützt sich schwer auf ihren Stock und wendet sich vom Anblick der zerschmetterten Kutsche ab. Sie und Blanche sind mit knapper Not noch einmal davongekommen, allein dank der Geistesgegenwart des Kutschers. Ich will ihn gut belohnen, denkt Aliénor. Und dann denkt sie an die beiden Dienerinnen, die nun tot dort drunten liegen.

»Können wir sie nicht heraufholen und begraben?«, fragt Blanche unter Tränen. »Meine arme Jimena.«

Pieter von Zeeland schüttelt den Kopf. »Da hinunter kommt keiner, Herrin.«

Aliénor nickt ihre Zustimmung. »Lasst die Brocken auf dem Weg wegräumen, Pieter, damit die Wagen mit dem Gepäck durchkommen. Und dann wollen wir weiter. Hier ist nichts mehr für uns zu tun.«

Die Männer räumen schweigend und mit versteinerten Gesichtern den Weg so weit frei, dass die Karren durchkönnen. Immer noch schluchzend steigt Blanche ein. Der Wagen rollt an. Niemand sieht die dunkle Gestalt, die droben am Steilhang steht und mit zornigem Blick nach unten sieht. Verdammt! Es hat die Falschen getroffen. Jetzt wird die Sache schwieriger werden. Guy de Valmort zieht sich von der Bergkante zurück und macht sich an den Abstieg. Nun, es war ein erster Versuch. Gut, dass er noch einen weiteren Plan hat.

Von Biakorri nach St. Jean-Pied-de-Port
März 1200

Nach über einer Stunde erreichen sie das Pilgerhospital zur Jungfrau von Biakorri. Blanche hat nicht aufhören können zu weinen. Jimena war bei ihr, seit sie denken kann. Immer war sie da, das pummelige Kindermädchen mit den braunen Zöpfen, hat sich mehr um sie gekümmert als die Mutter. Und jetzt liegt sie dort droben auf schroffen Steinen, ihr toter Körper zerschmettert und unbegraben.

Das Hospiz ist alt und einfach. Es besteht aus einer kleinen Kapelle, einem Steinbau für die zwölf Mönche, einem fachwerkenen Gästehaus und ein paar heruntergekommenen Wirtschaftsgebäuden. Der Cellerar, ein älterer Mann mit haarigen Händen und dem grobkantigen Gesicht der Bergbauern, empfängt sie im Hof und geleitet die Frauen ins Kaminzimmer des Gästequartiers. Als er sieht, in welchem Zustand Blanche sich befindet, lässt er sofort Bruder Rémy holen, der sich mit Krankheiten auskennt und das Mädchen mit einem Aufguss aus Baldrianwurzel ins Bett packt.

Derweil berichtet Aliénor von ihrem Unglück. Der Cellerar schüttelt verwundert den Kopf. »Ich bin hier aufgewachsen, Herrin, und nie fortgewesen. Ich kenne diese Berge. Noch nie gab es in dieser Jahreszeit auf der Pilgerstrecke Steinschlag. Deshalb ist die Wegführung genau so. Wo sagt Ihr, war die Stelle?«

Aliénor beschreibt noch einmal den verhängnisvollen Ort. Bruder Rémy, der wieder dazugekommen ist, erinnert sich: »Als ich ein Kind war, gab es droben am Col de Lepoeder immer wieder Geröllmuhren. Einmal ist ein Schäfer mit seiner ganzen Herde umgekommen.«

»Gott schickt manchmal schwere Prüfungen«, sagt der Cellerar, »und der Berg ist unberechenbar.«

So wird es sein, denkt die alte Königin. Reisen ist nun einmal gefährlich.

Am nächsten Morgen wacht Blanche auf, als die ersten Sonnenstrahlen durch das kleine Fensterchen fallen und ihre Nase kitzeln.

Neben ihr liegt leise schnarchend ihre Großmutter. Liebevoll betrachtet Blanche ihr faltiges Gesicht mit den vielen kleinen Altersflecken, die sie tagsüber mit einer Mischung aus Wollfett und Kreide wegschminkt, die geschlossenen Augen unter den nicht mehr vorhandenen Brauen. Der lange Nachtzopf fällt über ihren Oberkörper, dünnes, fast schneeweißes Haar, das früher einmal üppig und glatt bis fast zu den Knien reichte. Sie hat ihn selber flechten müssen am Abend, weil – und da trifft sie die Erinnerung wieder mit Wucht –, weil es keine Zofen mehr gibt.

Blanche steht auf. Sich ohne Hilfe anzuziehen, ist gar nicht so leicht. Das Unterkleid über den Kopf, darüber den Reisebliaut. Bei den Ärmeln wird es schon schwieriger – wie soll man einhändig Bänder nesteln? Auf der Vorderseite kann sie noch die zweite Hand zu Hilfe nehmen, hinten muss sie warten, bis ihre Großmutter wach ist. Haare kämmen, wo ist nur der beinerne Kamm?, und wie das ziept. Alles ist ungewohnt, sogar das Schnüren der hundsledernen Stiefelchen geht nicht so einfach, wie sie beim Zusehen immer gedacht hat.

Am Ende hat Blanche Tränen in den Augen. Ohne ordentliche Frisur, mit hängenden Ärmelbändern und falsch gebundenen Schuhen geht sie hinaus ins Freie. Die Luft ist kalt und tut gut.

»Geht es Euch wieder besser, junge Dame?« Rémy, der Mönch, ist zu ihr getreten und legt ihr fürsorglich eine Decke um. Sie nickt dankbar. Er deutet zum Tor. »Möchtet Ihr nicht der Heiligen Jungfrau von Biakorri einen Besuch abstatten? Sie hilft in der Trauer.«

Blanche geht durch das kleine Tor und sieht gleich draußen auf einer Erhebung inmitten von felsigem Gestein eine einfache steinerne Marienfigur. Kein großer Künstler hat sie erschaffen, das sieht man gleich, aber gerade in ihrer Schlichtheit hat die Madonna etwas Ergreifendes. Die navarresischen Waffenknechte machen sich vor der Statue an irgendetwas zu schaffen, unter ihnen ist – ihr Herz macht einen kleinen Hüpfer – Angel. Sie tritt näher und muss schon wieder weinen. Die Männer haben aus dünnen Fichtenbrettern zwei Kreuze grob zusammengezimmert; eines ist schon aufgestellt, für das andere ist das Loch schon ausgehoben. Einer der Navarresen hat sie bemerkt. »Sie haben zwar kein Grab«, sagt er tröstend zu ihr, »aber nun gibt es einen Ort, an dem man ihrer gedenken kann.«

Gemeinsam sammeln sie Steine, die sie um den Fuß der Kreuze legen. Blanche fühlt sich durch diese Arbeit seltsam getröstet, es ist gut, die beiden toten Dienerinnen bei der Heiligen Jungfrau zu wissen. Sie und Angel tauschen beim Steinetragen verstohlene Blicke. Am Ende stehen sie nebeneinander. »Jimena war immer wie eine Mutter zu mir«, sagt Blanche.

»Meine Mutter starb, als ich noch ein kleines Kind war«, erwidert er leise. »Ich hab keine Erinnerung mehr an sie.«

»Und dein Vater?«

Stolz reckt Angel das Kinn. »Mein Vater ist Nereo Rivero Baldoquin, der beste Waffenschmied im Königreich Navarra. Seine Klingen sind überall berühmt. Ich bin mit Schwertern aufgewachsen.«

»Deshalb wolltest du unbedingt Durendart sehen!«

Seine Augen blitzen. »Wenn ich wieder daheim bin, schmiede ich ein Schwert wie Durendart, genauso scharf und genauso unzerstörbar!«

Wenn er wieder daheim ist. Plötzlich wird Blanche bewusst, dass ihre Zeit mit Angel begrenzt ist. Dass er jetzt schon an ein Danach denkt. »Wenn ich ans Ende meiner Reise angekommen bin, werde ich heiraten«, sagt sie.

Er hebt den Kopf. »Wen?«, fragt er.

Sie zuckt beinahe entschuldigend die Schultern. »Den König von Frankreich.«

Was soll er sagen? »Ihr müsst sehr glücklich sein.«

Sie runzelt die Stirn. Ist sie glücklich? Mit geschlossenen Augen spürt sie in sich hinein. Das Einzige, was sie findet, ist ein Gefühl der Hilflosigkeit. Und dann ist da noch Angst. Auf ihr ruhen so viele Hoffnungen. An ihr hängt der Friede zwischen den Häusern Plantagenet und Capet. Wie es ihr dabei geht, will niemand wissen. »Glücklich?«, sagt sie leise. »Das spielt doch keine Rolle.«

Dann geht sie zum Hospital zurück.

Nach einem ungenießbaren Frühstücksbrei aus Graupen und ranzigem Speck bricht die Reisegruppe auf. Aliénor hat sich vorher noch von Blanche beim Anziehen helfen und herrichten lassen – heute sitzen ihre aufgemalten Brauen deshalb ziemlich schief. Jetzt hat sie es sich auf ihrem Platz im Chariot bequem gemacht und beobachtet ihre Enkelin, die düsteren Gedanken an Tod und Liebe nachhängt. Auch die alte Königin ist traurig; Nolwen war eine tüchtige, treue und freundliche Dienerin, sie hatte das Mädchen aus der Bretagne gern. Am besten, ich erzähle weiter, denkt sie, das lenkt uns beide ab.

»Wo waren wir stehengeblieben, Kind?«, fragt sie.

Blanche blickt auf und überlegt kurz. »Bei deinen Söhnen und den Erbfolgeplänen.«

»Ach ja.« Die alte Königin zupft sich den Schleier aus dem Gesicht. »Anfang der siebziger Jahre also. Da kommt nun auch mein erster Gatte wieder ins Spiel. Er hatte erkannt, dass die Zwistigkeiten zwischen Henry und seinen Söhnen das Haus Plantagenet entscheidend schwächen konnten, und begann, im Hintergrund Fäden zu ziehen. Er lud Jung-Henry und seine Frau nach Paris ein – schließlich war er ja sein Schwiegervater –, behandelte ihn mit dem Respekt, den ihm sein Vater versagte. Jung-Henry fühlte sich zum ersten Mal in seinem Leben gewürdigt als der König, der er ja schließlich war. Er fand in Ludwig den Vater, den er sich gewünscht hätte, hörte auf seinen Rat, suchte ab da immer wieder seine Nähe. Ludwig riet ihm, wenigstens die Herrschaft über die Normandie einzufordern oder die über England. Genützt hat es natürlich nichts. Im Gegenteil, Henry beobachtete das gute Verhältnis seines Ältesten zum französischen König mit wachsendem Misstrauen. Schließlich griff er eigenwillig in den Haushalt seines Sohnes ein, der ohnmächtig zusehen musste, wie sein Vater viele vertraute Höflinge entließ oder sogar verbannte und an deren Stelle eigene Spitzel platzierte. Jung-Henry konnte nichts gegen diese Säuberung tun, er fühlte sich im eigenen Haus entmachtet und bloßgestellt.«

»Das kann ja wohl jeder verstehen«, sagt Blanche.

»Derweil erreichte mich in Poitiers die Nachricht, Henry habe zwei Ehen eingefädelt«, fährt Aliénor fort. »Die eine war die deiner Mutter, Leonor. Sie sollte Königin von Kastilien werden, was sie ja auch jetzt ist. Die andere betraf John. Für ihn hatte Henry

Alice von Maurienne, die kleine Erbin des Herzogtums Savoyen aufgetan.«

»Und warst du mit seiner Wahl denn einverstanden?«

»Für John? Nun, eine Verlobung war nicht unbedingt nötig, schließlich war er noch keine sieben Jahre alt. Aber die kleine Alice von Maurienne würde ihm eine Herrschaft einbringen, dachte ich, und das könnte den Konflikt mit seinen Brüdern entschärfen. Worin ich mich täuschen sollte. Und deine Mutter? Sie war mit zwölf Jahren im besten heiratsfähigen Alter. Die Verbindung mit Alfonso von Kastilien war mir recht.«

»Meinem Vater!«, ruft Blanche stolz.

»Den lernte ich bald darauf kennen. Denn Henry lud mich und alle unsere Söhne zu einem Hoftag nach Limoges, wohin auch König Alfonso und Graf Hugo von Savoyen kommen sollten. Natürlich, dachte ich, er will den anderen heile Welt vorspielen. Will die glückliche Familie Plantagenet vollzählig präsentieren. Aber sei's drum. Vorher trafen sich noch meine Söhne bei mir, um sich ungestört zu bereden. Wie ich schon befürchtet hatte, waren sie über Johns Verlobung wenig erfreut. Vor allem Geoffrey fühlte sich von seinem Vater zurückgesetzt. ›Er will John zum Haupterben machen‹, rief er erbost. ›John ist sein Schoßhündchen, er schmeichelt ihm und winselt um Wohltaten. Ich habe gehört, er soll nicht nur Irland bekommen und Savoyen, sondern auch noch kriegswichtige Burgen und Grafschaften in der Normandie und der Bretagne. Unser Vater beraubt uns nach und nach aller wichtigen Güter, um sie John zu geben. Zum Henker, das dürfen wir uns nicht gefallen lassen! Wir müssen uns weigern!‹ Richard stieß ins selbe Horn: ›Wenn wir dulden, dass er außer Savoyen noch mehr bekommt, hat John am Ende alles, und wir stehen mit leeren Händen da. Ich sage, wir stellen Vater vor die Wahl: John oder wir!‹ – ›Und was tun wir, wenn er nicht darauf eingeht?‹, fragte Jung-Henry. Geoffrey zuckte die Schultern. ›Jedenfalls müssen wir mit ihm reden. Er kann nicht alle paar Monate einen neuen Erbfolgeplan aushecken. Wir brauchen Sicherheit. Du, Richard, musst Aquitanien bekommen, ich die Bretagne. Alles andere geht an dich, Henry, und sofortige Regierungsgewalt über die Normandie. Irland können wir meinetwegen teilen. John kann mit

Savoyen zufrieden sein – oder er soll in die Kirche, so, wie es von Anfang an geplant war. Das ist unsere Forderung.‹« Aliénor seufzt. »Damals hoffte ich noch, dass alles zu einem guten Ende kommen könnte. Dass wir eine Übereinkunft finden würden. Wir ritten also nach Limoges ...« Du hast nicht nachgeben wollen, Henry, du Miststück. Du wolltest mit dem Kopf durch die Wand. Und du wolltest mir Aquitanien Stück für Stück wegnehmen. Nein, Henry, das konnte ich nicht dulden. Du musst das doch gewusst haben. Du musst gewusst haben, dass du mit dem Feuer spielst. Dass sich deine Söhne gegen dich wenden würden, und ich dazu. Du allein hattest es in der Hand. Gebe niemand mir die Schuld! Niemand!

Merlins Prophezeiung nach Roger of Hoveden

Die jungen Löwen werden erwachen und ein lautes Gebrüll anheben, und sie werden die Wälder verlassen. Sie werden ihre Beute suchen in den Städten. Unter denen, die sich ihnen in den Weg stellen, werden sie wüten, und sie werden den Stieren die Zungen herausreißen ...

Limoges, Ende Februar 1173

Henry erhebt sich von seinem Thron, den er zum Empfang der Gäste in der Halle hat aufstellen lassen. Er ist ganz gegen seine Gewohnheit in modisch geschnittene Gewänder gekleidet, edelsteinbesetzt und goldbestickt. Offensichtlich will er Eindruck schinden bei seinen illustren Besuchern aus Kastilien und Savoyen, die rechts und links neben ihm sitzen. Als Aliénor den Saal betritt, steht er auf und geht ihr mit ausgebreiteten Armen entgegen. »Meine Liebe!«, ruft er laut. Sie küssen sich zur Begrüßung auf beide Wangen.

»Du bist fett geworden«, raunt sie ihm ins Ohr. »Du verliegst dich in den Betten deiner kleinen Huren.«

Er wahrt den Schein, tätschelt ihr die Wange, lächelt. »Die sind ja auch jung und haben festes Fleisch«, flüstert er zurück. »Im Gegensatz zu dir.«

Er reicht ihr die Hand und führt sie mit tänzelnden Schritten zu den Gästen hin. Ein herrliches Paar in schönster Eintracht.

»Du stinkst«, lächelt sie in die Menge. »Hast du schon wieder dieses widerliche Geschwür im Arsch?«

Er neigt grüßend den Kopf nach allen Seiten. »Das hab ich immer, wenn ich an dich denke. Oder ich kotze.«

»Wie leid mir das tut.«

Sie begrüßen die hohen Gäste mit allergrößter Herzlichkeit. Das Mittagsbankett beginnt mit dem Zehn-Uhr-Läuten.

Irgendwann im Lauf des Nachmittags nimmt Aliénor ihren Gatten zur Seite. »Nun sag mir, Henry, was genau hast du für John geplant? Wir müssen reden, bevor ein Ehevertrag unterzeichnet wird.«

Henry lässt sich in eine unbenutzte Nebenkammer ziehen. »Oh, es ist ganz einfach, Alí. John wird durch die Verbindung mit der kleinen Alice Savoyen erben und Ländereien im Piemont. Ich gebe ihm dazu Irland, und er bekommt obendrein noch Besitzungen in der Normandie.«

»Das wird deinem ältesten Sohn nicht gefallen.«

Henry spuckt aus. »Der aufsässige Rotzlöffel soll bloß vorsichtig sein! Noch bin ich der König, und ich bestimme, wie ich mein Erbe aufteile. Ich muss eben auch John versorgen.«

»Henry, du hast in den letzten fünf Jahren öfter deine Meinung gewechselt als frische Kleider angezogen. Deine Söhne fühlen sich immer aufs Neue vor den Kopf gestoßen. Hier nimmst du, dort gibst du. Einmal verteilst du so, einmal anders. Und bei jeder Neuerung ist John der Nutznießer. Die Jungen sind enttäuscht und zornig, weil du ihn vorziehst. Du säst Zwietracht unter ihnen. Das ist nicht gut.«

Henry kratzt sich unwillig im schütteren Haar. »Zerbrich dir nicht meinen Kopf, Alí. Ich sorge schon für alle. Es ist genug da.«

»Du musst mit ihnen sprechen. Hör dir an, was sie wollen. John ist der Letztgeborene, vergiss das nicht. Er darf nach altem Brauch nicht mehr erben als einer seiner Brüder.«

Er fährt hoch. »Es reicht, Alí. Ich zerbreche mir unaufhörlich den Kopf, um eine gute Lösung zu finden, aber euch passt ja nichts! Niemand hat etwas von mir zu fordern, hörst du? Ich entscheide!«

Aliénor weiß, dass sie jetzt besser nicht weiter drängen sollte. Sein Gesicht läuft schon wieder rot an, und sie will einen weiteren seiner Tobsuchtsanfälle vermeiden. In versöhnlichem Tonfall sagt sie: »Aber unsere Tochter hast du gut untergebracht, das muss ich dir lassen. Eine Krone für Leonor! Zudem ist der Hof von Kastilien für seine edle Lebensart weithin berühmt, und Alfonso scheint ein prächtiger junger Kerl zu sein.«

»Ja, nicht wahr?« Henrys Gesichtsfarbe sieht schon wieder besser aus. Doch jetzt wird sein Blick lauernd. »Das war ein hartes Stück Arbeit. Alfonso hat auf der Gascogne als Mitgift bestanden.«

Ihr Lächeln gefriert. »Was sagst du da?«

»Die Gascogne. Oh, ich weiß, ich weiß ...« Er hebt die Hände.

»Du wirst sie ihm nicht geben!«

»Alí, überleg doch einmal! Die Gascogne ...«

»... war und ist ein Teil Aquitaniens«, fällt sie ihm wütend ins Wort. »Du hast nicht das geringste Recht, über die Gascogne zu verfügen. Allein ich bestimme darüber. Und ich verzichte nicht.«

Sie geht auf ihn zu, in ihren Augen steht Mord. »Du glaubst, du kannst einfach in meine Herrschaft eingreifen, ja? Glaubst, du kannst mit meinem Herzogtum machen, was du willst? Die Gascogne verschenken, meinen Vasallen deinen Willen aufzwingen, Steuern erheben, Gesetze ändern, ganz nach Belieben! Als wäre ich gar nicht da! O nein, Henry, das lasse ich nicht zu. Mein Aquitanien steht dir nicht als Verhandlungseinsatz zur Verfügung. Nur über meine Leiche! Du wirst die Gascogne nicht als Mitgift vergeben, niemals!«

Er grinst schief. »Aber das hab ich schon. Der Vertrag wurde gestern gesiegelt.«

Mit einem Schrei geht Aliénor auf ihn los; er packt ihre Handgelenke. »Du wagst es«, kreischt sie ihn an, »du wagst es, ohne mich zu fragen! Ich bring dich um, du Miststück, du Hundsfott, du elendes ...«

Er kämpft mit ihr, lacht, während sie sich in seinem Griff windet. Ihre Kräfte lassen nach, und schließlich steht sie schwer atmend da, mit wirren Haaren und zerrissenem Ärmel. »Das wirst du bereuen, Henry«, keucht sie. »Das wirst du bereuen!«

Sie reißt sich von ihm los und läuft aus dem Zimmer.

Im Saal begegnet sie Leonor, die gerade ins Bett gebracht werden soll. »Mutter«, ruft das Mädchen aufgeregt, »Mutter! Ich bin so glücklich!«

Aliénor drückt ihre Tochter an sich. »Du magst also deinen Bräutigam, hm?«

»O ja! Er ist hübsch und höflich, und er tanzt gern, stell dir vor! Er hat mir Komplimente gemacht und meine Hand geküsst. Er isst zierlich und hat in der ganzen Zeit nur einmal gerülpst! Und er spricht sogar ein bisschen Französisch!«

»Ach, mein Hühnchen, das ist schön. Ich freue mich sehr für dich.« Aliénor küsst die Kleine auf die Stirn. »Nun geh schlafen, morgen darfst du mit deinem Alfonso einen Spaziergang machen.«

Leonor hüpft davon, die Kinderfrau folgt ihr gemächlich.

Die Königin sucht in aller Eile Richard, der gerade dem Bischof von York einen Happen Hirschleber zureicht, und legt ihm die Hand auf die Schulter. »Hol deine Brüder, wir treffen uns in meiner Schlafkammer. Sofort.«

Richard hebt erstaunt die blonden Augenbrauen, sagt aber nichts. Er kennt seine Mutter, wenn sie so schmale Lippen hat, ist es ihr todernst. Mit einer Entschuldigung erhebt er sich und geht die anderen suchen.

Derweil wählt die Königin auf dem Weg in die Frauengemächer die Treppe, die zum Hof hin offen ist. Plötzlich stockt ihr Schritt. Am Tor tut sich etwas; neue Gäste reiten ein. Sie erkennt – das ist doch unmöglich! – das Banner von Toulouse. Wie kann sich Graf Raymond hierher wagen? Der Mann ist Feind, immer noch! Man muss ihn eingeladen haben ... Henry, denkt sie, was hast du vor? Kann es sein, dass du ihm zum Ausgleich für die Gascogne den

Anspruch auf Toulouse abhandeln willst? Ist es das? Aber nein, das hättest du mir vorhin gesagt ...

Sie wendet sich um und eilt mit wirbelnder Schleppe in die Kanzlei, wo sie ihrem vertrauten Notar einen Auftrag erteilt. »Geh los, Pierre, und finde heraus, warum Raymond von Toulouse hier ist. Es ist wichtig.«

Der Mann klappt sofort seine Wachstäfelchen zusammen, auf denen er mit dem Stilus Notizen gemacht hat, und begibt sich auf den Weg.

Im Frauenzimmer warten schon Richard, Geoffrey und Jung-Henry.

»Was ist wohl so wichtig, Mutter, dass du uns vom Bankett wegholen lässt?«, lächelt Richard.

Du wirst gleich nicht mehr lächeln, denkt sie. »Dein Vater hat den Ehevertrag mit Kastilien schon gesiegelt. Und weißt du, was drin steht? Deine Schwester bekommt als Mitgift die Gascogne!«

Richard starrt sie an, als seien ihr gerade zwei Köpfe gewachsen. Dann drischt er die Faust mit aller Kraft gegen die nächste Schranktruhe. »Das Aas!«, brüllt er. »Das kann er nicht machen!«

Jung-Henry legt ihm mit finsterem Blick die Hand auf die Schulter. »Jetzt siehst du, wie er mit uns umgeht! Dich hat er lange ungeschoren gelassen, weil du ja Mutters Patrimonium übernimmst. Aber jetzt bist auch du an der Reihe!«

»Was wundert ihr euch? Für ihn ist Aquitanien nie mehr gewesen als eine Provinz seines Königreichs. So wie die Normandie oder die Bretagne. War das nicht schon lange klar?« Geoffrey wirft wütend seinen Mantel über einen Stuhl. »Er ist der Tyrann, der über alles befiehlt. Und wir haben uns zu fügen.«

»Das lasse ich mir nicht bieten!«, zischt Richard und knetet seine schmerzende Hand.

»Dann geh doch und sag's ihm«, lacht Geoffrey.

Jung-Henry bläst Luft durch die Nase. »Ihr glaubt doch nicht im Ernst, dass Vater auf euch hört? Was meint ihr, wie oft ich versucht habe, mit ihm zu reden?«

Richard stößt einen gotteslästerlichen Fluch aus. »Ich bring ihn um! Jetzt sofort!«

»Versündige dich nicht.« Aliénor schüttelt missbilligend den Kopf. »Er ist immer noch dein Vater.«

»Was gedenkst du dann zu unternehmen, Mutter? Aquitanien ist schließlich zuallererst deine Sache«, knurrt Richard.

Aliénor will den Mund öffnen, da klopft es. Pierre, der Notar, tritt ein. »Herrin«, sagt er, »ich habe mit einem der königlichen Leibschreiber gesprochen, der zufällig mein jüngster Neffe ist. Und der wiederum ...«

»Mach es kurz, Pierre.«

Der Alte ringt die Hände. »Es ist vereinbart, dass der König morgen den Grafen Raymond als rechtmäßigen Herrscher von Toulouse anerkennt. Dafür wird Raymond ihm öffentlich huldigen, wie es für Vasallen üblich ist. Deshalb ist er hier.«

Mit einem Schrei fegt die Königin das elfenbeinerne Schachspiel vom Tischchen.

Richard fährt herum. »Das gilt uns beiden, Mutter. Das ist Verrat an unseren alten Ansprüchen auf Toulouse. Er unterstellt damit die Grafschaft sich selbst und setzt unsere Rechte außer Kraft.«

Aliénor ringt um Fassung. »Er will Aquitanien entmachten und unter die Hoheit der englischen Krone zwingen. Das ist es! Ich hätte nie gedacht, dass er so weit geht. Gott im Himmel!« Sie wendet sich dem Notar zu, der immer noch dasteht und seine Kappe knetet. »Was ist denn noch?«

»Äh, da wäre ... also, ich habe erfahren, dass mit dem savoyischen Ehevertrag unter anderem die normannischen Burgen und Herrschaften Chinon, Loudun und Mirebeau an Prinz John fallen.«

»Raus!« Jung-Henry ist weiß wie die Wand, man hört seine Zähne knirschen. Der Notar flüchtet erleichtert durch die Tür.

Geoffrey fängt an zu kichern. »Ihr müsstet euch sehen! Köstlich! Die Königin und ihre Prinzen, alle wie die begossenen Pudel! Hab ich es euch nicht schon lange gesagt? Er macht mit euch, was er will. Ich höre ihn schon lachen, wenn dieser Hoftag vorbei ist. Lasst ihn nur so weitermachen, dann könnt ihr am Ende froh sein, wenn ihr ihm für den winzigen Teil von Aquitanien huldigen dürft, den er euch aus Gnade lässt! Ei, vielleicht das Stückchen zwischen Poitiers und Bordeaux, wenn er großzügig ist? Oder die Île d'Oléron, die ist schön klein und übersichtlich! Und du, Henry, stehst noch in zwanzig Jahren mit einer Krone, aber ohne jede Macht und nur mit einem lächerlichen Rest der Normandie da! Ich, nun, ich behalte vermutlich die Bretagne, aber nur, weil mein Vater mich ohnehin noch nie bemerkt hat und mich auch in Zukunft einfach übersehen wird. Und wisst ihr, wer am Schluss über uns alle triumphiert? Unser lieber kleiner Bruder John!« Er spuckt aus.

»Dann geh doch, wenn du mit deinem schäbigen Anteil so zufrieden bist!«, schäumt Richard. »Du Feigling!«

»Einen Teufel werde ich tun!« Geoffrey baut sich vor seinem Bruder auf. »Und wenn du mich noch einmal Feigling nennst ...«

»Schluss jetzt!« Aliénor stampft mit dem Fuß auf. »Spart euch euren Zorn für später auf. Jetzt gilt es, gut zu überlegen.«

»Da gibt es nichts zu überlegen«, sagt Jung-Henry. »Ich werde niemals zulassen, dass Vater mein Erbe zugunsten seines Schoßhündchens schmälert.«

»Ach, und was willst du dagegen unternehmen?«, fragt Geoffrey amüsiert.

»Ich werde Einspruch gegen diesen Ehevertrag erheben!«

»Sinnlos«, lacht Geoffrey.

»Das werden wir sehen.« Henry ballt die Fäuste. »Ich gehe jetzt zu Vater und stelle ihn zur Rede. Er soll das zurücknehmen, oder ich sage mich öffentlich von ihm los.«

»Ooooh, da wird er es aber mit der Angst kriegen«, säuselt Geoffrey.

»Halt's Maul, Geoff!« Richard stürmt zur Tür. »Ich komme mit dir, Henry. Dann sind wir schon zwei.«

»Ihr bleibt!« Mit funkelnden Augen verstellt Aliénor ihnen den Weg. »Erspart euch die Demütigung. Setzt euch.«

Geoffrey zuckt die Schultern. »Wo sie recht hat ...« Er lässt sich lässig auf einem Hocker nieder, während Jung-Henry auf die Bettkante plumpst. Richard wählt die Fensterbank.

Die Königin nimmt im Lehnstuhl Platz. »Wie weit seid ihr bereit zu gehen?«

Jung-Henry runzelt die Stirn. »Was meinst du damit, Mutter?«

»Wenn euer Vater sich weigert, alles zurückzunehmen und eine annehmbare Erbfolgeregelung aufzustellen, und wenn er Aquitaniens Rechte und Ansprüche schmälert ...«

Richard fällt ihr ins Wort: »Dann zwingen wir ihn«, faucht er.

»Dass ich nicht lache«, murmelt Geoffrey.

Aliénor überhört den Einwurf und nickt ernst. »Soll das heißen, du würdest gegen ihn kämpfen?«, fragt sie Richard.

»Verdammt, ja!«

»Und du, Henry?«

Der junge König von England ballt die Fäuste. »Er will es doch nicht anders!«

»Was ist mit dir, Geoffrey?«

»Seit wann ist es für euch von Bedeutung, was ich tue?« Geoffrey kratzt sich am Kinn und tut so, als würde er nachdenken. »Nun«, sagt er bedächtig, »eigentlich habe ich den wenigsten Grund, mich aufzulehnen. Um mich schert sich ja nie einer. Und in der Bretagne ist es schön gemütlich. Ihr alle habt mich nie ernst genommen, euch nie bei Vater für mich eingesetzt. Weshalb sollte ich euch helfen? Ich kann dabei nicht viel gewinnen. Wenn ich es mir also recht überlege ...« Er sieht seine Brüder einen nach dem anderen an, und dann plötzlich reckt er mit einem lauten Schrei die Faust in die Luft. »... bin ich dabei, Teufel noch mal!«

Jung-Henry haut seinem Bruder auf die Schulter, dass es kracht.

Richard hebt die Brauen. »Mutter?«

Aliénor strafft den Rücken. »Ich war immer stolz auf meine Söhne. Ich habe euch beigebracht, was Ehre bedeutet und Stolz und gerechte Herrschaft. Ich habe zugesehen, wie ihr kämpfen gelernt habt und zu Rittern herangewachsen seid. In euch fließt mein Blut. Ihr seid die Zukunft des Hauses Plantagenet. Und ich will nicht Zeuge werden, wie euer Vater diese Zukunft zunichtemacht. Ihr seid im Recht.« Ihre Stimme wird lauter. »Wollt ihr dieses Recht verteidigen?«

Sie sieht die drei Prinzen aufspringen. »Ja!«, brüllen sie wie ein Mann.

Da erhebt auch sie sich. »Aquitanien ist auf eurer Seite«, sagt sie.

Am gleichen Tag noch reiten Aliénor und Richard gemeinsam aus Limoges ab. Geoff folgt ihnen kurze Zeit später. Jung-Henry bleibt, um seinen Vater in Sicherheit zu wiegen. Er ist Zeuge, als der Graf von Toulouse mit allem gebotenen Pomp seinen Huldigungseid vor dem König ablegt, der ihm dafür seine Besitzungen garantiert. Noch am selben Tag geht eine heimliche Botschaft von Poitiers aus an Ludwig von Frankreich, um die Ankunft des jungen englischen Königs anzukündigen.

Es ist nur noch eine Frage der Zeit, bis die jungen Adler ihre Klauen zeigen.

Henry

So, wie mein Ältester sich aufführt, darf er froh sein, wenn er noch ein Tagwerk steinigen Ackers an der Grenze zu Schottland erbt. Kommt zu mir und stellt haufenweise unverschämte Forderungen! Wenn ich ihm nicht volle Verfügungsgewalt über England gäbe, würde er Ludwig von Frankreich für die Normandie huldigen! Ich lasse mich doch nicht erpressen! Dann Richard: Der undankbare Mistkerl brüllt mir doch tatsächlich ins Gesicht, ich solle meine Finger von Aquitanien lassen und ihm die Gascogne zurückholen! Und Geoffrey hat die Stirn, mir zu sagen, ich sei wohl alt und sonderlich geworden und habe eine lästerliche Vorliebe für siebenjährige Knaben entwickelt! Nur, weil ich John auch mitkommen lassen will. Meine Söhne sind eine Pest, bei den Augen Gottes! Gierig, streitsüchtig und respektlos! Aufgeblasen und unverschämt! Glauben, sie bestimmen die Welt! Aber, o nein, das tun sie nicht. Nicht, solange ich noch etwas zu sagen habe. Sie werden sich bescheiden müssen, so wahr mein Vater einen Ginsterzweig am Hut trug.

Alle glauben, ich mache es mir einfach. Sollen sie doch an meiner Stelle entscheiden, Herrgott noch mal! Wie viele Nächte hab ich wachgelegen und mir das Hirn zermartert, wie ich alle zufriedenstellen kann! Und Aliénor, die alte niederträchtige Kuh, schürt im Hintergrund den Zorn ihrer Brut! Hätte ich denn Henry jetzt schon alles überlassen sollen? Bei Gott, ich bin noch zu jung, um aufs Altenteil zu gehen. Der Bursche ist doch nichts als ein hübscher Blender, der auf Turnieren Ritter spielt und ständig nach Geld jammert! Der kann noch nicht regieren, der braucht noch viel Zeit! Und Richard – ha! Der steht unter der Fuchtel seiner Mutter, schon immer. Er ist aufbrausend und hoffärtig. Und viel zu jähzornig, na, zugegeben, das hat er von mir. Dem soll ich Aquitanien anvertrauen? Dass ich nicht lache! Irgendwann vielleicht, aber vorher mache ich es zur englischen Provinz und beschneide das Territorium. Ich traue Richard nicht. Und dann Geoffrey! Lügt und heuchelt, hinterhältige Kreatur, die er ist. Lächelt dir ins Gesicht und hat dabei hinter dem Rücken schon den Dolch in der Hand. Man weiß nie, was er wirklich denkt. Er hat etwas von einer Schlange, ich kann ihn von allen am wenigsten leiden. Ja, es ist schon so: John ist der Einzige, auf den ich mich verlassen kann. Er stand nie unter dem Einfluss seiner Mutter. Immer habe ich seine Erziehung überwacht. Er liebt mich und blickt zu mir auf. Ich kann ihn nach meinen Vorstellungen formen, und ich werde einen König aus ihm machen. Irland, Savoyen, das ist doch was! Sollen die anderen sehen, was ich demjenigen gebe, der mich achtet und ehrt! Und wenn es sie zerreißt, ich weiß schon, was ich tue! Undankbares Pack!

Der Graf von Toulouse hat mich gewarnt. Sie führen etwas im Schilde, hat er gesagt, ganz sicher, ich solle wachsam sein. Dafür spricht, dass Aliénor und Richard so schnell wieder aus Limoges abgeritten sind. Trotzdem, ich kann mir nicht vorstellen, dass sie etwas unternehmen wollen. Sie schäumen natürlich vor Zorn, aber sie werden sich auch wieder beruhigen. Geoff ist inzwischen zurück in der Bretagne und schärft dort weiter seine böse Zunge. Und Henry, den behalte ich genau im Auge. Ich habe angeordnet, dass man ihn unauffällig überwacht. Und für nachts habe ich ihn in einem Anfall von väterlicher Güte dazu eingeladen, mit mir das Schlafgemach zu teilen. Das konnte er nicht ablehnen, und so habe ich ihn auch da im Blick. Dabei werde ich es belassen, bis sich der Zorn der Familie wieder gelegt hat.

Alles nur eine Frage der Zeit.

Jung-Henry

Das Maß ist voll. Ich lasse mich nicht länger demütigen. Ich bin erwachsen. Ich bin ein verheirateter Mann. Ich bin ein König. Und doch bin ich ein Nichts. Ich kann nicht einmal die Ritter in meinem Haushalt bezahlen. Der Alte hält alles in seinen gichtigen Krallen. Wie lange noch soll ich zusehen, zur Machtlosigkeit verdammt? Bis er meine Krone John in den Rachen geschoben hat?

Er hat mich immer schlecht behandelt, schon als Kind. War ich gefügig, gab es Geschenke. War ich es nicht, schlug er mich, stellte mich öffentlich bloß, machte mich zum Gespött. Er hält mich für schwach, aber bei Gott, das bin ich nicht. Ich war nur viel zu duldsam. Aber das ist nun vorbei.

Ich bin ja nicht der Einzige, der unter ihm leidet. Richard hat von ihm schon so viel Prügel einstecken müssen, dass es für zwei Leben reicht. Er ist auch aufsässiger als ich, hat immer erst klein beigegeben, wenn ihm das Blut aus der Nase tropfte. Der trotzigste und härteste unter uns Prinzen. Und jetzt muss er Angst haben, dass ihm sein Erbe unter den Fingern weggerissen wird. Ach, und Geoff! Vater hat nie ein Hehl daraus gemacht, dass er ihn verabscheut. Er hat ihn mit der Bretagne abgespeist – ei, da gibt's nicht viel zu holen. Aber Geoff ist nicht dumm, er wartet schon lange auf die Gelegenheit zum Zuschlagen. Und das werden wir jetzt tun, bei allen Heiligen!

Ich wünschte, Ludwig von Frankreich wäre mein Vater. Das ist ein König, wie er sein soll. Das ganze Land verehrt ihn, weil er fromm und bescheiden ist und jedermann Ehre erweist. Warum Mutter ihn damals verlassen hat, ist mir schleierhaft. Verstehe einer die Weiber! Dafür hat sie jetzt einen Mann, der sie nicht achtet und mit dem sie unaufhörlich streitet. Und der sich seine Söhne zu Feinden gemacht hat. Da hört man immer, wie glücklich sich das Haus Plantagenet mit seinen Söhnen schätzen darf, und wie arm Capet dran ist mit seinem einzigen Prinzen! Aber in Paris herrscht keine Zwietracht. Da gibt es keinen Hass. Wir haben uns unsere eigene Hölle geschaffen. Aber nein, nicht wir. Er.

Er muss etwas mitbekommen haben. Manchmal spüre ich seinen bohrenden Blick im Rücken. Und ich habe das Gefühl, er lässt mich beobachten. Aber es ist längst alles geplant und vorbereitet. Wenn die Zeit reif ist, stehen schnelle Pferde für die Flucht bereit, dafür sorgt Mutter, wie besprochen. Sobald ich Nachricht aus Poitiers habe, setze ich mich nach Paris ab.

Das Maß ist voll.

Richard

Er kann froh sein, dass ich ihn nicht gleich umbringe. Zum Teufel, ja, ich weiß, ich bin heißblütig, manchmal zu sehr. Aber bei Vater kann der frömmste Mann zum Mörder werden. Diese Selbstgerechtigkeit! Dieses überhebliche Gehabe, diese verdammte Art, allen zu zeigen, dass sie für ihn nichts als Tölpel und Narren sind. Nur er, immer nur er! Er weiß alles, er kann alles, er allein entscheidet. Ist er Gott?

Jetzt versucht er, uns gegeneinander auszuspielen. Bevor ich aus Limoges abgeritten bin, hat er mich doch tatsächlich gefragt, ob ich mir vorstellen könne, Englands Krone zu tragen! Wie kommst du darauf, fragte ich zurück. Nun, sagte er, dein Bruder Henry verhält sich schon lange nicht so, wie es mir gefällt. Ich könnte die Erbfolge noch ändern. Ha! Nicht mit mir, alter Mann! Du wirst keinen Keil zwischen mich und Henry treiben. Ganz abgesehen davon, dass mir England scheißegal ist. Kein Ei würde ich dafür geben. Was ich will, ist Aquitanien. Da gehöre ich hin, das ist meine Heimat. Diese beschissene Insel, auf der im Westen und Norden noch blau angemalte, haarige Barbaren hocken! Wo es das ganze Jahr regnet. Was soll ich damit? Da wächst kein Wein, und das Bier, dass die Angelsachsen so lieben, kann keiner saufen! Ich will zur Hölle fahren, bevor ich mein Aquitanien gegen England tausche. Außerdem würde mir Mutter eigenhändig den Kopf abreißen – und sie hätte recht damit.

Jetzt gilt es, einen Schlachtplan aufzustellen. Es ist Frühling, spätestens im Sommer müssen wir losschlagen, damit die Kämpfer zur Ernte wieder zu Hause sein können. Bis dahin muss ein Heer zusammengetrommelt werden, Waffen geschmiedet, Vorräte bereitgestellt. Wir brauchen zehntausend Mann mindestens, am besten zwölf! Und wir brauchen Pferde! Sturmleitern, Pleiden, Katapulte, Rammböcke! Mindestens fünfhundert Armbrüste, noch mehr Langbögen, Feuerpfeile. Die Burgen müssen verstärkt werden. Die Wege und Flussübergänge gesichert. Ich bin ab morgen in ganz Aquitanien unterwegs, um Vorbereitungen zu treffen. Es muss uns gelingen, an den Grenzen zur Normandie aufzumarschieren, ohne dass einer es merkt. Und dann brauchen wir als Allererstes die Häfen in der Normandie. Cherbourg. Barfleur. Falaise. Wir müssen ihnen den Nachschub aus England abschneiden. Das ist das Allerwichtigste. Und dann, alter Mann, gnade dir Gott!

Geoffrey

Es geht los! Ist das ein Spaß! Ich habe immer gewusst, dass es der Alte irgendwann übertreibt. Und jetzt ist es so weit. Es ist ohnehin ein Wunder, dass meine Brüder so lange stillgehalten haben. Aber auch Engelsgeduld ist irgendwann zu Ende. Ich – oh, um mich geht es hier nur am Rande. Aber das macht nichts, ich bin trotzdem dabei. Jetzt, wenn es zum Kampf kommt, jetzt wird mein Vater mich endlich wahrnehmen müssen.

Nie habe ich für ihn existiert. Wenn ich es recht bedenke, war ich ein verzweifeltes Kind. Ich habe um seine Liebe gebuhlt, war eifersüchtig auf meine Brüder. Er hat mich genauso wenig beachtet wie die Mädchen. An die hat er nur gedacht, wenn es darum ging, sie gut zu verheiraten, und so war es auch bei mir. Ich kann mich noch erinnern, ich muss vier oder fünf Jahre alt sein. Er ging über den Hof, um ein neues Streitross zu begutachten, wir Brüder nebenher. Die ganze Zeit über sprach er mit Henry und Richard darüber, was man beim Pferdekauf beachten muss, mich sah er nicht einmal an. Wie immer. Da schoss mir ein verrückter Gedanke durch den Kopf. Ich rannte voraus, überholte die drei, tat so, als ob ich stolperte und ließ mich vor Vater mitten auf den Weg fallen. Ich dachte, dann würde er sich zu mir hinunterbeugen, mich aufheben, etwas zu mir sagen. Aber er stieg einfach über mich hinweg. Als sei ich eine Pfütze oder ein Dreckhaufen oder ein Stück Hundescheiße. Ich glaube, das war der Augenblick, von dem an ich ihn hasste.

Jetzt aber werde ich ihn zwingen, mich zu bemerken. Er wird nicht mehr an mir vorbeisehen können, geschweige denn über mich hinwegsteigen. Er wird mit mir kämpfen müssen und erkennen, dass ich ein Gegner bin, den man ernst nehmen muss. Und wenn wir ihn besiegt haben und er um Gnade winselt, dann werde ich ihn nicht hören. So wie er mich nie gehört hat. Ich war nie sein Sohn.

John

Ich kann es nicht leiden, wenn meine Brüder mich so ansehen. Das habe ich Vater auch gesagt. Er meint, sie seien nur neidisch, weil er mich lieber hat als sie. Nie nehmen sie mich mit, wenn sie in die Ställe gehen oder auf dem Turnieranger üben oder zur Beiz reiten. Dabei bin ich jetzt alt genug, um alles zu lernen. Deshalb hat mich Vater ja auch aus Fontevraud zu sich geholt. Er sagt, er macht den besten Ritter der Welt aus mir. Und er macht mich zum König, eines Tages. Er hat auch schon eine Frau für mich ausgesucht, die mir viel Land und Reichtum einbringt. Ich habe sie noch nicht gesehen, aber das ist auch gleich. Mädchen sind nicht wichtig. Ich habe mich viel mehr über den kleinen fuchsfarbenen Hengst gefreut, den mir der Graf von Toulouse geschenkt hat. Obwohl, meine Schwester Johanna, die mag ich gern. Im Kloster haben wir immer miteinander gespielt. Aber jetzt natürlich nicht mehr, ich bin ja schon fast ein Mann. Vater hat versprochen, mir alles beizubringen, was wichtig ist. Er macht einen Helden aus mir, hat er gesagt, wie König Artus von der Tafelrunde. Ich darf nicht so schlecht werden wie meine Brüder. Die widersprechen ihm und machen dauernd Ärger, sagt er. Dabei steht geschrieben, dass man Vater und Mutter ehren soll, das weiß ich von Pater Fulbert, meinem Beichtvater.

Meinen Vater ehre ich ja, und meine Mutter schon auch. Obwohl ich sie kaum kenne. Ich bin nie bei ihr. Ich glaube, sie will das nicht. Sie kann mich nicht leiden, sagt Vater. Das ist gemein von ihr. Ich bin schließlich auch ihr Sohn, so wie die anderen. Ich habe mich darauf gefreut, dass sie kommt, nach Limoges zu meiner Verlobung. Aber sie war böse darüber, und ich habe nicht verstanden, warum. Auch meine Brüder haben deswegen gestritten. Henry sagt, ich kriege keine Burgen von ihm. Aber er muss sie mir geben! Dann nennen mich nicht mehr alle Prinz Johann Ohneland! Dabei bin ich ein edler Königssohn, und ich werde einst über die ganze Welt herrschen! Die werden schon alle sehen! Wenn ich erst groß bin, dann bekomme ich von Vater alle Besitztümer, die ich haben will. Und eine Krone. Und dann, dann müssen alle vor mir knien!

Brief des Peter von Blois an die Königin von England und Herzogin von Aquitanien, Sommer 1173

Das Weyb, das seinem Mann nit unterthan ist, verstösset gegen die Verfassungk der Natur, den Befelch der Apostel und das Gesetz des Evangeliums. Denn der Mann ist des Weybes Hauptt ... Ihr rüstet Euer eygen Fleisch und Bluth zur Rebellio gegen den eygnen Vater ... Mit Eurer Frauen Artt und Eurem schlechtten Rath ruft Ihr zu Untreue gegen den Herrn Koenig, vor deme sich selbsten die Häupter der stärcksten Koenige verbeugen ... Ihr solt mit Euren Söhnen zu Euerm Gatten zurück kehrn, dem zu gehorchen und mit dem zu leben Ihr verpflichttet seyd ...

Von Biakorri nach St. Jean-Pied-de-Port
März 1200

Blanche macht ein erschrockenes Gesicht. »Aber Grandmère, du plantest einen Krieg gegen deinen eigenen Ehemann? Dass Söhne sich gegen Väter erheben, habe ich schon öfter gehört, aber ...«

»Jajaja.« Aliénor winkt ab. »Das war noch nie da. Na und? Dann war ich eben die erste. Außerdem – er hätte auch einlenken können, der verbockte Sturkopf. Er hätte zugeben können, dass er alles verdorben hat. Dass er unfähig war, sein Erbe gerecht zu verteilen.«

»Aber dir ging es zuallererst um Aquitanien, oder?«

Aliénor nickt. »Das hast du also begriffen, meine Kluge! Natürlich, mein Herzogtum war das Wichtigste für mich. Ich hatte es von meinen Vätern geerbt und war dafür verantwortlich. Ich sah damals die Zukunft Aquitaniens als eigenständiges Territorium, unabhängig von Frankreich oder England. Ein reiches, großes Land, niemandem verpflichtet, blühend und gesund, glücklich regiert von Richard und seinen Nachkommen. Henry dagegen wollte mich verdrängen, wollte Aquitanien an sich reißen und zu einer Provinz seines Königreiches machen. Um es dann womöglich an John zu vererben! Ganz bewusst griff er damals in meine Herrschaft ein, als wäre ich gar nicht da. Damit wollte er mir klarmachen, dass er mein Herzogtum – mein Herzogtum! – als Teil seines angevinischen Reiches sah. Er war der Meinung, er könne damit machen, was er wolle! Die Gascogne verschenken, meine Vasallen unter seine Knute zwingen, all das!«

»Und du warst natürlich wütend darüber«, mutmaßt Blanche.

»Wütend? Ich spie Gift und Galle! Für mich war die Grenze dessen erreicht, was ich hinnehmen konnte. Und deinen jungen Onkeln ging es ganz genau so.« Die alte Königin reckt das Kinn. »Nie habe ich meine Söhne entschlossener gesehen. Drei junge Ritter, so voller Kraft und so voller Zorn.«

»Ihr habt euch also verbündet zum Aufstand gegen Henry!« Blanches Augen blitzen.

»Nicht nur wir«, antwortet Aliénor. »Natürlich hatten wir einen

Plan. Wir sandten Boten nach Paris und nach Schottland. Dazu an alle Ritter und Vasallen, die mit Henry im Streit lagen, nach Rache dürsteten oder ganz einfach unzufrieden waren, von England bis ins Poitou. Und sieh da, alle Feinde des Königs strömten uns zu. Wir schmiedeten einen Bund, der Henry in die Knie zwingen musste!« So glaubten wir jedenfalls, denkt sie. Wir waren uns so sicher. Zu sicher. »Am Ende waren der König von Schottland dabei, Ludwig von Frankreich, der Graf von Flandern, vier große englische Earls und weitere Adelige, und viele französische Ritter. Es war ein starkes Bündnis, mächtig genug, um an den Grundfesten von Henrys Reich zu rütteln.«

Blanche sieht ihre Großmutter bewundernd an. »Und du warst der Kopf dieser Rebellion!«

Aliénor lächelt. »Wie kommst du darauf?«

»Nun, deine Söhne waren doch noch so jung«, erwidert Blanche. »Achtzehn, sechzehn und fünfzehn. Erwachsen und alt genug, um zu kämpfen, aber ohne deine Erfahrung. Du hast dieses Bündnis geschmiedet, stimmt's?«

»Kluges Kind.« Die alte Königin nickt anerkennend. »Genau so war es. Ich konnte nicht mit ihnen auf dem Schlachtfeld stehen, aber ich konnte das tun, was in meiner Macht stand.«

Blanche ist ganz Feuer und Flamme. »Und dann ging es los!«

Aliénor nickt. »Ei, zuerst musste Jung-Henry zu uns stoßen. Sein Vater wollte ihn von Limoges aus mit in die Normandie nehmen. Er ließ ihn unter Arrest halten, aber unterwegs, zu Chinon, gelang ihm die Flucht. Mitten in der Nacht schlich er sich aus der Schlafkammer, die er mit dem König teilte. Er bestach die Wächter, floh über die heruntergelassene Zugbrücke, durchquerte schwimmend die Loire und ritt dann schnell wie der Wind nach Paris. Ich hatte dafür gesorgt, dass unterwegs genug Pferde zum Wechseln bereitstanden.« Die Augen der alten Königin funkeln, als sie weitererzählt. »Natürlich sandte Henry sofort Boten zu Ludwig, die die Auslieferung seines Sohnes fordern sollten. Der König von Frankreich fragte sie, wer sie denn geschickt habe. Sie antworteten: ›Der König der Engländer.‹ Darauf erwiderte Ludwig in gespielter Überraschung: ›Aber Ihr Herren, der König der Engländer ist hier, bei mir! Und soweit ich weiß, hat er niemanden hierhergesandt!

Ach, meint Ihr etwa seinen Vater, den ehemaligen König? Doch das kann nicht sein, hat er doch die Königswürde längst zugunsten seines Sohnes abgelegt, wovon die ganze Welt Zeuge war.‹« Aliénor ahmt Ludwigs Art nach, den Kopf schiefzulegen und in beinahe kindlicher Verwunderung die Augen aufzureißen.

Blanche grinst vergnügt. »Ich wusste gar nicht, dass Ludwig auch witzig sein konnte.«

»Einmal im Leben«, brummt Aliénor. »Und hinterher hat er bestimmt zehn Vaterunser als Buße für seinen Spott gebetet ...«

Sie wird wieder ernst. »Im Juni dreiundsiebzig schließlich begann der Kampf. Jung-Henry marschierte zusammen mit Ludwig in der Normandie ein und nahm Aumale, der König von Schottland drang südwärts über die Grenze nach England vor. In allen Ecken des Reiches erhob sich der unzufriedene Adel. Überall wollte man die Fesseln abstreifen, die Henry seinen Vasallen auferlegt hatte. Vor allem in Aquitanien war die Begeisterung für den Krieg groß. Richard le Poitevin, der große Troubadour, schrieb sogar ein Gedicht darüber!« Sie überlegt eine Weile, dann schließt sie die Augen. »Frohlocke, Aquitanien! Juble, Poitou, denn das Zepter des Königs aus dem Norden wird von dir genommen!« Früher hat sie den ganzen Text auswendig gekonnt, aber jetzt weiß sie nur noch die ersten Zeilen. Ahi, das vermaledeite Alter. Oder ist es eher die Erinnerung an das, was der Krieg nach sich zog?

»Gegen solch ein Bündnis konnte Henry doch nur verlieren!«, ruft Blanche aus.

Aliénor senkt den Blick, sie fühlt sich plötzlich müde. »Ja, das hofften wir auch. Es musste einfach gelingen.«

Ihr Blick schweift über die Hügel der Gascogne, ganz vorne sieht man schon die Türme der Zitadelle von St. Jean-Pied-de-Port. Die alte Königin hat wenig Lust weiterzuerzählen. Von Blut, Schmerz und Wunden. Von verstümmelten Leichen, getöteten Rittern, geschändeten Frauen und Mädchen. Von brennenden Burgen, geschleiften Festungen, geplünderten Städten. Sie hört die Kinder schreien, die Frauen weinen, die Alten jammern. Sie war dabei. Sie hat Hunde gesehen, die Menschenhände fressen, Raben, die den Toten die offenen Augen auspicken. Sie hat ganze Formationen von Fußkämpfern gesehen, die unter den Hufen von Streitrössern zertrampelt wurden. Sie hat gesehen, wie ein Hagel brennender Pfeile über Faye-la-Vineuse vom Himmel fiel, wie der Tribock tödliche Steine auf die verzweifelten Verteidiger von Bleau warf, wie die Verteidiger von Vermeuil vergeblich um Gnade flehten. Wie sich Schlachtfelder rot färbten vom Blut der Toten. Sie hat sich seitdem viel zu oft gefragt, ob es das wert war. Hat Kerzen gestiftet und Chorgewänder, Seelmessen und ewige Almosen, später. Aber sie fühlt, dass immer noch Blut an ihren Händen klebt.

Und jetzt muss sie auch noch berichten von der großen Niederlage. Davon, wie der wunderbare Traum von einer glücklichen Zukunft damals in Trümmer ging. Es bleibt ihr nicht erspart. Blanche soll wissen, wie es ausgegangen ist. Sie seufzt leise und beschließt, es hinter sich zu bringen. »Schlussendlich lag es am Geld. Und am unvergleichlichen Kriegsgeschick meines Gatten. Er besaß die Erfahrung, die seinen Söhnen noch fehlte. Und seine Truhen waren mit Gold und Silber gefüllt. Da konnte oder wollte Ludwig von Frankreich nicht mithalten. Gott, ich hätte es wissen müssen: Ein Kriegsbündnis mit Ludwig, das konnte nicht gutgehen! Und dazu noch mit den Schotten, die in Weiberröcken kämpfen!« Aliénor braucht schon wieder eine Feige. Wütend kaut sie auf der zähen Frucht herum. »Nun jedenfalls, Henry konnte es sich leisten, ganze Söldnerheere zu rekrutieren – allein zehntausend Brabanter standen in seinem Sold. Und seine Truppen bewegten sich mit unglaublicher Geschwindigkeit. Niemand weiß, wie er das anstellte, aber es war so. Im August dreiundsiebzig begann sich das Blatt zu wenden. Während Richard, Geoffrey und Jung-Henry in der Normandie kämpften, marschierte Henry südwärts und drang ins Poitou ein. Damit hatten wir nicht gerechnet. Er näherte sich Poitiers, und ich hatte nicht genug Kämpfer, um es gegen seine Übermacht zu verteidigen. Zuerst floh ich nach Faye-la-Vineuse, aber er folgte meiner Spur. Mir war klar, dass er mich wollte. Dann brannte auch Faye.«

Blanche kaut auf ihren Nägeln. »Was hast du dann getan?«

»Mir blieb nichts als die Flucht. Der Weg in die Normandie war versperrt. Es gab nur eine Möglichkeit: Paris. Ich musste es nach Paris schaffen. Mein Gott, diese Demütigung! So weit war es mit mir gekommen, dass ich vor meinem zweiten zu meinem ersten Gatten fliehen musste!« Aliénors Augen sind dunkel, als sie weiterberichtet. »Wir waren umzingelt. Es blieb uns nur der Versuch, unerkannt durch die feindlichen Reihen zu schlüpfen. Also versteckte ich mein Haar unter einer Kappe und zog Männerkleider an, um nicht erkannt zu werden. Beinlinge, Stiefel, ein Hemd und ein Wams, einen Mantel. In der Nacht ging es los. Zwölf vertraute Waffenknechte begleiteten mich zu meinem Schutz.«

»Sag bloß, du bist im Männersitz geritten!« Blanche reißt die Augen auf. Das ist ja unerhört! Eine Frau, die ihre Schenkel öffnet, um diese auf obszöne Weise um den Bauch eines Pferdes zu schlingen!

»Was denn sonst, wenn's schnell gehen soll?« Aliénor sieht ihre Enkelin missbilligend an und schnalzt mit der Zunge. »Ich habe schon für unangenehmere Anlässe die Beine breit gemacht.« Entschuldige Ludwig, denkt sie, aber was wahr ist …

Blanche muss grinsen. »Du bist ein Tausendsassa, Grand-mère!«

»Nur genutzt hat es nichts«, sagt Aliénor leise. Sie sieht sich wieder, in ihrer schlimmsten Stunde. Sieht sich galoppieren über Stock und Stein, Angst und Verzweiflung mit im Sattel. Sieht die Verfolger, wie sie sich auf ihre Kriegsknechte stürzen, sie niedermachen, mit Schwertern auf sie einhacken, ohne Gnade. Sieht den Mann, der hinter ihr herjagt, ihr immer näher kommt. Sie hört sich atmen, keuchen, schreien. Spürt seine Hand, die sie packt. Es ist dieser Albtraum, der sie seither immer wieder verfolgt, der ihr die Nächte zur Hölle macht, sie quält seit so vielen Jahren.

Wie es genau war, will sie nicht erzählen. »Sie haben mich gefangen«, sagt sie einfach. Blanche nickt düster.

Es war vorbei.

St. Jean-Pied-de-Port
März 1200

Sie erreichen das lebhafte Städtchen kurz vor Sonnenuntergang. Hier treffen drei der vier französischen Jakobswege aufeinander: Die Via Podiensis von Puy-en-Velay, die Via Lemovicensis von Vézelay und die Via Turonensis von Orléans her. Es herrscht viel Betrieb in den Straßen und Gassen, die Pilgersaison hat begonnen. Man hört alle Dialekte Frankreichs, und sogar Deutsch und Italienisch. Alle haben ihre Reise so geplant, dass sie bei Frühlingsbeginn die Pyrenäen überqueren können.

Hoch über der Stadt thront die trutzige Zitadelle, die immer eine Hundertschaft Soldaten beherbergt. St. Jean ist die wichtigste Grenzstadt zu Navarra, und die Grenze muss kontrolliert werden.

»Übernachten wir in der Burg?«, fragt Blanche.

Aliénor schüttelt den Kopf. »Da sind nur Kriegsknechte droben. Es ist ungemütlich und schmutzig, und es stinkt. Soldatenquartier eben. Nein, wir besuchen den reichsten Mann der Stadt in seinem schönen Haus. Er hat mich schon auf dem Herweg aufgenommen. Barak ben Levi, seines Zeichens Geldverleiher, Gewürz- und Tuchhändler.«

»Wir übernachten bei einem Juden?« Blanche verzieht das Gesicht.

»Na und? Ich habe im Heiligen Land viele Juden kennengelernt, es sind anständige, fleißige und friedliebende Leute. Reinlich und vor allem gastfreundlich.«

»Aber sie haben unseren Herrn Jesus ans Kreuz geschlagen!«

Aliénor rollt die Augen zum Himmel. »Du liebes bisschen, das war vor über tausend Jahren! Levi und seine Frau können nun wirklich nichts dafür. So, wie du nichts dafür kannst, dass deine Großmutter einmal einen Aufstand angezettelt hat, der viele Menschen das Leben kostete.«

Blanche legt die Stirn in Falten. So hat sie das noch nie betrachtet. »Du siehst die Welt manchmal ganz anders als alle anderen, Grand-mère«, sagt sie nachdenklich.

»Das will ich hoffen«, brummt Aliénor.

Sie überqueren das Flüsschen Nive auf einer niedrigen Steinbogenbrücke. Von hier aus kann man die schmucken Bürgerhäuser sehen, die direkt ans Wasser gebaut sind. Holzbalkone ziehen sich über- und nebeneinander an den Fassaden entlang, an ihren Geländern flattert Wäsche im Wind. Ein Haus überragt alle anderen. Es ist im Erdgeschoss mit Steinquadern aufgeführt, die beiden Stockwerke darüber sind aus Fachwerk, das Dach aus grauen Holzschindeln. »Dort werden wir es bequem und angenehm haben«, sagt die alte Königin aufgeräumt und deutet hinüber. »Die Männer werden ein paar Häuser weiter im Wolllager schlafen.« Der Zug biegt am anderen Ende der Brücke in ein neu gepflastertes Gässchen ein. Sie kommen vor einer halbrunden Doppeltür zum Stehen, neben der schräg die Mesusa angebracht ist.

»Hier sind wir schon«, ruft Aliénor und greift nach ihrem Stock. »Levi hat sein Haus gleich am Fluss gebaut, damit er in seinem Badekeller fließendes Wasser hat. Du musst wissen, die Juden baden oft, das schreibt ihnen ihr Glaube vor.«

Blanche denkt sich ihren Teil. Zu viel Baden ist ungesund, das weiß doch jeder. Man kann krank werden davon, oder schwachsinnig.

Als die beiden aus dem Chariot steigen, kommt ihnen schon der weißhaarige Hausherr mit ausgebreiteten Armen entgegen. »Zuviel der Ehre, domna«, ruft er. Und: »Esther, lass das Gästezimmer richten und ein schönes Zicklein schlachten!«

Die junge Frau des Juden eilt herbei und knickst tief. An die Brust gedrückt hält sie einen schlafenden Säugling. »Shalom«, sagt sie.

»Das heißt ›Friede sei mit euch‹«, übersetzt Aliénor.

Blanche seufzt schicksalsergeben und betritt das Haus.

Aus einer Mauernische gegenüber löst sich eine Gestalt. Valmort hat gewartet, am Stadttor, und ist ihnen zu Fuß gefolgt. Ein Glück, dass sie nicht in der Zitadelle Quartier bezogen haben, denkt er. Dort wäre er nicht an sie herangekommen. Aber hier, im Haus dieses Christusmörders ...

Schnellen Schritts begibt er sich zu der Wirtschaft am Marktplatz, in der seine drei Kumpane bei einem Humpen Wein warten.

Das Zicklein zum Abendessen schmeckt vorzüglich, und Blanches Misstrauen ist längst geschwunden. Gebannt lauscht sie den Erzählungen von Barak ben Levi über seine Handelsreisen als junger Mann, lässt sich von der sanften Esther unten im Laden die Gewürze zeigen und die herrlich bunten Seidenstoffe aus Byzanz. Der Abend vergeht wie im Flug, und erst lange nach Einbruch der Dunkelheit gehen alle zu Bett. Draußen über dem Fluss steht die silberweiße Sichel des Mondes und spiegelt sich in tausend Splittern auf der zuckenden Wasseroberfläche.

Sie helfen sich gegenseitig beim Ausziehen. Aliénor kämmt ihrer Enkelin das Haar, steckt dann mit langen Nadeln ihren eigenen dünnen Zopf auf dem Oberkopf fest, und dann liegen beide bei Kerzenschein auf ihren gemütlich weichen Kissen.

»Du hattest recht«, sagt Blanche und schnuppert an dem Kräutersäckchen, das zur Abwehr von Wanzen über ihrem Kopf an der Wand hängt.

»Womit?«

»Na, mit den Juden. Sie sind gar nicht so schlimm.«

Aliénor schnaubt durch die Nase. »Ei, wieder etwas gelernt, Lämmchen, hm?«

Blanche kuschelt sich in die Decken. »Erzählst du noch ein bisschen weiter?«

Die alte Königin zupft gedankenverloren an ihrem dünnen weißen Zopf. Allein an diese Zeit zu denken fällt ihr immer noch schwer, nach all den Jahren. Verrückte alte Ziege, schilt sie sich, es ist doch vorbei! Kannst ruhig darüber reden, es kann dir doch nichts mehr geschehen. Sie gibt sich einen Ruck, zerrt mit einem kleinen Stöhnen den Pfulm in ihrem Rücken zurecht, so dass sie halb aufrecht daran lehnt. »Nun, sie hatten mich also gefangengenommen. Ich wurde zunächst nach Chinon gebracht, wo man mich in ein Turmzimmer sperrte. Dort wartete ich darauf, dass Henry mich zu sich bringen ließ. Oder selber kam. Man gab mir einfache Kleider – ich war ja immer noch in Hosen – und speiste mich mit Wasser und Brot.«

»Warst du nicht verzweifelt?«

Sie macht ein Geräusch tief in ihrem Kehlkopf. »Was glaubst du denn? Ich war nicht nur verzweifelt, ich hatte Angst. Nackte, wilde, zähneklappernde Angst, so wie noch nie in meinem Leben. Ich hatte Henry verraten. Er konnte mich umbringen lassen, so wie Becket. Und diesmal wäre er im Recht gewesen in den Augen der Welt! Niemand hätte von meinem Schicksal erfahren müssen, ich wäre einfach in den Wirren des Krieges verlorengegangen. Welches Urteil würde Henry also über mich fällen? Tagelang, wochenlang sah ich aus meinem vergitterten Fenster hinunter auf die kleine

Stadt und die Vienne mit ihren grünen Wassern, hielt Ausschau nach Boten, nach Kriegsleuten, nach einem Schiff, nach irgendetwas. Ich betete, dass meine Söhne inzwischen erfahren hatten, was mit mir geschehen war. Vielleicht fanden sie einen Weg, mich zu befreien. Daran klammerte ich mich. Chinon war nicht allzu weit von Poitiers entfernt, wo Richards Hauptquartier lag. Es musste doch eine heimliche Nachricht kommen, eine Botschaft, ein Zeichen, aber nichts drang zu mir durch. Meine Bewacher waren gut.«

»Das muss schrecklich für dich gewesen sein.«

Das Schreckliche kommt erst noch, denkt Aliénor. Du hast ja keine Ahnung. Am Anfang, da gab es noch Hoffnung. Da hatte ich noch Kraft. Da glaubte ich noch an Rettung ... »O ja«, sagt sie, »es war schlimm. Und am schlimmsten war die Ungewissheit. Ich wusste ja nicht, was draußen vorging. Ob meine Söhne siegten oder untergingen. Ob sie überhaupt noch am Leben waren. Ob Poitiers brannte oder Rouen. Niemand erzählte mir etwas.« Sie fährt sich mit zittrigen Fingern über die Augen. »Meine Angst, Henry würde mich umbringen lassen, hatte sich zwar vorläufig gelegt. Er hätte es längst tun können, wenn es sein Wunsch gewesen wäre. Inzwischen glaubte ich, er würde mich vor ein öffentliches Tribunal stellen. Dann hatte ich wenigstens die Möglichkeit, mich zu verteidigen oder an den Heiligen Stuhl zu wenden. Vielleicht würde er ja den Krieg vorher verlieren, oder meine Söhne würden mich retten. Gleichwie, irgendwann im Frühjahr brachte man mich dann aus der Festung Chinon fort, es ging nach Norden. Ich wusste nicht, wohin, aber ich war einfach nur froh, dass endlich etwas geschah. Es stellte sich heraus, dass Barfleur das Ziel der Reise war, die ich in einem vergitterten Chariot hinter mich brachte. Ich war mir sicher, dass Henry mich dort erwartete, und ich schwankte zwischen Angst und Hoffnung. Eines Morgens holte man mich dann aus meinem Gemach und brachte mich auf das königliche Schiff, das im Hafen wartete.«

»Und dort trafst du Henry wieder?«, murmelt Blanche schläfrig.

»Er stand auf dem Bugaufbau, als ich die Esnecca betrat, in dem lächerlichen kurzen Mantel, den er immer trug. Starrte mich an mit böse funkelnden Augen. Ich wollte zu ihm hin, aber meine Bewacher hielten mich mit Gewalt zurück. ›Henry!‹, schrie ich, immer wieder. Ich wehrte mich gegen den eisernen Griff der Wächter, wand mich, aber es war umsonst. Er drehte sich einfach um. Ich sah nur noch seinen Rücken, als man mich unter Deck zerrte.«

Die alte Königin merkt gar nicht, dass Blanche kaum noch die Augen offen halten kann. Sie erzählt einfach weiter, lässt sich von ihren Erinnerungen davontragen. »Es schien mir ein göttlicher Fingerzeig zu sein: Auf derselben Esnecca war ich vor zwanzig Jahren im Triumph nach England gesegelt, als glorreiche Königin, liebende Ehefrau und stolze Mutter eines Prinzen. Ich hatte mich damals auf dem Gipfel meines Glücks gewähnt. Und diesmal trug mich dieses Schicksalsschiff als Gefangene, Gescheiterte, Gehasste. Es war, als habe sich mein Leben umgestülpt. Diesmal würde die Überfahrt mein Weg ins Verderben sein. Es fühlte sich unwirklich an.« Vorsichtig tasten ihre Füße hinüber zu Blanche, um ein bisschen Wärme und Nähe zu finden. »Man stieß mich in einen holzvertäfelten Raum und versperrte hinter mir die Tür. Als ich aufblickte, traute ich meinen Augen kaum. Da waren deine Mutter und ihre kleine Schwester Johanna, dann Jung-Henrys Frau, Königin Marguerite, Geoffreys Braut Constance, Richards Verlobte Alais, alle Geiseln so wie ich. Deine Mutter stieß einen kindlichen Freudenschrei aus. ›Wir dachten, du seiest nicht mehr am Leben‹, rief sie. Ich riss sie schluchzend in meine Arme. Sie alle waren mir so lieb und vertraut, auch meine Schwiegertöchter, die Ludwig immer von mir fernhalten hatte wollen. O Himmel, war das ein Wiedersehen. Ich herzte meine Töchter, dankte Gott dafür, dass sie wohlauf und gesund waren. ›Geht es meinem Henry gut?‹, fragte Marguerite bang. ›Weißt du etwas?‹ Ich schüttelte den Kopf. Es stellte sich heraus, dass sie mehr wussten als ich. Marguerite und Constance erzählten mir, dass der Aufstand fast verloren war und ihre Männer mit dem Rücken zur Wand standen. Auch sie waren verzweifelt. Und dann, erst spät, fiel mein Blick auf eine Bettnische. Dort kauerte eine junge Frau in Ammentracht, die ein Kind an sich drückte: Johns kaum zweijährige Braut Alice von Maurienne, vom Fieber geschüttelt. Ich ging hinüber. Die Amme, bleich und verweint, krallte ihre Finger in meine Schulter. ›Sie jammert und leidet schon, seit sie von daheim wegmusste‹, flüsterte sie. ›Das ist kein Fieber wie andere. Es ist das Heimweh, Madame, es zehrt sie auf. Helft ihr, Ihr seht doch, wie es um sie steht.‹ Ich hämmerte an die Tür, doch niemand öffnete. Ich wusste mir keinen Rat. In dieser Nacht fand ich keinen Schlaf. Ich dachte an meine Söhne, die irgendwo in Frankreich um ihr Leben kämpften. An dieses unschuldige kleine Mädchen, das uns unter den Händen wegstarb.« Es knistert, die Kerze ist heruntergebrannt und geht aus. Doch Aliénor spricht weiter. »Am nächsten Morgen, bei Sonnenaufgang, landeten wir trotz schlechten Wetters in Southampton. Alle außer mir wurden nach Devizes gebracht. Und außer der kleinen Alice von Maurienne. Sie war im Morgengrauen gestorben, still und leise unter unseren nutzlosen Gebeten. Das arme kleine Ding, mögen die Engel im Himmel sie gut bewahren. Mit ihrem Tod waren Henrys Pläne gescheitert. John würde Savoyen nicht bekommen. Er war und blieb Jean sans Terre, John Lackland, Johann Ohneland, verspotteter Nachzügler in einer zerbrochenen Ehe. Gott wollte es so. Und dann, an Land, kam Henry auf mich zu. Ich war so traurig, so verzweifelt und angsterfüllt, dass ich kein Wort über die Lippen brachte. Er musterte mich voll Abscheu, als sei ich ein Wurm in seinem Haferbrei. ›Sarum oder Ludgershall‹, sagte er kalt. ›Du kannst dir's aussuchen.‹ Ich riss mich zusammen. Er sollte meine Schwäche nicht sehen. ›Triff du die Wahl für mich‹, sagte ich. Er lächelte boshaft. ›Dann Sarum.‹ Mein Wächter zog mich fort, da packte mich Henry am Handgelenk und riss mich zurück. ›Ich habe gerade dein Grab für dich ausgesucht, Alí‹, flüsterte er mir leise ins Ohr. ›Denn du wirst diesen Ort nicht mehr verlassen.‹ Ich wollte schreien. Wo sind meine Söhne? Leben sie noch? Was hast du mit ihnen vor? Ist der Krieg verloren? Verschon sie, im Namen Gottes! Sie sind doch noch so jung! Tu mit mir, was du willst, aber lass sie gehen ... Aber ich blieb stumm. Ich war wie gelähmt, mein Hals wie zugeschnürt. Ahi, es wäre ohnehin sinnlos gewesen. Ich konnte ihn schon so lange nicht mehr erreichen. Ich ließ mich zur Kutsche führen, setzte Fuß vor Fuß. In mir war nur noch Leere. Ich sank auf die hölzerne Bank, schlang die Arme um meinen Oberkörper, als könne ich mich dadurch aufrecht halten. Mit einem Ruck zogen die Pferde an.

Ich war allein.«

Die alte Königin hat genug erzählt. Erschöpft schließt sie die Augen. Neben sich hört sie die regelmäßigen, tiefen Atemzüge ihrer Enkelin.

Endlich, zum Teufel auch! Er hat schon befürchtet, die beiden Weiber würden die ganze Nacht durchreden. Aber nun scheint Ruhe zu sein. Seit über einer Stunde hockt Valmort schon auf den Treppenstufen vor der Tür zur Gästekammer. Geduld ist seine Stärke, das Lauern liegt ihm im Blut, er ist ein Raubtier auf der Jagd. Um Mitternacht hat er einen Fensterladen im Kontor des Juden aufgestemmt, gerade als sich zwei liebestolle Kater in der Gasse einen lautstarken Kampf mit Fauchen und Geschrei geliefert haben. Niemand hat über dem ganzen Lärm das Brechen des Holzes gehört, und niemand hat bemerkt, wie er sich von seinen Helfern ein paar Bündel Stroh und zwei rundliche Töpfe durchs offene Fenster hat reichen lassen. Seitdem sitzt er im Dunkeln.

Er zwingt sich, noch eine Weile zu warten. Im zweiten Schlafzimmer hört er den alten Juden schnarchen, sein Weib schläft mit dem Säugling in einer Dachkammer, um ihn nicht zu wecken, wenn das Kind schreit. Von droben kommt kein Ton. Auch die beiden Dienstboten im Alkoven unter der Treppe liegen in tiefem Schlaf. Lautlos erhebt sich Valmort. Er tastet nach den Töpfen mit Lichtertalg, die er am Nachmittag für ein paar Denar vom Schlachter gekauft hat, ranziges, zerlassenes Rinderfett, ganz billiges Zeug für die Lämpchen der Armen, die sich keine Kerzen leisten können. Er langt mit der Hand hinein und beschmiert zuerst die Tür zur Kammer der beiden Frauen mit dem geblichen Talg. Dann den Holzboden in der Diele, die Treppenstufen nach unten. Unter seinen Füßen, die er mit Stoffstreifen umwickelt hat, knarzt es. Er bleibt stehen, reglos, hält den Atem an. Der Jude hustet. Verdammt. Dann Stille. Valmort schleicht noch einmal nach droben, verteilt Strohbündel. Das muss reichen. Er wischt sich sorgfältig die Finger ab und holt den Beutel mit dem Feuerzeug aus seiner Hosentasche. Eisenring, Stein und Zunder. Mit metallischem Klicken schlägt er den Ring gegen den Feuerstein, ein, zwei Mal, dann springen Funken auf eines der zwei Zunderpäckchen. Er wirft es in das Strohbündel vor der Kammertür. Mit leisem Knistern zucken die ersten hungrigen Flämmchen hoch. Jetzt schnell. Noch einmal Feuer schlagen, auf der Treppe. Das Fett brennt schnell und gut. Valmort muss sich beeilen, um aus dem Haus zu kommen. Draußen geben ihm seine Kumpane Zeichen, auch sie haben ihre Aufgabe erledigt. Sie sind auf den hölzernen Balkon geklettert, der sich auf der Rückseite des Hauses vor dem ersten Stockwerk spannt, und haben dort ebenfalls Feuer gelegt. Es wird kein Entkommen geben. Die Männer warten auf der Straße, bis sich drinnen rötlich flackernder Feuerschein erkennen lässt. Dann hasten sie davon. Am Morgen wird vom Haus des Juden nichts mehr übrig sein außer schwelenden Trümmern. Und ein paar verkohlten Leichen.

Blanche wälzt sich auf die andere Seite und murmelt im Schlaf.

Klage des Troubadours Richard le Poitevin über Aliénors Gefangenschaft, geschrieben im Herbst 1174

O Tochter Aquitaniens, du schöne, fruchtbare Rebe! Sag mir, Adler mit den zwei Köpfen, sag: Wo warst du, als deine Jungen aus ihrem Nest flogen, um ihre Krallen gegen den König des Nordwinds zu richten? Du warst es, so hört man, die sie aussandte, die Hand gegen den eigenen Vater zu erheben. Deshalb nun wurdest du aus deinem Land mit Gewalt gerissen und in die Fremde gebracht. Deine Harfe spielt jetzt Klagelieder, deine Flöte klingt nach Schmerz, und deine Lieder singen vom Tod.

Aufgewachsen bist du im Überfluss der Freuden, schmecktest nichts als süßen Genuss, lebtest in der Freiheit der Könige. Dein Erbe war das Glück, dein Zeitvertreib die Melodien der Sänger, deine jungen Ritter ehrten dich mit edlen Versen. Kein Reichtum der Welt blieb dir versagt.

Nun, Königin zweier Reiche, verzehrst du dich in Kummer, in

Tränen schwimmt dein Herz, Angst zerreißt den Schleier deiner Zuversicht. Ich bitte dich, Königin zweier Reiche, lass ab! Lass ab davon, dich alle Tage in Trauer zu verlieren. O arme Gefangene, kehre zurück aus deinem Verlies! Kehre zurück in dein Land, wenn du kannst! Und wenn dies unmöglich ist, möge deine Klage die des Königs von Jerusalem sein: »Ach weh, mein Exil ist von überlanger Dauer! Ich habe gelebt mit einem grausamen, schuldbeladenen Geschlecht.«

Wo ist nun dein Hof, wo sind deine Wachen, wo deine Kinder? Wo sind deine Zofen? Wo die jungen Ritter deines Haushalts? Wo sind deine Ratgeber und Seneschallen? Die einen haben fern der Heimaterde einen schändlichen Tod erleiden müssen, die anderen wurden ihres Augenlichts beraubt, noch andere wurden verbannt und irren in der Fremde umher als arme Flüchtlinge.

O Adler des gebrochenen Bundes, dein Flehen und Weinen bleibt ohne Antwort. Denn es ist der König des Nordwinds, der dich gefangenhält. Aber hör nicht auf, zu rufen und zu klagen; werde nicht müde, erhebe deine Stimme wie Trompetenklang, dass sie endlich an die Ohren deiner Söhne dringt. Denn der Tag wird kommen, an dem sie dich befreien werden. Und dann, Domna, wirst du heimkehren in das Land deiner Väter.

St. Jean-Pied-de-Port
März 1200

Die alte Königin erwacht, weil sie einen bitteren Geschmack auf der Zunge hat. Sie kennt nicht mehr den tiefen Schlaf der Jugend, nur noch den leichten Schlummer des Greisenalters. Sie muss husten. Was ist das? Was riecht da so?

Mit einem erstickten Schrei fährt sie hoch, rüttelt an Blanches Schulter. Es ist stockfinster, aber durch eine Ritze im Fensterladen schimmert schon das Licht des Sonnenaufgangs. Herrgott, nein! Das ist kein Morgenrot, das ist Feuerschein!

Blanche schlägt widerwillig die Augen auf. Auch sie spürt jetzt das Kratzen im Hals, hustet. Und dann hört sie ihre Großmutter neben sich mit hoher, gellender Stimme »Feuer!« schreien. Im selben Augenblick birst etwas, ohrenbetäubend. Die Kammertür ist eingestürzt, fauchend fegt ein Flammenstoß in den Raum. Die Frauen springen nackt wie sie sind aus dem Bett, rufen um Hilfe. Aus dem Nachbarraum hören sie Schreie, die vom Tosen des Feuers verschluckt werden. Die Hitze ist sengend, schon haben die Flammen auf die Schranktruhe übergegriffen.

»Wir müssen hinaus!«, ruft Aliénor ihrer Enkelin zu. »Schnell!«

Doch durch die Tür gibt es kein Entkommen; der ganze Flur ist ein einziges Flammenmeer. »Das Fenster!«, schreit Blanche und sucht in hilfloser Angst nach ihren Kleidern.

»Lass sein! Keine Zeit!«, keucht die alte Königin. Das Atmen fällt schwer, zu viel Rauch ist schon im Zimmer. Die Hitze wird unerträglich.

Auch die Fensterläden stehen jetzt in hellen Flammen, das Feuer scheint von draußen zu kommen. Blanche schluchzt auf. Es gibt kein Entkommen. Sie spürt die sengende Hitze auf der Haut, sieht, wie die Flammen von der Tür her näher kommen. Es ist aus, denkt sie. Wir verbrennen. Tränen laufen ihr übers Gesicht, der Rauch beißt unerträglich in ihren Augen. Hustend klammert sie sich an ihre Großmutter, die zum ersten Mal keinen Rat weiß, in die Knie sackt. Und dann, als ob in ihr eine verborgene Kraft geschlummert hätte, spürt sie plötzlich den ungeheuren Willen zu überleben. Sie will sich wehren, will kämpfen, mit jeder Faser ihres Körpers. »Das Fenster!«, schreit sie noch einmal.

»Vor dem Fenster ist auch Feuer«, krächzt Aliénor heiser.

»Und Wasser!«, schreit Blanche. »Der Fluss!«

Sie greift einen Hocker bei den Füßen und rammt ihn mit aller Wucht gegen die schwelenden Fensterläden. Das Holz bricht – o Gott im Himmel, davor lodert es taghell. Aber es ist ihre einzige Möglichkeit. Das Feuer hinter ihnen kräuselt schon die Härchen auf ihren Unterarmen. Sie krallt ihre Finger in die ihrer Großmutter. »Wir müssen durch!«

Und mit einem verzweifelten Schrei reißt sie die alte Frau mit sich über das niedrige Fenstersims, springt hinaus durch die sengende Hitze des Feuers, hinaus ins Leere, sie fällt, beide fallen, immer noch Hand in Hand. Sie merkt gar nicht, dass ihre Haare brennen; wie eine lodernde Fackel wehen sie über ihrem Kopf. Dann ist es plötzlich kühl, eiskalt. Die rettenden Fluten der Nive umfangen sie, löschen die Funken auf ihrer Haut. Die Frauen schlagen mit Armen und Beinen um sich, schlucken Wasser, kämpfen verzweifelt. Sie können nicht schwimmen. Aber da ist schon eine lange Stange, die ihnen ein herbeigeeilter Helfer hinhält, und ein Kahn nähert sich von hinten. Zwei Männer ziehen sie in das Boot, rudern mit ihrer kostbaren Fracht zum gegenüberliegenden Ufer. Hände greifen nach ihnen, tragen sie an Land, werfen Decken um ihre nackten Körper. Blanche schlottert, ihre Zähne klappern. Das letzte, was sie erkennt, ist Esther, die sich aus dem Fenster im Dachgeschoss als lebende Fackel in den Fluss stürzt, in den Armen ihr brennendes Kind. Dann wird es dunkel um sie.

Sie erwacht in einem fremden Bett, neben ihr kauert mit sorgenvollem Blick ihre Großmutter, eine Decke um die Schultern gewickelt. Ihre Augen sind rot vom Rauch, Wangen und Stirn schwarzfleckig vom Ruß. Sieht sie da Tränen? Mühsam versucht sie sich aufsetzen, ihre linke Hand schmerzt und ist voller Brandblasen. Aliénor drückt sie in die Kissen zurück, schaut sie an mit einer Mischung aus Liebe, Staunen und Bewunderung. »Ich schwöre«, krächzt sie, »ich schwöre bei Gott, dass ich dich nie wieder Lämmchen nenne!«
Blanche nickt grimmig. »Das wird aber auch Zeit, Grand-mère!«
Du entstammst ja auch einem Geschlecht aus Adlern, denkt Aliénor.
Das Haus des Barak ben Levi brennt in den nächsten Stunden nieder bis auf die Grundmauern. Die Bewohner von St. Jean haben die ganze Nacht gekämpft, um wenigstens die Nachbarhäuser zu retten und eine Feuersbrunst zu verhindern. Sie haben Eimerketten gebildet, nasse Kuhhäute auf die Dächer geworfen, mit Feuerklatschen Glutnester ausgeschlagen oder auseinandergerissen. Erst gegen Mittag ist alles gelöscht. Inzwischen ist längst Gewissheit, was alle befürchtet haben: der Jude und seine junge Frau, ihr klei-

ner Sohn und die Dienstboten sind tot. Man rätselt, wie das Feuer entstanden sein könnte. Jeder in der Stadt weiß, dass der alte Levi die Gewohnheit hatte, alle Abende noch einmal durchs Haus zu gehen, um sich zu vergewissern, dass kein Licht mehr brannte. Die durch die Hitze geborstene Feuerglocke aus Steingut hat man noch über der Herdstelle gefunden, auch am Kochfeuer kann es also nicht gelegen haben. Und Aliénors Nachtkerze war heruntergebrannt, bevor sie einschlief. Es ist unerklärlich.

Mit einer frisch gewetzten Schere schneidet Aliénor ihrer Enkeltochter die versengten Haarlängen ab. Blanche ist untröstlich, als Strähne für Strähne zu Boden fällt. »Ich werde aussehen wie ein Junge«, jammert sie. »So kann ich doch nicht heiraten.«

»Du bist meine kleine Heldin!«, krächzt Aliénor liebevoll; ihr Hals ist immer noch wund vom Rauch. »Und Helden kleiden sich in Ruhm und Glorie, da braucht's keine schönen Locken. Wenn ich's dir sage! Außerdem, schau, das wächst wieder. Und dein Bräutigam wird stolz auf seine tapfere Frau sein.«

Blanche seufzt tief auf. Und ja, sie ist wirklich stolz auf sich. Immerhin hat sie ihrer Großmutter das Leben gerettet. Sie ist nicht mehr das kleine dumme Ding aus Burgos, o nein. Erwachsen ist sie geworden in den letzten Wochen. Eine Frau. Aber als sie dann in den Spiegel sieht, fließen doch Tränen. Sie hat jetzt einen dunklen, krausen Schopf, der nur noch bis knapp unter die Ohren reicht. Aber sie ist ja selber schuld. Immer hat sie sich hartnäckig geweigert, einen Nachtzopf zu tragen. Das hat sie jetzt davon.

Während Blanche noch mit sich hadert, spricht die alte Königin mit Pieter von Zeeland. »Ich habe ein merkwürdiges Gefühl«, sagt Aliénor nachdenklich. »Kann es sein, dass uns jemand Böses will?«

Der Zeeländer bläst die Backen auf. »Brände gibt es in einer Stadt mehr als tote Katzen. So sagt man bei mir zu Hause.«

»Jaja«, nickt Aliénor. »Ich weiß.«

»Die Leute in der Stadt sagen, es könnte auch einer etwas gegen den Juden gehabt haben. So etwas kommt oft vor und überall. Es heißt ja immer wieder, dass die Juden Hostien schänden und Kinder töten, um deren Blut zu trinken. Außerdem haben sie viele

Neider, weil sie reich sind. Und manch einer will das Geld nicht zurückzahlen, dass er sich von jüdischen Wucherern geliehen hat.«

»Auch Barak ben Levi kann seine Schulden jetzt nicht mehr eintreiben«, sagt die alte Königin leise.

»Nein.« Der Zeeländer schüttelt den Kopf. »Aber ich bin gottfroh, dass wenigstens Ihr und Eure Enkelin noch am Leben seid.« Er kratzt sich verlegen am Kopf. »Wenn ich doch nur eine Wache ...«

»Ich habe euch die Nachtwache erlassen«, unterbricht ihn die Königin. »Ihr könnt nichts dafür. Ich habe mich in diesem Haus sicher gefühlt.« Wie in Abrahams Schoß, denkt sie und muss beinahe über ihren eigenen Wortwitz schmunzeln. Sie erhebt sich mit einem kleinen Stöhnen, beim Sprung aus dem Fenster hat sie sich das Knie angeschlagen. »Gebt Euren Männern heute frei. Wir werden noch ein, zwei Tage hierbleiben und in einer Herberge übernachten.« Sie und ihre Enkelin brauchen nach dieser schlimmen Nacht ein wenig Erholung und neue Reisekleider, es ist ja alles verbrannt. Und vielleicht lässt sich in St. Jean ja auch noch eine Frau finden, die als Zofe mit nach Norden reist. Es ist wirklich unerträglich, ganz ohne weibliche Dienerschaft dazustehen, und schicken tut es sich auch nicht.

Ein Schlachtfeld am Ufer der Charente, irgendwo in der Nähe von Saintes, Frühjahr 1174

Es hat geregnet. Tagelang. Das ist nicht gut für den bevorstehenden Kampf. Richard sitzt hoch aufgerichtet auf Sans Merces, seinem Lieblingsschlachtross; der mächtige Apfelschimmel hat einen schwarzen Fleck in Form einer Vogelschwinge auf der Flanke. Das muss Glück bringen, ist sein Reiter doch einer der jungen Adler aus Merlins Prophezeiung.

Von seiner Position auf dem höchsten Hügel über der Charente aus überblickt Aliénors Lieblingssohn mit gerunzelter Stirn das

Kampfgelände. Sein blauer Mantel flattert im Wind, die Rüstung blitzt in der Morgensonne. Drunten in der Flussaue deuten die Fußsoldaten zu ihm hinauf, rufen seinen Namen. Wer wollte unter solch einem Anführer nicht kämpfen? Löwenherz, so nennen sie ihn, seit er den Aufstand im Poitou anführt. Denn er ist tapfer, ja tollkühn wie kein Zweiter.

Richard hebt grüßend die rechte Hand, es ist, als ob die drei aufgestickten Löwen auf seinem Handschuh den Söldnern mit ihren erhobenen Pranken zuwinkten. »Cœur de Lion!«, so hallt der Schlachtruf durch die Reihen der Aquitanier.

Drüben, auf der anderen Talseite, hat der Gegner Stellung bezogen. Angeviner aus der Normandie, befehligt von Henry selbst. Er hat es sich nicht nehmen lassen, seinem Sohn persönlich entgegenzutreten.

Richards Augen schweifen über die zweitausend Fußsoldaten und sechshundert Ritter, die er befehligt. Er weiß, sie sind zu wenige. Aber er weiß auch, dass sie kampfgestählt sind und hart. Und nicht immer gewinnt die Überzahl. Er hat seine besten Ritter zentral platziert und von Fußtruppen umgeben lassen. Verstärkte Fußtruppen und Bogenschützen decken die Flanken ab. Um dem Feind einen Durchbruch zu erschweren, sind die Kämpfer in mehreren Reihen im Raum gestaffelt. Eine Abteilung von dreihundert Panzerreitern wartet im Wäldchen, dort, wo die Charente einen Bogen macht. Sie sollen die Schlacht entscheiden, wenn es so weit ist.

Der junge Prinz geht seinen Plan noch einmal im Kopf durch. Nach den Businen- und Trommelsignalen werden die Fußtruppen den Kampf eröffnen. Sie sollen den Gegner aus der Deckung locken, damit die Ritter im nächsten Schritt mit einer breiten Angriffsreihe vorrücken können, an der schwächsten Stelle soll der Durchbruch gelingen. Er hat mit seinen Befehlshabern besprochen, dass unbedingt Knie an Knie zu reiten sei. Der Feind muss eine immer schneller werdende Eisenwand auf sich zukommen sehen, hat er gesagt. Irgendwo werden sich dann seine Reihen öffnen, dort, wo die Feigsten stehen. Später sollen dann die Fußsoldaten die gegnerischen Ritter vereinzeln und von den Pferden holen. Je zehn Mann pro Ritter müssen genügen, das ist die Faustregel.

Richard spürt das vertraute Kribbeln unter der Haut. Die Messe wurde schon kurz vor Sonnenaufgang gelesen. Die Rösser haben ordentlich Bier zu saufen bekommen, damit sie im Kampf ruhig bleiben. Für die Kämpfer selber gab es keine Morgenmahlzeit, hungrige Männer werden nicht so schnell müde. Und ein voller Magen ist schlecht bei Verletzungen. Die Ritter könnten an ihrem eigenen Erbrochenen im Helm ersticken. Der Prinz zieht sein Schwert, fährt mit dem Daumen prüfend die rasiermesserscharfe Schneide entlang. Ein gutes Gefühl. Bald wird dieser Stahl vor Blut triefen. Langsam hebt er die Waffe, reckt sie hoch über seinen Kopf. Die Trompeter geben das Signal zum Angriff.

Eine Stunde später tobt der Kampf immer noch mit unerbittlicher Härte. Richards Poiteviner haben den Feind ein deutliches Stück zurückgedrängt. Er selbst ist wie immer in vorderster Reihe dabei, streckt einen Angreifer nach dem anderen nieder, brüllend, lachend, triumphierend. Er liebt diesen Rausch, das blutige Wüten, fühlt sich dabei unsterblich, ein Liebling der Götter. Neben ihm reitet sein treuer Fahnenträger immer vorwärts, das am Sattel befestigte Adlerbanner hoch in die Lüfte gereckt. Die Männer folgen dem Adler, alle Kampfabteilungen kennen die Grundregel der Schlacht: Immer bei der Fahne bleiben. Ihr Anblick, zusammen mit den hin und wieder erschallenden Trompetenfanfaren, ist die einzige Orientierungsmöglichkeit, die sie haben. Zusammen mit dem Löwenherz hacken, stechen und schlagen sie sich vorwärts. Wer stürzt, ist dem Tod geweiht – ein Ritter kommt wegen der Schwere der Rüstung nicht von selbst wieder auf die Beine, der dümmste Bauerntölpel kann ihn leicht mit dem Schweinespieß erledigen, an der ungeschützten Stelle neben dem Kehlriemen oder durchs offene Visier. An diesem Tag jedoch sterben viele Gefallene nicht an tödlichen Stichen in Hals und Hirn. Durch den Regen ist die Erde am Fluss aufgeweicht, die Pferdehufe haben den Schlamm knöcheltief getrampelt. Wer von den Rittern aufs Gesicht fällt, erstickt.

Richard merkt zu spät, dass etwas nicht stimmt. Wo ist sein Bannerträger? Er sieht die Fahne weit drüben, in Richtung Saintes. Das kann nicht sein. Tesselin de Malbec hat ausdrücklichen Befehl, nicht von seiner Seite zu weichen, und er war immer zuverlässig. Richard brüllt, aber seine Stimme geht im Schlachtgetöse unter. Schon galoppieren seine Ritter von ihm weg, zur Fahne hin. Er schickt einen Knappen zu den Trompetern. Aber die Fanfaren sorgen für noch mehr Verwirrung. Die Kämpfer hören den Befehl, sich nach Osten zu wenden, aber sie sehen den Adler doch im Westen flattern! Dann plötzlich reitet der Bannerträger zurück, hält auf die eigene Nachhut zu. Ist die Schlacht verloren? Heilloses Durcheinander bricht aus. Keiner weiß mehr, wohin. Richard lässt seinen Schimmel steigen, winkt seine Leibgarde zu sich. »Holt Malbec her, verflucht!«, brüllt er. Malbec ist plötzlich wieder in Richtung Fluss auszumachen, dort, wo er sein soll, dicht gefolgt von Fußvolk. Und die Fahne bewegt sich schon wieder zurück! Das kann doch nicht sein! Richard bleibt in der allgemeinen Verwirrung nichts anderes übrig, er muss seinem letzten Trumpf ausspielen. »Die Kampfreiter, jetzt!«, ruft er. »Befehl zum Angriff!«

Die Businen ertönen. Dreihundert Ritter galoppieren in geschlossener Formation auf den Kampfplatz, ein atemberaubender, grausig schöner Anblick. Ihr Anführer Joscelin de la Roche hat Befehl, beim Angriff auf das Banner zuzuhalten. Doch es ist plötzlich nicht mehr da, wo er es gerade gesehen hat. Jetzt leuchtet es weiter drüben auf, bei der kleinen Baumgruppe. Joscelin lässt Richtung wechseln, mitten im gestreckten Galopp. Pferde keilen aus, rutschen auf dem matschigen Boden, straucheln und fallen. Herrgott, wo ist der Adler jetzt? Da! Da taucht er wieder auf, nahe beim Fluss! Hastig gibt Joscelin das Zeichen für eine weitere Kehrtwende. Die Rösser geraten endgültig in Panik, gehen durch, sind nicht mehr zu halten, preschen von hinten durch die eigenen Reihen und trampeln einen Trupp Bogenschützen nieder. Zehn Minuten später befindet sich Richards Armee in kopfloser Flucht.

Drüben am anderen Ufer der Charente stößt Henry einen heiseren Schrei aus. Das ist der Sieg!

Richard hat sich mit knapper Not retten können. Aus etlichen Wunden blutend und lästerlich fluchend lässt er sich vom Pferd gleiten. Seine überlebenden Ritter sammeln sich um ihn, sehen zu, wie ihr Held Löwenherz heulend vor Wut auf die Knie fällt, sich den Helm vom Kopf zerrt und in den Dreck beißt, Gras und Steine zwischen den Zähnen zermalmend. Wie sein Vater, denken diejenigen unter den Männern, die den alten König kennen.

Und dann blicken sie zum Blutacker hinüber. Der Feind hat sich ebenfalls zurückgezogen, wie es vorher auf Ehrenwort verabredet war. Die Verletzten dürfen geholt werden, die Toten geborgen. Überall liegen verstümmelte Körper, dazwischen traben verwirrte, reiterlose Pferde umher. Die ersten Raben sind schon gelandet. Und da – mitten auf dem Schlachtfeld, die Männer trauen ihren Augen kaum, steht reglos wie eine Statue der schwarze Hengst des Bannerträgers. Auf ihm sitzt aufrecht, beide Hände um den Schaft der Fahne geklammert, Tesselin de Malbec. Er hat den Kopf ein wenig schräg gelegt, als wundere er sich über all die Leichen, die das Schlachtfeld bedecken. Das Adlerbanner knattert im böigen Wind.

Sie laufen hinüber, holen Malbec aus dem Sattel, nehmen ihm den Helm ab. Und prallen zurück. Ein Stich hat den Bannerträger ins Auge getroffen, wohl bald nach Beginn der Schlacht, er ist schon ganz kalt. Er hat sich am Morgen gegen alle ritterliche Regel am hohen Rückenteil des Sattels festbinden lassen, und so hat das Pferd seinen toten Reiter die ganze Zeit kreuz und quer durch das Kampfgetümmel getragen. Ihn und die Fahne, der alle gefolgt sind.

Richard steht auf dem Hügel und sieht mit versteinerter Miene zu, wie die Verletzten vom Blutacker geholt und versorgt werden, wie Soldaten in Ermangelung eines Priesters den Sterbenden die letzte Beichte abnehmen und ihnen anstelle der Kommunion ein wenig Gras oder Laub zwischen die Zähne stecken. Das zählt in den Augen Gottes. Die Leichen der einfachen Soldaten werden auf Haufen geworfen, um sie später zu verbrennen, die der Ritter wickelt man in Leintücher, um sie nach Hause zu bringen.

Vorbei. Richard weiß, dass mit dieser Schlacht alles verloren ist. Sein Bruder Henry steht in der Normandie schon seit letzter Woche auf verlorenem Posten und hofft nur noch auf Entsatz durch Ludwig von Frankreich. Geoffrey hat kein Geld und keine Truppen mehr, vermutlich ist er längst zurück im sicheren Fougères. Und seine Mutter sitzt gefangen in irgendeiner Festung, niemand weiß, wo.

Von Norden her nähert sich ein Reiter, wird zu Richard durchgelassen. »Was bringst du mir?«, fragt der Prinz müde.

»Ich komme aus Le Mans von Eurem Bruder«, keucht der Bote. »Er lässt Euch sagen, dass der König von Frankreich das Bündnis aufgekündigt und bei Eurem Vater um einen Waffenstillstand nachgesucht hat. Und er hat Nachricht aus England erhalten: Der König der Schotten ist gefangen.«

Richard sinkt mit einem dumpfen Stöhnen auf die Knie. Es ist aus.

Die jungen Adler haben den Kampf verloren.

Aus der Autobiographie des walisischen Chronisten Giraldus Cambrensis

Alß nun der Kriegk vorbey ward und das Kämpffen vorüber, da ward Könighk Henrys Hertz zu Steyn. Er danckte dem Allmechtigen nit für seine himmlisch Gnad, die ihme den Siegk geschencket hat. Sondern er suchte die Ursach seynes Glücks hoffärtig in der eygnen Stärcke. Ohne Beßerung seiner Seel kehrte er zurück in den Abgrundt seiner Laster undt Sünden. Er hielt sein Weyb die Königin gefangen, umb sie zu straffen für die Zerstörungk ihrer Ehe undt die Auffwieglung seiner Söhne ...

Sarum, irgendwann, es ist ohnehin ganz gleich

Die uralte Ansiedlung liegt auf einem sturmumtosten Hügel. Sie ist hervorgegangen aus einem schützenden Ringfort, das vor Zeit und Ewigkeit ein längst vergessenes Geschlecht von Menschen errichtet hat. Wohl zweitausend Jahre später kamen die Römer, besetzten die wehrhaften alten Gemäuer und bauten dort das kleine Dorf Sorviodunum. Noch später kreuzten sich hier zwei Handelsstraßen, bescheidener Wohlstand zog ein unter der Herrschaft der Angelsachsen. Das war im ersten Jahrtausend der Zeitrechnung des Herrn. Jetzt, in normannischer Zeit, thront eine mächtige quadratische Turmburg über der Stadt, mit klafterdicken Mauern und winzigen Fensterlöchern. Es ist ein düsterer, ungastlicher Ort. Wasser ist ein knappes Gut auf der Anhöhe, die Stadt strotzt vor Dreck, stinkt, quillt über vor Ungeziefer und Ratten und Katzenkadavern und Hunden, die ihr räudiges Fell an rauen Mauerecken reiben. Es gibt fast nur Holzbauten, so gering und armselig wie die Menschen, die darin hausen. Die große Kathedrale in ihrer steinernen Majestät passt nicht zu der allgegenwärtigen Schäbigkeit und Düsternis. Der Wind pfeift im Herbst und Winter so laut, dass die Mönche in der Kirche sich beim Singen kaum hören können.

Manchmal schreit sie zum Fenster hinaus, so laut sie kann. In der Nacht, dann, wenn alles nur noch Schwärze ist. Aber ihre Stimme dringt nicht weiter als bis zum letzten der fünf Wälle, die Sarum umgeben und ihre spitzen Palisaden dem Mond entgegenrecken. Wenn die Menschen in der Stadt die Schreie hören, bekreuzigen sie sich. Die Adlerfrau ruft nach ihren Söhnen, raunen sie, Gott helfe ihr. Es klingt, als ob jemand aus dem Grab heraus seine Stimme erhebt. Und so ist es ja auch. Die dort droben im Turm ist eine lebende Tote.

Wie lange sie schon da ist, weiß keiner genau. Seit dem Sommer, in dem die große Mückenplage war? Oder erst später, als die bittere Kälte den Avon hat zufrieren lassen, der südlich der Stadt entlangfließt? Nein, sagen die einen, sie kam in dem Jahr, als die Zugbrücke zur Festung gebaut wurde. Unsinn, meinen die anderen, es war schon früher, als damals im August der Blitz gleich zweimal in den Glockenturm fuhr. Die Einzigen, die es wirklich wissen, sind Aliénors Gefängniswärter, Ranulf Glanville und Ralph FitzStephen. Einem einzigen Bewacher hat der König seine Frau nicht anvertrauen wollen.

Aliénor weiß noch, wie sie in den Hof der Festung eingefahren ist in ihrer vergitterten Kutsche. Das Türchen öffnete sich, aber sie rührte sich nicht. Erst als Glanville, die widerliche Missgeburt, sich dazu herabließ, ihr die Hand zu bieten, ergriff sie seine eiskalten, toten Finger und stieg aus. Wortlos führte er sie ins Innere des alten Donjon, drei Treppen hoch ins oberste Stockwerk, öffnete eine schwere, eisenbeschlagene Tür und winkte sie hinein. Sie kannte Sarum, weiß Gott wie oft sie schon dort mit Henry Aufenthalt genommen hatte. Aber diesen Raum hatte sie noch nie gesehen. Fast quadratisch, zwei vergitterte Fensterlöcher nach Süden, zwei nach Westen. Rohe Steinquaderwände. Ein Bohlenfußboden, wie angenehm. Rechts von der Tür ein nicht mehr ganz neues Himmelbett, davor ein Bänkchen. Vor den Südfenstern ein verschlissener Polstersessel, ein Stuhl und ein Esstisch, in der Ecke ein Betstuhl. Ein pergamentener Sichtschirm, dahinter vermutlich Waschschüssel und Nachtscherben. Kein Teppich, keine Binsenstreu. Kein Webzeug an den Wänden, um die Kälte abzuhalten. Aber dicke Wolfsfelle über der Bettstatt, und auf dem Tisch eine irdene Schale mit Äpfeln. Er will mich wenigstens nicht verhungern lassen, denkt sie. Danke, Henry, du Miststück.

»Ich hoffe, die Kammer genügt Euren Ansprüchen, Madam«, säuselt Glanville. Er ist ein kleiner, dicklicher Mann, vom Alter her schwer zu schätzen. Mit seiner spitzen Nase, dem weißen Streifen im dunklen Bart und den winzigen, schwarzen Augen sieht er aus wie ein alter Dachs. »Wenn Ihr noch etwas braucht, lasst es mich wissen.«

Sie sieht ihn an, ihre Augen sind nur noch schmale Schlitze. »Ein paar Musikanten und Tänzerinnen zu meinem Zeitvertreib«, faucht sie. »Einen Tribock, um diese Mauern zu sprengen. Ach ja, und einen hübschen, niedrigen Richtblock, auf den Ihr bequem Euren Hals legen könnt.«

Sein Kopf ruckt herum, er funkelt sie hasserfüllt an. »Der Übermut wird Euch noch vergehen, Frau Aliénor«, zischt er. »Die Zeit wird kommen, in der Ihr mich um meine Gesellschaft anflehen werdet.«

Aliénor lächelt ihn an, deutet zum Fenster. »Eher fließt der Fluss da draußen rückwärts, du Wicht.«

»Wie es Euch beliebt.« Der alte Dachs geht. Knarrend wird der Riegel vorgeschoben.

Sie bleibt noch eine Weile stehen, bis sie sicher ist, dass er nicht mehr vor der Tür ist. Dann wankt sie langsam zum Bett. Die Laken duften nach Salbei und Thymian, frisch gewaschen und gebleicht. Ihre Hand streicht mechanisch über das kalte weiße Leinen. Sie setzt sich. Dies wird ihr Sterbebett sein. Henry hat es gesagt. Sie legt sich hin, auf die Seite, rollt sich zusammen wie ein Kind. Ihre Augen starren ins Leere. Es gibt nichts mehr zu denken.

St. Jean-Pied-de-Port
März 1200

Die Zitadelle ist wirklich kein Aufenthaltsort für Damen, aber die Herbergen sind alle voller Pilger. Aliénor fühlt sich schwach, innerlich ist ihr immer noch kalt von ihrem Sprung in den Fluss. Blanche geht es leidlich bis auf die verbrannte linke Hand.

»Du frierst, Grand-mère«, stellt sie fest.

»Hast recht. Wir lassen uns später Kohlepfannen bringen. In so kaltem Wasser kann man sich schier den Tod holen«, brummt die alte Königin.

Blanche schreckt hoch. »Sag so was nicht.«

Aliénor lacht auf und kneift sie in die Wange, dass ein roter Fleck erscheint. »Schon gut, Kindchen, schon gut. Ich bin die gesündeste

alte Krähe, die ich kenne. So schnell wirst du mich nicht los.« Sie atmet tief durch.
»Wenn nicht noch mehr solche Unglücksfälle geschehen.«
»Ei, das darfst du gar nicht denken. Und außerdem haben wir nicht mehr weit, nur noch ein paar Tagereisen. Also keine Angst, Lämmchen.«
»Hast du eben Lämmchen gesagt?«, knurrt Blanche.

Am nächsten Morgen stellen sich zwei Frauen vor, die gegen guten Lohn als Zofen bis Fontevraud mitreisen könnten. Die eine ist ein schieläugiges Weib mit schwarzem Flaum auf der Oberlippe, groß und dürr, aber sie kann ordentlich reden und scheint nicht dumm zu sein. Die andere ist jünger und recht hübsch, aber sie riecht aus dem Mund, hat schmutzige Fingernägel, und dann entdeckt Blanche auch noch Ungeziefer in ihren Haaren. Da fällt die Wahl leicht. Die Schieläugige bekommt den Zuschlag und dankt Aliénor mit einem unterwürfigen Handkuss. Ihr erster Auftrag ist es, auf dem Markt Kleider zu besorgen und feine Ziegenlederschuhe.
Derweil sitzen Aliénor und Blanche auf einer sonnenbeschienenen Bank vor der Rossschwemme, in geliehene Mäntel gewickelt.
»War Sarum so wie hier?«, fragt Blanche und blickt um sich. »Ein Soldatenstützpunkt, grau und freudlos?«
Die alte Königin lässt es zu, dass ihr eine gescheckte Katze auf den Schoß springt. »Noch schlimmer.« Sie krault das Tier im Nacken. Soll sie jetzt erzählen, dass sie einfach nur sterben wollte? Dass sie überlegt hat, wie lange es dauert, bis der Tod kommt, wenn man aufhört zu essen? Oder wie oft man den Kopf gegen die Mauer schlagen muss, bis es vorbei ist? Ob das überhaupt geht oder ob man nicht einfach vorher ohnmächtig wird? »Ich war allein«, sagt sie nur. Kein Wort darüber, dass sie in eine Starre verfiel, eine Lähmung, als habe eine Spinne ihr Gift in sie gespritzt. Dass sie aufhörte, sich das Haar zu kämmen, die Kleider nicht mehr wechselte, sich nicht mehr wusch. Dass sie eines Tages die erste Laus an sich entdeckte und nicht zerquetschte, damit wenigstens etwas Lebendiges mit ihr in der Kammer war. Dass sie nachts die-

sen schrecklichen Zwang hatte, aus dem Fenster zu schreien, bis ihr die Stimme versagte. Und dass sie irgendwann jemanden reden hörte und singen, und mit einem Mal begriff, dass sie das selber war. »Ich war allein«, wiederholt sie. »Bis Amaria kam.«

»Amaria?«

»Ja. Sie schenkten mir eine Dienerin. Meine Aufpasser waren der Meinung, ich bräuchte ein weibliches Wesen, das sich um mich kümmert. Es war den Männern zu peinlich, mir Tücher für meine Rosen zu bringen, das blutige Zeug wieder abzuholen, all das. Sie schrieben an Henry, und er erlaubte es. Man suchte ein ganz junges Ding aus, jünger als du. Sie kam aus einer verarmten Seitenlinie der Barone von Wem in Shropshire, und man hatte ihre Eltern gar nicht erst lange gefragt, sondern ihnen einfach eine Summe Geldes für sie gegeben.« Ohne Amaria wäre ich irgendwann gestorben, denkt sie. Oder ganz und gar verrückt geworden. »Eines Tages stand sie bei mir im Zimmer. Ich dachte erst, es sei Einbildung, ein Trugbild. Ich schloss die Augen, betete, dass es doch Wirklichkeit war. Als ich die Augen wieder öffnete, stand sie immer noch da. Ein kleines Mädchen mit dicken blonden Zöpfen, dass keine Ahnung hatte, was sie erwartete.« Sie war meine Rettung. Mein Engel. Ich fiel vor ihr auf die Knie, tastete über ihr Gesicht, ihren mageren Körper, um mich zu versichern, dass es Wirklichkeit war. Sie sagte: Gute Herrin, zu Euren Diensten, wenn's Euch beliebt. Da weinte ich zum ersten Mal seit meiner Gefangennahme. Ich konnte gar nicht mehr aufhören. Sie strich mir unbeholfen über den Kopf. Schscht, machte sie. Ich bleibe ja da. Versprochen.

»Sie schlief mit mir in einem Bett«, erzählt Aliénor weiter. »Ich brachte ihr bei, was eine Zofe zu tun hatte – auch wenn es nicht viel Arbeit für sie gab. Sie half mir beim An- und Ausziehen, schüttete den Nachttiegel aus dem Fenster, schnitt mir die Nägel, zupfte mir die Brauen ...«

»Du hast dir sogar in der Gefangenschaft ...?«

Gespielte Empörung. »Natürlich, Kleines. Eine Frau darf sich niemals gehenlassen, habe ich das noch nicht gesagt? Doch? Na, siehst du!«

Die Katze wechselt auf Blanches Schoß und rollt sich dort schnurrend zusammen. Ihr schwellender Bauch zeigt, dass sie trächtig ist. Und Aliénor erinnert sich. »Die erste Kunde, die irgendwann aus der Welt da draußen zu mir vordrang, war, dass Henry seine Metze Rosamund jetzt öffentlich als seine Geliebte hielt. Amaria hatte das aufgeschnappt, als sie einmal ohne Aufsicht in die Stadt durfte, um ihre kranke Mutter zu besuchen. Rosamund, so hieß es, lebe nun offen bei Hofe, und der König habe Anweisung gegeben, sie zu behandeln, als wäre sie die erste Dame des Reiches.«

»Das Biest!«, zischt Blanche.

Aliénor zuckt die Schultern. »Was konnte sie schon dafür? Sie war nur sein Spielzeug. Und sie hat ihre Strafe bekommen – sie starb in der Blüte ihrer Jugend, verlassen von dem Mann, den sie liebte.«

Blanche überlegt kurz, ob sie es wagen soll. Dann siegt ihre Neugier. »Hast du ... ich meine, die Leute sagen ... na, du weißt schon!«

»Jaja, ich weiß!« Die alte Königin winkt gelangweilt ab. »Ich hätte sie umgebracht. Mit einer Schnur erdrosselt. Mit einem Dolch erstochen. Mit einem Kissen erstickt. Die Geschichte mit dem Trank gefällt mir am besten: Darin hieß es, ich hätte die Ärmste inmitten des grünen Labyrinths aus Hainbuchen, das übrigens damals noch gar nicht stand, zu Woodstock aufgesucht und gezwungen, einen Kelch mit Gift zu leeren.«

Blanche nickt heftig. »Ja, genau! Und, hast du?«

Die greise Königin lacht lautlos. Dann schüttelt sie den Kopf. »Rosamund ist im Sommer sechsundsiebzig gestorben. Zu dieser Zeit saß ich immer noch als Gefangene in Sarum. Ich kann's also schlecht gewesen sein.«

»Gott sei Dank.« Blanche atmet auf. Der Gedanke, dass ihre Großmutter eine hilflose junge Frau umgebracht haben könnte, war ihr immer zuwider. »Und wer hat sie dann umgebracht?«

»Ach du lieber Gott, niemand, Schätzchen. Sie hat es einfach nicht ertragen, Henry zu verlieren. Sie hat es nicht ausgehalten, dass ihr königlicher Liebhaber sie verstoßen hat für eine jüngere, ranghöhere, die er an ihrer Stelle heiraten wollte.« Die liederliche, durchtriebene französische Schlampe, denkt sie. Schade, dass dich der Teufel noch nicht geholt hat, aber das kommt schon noch. Und bis dahin führst du ein Leben in Schande, denn die ganze Welt kennt deine Abscheulichkeit.

»Rosamund ist also an gebrochenem Herzen gestorben?«

»An enttäuschter Liebe, ja, das wird's wohl gewesen sein. Er hat sie ins Kloster Godstow gesteckt, und dort ist sie bald darauf in ihr Grab gesunken.« Aliénor hebt die aufgemalten Brauen. »Wieder eine bösartige Legende um die Königin von England, die nicht stimmt, was, mein Herz?« Dann fällt ihr etwas ein. »Sag bloß, du hattest das auch von deiner Mutter, hm?«

Blanche schüttelt den Kopf, dass die kurzen Löckchen fliegen. »Nein, das ausnahmsweise nicht.« Dann grinst sie. »Aber sie hat gesagt, wenn du es hättest machen können ...«

Aliénor lacht aus vollem Hals, dass die Katze erschrocken von Blanches Knien springt, einen Buckel macht und dann pfeilschnell hinter einem Strohhaufen verschwindet. Das unverschämte Gör, denkt sie. Kennt mich besser, als ich dachte.

Vor Sonnenuntergang ist Nieves, die neue Zofe, zurück und bringt zwei mausfarbene Reisekleider, wie sie einfache Bürgersfrauen tragen, dazu dicke wollene Umhänge und braune Schnürstiefel. Besseres war nicht aufzutreiben, aber wenigstens passen die Sachen leidlich. Weil Blanche und Aliénor immer noch erschöpft sind von der Brandnacht, gehen sie nach einem Soldatennachtmahl aus Suppe, Hartkäse und Kleiebrot früh zu Bett.

»Du, Grand-mère«, sagt Blanche, als sie müde nebeneinander unter den Decken liegen. »Wie lange warst du eigentlich eingesperrt?«

Es dauert ein wenig, bis Aliénor antwortet. »Mehr als fünfzehn Jahre.«

Wortlos starrt Blanche in die Schwärze der Nacht.

Henry

Alle hab ich sie besiegt, alle! Sie haben gedacht, sie könnten mich fertigmachen, aber sie haben sich getäuscht. Bei den Augen des Herrn, keiner macht Henry im Krieg etwas vor. Heulend und zähneklappernd haben sich meine sauberen Söhne vor mir in den Staub geworfen. Haben mich um Gnade angefleht. Wie war das noch? Adlerbrut? Dass ich nicht lache. Maden im Dreck, das sind sie! Wollten mir die Klauen in die Brust schlagen, mir, dem mächtigsten König der Christenheit! Wer kann jetzt noch bestreiten, dass es nur einen gibt, der über das angevinische Reich bestimmt, nämlich Henry! Die Angst stand ihnen in den Augen, als sie um Vergebung baten. Dabei bin ich doch kein Unmensch. Schließlich sind sie mein eigen Fleisch und Blut. Und sie haben sich von ihr aufhetzen lassen. Alles war ihr Werk, vernichten wollte sie mich, und wo ist sie jetzt, he? In Sarum. Da ist es hübsch einsam, da kann sie über ihre Bösartigkeit nachdenken. Ich bin milde geworden mit den Jahren, jaja, es reicht mir, wenn sie leidet. Meine drei unbotmäßigen Söhne sollen in Freiheit bleiben. Natürlich musste ich sie strafen, das war unvermeidbar. Aber sie können sich glücklich schätzen. Jeder darf drei Burgen behalten und bekommt von mir die Hälfte der Einkünfte aus seinen jeweiligen Landen. Den Rest behalte ich. Wenn sie sich ordentlich aufführen, können wir in zwei, drei Jahren noch einmal reden. Bis dahin habe ich einen Weg gefunden, um John zu versorgen. Vielleicht sogar zu meinem Nachfolger zu machen. Denn ganz gleich, was die Zeit bringt, Vertrauen kann ich in die anderen nicht mehr haben. Es ist schon ein verdammtes Stück Arbeit, die Wut über ihre Rebellion zu vergessen. Steht nicht geschrieben, du sollst die Hand nicht gegen den eigenen Vater erheben?

Richard – ausgerechnet er, der mich am längsten bekriegt hat – bat mich, Alí freizulassen. Ich habe mich rundheraus geweigert. Ich bin so froh, dass ich das Weib los bin. Ach was, nicht Rosamunds wegen, obwohl es schon seine Vorteile hat, offen mit ihr leben zu können. Aber wenn ich es recht bedenke, hat die Kleine schon ein recht langweiliges Temperament. Zu viel schwarze Galle in ihren Körpersäften. Auf Dauer ist das nichts für mich. Ständig liegt sie mir in den Ohren, dass sie mir einen Sohn schenken will. Ach Gott, noch ein Bastard mehr. Mir wär's ja egal, aber sie wird einfach nicht schwanger. Dauernd verlangt sie Geld von mir, für Schenkungen, Bittgottesdienste, all dass, damit der Himmel ihr endlich zu einer Schwangerschaft verhilft. Sie denkt an nichts anderes mehr. Da soll einem das Vögeln noch Spaß machen?

Ja, mit Alí war das anders, das war ein Weib! Ich habe Richard nicht gesagt, wo sie sich aufhält, er kommt womöglich noch auf den irrwitzigen Gedanken, sie zu befreien. Deshalb habe ich ihn auch zurück nach Aquitanien geschickt. Geoffrey ist auch wieder in der Bretagne. Nur Jung-Henry behalte ich weiter bei mir. Er ist beim Volk zu beliebt, das gefällt mir nicht. Und er hegt aus unerfindlichen Gründen den tiefsten Groll gegen mich, der undankbare Stinkstiefel. Gestern hat er mich gebeten, ich möge ihn nach Santiago de Compostela ziehen lassen, um Buße für sein unrechtes Aufbegehren zu tun. Haha! Für wie dumm hält der mich eigentlich? Sobald ich ihn über den Kanal segeln lasse, reitet er stracks zu Ludwig und schmiedet mit ihm das nächste Bündnis gegen mich. Ich muss mir eine Lösung für ihn einfallen lassen. Und für Ludwig, das Aas. Er macht mir meine Söhne abspenstig. Es muss doch eine Möglichkeit geben, einen dauerhaften Frieden mit ihm zu schließen. Mir reichen schon meine Jungen, da braucht's keine weiteren Feinde. Zum Kotzen ist das.

Das Schönste ist, wenn ich mich ärgere, denke ich jetzt immer an Alí. Das tröstet mich ungemein.

Was mich allerdings seit einiger Zeit noch weit mehr tröstet, ist der Anblick der kleinen Alais. Ich muss schon sagen, das Mädchen hat sich entwickelt ...

Von St. Jean-Pied-de-Port nach St. Palais
März 1200

Es regnet in Strömen, als der königliche Chariot über das Jakobstor aus der Stadt rollt. Die Waffenknechte sind schon jetzt nass bis auf die Haut und haben finstere Mienen, aber am entschlossensten und düstersten blickt der junge Angel Rivero. Er hat zusehen müssen, wie sich Blanche mit brennenden Haaren in den Fluss gestürzt hat, und sich seither unablässig Vorwürfe gemacht. Bewachen hätte er sie sollen, stattdessen hat er zuerst mit den anderen gezecht und dann geschlafen. Das wird nie wieder vorkommen, er hat es sich geschworen. Vergeblich hat er versucht, einen Blick auf Blanche zu erhaschen, als sie in die Kutsche stieg, aber sie hat den Kopf gesenkt gehalten und die Kapuze ihres Mantels tief ins Gesicht gezogen. Kein einziges Mal hat sie sich nach ihm umgesehen. Vielleicht ist sie ihm böse, dass er sie so im Stich gelassen hat. Jetzt sitzt sie jedenfalls drinnen und hört, wie meistens, ihrer Großmutter zu.

»Während ich abgeschnitten von der Welt im Turm von Sarum saß und mich täglich von sinnlosen Hoffnungen nährte, ging draußen das Leben weiter«, erzählt die alte Königin im Wagen. »Der Aufstand der jungen Adler wurde niedergeschlagen. Henry lebte mit Rosamund. Ich erfuhr manches nur durch Zufall oder bruchstückhaft. Und das meist viel später. Ich konnte auch nie sicher sein, dass es stimmte. Zu den wenigen guten und erlösenden Nachrichten, die mich hinter den dicken Mauern erreichten, gehörte irgendwann die, dass Richard, Geoffrey und Jung-Henry mit ihrem Vater Weihnachten in Windsor feierten – oder war es Nottingham? Ganz gleich, ich war glücklich darüber und dankte Gott, dass meine Jungen wenigstens noch am Leben waren. Sie konnten meine Fürsprecher sein. Ich bat um Erlaubnis, ihnen eine Nachricht schicken zu dürfen, aber das wurde mir verwehrt. Henry hatte angeordnet, dass ich weder Briefe erhalten noch senden dürfte. Das einzige lebende Wesen, mit dem ich sprechen konnte, war und blieb Amaria. Sie wuchs mir ans Herz wie eine Tochter. Ja, und dann kam Henry.« Aliénor holt tief Luft. »Eines Tages, es muss im Sommer sechsundsiebzig gewesen sein, ging die Tür auf – und da stand er. Mein Herzschlag setzte aus, ich brachte keinen Ton über die Lippen. O Gott, wie furchtbar musste ich aussehen in meinem verschossenen roten Kleid, das Haar nachlässig hochgesteckt, die Züge verhärmt, ohne Schmuck und Schminke und bleich wie ... nun, eben wie eine Gefangene, die eine Ewigkeit keine Sonne mehr gesehen hat! Ich wäre am liebsten im Boden versunken. Er musterte mich, sein Blick war eine Mischung aus Neugier und Gleichgültigkeit. Die Hoffnung schlug in meinen Körper ein wie ein Blitz. War er gekommen, um mich freizulassen? ›Guten Morgen, Henry‹, sagte ich zu ihm, als ich mich wieder gefasst hatte. ›Besuchst du mich in meinem Grab?‹ – ›Wir haben uns lange nicht gesehen, Alí‹, erwiderte er mit seiner üblichen heiseren Stimme und schüttelte missbilligend den Kopf. ›Du bist mager geworden. Geben sie dir nicht genug zu essen?‹ – ›Ich kann mich nicht beklagen‹, entgegnete ich. ›Es geht mir gut.‹ – ›Das freut mich zu hören‹, sagte er. ›Hast du einen Augenblick Zeit für mich?‹«

»Das ist gemein«, schnaubt Blanche. »Dieser Widerling!«

Aliénor lächelt. Sie weiß noch genau, was sie geantwortet hat. Heute ist es ganz schlecht, Henry. Komm morgen wieder. Er hat schallend gelacht, bis ihm die Tränen kamen. Oh, Alí, hat er gesagt, du bist einfach unbezahlbar.

»Du wirst gleich noch zorniger auf ihn sein, Schätzchen«, fährt Aliénor fort. »Denn er kam ja nicht ohne Grund. ›Also‹, sagte ich, als er aufgehört hatte zu lachen, ›warum bist du hier?‹ – ›Was glaubst du wohl?‹, fragte er lauernd zurück. ›Hast du Angst, dass ich dich hole, um dich wegen deines schändlichen Verrats zu bestrafen? So wie Becket?‹ Ich sah an seinen Augen, dass er es nicht ernst meinte. In gespieltem Entsetzen schlug ich die Hände zusammen und presste sie auf mein Herz. ›Ach, ich muss sterben – und habe noch gar nicht gefrühstückt!‹ Er sah mich ungläubig an. ›Dich kann wirklich nichts schrecken‹, knurrte er. ›Nein, Alí, die Hölle darf noch ein Weilchen ohne dich auskommen. Ich bin hier, um dir ein Angebot zu machen.‹ Ich begann, innerlich zu zittern. Konnte es wirklich sein, dass er mich freilassen wollte? ›Nun, freiheraus‹, sagte ich. Er begann, im Zimmer umherzustapfen, wie es seine Art war. ›Die Kinder haben für dich gesprochen, Alí. Ihretwegen, nicht deinetwegen, habe ich mich dazu durchgerungen, dich nicht hier verrotten zu lassen, wie du es eigentlich verdientest. Du musst nur ein paar Bedingungen erfüllen.‹ – ›Und die wären?‹ – ›Ei, du wirst verstehen, dass unsere Ehe nicht länger aufrechterhalten werden kann, nach all dem, was du getan hast. Ich will dich nicht mehr, Alí. Und ich nehme an, umgekehrt ist es genauso. Ich möchte die Auflösung unserer Verbindung.‹ Ich blieb stumm. So wiederholt sich die Geschichte, dachte ich. Nur dass diesmal ich die Verlassene sein werde. ›Du kennst das ja schon‹, fuhr er fort. ›Zu nahe Verwandtschaft. Was ja auch stimmt.‹ Ich sagte immer noch nichts. Henry blieb am Fenster stehen, wies hinaus. ›Wenn du keine Schwierigkeiten machst und dein Einverständnis gibst, dann entlasse ich dich in die Freiheit – nun, sagen wir, so gut wie. Du wirst natürlich den Schleier nehmen. Dann kannst du dir ein schönes Kloster aussuchen und dort ein angenehmes Leben führen. Also, was sagst du?‹ Er drehte sich zu mir um und sah mich erwartungsvoll an.«

Blanche tat das Gleiche. »Und, hast du angenommen? Sag!«

Die alte Königin schnalzt mit der Zunge. »Was hättest du getan, hm?«

»Nun ja ... ich weiß nicht. Ich glaube schon. Im Kloster ist es immerhin besser als im Kerker, oder nicht?«

Aliénor nickt finster. »Richtig, das war auch mein erster Gedanke. Mein zweiter war: Da stimmt etwas nicht. Ich nahm Henry nicht ab, dass er so plötzlich weich geworden war. Dazu kannte ich ihn zu gut. Er führte irgendetwas im Schilde. ›Warum diese plötzliche Großzügigkeit?‹, fragte ich. ›Du wirst doch nicht etwa altersmilde?‹ Er grinste. ›Wer weiß?‹ – ›Und was geschieht mit Aquitanien? Würde es dann mit deinem Einverständnis sofort und ungeschmälert an Richard fallen?‹ – ›Nun, darüber lässt sich reden‹, erwiderte Henry. ›Sofern er sich bis dahin gut benimmt. Die Erbrechte der Kinder bleiben durch eine Annullierung ohnehin unangetastet.‹ Diese schnelle Bereitschaft machte mich noch misstrauischer. ›Ich muss darüber nachdenken‹, sagte ich schließlich, ›gib mir ein wenig Zeit.‹ Er schüttelte unwillig den Kopf. ›Bei den Augen Gottes, Alí. Eigentlich müsstest du jetzt einen Freudensprung machen und mir dankbar die Füße küssen. Stattdessen tust du so, als ob du eine Wahl hättest.‹ Er breitete die Arme aus. ›Nun gut. Denk darüber nach.‹ Mit drei Schritten war er bei der Tür und klopfte; dann wandte er sich noch einmal um. ›Ach ja, das hätte ich fast vergessen. Als Beweis meines guten Willens lasse ich dich übernächste Woche nach Winchester holen. Johanna reist nach Sizilien, um den jungen König Wilhelm zu heiraten – eine hervorragende Verbindung für das Haus Plantagenet. Jetzt bist du überrascht, was? Du darfst dich von ihr verabschieden. Und bis dahin, denke ich, wirst du auch wissen, was gut für dich ist.‹«

Aliénor hat gnädig genickt, ohne erkennbare Regung. Aber kaum war der König zur Tür hinaus, hat sie Amaria gepackt und ist mit ihr durchs Zimmer getanzt. Das muss ein Anblick gewesen sein, denkt sie. Eine heruntergekommene Königin und ein kleines Mädchen, Hand in Hand, wie die Verrückten hüpfend und kreischend. »Es war unfassbar!«, ruft sie, und Blanche merkt ihr die überschwängliche Erleichterung von damals immer noch an. »Wir würden aus diesem Turm herauskommen, nach all der Zeit! Und vielleicht für immer! Denn natürlich würde ich in Winchester zusagen. Dann kam mir noch ein Gedanke. Ich hämmerte an die Tür. ›Schnell‹, sagte ich zu Amaria, ›lauf dem König nach. Bitte ihn, uns einen Schneider mit einer Auswahl an Stoffen schicken zu lassen. Wir können uns schließlich nicht in diesen schäbigen Gewändern bei Hofe sehen lassen. Das fiele ja auf ihn zurück!‹ Als sie weg war, warf ich mich rücklings aufs Bett, breitete die Arme aus und dankte Gott für das Ende meiner Gefangenschaft.«

Nur, das alles ganz anders kommen sollte. Sie hat sich zu früh bedankt.

Winchester, August 1176

Es ist der Tag Mariae Himmelfahrt, und Aliénor wird ihn nie vergessen. Stolz, den Rücken gestrafft, mit majestätischer Haltung reitet sie in Winchester ein, ganz und gar Königin. Henry hat ihr den Schneider geschickt, und sie trägt nun ein neues, strahlend weißes Gewand – sie hat die Farbe der Unschuld mit Bedacht gewählt – unter einem scharlachnen Umhang mit Hermelinfutter. Das ebenfalls weiße Gebende mit dem Kinnstreifen lässt sie streng aussehen, fast nonnenhaft. Aber ihr Gesicht leuchtet vor Freude über die neugewonnene Freiheit.

Drinnen in der Großen Halle erwartet sie der König, umgeben von seinen Höflingen. Mit ausgebreiteten Armen eilt er ihr entgegen. »Ah, das Gespenst von Sarum hat sich wieder in eine Königin verwandelt«, raunt er und küsst sie auf beide Wangen.

Sie neigt den Kopf, um das Kompliment anzunehmen. »Das macht die Vorfreude auf das Wiedersehen mit meinen Kindern.«

»Deinen Töchtern, wolltest du wohl sagen«, lächelt Henry. »Auf ein Treffen mit den Prinzen wirst du verzichten müssen, ma chère. Ich kann keine neue Verschwörung gebrauchen.«

»Aber Henry …«

Mit einer Handbewegung schneidet er ihr das Wort ab. »Geh ins Frauenzimmer, Alí, und reiz mich nicht. Ich erwarte dich später zum Bankett mit den Gesandten aus Sizilien. Dort wirst du deine Söhne sehen, aber nur von Weitem. Ich habe Anordnung gegeben, jede Unterredung zu unterbinden.«

Sie wendet sich zur Treppe. Alles jetzt, nur kein Streit, denkt sie. Nur nichts verderben.

Droben hüpft ihr schon juchzend die kleine Johanna entgegen und lässt sich herumwirbeln. »Mutter, stell dir vor, ich heirate!«, kreischt sie.

»Das ist schön, mein Küken«, lacht Aliénor und wischt sich eine Freudenträne aus dem Augenwinkel. »Sizilien ist ein herrliches Land, ich kenne es von früher her, als ich auf Kreuzzug war.«

»Erzähl«, bettelt die Elfjährige.

Aliénor wehrt ab. »Später. Erst muss ich alle begrüßen.« Sie blickt auf, stößt einen kleinen Schrei aus: »Matilda! Du!« Die beiden fallen sich in die Arme. »Lieber Himmel, wie hast du dich verändert in all den Jahren! Du bist eine Frau geworden, Kleines! Und so hübsch! Die Ehe tut dir ganz offensichtlich gut. Aber sag, was tust du hier?«

Matilda seufzt. »Mein Mann hat mich und die Kinder aus Sorge hergeschickt. Er hat sich mit dem Kaiser überworfen und fürchtet das Schlimmste. Es hilft ihm zu wissen, dass wir in Sicherheit sind, wenn es in Deutschland zum Kampf kommt. Schau, da kommen die Kleinen: Richenza, Heinrich und Lothar. Und das kleine brüllende Biest auf dem Arm der Amme ist Otto, grade ein Jahr alt.«

Aliénor hat kaum Zeit, ihre Enkelkinder zu herzen, denn schon kommen ihre Schwiegertöchter zur Begrüßung. Wie lange, denkt sie, war ich nicht mehr so glücklich? Und ihr Entschluss festigt sich. Es ist an der Zeit, mit dem Kämpfen aufzuhören. Sie wird Henrys Angebot annehmen.

In aller Eile richten sich die Frauen für das Festmahl her. Matilda leiht ihrer Mutter zwei riesige Rubinringe und eine doppelreihige Perlenkette, und gemeinsam schmücken sie die kleine Johanna mit Ohrgehängen aus Gold im byzantinischen Stil, einem Geschenk ihres sizilianischen Bräutigams.

Beim Bankett sitzt Aliénor neben der glücklichen Braut. Auf deren rechter Seite thront Henry, ganz der stolze Vater. Es ist beinahe wie früher, denkt sie, nur dass diese Ehe zu Ende ist. An der zweiten langen Tafel entdeckt sie ihre Söhne. Jung-Henry lächelt sie an, Geoffrey nickt ihr zu, Richard zwinkert mit dem linken Auge und wagt sogar, ihr zu winken. Ah, und da ist auch John, beinahe hätte sie ihn nicht erkannt nach der langen Zeit; er ist dick geworden. Gleichgültig nimmt er ihren Gruß zur Kenntnis und sticht dabei mürrisch mit dem Messer auf ein Stück Sülze ein. Auf Richard verweilt ihr Blick am längsten. Gut sieht er aus; er trägt jetzt einen scharf geschnittenen Bart und die Haare schulterlang gelockt. Er ist wahrlich ein Mann geworden in den letzten drei Jahren. Immer wieder muss sie ihn ansehen. Ach, wenn sie doch mit ihm und den anderen reden dürfte! Geduld, sagt sie sich, es ist nur eine Frage der Zeit. Über der Wiedersehensfreude mit den Prinzen fällt ihr erst spät auf, dass Richards Braut Alais, die jetzt bei den Damen sitzt, sie gegen alle guten Sitten noch gar nicht begrüßt hat. Wie hat sich das kleine blasse Ding verändert! Üppige weibliche Formen hat sie entwickelt, Donnerwetter! Und sie wirkt kein bisschen mehr schüchtern, so wie früher. Wie alt ist die Kleine jetzt? Fünfzehn? Sechzehn? Ihre Augen blitzen, die Wangen sind gerötet. Nun, sie ist keine wirkliche Schönheit, dafür ist sie ein wenig zu pummelig, ihr Mund ist zu groß und die Brauen zu dicht und unregelmäßig. Aber sie hat Haut von wunderbarer Zartheit und dichtes kastanienbraunes Haar, und sie zieht die Blicke aller Männer auf sich. Tja, nur nicht die von Richard. Er muss sie jetzt endlich heiraten, denkt Aliénor. Lange genug hat er es hinausgezögert.

Sie plaudert pflichtgemäß mit den beiden sizilianischen Bischöfen, die die Brautwerbung überbracht haben, erfüllt ihre Aufgabe als Gastgeberin mit schlafwandlerischer Sicherheit. Sie ist ganz in ihrem Element. Auch Henry scheint zufrieden mit ihr zu sein. Er wirft ihr hin und wieder einen anerkennenden Blick zu. Ach, es ist ein herrlicher Abend. Endlich wieder Musik und Tanz, Narrenpossen, Akrobatensprünge. Die alten Lieder der Troubadoure, ach! Sie verliert sich in einem Wirbel überschwänglicher Freude. Wie hat sie das alles vermisst. Sie könnte bis zum Morgen durchfeiern, aber als es auf Mitternacht zugeht, ziehen sich zumindest die Damen zurück, so will es der Anstand. Und jetzt wird ihr wieder mit aller Deutlichkeit klar, dass sie doch noch eine Gefangene ist. Man geleitet sie ins Frauenzimmer, und sie sieht, dass dort nicht die üblichen Türsteher postiert sind, sondern bewaffnete Wachen. Aber das ist ihr ganz gleich, es dauert ja nicht mehr lange!

Zwei Tage lang hat sie keine Gelegenheit, mit Henry zu sprechen. Er ist mit den Männern erst auf Beizjagd, und dann gehen sie auf Wildschweine. Die Frauen sind dabei nicht erwünscht. Aber dafür haben sie endlich Zeit, miteinander zu plaudern und sich nach so langer Zeit wieder näherzukommen.

Am dritten Tag klettert die kleine Johanna ihrer Mutter unvermutet auf den Schoß und wispert ihr etwas ins Ohr. »Was hast du gesagt?«, fragt Aliénor lachend. »Ich hab nichts verstanden.«

»Du sollst morgen nach der Frühmesse zur Beichte in die Kapelle gehen«, wiederholt Johanna geduldig.

»Sagt wer?«

»Richard. Aber Pssst. Niemandem verraten!««

Weiß Gott nicht, denkt Aliénor. Endlich. Er hat eine Möglichkeit gefunden. Also legt sie Henry nach der Messe kurz die Hand auf den Arm. »Ich möchte gern wieder einmal beichten«, sagt sie leise. »Wenn du gestattest.«

Henry lächelt. So fügsam hat er sie gern. »Natürlich, Alí.« Er kann es sich nicht verkneifen, ein spitzes »Das wird dir sicher guttun« hinterherzuschicken.

In der Kapelle riecht es nach Staub und Weihrauch. Durch die bunten Fenster dringt hell das Sonnenlicht, malt rote und blaue Muster auf den Steinfußboden. Sie geht nach vorn zum Altar, bekreuzigt sich. Und wartet.

Es dauert nicht lang, da huscht er durch das kleine Nebenportal. Und dann liegen sie sich auch schon in den Armen. Sie kann die Tränen nicht zurückhalten. »Ich bin so froh, dass du lebst. Dass ihr lebt«, sagt sie. »Und umgekehrt«, erwidert er. »Wir haben schon das Schlimmste befürchtet. Er hat nichts über dich erzählt, weder, ob du noch am Leben bist, noch, wo du bist. Nichts als Schweigen. Wir haben immer wieder auf ihn eingeredet, abwechselnd, ich, Johanna, Geoffrey, Matilda, alle. Und jetzt bist du da!«

Vor lauter Rührung muss sie sich räuspern. »Ich danke euch allen. Und ich liebe euch von ganzem Herzen.«

Sie setzen sich auf die beiden Stufen vor dem Altar. Draußen hält Geoffrey Wache. Ihm, dem zungenfertigen Schmeichler, ist es auch gelungen, den Bischof von York zu überreden, dieser »Beichte« Rückendeckung zu geben, falls Henry nachfragt.

»Er hält uns an der kurzen Leine, Mutter«, erzählt Richard, »und wir können nichts dagegen tun. Henry kann keinen Schritt machen, ohne dass er es erfährt, er steht unter ständiger Beobachtung, fühlt sich wie ein Gefangener. Ich weiß, dass auch unter meinen Leuten Spitzel sind, die ihm regelmäßig Bericht erstatten. Und Geoffrey geht es genauso.«

»Ihr müsst Geduld haben«, sagt Aliénor, »sein Vertrauen wiedererlangen. Er trägt euch den Aufstand nach, das ist verständlich. Aber irgendwann muss er euch wieder mehr Macht geben. Ihr seid seine Erben, daran kommt er nicht vorbei. Er muss sich mit euch aussöhnen. Wenn Henry vielleicht mit Marguerite endlich einen Sohn hätte, und du Alais heiraten würdest und auch Kinder ...«

Er fährt auf. »Heiraten? Alais? Eher heirate ich des Teufels Großmutter!«

»Ja, aber wieso denn? Richard, es ist Zeit. Du hast lange genug gewartet. Es wäre nur gut für dich.«

Voll unterdrückter Wut sieht er sie an. »Die Frauen haben es dir also noch nicht erzählt«, sagt er. »Dann wirst du es von mir erfahren müssen. Ist dir noch nicht aufgefallen, wie Alais herumstolziert? Wie sie die Dienerschaft behandelt, sich benimmt, als gehöre der ganze Hof ihr? Hast du nicht bemerkt, dass deine Töchter sich von ihr fernhalten, dass sie nicht mit ihnen im Frauenzimmer lebt?«

O Gott im Himmel, denkt Aliénor. Lass es nicht wahr sein. Bitte.

Doch Richard spricht erbarmungslos weiter. »Seit einem Jahr geht das schon zwischen ihm und ihr. Geoff hat es als erstes bemerkt. Er hat sie dabei erwischt, wie sie es miteinander getrieben haben. Der alte Bock bespringt die Braut seines eigenen Sohnes!«

Aliénor unterdrückt ein Stöhnen. Es ist unerträglich. Ihr ist plötzlich schlecht. Sie versucht, gleichmäßig zu atmen, um die aufsteigende Übelkeit zu unterdrücken. Und immer noch spricht Richard weiter. »Rosamund hat er ins Kloster gesteckt, wo sie sich seitdem die Augen ausheult. Und du warst ja auch aus dem Weg, zumindest bis jetzt.«

Aliénor nickt bitter. Und mit einem Mal ist ihr völlig klar, warum Henry ihr dieses verlockende Angebot gemacht hat. Warum sie hier ist. »Er will unsere Ehe auflösen lassen, um Alais zu heiraten«, flüstert sie, und spürt, wie unbändiger Zorn in ihr hochsteigt.

»Was?« Richard starrt sie an.

»Er bietet mir die Freiheit und einen Platz im Kloster«, nickt sie bitter. »Eine Annullierung würde euch als Erben nicht schaden. Es sei denn …«

»Es sei denn, Alais schenkt ihm Söhne«, beendet Richard den Satz. Er vergräbt das Gesicht in den Händen. »Das ist sein Plan. Er stiehlt mir meine Braut, macht ihr Kinder und verdrängt mich und die anderen aus der Erbfolge. Aber vorher«, brüllt er, »vorher ramme ich ihm mein Schwert in seinen feisten Wanst!«

»Leise!«, zischt Aliénor. »Oder willst du, dass man uns hört?« Sie senkt den Kopf. »Das werde ich nicht zulassen. Er kann mich nicht so einfach loswerden, nicht ohne meine Einwilligung. Und bevor ich ihm die gebe, sterbe ich lieber in Sarum.«

»Er wird dich umbringen lassen«, gibt Richard zu bedenken.

Sie schüttelt den Kopf. »Das kann er sich nicht leisten. Nicht nach Becket. Er weiß das, sonst hätte er es längst getan.«

Es klopft an die Tür. Geoffrey wird langsam nervös. Aliénor packt Richard bei den Schultern. »Tu jetzt nichts Unüberlegtes, hörst du? Ihr müsst warten und ihr müsst zusammenhalten. Eure Zeit wird kommen.«

»Und du?«, fragt er.

Sie antwortet nicht, umarmt ihn nur.

Mit schweren Schritten verlässt er die Kapelle. Die Tür fällt zu. Sie schlägt die Hände vors Gesicht.

»Und? Hast du es dir überlegt?« Henry tritt zu ihr, hält ihr einen Becher mit Rotwein hin.

Sie lächelt, nimmt den Wein. Und schüttet ihn Henry mitten ins Gesicht. »Du elendes Stück Dreck! Du widerliches, unnatürliches Monster! Unzucht zu treiben mit der Braut des eigenen Sohnes! Du bist dir für keine Schändlichkeit zu schade, kein Weib ist dir zu billig! Du ekelhaftes …«

Er weicht einen Schritt zurück, wischt sich den Wein mit dem Ärmel aus den Augen.

Sie kommt ihm nach. »Ja, ich hab es mir überlegt, Henry. Und meine Antwort lautet: nein.«

»Du bist ja verrückt!«, stößt er aus.

»Ich bin so klar im Kopf wie noch selten in meinem Leben. Und ich spiele dein Spiel nicht mit.« Sie lacht auf. »Oh, du hast gedacht, Sarum hätte mich mürbe gemacht, nicht wahr? Du hast gedacht, es ist ganz leicht, ich biete ihr die Freiheit, und sie wird gierig danach greifen. Du kennst mich anscheinend immer noch nicht, Henry Plantagenet. Ich bin Aliénor von Aquitanien, Gräfin von Poitou, Herzogin von Aquitanien, Königin von England und die Mutter von Englands Prinzen! Du glaubst, du kannst mit diesem schamlosen Flittchen, dieser schmutzigen kleinen Hure eine neue Dynastie gründen? Vergiss es. Ich werde niemals einer Annullierung zustimmen, hörst du? Niemals!«

Er ist dunkelrot angelaufen, die Adern an seinem Hals pulsieren. »Dann wirst du verrecken in deinem Turm«, brüllt er. »Du wirst dort nie wieder herauskommen, so lange ich lebe, das schwör ich dir, bei Gott!«

»Und ich hoffe bei Gott, dass das nicht mehr allzu lang dauert«, faucht sie.

Er lacht zu laut. »Freu dich nicht zu früh, Alí. Ich bin bei bester Gesundheit. Ich werde noch viele Söhne zeugen.«

»Die du alle so weit bringen wirst, dass sie Krieg gegen dich führen!« Sie schleudert den leeren Becher in den Kamin. »Du hast es versaut, Henry. Du hattest alles, hattest Söhne, die dich liebten und achteten. Du hattest die Aussicht auf eine glorreiche Zukunft für das Reich, das wir geschaffen haben. Aber du hast alles zerstört mit deinem Wahn, alleine zu herrschen, mit deinem Misstrauen und deiner maßlosen Überheblichkeit. Glaubst du, dass neue Söhne dich zu einem anderen Menschen machen können? Du wirst sie verlieren, so wie du Henry, Richard und Geoffrey verloren hast, denn du änderst dich nicht, Henry. Dir geht es immer nur um dich.« Sie tritt ganz nah vor ihn hin, spuckt ihm die Worte ins Gesicht. »Und sieh dich nur an, Henry. Du dauerst mich. Du bist ein alter, kranker Mann. Ich habe dich genau beobachtet in den letzten Tagen. Du gehst gekrümmt, dein Rücken macht dir zu schaffen, das Aufstehen fällt dir schwer. Du ziehst das linke Bein nach. Auch das Sitzen bereitet dir Schmerzen, deine blutigen Geschwüre im Hintern plagen dich immer ärger. Du bist feist und langsam und brauchst einen hölzernen Tritt, um aufs Pferd zu steigen, wie ein Weib. Deine Hände zittern. Deine Beine sind so krumm geworden, dass man eine Sau durchtreiben könnte. Es wäre längst an der Zeit, die Macht abzugeben, aber du klammerst dich daran wie ein Ertrinkender. Doch die Krone ist nicht mit dem ewigen Leben verbunden, Henry. Nur zu, steck mich wieder in mein Turmzimmer. Es wird dir nichts helfen. Oh, sieh mich nicht so an, ich weiß, dass du mich am liebsten eigenhändig erdolchen würdest. Aber das kannst du dir nicht leisten, nicht wahr? Du hast lange genug gebraucht, deinen Namen vom Mord an Becket zu reinigen. Stürbe ich jetzt, würden meine Söhne dich öffentlich beschuldigen. Und dann wärst du erledigt. Dann würde endgültig der Bannfluch aus Rom gegen dich geschleudert. Und die Herrschaft ginge kampflos an deinen ältesten Sohn über. Nein, Henry, du wirst mich nicht los. Und ich schwöre dir eines: Wenn du mich nicht umbringen lässt, dann werde ich dich überleben.« Sie lacht schrill auf. »Ich habe ja sonst nichts zu tun. Ich werde Sarum einst wieder verlassen, als Königin. Und dann, Henry, werde ich auf deinem Grab tanzen.«

Ohne auf eine Antwort zu warten, dreht sie sich um und geht zur Tür. »Ich halte mich abreisebereit«, sagt sie über die Schulter. Dann ist sie draußen.

Nach ein paar Schritten lehnt sie sich erschöpft an eine Säule. Von drinnen dringt Henrys Wutschrei an ihr Ohr. Aus, vorbei der Traum von der Freiheit. Sie wird zurückkehren in ihr Verlies. Gott sei mir gnädig, flüstert sie. Dann geht sie mit schleppenden Schritten ins Frauenzimmer und fängt an zu packen.

Von St. Palais nach Sorde-l'Abbaye
März 1200

Sie haben Nachtquartier in der Nähe von St. Palais genommen, im Nikolauskloster von Haranbeltz. Vor dort aus geht es zügig weiter, das Gebirge liegt jetzt endlich hinter ihnen, und die Strecke durch das Basse Navarre ist einfach.

»Du bist also wieder zurück nach Sarum?«, fragt Blanche ungläubig.

»Was hätte ich denn sonst tun sollen? Von irgendeinem Kloster aus zusehen, wie Henry dieses Luder von Alais heiratet, ihr einen Haufen Kinder macht und meine eigenen Söhne enterbt? Wie er dann Richard womöglich Aquitanien entreißt und es einem seiner Lotterbälger gibt? Nein, Blanche, da gab es nichts zu überlegen. Es ging hier nicht mehr um mich, sondern um die Zukunft meiner

Kinder und meines Landes. Dafür war ich bereit, alles aufzugeben.« Aliénor hat wieder diesen bitteren Zug um die Lippen, wie immer, wenn sie von der Zeit ihrer Gefangenschaft erzählt. »Es gelang mir noch, von Winchester aus eine Nachricht an den Papst zu schicken. Darin verweigerte ich mich einer Annullierung und berichtete haarklein von Henrys unsäglichem Übergriff auf die Braut seines eigenen Sohnes. Das würde reichen, dachte ich. Und ich sollte recht behalten. Obwohl Henry alle Mittel in Bewegung setzte, lehnte die Kurie sein Ansinnen ab. Ich hatte gewonnen.« Aber um welchen Preis, denkt sie düster und spricht weiter: »Zurück in Sarum verfiel ich in tiefste Düsternis. Meine guten Zeiten waren endgültig vorüber. Ich sah mich mit Henrys Augen: Eine in die Jahre gekommene Schönheit, die schon lange nicht mehr mithalten konnte mit jungen, frischen, rosigen Mädchen wie Rosamund oder Alais. Ich fühlte mich alt, unendlich alt, müde und hässlich. Ich betrachtete jede einzelne Falte im Spiegel, haderte mit den grauen Strähnen in meinem Haar, das längst dünner geworden war als früher. Meine Hände hatten schon die ersten Altersflecken, meine Schenkel waren schlaff, Bauch und Brüste nicht mehr straff. Kein Mann würde sich mehr in mich verlieben, kein Troubadour Lieder über mich schreiben. Und als ob mein Körper nur darauf gewartet hätte, dass ich das bemerke, blieben meine Rosen aus. Ich war keine Frau mehr, und ich fühlte mich elend. Ich bekam plötzlich Angst vor dem Tod, und ich wollte nicht fern von meinen Kindern sterben. Ich versank in Düsternis. Aber ist es nicht oft so, dass mitten im Dunkeln irgendwo eine Kerze angeht? Irgendwann vor Weihnachten öffnete sich die Tür zu meiner Turmkammer und einer der Mönche von Sarum trat vor mich hin, ein kleines, dürres Männlein mit struppigem, weißem Haarkranz und verschmitztem Lächeln. Er sei ab nun, wenn es mir gefiele, mein Beichtvater, sagte er. Stell dir vor, Johanna, die liebe, gute Johanna, hatte sich das als letztes Abschiedsgeschenk von Henry gewünscht. Und er hatte ihr diesen Wunsch in einer Anwandlung von Abschiedsschmerz gewährt.«

Blanche schnaubt durch die Nase. »Einen Beichtvater? Was soll man denn wohl beichten, wenn man tagaus, tagein in einem Turmzimmer sitzt?«

Aliénor lacht. »Oh, sündige Gedanken vielleicht. Davon hatte ich genug. Voller Hass und Rachedurst. Aber der gute Vater Patrick brachte Trost und Erleichterung. Er wurde nämlich nicht nur mein Beichtvater, sondern auch mein Lehrer.«

»Sag bloß, er ließ dich die Heilige Schrift auswendig lernen, so wie es Meister Diego von Toledo mit mir gemacht hat?«

»Oh, nein, mi cors. Ich lernte bei ihm das Schreiben mit Feder und Tinte!«

»Ach du lieber Gott!« Blanche reißt verwundert die Augen auf. Ihr hat das Lesen schon gereicht! »Und das war dir ein Trost? Erst die Gefangenschaft, und dann auch noch das?«

Aliénor muss lachen. »Du glaubst, schlimmer hätte es nicht mehr kommen können, was? Nein, Kind, ich war damals froh über die Ablenkung. Ich hatte wenigstens eine Aufgabe.«

Nachdenklich schiebt Blanche die Unterlippe vor. Dann siegt die Neugier. »Ist es denn schwer, das Schreiben?«, will sie schließlich wissen.

»Natürlich. Sonst könnte es ja jeder!« Aliénor reckt stolz das Kinn. »Es gibt über zwanzig Buchstaben, und die jeweils in klein und groß. Jeder hat eine ganz besondere Gestalt, das kennst du ja vom Lesen. Sich diese Gestalt zu merken, das ist das Wichtigste! Jeder Buchstabe muss immer gleich aussehen, nicht mal so und mal so. Und du musst vor dem Schreiben genau überlegen, aus welchen Buchstaben sich das Wort zusammensetzt, das du schreiben willst. Und dann musst du die Feder leicht übers Pergament führen, sie darf sich nicht spreizen, sonst spritzt die Tinte.«

»Wie lange hast du gebraucht, bis du es konntest?«

Aliénor überlegt. »Nun, Vater Patrick durfte einmal im Monat kommen. Zwei Jahre wird es schon gedauert haben, bis ich alle Buchstaben beherrschte. Und es machte tatsächlich Spaß. Amaria hat auch mitgelernt, beim Üben mit ihr konnte ich endlich wieder lachen. Als wir irgendwann den ersten Text zustande gebracht hatten, waren wir tatsächlich glücklich.« Sie seufzt. »Man nährt sich von den kleinen Dingen, wenn man nichts anderes hat.«

»Aber als du bei uns in Burgos warst, hast du deine Briefe diktiert«, erinnert sich Blanche.

Aliénor zieht die Brauen hoch. »Selbstverständlich. Wie sieht das denn aus, wenn eine Königin ihre Briefe selber schreibt? Selbst wenn sie's könnte!«

Blanche kichert. »Wenigstens brauchst du keinen Schreiber mehr, wenn du eine geheime Nachricht schicken willst«, stellt sie fest. »Das kann sehr nützlich sein, nicht wahr?«

»Kluges Kind!« Die alte Königin lächelt. »Vielleicht solltest du auch Schreiben lernen.«

Blanche spreizt ihr alle zehn Finger entgegen. »Gott bewahre!«

»Faules Stück!« Aliénor muss lachen. »Ja, und so vergingen die Jahre. Wie ich gehofft hatte, gab der Papst Henrys Drängen nicht nach. Rosamund starb. Alais gebar Henry nacheinander zwei tote Kinder, einen Sohn und eine Tochter. Das war ihre Strafe. Er konnte sie nicht heiraten, und irgendwann wurde er ihrer überdrüssig. Richard wollte sie natürlich nicht mehr, und so führte die einst so goldene Prinzessin das Leben einer Vergessenen. Was geschah sonst noch? Henry ließ John zum König von Irland ausrufen, Geoffrey heiratete endlich seine Verlobte Constance von der Bretagne. Henrys gleichnamiger Bastardsohn, den er von Ykenai hatte, wurde Kanzler von England. Mathildes Mann, Heinrich der Löwe, wurde vom Kaiser verbannt und kam an den englischen Hof. Richard hatte einen Aufstand im Poitou zu bekämpfen, hinter dem wohl sein Bruder Geoffrey steckte. Das waren alles Dinge, die ich erst viel später erfuhr, meist von Vater Patrick. Er war es auch, der mir die Kunde vom Tod Ludwigs brachte.« Sie atmet tief durch, erinnert sich, dass die Nachricht sie tiefer traf, als sie geglaubt hatte. Jetzt noch sieht sie den kleinen, weißhaarigen Mönch mit den stets vom Wein geröteten Bäckchen und den vielen Lachfältchen um die Augen vor sich, wie er mit ernstem Gesicht die Nachricht verkündete. ›Es war der Schlagfluss‹, hat er gesagt und sich dabei bekreuzigt. ›Sie haben es geheim gehalten am Hof in Paris, über ein Jahr lang. Seine ganze rechte Seite war gelähmt, und er konnte kaum mehr sprechen, heißt es. Hoffnung gab es nie. Er starb schließlich, versehen mit den heiligen Sakramenten, am Abend des Donnerstags nach Lamberti. Die Herrschaft übernahm sein einziger Sohn Philipp, den sie Dieudonné nennen, den von Gott geschenkten. Er war schon ein Jahr vorher zum König von Frankreich gekrönt worden.‹ Der Sohn, den ich dir nie schenken konnte, das war damals ihr erster Gedanke gewesen. Armer Ludwig. Es hat eine Zeit gegeben, da habe ich dich gehasst. Dann warst du mir gleichgültig, ich habe kaum einen Gedanken an dich verschwendet. Warum kommt es mir jetzt nur vor, als sei ein Stück meines Lebens mit dir gestorben?

»Hast du um ihn getrauert?«, fragt Blanche.

»Trauer ist nicht das rechte Wort«, sagt sie nachdenklich. »Aber manchmal wird einem erst durch den Tod eines Menschen bewusst, dass manche Dinge unwiederbringlich verloren sind. So wie die Liebe, die wir anfangs füreinander empfunden hatten und die wir uns nicht bewahren konnten. Wir haben uns gegenseitig unrecht getan, und ich habe ihn hintergangen. Mein Teil der Schuld war größer als seiner. Das tut mir jetzt leid. Um meinen Seelenfrieden wäre es sicher besser bestellt, wenn ich Gelegenheit gehabt hätte, ihm das zu sagen. Aber nun war er tot.«

»Hast du seinen Sohn Philipp jemals kennengelernt?«

»Deinen zukünftigen Schwiegervater? Nein. Aber Vater Patrick hat damals natürlich weitergegeben, was man sich über ihn erzählte. Er war fünfzehn, als er die Herrschaft übernahm. Klein und stämmig sei er, so hieß es, habe rötliche Haut und kämme sich nie das Haar, und seine Hände seien immer schmutzig. Er lache selten, sagte man, sei wenig aufs Feiern bedacht, wohl aber auf ernsthaftes Arbeiten. Ehrgeiz habe er genug und Klugheit zum Regieren auch. Böse Zungen behaupteten, er sei ein ängstlicher, argwöhnischer Mensch, stiege niemals auf ein temperamentvolles Pferd und vermute hinter jedem Baum einen Mörder. Wenn das so war, dann hat er sich im Lauf der Jahre entweder sehr verändert, oder er hat trotz dieser begrenzten Eigenschaften erreicht, was mein Gatte bei all seinen Talenten nicht zustande gebracht hat: ein Reich zu schaffen und zu erhalten, seinen Untertanen Wohlstand zu bringen und es blühend seinem Sohn zu übergeben.«

»Ich hoffe, er ist gut zu mir, wenn ich diesen Sohn heirate«, seufzt Blanche und sieht ein bisschen unglücklich aus ob dieser wenig schmeichelhaften Beschreibung ihres Schwiegervaters.

Aliénor zuckt die Schultern. »Du wirst nicht viel von ihm sehen, nehme ich an. Die Frauen führen am Pariser Hof ein eigenes Leben, das war schon immer so.«

Blanche brütet eine Weile vor sich hin, während Aliénor sich immer tiefer in die Vergangenheit einsinken lässt und schließlich einschläft.

So erreichen sie die Benediktinerabtei Sorde-l'Abbaye mit ihrem alten Glockenturm und ein paar strohgedeckten Bauernhäusern, die sich um Kirche und Wohngebäude ducken. Aliénor wacht auf, als sie langsam und vorsichtig an einer Furt den Fluss Gave durchqueren. »Ah, Sorde«, sagt sie schlaftrunken. »Hier gibt es die besten Lachse, die du je gegessen hast. Sie wandern zum Laichen vom Meer herauf bis hierher.«

Blanche verzieht das Gesicht. »Lachse sind Armeleutespeise! Und außerdem, du weißt doch, ich mag keinen Fisch.«

Dann mag sie den Fisch aber doch, Aliénor hat nicht zu viel versprochen. Nach dem Abendessen gehen sie früh zu Bett, der Abt hat das neue Gästehäuschen im Klostergarten für sie richten lassen. Das gleichmäßige Rauschen des Flusses singt sie in den Schlaf.

Mitten in der Nacht wacht Blanche auf. Sie hat Durst, sucht nach dem Wasserkrug, nimmt ein paar Schlucke. Draußen ist alles still, aber sie weiß, dass vier bis an die Zähne bewaffnete Wachen irgendwo im Garten stehen. Sie geht zum Fenster und zieht den schweren Vorhang weg, öffnet einen Laden. Der silberbleiche Mond ist fast voll, der Himmel ein Meer von Sternen. Ein leichter Wind bewegt die Blätter des Efeus, der an der Wand des kleinen Häuschens hochrankt. Sie lehnt sich hinaus – und erschrickt. Genau unter ihrem Fenster liegt eine Gestalt, eingewickelt in eine Decke. Die Gestalt bewegt sich, springt auf. O Gott! Und dann atmet sie auf. Es ist Angel. »Was machst du denn hier?«, flüstert sie und zieht sich das Laken fester um die Schultern.

»Ich ... ich passe auf«, raunt er zurück. Dann fasst er mit einer beinahe verzweifelten Geste ihre Hand. »Es tut mir so leid. Ich hätte auf Euch achtgeben müssen, Señorita Blanca. Ihr hättet tot sein können, droben in St. Jean-Pied-de-Port.«

Sie muss lächeln. »Aber du kannst doch nichts dafür.«

Er schüttelt den Kopf. »Ich mache mir solche Vorwürfe. Aber jetzt weiche ich nicht mehr von Eurer Seite, das schwöre ich.«

»Hast du in der Zitadelle auch schon nachts gewacht? Und in St. Palais?«

»Ich schlafe unter Eurem Fenster«, erwidert er ernst. »Mein Schlaf ist immer leicht. Ich wache beim kleinsten Geräusch auf. Und dann gnade Gott demjenigen, der Euch ein Leids antun will.«

»Du bist so mutig«, wispert sie. »Wie Roland mit seinem Schwert.«

Er nickt stolz. Jetzt erst wagt er es, zu ihr aufzublicken. »Euer Haar ...«, sagt er. »Ich habe es brennen sehen.«

Sie versucht, das Laken über den Kopf zu ziehen. »Ich sehe hässlich aus«, flüstert sie verschämt. »Struppig wie ein Ziegenhirte.«

Er wagt noch mehr, ganz atemlos, hebt die Hand und berührt ihre kurzen Locken mit den Fingerspitzen. »Nein«, sagt er rau. »Ihr seid wunderschön.« Einen winzigen Augenblick lang schmiegt sie ihre Wange in seine Handfläche.

Das Mondlicht fällt sanft auf sein Gesicht, lässt seine dunklen Augen leuchten. Du bist auch wunderschön, denkt sie. Sie möchte seine Haut streicheln, ihn anfassen und betasten, wie ein schönes Schmuckstück. Ganz langsam streckt sie die Hand aus.

»Blanche? Was machst du da?« Aliénors Stimme klingt schlaftrunken. »Komm wieder ins Bett!«

Blanches Hand zuckt zurück. Hastig schlägt sie den Fensterladen zu und schlüpft zu ihrer Großmutter unter das warme Federbett.

Draußen kann Angel bis zum Morgen nicht mehr schlafen.

Henry

Ich kann machen, was ich will, es wird immer schlimmer mit meinen Söhnen. Es ist zum Haareraufen! Ein paar Jahre ist es ganz gutgegangen, da habe ich sie noch streng unter meiner Fuchtel halten können. Aber irgendwann musste ich die Zügel ja wieder locker lassen. Natürlich habe ich mir das gut überlegt. Was ich auf jeden Fall verhindern musste, war, dass sie sich ein zweites Mal gegen mich zusammentun. Deshalb habe ich vorsichtshalber versucht, Zwietracht unter ihnen zu säen. Geoffrey habe ich zutragen lassen, dass Richard ihn für schwächlich und feige hält und überall herumerzählt, er sei nicht einmal fähig, die friedliche Bretagne zu regieren. Das sollte genügen, um seinen Stolz nachhaltig zu verletzen. Richard hat durch einen netten kleinen Zufall erfahren, dass Jung-Henry angeblich plant, sich Aquitanien unter den Nagel zu reißen. Und Jung-Henry wiederum glaubt, dass Richard etwas gegen die Normandie im Schilde führt. Jeder misstraut jedem, das war mein Ziel. Ich habe gedacht, das lenkt sie von mir ab. Verdammt, ich habe mich getäuscht.

Beim letzten Weihnachtshoftag in Caen ist dann der Topf übergekocht. Jung-Henry hat die Beherrschung verloren und mich vor allen Leuten einen beschissenen Tyrannen geheißen. Wenn ich ihm nicht sofort die Alleinherrschaft über die Normandie zuspreche, hat er gedroht, bringt er sich um. Er war vollkommen außer sich, hat gesoffen wie ein Loch und dann auch noch die völlig verdutzte Marguerite beschuldigt, ihm Hörner aufzusetzen. Er war nicht mehr zu beruhigen. Am Ende hat er Richard und Geoffrey Prügel angedroht und verlangt, dass sie ihm auf der Stelle für ihre Herzogtümer huldigen, gleich hier vor allen Gästen! Da ist, wie nicht anders zu erwarten, Richard aufgestanden, hat sich breitbeinig vor ihm aufgebaut und ihm eine aufs Maul gehauen. »Wenn du Land willst, du besoffenes Arschloch, dann komm doch und hol's dir!« Die Prügelei, die darauf folgte, wäre ein Heidenspaß gewesen, wenn ich nicht Ehrengäste aus Paris und zwei Kardinäle aus Rom dagehabt hätte. Es war mir unendlich peinlich. Mir blieb nichts anderes übrig, als den Hoftag abzubrechen.

Und jetzt haben sich Geoffrey und Jung-Henry zusammengetan gegen ihren Bruder. Im Frühjahr sind sie in Aquitanien eingefallen, es geht blutig zu.

Ich bin ein Narr. Es ist alles meine Schuld. Vielleicht bin ich wirklich alt geworden. Ich hätte es wissen müssen. Die Brut der Angeviner kommt vom Teufel und geht zum Teufel, das hat der heilige Mistkerl von Clairvaux immer gesagt, und er behält wohl recht. Wenn man Männer von solchem Schlag gegeneinander aufhetzt, gibt es Mord und Totschlag. Und mir bleibt jetzt nichts anderes übrig, als zu retten, was noch zu retten ist. Ich habe Jung-Henry und Geoffrey mit allem nötigen Nachdruck befohlen, ihre Truppen zurückzuziehen, aber sie weigern sich. Inzwischen sind alle ihre Geldzuwendungen eingestellt, mit dem Ergebnis, dass mein ältester Sohn, der Wahnsinnige, jetzt ein Kloster nach dem anderen plündert. Er ist keinem guten Rat mehr zugänglich. Und jetzt stehe ich selber hier in Frankreich, unter Waffen, und muss diesen verdammten Streit mit Gewalt schlichten. Das hat man nun davon, weil man es immer nur gut gemeint hat.

Jung-Henry

Ich bringe sie alle um, eigenhändig. Meine Brüder, die elenden Verräter, meinen Vater, den Teufel, alle. Gott soll mein Zeuge sein, dieses Schlachtfeld verlasse ich entweder als Sieger oder gar nicht. Mir ist mein Leben gleichgültig geworden.

Geoff ist an meiner Seite, aber er hat genauso wie ich kein Geld mehr, um diesen Krieg zu bezahlen. Die ersten Söldner verweigern den Dienst, letzte Woche haben tausend Flandern sich vor mir aufgestellt und eine Stunde lang mit den Füßen gestampft. Ich hab ihnen gesagt, sie sollen ihren Lohn haben. Alle Klöster, Städte und Dörfer im Umkreis von fünfzig Meilen habe ich zum Plündern freigegeben. Sollen diese Aquitanier doch verrecken, sind ohnehin nur Richards Untertanen. Und Richard erwische ich auch noch, das schwöre ich. Und wen ich vor allen anderen erwische, ist Vater. Ich will ihn winseln sehen und ihm dann ins Gesicht lachen. Vielleicht stecke ich ihn nach Sarum, zu Mutter. Haha. Dann können sie sich gegenseitig die Augen auskratzen. Aber zuerst muss ich irgendwie an Geld kommen.

Rocamadour, Juni 1183

Rocamadour ist Legende. Hier, in einer Höhle im steilen Fels, lebte in urchristlicher Zeit der Einsiedler Amadour. Die einen sagten, er sei der Zöllner Zachäus gewesen, der nach Jesu Tod als Einsiedler von Jericho nach Gallien zog und unter neuem Namen das Heiligtum gründete. Nach anderen Berichten verbirgt sich hinter Amadour der treue Hausdiener Mariens. Wieder andere Stimmen behaupten, der Eremit sei der Ehemann der Heiligen Veronika gewesen. In seiner Einsamkeit habe er aus einem Baumstamm eine Marienfigur geschnitzt, zu der nunmehr seit vielen Jahrhunderten die Wallfahrer von überall her pilgern. Gekrönte Häupter sind heilsuchend hierhergekommen, auch der große Bernhard von Clairvaux, ja sogar Sankt Dominik. Unendliche Schätze haben sich seitdem hier angehäuft, Gold, Silber und Edelsteine, alles fromme Gaben der Gläubigen. Es ist einer der heiligsten Orte Frankreichs.

Rötlich schimmert das erste Licht des Morgens über den Hügeln im Osten. Der kleine Trupp Ritter hat im trockenen Alzou-Tal Aufstellung genommen, an der Spitze lässt der junge Henry seinen Schimmel tänzeln. Vor ihnen liegt die Felsklippe, an deren Fuß das Dorf sich schmiegt. Von dort, so weiß man, führt eine breite Treppe nach oben zum Heiligtum, das aus sieben Gotteshäusern und vier kleineren Kapellen besteht. In ihnen befinden sich, neben der berühmten geschnitzten Madonna, Reliquienschreine von unschätzbarem Wert, Gefäße voll mit Münzen, Kisten, gefüllt mit Schmuck und anderen Kostbarkeiten. Es soll der größte Schatz sein, den die Welt je gesehen hat.

Vom Dorf her nähert sich langsam ein Reiter, er trägt das Gewand eines Benediktinermönchs. Vor Henry zügelt er sein Ross, steigt unbeholfen ab und verbeugt sich ehrerbietig. »Wer seid ihr, Herr, und was ist Euer Begehr?«

Henry wirft sich ins Kreuz. »Ich bin Henry, König von England, Herzog der Normandie. Gebt mir euren Schatz heraus!«

Der Mönch schüttelt entsetzt den Kopf. »Dies ist das Heiligtum von Rocamadour, Sire. Gott selbst hält seine Hand über diesen Ort.«

Henry treibt sein Pferd vorwärts und drängt es ganz nah an den Mönch heran. »Hast du nicht gehört, Mann? Ich will den Schatz! Gebt ihn uns freiwillig, dann geschieht niemandem etwas.«

Der Mönch stolpert, während er rückwärts ausweicht. »Dieser Schatz«, keucht er, »gehört dem Allmächtigen allein. Wir, die wir über ihn wachen, sind nicht befugt, ihn herzugeben.«

»Der Allmächtige ist mir im Traum erschienen«, lächelt Henry, »und hat mir gesagt, dass er mir diesen Schatz schenkt. Was sagst du nun?«

»Ihr lästert Gott, Herr. Seht ab von Eurem Vorhaben, ich flehe Euch an.«

»Und wenn nicht?«

Der Mönch schlägt das Kreuz. »Dann müsst Ihr die braven Menschen dort in Rocamadour umbringen, denn sie werden das Sanctuarium beschützen.« Er greift Henry in die Zügel. »Herr, es sind hunderte Pilger dort droben. Bedenkt Euch! Gott straft diejenigen, die ...«

Das Schwert des jungen Königs fährt nieder auf das bloße Haupt des Mönchs und spaltet es mit einem dumpfen Schlag in zwei Hälften. Dann blitzt die blutige Klinge hoch in der Luft auf. »Vorwärts!«, brüllt Henry, und gibt seinem Schimmel die Sporen. Hinter ihm donnern die Ritter in gestrecktem Galopp auf den heiligen Ort zu.

Das gotteslästerliche Morden beginnt.

Und wie der Mönch vor seinem Tod prophezeit hat: Gott lässt die Ungeheuerlichkeit nicht ungestraft. Zwei Tage, nachdem Jung-Henry den Schrein entweiht und geplündert hat, befällt ihn eine Krankheit. Vom Fieber geschüttelt und von Durchfällen geplagt, versucht er, das Quercy zu durchqueren, doch als sie den kleinen Ort Martel erreichen, kann er nicht mehr weiter. Man schafft ihm Quartier im Haus des vornehmen Bürgers Etienne Fabri. Das Fieber steigt, seine Begleiter besorgen das Schlimmste. Jung-Henry fürchtet den Tod, das Gewissen beginnt ihn zu plagen. Er ist nur noch ein jämmerliches Bündel Angst, setzt all seine Hoffnung auf

Versöhnung und Vergebung. Man schickt den Bischof von Agen nach Norden, wo der alte König gerade mit seiner Armee Limoges belagert. Mit beredten Worten schildert der Bischof die Lage, gibt der Befürchtung Ausdruck, der junge König könne sterben, trägt die Bitte des Sohnes um Verzeihung vor. Es sei der größte Wunsch des Todkranken, seinen Vater ein letztes Mal zu sehen. Doch Henry ist nicht bereit, den Worten des Bischofs Glauben zu schenken. Er hält das Ganze für eine Falle, wittert Verrat. Am Ende schickt er nur seinen Leibarzt nach Martel, ein wenig Geld und einen Saphirring als Zeichen seiner Bereitschaft zur Versöhnung.

Der junge König weiß, dass es mit ihm zu Ende geht. Zutiefst bereut er all seine schlechten Taten. Er hat Asche auf den Boden seiner Kammer streuen lassen. Diener haben ihm ein härenes Hemd überstreifen und ein Seil um den Hals schlingen müssen. So liegt er auf seinem harten Bett aus Staub, als ihn der Leibarzt seines Vaters erreicht. Doch die Medizin kann hier nichts mehr ausrichten. Als der Medicus ihm den Ring überreicht, versteht Henry sofort. Er wird sich im Diesseits nicht mehr mit dem Vater aussöhnen können. Totenbleich und am ganzen Körper zitternd steckt er sich den Ring an den viel zu dünnen Zeigefinger, und dann tut er mit versagender Stimme seinen letzten Wunsch kund: Sein Vater möge um der armen Seele seines ältesten Sohnes willen seiner Mutter, der Königin Aliénor, Gnade erweisen. Danach kann er nicht mehr sprechen. Ein herbeigerufener Mönch erteilt ihm die letzte Ölung. Ergriffen stehen die Ritter um den bußfertigen Menschen, der vor ihnen auf dem Boden liegt wie ein reuiger Verbrecher und dessen Atem immer leiser geht.

Am Abend des Samstags Barnabas, dem 11. Juni 1183, stirbt Henry, der unglückliche junge König, lange vor der Zeit. Und wundersam: Der Saphirring lässt sich trotz aller Bemühungen nicht mehr von seinem Finger abziehen.

*Aus der Totenklage des Bertrand de Born
für den jungen König*

*Die Jugend ist voll Kummers,
kein Mensch ist froh in diesen bittren Tagen,
denn grausam hat der Tod, der dunkle Krieger,
den besten aller Ritter weggerissen ...*

Henry

Gott, schick deinen Bannstrahl gegen mich! Zerschmettere den stinkenden Klumpen Unrat, der ich bin. Es macht mir nichts aus, denn ich bin der unglücklichste Wurm in diesem Jammertal, das man Erde nennt. Meine Tränen sind wie ein Wasserfall, der nie versiegt. Wenn Reue jemals empfunden wurde, dann von mir, dem elendigsten deiner Diener. Mein geliebter Sohn, die goldene Frucht meiner Lenden, hat mich an sein Sterbebett gerufen, seinen Frieden mit mir zu machen. Und ich, voll unseligen Misstrauens, habe ihm diesen seinen letzten Wunsch verwehrt. Welch größere Schuld kann ein Vater auf sich laden? Ach, ich bin der ärmste Wicht, der jemals einen Sohn gezeugt. Keine Strafe kann schwer genug sein für das, was ich getan habe. Ich leide wie ein Hund. Herr, ich habe ihn doch nicht dahingetrieben! Ich doch nicht! Es war seine eigene Sturheit. Hätte ich ihm nachgegeben, all seine Wünsche erfüllen sollen? Aber er war doch noch ein Kind! Er hatte keine Ahnung, was gut für das Reich war, nur Ehrgeiz, ja, den hatte er. Und nun hat er nicht einmal einen Erben hinterlassen können. Seiner Witwe ist vor Gram das Herz gebrochen. Ach, er war ein so hoffnungsfroher Mensch, bevor ihn der ewige Zwist verbittert gemacht hat. Seine Mutter und seine Brüder, die haben ihn auf dem Gewissen! Verführt haben sie ihn, aufgehetzt gegen mich, seinen Vater, der ihm immer nur Gutes wollte. Verflucht seien sie alle! Er war schwach. Und im Tod war er allein. Ich habe ihn alleingelassen. Das werde ich mir nie verzeihen.

Und was nun? Fünfundzwanzig Jahre habe ich in der Überzeugung gelebt, mein ältester Sohn würde mir auf dem Thron nachfolgen. Soll ich jetzt Richard zum Erben der Krone erklären? Und ihn dazu Aquitanien behalten lassen? Immer liegt alle Last der Entscheidung bei mir. Dabei habe ich längst nicht mehr die Kraft, für die mich einmal die Welt gerühmt hat. Ich bin ein alter Mann geworden, Alí hat schon recht, das Biest. Mit fünfzig Jahren habe ich so viele Gebrechen, dass es für einen hundertjährigen Greis genügen würde. Mein Haar ist grau, mein Arsch voller Falten. Seit mich vor ein paar Jahren zu Windsor dieser verdammte Gaul getreten hat, hinke ich, es wird immer schlimmer. Meine Beine sind vom Reiten so krumm geworden, dass ich die Knie nicht mehr zusammenbringe. Aus meinem Hintern blutet es ohne Unterlass. Ich brauche inzwischen drei Daunenkissen übereinander, damit ich überhaupt sitzen kann. Nicht einmal den Weibern kann ich mehr etwas abgewinnen. Und wenn das nicht mehr geht, was bleibt einem Mann dann noch? Nun, Rosamund ist ohnehin tot und begraben. Vielleicht habe ich ihr unrecht getan. Scheiß drauf. Da ist sie nicht die Einzige. Alais sitzt in irgendeiner Burg, ich habe vergessen, wo. Gut so. Keiner braucht verdorbene Weibsbilder, die nicht einmal lebende Kinder austragen können. Wenn ich recht darüber nachdenke, ist Alí immer noch die Einzige, die es wert war, eine Krone zu tragen. Wenn sie den Bogen nicht überspannt hätte, wer weiß … Ich lasse sie jetzt am langen Zügel. Das ist ja das Mindeste, was ich noch für meinen Sohn tun kann. Wenn es denn sein letzter Wunsch war, soll es so sein. Ich bin ja kein Unmensch.

Von Sorde-l'Abbaye nach Dax
März 1200

Ich trat in ein rundes, gemauertes Gemach, unter meinen Füßen duftende Kräuter und Binsen. Mitten in diesem Gemach stand lächelnd mein Sohn Henry, doch merkwürdigerweise berührten seine Füße nicht den Boden. Er hatte die Hände übereinandergelegt, am linken Zeigefinger trug er einen meerblauen, funkelnden Ring. Über seinem Kopf schwebten zwei Kronen, die eine hatte er bei seiner Krönung getragen, die darüber aber war aus nichts anderem als purem, gleißenden Licht. Sie strahlte unsagbar hell, ich musste die Augen abwenden, es war wie das herrliche Leuchten des Heiligen Grals. Henrys ganze Gestalt war übergossen von dieser unglaublichen Helligkeit. Ich streckte die Hand aus, um ihn zu berühren, aber in dem Augenblick, als meine Fingerspitzen seine Wange erreichten, erwachte ich.«

Aliénor lächelt traurig. »Ich schwöre dir, Blanche, ich wusste damals noch nicht von Jung-Henrys Tod, und ich wusste auch nichts von dem Saphirring, den sein Vater ihm gesandt hatte. Aber als mir Thomas Agnell, der Erzdiakon von Wells, die furchtbare Nachricht überbrachte, war ich durch diesen Traum sogleich getröstet. Denn was konnte er anderes bedeuten, als dass mein Sohn im Glanz von Gottes Gnade und Vergebung gestorben war. Ich wusste ihn in den Armen der ewigen Glückseligkeit, die keinen Anfang und kein Ende kennt.«

Blanche muss schlucken. »Er war ein unglücklicher Mensch, nicht wahr? Und am Ende seines Lebens verzweifelt.«

Aliénor nickt, in ihren Augen stehen Tränen. »Das Schicksal hat es nicht gut gemeint mit ihm, nicht im Leben und nicht im Tod. Sein Leichnam wurde nicht einmal dort begraben, wo er gewollt hatte. Augen, Gehirn und Eingeweide kamen ins Kloster Gramont, das sein Vater auch für sich selber als letzte Ruhestätte ausgesucht hatte. Sein Körper sollte nach seinem Willen in der Kathedrale von Rouen bestattet werden, aber als sein Leichenzug durch Le Mans kam, bemächtigten sich die Bürger dort des Toten und betteten ihn in ihrer Kirche zur letzten Ruhe. Dort liegt er bis heute.«

»Und hat sein Vater ihm den letzten Wunsch erfüllt?«, fragt Blanche.

»Was mich betrifft, ja.« Die alte Königin fährt sich über die Augen. »Ab dieser Zeit wurde meine Haft leichter. Man gestattete mir zwei weitere Diener. Ich bekam jährlich eine kleine Summe Geldes, die ich nach meinem Gutdünken ausgeben konnte. Ich konnte mir Grauwerk für den Winter kaufen, schönen Camelin aus Tripolis für eine Schweifkappe, Zindeltaft für einen leichten Sommerbliaut, warme Bettdecken und Kleider für Amaria. Ich durfte mir Bücher bringen lassen, auch Briefe schreiben und erhalten, die allerdings immer geöffnet und im Zweifelsfall einfach verbrannt wurden. Es war mir erlaubt, unter Aufsicht Ausritte zu machen, Richard, der Gute, schickte mir dafür aus Poitiers einen scharlachbezogenen Sattel mit goldenen Beschlägen. Und ich durfte immer öfter Sarum verlassen, zu Hoftagen oder besonderen Anlässen. Es war immer noch Gefangenschaft, aber eine mit Abwechslungen. Henry plagte das Gewissen, weil er nicht ans Sterbebett seines Sohnes geeilt war, er wollte wenigstens auf diese Weise etwas gutmachen. Weiß Gott, ich hätte gern auf alles verzichtet, war doch mein Wohlergehen mit dem Tod meines Jungen erkauft.« Du hast ihn sterben lassen, Henry, du Miststück. Hast ihm nicht gegönnt, in Frieden vor seinen Schöpfer zu treten. Aber der Allmächtige vergisst solche Sünden nicht, und er findet die rechte Strafe dafür.

Die Kutsche bleibt stehen, sie sind am Ufer des Gave Réunis angelangt, den man nur mit einer Fähre überqueren kann. Bis Mittag dauert es, dann sind alle glücklich am anderen Ufer. Danach geht es einen dichtbewaldeten Hügel hinauf, vor dem der Fährmann sie schon gewarnt hat. Es hause dort eine Räuberbande, die gern auf durchziehende Reisende lauere. Niemandem ist aufgefallen, dass der Mann in der Hosentasche mit ein paar Münzen geklimpert hat, während er das erzählt. Sehr gefährlich seien diese Wegelagerer, aber die hohen Damen hätten ja genügend Kriegsknechte dabei.

Aliénor scheint unbeeindruckt von der Gefahr, sie hat genug Räuber Fersengeld geben sehen, wenn sie es mit erfahrenen Söldnern zu tun bekamen. Blanche dagegen ist ängstlich. Die ganze Zeit späht sie aus dem Fenster, hellwach und argwöhnisch, aber im Wald bleibt es ruhig. Schon sind sie auf der anderen Seite des Hügels, es geht in weitem Bogen abwärts. Die Prinzessin entspannt sich, doch dann schreckt sie hoch. Jemand ruft etwas. Pieter von Zeeland bellt knapp den Befehl anzuhalten, der Zug kommt zum Stehen. Blanche glaubt schon, Schwerterklirren zu hören, aber das ist nur eine Täuschung. Der Zeeländer erscheint neben dem Chariot. »Es hat einen Überfall gegeben, vor uns«, berichtet er. »Mönche. Sie sind gerade noch davongekommen.«

Die beiden Frauen steigen aus. Vor ihnen, mitten auf dem Weg, liegt, die dünnen Beine in die Luft gereckt, ein toter Esel. Aus einem langen Schnitt in seinem Bauch quellen die Gedärme. Daneben, am grasbewachsenen Hang, hocken drei Gestalten in dunklen Kutten. Einer von ihnen hat die Hand notdürftig verbunden, ein zweiter blutet aus dem Mundwinkel und hält sich stöhnend die Schulter. Der Dritte erhebt sich jetzt und stolpert unsicher auf sie zu. Um seinen Unterarm hat er ein Tuch gewickelt, das schon blutdurchtränkt ist, und hinter seinem Ohr hat er eine Beule, groß wie ein Hühnerei. »Lob und Preis sei Gott dem Herrn«, ruft er, »denn er hat unsere Gebete erhört.«

»Wer seid Ihr?«, fragt Aliénor.

Der Mann richtet sich mühsam auf, seine frisch geschorene Tonsur glänzt vor Schweiß. Auf seinem Gesicht sind Blutspritzer. »Ich bin Vater Barnabé, Prior des Klosters St. Martin bei Bourges, und das sind Bruder Luc und Bruder Joseph. Man hat uns überfallen.«

Aliénor gibt einem der Waffenknechte ein Zeichen; der Mann reicht dem Prior einen Schlauch mit Wasser, den er durstig an die Lippen setzt.

»Wir kommen aus Santiago de Compostela«, erzählt er, »wohin uns unser Abt, der ehrwürdige Vater Cosmas, geschickt hat, um am heiligen Ort die Gnade Gottes auf unser schönes Kloster herabzuerflehen. Und nun! Diese Heiden, diese Barbaren! Welches Sakrileg, pilgernden Gottesmännern ein Leids anzutun! Der Teufel ...« Er reißt sich zusammen. »Sie haben uns überrascht, die Lumpenkerle, haben uns zwei Esel genommen und alles, was wir hatten.« Er klopft auf seine Brust, holt einen Beutel heraus. »Aber das Wichtigste, das haben sie nicht bekommen, Deo gratias!« Ganz vorsichtig entnimmt er dem Beutel ein Päckchen, rollt den Samtstoff langsam auf und nimmt etwas Winziges zwischen seine spitzen Finger. »Seht«, sagt er mit leuchtenden Augen. »Ein Splitter vom Hüftgelenk des Heiligen Jakob. Wir haben ihn zu Santiago als Reliquie erbeten für unseren Schrein, und nun bringen wir diese göttliche Kostbarkeit heim.«

»St. Martin? Ich kenne kein St. Martin bei Bourges«, erwidert Aliénor.

Der Abt nickt. »Das erstaunt mich nicht. Es ist eine ganz neue Ausgründung des Klosters Marmoutiers in Tours«, erklärt er. »Zwölf Mönche und der Abt leben schon dort, wie unser Herr Jesus mit seinen Jüngern. Wir sind sehr stolz auf unser schönes Konvent. Und darf ich nun meinerseits fragen, wer Ihr seid, Herrin?«

Die Vorstellung der Damen übernimmt Pieter von Zeeland, worauf der Prior sich staunend und ehrfürchtig verbeugt. »Ich habe schon viel von Euch gehört, hohe Frau. Und da ich weiß, dass Ihr eine mildtätige, gottesfürchtige Fürstin seid, wage ich die Bitte zu äußern, ob Ihr wohl so freundlich wäret, uns mitzunehmen bis nach Dax? Meine Brüder sind kaum mehr in der Lage zu gehen, und auch ich fühle mich recht schwach.«

Aliénor macht eine einladende Geste. Die beiden verletzten Mönche werden auf den Karren mit den Zelten gehoben, Vater Barnabé bekommt ein eigenes Pferd, während einer der navarresischen Kriegsknechte hinter Angel aufs Ross steigt.

Die weite Ebene von Dax ist noch Stunden entfernt. Nachdem sich Aliénor eine Zeitlang über das Räuberunwesen ausgelassen hat, das es zu ihrer Zeit in Aquitanien so niemals gegeben habe, geht sie auf Blanches Bitten wieder zu ihrer eigenen Geschichte über. »Nun«, seufzt sie, »während ich nach dem Tod meines Ältesten ein paar neue Freiheiten genoss, blieb die Zukunft des angevinischen Reiches im Ungewissen. Henry blieben nunmehr noch drei Söhne, Richard, Geoffrey und John. Es wäre seine vordringlichste Aufgabe gewesen, schnell eine neue Erbregelung zu finden. Jedoch, das tat er nicht. Er ließ das Land und seine Söhne einfach im Ungewissen. Niemand verstand das, aber niemand konnte ihn dazu bringen, sich über die Nachfolge zu äußern.« Sie vertreibt eine Mücke, die vor ihrem Gesicht schwirrt. »Über zwei Jahre lang wussten die Söhne des Königs nicht, wie es weitergehen sollte.

Und dann – dann schickte der Herrgott einen weiteren schweren Schicksalsschlag. Im August des Jahres 1186 turnierte Geoffrey bei einem großen Hoftag zu Paris, zu dem König Philipp geladen hatte. Beim Buhurt mit neunzig Reitern auf jeder Seite verlor er die Steigbügel und stürzte aus dem Sattel. Du weißt, beim Buhurt tragen alle Ritter nur Lederrüstung. Obwohl der Grießwart sofort den Stab warf, trampelten noch Hunderte von Pferdehufen über ihn hinweg. Man konnte ihn nur noch tot bergen. Zwei kleine Töchter weinten um ihn, und seine hochschwangere Frau Constance von der Bretagne.«

»Es scheint fast, als habe sich der Himmel gegen das Haus Plantagenet verschworen«, sagt Blanche leise. »Aber Grand-mère, du erzählst das so ...«

Aliénor atmet einmal tief durch. »Glaub nicht, dass ich herzlos bin. Aber es ist lange her. Ich habe um ihn getrauert, der Herr ist mein Zeuge. Er war doch mein Sohn! Ich habe ihn in meinem Leib getragen, ihn unter Schmerzen geboren, ihn aufgezogen. Es war nicht leicht, ihn zu lieben; und ich glaube, er selber hat niemanden geliebt. Und doch traf mich dieser Verlust schwer. Es gibt nichts Schlimmeres für eine Mutter, als die eigenen Kinder zu verlieren. Einen nach dem anderen sterben zu sehen. Ich glaubte mich von Gott verlassen. Erst Henry, dann Geoffrey. Vorher mein Erstgeborener, der kleine William, erinnerst du dich? Drei Söhne! Wie schwer wollte mich der Allmächtige denn noch prüfen?« Sie schüttelt müde den Kopf. Ahnte ich es nicht damals schon?, fragt sie sich. Ahnte ich, wie furchtbar das Schicksal noch zuschlagen würde? Nein, gibt sie sich selbst die Antwort. Ich habe nicht wissen können, was noch bevorstand. Ich hätte dieses Wissen auch nicht ausgehalten. Erst viel später sollte ich erfahren, wie grausam der Himmel diejenigen straft, die in den Augen Gottes ihre Schuld nicht bezahlt haben.

»Und Henry? Trauerte er auch so wie du?«

Aliénor schürzt die Lippen. »Ich weiß es nicht. In diesem Jahr habe ich ihn nicht gesehen. Er hat sich um Geoffrey nie wirklich gekümmert. Aber eines war mir sofort klar: Henry war nicht glücklich bei der Vorstellung, dass nun Richard die Krone tragen würde. Richard war viel zu sehr mein Sohn, er hatte immer Partei für mich ergriffen, stets gegen den Stachel gelöckt. Henry liebte ihn am wenigsten unter all seinen Söhnen – wenn er außer John überhaupt einen geliebt hat. So war es nicht verwunderlich, dass er begann, eine Lösung zu suchen, die John begünstigte.« Ihre Lippen werden ganz schmal. »Der Narr wurde nicht klüger. Er warf die Gesetze der Erbfolge zugunsten seines Lieblings um. Tatsächlich schlug er Richard vor, die Normandie und Aquitanien John zu überlassen. Dafür würde er ihn zum Alleinerben des englischen Königreichs machen.«

Blanche lacht laut auf. »Ich kann mir Richards Antwort gut vorstellen«, sagt sie. Aliénor nickt düster. »Richard dachte nicht daran, für die ungewisse Aussicht, eines Tages die Krone zu erben, auf das Land zu verzichten, das er liebte und dessen Herrscher er seit einem Dutzend Jahren war. Natürlich lehnte er ab. Nicht eine Furche Ackers, schrieb er an seinen Vater, würde er freiwillig hergeben. Henry drohte in seiner Wut, Richard vollkommen von der Erbfolge auszuschließen. Und damit trieb er ihn endgültig seinem schlimmsten Feind in die Hände.« Das hast du doch wissen müssen, Henry, du Miststück. Jeder, der nicht blind war, konnte sehen, wie es enden würde.

»Philipp von Frankreich?«, mutmaßt Blanche.

»Du sagst es«, antwortet die alte Königin. »Dein kluger junger Schwiegervater wusste die Lage für sich zu nutzen. Er lud Richard nach Paris ein, und die beiden wurden im Nu die dicksten Freunde. Wochenlang sah man keinen ohne den anderen, sie aßen vom selben Teller, tranken aus dem selben Pokal. Philipp ließ Richard sogar die große Ehre zukommen, mit ihm in einem Bett zu schlafen. Einen größeren Gunstbeweis kann ein König nicht geben.«

»Waren er und Richard ...« Blanche beißt sich auf die Lippen; sie getraut sich nicht, die Frage zu Ende zu stellen. Es gab da Gerüchte, das weiß sie. Ungeheuerliche Gerüchte. Aber selbst ihre Mutter hat ihr nie auf Fragen zu Richard Antwort gegeben. Und auch jetzt wieder! Sie sieht, wie sich das Gesicht ihrer Großmutter verschließt.

Aliénor tut, als hätte sie nichts gehört. Sie ordnet sorgfältig ihr Gewand, streicht Falten glatt, zupft ein paar Haare von ihrem Ärmel. Dann spricht sie unvermittelt weiter. »Es kam zu langwierigen Verhandlungen um die Erbfolge, aber Henry blieb stur. Richard natürlich auch. Weil Aquitanien immer noch formell mein Besitz war, wollte Henry mich dazu bringen, einen Vertrag zu unterzeichnen, in dem ich das Herzogtum John verlieh. Natürlich weigerte ich mich. Ich war verzweifelt damals, ahnte ich doch, was folgen würde. Bei einem Besuch Henrys in Paris, der eigentlich eine Versöhnung bringen sollte, kam es zum endgültigen Bruch zwischen Vater und Sohn. Unter den Augen Henrys ging Richard in aller Öffentlichkeit vor Philipp auf die Knie, huldigte ihm und bat ihn um Hilfe bei der Erringung seines rechtmäßigen Erbes. Henry stürmte aus dem Saal und verließ Paris noch am selben Tag. Es kam zum Krieg um die Erbfolge – und Henrys zukünftiger Erbe zog in diesen Krieg als Verbündeter Philipps von Frankreich.«

Blanche stößt heftig die Luft aus. »Lieber Gott, das nahm ja niemals ein Ende!«

»Zumindest kein gutes«, sagt Aliénor düster. »Aber schau nur, dort drüben!«

Vor ihnen in der weiten Flussebene liegt Dax, die alte Römerstadt. Man sieht weiße Dampfwolken über den Dächern aufsteigen.

»Es brennt!«, ruft Blanche, und die Erinnerung an St. Jean-Pied-de-Port lässt sie blass werden.

Draußen vor dem Fenster taucht das Gesicht des Priors von St. Martin auf, der Blanches Ausruf gehört und sein Pferd neben die Kutsche getrieben hat. »Aber nein, Princesse, das sind die heißen Quellen! In Dax kommt heißes Wasser aus der Tiefe, schon seit uralten Zeiten. Auf dem Weg hierher habe ich sie schon besucht, es ist sehenswert, wie alles dampft und sprudelt! Wenn Eure Großmutter gestattet und Zeit genug ist, kann ich Euch hinführen.«

»Oh, das wäre schön!« Blanche ist begeistert. So etwas hat sie noch nie gesehen. »Darf ich, Grand-mère?«

Aliénor nickt lächelnd. »Solange es noch hell ist, wenn wir ankommen.«

Mit zufriedenem Lächeln lässt Guy de Valmort sein Pferd wieder zurückfallen. Das könnte eine Gelegenheit sein.

Dax
März 1200

Sobald man in den Hof der Herberge in der Nähe des Flusses eingeritten ist, springt Blanche aus dem Chariot. »Kommst du auch mit, Grand-mère?«, fragt sie.

»Lass nur, Schätzchen.« Aliénor winkt ab. Sie will sich lieber ausruhen und vielleicht einen Eimer heilkräftigen Schlamms vom Ufer des Ardour für ihren Rücken bringen lassen. Das soll Wunder wirken, hat sie gehört. Beim Aussteigen winkt sie noch zwei ihrer flandrischen Söldner herbei. »Ihr begleitet die junge Herrin in die Stadt«, befiehlt sie.

Guy de Valmort verzieht das Gesicht. Aber was soll er machen? Nun ja, dann wenigstens einen Spaziergang. »Kommt, Princesse«, säuselt er, »es ist nicht weit.«

Die Quellen liegen im Viertel der Fleisch- und Gemüsehändler. »Vor langer Zeit«, so erzählt der Prior, »haben die Römer die heißen Quellen gefasst und darüber Bäder gebaut. Dann ist alles verfallen, und als später die Stadt entstand, waren nur noch ein paar Grundmauern der alten Anlagen übrig. Seht, hier sind schon die ersten!«

Tatsächlich, in einer Art Brunnen mitten im Boden dampft das Wasser; ein paar Frauen kauern auf dem Rand und hängen Holzgestelle mit Eiern zum Kochen hinein. Blanche steckt vorsichtig einen Finger ins Wasser und zieht ihn schnell wieder heraus. »Heiß!«, ruft sie.

»Ich hab's Euch doch gesagt!«, lacht der Prior und führt sie weiter. Etliche weitere Stellen gibt es, wo Quellen aus der Tiefe kommen. Eine davon wird von den Metzgersmägden der Stadt zum Hühnerbrühen und -rupfen genutzt, andere sind von Wäscherinnen und Hausmägden umlagert. Blanche taucht immer wieder ihre Hand ins Wasser. Dabei sind die beiden Waffenknechte stets dicht bei ihr, aber das schmälert ihre Freude an dem kleinen Ausflug nicht. Und sie ist erst recht glücklich, als sie bemerkt, dass ihr noch jemand in einigem Abstand folgt. Angel. Der Gute! Er weicht wirklich nicht von ihrer Seite, will ihr steter Beschützer sein. Neugierig läuft Blanche hierhin und dorthin, schaut in alle Ecken und Winkel, genießt das bunte Treiben in vollen Zügen. Doch dann bleibt sie plötzlich stehen. Vor ihr ist ein großes rundes Becken im Boden eingelassen, und darin sitzen – nackte Leute. Männer und Frauen! Fröhlich begießen sie sich gegenseitig aus Krügen, plantschen und platschen, lachen und plaudern. Ein Flötenspieler steht am Rand und sorgt für Musik, Weinkrüge und Becher machen die Runde. Einer der Männer füttert ein junges Mädchen mit Kuchenstückchen, ein anderer beißt gierig in eine fetttriefende Wurst. Eine dicke Rothaarige kreischt, als sie jemand untertauchen will. Und da – Blanche traut ihren Augen kaum –, da greift ein Kerl seiner Nebenfrau lüstern an die Brüste, küsst sie, befingert sie überall. Die Frau wirft den Kopf zurück und lacht, dann zieht sie den Mann auf sich. Du liebe Güte! Die beiden tun es, vor aller Welt, ganz ohne Scham! Blanche kann den Blick nicht abwenden, sie sieht die Lust in den Augen des Weibes, ein tierhaftes, obszönes, hemmungsloses Verlangen. Und dann sieht sie Angel auf der anderen Seite des Badebeckens. Auch ihm steht die gleiche Lust in den Augen. Wie ein ertappter Dieb senkt er den Blick.

Der Prior ist ihr hinterhergekeucht und packt sie am Arm. »Verzeiht, Princesse, es war mein Fehler. Ich hätte Euch nicht vorangehen lassen dürfen. Das hier ist nichts für Euch. Wir sind hier in der Gasse der Bader, wahrlich kein Ort für anständige junge Damen.«

Knallrot ist sie geworden, lässt sich wortlos davonziehen. »Sagt bitte meiner Großmutter nichts«, flüstert sie.

Vater Barnabé lacht. »Versprochen, ma princesse«, sagt er verschwörerisch und legt dabei drei Finger aufs Herz. »Das bleibt unser Geheimnis.«

Gemeinsam gehen sie noch ein Stück durch die Gassen. Der Prior gibt sich Mühe, die peinliche Situation aufzulockern. Frohgemut unterhält er Blanche mit kleinen Anekdoten über Heilige, von denen sie noch nie gehört hat, mit Reisegeschichten und Bibelzitaten. Blanche blickt immer wieder hinter sich, aber Angel entdeckt sie nicht mehr. Bei Sonnenuntergang haben sie die Herberge wieder erreicht, und sie schlüpft ins Zimmer ihrer Großmutter.

Valmort kehrt missmutig zu seinen beiden Kumpanen zurück, denen man eine kleine Kammer zugewiesen hat. Ihr erstes Ziel, sich der Reisegruppe anzuschließen, haben sie jedenfalls erreicht. Und ich habe das Vertrauen der Kleinen gewonnen, denkt er. Die Gelegenheit zum Zuschlagen wird schon noch kommen.

Blanche löffelt ihren Abendeintopf aus Lamm und Graupen abwesend in sich hinein. Sie ist immer noch aufgewühlt vom Anblick der schamlosen fleischlichen Begegnung in der Badergasse, wird die Bilder nicht los. Danach liegt sie neben ihrer schlafenden Großmutter im Bett und denkt daran, dass sie das, was sie heute gesehen hat, bald auch tun wird, mit ihrem Ehemann. In ihr steigt ein seltsames Gefühl auf, ein Prickeln, ein Kribbeln, süß und köstlich. Und doch macht es ihr Angst. So kann sie nicht einschlafen. Irgendwann steht sie auf und tappt nackt zum offenen Fenster, schiebt den Vorhang einen Spaltbreit auf. Ist er da draußen? Sie späht hinunter in den Hof, das Mondlicht lässt die Blätter der großen Pappel silbern glänzen. Und ja, da ist er. Reglos steht er da, mit dem Rücken gegen den Stamm gelehnt. Sie erinnert sich an das, was in seinem Blick war, dort bei der Quelle. Und wünscht sich, er würde sie so ansehen, mit diesem Verlangen in den Augen. Schnell lässt sie den Vorhang wieder zufallen, tastet sich wieder zurück ins Bett. Ihre Hand wandert nach unten, immer tiefer, dorthin, wo sie sich noch nie berührt hat. Sie denkt an Angel. Ihre Finger bewegen sich wie von selbst.

Am nächsten Tag erwacht Blanche mit dem schlechtesten Gewissen der Welt. Ist sie jetzt noch Jungfrau? O Himmel! Sieht man ihr etwas an? Sie lässt sich von der neuen Zofe ankleiden, vermeidet es, ihrer Großmutter in die Augen zu sehen. Die würde es merken, ganz bestimmt.

Beim Frühstück hat sie keinen Appetit, rührt nur in ihrem Haferbrei herum. Sie ist froh, als der Prior kommt, um der alten Königin eine Bitte zu unterbreiten. »Herrin«, sagt er, »es war sehr freundlich von Euch, uns Beistand zu leisten. Der Dank des Himmels ist Euch gewiss dafür.«

Aliénor nickt gnädig. »Das war Christenpflicht, Vater Barnabé.«

»Nun, dann werdet Ihr vielleicht meiner Bitte Gehör schenken, Herrin. Ich und meine Mitbrüder haben nichts mehr. Die Räuber nahmen uns alles Geld, die Vorräte, die Zelte. Wir können für nichts bezahlen, wir müssten uns bis nach Hause durchbetteln. Aber was noch schlimmer ist – wir haben Angst. Wir sind keine Kriegsleute, nur einfache Diener Gottes. Dieser Überfall hat uns schwer getroffen. Darum, Herrin, wage ich es, Euch zu fragen, ob wir nicht unter Eurem Schutz weiter mit nach Norden ziehen dürfen.«

Aliénor betupft sich mit einem Fazenettlein die Lippen. »Nun«, entgegnet sie, »nachdem der Herrgott schon gewollt hat, dass Ihr unseren Weg kreuzt, so wird er bestimmt auch nichts dagegen haben, wenn Ihr noch ein Weilchen bei uns bleibt.«

Sie erhebt sich. »Sind Eure Brüder in der Lage zu reiten?«

»Sie waren gestern noch beim Bader, Herrin.« Valmort unterdrückt ein Grinsen. »Es geht ihnen so weit gut.«

»Dann lasse ich Euch Pferde besorgen.«

Valmort verbeugt sich tief. »Wir werden Euch stets in unsere Gebete einschließen, Herrin.«

»Pah.« Die alte Dame verzieht das Gesicht und winkt ab. »Eure Gebete haben Euch gegen die Räuber ganz offensichtlich wenig geholfen, Vater Prior. Aber wenn Ihr zurück seid in Eurem Kloster, dann bittet den Heiligen Martin, beim Allmächtigen dereinst ein gutes Wort für mich einzulegen. Und für meine Kleine hier.«

»Der Heilige Martin ist ein mächtiger Fürsprech«, entgegnet der Prior. »Und wer seinen Mönchen Gutes erweist, dem hilft auch er. Des könnt Ihr gewiss sein.«

Bald darauf sitzen die Frauen wieder im Chariot; es geht durch eine weite, grüne Ebene nach Lesperon. Blanche grübelt vor sich hin. Sie fühlt sich wie eine arge Sünderin. Und dann denkt sie doch immer wieder an Angel. Ich bin nicht besser als eine dieser Hübschlerinnen in Dax, denkt sie.

»Welche Laus ist dir denn über die Leber gelaufen?«, fragt Aliénor. »Du machst ein Gesicht, als hättest du eine Fliege verschluckt!«

»Ach, nichts.« Blanche zuckt die Schultern. »Mir ist nicht recht gut. Der Brei von heute Morgen war so schwer und pampig.«

»Na, wenn dir sonst nichts im Magen liegt ...«, brummt Aliénor. »Soll ich dann überhaupt weitererzählen?«

»Doch«, nickt Blanche. Dann muss sie wenigstens nicht mehr über ihre eigene Schlechtigkeit nachdenken.

»Also. Wo waren wir? Ach, lieber Gott, ja. Der Krieg! Schon im Herbst des Jahres 1188 kam es zu ersten Waffengängen an der normannischen Grenze. Philipp forderte inzwischen für seinen ›geliebten, getreuen Lehnsmann‹ Richard die Übergabe der Normandie und dazu noch die Huldigung der englischen Barone als zukünftiger König. Henry hätte zu diesem Zeitpunkt immer noch nachgeben können. Richard war sein ältester überlebender Sohn, ihm gebührte die Krone. Aber Henry wollte nun endgültig John als Nachfolger. Gemeinsam mit ihm verbrachte er Weihnachten in Saumur, während ich in Berkhamstead saß. In einem Brief bot ich meine Vermittlung an, aber Henry, der Sturkopf, lehnte ab und schickte mir eine Botschaft voller gottslästerlicher Flüche. Ich sei an allem schuld, ließ er mir ausrichten, weil ich Richard zu einem Verräter und Aufrührer erzogen habe. Er wünsche mich und meine ganze Brut zum Teufel. Außerdem traf er Anordnung, mich wieder nach Sarum zu bringen und dort unter strengste Bewachung zu stellen. Ich fürchtete, es würde wieder so werden wie am Anfang.«

Blanche sagt nichts, sie ist nicht wirklich bei der Sache.

Aliénor zuckt die Schultern. Junge Dinger sind oft seltsam, denkt sie. Das sind die Säfte, sie müssen sich noch ordnen und ins rechte Gleichgewicht finden. So alt bin ich auch wieder nicht, dass ich mich nicht daran erinnere. Mehr für sich selber als für ihre Enkelin erzählt sie weiter. »Damals wusste ich nicht, wie schlecht es um Henrys Gesundheit bestellt war. Wie eine Spinne in ihrem Netz saß er in seiner Geburtsstadt Le Mans und nahm nicht an den wenigen Kämpfen teil, die im Winter stattfanden. Dann, kurz nach Ostern 1189, wurde es ernst. Philipp und Richard marschierten in Anjou und Maine ein. Sie griffen Le Mans an, die Stadt fing an zu brennen. Henry, offenbar schwer krank, wie Gerüchte besagten, sah sich zur Flucht gezwungen. Ein Teil von Philipps Armee marschierte hinterher, versuchte, das letzte Aufgebot zu stellen. Unterwegs starben Henrys Männer in der Hitze des Sommers am Straßenrand; Abweiche und Fieber griffen um sich. Das französische Hauptheer trieb derweil einen Keil ins angevinische Kernland: Es spaltete die Normandie von Aquitanien ab. Als am Ende auch noch die Städte des Loiretals vom Feind überrannt waren, zog sich Henry mit seinen Gefolgsleuten in die Burg Chinon zurück, das stärkste verbliebene Bollwerk der Grafen von Anjou. Es waren noch ein paar hundert Ritter, darunter John und sein Bastardbruder Geoffrey, den alle Jeff nannten, Ykenais Sohn und Kanzler von England. Dann kam die Nachricht, Tours sei gefallen. Henry wusste, dass er geschlagen war.«

Blanche sagt immer noch nichts. Aliénor wartet noch ein Weilchen, dann stößt sie einen kleinen Seufzer aus und macht die Augen zu. Wenn ihr ohnehin niemand zuhört, kann sie genauso gut ein Nickerchen machen.

John

Der Alte ist verrückt geworden. Es ist ja schön, dass er mir alles zuschanzen will, aber so geht das nicht. Von mir aus hätte Richard sein beschissenes Aquitanien ruhig behalten können. Dazu von mir aus die Bretagne, die Geoffrey dankenswerterweise frei gemacht hat. Und Irland, diese gottverlassene Insel voller halbwilder Barbaren. Dann hätte er auch eine Königskrone, und der Alte hätte mir England und die Normandie geben können. Ich wette, Richard hätte sich das überlegt. Und Mutter hätte sich auch weichkochen lassen, sie will ja doch noch aus der Gefangenschaft, bevor sie das Zeitliche segnet. In ihrem Alter muss man die paar Jährchen genießen, die einem noch bleiben, wobei sie ja noch erstaunlich gut beisammen ist. Vater ist derjenige von beiden, der zum Greis geworden ist. Ein Wrack, nicht nur körperlich. Auch im Hirn. Sonst hätte er sich nicht mit Philipp von Frankreich angelegt. Der Kerl ist ein ganz anderer Gegner als sein frömmelnder Vater. Mit dem ist nicht zu spaßen. Dabei ist er nur ein paar Jahre älter als ich. Er ist der böse Geist, der hinter allem steckt. Macht auf lieb Kind mit Richard, dass ich nicht lache!

Der will nur eines: Dass das Haus Plantagenet in Zwietracht auseinanderbricht. Dann kann er die Reste des angevinischen Reiches in aller Ruhe an sich bringen.

Wie komme ich jetzt aus dieser Sache ohne große Verluste heraus? Zu Weihnachten habe ich versucht, mit dem Alten zu reden, da ist er doch tatsächlich weinerlich geworden. Gott schicke ihm nichts als Krankheiten und Feinde und böse Weiber und Söhne ohne Achtung und Ehrfurcht. Er hat mich umarmt und gejammert, ich sei der Einzige, der noch zu ihm halte. Mag schon sein. Noch bin ich ihm treu. Aber ich habe keinerlei Lust, mich mit in den Abgrund ziehen zu lassen, wenn der Alte stürzt.

Henry

Ich bin geschlagen, ausgelaugt, fertig. Sie haben mich bei den Eiern. Dieser ewige Kampf gegen mein eigen Fleisch und Blut hat mich mürbe gemacht und krank. Fett bin ich wie ein Mastochse, und langsam wie eine Schnecke. Ich kann vor Schmerzen weder sitzen noch stehen. Es ist, als ob mich einer pfählte, mir einen glühenden Pflock ins Gedärm triebe. Der Leibarzt macht ein zuversichtliches Gesicht. Die Fistel, Sire, die in Eurem Anus sitzt – er ist zu vornehm, um Arsch zu sagen –, ist zu einem Abszess geworden, hat er mir frohgemut erklärt. Das bedeutet, es entsteht heilsamer Eiter. Wenn man den Abszess spaltet, dann kann dieser Eiter abfließen und damit auch die schlechten Säfte, die den Körper vergiften. Ha! Er will mir also mit dem Messer in den Arsch fahren. Ich kann nicht behaupten, dass mich diese Vorstellung in Entzücken versetzt. Aber so geht es nicht mehr lange weiter, bei den Augen Gottes. Ich kann ja nicht einmal mehr scheißen ohne Abführtränke. Ich habe John gefragt, was ich tun soll, aber er hat nur mit den Schultern gezuckt. Der Arzt wird schon wissen, was gut ist, hat er gesagt. Manchmal glaube ich, er schert sich einen Dreck um mich, versteht mich so wenig wie meine anderen nichtsnutzigen Söhne. Dabei tue ich das alles für ihn. Er ist doch das Einzige, was mir geblieben ist. Ich muss diesen Krieg gewinnen. Für ihn. Aber ich kann es nicht. Diesmal nicht. Ich weiß, mir bleiben nur Verhandlungen, deren Ausgang ungewiss sein wird. Herr im Himmel, sieh mich an, ich bin nur noch ein armer Wurm. Ich werde um Frieden betteln müssen. Was ist nur aus mir geworden? Und was wird aus meinem Königreich?

Ballan und Chinon, Juni/Juli 1189

Ein trauriger Zug bewegt sich langsam von Chinon aus in Richtung Nordwesten. Voran reitet der König, nein, vielmehr hält er sich mit letzter Kraft mühsam im Sattel seines wuchtigen Apfelschimmels. Bei ihm sind sein Sohn John, sein Bastard Geoffrey und nur wenige Ritter. Henry hat Philipp und Richard um ein Treffen gebeten, er will über seine Kapitulation verhandeln. Die beiden, den Triumph vor Augen, waren nicht bereit, ihm auch nur eine Meile entgegenzukommen. So blieb dem alten König nichts anderes übrig, als sich aus dem Krankenbett zu erheben und nach Tours zu ziehen. Es sind anderthalb Tagesreisen, die er hinter sich bringen muss. Er quält sich, schmerzgeschüttelt, zu Tode erschöpft. Im kleinen Ort Ballan geht es nicht mehr. Sie finden in einem festen Haus Unterkunft, das dem Orden der Tempelritter gehört. Fiebernd sinkt Henry auf ein notdürftig hergerichtetes Lager. »John?«, stöhnt er. »Wo ist John?«

Sie können ihn nicht finden.

»Meine Beine. Diese Schmerzen«, keucht Henry. »Mein ganzer Körper brennt wie Feuer.«

Sie schicken einen Boten nach Tours, der König sei krank. »Glaub ihm kein Wort«, lacht Richard. »Das ist nur wieder einer seiner Winkelzüge. Ich kenne meinen Vater.«

Der Bote kehrt nach Ballan zurück, berichtet, man halte seine Krankheit für vorgeschoben und bestehe auf den Gesprächen.

Henry fühlt sich in seiner Ehre getroffen. So weit ist es gekommen, dass man ihn für einen feigen Drückeberger hält. Am nächsten Morgen lässt er sich unter Schmerzen ankleiden; vier Männer müssen ihn auf sein Pferd heben. Es fängt an zu gewittern, ein schlechtes Omen, raunen seine Ritter. Durch das brüllende Gewitter zieht der todkranke König zum vereinbarten Platz ein paar Meilen vor den Mauern von Tours.

Es hat aufgehört zu regnen. Philipp und Richard warten auf ihren kostbar aufgezäumten Rössern, begierig, zu Ende zu bringen, was sie begonnen haben. So sehen Sieger aus. Hocherhobenen Hauptes, stolz und mit durchgedrücktem Rücken sitzen sie im Sattel, hinter ihnen in einer langen Reihe ihre edelsten Ritter. Über ihnen knattern hoch im Wind einträchtig nebeneinander Lilie und Löwe, die Banner von Frankreich und Aquitanien.

Henry reitet ihnen entgegen, unendlich langsam, die Zähne zusammengebissen, die Hände um die Zügel gekrampft. Zwei Ritter stützen ihn, alleine könnte er sich nicht auf dem Pferd halten. Richard ist bestürzt. Er hätte auf die Ehre seiner Mutter geschworen, dass Henry die Krankheit nur erfunden hat. Philipp sieht das aschene, schmerzverzerrte Gesicht seines Feindes, es rührt ihn an. Er befiehlt, seinen pelzgefütterten Seidenumhang auf den Boden zu werfen. »Mein König von England«, sagt er respektvoll, »ich sehe Euren Zustand, und Ihr dauert mich. Setzt Euch auf meinen Mantel, ich bitt Euch, damit Ihr es bequemer habt.«

Henry hebt den Kopf. »Ich bin nicht gekommen, mein Junge, um mich hinzusetzen, sondern um zu hören, welchen Preis ich für den Frieden zu zahlen habe.«

Philipp schüttelt leicht den Kopf. Richard schließt die Augen. Und dann legt der König von Frankreich dar, was seine Bedingungen sind. »Zum Ersten: Ihr huldigt mir als Eurem Lehnsherrn für all Eure Besitzungen auf dem französischen Festland. Zum Zweiten: Ihr bezahlt eine Summe von zwanzigtausend Mark Silber als Wiedergutmachung. Zum Dritten: Ihr erklärt Euren Sohn Richard, der hier neben mir ist, zum rechtmäßigen Erben der Krone und befehlt Euren Vasallen in England und Frankreich, ihm Gefolgschaft zu schwören. Viertens: Ihr überlasst mir als Zeichen Eures guten Willens die wichtigsten Burgen im Anjou und im Vexin. Fünftens: Ihr lasst meine Schwester Alais nach Paris bringen, damit sie dort Euren Sohn Richard heiraten kann, wie es vereinbart war. Und zum Letzten: Ihr gebt diesem Eurem Sohn, der nichts anderes getan hat, als sein rechtmäßiges Erbe einzufordern, hier und jetzt den Friedenskuss.«

Henry bringt mühsam ein Nicken zustande. Er weiß, dass er hier keine Bedingungen zu stellen hat. Seine Sache ist verloren. »Lasst ein Schriftstück aufsetzen«, sagt er.

Eine Stunde später liegt der bereits vorgefertigte Vertrag auf einem bereitgestellten Tisch. Nachdem auch noch sämtliche Zeugen feierlich ihre Siegel an die Urkunde gehängt haben, versammelt sich alles zum feierlichen Abschluss des Friedens. Richard tritt zögernd zu seinem Vater. »Es tut mir leid«, sagt er mit ehrlichem Bedauern. »Ich wusste nicht, dass es dir so schlecht ...«

Henry schneidet ihm mit einer schnellen Handbewegung das Wort ab. »Halt's Maul und lass mich tun, was von mir verlangt wird.« Er macht einen Schritt auf Richard zu, packt ihn hart bei den Schultern und drückt ihm den Friedenskuss erst auf die rechte, dann auf die linke Wange. Dann dreht er sich um und geht langsam zu seinen Rittern, die ihn in ihre Mitte nehmen. Richard sieht ihm nach, fassungslos, in seinen Augen brennen Tränen. Sein Vater hat ihm beim Küssen etwas ins Ohr geraunt: »Gott gebe, dass ich nicht sterbe, ohne mich für all das an dir gerächt zu haben.«

Man bringt den alten König in einer Sänfte zurück nach Chinon. Den ganzen Weg über schreit er entweder vor Schmerzen, oder er speit Gift und Galle, verflucht den Tag seiner Geburt und brüllt den Zorn des Allmächtigen auf seinen Sohn Richard herab. Und er fragt immer wieder nach John. Niemand weiß, wo er steckt.

In der Burg bettet man Henry auf ein bequemes Lager, die Ärzte lassen ihn noch einmal zur Ader. Es ist zu spät, um den Abszess jetzt noch aufzuschneiden, er hat schon den ganzen Körper vergiftet. Der König hadert so schwer mit Gott, dass er bockig wie ein Kind die letzte Beichte verweigert. Betroffen und ratlos stehen die Ritter um das Bett. Schließlich holt man den Erzbischof von Canterbury vom Abendessen weg, der Henry mit Engelszungen zur letzten Ölung überredet. Danach verabreicht man ihm Mohnsaft, um wenigstens über Nacht die Schmerzen zu lindern. Henry dämmert vor sich hin. Jedes Mal wenn er aufwacht, stellt er dieselbe Frage. »Wo ist John?«

Und dann, am Morgen, bekommt er die Antwort. Einer von Henrys Männern, Roger Malchael, ist noch einen Tag in Tours geblieben, um dort herauszufinden, welche seiner englischen und französischen Vasallen von Henry abgefallen und zu Philipp übergelaufen sind. Jetzt ist er zurück; er hat eine Liste dabei, drückt sie wortlos Geoffrey, dem Bastardsohn, in die Hand.

»Lies vor, Jeff«, flüstert Henry müde.

Der erste Name auf der Liste ist John.

Keine Stunde später fällt der alte König ins fiebrige Delirium. Der getreue Jeff wacht als Einziger bei ihm, kühlt ihm die Stirn, verscheucht unermüdlich die Fliegen, die sich auf sein Gesicht setzen wollen. Es geht elend langsam zu Ende. Als die Sonne über den Hügeln im Westen untergeht, bäumt sich Henry noch einmal auf, schnappt nach Luft, reißt die Augen auf. »Seht alle her«, röchelt er, »so verreckt ein besiegter König.« Dann fällt er in die Kissen zurück. Schon glaubt Geoffrey, er atme nicht mehr, da bewegen sich seine Lippen. Es scheint fast, als würde der Sterbende lächeln. Geoffrey beugt sich über Henry, bringt sein Ohr ganz nahe an des Königs Mund. »Sag ihr ... jetzt kann sie ... auf meinem Grab ... tanzen.«

Epitaph des Königs Henry II. von England nach einer Transkription des Ralph von Diceto

Hier lieg ich, Henry, einstmals König.
So viele Länder war'n mir untertan.
Beherrscher war ich riesiger Provinzen
und doch niemals zufrieden, wollte stets noch mehr.
Nun reichen acht Fuß Erde aus für mich.

Wer diese Zeilen liest, der mög bedenken
die Enge, die der Tod uns bringt.
An meinem Los mög er erkennen
das Schicksal aller Sterblichen:
Ein kümmerliches Grab hat einmal Platz genug
für den, dem diese Welt zu klein war.

Richard

So wollte ich das nie. Ich kann nicht sagen, dass ich traurig über seinen Tod war, aber ich habe ihm das nicht gewünscht. Es war wohl ein einsames Sterben für ihn, verlassen von allen seinen Söhnen. Wie ich höre, war nur Geoffrey der Bastard bei ihm. Das hat er nun von seiner Sturheit, seinem Hass auf uns alle, seinem krankhaften Festhalten an der Macht. Je älter er wurde, desto mehr Spaß fand er daran, andere zu demütigen. Aber der Himmel straft jede Sünde gerecht, und das war Vaters Strafe. Als ich zu Chinon vor seinem Leichnam stand, habe ich vergeblich nach irgendeinem Gefühl in meinem Herzen gesucht. Da war nichts. Kein Triumph, aber auch kein Hass mehr. Ich habe ein stummes Gebet gesprochen und bin gegangen. Jetzt ist die Reihe an mir. Und deine Hölle, Vater, wird sein, dass du von dort drunten zusehen musst, wie ich deine Krone trage.

John

Das war zu erwarten. Jetzt ist er also an dieser Fistel gestorben. Welch passender Tod für ein Arschloch, würde mein Bruder Geoffrey sagen. Aber der ist ja auch schon tot. Wird sich freuen, den Alten in der Hölle wiederzusehen.

Verdammt, du hast's versaut, Vater. Mich wolltest du als Nachfolger, und nun? Was ist nun, he? Ich bin vor Richard zu Kreuze gekrochen und vor diesem widerlichen Franzosen. Hab alles gegeben, vom Kniefall bis zum Weinkrampf. Wenigstens lebe ich noch. Richard hat mir in einem Anfall von brüderlicher Liebe ein paar Ländereien in Frankreich gelassen, und er hat mir erlaubt, Hawise von Gloucester zu heiraten. Sie ist ein hässliches Ding mit abstehenden Ohren, aber die reichste Erbin von ganz England. Ich stehe also nicht mittellos da. Und wenn ich folgsam nach Richards Pfeife tanze, dann kann ich auch Irland behalten. Das ist doch was! Der Rest wird sich finden – noch ist nicht aller Tage Abend.

Von Dax nach Lesperon
April 1200

Henry starb am sechsten Juli des Jahres 1189. Ich weiß nicht, warum seine Leute nicht die Totenwache in der Sterbekammer hielten, wie es ihre Pflicht gewesen wäre – jedenfalls lag er allein. Die Dienerschaft begann, seine Leiche zu fleddern und all seine Habseligkeiten zu stehlen, und niemand hinderte sie daran. Danach konnte man ihn nicht einmal mehr angemessen aufbahren. Irgendjemand gab einen Ring, den man an seinen Finger steckte, es fand sich ein Kerzenhalter, der als Zepter diente, und die Frau eines Ratsherrn aus der Stadt spendete ein zerschlissenes Samtschapel mit Goldstickerei, dass man ihm als Krone um die Stirn legte. So trug man seine Leiche von Chinon bis nach Fontevraud, wo ihn die guten Nonnen in ihre Obhut nahmen.« Aliénor hält inne. Soll sie erzählen, was zu Chinon geschah? Nach dem Tod von Königen gibt es immer seltsame Gerüchte, die man besser nicht glauben sollte. Und sie hat es ja auch nie geglaubt. Diese Geschichte, dass Richard, nach einem Gewaltritt von Tours her, allein die Kapelle betreten und auf seinen toten Vater herabgesehen habe. Sein Gesicht, so hieß es, habe keinerlei Gemütsregung gezeigt, weder Freude oder Genugtuung noch Trauer oder Schmerz, während er stumm dastand, kaum länger als man für ein Vaterunser braucht. In diesem Augenblick habe aus des toten Vaters Nasenlöchern ein Blutstrom sich ergossen. So habe Henrys Geist aus dem Jenseits noch einmal mit angevinischem Zorn ein Zeichen geben wollen. Pah, alles Unsinn. Aliénor schüttelt unwillig den Kopf. Nein, diese Geschichte muss sie ihrer Enkelin nun wirklich nicht zumuten.

Blanche ist zwar ergriffen von Henrys jammervollem Tod, aber sie denkt auch gleich weiter. »Und dann hat man dich sofort freigelassen, nicht wahr?«

Aliénor nickt. »So war es. Ich weiß es noch wie heute, es war der Siebenbrüdertag, als die Nachricht Sarum erreichte. Als mein zweites Leben begann. Ich konnte es kaum fassen. Sechzehn Jahre, Blanche, kannst du dir das vorstellen? Sechzehn Jahre! Und nun war ich frei! Ich hatte so viel nachzuholen, ich wusste gar nicht, was ich zuerst tun sollte.«

»Na, zumindest hast du bestimmt keine Zeit darauf verschwendet, um Henry zu trauern!«, grinst Blanche.

Aliénor sieht hinaus, lässt den Blick nach draußen schweifen, in den Wald voller Glockenblumen. Trauer? Dafür habe ich ihn zu sehr gehasst, denkt sie. Betroffenheit, das ja. Sie fährt sich über die Augen, massiert mit Daumen und Zeigefinger ihre Nasenwurzel. Es war kein schönes Gefühl, erinnert sie sich. Eher ein Sich-Bewusstwerden über die Endlichkeit der Dinge. Sie hat an die Anfänge ihrer gemeinsamen Zeit gedacht, die überschäumende Verliebtheit, die leidenschaftlichen Nächte, die hochfliegenden Pläne, das perfekte Glück. Die Geborgenheit, die sie bei ihm empfunden hat, die vermeintliche Sicherheit, jetzt endlich angekommen zu sein. Wie schnell war das alles verflogen. Und wie schnell hatten sich Liebe und Vertrautheit umgekehrt in Hass und in die bestürzende Erkenntnis, einem Fremden gegenüberzustehen, einem Menschen, mit dem sie nichts mehr verband. Sie weiß noch, sie hat sich damals gefragt, wer wem mehr unrecht getan hat. »Wir haben uns beide nichts geschenkt«, sagt sie leise. »Wir haben uns geliebt wie die Verrückten und bekämpft wie die Verrückten. Und wir konnten am Ende keinen Frieden miteinander machen. Heute hätte ich mir das gewünscht.« Sie lacht auf. »Vermutlich hätte er mir ins Gesicht gespuckt, wäre ich an sein Totenbett geeilt.«

»Je größer die Liebe, desto größer der Hass«, sagt Blanche altklug. »Das hab ich mal irgendwo gehört.«

Und desto größer auch die Verbitterung, denkt Aliénor. Und die Enttäuschung über all das Gute, was man verloren hat. Die alte Königin schüttelt die trüben Gedanken mit einem Lächeln ab. »Du hast recht«, sagt sie zu Blanche, »ich habe nach meiner Freilassung wirklich keine Zeit verschwendet. Ich hatte so viel zu tun. Richard musste damals noch in Frankreich bleiben und dort nach dem Krieg die Dinge ordnen. Er schickte mir eine Nachricht, in der er mir mitteilte, ich habe alle Vollmachten als Königin von England. Er wollte, dass ich in England für ihn herrschte und sämtliche Vorbereitungen für seine Krönung traf. Ich zog sofort im ganzen Land umher und konnte es kaum glauben, dass mir überall die Menschen zujubelten. Was mir in früheren Jahren verwehrt geblieben war – alle hatten in mir immer nur die fremde Südländerin gesehen –, das fiel mir nun in den Schoß: die Zuneigung meiner Untertanen. Sie feierten mich als ihre Königin, nach all der Zeit. Dabei musste ich zu meinem Erschrecken feststellen, dass Henry in den letzten Jahren geherrscht hatte wie ein Tyrann. Er hatte ungerechte Gesetze erlassen, unsinnige Verordnungen auf den Weg gebracht. Das alles hob ich nun auf. Ich begnadigte all diejenigen, die zu Unrecht in den Gefängnissen saßen, entschädigte Städte und Klöster für erlittenes Übel, ordnete das Königreich neu. Ich versöhnte England mit der Herrschaft der Plantagenets. Und all das tat ich im Namen Richards. Du musst dir ja vorstellen, Kleines, dass man Richard in England kaum kannte. Er hatte fast sein ganzes Leben in Aquitanien verbracht. Also musste ich ihm Vertrauen schaffen in seinem Reich, und das tat ich. Jetzt endlich, als alte Frau, war es mir vergönnt, das zu tun, was ich mir immer gewünscht hatte: frei und ungestört herrschen. So nahm ich allen Untertanen den Eid auf den neuen König von England ab.«

Blanche rechnet im Stillen nach, wie alt ihre Großmutter damals gewesen sein muss, auf dem Höhepunkt ihrer Macht. Fünfundsechzig? Noch älter?

So erreichen sie das Örtchen Castets auf einer Lichtung mitten im Wald. Es gibt eine Taverne, wo sich gut rasten lässt, und so beschließt man, eine kleine Pause einzulegen. Der Wirt bietet den Damen einen Napf Eichhörnchenragout mit Bohnen an, und auch für die drei Mönche ist noch genug da. Gemeinsam sitzen sie auf einer Bank im Hof und genießen die Mahlzeit in der Frühlingssonne, während die Kriegsknechte trocken Brot essen und ihre Pferde im Bach hinter dem Haus saufen lassen. Vater Barnabé unterhält sich angeregt mit den Damen über Paris, das er gut kennt. Er redet für drei, denn seine beiden Mitbrüder, so erzählt er, haben für die Dauer der Wallfahrt ein Schweigegelübde abgelegt. Blanche mag den freundlichen Prior gern, der ihr immer wieder zuzwinkert und ihren Bräutigam in den feurigsten Farben schildert. Und er hat nichts von ihrem Ausflug in die Badergasse verraten.

Während die anderen noch reden, geht sie um die Hausecke, um sich neben dem Misthaufen zu erleichtern. Sie hat zu viel von dem verdünnten Rotwein getrunken, den der alte Wirt ihnen hingestellt hat. Zwei buntgefleckte Kätzchen hüpfen tapsig auf sie zu, während sie ihre Röcke richtet, niedliche kleine Fellknäuel. Sie hebt ein dünnes Zweiglein vom Boden auf und spielt mit den beiden. Lange lassen sich die Kätzchen nicht ablenken, dann jagen sie einer Hummel hinterher, die über den Boden brummt. Blanche läuft ihnen nach zum Bach, wo die Pferde angebunden sind, nimmt eines hoch und krault es am Bauch, bis es schnurrt.

»Dreifarbige Katzen bringen Glück«, sagt Angel.

Sie blickt auf. Da steht er, bei den Kutschpferden, und lässt sie Hafer aus einem großen Eimer mampfen. Zögernd geht sie zu ihm hinüber, das Kätzchen in ihre Halsbeuge gekuschelt. »Vielleicht sollte ich eins mitnehmen«, erwidert sie. »Glück kann ich wohl brauchen.«

»Für Eure Hochzeit mit dem Prinzen?« Er klingt beinahe ein wenig eifersüchtig.

Sie zuckt verlegen die Schultern, will eigentlich gar nicht darüber reden. »Auch dafür. Für alles, was kommt.«

Er stellt den Eimer hin und reibt sich die Hände an der Hose sauber. »Ihr werdet bestimmt glücklich sein, Señorita Blanca. In Eurem großen Schloss zu Paris, mit einer Krone auf dem Kopf. Ihr tragt Schmuck und schöne Kleider. Und jeden Tag esst Ihr Weißbrot und Hühnchen und Honigkuchen.«

Sie lächelt traurig. »Und du, Angel? Wirst du glücklich sein, wenn du zurück in Pamplona bist?«

Ein Schatten huscht über sein Gesicht. Er schüttelt den Kopf.

»Warum nicht?«, fragt sie. Und weiß doch genau, was er meint.

»Weil ...«

»Weil?«

»Weil ich niemals wie Ritter Roland sein werde«, stößt er trotzig hervor. »Weil ich nur ein einfacher Schmied sein werde wie mein Vater. Mein ganzes Leben lang.« Er schluckt. »Und weil Ihr dann nicht mehr da seid.«

Das Kätzchen will herunter; sie lässt es laufen. Was soll sie nur sagen? Heilige Muttergottes! Wie soll sie das Schicksal ändern, das ihnen bestimmt ist? Ihr Herz krampft sich zusammen vor Schmerz. »Wirst du mich vermissen?«, fragt sie leise.

Er nickt. Sieht sie an mit diesen schwarzen Augen, in denen Sehnsucht und Trauer stehen. Er ist so schön.

Da kann sie nicht anders. Sie tut einen Schritt auf ihn zu, legt ihm die Hände auf die Schultern, stellt sich auf die Zehenspitzen und küsst ihn blitzschnell auf den Mund. Dann dreht sie sich um und läuft mit wehenden Röcken und brennenden Wangen um die Hausecke zu den anderen zurück.

Klopfenden Herzens setzt sie sich zu den anderen. Sie kann ihr Gesicht nicht sehen, aber sie weiß, ihre Wangen sind rot wie Blut.

Aliénor sieht ihre Enkeltochter an. Blanche weicht ihrem Blick aus, und das sagt ihr eines: Da ist etwas geschehen, wovon sie nichts wissen soll. Und wenn sie sich noch recht erinnert, wie sie selber in diesem Alter war, dann kann es sich nur um eins handeln. Die alte Königin runzelt die Stirn. Dann trinkt sie einen Schluck vom sauren Castetser Wein und schüttelt den dummen Gedanken ab. Was soll schon sein? Die Kleine hat Phantasien, na und?, denkt sie. Ich selber war nicht anders, vor weiß Gott wie vielen Jahren. Junge Mädchen müssen schnell verheiratet werden, bevor die Sehnsucht mit ihnen durchgeht. Also. Sie gibt das Zeichen zum Aufbruch. In ein paar Tagen sind sie in Bordeaux, und dann wird alles gut.

Zurück im Chariot drückt sich Blanche in eine Ecke und träumt vor sich hin. Aliénor erzählt weiter, das ist einfacher, als nachzufragen, was vorhin war. »Ich bereitete also Richards Einzug in England vor und seine Krönung in Westminster. Ich wurde bald verrückt vor Glück, ihn wiederzusehen, meinen Augenstern, mein Löwenherz. Dabei wusste ich, es würde nicht von Dauer sein. Denn er hatte ja schon zwei Jahre vorher das Kreuz genommen.«

Sie wartet auf die Frage, die nun eigentlich von Blanche kommen müsste. Doch die träumt weiter.

»Das Kreuz genommen? Grand-mère, das hast du noch gar nicht erzählt!« Sie übernimmt augenzwinkernd Blanches Teil der Unterhaltung. – »O doch, mi cors. Das war im Jahr 1187, gleich nachdem das heilige Jerusalem wieder ganz in die Hände der Heiden gefallen war.« – »Jesus!«, redet sie weiter mit sich selbst. »Aber warum wollte Richard denn unbedingt nach Outremer?«

Blanche erwacht aus ihren Tagträumen. »Was sagst du da?«

Aliénor hebt vorwurfsvoll die Brauen. »Ich stelle die Fragen, die eigentlich dir zukommen, Schätzchen. Aber du bist mit deinen Gedanken ja irgendwo.«

»Tut mir leid, Grand-mère. Ich weiß auch nicht, was mit mir los ist.« Blanche kann ihr schlechtes Gewissen kaum verbergen. »Also, du sagst, Richard wollte auf Kreuzzug gehen? Warum denn?«

Aliénor will nicht weiter schelten. »Nun, damals, als er es gelobte, da war seine Lage im Erbfolgestreit bald aussichtslos. Ich glaube, er wollte einfach ausbrechen aus diesem elenden Streit. Außerdem zog er gern in den Kampf, das war sein Leben. Und, auch wenn es viele nicht wahrhaben wollten, er war ein sehr gläubiger Mensch. Der Gedanke, dass die heilige Stadt von Saladins Muselmanen entweiht wurde, war ihm unerträglich.« Vielleicht, denkt sie, wollte er auch Buße tun für das, was keiner wissen durfte. Und was ich, so lange ich lebe, für mich behalten werde. Nichts soll den Ruf König Richards beflecken. Er lebe ewig als herrliches Vorbild in den Herzen der Menschen. Sie unterdrückt ein Schluchzen, das in ihrer Kehle aufsteigt. Es ist noch nicht so lange her. Der Schmerz ist noch frisch, wühlt immer noch in ihren Eingeweiden, brennend und unerträglich. Da hilft kein Gebet, kein frommer Wunsch. Es gibt keinen Trost. So alt wird sie nicht mehr werden, dass dieser Jammer gelindert würde von der Zeit.

Sie erreichen Lesperon; dort gibt es ein neuerbautes Jagdschlösschen des Bischofs von Bordeaux, wo sie für die Nacht unterkommen. Blanche bleibt einsilbig beim Abendessen. Sie steckt Bissen für Bissen vom gesottenen Neunauge in den Mund – heute ist Fischtag –, kaut und schluckt, und dabei denkt sie die ganze Zeit daran, wie weich Angels Lippen waren, wie samten und süß. Sie schmeckt nicht die feine Würze der Fischsuppe, sondern sie schmeckt Minze und Leder, Salz und Schweiß und etwas Unbestimmbares. Sie schmeckt Angel. Und sie spürt, wie ihr Inneres dahinschmilzt beim Gedanken daran, ihn so berührt zu haben.

»Bist du müde, Liebes?«, fragt Aliénor. »Du vergisst ja das Kauen!«

Blanche fühlt sich ertappt. »Ich glaube, ich gehe schlafen«, sagt sie und steht auf. Jetzt nur keine Fragen mehr. Sie ist ohnehin ganz durcheinander. O Himmel, so kann sie doch unmöglich ihrem Prinzen unter die Augen treten! Ihn heiraten im Namen des Herrn. Wo sie doch im Geist Unzucht treibt mit dem, den sie liebt. In der Nacht Hand an sich legt, dass sie vielleicht gar keine Jungfrau mehr ist. Das ist so sündig, dass man es kaum aushalten kann. Langsam geht sie zur Treppe, die in das kleine Schlafgemach führt.

»Verzeihung, ma Princesse!« Fast hätte sie den Prior angerempelt, der sich jetzt aus Höflichkeit entschuldigt, als sei er der Übeltäter. Er schiebt die Unterlippe vor und sieht sie mitleidig an. »Geht es Euch nicht gut? Ich sehe doch, dass Euch etwas beschäftigt, kleine Herrin!«

Da kommt ihr der rettende Gedanke. Dem Prior kann man vertrauen. Er ist doch ein Mann Gottes. »Vater Barnabé«, sagt sie, »würdet Ihr mir die Beichte abnehmen?«

Valmort muss sich zurückhalten, um nicht zu grinsen. »Wenn Ihr es wünscht, Princesse?«

Sie nickt heftig.

»Jetzt gleich?«

Wieder ein Nicken.

Valmort sieht sich um. Die anderen haben nichts bemerkt. »Droben bei der Herrenkemenate gibt es eine kleine Kapelle«, sagt er. »Lasst uns dorthin gehen.«

London, September 1189

*L*ange, lange halten sie sich in den Armen, die alte Königin und ihr Sohn. Die Gäste in der großen Halle von Westminster klatschen Beifall, so mancher hat Tränen in den Augen. So wie Aliénor. Seit der Krönung in der Kathedrale kann sie gar nicht mehr aufhören zu weinen. Sie denkt an den letzten Teil der Merlin'schen Prophezeiung: Der Adler wird Freude haben an seinem dritten Nestling. Ja, sie hat ihre Freude. Wie die Menschen ihm zujubelten auf seinem Weg von London nach Westminster. Wie er dann vor dem Altar stand, in seinem herrlichen Mantel mit den aufgestickten Löwen, die Krone von England auf den rotblonden Locken. Keiner sah je königlicher aus, und sie weiß, wovon sie spricht. Sie hat Ludwig gesehen bei der Krönung, dann Henry, dann ihren Ältesten. Und da ist wieder der Schmerz. Ihre Ehemänner sind tot. Und drei ihrer Söhne. So hoch war der Preis, und sie hat ihn bezahlt.

»Dies alles verdanke ich dir«, sagt Richard, als sie sich aus ihrer Umarmung lösen.

Sie drückt seine Hand. »Jeder bekommt, was er verdient, mi cors. Und es gibt keinen würdigeren König als dich. Ich bin so stolz auf dich.«

Die Festlichkeiten beginnen mit einem üppigen Bankett. Aliénor hat für alles Sorge getragen: für fässerweise Wein aus Bordeaux, Austern und Muscheln von der Île d'Oléron, Richards Lieblingsschinken aus dem Poitou. Es gibt alles an Gebratenem und Gesottenem, was vier Beine hat, und Vögel vom Zaunkönig bis hin zu Schwänen und Kranichen. Richard ist ein vollendeter Gastgeber, und als er schließlich nach dem Essen zur Laute greift und ein selbstverfasstes Lied zum Besten gibt, glaubt Aliénor, in ihm ihren Großvater wiederzuerkennen, den ersten Troubadour. Das ist ihr Blut, ihr Sohn, ihre Liebe. Gemeinsam mit ihm steht sie an diesem Tag im Zenit ihres Lebens.

Später, tief in der Nacht, als die meisten schon gegangen sind, sitzen sie in einer Fensternische und reden.

»Es fällt mir schwer, dich nach Outremer gehen zu lassen«, seufzt Aliénor. »Ich habe dich doch gerade erst wieder.«

Richard lächelt. »Es wird nicht lange dauern, Mutter. Deutschland, England und Frankreich vereint gegen die Sarazenen – eine größere Streitmacht hat es im Kampf um Jerusalem nie gegeben.«

»Oh, das dachten wir auch, damals. Und wie wenig ist uns gelungen.« Der alten Königin wird wehmütig ums Herz. »Ich wollte, ich könnte noch einmal mitziehen.«

»Bist du nicht ein wenig zu alt für solche Abenteuer?«, grinst Richard.

Sie schlägt ihn scherzhaft mit dem Handschuh gegen die Wange. »Erinnere eine Frau nie an ihr Alter, du ungehobelter Kerl!«

Richard hebt zur Verteidigung die Hände vors Gesicht. »Gnade, Domna! Ich will's nie wieder tun, ich schwör's.«

Dann werden sie wieder ernst. »Ich brauche dich hier, Mutter, in England und Frankreich. Du weißt, warum.«

»John«, erwidert sie. »Ich weiß.«

»Ich habe ihm Gloucester zukommen lassen und anlässlich der Krönung heute noch ein paar Grafschaften draufgelegt. Und Irland. Ich will nicht den Fehler machen, den Vater begangen hat. John soll zufrieden sein.«

Sie wiegt den Kopf. »John ist nicht der Mensch, der jemals mit etwas zufrieden ist.«

»Und deshalb sollst du ja auch auf ihn aufpassen, solange ich fort bin.« Richard zieht etwas aus seinem Wams. »Hier. Ich habe dir ein neues Siegel machen lassen. Du wirst meine Regentin sein, nicht John. Du bist die Einzige, der ich vertraue.«

Sie nimmt das Petschaft, streicht mit den Fingern über das warme Holz. »Ich werde dir dein Königreich bewahren, Richard, mit Gottes Hilfe.«

Er will sich erheben und wieder zu den anderen gehen, da hält sie ihn zurück. »Noch ein Wort, mein Sohn.«

Langsam setzt er sich wieder. Sie blickt ihn ernst an. »Wir müssen auch darüber reden, was geschehen soll, falls du nicht aus dem Heiligen Land zurückkehrst. Du hast keinen Erben.«

Er bläst die Backen auf. »Ich weiß, ich weiß.«

»Wenn du stirbst, was der Himmel verhüten möge«, fährt Aliénor fort, »dann gibt es nur zwei Möglichkeiten: Das Reich fällt an den Sohn deines Bruders Geoffrey, den kleinen Arthur. Inzwischen ist er drei Jahre alt, wächst am französischen Hof auf und wird dort zum Parteigänger Philipps erzogen. Das wäre der eine Erbweg, der sich von deinem älteren Bruder herleitet. Oder das Reich fällt an John. Die andere Erblinie.«

Er zuckt die Schultern. »Wenn du mich fragst, ich will beide nicht.«

»Dann sorge für eine dritte Möglichkeit, Richard.« Ihre Stimme wird fest. »Du musst heiraten und einen Erben zeugen. Das ist es, was ich dir noch sagen wollte. Du bist jetzt König, und das ist deine Pflicht.«

Er tut einen tiefen Atemzug, hebt die Hände. »Muss es denn jetzt sein?«

»Ja!«

»Aber nicht Alais, die kleine Hure«, knurrt er. »Wo ist sie überhaupt?«

»Sie sitzt gut bewacht in Winchester.«

»Da kann sie meinetwegen auch bleiben.« Er atmet einmal tief durch. »Also gut, Mutter, such du mir jemanden.«

Sie lächelt spitzbübisch. »Ei, das hab ich längst, mein Junge.«

»Du bist doch ...« Er schaut sie belustigt an. »Und welche edle Jungfer hat Gnade vor deinen Augen gefunden?«

Sie spannt ihn einen Augenblick lang auf die Folter, ehe sie antwortet: »Die Tochter König Sanchos von Navarra. Berengaria.«

»Die?« Richard reißt überrascht die Augen auf. »Von der alle sagen, sie sei ein Mannweib?«

»Unsinn!«, entgegnet Aliénor energisch. »Jaja, ich weiß schon, es heißt, zum Mann fehle ihr nur noch der Bart. Aber das ist nur dummes Geschwätz. Ich habe mich genau erkundigt. In Wirklichkeit ist sie einfach nur knabenhaft.« Sie zögert, sieht ihn von der Seite her an. »Ich dachte, das kommt dir entgegen.«

Richard starrt zurück. Auf seinem Gesicht steht eine Mischung aus Überraschung, Ärger und Verlegenheit. Ein paar Atemzüge lang kämpft er mit sich, dann bricht er in schallendes Gelächter aus. »Mutter, du bist unbezahlbar!«

Aliénor tätschelt seine Hand. »War ich schon immer, Schätzchen.«

Er runzelt die Stirn. »Seit wann ...«

»Seit wann ich es weiß? Oh, schon sehr lange. Ich habe dich einmal gesehen, es war in Poitiers, mit diesem hübschen goldhaarigen Jungen, wie hieß er noch gleich, Blondel?«

Richard senkt den Kopf. »Und du verurteilst mich nicht?«

Sie seufzt. »Das steht nur dem Herrgott zu, mein Sohn. Ich weiß wohl, dass die Liebe ihre eigenen Gesetze hat.«

Er nimmt ihre Hände. »Du bist die beste Mutter der Welt. Das werde ich dir nie vergessen.«

»Tu mir lieber den Gefallen, Kleiner, und komm gesund zurück«, brummt sie. »Mir gehen langsam die Söhne aus.«

Von Lesperon nach Labouheyre
April 1200

In dieser Nacht schläft Blanche endlich wieder tief und fest. Die Beichte hat ihr Gewissen erleichtert. Vater Barnabé hat ihr eine angemessene Buße auferlegt: Sie hat zehn Vaterunser und zehn Rosenkränze beten müssen, mit den Knien auf einem Holzscheit. Und sie hat geloben müssen, ein großzügiges Almosen für die Findelkinder von Paris zu stiften, sobald sie Königin ist. Das will sie gerne tun, und sie findet es eine passende Strafe. Außerdem hat der Prior ihr versichert, sie sei durchaus noch Jungfrau. Der Stein, der ihr in diesem Augenblick vom Herzen fiel, war mindestens so groß wie das Gebirge, das hinter ihnen liegt. Nur die

Trauer darüber, dass ihre Zeit mit Angel bald vorüber sein wird, die hat ihr Vater Barnabé nicht nehmen können.

Während ihre Enkelin neben ihr selig schlummert, kann Aliénor lange nicht einschlafen. Irgendetwas an Blanches Verhalten beunruhigt sie. So zerstreut, so in sich zurückgezogen wie in den letzten Tagen hat sie die Kleine noch nicht erlebt. Da ist doch etwas! Und wenn ihr Gespür sie nicht ganz trügt, dann ist dieses Etwas ein Mann! Aber wer? Sie rollt sich von einer Seite auf die andere, denkt und denkt. Einmal ist ihr zu warm, dann wieder zu kalt, dann benutzt sie den Nachtscherben. Am Ende gibt sie es auf. Vielleicht bin ich ja nur eine alte, misstrauische Krähe, denkt sie. Wahrscheinlich wird Blanche nur immer in sich gekehrter, weil die Reise bald zu Ende geht und sie ihren Prinzen treffen wird. Bestimmt hat sie Ängste und Bedenken. Dass er ihr nicht gefällt. Dass sie ihm nicht gefällt. Wie es mit ihm gehen wird. Das Übliche eben vor einer Hochzeit. Man kennt das ja. Aliénor seufzt und reibt ihre Füße aneinander, bis sie warm werden. So wird es sein. Kein Grund zur Aufregung.

Am nächsten Morgen fühlt sich die alte Königin unausgeschlafen, dafür ist Blanche wieder besserer Laune. Wieder steht ihnen eine Tagesreise durch dichten Wald bevor, so wie gestern. Das bedeutet Langeweile, weil es draußen wenig zu sehen gibt. Blanche hilft erst ihrer Großmutter und steigt dann selber in die Kutsche, nicht ohne vorher umhergespäht zu haben, ob sie vielleicht Angels Gesicht irgendwo entdecken könnte. Aber er ist wohl hinten bei der Nachhut.

Aliénor holt erst einmal ihren überfälligen Nachtschlaf wieder nach. Fast bis Mittag schlummert sie, tut hier und da einen kleinen Schnarcher oder schnappt kurz nach Luft. Blanche hängt ihren eigenen Gedanken nach, und die drehen sich um Angel. Erst mittags, nach einer kurzen Rast in Onesse, ist Aliénor wieder wach genug, um weiterzuerzählen.

»Richard und Philipp zogen an der Spitze ihrer Heere ins Heilige Land, das war im Sommer 1190. Kurz vorher hatte Richard in Tours bei einem feierlichen Gottesdienst den Pilgerstab erhalten. Bei der Feier danach lehnte er sich nach der Messe mit seinem ganzen Gewicht auf den Stab und – das Holz brach. Viele glaubten damals, das sei ein schlechtes Omen, doch er wischte alles mit einer Handbewegung zur Seite. Als ich davon hörte, kamen mir Ängste und Bedenken, aber was hätte ich tun können? Dieser Kreuzzug würde stattfinden, und zwar mit dem König von England.«

Blanche nickt. Sie weiß, worauf Aliénor anspielt. Das schlechte Omen würde sich bewahrheiten, zwei Jahre später. Jerusalem würde verloren bleiben.

»Meine Aufgabe war es nun«, so fährt Aliénor fort, »diese Hochzeit zuwege zu bringen. Eigentlich hatten wir besprochen, dass sie erst nach Richards Rückkehr aus dem Heiligen Land stattfinden sollte. Aber aufgrund dieses Omens änderte ich meine Meinung. Ich wollte keine Zeit mehr verlieren, also vereinbarte ich mit König Sancho, dass er Berengaria nach Bordeaux schicken sollte. Von dort aus brachen wir dann auf.«

»Nach Outremer?«, fragt Blanche begeistert.

»Nach Sizilien«, bestätigt Aliénor.

Blanche kichert. »Du wolltest noch einmal eine große Reise machen, nicht wahr?«

Die alte Königin schmunzelt. »Kennst deine Großmutter inzwischen recht gut, was? Ja, so war es. Ich träumte davon, noch einmal nach Süden zu ziehen. Die alten Erinnerungen aufzufrischen. Ich dachte, es würde meine letzte große Reise werden, eine letzte Gelegenheit zum Abenteuer.«

»Und eine letzte Gelegenheit, Antiochia wiederzusehen?«

Aliénor schüttelt leicht den Kopf. »Auch das weißt du?« Aber kein Wunder. Blut von meinem Blut. Meine Enkelin. »Nun, jedenfalls brachen Berengaria und ich im Winter desselben Jahres auf. Wir nahmen den Landweg, so wie damals. Vieles hatte sich verändert, aber vieles erkannte ich auch mit großer Freude wieder. Wir kamen gut voran, es war ein trockener Winter ohne Schnee und Eis. In achtundsechzig Tagen durchmaßen wir die italienische Halbinsel von Norden nach Süden. Unterwegs trafen wir den jungen deutschen König Heinrich – ein freundlicher, wenn auch sehr in sich gekehrter junger Mann, so schien es. Damals wussten wir noch nicht, welch feiger, teuflischer, ehrvergessener Lump er war.« Sie hält inne, sichtlich aufgewühlt. »Nun, davon später. Mitten im Frühling kamen wir schließlich in Messina an, Sizilien duftete nach Kräutern, der wilde Fenchel blühte gelb auf den Hügeln. Ich schloss nicht nur Richard in die Arme, sondern auch ...«

»Johanna!«, rät Blanche.

»Die Ärmste war inzwischen Witwe geworden. So glücklich war sie gewesen mit ihrem Wilhelm, bis ihn ein früher Tod dahingerafft hatte. Es war ihr ein großer Trost, mich wiederzusehen, und sie schloss sofort Freundschaft mit Berengaria.«

»Und was sagte Richard zu seiner Braut?«

»Ah, das willst du wissen! Nun ja, Liebe auf den ersten Blick war es sicherlich nicht bei ihm. Wohl aber bei ihr. Ich sehe sie noch genau vor mir, wie sie ihn anhimmelte!« Und du hast mir zugezwinkert, Richard, denkt sie, als du ihr zur Begrüßung einen Kuss auf die Wange gabst. Das deutete ich als Zustimmung, und mehr konnte ich auch gar nicht erwarten. »Allerdings durften sie nicht sofort heiraten, es war ja Fastenzeit. Aber die Hochzeit sollte gleich nach Ostern stattfinden.« Aliénor tastet mit der Zunge nach ihrem reparierten Zahn, der sich schon wieder gelockert hat. Hoffentlich hält er noch bis Poitiers, denkt sie. Wenn ich ihn verschlucke, bekommt Nieves womöglich eine unangenehme Aufgabe ... »Die Ankunft Berengarias blieb natürlich König Philipp von Frankreich nicht verborgen, der mit seinem Kreuzzugsheer ebenfalls in Messina eingetroffen war. Wütend stellte er Richard zur Rede.«

»Das kann ich verstehen«, wirft Blanche ein. »Alais war ja seine Schwester, und seit so vielen Jahren mit Richard verlobt.«

»Zwanzig Jahre, um genau zu sein.« Aliénor nickt. »Richard hatte ihn über den Stand der Dinge im Unklaren gelassen, hatte immer wieder neue Ausreden gefunden, warum er sie noch nicht geheiratet hatte. Und nun wollte er die Verlobung endgültig lösen. Philipp weigerte sich, das zu akzeptieren. Selbst als Richard ihm schließlich die Wahrheit sagte – dass Alais sich von seinem Vater zur Hure hatte machen lassen und ihm sogar zwei Kinder geboren hatte –, da glaubte er ihm nicht, bezichtigte ihn der Lüge. Erst als sich vertrauenswürdige Zeugen fanden, die alles bestätigten, gab er nach. Doch er verzieh Richard nie. Die gelöste Verlobung war das Ende ihrer Freundschaft. Bald würden sie Feinde fürs Leben sein.«

Blanche spielt verträumt mit dem Ende ihres Zopfes. »Erzähl doch von der Hochzeit, Grand-mère!«

»Ich konnte nicht dabei sein«, seufzt Aliénor. »Wir wollten gemeinsam nach Akkon absegeln, und ich hatte schon die nötigen Vorbereitungen getroffen.« Gott, wie ich mich freute. Ich würde Antiochia wiedersehen, Raymonds Stadt, den Palast, die Orte, an denen ich mit ihm glücklich gewesen war. Ich wollte meinen Erinnerungen nachhängen, ihm noch einmal nah sein. »Aber dann trafen Nachrichten aus der Heimat ein, die zutiefst beunruhigend waren. John, der heimtückischste und missratenste meiner Söhne, griff nach der Macht, zettelte einen Aufstand in England an. Schweren Herzens beschloss ich zurückzukehren. Jemand musste ihm Einhalt gebieten. Die Zukunft war in diesem Augenblick wichtiger als die Vergangenheit.« Vielleicht war es gut so, denkt sie. Vielleicht wäre ich nur enttäuscht gewesen. Ihre Finger umschließen das kleine Lederfutteral an der Kette um ihren Hals, die sie niemals abnimmt. »Nun, jedenfalls, ich segelte in größter Eile mit dem Schiff zurück. Richard und Berengaria heirateten, nicht in Jerusalem, sondern auf Zypern, wo sie einen Zwischenaufenthalt genommen hatten. Johanna, die dabei war, erzählte mir später, es sei eine einfache, aber ergreifende Zeremonie gewesen, und Berengaria habe die ganze Zeit über geweint.« Als habe sie damals schon geahnt, dass dieser Ehe kein Glück beschieden sein sollte. Und keine Kinder. Ach, wie anders hätte alles kommen können, wenn Kinder da gewesen wären. Söhne. Aliénor wischt die Gedanken mit einer müden Handbewegung beiseite. Sinnlos. Es ist so, wie es ist.

»Und zu Hause?«, fragt Blanche. »Konntest du John Einhalt gebieten?«

»Es war ein ständiger Kampf«, nickt Aliénor, »aber ich habe ihn in Schach gehalten. Du musst wissen, Philipp war vorzeitig aus dem Heiligen Land zurückgekehrt, hatte Richard unter fadenscheinigen Vorwänden im Stich gelassen. Er machte gemeinsame Sache mit John, sie planten den Einmarsch in die Normandie. Ich konnte das gerade noch verhindern, mit Hilfe des englischen Adels, der treu zu Richard stand. Das Angevinische Reich blieb fest unter meiner Herrschaft. Zwei Jahre lang behauptete ich die

Krone für Richard. Bis endlich die erlösende Nachricht kam, er sei aus Outremer in die Heimat abgesegelt. Wir warteten voller Ungeduld.« Sie holt tief Luft. »Und dann kam das Ungeheuerliche, mit dem niemand je gerechnet hatte.«

Blanche nickt bedeutungsschwer. Natürlich hat sie davon gehört. Von dem unsäglichen Verbrechen, das damals die ganze Welt erschütterte.

»Richard war auf dem Heimweg von Jerusalem in Italien gestrandet und musste den Landweg über Österreich nehmen. Dort nahm man ihn gefangen. Einen heimkehrenden Kreuzfahrer! Es war unvorstellbar. Kein schlimmeres Sakrileg, als einen Mann anzutasten, der für den Herrn gestritten hat! Er steht unter dem Schutz des Allmächtigen, bei Strafe des Kirchenbanns. Und doch geschah dieser schändliche Verrat an Gott und den Menschen. Herzog Leopold von Österreich, dieser Wurm, der sich in Akkon mit Richard zerstritten hatte, ergriff ihn bei Wien. Er machte gemeinsame Sache mit dem deutschen Kaiser und natürlich mit Philipp von Frankreich. Richard war nun ein hilfloser Gefangener seiner schlimmsten Feinde. Und was tat der Papst, als Stellvertreter Gottes der Schutzherr aller Kreuzfahrer?«

Blanche hebt fragend die Augenbrauen.

»Nichts«, sagt Aliénor wütend. »Er tat einfach nichts! Gib mir eine Feige!«

Schreiben der Königin von England an Papst Coelestin III.

Aliénor, durch Gotts Zorn Königin von England, an den ehrwürdigen Herrn Coelestinus, durch Gotts Gnad Oberhaubt der Kirche und Stellvertretter Gottes. Ich bitt Euch, erzeiget Euch als gnadenreycher Vater einer bejammernswerthen Mutter.
O mög doch mein Bluth stocken, mein Körper absterben. Meine Eyngeweid werden mir vor Schmertz herauß gerißen. Ich hab verlorn den Stab meines Althers, das Licht meiner Augen. Wer nur

erlaubt mir, für dich zu sterben, Richard, meyn Sohn? O Gnadenmutter Maria, sieh herab auff eine unglückliche Mutter, und laß deinen göttlichen Sohn meine groszen Sünden an mir selbsten rächen und nit an meinem unschuldgen Fleysch und Bluth. Sag ihm, er mög mich erschlagen und nicht mein Kindt unverdient büßen laßen. O Herr, das Hauß Plantagenet ist vernichthet. Mein Gatte ist nit mehr, meine Söhne ruhn im Staub, und ich bin verdammt, zu leben mit der Erinnerungk an die Toten.

Was kann ich thun? Warum bin ich noch auff dieser Welt? Wie soll ich es erthragen, ihn, den mein Leyb geboren hat, in Eißen geschlagen zu sehn? Ein teuflischer, graußamer und schrecklicher Tyrann ist nicht davor zurück geschreckt, seine Händt an den gesalbten Krieger des Herrn zu legen! Und doch bleibet der Prinz der Apostel zu Rom still und stumm! Es ißt Eure christliche Pflicht, Heyliger Vater, das Schwertt Petri gegen die Übelthäter zu erheben. Habt Ihr nit Eure Macht von Gott? Warum zögert Ihr, meinen Sohn zu befreyen? Oder waget Ihr es nit? Habt Ihr Angst? Ihr möget sagen, daß Ihr nit Gewalt über Körper, sondern nur über Seelen habt. So sey es. Es würde mir genügen, wenn Ihr Euern Bannfluch über die Seelen derjenigen schleudert, die meinen Sohn gefangen hallten. Doch Ihr habet an die Übelthäter keyn eintzigen Gesandten geschickt. Oftmalß sendet Ihr Kardinäl und Bischöf, umb Kleynigkeitten. Und itzo schickt Ihr nit einmal den niedrigsten Subdiakonus. Dabey hätt es Euch gut angestanden, selbsten zum Kaiser zu ziehn! Was gibt Euch Heinrich, der Teufffel, für Euer Still Schweygen? Weh, weh uns allen, wenn unßer oberster Hirtte ein Söldner geworen ist! Ihr lasset mich verzweyffeln. Verflucht sey, wer an die Menschen glaubt!

Wo soll ich nunmehro Zufluchtt suchen? Nur bey Dir, o Herr und Gott! Die Augen deyner Dienerin richten sich auf Dich, Allmächtiger, denn du kennst mein Elendt. O Herr, laß nit zu, daß Deyn Pontifex dieß alles sieht und doch das Schwertt in der Scheyden läßt, daß seyn Schweygen als Zustimmungk giltt. Das darf nit seyn! Denn sonsten wird der furchttbare Augenblick komen, in dem das herrliche Gewandt Christi erneut zerrißen wird, in dem das Fischernetz Petri entzwey gehet und die Einheitt der katholischen Kirche zerbricht.

Ich bin nit eyne von den Propheten, aber mein Kummer lässt mich viel Unheyl sehen. Ein Schluchtzen läßt mir den Athem stokken, meyne Trauer sauget die Krafft auß meiner Seele, Sorg und Angst rauben mir die Stimme. Ich hab keyne Wortte mehr.
Lebt wohl.

Von Labouheyre nach Belin
April 1200

Sie haben das Dorf Labouheyre knapp vor Einbruch der Dunkelheit erreicht und nehmen Quartier in der Herberge dort. Aliénor kommt nicht mehr zum Weitererzählen, weil sich der Prior zum Abendessen zu ihnen an den einzigen Tisch gesellt. Danach fällt Blanche müde ins Bett und schläft sofort ein.

Valmort dagegen bleibt noch wach. Er sitzt mit einem Krug miserablen Weißweins in einer Ecke und denkt. Langsam wird die Zeit knapp. Noch zwei Tagesetappen bis Bordeaux, danach würde es immer schwieriger werden. Denn dort wird eine große Gesandtschaft des Königs von Frankreich die Braut in Empfang nehmen, um sie weiter nach Paris zu geleiten. Viele Menschen, viele Aufpasser. Es muss in den nächsten Tagen geschehen. Es muss unverdächtig aussehen. Und dieses Mal darf nichts schiefgehen. Keine inszenierten Unfälle mehr, das ist nicht sicher genug. Verdammt, denkt Valmort. Ich bin so nah an ihr dran. Mir fehlt nur noch ein guter Einfall. Ein richtig guter Einfall.

So sitzt und brütet er die ganze Nacht. Und dann, endlich, kurz bevor sich ein blasses Morgenrot über dem grünbemoosten Dach der alten Mühle im Osten zeigt, ist er mit seinem Plan zufrieden. Zum Schlafen ist es jetzt zu spät, aber das macht ihm nichts aus. Er geht zum Brunnen, wäscht sich das Gesicht mit eiskaltem Wasser und holt sich vom Wirt einen Napf mit Buchweizenmus. Während er hungrig löffelt, beobachtet er Blanche und Aliénor, wie sie, gefolgt von der neuen Zofe, aus der Herberge treten und den Chariot besteigen. Dann geht er zu seinen beiden Kumpanen, um ihnen mitzuteilen, was er vorhat.

»Und stell dir vor, was der Kaiser forderte!« Aliénor sitzt noch gar nicht richtig in der Kutsche, da muss sie schon weiterreden. Die ganze Nacht hat sie schlecht geträumt vor Zorn.

»Ein Lösegeld!«, ruft Blanche entrüstet. Das weiß sie natürlich. Damals war ein Aufschrei durch die ganze Christenheit gegangen. Vor ein paar Jahren hat man sich in Kastilien die unglaubliche Geschichte von Richards Geiselnahme erzählt.

»Es war unfassbar!« Aliénor spürt wieder die alte, hilflose Wut in sich aufsteigen. »Sie verlangten 150 000 Mark Silber, kannst du dir das vorstellen? Das kam zwei Jahreseinkünften der englischen Krone gleich! Wie sollte ich das auftreiben? Und gleichzeitig das Land vor dem drohenden Angriff Philipps und den Umsturzversuchen Johns schützen?« Sie atmet ein paarmal durch. »Nun, als erstes ließ ich alle Häfen befestigen, um England vor dem Angriff einer französischen Flotte zu schützen. Dann schloss ich mit John einen Waffenstillstand. Den brauchte ich dringend. Denn ich musste doch das Geld aufbringen, um Richard heimzuholen.«

»Stimmt es, dass du an den Papst schriebst?«

»O ja, das tat ich. Ich flehte ihn an, seinen Bannfluch gegen diese Verbrecher zu schleudern. Du musst wissen, Coelestin war damals siebenundachtzig Jahre alt und ein kranker Mann. Er hatte Angst vor dem Kaiser, wollte sich nicht einmischen. Schließlich war ich so wütend und verzweifelt, dass ich ihm ganz offen drohte. Der Sturz der Heiligen Römischen Kirche sei nahe, erklärte ich ihm. Daraufhin bannte er endlich die Verbrecher, aber es half alles nichts. Sie ließen Richard nicht frei ohne Gegenleistung. Also reiste ich kreuz und quer durch England, trieb Silber und Wertsachen ein, erhob harte Abgaben, verkaufte Ländereien, Dörfer, Burgen. Und ich schaffte es. Ich brachte das Lösegeld selbst nach Speyer und übergab es diesem Antichrist, der sich zur Schande der Christenheit Kaiser nannte. Am vierten Februar des Jahres vierundneunzig, nach über einem Jahr Gefangenschaft, war Richard endlich wieder ein freier Mann.« Und ich war müde, denkt sie, glücklich, meinen

Sohn wiederzuhaben, aber unendlich müde. Ich spürte das Alter, du lieber Gott, zweiundsiebzig Jahre! Ich sehnte mich nach Ruhe und Frieden. Außerdem kränkelte ich, nichts Ernstes, aber ernst genug, um den Wunsch nach einem Rückzug in mir zu wecken. Es wurde Zeit, dass mein Sohn übernahm.

»Richard ist bestimmt im Triumph in England eingezogen«, freut sich Blanche.

»O ja!«, pflichtet Aliénor bei. »Es war eine großartige Rückkehr, bei Gott. Riesige Menschenmengen versammelten sich überall, wo er auftrat. Später hieß es sogar, am Tag seiner Ankunft sei in der Nähe der Sonne ein prachtvolles Leuchten sichtbar geworden, in seinen Umrissen einem menschlichen Körper ähnlich. Mir ist das zwar nicht aufgefallen, und ich müsste es doch wissen, aber es klingt doch schön, nicht?«

»Und hat sich Richard dann endlich an John gerächt?«

Aliénor schüttelt den Kopf. »Er hat ernsthaft mit dem Gedanken gespielt, aber ich konnte ihn davon abhalten. Du staunst? Nun, vergiss nicht, ich war immer noch beider Mutter. Ich hatte am Abend meines Lebens den frommen Wunsch, die zwei Söhne, die mir geblieben waren, miteinander in Frieden zu sehen. Noch wichtiger war allerdings die Tatsache, dass Richard immer noch keinen Erben vorweisen konnte. Blieb seine Ehe unfruchtbar – wer würde ihm nachfolgen? Es gab nur noch John. Wäre er nicht mehr am Leben oder völlig ohne Macht und Rückhalt – Philipp würde ohne zu zögern seine gierige Hand nach unserem Reich ausstrecken. Himmel, das Haus Capet würde alles in Besitz nehmen, was Henry und ich aufgebaut hatten! Zuallererst Aquitanien! Nein, John musste am Leben bleiben.«

»Und was war mit Arthur, Geoffreys Sohn?«

Aliénor winkt ab. »Arthur war Philipps Spielzeug, und noch keine zehn Jahre alt. Man erzog ihn zum blinden Parteigänger Frankreichs. Auf ihn konnten wir keine Hoffnungen setzen. Nein, Blanche, mein jüngster Sohn war die Karte, die wir in der Hinterhand behalten mussten, für alle Fälle.« Und es war die richtige Entscheidung, denkt sie. Denn Gott, der Unerbittliche, wollte, dass er am Ende der Letzte war, der übrigblieb. »Ich weiß noch, wie John sich Richard auf Gedeih und Verderb unterwarf, das war in Lisieux. Weinend, kniefällig, voller Angst. Er war am Boden. Von Philipp hatte er sich offen losgesagt, und wir waren uns sicher, dass er nun endgültig aufgeben würde. Es war ihm nicht gelungen, seinen Bruder zu verdrängen, als dieser außer Landes war, und es würde ihm noch viel weniger gelingen, solange Richard sich in seinem Reich aufhielt. Das sah er nun endlich ein. Und Richard verzieh ihm, so wie es einem König anstand. Er ersparte ihm einen Prozess, der ihn entweder tot oder ohne Macht gelassen hätte, und nahm ihn in Gnaden wieder auf. ›John, hab keine Angst‹, sagte er gutmütig zu ihm. ›Du bist noch ein Kind. Jene, die dich in die Irre geführt haben, sollen bestraft werden, nicht du.‹ Dann lud er seinen Bruder zu einem Fischgericht an seine Tafel. Von diesem Tag an blieb John treu.« Sie lächelt ihre Enkelin an. »Und ich, ich hatte genug getan. Richard brauchte mich nicht mehr. Es war gut. Es war an der Zeit, einen Alterssitz für mich zu finden und mich dorthin zurückzuziehen. Ich wählte Fontevraud.«

Blanche wundert sich. »Ich hätte nicht gedacht, dass du dich in der strengen Ordnung eines Klosters wohlfühlen würdest.«

Aliénor wehrt ab. »O nein, ich nahm ja nicht den Schleier. Und ich lebte nicht im Kloster selbst. Vor den Toren von Fontevraud gibt es eine kleine Ortschaft, ein paar Häuser um einen Marktplatz. Dort ließ ich mir ein steinernes Haus bauen mit allen erdenklichen Bequemlichkeiten: einem warmen Kachelofen, einem eigenen Abtritt, einem hübschen kleinen Garten nach Süden hin. Dort richtete ich mich ein. Es wurde wirklich schön dort, mit Teppichen aus Outremer, damastenen Vorhängen, Wandbehängen aus gewirkter Seide, kunstvoll gearbeiteten Möbeln. Ich konnte in aller Behaglichkeit leben. Jaja, Blanche, vergiss nicht, ich war eine alte Frau. Ich wünschte mir nach einem langen, aufregenden Leben ein wenig Beschaulichkeit und Muße. Jeden Tag ging ich hinüber ins Konvent, hatte die Nonnen dort zur Gesellschaft, lauter adelige Damen, mit denen ich mir angenehm die Zeit vertrieb und von denen mir besonders die Herzogin von Borbonie, die Gräfin von Tonnerre und die Vizegräfin von Aunay zu Freundinnen wurden. Und natürlich verbrachte ich viel Zeit mit der Priorin, sie ist wie du eine Enkelin von mir – die Tochter meiner zweiten Tochter Alix. Ich machte lange Spaziergänge, besuchte täglich die Messe.

Natürlich unterhielt ich einen ansehnlichen Haushalt, mit fleißiger Dienerschaft, einigen jungen Rittern, mehreren Schreibern und einem Almosenier. Oft erhielt ich Besuch, oder ich bekam Briefe. Richard kam ab und zu vorbei, wenn er in Aquitanien war. Wenn nicht, schrieb er mir regelmäßig, ich konnte durch seine Nachrichten verfolgen, wie glänzend er sich behauptete und Philipp von Frankreich immer weiter zurückdrängte. Ich erfuhr vom gerechten Tod der gottslästerlichen Entführer Leopold von Österreich und Kaiser Heinrich. Ich war glücklich und zufrieden in Fontevraud, ja wirklich.« Sie versucht ein Lächeln, aber es misslingt. Bis zu jenem Tag, denkt sie. Jenem verfluchten, elenden, jammervollen, schlimmsten aller Tage. Den Tag, an dem ich Gott verfluchte, weil er mich so lange am Leben gelassen hatte.

Die alte Königin schweigt. Das, was jetzt kommen muss, will sie jetzt nicht erzählen. Kann sie nicht erzählen. Die Wunde ist zu frisch und zu tief. Blanche sieht den Schatten, der sich über das Gesicht ihrer Großmutter gelegt hat, und will jetzt lieber nicht daran rühren. Stattdessen schaut sie aus dem Fenster über die weiten Felder in Richtung Westen, wo bauschige kleine Schäfchenwolken sich am Himmel aufreihen, eine hübsche, wollig weiße Herde. Der Kopf des Priors taucht vor ihr auf. »Bald sind wir da, ma Princesse«, sagt er freundlich.

Belin kommt in Sicht.

Chalus, März/April 1199

Es ist ein wunderbar leichter, milder Frühling im Limousin. Alles grünt, der Wind weht mild vom Meer her. Die Festung Chalus ist sturmreif, wie ein mürber Apfel liegt sie da, um mit einem letzten starken Druck der königlichen Faust zerquetscht zu werden. Wieder einmal, es ist wohl unvermeidlich, haben sich aufsässige aquitanische Adelige aus irgendeinem fadenscheinigen Grund gegen ihren Lehnsherrn erhoben, Richard kennt das, vermutlich steckt Philipp von Frankreich dahinter. Es ist lästig, aber ein lösbares Problem. Er hat schon vorab Truppen entsandt; als er selber eintrifft, ist der Kampf schon in vollem Gang.

Chalus ist eine kleine, unbedeutende Festung auf einem Felsenhügel. Zu Beginn der Belagerung am 24. März halten sich lediglich vierzig Männer und Frauen dort auf. Eigentlich wäre es Richard die Mühe nicht wert gewesen hinzureiten, aber man erzählt sich, der Burgherr verwahre in geheimen Gewölben einen kostbaren Schatz, den will er sich doch selber ansehen. Und es wird nicht mehr lang dauern, denn die Außenmauern der Burg sind vom dreitägigen Beschuss schon weitgehend zerstört. Richard bietet dem Burgherrn Achard von Chalus Verhandlungen an, aber bei einem Treffen im Tal stellt der unverschämte Bedingungen, und so jagt der König ihn und seine Leute wieder in die halbzerstörte Festung zurück, den sicheren Tod vor Augen.

Am späten Nachmittag des selben Tages steht Chalus vor dem endgültigen Fall. Richards Bogenschützen zwingen die Verteidiger, in Deckung zu bleiben, während seine Sappeure die Burgmauern unterminieren. Nur ein einziger Armbrustschütze der Besatzung wagt es noch, sich gelegentlich auf einem schmalen, hohen Turm zu zeigen. Schüsse von unten wehrt er mit einer langstieligen Bratpfanne ab und sorgt damit für Gelächter. Ungeachtet der bevorstehenden Dämmerung erteilt Richard seinen Kämpfern den Befehl, weiter Druck zu machen, dann reitet er zum Abendessen ins Feldlager. Nach dem Mahl kehrt er noch einmal zur Burg zurück, um letzte Anweisungen zu geben. Er rechnet – ist es Tollkühnheit oder Leichtsinn? – mit keiner Gefahr, trägt keine Rüstung, setzt nur einen Helm auf. So kommt er in die Nähe des Turms, auf dessen Zinnen immer noch der einsame Armbrustschütze ausharrt, ein Kind beinah noch. Der Junge tritt vor, hebt die Waffe. Richard sieht ihn jetzt, aber es ist zu spät. Einen Wimpernschlag später dringt der kurze Pfeil der Armbrust tief in seine linke Halsbeuge ein.

Der König spielt die Verletzung herunter, um seine Leute nicht zu beunruhigen. Den Schmerz unterdrückend, reitet er ins Lager zurück, geht in sein Zelt. Dort versucht er ungeduldig, den Pfeil selbst herauszuziehen. Er bricht den Schaft ab, die Eisenspitze bleibt tief im Fleisch stecken. Jetzt erst lässt er seinen Arzt holen.

Es ist inzwischen Nacht; im flackernden Schein der Fackeln müht sich der Mann vergeblich, mit einem Messer die Spitze zu entfernen. Als es ihm endlich gelingt, bleibt ein riesiges Loch, zermetzeltes, zerfetztes, blutiges Gewebe. Essigumschläge, Salben, Pulver finden Anwendung, doch die Wunde entzündet sich innerhalb weniger Stunden. Noch bevor Chalus fällt, setzt der Brand ein.

Aliénor erhält die Nachricht am Samstag vor Judica; gleich am nächsten Morgen bricht sie auf. Die Angst verleiht ihr Flügel – oder ist es die Hoffnung? –, drei Tage später, so schnell ihre Pferde sie die hundert Meilen nach Chalus tragen konnten, ist sie am Krankenbett ihres Sohnes. Sie hat ihren jüdischen Leibarzt dabei und ihren geistlichen Beistand, Abt Lukas von Turpenay.

Als sie an das Krankenlager tritt, erkennt sie sofort, dass ihre Gebete umsonst waren. Sie wankt, sinkt in die Knie. Ihr Sohn liegt mit geschlossenen Augen da, die Wangen wächsern und eingefallen. Die Wunde ist schwarz und eitert, das faulende Fleisch verströmt einen bestialischen Gestank. Sie nimmt Richards Hand. »Ich bin da, mi cors«, flüstert sie. Er erkennt sie nicht. Sie weint, stumm, verzweifelt, verloren. Es gibt keinen Trost. Es geht zu Ende.

Am Mittag kommt der Sterbende noch einmal zu sich. Sein Beichtvater, Abt Milo von Le Pin, nimmt ihm die Beichte ab, erteilt ihm unter Tränen die letzte Ölung. Mit stockenden Worten verzeiht Richard seinen Feinden. Er befiehlt die Freilassung des Jungen, der die Armbrust abgeschossen hat. »Mutter«, röchelt er dann.

Aliénor streichelt ihm über die Wangen, übers schweißnasse Haar. Sie kann nicht reden. Ihr Hals ist wie zugeschnürt. Der Tod ist zu groß.

Er keucht, ringt nach Worten, seine Finger klammern sich um ihre Hand. »Lass mein Herz ... begraben ... in Rouen ... Und dann ... dann will ich liegen ... in Fontevraud ... zu Füßen ... meines Vaters ... weil ich mich aufgelehnt habe ... gegen ihn ... Und mach ... John ... zu meinem ... Erben. Er soll ...« Mehr versteht sie nicht. Die Kraft des Löwen reicht nicht mehr zum Reden.

Sie legt ihren Kopf auf seine Brust. Gott, schreit es in ihr, nimm mich. Lass mich an seiner Stelle sterben. Er ist doch mein Alles. Ich ertrage es nicht. Wie soll ich weiterleben ohne ihn?

So verharrt sie in ihrer Verzweiflung, spürt jedes mühsame Heben und Senken seiner Brust. Spürt, wie es weniger wird und schwächer. Wie es dann aufhört, mit einem Mal.

Sie schreit wie ein verwundetes Tier.

Die Chronisten verzeichnen den Abend des 6. April 1199, des elften Tags nach der Verwundung vor Chalus. Richard Löwenherz, König von England, Herzog der Normandie und Aquitaniens, ist nicht mehr.

Die jungen Adler sind tot.
Bis auf einen.
John.

Totenklage des Troubadours Gaucelm Faidit für König Richard

Grausames bericht ich euch,
indem ich singe von dem größten Unglück
und vom größten Schmerz,
den jemals ihr empfunden habt.
Unser edler Herr und aller Vater,
mächtig und tapfer,
Richard, König von Engelland,
das Löwenherz, ist tot.
Gott, wie groß ist der Verlust,
wie groß die Trauer,
wie unfassbar die Kunde und wie kummervoll.
Kein Herz ist hart genug, um nicht zu leiden –
ihr werdet weinen um ihn bis ans Ende eurer Tage.

Belin April 1200

»Schau nur, Blanche: Belin!« Aliénors Blick wird wieder lebhaft; sie zeigt mit ausgestrecktem Arm aus dem Fenster über die silbrig glitzernden Wasser der Leyre. »Da bin ich geboren!«

Sie nähern sich der kleinen Burg am späten Nachmittag von Süden her. Die hübsche kleine Anlage liegt mitten in einem ergiebigen Jagdgebiet vor allem für Wasservögel, ein guter Ort für die Beiz. Es gibt einen alten, viereckigen Donjon, einen neuen Anbau zum bequemeren Wohnen, eine hübsche Kapelle. »Am liebsten war ich als Kind immer in dem Paradiesgärtchen, das sich meine Mutter hier hatte anlegen lassen«, erzählt Aliénor. »Ein kleiner Teich, überschattet von einer Trauerweide, weiße Kletterrosen an der Mauer, duftende Kräuter im Frühling, Lavendel und Stockrosen im Sommer. Wir saßen auf der steinernen Bank in der windstillen Mauernische und sangen, und es gab immer kleine Kätzchen oder Hunde, die ich in Wägelchen herumfuhr und manchmal im Teich badete.«

»Die Armen!«, lacht Blanche. Und denkt, dass sie solch einen Garten gern auch in Paris hätte.

Der Vogt, Séverin von Montroux, empfängt sie mit großer Freude gleich beim Tor und geleitet sie zu einem Gemach im neuen Bau, das sogar einen eigenen Kamin besitzt. Vom Fenster aus kann man das kleine Gärtchen sehen, tatsächlich, da sind der Teich und die alte Weide. Vom nahen Wald her ruft ein Käuzchen, kündigt einem Menschen seine verbleibende Zeit an. Wie viele Jahre? Nieves, die Zofe, zählt mit, aber sie kommt über zehn nicht hinaus, mehr Finger hat sie nicht. Blanche wird plötzlich wieder traurig. Sie hat schon geweint, als ihre Großmutter in der Kutsche von Richards Tod erzählt hat. Recht ausführlich ist sie dabei nicht gewesen, hat in wenigen, knappen Sätzen berichtet, aber in ihren Worten lag dennoch unendliche Trauer um den verlorenen Sohn. Ach, Richard Löwenherz! Solch ein Schicksal! Der schöne, gute, goldene König, den alle liebten, tot. Blanche hat den tiefen Schmerz mitgefühlt, den eine Mutter empfinden muss, wenn ihre Zukunft vor ihr stirbt. So hat Aliénor es ausgedrückt. Und sie hat gespürt, wie frisch dieser Schmerz noch ist. Kaum ein Jahr ist es her. »Ich hätte ihn gerne kennengelernt«, sagt sie zu ihrer Großmutter, als sie vor dem Essen noch auf einen Sprung hinunter in den kleinen Garten gehen. »Er war doch mein Onkel.«

Aliénor freut sich über jede Kleinigkeit, die sie im Paradiesgärtchen ihrer Mutter wiedererkennt. Der steinerne Frosch am Teich, die Sonnenuhr an der Mauer, die vielen leeren Schneckenhäuser. Sie erinnert sich an das erste Mal, als sie Richard diesen Garten gezeigt hat. Er wird sechs oder sieben gewesen sein damals, und sie hat ihm die okzitanischen Namen aller Blumen genannt, die sie kannte. Aliénor muss sich schon wieder eine Träne von der Wange wischen. Es will einfach nicht aufhören. Es ist doch ein Trost, denkt sie, dass es nicht mehr lange dauern kann, bis ich neben ihm liegen werde, in Fontevraud. Auf der kleinen Treppe zur Aussichtsstelle auf der Mauerzinne muss sie stehenbleiben und verschnaufen. Blanche blickt sie besorgt an. Sie lächelt, reißt sich zusammen, steigt weiter nach oben. Nur noch diese Aufgabe muss sie zu Ende bringen. Dafür sorgen, dass ihre Enkelin – und mit ihr das Haus Plantagenet – die Krone Frankreichs trägt.

Droben sitzen sie dann im Licht der untergehenden Sonne, und Aliénor erzählt den Rest der Geschichte. Sie berichtet von Johns Krönung in England und vom Krieg zwischen ihm und Philipp, der die Ansprüche Arthurs von der Bretagne als Thronerbe unterstützt. Sie erzählt davon, dass sie selber noch einmal für die Sache ihres jüngsten Sohnes in den Krieg gezogen ist. »Obwohl mein Haar grau und weiß ist, ist mein Herz voller Kühnheit und dürstet nach Krieg.« Wer hat das gleich über sie geschrieben? Vergessen. Ahi, sie kann sich nur noch die weit zurückliegenden Dinge merken. Aber das eine weiß sie noch gut: John änderte sich nicht. Auch eine Krone kann ein Scheusal nicht zu einem anständigen Menschen machen. »Er war und blieb ein bockiger, sturer, unbelehrbarer Narr«, sagt sie am Ende. »Er wollte nicht einsehen, dass dieser Krieg auf Dauer nicht zu gewinnen war. Ich konnte ihn nur mit allergrößter Mühe dazu überreden, einen Friedensvertrag abzuschließen. Es sollte endlich Ruhe herrschen, ein Gleichgewicht hergestellt sein. Arthur hatte sich schon einverstanden erklärt, John anzuerkennen, und Philipp lenkte ebenfalls ein. Man beschloss, den Frieden mit einer Ehe zu besiegeln. Einer Verbindung zwischen den Häusern Plantagenet und Capet. Eine meiner kastilischen Enkelinnen sollte Philipps einzigen Sohn heiraten.« Aliénor lächelt, streicht Blanche eine vom Wind verwehte Haarsträhne aus der Stirn. »Deshalb bin ich noch einmal aufgebrochen, vor ein paar Monaten. Um die richtige Braut zu holen.«

»Du wolltest unbedingt selbst aussuchen, welche von uns du für würdig hieltest«, spöttelt Blanche.

»Aber natürlich.« Aliénor grinst zurück. »Was glaubst du denn? Glaubst du, ich könnte solch eine wichtige Entscheidung dem Zufall überlassen? Und stell dir vor, da kam so ein vorwitziges kleines Ding mit wirren Haaren und roten Backen auf mich zu und bestand darauf, sie wolle unbedingt Königin von Frankreich werden – was hätte ich da tun sollen?«

»Nun«, überlegt Blanche, »das vorwitzige kleine Ding mitnehmen. Oder nicht?«

Aliénor legt den Arm um die Schulter ihrer Enkelin. So sitzen sie da, in einträchtiger Umarmung, und schauen über die stillen Wasser der Leyre der Sonne beim Untergehen zu.

Doch noch ist die Reise nicht zu Ende. Und Valmort hat noch einen Plan. Es ist die letzte Gelegenheit vor der Übergabe der Braut, und er ist entschlossen, sie zu nutzen. Während des üppigen Nachtmahls – Belins Reichtum: Enten, Wildgänse, Reiher – bemerkt niemand, wie Vater Barnabé sich Nieves, die Zofe, beiseitenimmt und leise, aber gestenreich auf sie einredet. Verschmitzt lächelnd geht sie zurück zu den anderen. Sie glaubt, sie tut ihrer kleinen Herrin einen Gefallen, als sie ihr nach dem Essen etwas ins Ohr flüstert: »Ihr sollt um Mitternacht in den Garten kommen, junge Herrin.«

Blanche sieht sich verstohlen um. Dann fragt sie leise zurück: »Warum?«

Die Zofe grinst spitzbübisch. »Ich glaube, da will sich jemand im Mondlicht von Euch verabschieden, bevor wir Bordeaux erreichen.«

Blanches Herzschlag setzt beinahe aus. »Wer?«, haucht sie.

»Ei, der junge, hübsche Bursche aus Pamplona«, raunt Nieves ihr zu. »Den Ihr immer so verträumt anseht ...«

Lieber Gott! Angel! Sie möchte am liebsten hüpfen und springen vor Glück. Die Beichte von Lesperon hat ihr zwar das schlechte Gewissen nehmen können, aber die Verliebtheit und die Sehnsucht, die sind geblieben. Ach, er will sie noch einmal sehen. Allein und ungestört. Sie weiß ja, er wird nur bis Bordeaux mitreiten. Dann ist der Auftrag für die Navarreser zu Ende. Wenn sie daran denkt, möchte sie am liebsten heulen. Ja, sie will ihn treffen, auch wenn es verboten ist. Sie liebt ihn doch so sehr. Und wird nichts Unerlaubtes mit ihm tun, ganz bestimmt nicht. Aber kann sie es wagen?

Hellwach liegt sie im Bett. Wenn sie in den Garten geht, dann ist das wieder Sünde. Vorsätzlich. Und es ist gefährlich. Wenn jemand sie erwischen würde – nicht auszudenken! Aber sie muss einfach von ihm Abschied nehmen. Lieber Gott, das musst du doch verstehen, betet sie. Ich weiß ja, dass ich ihn nicht haben darf. Aber ich will ihn noch einmal umarmen. Dann nie wieder. Ich schwöre es. Dann werde ich Ludwig von Frankreich heiraten und ihm eine treue Ehefrau sein. Aber bitte, Gott, gönn mir noch dieses eine Mal. Amen.

Angel hat sich derweil wie jede Nacht seit dem Feuer von St. Jean-Pied-de-Port in Blanches Nähe ein Plätzchen zum Wachen gesucht, diesmal im Hof vor dem Eingang zum neuen Kemenatenbau. Alle anderen sind schon zu Bett; Vater Barnabé und Bruder Luc haben ihm noch freundlich zugenickt, als sie nach dem Essen an ihm vorbei in ihre Unterkunft gegangen sind. Angel ist müde, die letzten schlaflosen Nächte haben ihren Tribut gefordert. Er sitzt an den Türstock gelehnt da und gähnt; immer wieder fallen ihm die Augen zu. Irgendwann nickt er ein. Da steht Blanche, am Wegrand, sie winkt. Ein weißes Gewand hat sie an, das sanft ihre Glieder umschmeichelt, und sie trägt einen goldenen Stirnreif. Er zügelt seinen herrlichen Schimmel, trabt ganz nah zu ihr heran, kommt zum Stehen. Dann bückt er sich, streckt ihr die Hand hin. Sie lächelt, greift danach, schwingt sich hinter ihm aufs Pferd. Aber was ist das? Sie raunt ihm etwas ins Ohr. Mit einer Stimme, tief wie ein Mann. »Man soll bei der Nachtwache nicht schlafen, Kleiner«, hört er. Und dann, noch bevor er richtig aufwachen kann, macht ihn ein Schlag auf den Kopf bewusstlos.

Bruder Luc und der Prior tragen den leblosen Angel wie einen nassen Sack hinüber in den Garten, legen ihn hinter einer Hecke ins Gras und nehmen ihm sein Kurzschwert ab. Dann stopfen sie ihm einen Knebel in den Mund und fesseln ihn mit dünnen Lederriemen.

Das Paradiesgärtchen liegt in der Südwestecke der Burg, zwischen dem Donjon und der Mauer. Von der neuen Kemenate ist es über eine kleine Schlupfpforte zu erreichen. Das Türchen öffnet sich leise, und Blanche tritt ins Mondlicht. Es ist noch vor Mitternacht, aber länger hat sie das Warten nicht ausgehalten. Sie hat sich aus der Schlafkammer geschlichen und in der Wäschekammer ihren blauen Bliaut angezogen und den Mantel. Sogar den Gürtel hat sie umgelegt. Sie wollte nicht im Nachtgewand gehen, nicht den Eindruck machen, als ob ... schließlich ist sie keine billige Winkelhure. Und wenn sie jemandem begegnete, was der Himmel verhüten möge, dann wäre sie wenigstens züchtig gekleidet. Nur die Schuhe, die hat sie weggelassen. Das ist leiser.

Eine Weile steht sie einfach nur da, das helle Mondlicht malt silbrige Tupfen auf ihr kurzes Haar. Vorsichtig schaut sie sich um. Ihr Herz klopft so laut, dass sie Angst hat, man könne es hören. Wo mag er sein? Wartet er schon?

Alles ist verwunschen still, nur hin und wieder zirpen ein paar Grillen. Sie macht ein paar Schritte auf den Teich zu. Auch hier ist Angel nicht. Langsam dreht sie sich einmal um die eigene Achse. Da legt sich von hinten eine Hand ganz fest über ihren Mund. Sie will schreien und kann nicht. Jemand reißt sie rückwärts unter die herabhängenden Äste der alten Trauerweide. Sie schlägt hin, und dann ist der Mann auf ihr. In der Dunkelheit kann sie ihn nicht erkennen, aber sie weiß, es ist nicht Angel, der Mann ist viel größer und schwerer. Sie wehrt sich verbissen, kratzt und beißt, schlägt um sich in ihrer Panik. Der Angreifer liegt wie ein Baumstamm auf ihr, drückt mit einer Hand ihre beiden Handgelenke über ihrem Kopf gegen den Boden, die andere Hand presst sich immer noch auf ihren Mund. Sie kann nur noch strampeln. Die Angst macht sie fast wahnsinnig. Das war eine Falle, denkt sie. Angel! Lieber Gott, hilf! Dann hört sie eine leise Stimme, ein zweiter Mann ist dazugekommen. Der kniet sich jetzt neben sie, hält sie fest, während der andere an ihrem Mantel zerrt, ihr das Kleid hochschiebt, ihr die Schenkel gewaltsam auseinanderdrückt. Himmel, nur das nicht! Sie schluchzt erstickt auf, aber niemand kann sie hören.

Angel ist zu sich gekommen. Langsam wälzt er sich auf den Bauch, sein Schädel dröhnt. Zum Teufel, was geht hier vor? Er kommt mühsam zum Sitzen, was ist nur mit seinen Händen und Füßen? Und in seinem Mund? Er spuckt den Stofffetzen aus. Dann versucht er, den Knoten des Lederriemens um seine Handgelenke mit den Zähnen zu lösen. Der Garten, denkt er. Jemand hat mich hierhergebracht. Warum? Er beißt und zieht und zerrt, bis das Leder nachgibt. Dann befreit er fieberhaft seine Füße. Ein Griff an die Seite – das Schwert ist weg. In diesem Augenblick hört er ein unterdrücktes Wimmern. Er macht ein paar Schritte in die Richtung, aus der es kam, schleicht sich vorsichtig an. Da! Unter dem Baum, auf dem Boden! Zwei Männer über einer Gestalt, die sich krümmt und windet. O Gott, es ist Blanca! Angel spürt, wie ihn glühender, unbändiger Zorn packt. Er stürzt sich mit einem Schrei auf den Kerl, der ihm am nächsten ist, schlingt ihm die Lederfessel um den Hals, die er noch in der Hand hat, und zieht zu. Der Mann würgt und röchelt, versucht, die Finger unter den Riemen zu bekommen, vergeblich. Er rudert mit den Armen, tritt mit den Beinen, kämpft um sein Leben.

Der zweite Mann hält verblüfft inne. Blanche nutzt die Gelegenheit, sich loszureißen. Sie stolpert davon, atemlos, läuft auf nackten Füßen um ihr Leben. Keuchend taumelt sie auf den Eingang zum Donjon zu. Gleich, gleich hat sie es geschafft, nur noch ein paar Schritte! Da prallt sie gegen eine dunkle Gestalt, die sich ihr in den Weg gestellt hat. Zwei Arme greifen nach ihr, halten sie fest. Sie will schreien, da erkennt sie im fahlen Mondlicht das freundlich lächelnde Gesicht von Vater Barnabé. »O Gott«, japst sie glücklich und erleichtert, »Ihr seid es!«

Im selben Augenblick sieht sie, wie sich die Miene des Priors zur Fratze verzerrt. Wie einen Schraubstock legt er beide Hände um Blanches Hals und drückt zu. Sie bekommt keine Luft mehr. Krallt ihre Finger um seine Handgelenke, gräbt ihre Nägel in sein Fleisch. Ihre Kräfte schwinden. Die Augen treten ihr aus den Höhlen. Das ist das Ende. Und dann erinnert sie sich. Sie hat ihren Gürtel angelegt. Und am Gürtel hängt immer ihr Essmesser. Sie sucht mit der rechten Hand an ihrer Hüfte, tastet umher. Es ist nicht da! Sie wühlt in den Falten des zerrissenen Kleides, verzweifelt. Ihr Mund öffnet sich und kann doch nicht atmen. Da! Da ist es! Sie zieht die Klinge aus der Scheide, hebt die Hand hoch, so hoch sie kann. Und dann treibt sie das Messer bis zum Heft in Valmorts Hals.

Warmes Blut spritzt auf ihre Hände, während sie endlich, endlich Luft holt. Valmort taumelt von ihr weg, bricht zusammen. Sie schreit und schreit.

Und da ist Angel, nimmt sie in die Arme, streichelt ihr Haar. Sie hält sich fest an ihm, schmiegt sich an seine Brust. Er wischt ihr mit seinem Ärmel das Blut vom Gesicht, drückt sie an sich, als wolle er sie nie wieder loslassen.

Immer mehr Leute laufen zusammen, sie haben Fackeln und Kerzenleuchter dabei und umringen das erschöpfte Paar. Rufe ertönen. Die flämischen Söldner sind in den Garten gestürmt und haben den Toten unter der Trauerweide entdeckt, den Angel erwürgt hat. Pieter von Zeeland dreht Valmort um, dessen Augen blicklos nach oben in den Himmel starren. Und da kommt Aliénor, auf ihren Gehstock gestützt, in einen pelzgefütterten Umhang gehüllt, zwei dünne weiße Nachtzöpfe fallen ihr über die Schultern. Blanche löst sich von Angel. Wutentbrannt geht die alte Königin auf ihre Enkeltochter zu, holt aus und versetzt ihr eine schallende Ohrfeige. Dann zieht sie Blanche an sich und hält sie fest, als wolle sie sie nie wieder loslassen. »Schscht, Kindchen«, murmelt Aliénor zärtlich. »Ist ja alles gut.«

»Ich hab das Messer benutzt, Grand-mère«, schluchzt Blanche, »so, wie du's gesagt hast! Ich hab das Messer benutzt, als es nötig war.«

In dieser Nacht schläft niemand mehr. Der Vogt lässt in der Halle ein großes Feuer anzünden, um das sich alle versammeln. Die zitternde Blanche bekommt einen Becher starken Weins, und auch Angel, dem Retter, bietet man davon an. Es herrscht blankes Entsetzen. Der freundliche Vater Barnabé und seine beiden Mönche, Verräter? Nieves, die Zofe, hat unter Tränen gestanden, Blanche die Nachricht vom mitternächtlichen Stelldichein auf des Priors Geheiß hin überbracht zu haben. Jetzt sitzt sie oben in ihrer Kammer und wartet auf ihre Strafe. Aber warum nur, fragen sich alle, wollten die drei Männer Blanche umbringen? Es herrscht Ratlosigkeit. Aliénor ahnt, dass es etwas mit der bevorstehenden Hochzeit zu tun hat. Jemand wollte diese Ehe verhindern. Aber wer nur, wer?

Da schleppen die Burgwächter den falschen Bruder Joseph herein und stoßen ihn in der Mitte des Saals auf die Knie. »Er hat sich im Marstall hinter den Sätteln versteckt«, knurrt einer. Pieter von Zeeland steht auf. Mit der Spitze seines Schwerts hebt er das Kinn des Übeltäters an, ganz leicht. »Wer seid Ihr«, fragt er mit donnernder Stimme, »und in wessen Auftrag handelt Ihr?«

Der falsche Mönch schüttelt abwehrend den Kopf. Ein Blutfaden rinnt an seinem Hals hinunter. Der Zeeländer drückt die Klingenspitze ein Stückchen tiefer. »Du kannst schnell oder langsam sterben, Hundsfott. Such's dir aus. Diese Burg hat eine nette kleine Folterkammer.«

»Nein, Herr! Alles, nur das nicht!« Bruder Joseph faltet die Hände wie zum Gebet. »Ich sage alles«, wimmert er, »alles. Aber verschont mich. Ich habe ihr nichts getan. Ich habe nur getan, was man mir gesagt hat.«

»Wer hat dir was gesagt?« Die Schwertspitze senkt sich.

»Valmort. Er war der Anführer. Er hatte Befehle!«

Aliénor steht auf, geht durch die umstehenden Söldner auf den Gefangenen zu und schaut mit eisigem Blick auf ihn herab. »Von wem?«, fragt sie. Mit ihrem Stock klopft sie hart und ungeduldig dreimal auf die Steinfliesen.

Der Mann sieht voller Angst zu ihr auf. »Vom Grafen von der Champagne. Mehr weiß ich auch nicht, Herrin. Ich schwöre!«

Die alte Königin starrt den Gefangenen an. Das kann doch nicht sein! »Ihr seid von Graf Theobald losgeschickt worden, um die Prinzessin von Kastilien zu ermorden?«

Der Mann nickt.

Aliénor schließt die Augen. Ihr eigener Enkel! Und plötzlich wird ihr alles klar. Sie tritt zurück und nickt dem Zeeländer zu. »Lasst ihn in Ketten legen. Vielleicht brauchen wir ihn noch.« Dann geht sie zu Blanche, die mit weit aufgerissenen Augen dasitzt. »Komm zu Bett«, sagt sie sanft. »Dann erkläre ich dir alles.«

Blanche ist so erschöpft wie nie zuvor in ihrem Leben. Und der Wein tut seine Wirkung. Müde nimmt sie den Arm ihrer Großmutter und steigt mit ihr die Treppe hoch. Sie kann gerade noch ihr schmutziges, zerrissenes Gewand ablegen, da sinkt sie auch schon aufs Bett und ist eingeschlafen, noch bevor ihr Kopf die Kissen berührt.

Aliénor kann nicht schlafen. Viel zu viel gibt es jetzt zu bedenken. Im flackernden Schein einer einsamen Bienenwachskerze wacht die alte Königin über den Schlaf ihrer Enkeltochter, bis der Morgen graut.

Belin
April 1200

Theobald von der Champagne ist der Sohn meiner ältesten Tochter, Marie, die den Grafen von der Champagne geheiratet hat. Ich durfte ihn nie kennenlernen, du weißt ja, dass Marie, Gott hab sie selig, mir nie verziehen hat, dass ich ihren Vater verlassen habe.«

»Also ist Theobald dein Enkel!«

»Ich habe inzwischen so viele davon«, brummt Aliénor, »dass ich kaum den Überblick behalte.«

»Heilige Mutter Maria!« Blanche ist fassungslos. »Da trachtet dein Enkelsohn deiner Enkeltochter nach dem Leben!«

Aliénor stößt heftig Luft durch die Nase aus. »Das ist unerträglich.« So streckt die Vergangenheit ihre Finger nach der Gegenwart aus, denkt sie. Der Hass meiner Tochter ist nicht mit ihr gestorben. Und meine alten Sünden rächen sich heute immer noch an meinen Kindern und Kindeskindern. Wann hört das auf, Gott?

»Aber warum«, fragt Blanche, »warum nur?« Vorsichtig legt sie sich einen neuen Kräuterumschlag um den Hals, die Würgemale sind inzwischen blaurot und schmerzen höllisch.

»Ich kann es nur vermuten, Blanche«, erwidert Aliénor ernst. »Das vereinte Haus Blois-Champagne ist die mächtigste Kraft in Frankreich nach dem König. Deshalb hat Ludwig ja seinerzeit unsere beiden Töchter mit den Grafen von Blois und Champagne verheiratet. Er wollte seine wichtigsten Vasallen noch stärker an sich binden. Theobald ist inzwischen, wenn auch jung an Jahren, das Oberhaupt der Familie. Er ist ehrgeizig, hört man. Und ich fürchte, seine Mutter hat ihm ihren Hass auf mich und meine Nachkommen mit in die Wiege gelegt.«

»Aber was würde es ihm nützen, wenn ich tot wäre?« Blanche hebt ratlos die Schultern.

»Ich hätte daran denken müssen.« Aliénor steht auf, geht zum Fenster, klopft mit knochigen Fingern gedankenverloren auf das Sims. Sie macht sich Vorwürfe. »Theobald wollte das Haus Blois-Champagne mit der Krone vermählt sehen. Soweit ich weiß, gab es schon vor Jahren Verhandlungen um eine solche Ehe. Er selber hat zwar noch keine Nachkommen, wohl aber sein Bruder Heinrich, der im Heiligen Land gestorben ist. Heinrich hatte Isabella geheiratet, die Witwe des Königs von Jerusalem. Aus der Verbindung stammen zwei Töchter, eine davon ist in deinem Alter. Vielleicht hat Philipp schon Zusagen gemacht, ich weiß es nicht. Die Krone von Jerusalem ist zwar nicht mit wirklicher Macht ausgestattet, aber für Philipp und seinen Sohn wäre sie höchst erstrebenswert. Sie würde ihre Macht gegenüber dem deutschen Kaiser und dem Papst deutlich stärken.«

Blanche nickt nachdenklich. »Und dann kommen die Friedensverhandlungen zwischen Philipp und John. Philipp überlegt es sich anders, er verspricht seinen Sohn Ludwig dem Haus Plantagenet. Mir.«

»Weil ihm dieser Frieden im eigenen Land wichtiger ist, so wird es sein«, pflichtet Aliénor ihr bei.

»Und Theobald fühlt sich verraten. Der schöne Plan, dass seine Nachkommen einst über Frankreich herrschen würden, ist gefährdet. Er will diese Heirat verhindern.«

Aliénor setzt sich zu Blanche auf die Polsterbank vor dem Kamin. »Dazu kommt noch mehr, Schätzchen. Theobald hat im letzten Jahr geheiratet – und soll ich dir verraten, wen? Deine Namensvetterin Blanca von Navarra, die Schwester des jetzigen Königs Sancho. Der mit deinem Vater im Krieg liegt.«

Blanche verzieht das Gesicht. »Glaubst du, Sancho ist in die Sache verwickelt?«

»Vielleicht. Andererseits: In Navarra ist dir nichts geschehen.«

»Ei nun! Sancho wollte sich vermutlich nur nicht selber die Hände schmutzig machen. Mein Vater sagt, er ist ein elender Feigling. Aber er hat vielleicht Nachricht gegeben, wann wir durchziehen.«

»Und kaum hatten wir Navarra verlassen, ging es los!« Aliénor schürzt die Lippen. »Als du heute Morgen noch geschlafen hast, kam Pieter von Zeeland zu mir. Er hat den falschen Mönch noch einmal befragt. Dieser Steinschlag ...«

Blanche reißt die Augen auf. »Das war ein Mordangriff?«

Die alte Königin nickt. »Genau wie der Brand in St. Pied-de-Port.«

»Allmächtiger!« Blanche schlägt in nachträglichem Entsetzen die Hände vors Gesicht. Sie ist ganz blass geworden.

Aliénor streicht ihrer Enkelin über die kurzen Locken. »Wir haben großes Glück gehabt, mi cors. Der Herrgott hat seine Hand über dich gehalten.«

Blanche bekreuzigt sich. »Jesus Maria Amen.« Gott sei Dank, dass es vorbei ist. Aber dann wird ihr plötzlich eiskalt. Ist es denn vorbei? »Grand-mère«, sagt sie mit zittriger Stimme, »was wird nun? Wird Theobald es noch einmal versuchen? Bis ich verheiratet bin? Oder gar über die Hochzeit hinaus?« Ihr wird ganz schlecht vor Angst.

Aliénor hebt entschlossen das Kinn. »Noch kann Theobald nicht wissen, dass sein gedungener Mörder tot ist. Er wartet auf Nachricht. Wir bleiben heute noch hier in Belin, du brauchst einen Tag Erholung, und ich auch, nach dieser Nacht. Ich habe schon einen Boten nach Bordeaux geschickt, der unsere Ankunft meldet.

Es wird ein großer Einzug werden, du kannst dich freuen. In der Stadt warten die Erzbischöfe von Rouen und Tours mit fünfzig französischen Rittern, um dich in ihren Schutz zu nehmen. Bei ihnen bist du sicher. Ich habe außerdem schnelle Reiter mit Nachricht an König Philipp und an John gesandt. Sie werden sich um Theobald kümmern, da kannst du ganz sicher sein. Mach dir also keine Sorgen, Kindchen. Es wird alles gut.«

Blanche nickt halbherzig. So ganz überzeugt ist sie nicht. Eine Weile brütet sie vor sich hin. Dann wagt sie endlich die Frage, die sie schon den ganzen Morgen beschäftigt. »Was ist mit Angel?«, fragt sie leise.

Aus Aliénors Kehle kommt ein ungehaltenes Grollen. »Dieser unverfrorene Mensch hat sich an dich herangemacht, dich, eine Prinzessin von Kastilien! Das ist ungeheuerlich! Der Kerl kann sich glücklich schätzen, dass er dich gerettet hat, denn sonst hätte ich ihn für seine Unverschämtheit am nächsten Baum aufhängen lassen! Und du«, sie piekt ihren Zeigefinger schmerzhaft gegen Blanches Brust, »du hast dich vergessen! Hast dich einwickeln lassen von diesem Strolch. Dafür war die Ohrfeige heute Nacht, die hast du verdient, und mehr als das. Schäm dich, Blanche. Ich hätte nicht gedacht, dass du so dumm bist.«

Blanche fährt hoch. »Ach, und wie war das mir dir und Raymond, damals in Antiochia? Warst du da klüger als ich?«

Aliénor hebt empört die Augenbrauen. »Das kann man überhaupt nicht vergleichen!«, faucht sie.

»Ach nein?« Jetzt wird Blanche richtig böse. »Was ist schlimmer – sich als verheiratete Frau in den eigenen Onkel zu verlieben oder als Braut in den Sohn eines Waffenschmieds aus Pamplona? Du bist ungerecht, Grand-mère. Angel konnte nichts dafür. Ich war diejenige, die ihn ermutigt hat. In ein paar Wochen bin ich verheiratet und die zukünftige Königin von Frankreich. Wer weiß, wie diese Ehe sein wird. Vielleicht bin ich darin genauso unglücklich, wie du einst warst. Diese Tage mit Angel waren für mich die schönsten meines Lebens. Vielleicht bleiben sie das einzige Glück, das ich je finden werde. Ich habe immer gewusst, dass es nur ein Glück auf Zeit ist. Aber ich wollte es haben, unbedingt. Sag jetzt nicht, dass du an meiner Stelle anders entschieden hättest.«

Die alte Königin holt erst einmal Luft angesichts dieses wilden Gefühlsausbruchs. Sieht Blanche mit zusammengekniffenen Augen wütend an. Öffnet den Mund, um etwas zu entgegnen. Und bleibt doch stumm. Du lieber Himmel, sie ist wie ich, denkt sie. Das ist meine Enkeltochter, der Herrgott beschütze sie. Ein eigener Kopf, Herz und Verstand! Die wird sich niemals unterkriegen lassen. Eine großartige Königin wird sie werden. Besser, als ich es war. Herrgott, bin ich stolz auf dieses Mädchen!

»Schwör mir, dass du noch Jungfrau bist«, knurrt sie.

Bordeaux, April 1200

Blanche trägt die Farben des Königreichs Kastilien: ein Kleid aus klatschmohnrotem Zindeltaft, dazu einen goldbestickten Umhang. Die ganze Reise über haben die Sachen in einer verschlossenen Kiste geruht, zusammen mit dem prächtigen Hochzeitsgewand, das noch warten muss bis Le Goulet. Um den Hals hat sie ein rotes Band geschlungen, das die Würgemale verdeckt. Schwierig waren die Haare – sie kann ja unmöglich die kurzen Locken zeigen, mit denen sie aussieht wie ein Junge! Also hat ihr Aliénor kurzerhand das Haar mit Zuckerwasser nach hinten gekämmt und einen leichten Schleier darüber befestigt, der bis zur Taille reicht. So sieht es aus, als trüge sie eine Hochsteckfrisur. Noch sorgfältig die Augenbrauen gezupft, in Rosenöl gelöste weiße Schminke auf die Wangen, die Lippen mit Brombeersaft betont.

So sitzt die kleine Prinzessin von Kastilien hoch zu Ross, als sie sich dem südlichen Stadttor nähern. Hinter ihr thront Aliénor auf einem isabellefarbenen Zelter, den sie eine halbe Meile vor Bordeaux bestiegen hat – länger hält sie es nicht aus, denn vom Reiten bekommt sie starke Hüftschmerzen. Aber um nichts in der Welt würde sie sich die Blöße geben, in ihre Stadt mit dem Chariot einzufahren wie ein altes Weib. Sogar die Waffenknechte haben sich herausgeputzt, die Helme gewienert und die Kettenhemden poliert. Alle tragen sie Standarten in den Farben Aquitaniens und Kastiliens, golden und rot flattert es im Wind. Schon auf dem Weg von Belin nach Norden sind die Bauern auf den Feldern beim Anblick der vornehmen Reisegesellschaft in die Knie gesunken und haben ihre Kappen gezogen.

Vor dem Stadttor warten gleich drei hohe Kirchenmänner mit großem Gefolge auf die Ankömmlinge: Élie de Malemort, Erzbischof von Bordeaux, Barthélemy von Vendôme, Erzbischof von Tours, und der altehrwürdige Walter von Coutances, Erzbischof von Rouen. Nach einem streng geregelten Begrüßungsritual geleiten die Geistlichen Aliénor und Blanche im Triumphzug in die Stadt.

Bordeaux hat sich in aller Eile herausgeputzt für den hohen Besuch. Die Hauptstraße wurde gekehrt und von stinkenden Misthaufen befreit, überall hat man herumliegende Tierkadaver weggeräumt, Bettler und Aussätzige verjagt. Den Huren ist es verboten, sich zu zeigen. An vielen Häusern hängen grüne Buschen und geflochtene Girlanden, Stoffbahnen in Rot und Gold dekorieren die Fachwerkfassaden. Überall steht das Volk in den Gassen, man ist begierig, die alte Königin noch einmal zu sehen, die ganz Aquitanien liebt und bewundert. Und natürlich ihre Enkeltochter, die wunderschöne Prinzessin von Kastilien, die den Sohn des Königs von Frankreich heiraten soll. Aliénor lässt auf dem Weg zur Burg Geldstücke in die Menge werfen. Die Menschen von Bordeaux jubeln ob dieser Freigebigkeit, erst recht, als sie hören, dass an diesem Tag für jedes junge, unverheiratete Mädchen in der Stadt ein Wecken Weißbrot und ein Becher Wein auf dem Marktplatz ausgegeben werden. Aliénor winkt ihren Untertanen huldvoll zu, ah, das hat sie lange nicht mehr gehabt. Sie fühlt sich fast wie in alten Zeiten, außer dass sie damals nicht die Zähne zusammenbeißen musste, weil der Schmerz in ihren Hüftgelenken wühlt. Als sie es kaum noch aushält, verschwindet der Zug endlich im Hof der Ombrière, wo sie sich mit einem Stöhnen vom Pferd helfen lässt. Sie schwört sich, dass dies ihr letztes Mal im Sattel war.

Der Erzbischof von Bordeaux hat für ein üppiges Bankett gesorgt, die Tische in der großen Halle biegen sich. Eigentlich war ein Aufenthalt bis zum Osterfest in der Stadt geplant, aber als die königlich französische Adelsdelegation von den Mordversuchen an der jungen Braut erfährt, beschließt man, gleich am nächsten Morgen aufzubrechen und in aller gebotenen Eile nach Le Goulet zu ziehen, wo die Unterzeichnung des Ehevertrags stattfinden soll. Die Wachleute der Ombrière werden in höchste Alarmbereitschaft versetzt. Alles bleibt ruhig.

Blanche hat den Einzug in Bordeaux gar nicht recht genießen können. Im Lauf des Tages ist ihr erst wirklich bewusst geworden, in welcher Gefahr sie die letzten Wochen über geschwebt hat. Dass man sie in Belin vergewaltigen und danach umbringen wollte. Und hinterher alles dem armen Angel in die Schuhe schieben, den man vorgeblich auf frischer Tat ertappt und erschlagen hätte. O Gott, sie waren beide dem Tod so nah gewesen! Immer wieder sieht sie das teuflische Grinsen des Priors vor sich, als er die Hände um ihren Hals krallte. Und dann spürt sie Angels Arme ganz fest um sich geschlungen, fühlt sich gehalten und geborgen.

Immer wieder hat sie sich während des Ritts nach ihm umgesehen. Sein Gesicht war ernst und blass, und er hat kein einziges Mal einen Blick zurück gewagt. Die ganze Zeit über hat sie daran gedacht, dass er in Bordeaux zusammen mit den anderen Waffenknechten aus Pamplona umkehren wird. Nieves, die Zofe, wird bis St. Jean-Pied-de-Port mit ihnen zurückreiten, den Rücken voller Striemen. Auf Aliénors Befehl hat man sie in Belin für ihren Botendienst gestäupt, aber Blanche hat erreichen können, dass sie wenigstens ihren Lohn bekommt. Am liebsten würde sie mit Nieves tauschen, nur um ein paar Tage länger in Angels Nähe zu sein. Die bevorstehende Trennung wird ihr immer schmerzlicher bewusst, und als sie das Tor zur Stadt passieren, muss sie sich zusammenreißen, um nicht loszuheulen. Beim Festbankett bringt sie keinen Bissen hinunter. Sie weiß, sie wird keine Gelegenheit mehr finden, sich von ihm zu verabschieden. Vielleicht ist er ja schon fort, denkt sie. Hat sein Geld bekommen und ist abgeritten mit den anderen. Ihre Aufgabe ist ja längst zu Ende, jetzt, da sie sicher in der Ombrière sind.

Aliénor bemerkt sehr wohl, dass Blanche nur an ihrem Hühnerbeinchen herumzupft und dabei immer wieder mit den Tränen kämpft. Ahi, wie gut kennt sie das. Und sie weiß nur zu gut, wie weh ein Abschied für immer tut. »Komm«, sagt sie zu Blanche, »lass uns hinauf zu den Zinnen gehen. Ich zeig dir was.«

Gemeinsam verlassen sie den Saal, steigen hinauf zum alten Aussichtsplatz auf der Ostmauer. Die untergehende Sonne lässt tausend goldene Lichtpünktchen auf den Wellen der Garonne aufblitzen, die sanften Hügel auf dem anderen Ufer leuchten rosenfarben. Über ihnen hängt schon ein großer, beinahe durchsichtiger Dreiviertelmond.

»Hier habe ich im Morgengrauen auf meinen Bräutigam gewartet, damals«, sagt Aliénor lächelnd. »Ich war kaum älter als du, und ich war aufgeregt wie noch nie in meinem Leben. Und dort drüben«, sie zeigt mit ausgestrecktem Arm auf die Wiesen am Ostufer des Flusses, »dort habe ich meinen Prinzen zum ersten Mal gesehen.«

Blanche lässt ihren Blick traurig über die wunderschöne Abendlandschaft schweifen. »Aber du bist nicht glücklich geworden mit ihm«, sagt sie leise.

Aliénor legt ihr den Arm um die Schultern. »Ich hatte auch glückliche Zeiten mit ihm. So etwas vergisst man manchmal und erinnert sich nur an die schlechten Dinge. Wir Menschen sind so. Wir glauben, wir hätten ein Recht darauf, dass es uns im Leben immer gut geht. Aber wenn es das Schlechte nicht gäbe, wüssten wir das Gute ja gar nicht zu schätzen, Liebes.«

Blanche schnieft. »Ich will trotzdem nicht traurig sein, Grandmère. Ich möchte glücklich sein.« Sie klingt beinahe trotzig.

Die alte Königin blickt in die Ferne. »Weißt du, mi cors, das Glück ist eine launische Geliebte. Es kommt und geht, wie es will. Es bittet uns nicht um unsere Erlaubnis. Darum müssen wir es packen und genießen, solange es da ist. Denn wenn es fortwill, können wir es nicht aufhalten.«

Jetzt ist es fort, denkt Blanche. Es ist mit Angel mitgegangen. Und ich bin allein.

Aliénor errät ihre Gedanken. »Bald wirst du eine wunderschöne Braut sein, meine Kleine. Du hast eine große Verantwortung: Du musst den Frieden zwischen zwei Königreichen besiegeln. Du wirst eine Krone tragen. Du wirst deinen Mann lieben lernen. Du wirst Kinder haben und irgendwann einmal Enkel, so wie ich. Das sind die großen Leben, für die nur manche Menschen von Gott bestimmt sind. Und denen er auch die Kraft dazu gibt.«

Blanche setzt sich auf einen Mauervorsprung und fängt an, hemmungslos zu schluchzen. Aliénor drückt ihren Kopf an sich. »Weine ruhig, Schätzchen. Du hast viel aushalten müssen in letzter Zeit. Aber ich verspreche dir, es wird alles gut werden. Ich habe geträumt heute Nacht. Und stell dir vor, ich habe dich gesehen. Du saßest auf einem herrlichen Thron, eine leuchtende Krone auf dem Kopf. Dein schönstes Lächeln trugst du. Zu deinen Füßen spielte eine ganze Schar wunderschöner Kinder, ein Söhnchen hatte einen goldenen Reif auf der Stirn. Um euch war strahlendes Licht, so hell, dass es mich blendete und ich die Augen abwenden musste. Ich glaube, Gott hat mir diesen Traum geschickt, damit ich ihn dir erzählen soll.«

Blanche schluchzt noch einmal auf. Ein Seufzer kommt aus den allertiefsten Tiefen ihrer Brust. »Dann will ich mir Mühe geben, deinen Traum in Erfüllung gehen zu lassen, Grand-mère.«

Aliénor drückt ihrer Enkelin einen Kuss auf die Stirn. »Ich weiß, du wirst mich nicht enttäuschen.« Dann zieht sie Blanche hoch. »Lass uns zu Bett gehen, Kleines. Morgen geht es früh weiter.«

Blanche hat in dieser Nacht lange keinen Schlaf gefunden. In ihrem Kopf schwirrten die Gedanken, die Ängste, die Sehnsüchte. Und über allem lag die Trauer um ihre verlorene Liebe Angel. Als sie am Morgen erwacht, ist ihre Großmutter nicht da. Zwei junge Damen vom französischen Adel, die zum Empfangskomitee gehörten und deren Namen sie sich nicht gemerkt hat, kommen herein, um sie anzukleiden. Sie haben zweckmäßige, dunkle Reitkleidung dabei, einen festen, mausfarbenen Wollumhang, Stiefel aus hellem Ziegenleder. »Was bedeutet das?«, fragt Blanche überrascht. »So soll ich gehen?«

»Ihr müsst die restliche Strecke nach Norden reiten, Princesse«, sagt eine der Damen. »Man will Euch so schnell und so unauffällig wie nur irgend möglich nach Le Goulet bringen.«

»Wer hat das beschlossen?«

»Eure Großmutter und die Erzbischöfe.«

Blanche bleibt keine Zeit zum Überlegen. Stirnrunzelnd lässt sie sich ankleiden und sieht am Ende gar nicht mehr aus wie die zukünftige Königin von Frankreich. Kaum ist sie fertig, da betritt Aliénor die Schlafkammer. »Bereit, Kleines?«, fragt sie. »Dann komm.«

Sie entlässt die beiden Jungfern mit einem Wink ihrer Hand, während Blanche zur Treppe vorausgeht. Schon will sie die Stufen nach unten nehmen, da hält Aliénor ihre Enkelin an der Schulter zurück. Mit dem Kinn deutet die alte Königin nach oben, zum Aussichtsplatz auf den Zinnen. »Ihr habt zehn Vaterunser«, sagt sie. »Nicht mehr.«

Blanche begreift erst nicht. Dann fliegt sie die Stufen hinauf.

Da steht Angel. Er ist reisefertig, ebenso wie sie selber. Helm und Kettenhemd hat er auf der Mauer abgelegt, das Haar zum Reiten im Nacken zusammengefasst. So sieht er älter aus. Aber vielleicht ist es auch sein Gesichtsausdruck, oder die Augen, die noch dunkler schimmern als sonst.

Es ist so schwer. Schüchtern und befangen gehen sie aufeinander zu.

»Ich habe dir noch gar nicht danken können«, beginnt sie zaghaft. »Du hast mir das Leben gerettet.«

Er sieht verlegen zu Boden. »Das war nichts. Wirklich. Ich hab's gern getan.«

»Der Himmel wird es dir lohnen.« Sie nähme so gern seine Hand, aber sie findet nicht den Mut.

Er schüttelt den Kopf. »Die Herrin Aliénor hat mich schon reich beschenkt.«

So stehen sie voreinander, wissen nicht, was sie noch sagen sollen. Die Zeit verstreicht, unerbittlich, mit jedem Schlag ihrer Herzen. Noch drei Vaterunser, noch zwei.

»Ich wünsch dir Glück«, sagt sie.

Er schluckt. »Ihr werdet bestimmt eine gute Königin.«

Sie nickt, sieht zu Boden. »Was wirst du machen, wenn du wieder zu Hause bist?«

Er zuckt die Schultern, versucht ein schiefes Lächeln. »Die Werkstatt meines Vaters übernehmen.«

»Du wirst die besten Klingen der Welt schmieden, Angel.« Die Tränen laufen ihr übers Gesicht. »Besser als Durendart.«

»Wirst du an mich denken, bei deinem Prinzen in Paris?« Unwillkürlich ist er zum du übergegangen. Noch nie klang seine Stimme so rau.

»Immer.« Sie kann kaum reden, so sehr schnürt es ihr die Kehle zusammen. »Mein ganzes Leben lang.«

»Wein doch nicht«, sagt er.

Sie wischt sich mit dem Ärmel die Tränen von den Wangen. »Ich muss gehen.«

Er steht da mit hängenden Armen. »Ich weiß«, flüstert er.

»Adios.« Sie hebt die Hand, ihre Fingerspitzen berühren sanft seine Wange. »Gott schütze dich, Angel.« Dann rennt sie mit einem Aufschluchzen davon, als könne sie vor ihm und sich und dieser Liebe und der ganzen Welt davonlaufen.

»Ritter Roland und seine Aude haben sich auch nicht bekommen«, ruft er ihr nach.

Ja, denkt sie, und trotzdem lebt ihre Liebe ewig in den alten Liedern.

Unten an der Treppe wartet immer noch ihre Großmutter. Blanche bleibt stehen, strafft den Rücken, atmet tief durch. »Danke, Grand-mère«, sagt sie leise.

Aliénor macht ein kleines Geräusch mit der Zunge. »Das waren mindestens zwölf Vaterunser«, brummt sie.

Gemeinsam gehen sie hinunter in den Hof. Beim Tor wartet schon ein bis an die Zähne bewaffneter Trupp französischer Ritter, unter ihnen erkennt Blanche mit einem kleinen Aufatmen Pieter von Zeeland und seine Leute. Wenigstens ein paar bekannte Gesichter. Die beiden Jungfern von vorhin sind ebenfalls dabei, sie sitzen schon hoch zu Ross. Ein kleiner, grauer Zelter wartet fertig gesattelt und gezäumt auf seine Reiterin. Kein Chariot.

Blanche versteht. Sie sieht ihre Großmutter mit großen Augen an. »Du kommst nicht mit, Grand-mère?«

Aliénor schüttelt mit entschlossener Miene den Kopf. »Ich würde euch nur aufhalten, Liebes. Es ist jetzt wichtig, dass du so

schnell wie möglich Le Goulet erreichst. Die Hochzeit muss stattfinden, bevor Theobald erfährt, dass seine Pläne gescheitert sind.«
»Aber ich brauche dich doch«, sagt Blanche mit dünner Stimme. »Ohne dich bin ich doch ganz allein.« Zwei Abschiede an einem Tag, das ist mehr, als ich ertragen kann, denkt sie.
»Alle kümmern sich um dich«, erwidert Aliénor. »Und in einer Woche bist du mit deinem Prinzen verheiratet, der dich schon voller Freude erwartet und für dich sorgen wird.« Sie nestelt das Kettchen mit dem silbernen Amulett auf, das seit so vielen Jahren um ihren Hals hängt, und legt es Blanche um. »Das ist für dich, Kleines. Es soll dich immer an mich erinnern. Und es soll dir das Glück und die Liebe bringen, die du dir wünschst. Aber du darfst es erst am Tag deiner Hochzeit öffnen.«
Pieter von Zeeland ist abgestiegen. Jetzt kniet er sich neben Blanche, verschränkt die Hände zur Aufsteighilfe, nickt ihr zu. Aliénor drückt Blanche ein letztes Mal an sich, küsst sie auf beide Wangen und die Stirn. »Die Muttergottes segne und beschütze dich dein Leben lang«, flüstert sie. »Und jetzt geh.«
Blanche kann nichts mehr sagen. Noch nie in ihrem Leben hat sie sich so verloren gefühlt. Schließlich erhebt sich der Zeeländer von den Knien, packt die Prinzessin von Kastilien kurzerhand um die schmale Taille und hebt sie aufs Pferd. Ein gellender Befehl, dann sind sie auch schon im Galopp zum Burghof hinaus.

Aliénor geht ihnen nach bis vor das Tor, steht da, auf ihren Stock gestützt, bis sie in Richtung Fluss verschwunden sind. Ihr weißer Schleier flattert im Wind. So einen überstürzten Abschied hat sie nicht gewollt, aber vielleicht ist es gut so. Sonst hätte ich noch mitgeheult, denkt sie, Gott bewahre! Langsam dreht sie sich um und geht zum Donjon zurück. Morgen wird sie weiterreisen, es sind noch ein paar Tage bis Fontevraud. Sie wird wieder alleine in ihrem Chariot sitzen, wird niemanden mehr haben, der ihre sentimentalen Erinnerungen anhört. Ei, es ist schon ein merkwürdiges Gefühl, dass ein kleines Mädchen von kaum vierzehn Jahren mehr über mich weiß als jeder andere Mensch auf der Welt. Mehr als meine Kinder und mehr als all meine Beichtväter zusammen. Mit zittrigen Fingern richtet Aliénor ihren zerzausten Schleier. Dabei hätte es noch vieles gegeben, was es wert gewesen wäre, zu berichten. Zum Beispiel, als sie damals, als frisch gekrönte Königin ... Ach ja, und dann noch das große Fest in London, bei dem sie und Henry ... Sie betritt die Halle, lässt sich von einem Diener den Umhang abnehmen, geht die Stufen zu ihrer Kammer hinauf. Ist ein Mensch jemals zu Ende erzählt?, fragt sie sich. In ihrer Brust wird es eng. Reiß dich zusammen, Alí, schilt sie sich selbst. Da hast du Königen, Kaisern, ja sogar dem Papst die Stirn geboten, und jetzt auf einmal wirst du rührselig? Sie betritt ihr Zimmer, lässt sich auf die gepolsterte Fensterbank sinken. Immer noch drehen sich die Morgennebel über den stillen Wassern der Garonne. Sie beschattet die Augen. Zwei Kähne überqueren den breiten Fluss. Das muss Blanche mit ihren Beschützern sein, bald werden sie drüben anlanden. Aliénor atmet tief durch. Sie denkt an den gestrigen Abend und muss lächeln. Natürlich war die Geschichte, die sie Blanche zum Trost erzählt hat, gelogen. Eigentlich ist ihr Henry im Traum erschienen, so wie er in seinen letzten Jahren war, fett, krummbeinig, mit schütterem Haar. Sieh an, sieh an, hat er mit seiner heiseren Stimme gesagt, unsere Enkeltochter. Die wird einmal eine große Königin werden, das spür ich im Arsch, ich sag's dir, Alí. Dann ist er davongestapft.

Henry, du Miststück, denkt sie. Bei den Augen Gottes, wo du recht hast, hast du recht.

Nachwort

Eleonore von Aquitanien ist die berühmteste Königin des europäischen Mittelalters und eine der Frauengestalten in der Historie, um die sich die meisten Sagen und Legenden ranken. Obwohl sie in einer Zeit lebte, in der Frauen wenig Rechte und Einfluss hatten, war sie eine der politischen Schlüsselfiguren des 12. Jahrhunderts.

Im Alter von fünfzehn Jahren erbte sie ein Viertel der Fläche des heutigen Frankreichs, aber nachdem man damals Frauen die Fähigkeit zur Machtausübung absprach, musste sie sich und ihr Land der Vormundschaft von Männern unterwerfen. Ihr ganzes Leben war ein Kampf um persönliche Unabhängigkeit, um politische Gestaltung und um individuelle Freiheit. Dabei bewirkte ihre Entscheidung zur zweiten Heirat eine massive Störung des Machtgleichgewichts in Frankreich und führte letztendlich zu einem Konflikt mit England, der dreihundert Jahre dauern sollte.

Die mittelalterliche Geschichtsüberlieferung, damals ausschließlich von Männern (und zumeist Klerikern) bestimmt, hat Frauen, die sie nicht ignorieren konnte, in drei Kategorien eingeordnet: Ehefrau, Mutter und Hure. Eleonore findet sich in allen dreien. Sie wurde verglichen mit Kleopatra und Elisabeth I. von England, aber auch mit Messalina. Jedenfalls war sie viel mehr als nur die Ehefrau König Ludwigs von Frankreich und König Henrys von England. Sie war mehr als nur die Mutter des großen Helden Richard Löwenherz oder des Bösewichts Johann Ohneland. Man hat sie Ehebrecherin und Bestie geschimpft, und das aus gutem Grund: Sie war eine Frau, die sich weigerte, die ihr zugesprochene passive Rolle zu spielen. Sie tat, was sie für richtig hielt, sie kämpfte, oft ohne Rücksicht auf Verluste, oft mit hohem Risiko. Und dafür bezahlte sie mit dem Verlust ihres Leumunds, mit persönlichem Leid und tiefster Verzweiflung.

Eleonore war Königin von Frankreich, Königin von England, Mutter dreier englischer Könige und zweier Königinnen, dazu Großmutter eines Kaisers, zweier weiterer Könige und Ahnfrau zweier Heiliger. Historiker haben sie als »Großmutter Europas« bezeichnet. In England herrschten ihre Nachkommen bis 1485, und ihr Blut fließt noch in den Adern der heutigen Königin von England, Elisabeth II. Eleonore ist eine beinahe überlebensgroße Figur der Geschichte. Sie kehrte ihrem ersten Mann den Rücken und wählte den jungen Heinrich von Plantagenet als Partner. Als auch die zweite Ehe für sie zur Enttäuschung wurde, weil Heinrich sie betrog und politische Differenzen um Aquitanien und die Erbfolge entstanden waren, bewog sie ihre Söhne zur Revolution gegen den Vater, wofür Heinrich sie 16 Jahre unter Arrest stellte. Nach Heinrichs Tod spielte sie eine bedeutsame Rolle in der Regierung ihrer Söhne. In diesen Jahren konnte sie endlich ungestört und selbständig agieren. Sie reiste durch halb Europa, regierte mit straffer Hand und sicherte die Thronfolge ihres jüngsten Sohnes. War sie bis dahin die »Skandalkönigin« des Mittelalters gewesen, so hatte sie sich jetzt zur geachteten Herrscherin, zur »elder stateswoman« gewandelt. Der Einsatz, mit dem Eleonore sich als Witwe dem großen Ziel verschrieb, das von ihrem verabscheuten Ehemann errichtete angevinische Reich zusammenzuhalten, widerlegt jene Historiker, die behaupten, sie sei eine »wesensmäßig frivole Frau« gewesen, deren Leben eine einzige Aneinanderreihung von Skandalen gewesen sei. Ihr Wunsch nach Unabhängigkeit löste bei ihren Zeitgenossen Abscheu und Hass aus, und das Bild von der inzestuösen, sexuell unersättlichen Eleonore hat sich bis ins letzte Jahrhundert hinein erhalten. Dagegen besitzen wir von ihr selbst so gut wie keine persönlichen Aussagen. Wir wissen nicht einmal, wie sie ausgesehen hat; es gibt keine konkreten Beschreibungen, und auch den wenigen zeitgenössischen Abbildungen, die ihr zugeschrieben werden, ist kaum Verwertbares zu entnehmen (die Abbildung auf dem Fresko in der Kapelle Sainte Radegonde in Chinon wird inzwischen nicht mehr ihr zugeschrieben, und die Figur am Portail Royal in Chartres wird inzwischen als noch fragwürdiger angesehen). Wie müssen uns mit der Behauptung ihrer Zeitgenossen begnügen, dass ihre Schönheit überall gerühmt wurde – aber auch das kann nur Topos sein. Vielleicht war sie, ebenso wie Kleopatra, äußerlich wenig anziehend, aber, wie man heute sagen würde, wegen ihrer außerordentlichen Intelligenz und ihrer starken Persönlichkeit »ein faszinierender Typ«.

Mit kaum einer anderen Königin haben sich Autoren der Neuzeit intensiver beschäftigt als mit Eleonore. Es existieren Dutzende von Biographien, vor allem im englischsprachigen Raum. Ihren Einzug nach Hollywood hielt Eleonore in dem oscarprämierten Film »Der Löwe im Winter«, mit Katherine Hepburn als Star. In der zweiten Hälfte des 20. Jahrhunderts boomte die Eleonore-Historiographie erneut; diesmal wurde eine neue Legende gesponnen, die sie zur »Königin der Troubadoure« machte. Dabei konnte ein Mäzenatentum oder ein besonderes Verhältnis Eleonores zu den Troubadouren ihrer Zeit nie belegt werden. Auch die Vorstellung vom sogenannten »Liebeshof« in Aquitanien, an dem sie u. a. gemeinsam mit ihrer Tochter Marie von der Champagne Urteile in Liebesdingen gesprochen haben soll, ist inzwischen widerlegt; eine Anwesenheit der Gräfin von der Champagne in Poitiers konnte nie nachgewiesen werden.

Die Figur der Eleonore von Aquitanien ist so sehr hinter Mythen und Legenden verschwunden, dass es schwierig ist, das »Körnchen Wahrheit« in den vielen Geschichten zu finden. Der aussichtsreichste Weg führt über die erhalten gebliebenen zeitgenössischen Überlieferungen. Leider existiert keine zeitgenössische Biographie Eleonores – so etwas blieb damals weiblichen Heiligen vorbehalten. Wenn mittelalterliche Schreiber das Leben weltlicher Personen schilderten, so äußerten sie sich vor allem darüber, wie gut ihre Figuren den akzeptierten und idealisierten Verhaltensmodellen entsprachen und als Vorbilder dienen konnten. Es ging um christlich-moralische Fragen, nicht um persönliche Lebensläufe. Bei Frauen thematisierte man vor allem die konventionellen weiblichen Tugenden, die Frömmigkeit und die Erfüllung ihrer ehelichen und mütterlichen Pflichten.

In Ermangelung einer zeitgenössischen Biographie müssen wir uns bei der Beleuchtung von Eleonores Leben vor allem auf lateinische Chroniken stützen. Deren Autoren waren zumeist Geistliche, überwiegend Mönche, mit all den Voreingenommenheiten der Kleriker dieser Zeit. Sie widmeten sich in erster Linie den Schicksalen von Königen oder Päpsten; Eleonore nahmen sie nur als Nebenfigur wahr. Das traditionelle Misstrauen gegenüber der Frau – Eva als Verführerin Adams, als Trägerin der Erbsünde – spricht aus ihren Texten. Die damalige »wissenschaftliche« Auffassung besagte, die Frau sei ein unvollständiger, fehlerhafter Mann und habe sich deshalb der männlichen Autorität vollkommen unterzuordnen. Außerdem sei sie ein »brodelnder Vulkan des sexuellen Verlangens« und könne ihre Leidenschaften nicht kontrollieren. In den Augen der Chronisten war Eleonores Ruf nach der vorgeblichen Affäre im Heiligen Land so ruiniert, dass man sie am besten gar nicht erwähnte oder nur mit spürbarer Abscheu.

Die ergiebigsten Aussagen über Eleonore finden sich in einer Gruppe englischer Chronisten, die über das Leben am Hof der Plantagenets gut unterrichtet waren. Zu erwähnen wären Roger von Howden, Ralph Diceto, Walter Map, Gerald von Wales, Gervase von Canterbury, Richard von Devizes und William von Newburgh. Ich habe manches Zitat dieser Schreiber in den Roman einfließen lassen. Diese Berichte sind die Grundlagen für spätere Autoren und für die Entstehung dessen, was Ralph V. Turner als »schwarze Legende« bezeichnet: die völlige Zerstörung von Eleonores Ruf und Leumund. Keine andere Königin des Mittelalters erfuhr eine so schwere Herabwürdigung ihres Ansehens wie Eleonore. Gehässige Gerüchte, anzügliche Insinuationen und aus der Luft gegriffene Vorwürfe bis hin zur Beschuldigung des Mordes an Rosamund Clifford verwischten und überdeckten die Spuren, die sie hinterlassen hat. Denn eine Frau, die sich einen Weg aus ihrer Rolle heraus in männliche Domänen erkämpfte, neue Normen eines weiblichen Verhaltens schuf und sich den kirchlichen Dogmen nicht fügte, musste verteufelt und verdammt werden, und das über Jahrhunderte hinweg bis fast in unsere Zeit hinein. Die moralische Herabwürdigung Eleonores war die Antwort mittelalterlicher Meinungsmacher auf ihre schockierende Weigerung, sich den Vorgaben der Gesellschaft zu unterwerfen.

Fast 200 von Eleonore signierte Dokumente sind uns überliefert; davon nur ca. 20 aus der Zeit als französische Königin, die anderen aus ihrer Zeit als Frau und Witwe Henrys II. Es existieren auch einige wenige eigenhändige Briefe von ihr (deshalb lasse ich sie in der Gefangenschaft auch die Kunst des Schreibens erlernen). Aufschluss über Eleonores Alltagsleben geben die sogenannten »pipe rolls«, in denen die jährlichen Einkünfte und Ausgaben des englischen Königshauses verzeichnet wurden. Da finden sich Einzelheiten über den Kauf von erlesenem Tuch, Feinkost und Wein, über Zahlungen an ihre Dienerschaft. Eleonores Wirken lässt sich auch aus sogenannten »writs« erschließen, königlichen Kurzanweisungen an Sheriffs und andere Würdenträger. Auch manche Troubadoure haben sie in ihren Werken verewigt, oft in verkappter Form. So wird man den berühmten »Leitstern« des Bertrand von Ventadorn wohl auf sie beziehen können, und vielleicht ist sie auch das Vorbild für die Guinevere/Ginevra in zeitgenössischen Bearbeitungen der Artussage wie der von Wace.

Um Eleonore von Aquitanien heute gerecht zu werden, müssen wir uns also mit vielen Quellen und mit noch mehr Deutungsmustern auseinandersetzen. Gerade aufgrund der neugewonnenen Erkenntnisse in den letzten Jahren verdient sie es aber, neu bewertet zu werden. Es gilt aufzuräumen mit der Rolle der Teufelin, aber auch mit der romantischen Sicht auf sie als liebesuchende Königin der Troubadoure. Sie gewinnt zusätzlich an Format, wenn man ihr Bestreben betrachtet, politische Macht auszuüben, ihren Ehrgeiz, und ihre unerschütterliche Entschlossenheit, die Unabhängigkeit ihres Herzogstums zu verteidigen. Letzteres war mit Sicherheit eines der Leitmotive ihres Lebens. Ich habe in diesem Roman versucht, der aktuellen historischen Deutung Geltung zu verschaffen, ohne den Menschen Eleonore dabei zu vergessen. Ob mir das gelungen ist, mögen Sie, liebe Leserin, lieber Leser, beurteilen. Ich hoffe, Sie sehen am Ende, ebenso wie ich, eine starke, stolze, aber auch emotionale Frau, die ihr Leben nach eigenen Vorstellungen gestalten wollte und für ihre Missachtung aller Konventionen einen hohen Preis zahlte.

Um diesen Roman zu schreiben, brauchte es fast keine fiktiven Figuren. Alles ist belegt, alles ist in den Quellen zu finden. Die Charakterisierungen von Ludwig und Henry richten sich – bis hin zu Henrys Ruhelosigkeit und Angst vor dem Dickwerden (heute würden ihm Ärzte wohl ADHS diagnostizieren) und Ludwigs Angewohnheit, unter Bäumen Nickerchen zu machen – ganz genau nach den Angaben der zeitgenössischen Chronisten, hier gab es nichts dazuzuerfinden. Ähnlich ist es mit den Beziehungen Eleonores zu ihren beiden Ehemännern. Ein anderes Thema ist allerdings ihr Verhältnis zu Raymond von Antiochia, ihrem Onkel. Dass die zeitgenössischen Beobachter in ihrer Wertung übereinstimmen, spricht für eine Liebesbeziehung zwischen Eleonore und ihrem Onkel, ebenso ihre gewaltsame Entfernung aus Antiochia durch Ludwig und ihr klar belegter psychischer Zusammenbruch nach der Todesnachricht. Dass sie ihm emotional verbunden war, scheint unbestreitbar – zweifelhaft sind in der Forschung eher seine Motive. Ob er verliebt war oder ob er sie nur für seine politischen Zwecke benutzt hat und ihre Fürsprache bei Ludwig für seine Kriegsziele einsetzen wollte, darüber lässt sich trefflich spekulieren. Aber weil dies ein Roman ist und keine Fachmonographie, habe ich mich dazu entschlossen, aus den beiden ein schönes Liebespaar zu machen. Vielleicht waren sie das ja wirklich ...

Die Andeutungen, die Thomas Becket betreffen, sind rein fiktiv. Wie das Verhältnis zwischen Königin und Lordkanzler aussah, lässt sich aus den Quellen so gut wie gar nicht beurteilen. Bis ins Detail den zeitgenössischen Aufzeichnungen entnommen ist jedoch die Schilderung des Mordes in der Kathedrale von Canterbury.

Eleonores Beziehung zu ihren Kindern hat den Historikern viel Grund zum Nachdenken gegeben. Eines ist klar: Sie war keine neuzeitliche Mutter. Im Adel war es damals generell üblich, Kinder gleich nach der Geburt einer Amme zu übergeben. Ein Mutter-Kind-Verhältnis nach heutigem Muster gab es nie, und es wurde auch nicht als erstrebenswert angesehen. Eleonore überwachte die Erziehung ihrer Kinder, ging sicherlich auch liebevoll mit ihnen um, aber für die alltäglichen Verrichtungen gab es Bedienstete. Die meisten adeligen Kinder hatten ein engeres Verhältnis zu ihren

Ammen als zu ihren Müttern, auch Richard Löwenherz liebte seine Amme Hodierna sehr und kümmerte sich noch als Erwachsener um ihr Wohlergehen. Dass er Aliénors Lieblingssohn war, lässt sich aus den Quellen erschließen, er hat auch von allen Söhnen die meiste Zeit mit ihr gelebt und war ihr Wunschnachfolger als Herzog von Aquitanien. Zum Thema seiner Homosexualität lässt sich sagen (wie ich bereits im Nachwort zu meinem vorigen Roman »Das Buch der Königin« angeführt habe), dass es darüber immer wieder Diskussionen gegeben hat. Es existieren Hinweise in den Quellen darüber, dass Richard sich »unerlaubter Akte« schuldig gemacht hat, und Richard hat sich selbst in Messina wegen »widernatürlicher Sünden« öffentlich geißeln lassen. Gerüchte über eine homoerotische Beziehung mit König Philipp vor dem großen Zerwürfnis kursierten bereits unter den Zeitgenossen, dürften aber haltlos sein. Seine Ehe mit Berengaria blieb kinderlos, allerdings wird ihm ein früher Bastardsohn zugeschrieben. Letztlich bleibt Richards sexuelle Orientierung im Dunklen und ist auch für die historische Forschung nicht von vordringlichem Interesse.

Die politischen Hintergründe zu Eleonores Leben sind viel zu kompliziert, als dass ich sie in einem Roman zur Gänze hätte darstellen können. Das Buch wäre sonst vermutlich doppelt so dick geworden. Ich habe versucht, die wichtigsten Sachverhalte zu erklären und nichts wegzulassen, was zum Verständnis der Handlung nötig ist. Gerade die Zwistigkeiten in der Familie Plantagenet, zwischen Vater und Söhnen, aber auch der Brüder untereinander, waren so vielschichtig und verschlungen, dass ein zu tiefes Eintauchen nur zu Verwirrung geführt hätte. Auch der Konflikt zwischen Ludwig und Henry (als König von England und gleichzeitig Vasall der französischen Krone für die Festlandsbesitzungen) war viel zu komplex, um jede Einzelheit behandeln zu können. Ich hoffe, dass meine Vereinfachungen für ein grundlegendes Verständnis ausgereicht haben.

Wer schon einmal den Jakobsweg gegangen ist, wird viele Stationen der Reise wiedererkennen, die Eleonore mit ihrer Enkelin Blanche zurückgelegt hat. Tatsächlich ließ es sich die alte Königin auch im Alter von 76 Jahren nicht nehmen, selbst nach Kastilien zu reisen und die Braut auszusuchen. Die Strecke von Burgos nach Bordeaux entspricht auch noch dem heutigen Camino. Von Santiago de Compostela bis über den Pass von Roncesvalles führt ein einziger Weg, der sich dann durch Frankreich in mehrere Hauptrouten aufspaltet. Bis Bordeaux und dann weiter nach Tours und Orléans führt die sogenannte Via Turonensis, auf deren steinigen Wegen damals Eleonores Chariot dahinrollte. Ich selber habe zwar Aquitanien auf Eleonores Spuren bereist, ihre große Spanienreise konnte ich aber bisher leider noch nicht nachvollziehen. Ein Projekt für die Zukunft ...

Die im Roman verwendeten Zitate aus den verschiedenen zeitgenössischen Chroniken sind ausnahmslos den Quellen entnommen. Gleiches gilt für die Briefe, z. B. die von Bernhard von Clairvaux oder von Hildegard von Bingen, und für die Lieder der Troubadoure, die ich im Text zitiere. Historisch detailgenau wiedergegeben sind auch etliche bedeutende Szenen wie der Mord in der Kathedrale von Canterbury oder auch die Sterbeszene von Henry II. und Richard Löwenherz. Ganz generell war für die Geschichte Eleonores die Quellenlage so gut – bis hin zu den Charakterbeschreibungen der einzelnen Figuren –, dass es nur wenig Fiktives zu ergänzen gab. Ich habe versucht, den Roman bis zum Schluss möglichst nahe an der historischen Realität entlangzuführen.

Noch eine Klarstellung: Die Mordpläne des Grafen Theobald von der Champagne und die daraus resultierenden Anschläge auf Blanches Leben entspringen allein meiner Phantasie. Derartige Versuche sind aber für die damalige Zeit nichts Ungewöhnliches. Nicht lange nach Blanches Vermählung starb in Jerusalem übrigens ein fünfzehnjähriges Mädchen an den Folgen des Wechselfiebers: Maria, die Nichte Theobalds von der Champagne, der ein langes Leben nicht vergönnt war. Ihre jüngere Schwester Alice heiratete später den König von Zypern. Graf Theobald selbst erlag im Frühling 1201 einer Typhuserkrankung. Er wurde nur zweiundzwanzig Jahre alt.

Wer nun am Ende mehr wissen will und sich genauer für Eleonores Leben interessiert, dem sei im Folgenden eine kleine Literaturauswahl geboten. Zuallererst ist die aktuellste historische Monographie zu erwähnen: *Ralph V. Turner: Eleonore von Aquitanien. Königin des Mittelalters. München, C. H. Beck 2012.* Der amerikanische Geschichtsprofessor hat zu manchen neuen Deutungen gefunden, die das Eleonore-Bild der letzten Jahrzehnte grundlegend verändert haben. Kurz, historisch sehr korrekt und informativ ist die Darstellung von *Ursula Vones-Liebenstein: Eleonore von Aquitanien. Herrscherin zwischen zwei Reichen. Göttingen/Zürich, Hansen 2000.* Immer noch wunderbar zu lesen, aber inzwischen in manchen Bereichen überholt ist *Régine Pernoud: Königin der Troubadoure. 17. Aufl., München, dtv, 2000.* Die meiste Literatur über Eleonore gibt es im englischsprachigen Raum. Hier die Klassiker: *Alison Weir: Eleanor of Aquitaine, By the Wrath of God, Queen of England. London, Vintage 2007.* Und *Marion Meade: Eleanor of Aquitaine. A Biography. Harmondsworth, Penguin, 1991.* Beide lesen sich wie ein Roman, gehören aber ebenfalls in die romantisierende Troubadour-Ecke. Mit eindrucksvollem Bildmaterial und allerneuesten Forschungsergebnissen wartet ein französischer Beitrag zur Eleonore-Forschung auf: *Amaury Chauou und Thierry Perrin, Sur les pas de Aliénor d'Aquitaine. Rennes, Editions Ouest-France 2005.*

Nach dem Abschied von Blanche in Bordeaux kehrte Eleonore in ihr Altersdomizil Fontevraud zurück. Wer das Kloster einmal gesehen hat, versteht, warum die alte Königin es als Wohnsitz gewählt hat. Es ist eine der größten, reichsten und beeindruckendsten Anlagen, die man in Frankreich finden kann. Eleonore lebte wohl zunächst außerhalb in einem eigenen Haushalt, es deutet aber vieles darauf hin, dass sie kurz vor ihrem Ende den Schleier genommen hat. Die letzten Monate ihres Lebens verbrachte sie offenbar in einer Art Dämmerzustand. Die Annalen des Klosters berichten, dass sie »lebte wie jemand, der für die Welt schon gestorben war«. Das mag eine Gnade gewesen sein, denn so musste sie nicht mehr erfahren, wie das angevinische Reich zerbrach. Der Verlust der Normandie drang nicht mehr zu ihr vor, genauso wenig der Einmarsch des französischen Königs in Poitiers. Den finalen Machtverlust des englischen Königtums durch die Unterzeichnung der Magna Charta durch John musste sie nicht mehr erleben. Für mittelalterliche Verhältnisse wurde sie uralt, hatte – wenn man die durchschnittliche Lebenserwartung zum Vergleich nimmt – zwei Leben. Sie überlebte sieben ihrer neun Kinder. Am 1. April 1204 starb sie, »wie eine Kerze ausgeht, wenn sie ein Windstoß trifft«, im Alter von achtzig Jahren.

Sie wurde in der Krypta der Abteikirche von Fontevraud bestattet, zwischen ihrem zweiten Gatten Henry und ihrem geliebten Sohn Richard. Während der Französischen Revolution fiel das Kloster Plünderungen zum Opfer, die Gräber (auch das der später dazugekommenen Isabella von Angoulême, der zweiten Frau Johann Ohnelands) wurden geöffnet und die Gebeine verstreut. Erst später hat man die Sarkophage wieder aufgestellt und im Zuge einer Restaurierung mitten in der Kirche platziert.

So kann man Eleonores Grabmal in der Abteikirche von Fontevraud heute sehen. Ihre Liegendskulptur aus bemaltem Holz ist eine künstlerische Pionierarbeit, Eleonore hat sie sicherlich selber entwerfen und anfertigen lassen. Sie strahlt Ruhe und Würde aus, mit einem angedeuteten Lächeln auf den Lippen. Anders als Henry und Richard ist Eleonore lebend dargestellt. Ihre Abbildung ist die älteste mittelalterliche Darstellung einer weltlichen Frau, die ein Buch in Händen hält. Und wenn man genau hinsieht, bemerkt man, dass die stolze alte Königin ihr Lager ein deutliches Stück hat höher bauen lassen, als das ihres zweiten Gatten ...

Die kleine Blanche, von ihrer Großmutter erwählt, um als Braut des französischen Thronfolgers Frankreich und England zu versöhnen, wurde tatsächlich eine große Königin. Väterlicherseits gehörte sie dem Haus Burgund-Ivrea an, mütterlicherseits war sie eine Plantagenet. Nach den Bestimmungen des Vertrags von Le Goulet zwischen Johann Ohneland und Philipp von Frankreich sollte sie Philipps Sohn Ludwig heiraten, um den Frieden zwischen England und Frankreich zu zementieren. Angeblich fiel Eleonores Wahl auf Blanca, weil der Name ihrer älteren Schwester Urraca für Franzosen unaussprechlich schien – ich kann allerdings kaum glauben, dass sich die alte Königin von derart einfachen Überlegungen leiten ließ. Tatsächlich wurde Blanche von ihrer Großmutter über die Pyrenäen bis nach Bordeaux begleitet – die Reise auf dem auch heute noch identisch verlaufenden Jakobsweg ist im Roman Schauplatz vieler Szenen und Erzählungen.

Blanche bewies später große politische Fähigkeiten. Sie unterstützte ihren Gatten mit großem Geschick und Tatkraft beim Regieren und übernahm nach dessen frühem Tod im Jahr 1226 die Vormundschaft über ihren noch unmündigen Sohn Ludwig IX. (später »der Heilige«). Lange herrschte sie mit umsichtiger Hand. Heute gehört sie in den Augen der Historiker zu den herausragenden Frauengestalten in der mittelalterlichen Geschichte Frankreichs. Als faktisch erste Regentin des Landes und Mutter eines Heiligen genoss sie auch im Volk nachhaltige Verehrung. Matthäus Paris nannte sie ein »Weib von Geschlecht, aber männlich im Charakter, ..., ein Segen für das Jahrhundert«. Bei der Heiligsprechung ihres Sohnes 1297 wurde sie von Papst Bonifaz als »die starke Frau des Evangeliums« bezeichnet.

Blanches Ehe mit dem ein Jahr älteren französischen Thronfolger und späteren König, dem sie vier Kinder gebar (von denen drei früh starben), ist übrigens ausgesprochen glücklich gewesen. Ein zeitgenössischer Dichter schreibt über das Königspaar:

Niemals liebte eine Königin
So sehr ihren Gebieter
oder ihre Kinder.
Und der König liebte sie ebenfalls ...
Sie liebten einander so inniglich,
dass sie sich in allem einig waren.

Blanche starb am 27. November 1252 in Paris. Sie fand ihre letzte Ruhestätte im von ihr gegründeten Zisterzienserkloster Maubuisson-les-Pontoise; ihr Herz ruht im Kloster Notre-Dame du Lys bei Melun.

Der Frieden zwischen England und Frankreich, den Blanches Hochzeit besiegeln sollte, hielt nur zwei Jahre.

Personen
in alphabet. Reihenfolge

Adelheid von Maurienne, Königin von Frankreich, Aliénors Schwiegermutter

Aénor, Herzogin von Aquitanien, Aliénors Mutter

Alais, Prinzessin von Frankreich, Tochter Ludwigs VII. aus der zweiten Ehe, Verlobte von Richard Löwenherz und Geliebte Henrys II.

Aliénor/Eleonore, Gräfin von Poitou, Herzogin von Aquitanien, Königin von Frankreich, Königin von England

Alfonso, König von Kastilien, Blanches Vater

Alix, Gräfin von Blois, Aliénors zweite Tochter mit Ludwig

Amaria, Aliénors Zofe in der Gefangenschaft

Angel, Waffenknecht aus Pamplona*

Bernard de Ventadour, Troubadour

Bernhard, Abt von Clairvaux

Blanca, Prinzessin von Navarra, Gräfin von der Champagne, Ehefrau Graf Theobalds

Blanche, Prinzessin von Kastilien, Leonors Tochter und Aliénors Enkelin, später Königin von Frankreich

Cercamon, Troubadour

Geoffrey, Herzog von der Bretagne, Aliénors vierter Sohn mit Henry

Geoffrey/Jeff, Henrys II. außereheliche Sohn mit Ykenai

Gottfried Plantagenet/Geoffroy le Bel, Graf von Anjou, Herzog der Normandie, Vater Henrys II.

Guy de Valmort, Waffenmeister in Troyes, Attentäter*

Henry II. Plantagenet, König von England, Herzog der Normandie und von Aquitanien, Aliénors zweiter Ehemann

der junge Henry/Henri le jeune roi/Henry the young king, König von England, Aliénors zweiter Sohn mit Henry

Jaufré Rudel, Troubadour

Johanna, Königin von Sizilien, Aliénors dritte Tochter mit Henry
John Lackland/Jean sans Terre/Johann Ohneland, König von England, Aliénors letzter Sohn mit Henry
Leonor, Königin von Kastilien, Aliénors zweite Tochter mit Henry
Ludwig VI., »der Fette«, König von Frankreich, Aliénors Schwiegervater
Ludwig VII., König von Frankreich, Alíenors erster Ehemann
Manuel Komnenos, Kaiser von Byzanz
Marguerite, Prinzessin von Frankreich, Königin von England, Tochter Ludwigs VII. aus zweiter Ehe, Ehefrau des jungen Henry
Marie, Gräfin von der Champagne, Aliénors erste Tochter mit Ludwig
Matilda, Herzogin von Sachsen, Aliénors erste Tochter mit Henry
Nieves, Zofe*
Petronilla, Aliénors Schwester
Philipp II., König von Frankreich, Sohn Ludwigs VII. aus dritter Ehe
Pieter von Zeeland, Anführer der flandrischen Kriegsknechte*
Raoul von Vermandois, Petronillas Geliebter und Ehemann
Raymond, Fürst von Antiochia
Richard Löwenherz, König von England, Aliénors dritter Sohn mit Henry
Rosamund Clifford, Geliebte Henrys II.
Sancho VII./der Starke, König von Navarra
Suger, Abt von Saint Denis
Theobald, Graf von der Champagne, Sohn von Aliénors ältester Tochter Marie
Thomas Becket, Kanzler von England und Erzbischof von Canterbury
Urraca, Prinzessin von Kastilien, Blanches Schwester
Wilhelm X., Herzog von Aquitanien, Aliénors Vater
William, Aliénors früh verstorbener erster Sohn mit Henry
Ykenai, Geliebte Henrys II.

Die mit * gekennzeichneten Personen sind fiktiv, alle anderen historisch.

Glossar

ahi okzit. ach
ahi las okzit. ach weh, o weh
amor de lonh okzit. die Geliebte/Liebe in der Ferne
basileus griech. Kaiser
bela okzit. Schöne
Bihänder langes Schwert, das beidhändig geführt wird
Bliaut höfisches Obergewand, das vom 11. bis zum 13. Jahrhundert von beiden Geschlechtern getragen wurde. Bei den Damen bestand der Bliaut aus einer Art enganliegendem Mieder bis zur Taille und anschließendem Rock, evtl. mit Schleppe. An das Mieder wurden Ärmel angeheftet, die entweder ganz eng waren oder trompetenförmig ausliefen.
Bruoche mittelalterliche Herrenunterhose, von einer Schnur oder einem Gürtel in der Taille gehalten. Daran konnten mit Bändern Beinlinge angenestelt werden.
Busine trompetenähnliches Instrument, von ihm leitet sich die Bezeichnung Posaune ab
Butigler lat. Bezeichnung für den Mundschenk, eines der vier Hofämter. Er war am Hof zunächst für die Getränke und die Lebensmittelversorgung zuständig; später wandelte sich das Amt zum reinen Ehrenamt.
chariot Reisewagen
Constabler hier: Oberbefehlshaber der Armee
Domna okzit. Herrin
Donjon Wohn- bzw. Wehrturm einer mittelalterlichen Burg des französ. und engl. Kulturkreises

Fazenettlein	kleines Stofftaschentuch
Gebende	Mittelalterliche Kopfbedeckung für Frauen
Hypocras	Wein mit Honig und Gewürzen
Joglar	allg. Bezeichnung für mittelalterliche Unterhaltungskünstler. Zu den Joglaren gehörten die Troubadoure genauso wie die Akrobaten oder Zauberkünstler.
Kermessaft	Die Kermesbeeren (persisch kermes = rot) wurden im Mittelalter zum Färben benutzt.
Koller	Eine Art loser, breiter Kragen, der um den Hals gebunden wurde und bis über die Schultern reichte.
Kukulle	weites, knöchellanges Obergewand mit Kapuze
Mammonia	Fleischeintopf mit Honig, Ingwer, Zwiebeln, Zimt und Mandeln
mi cors	okzit. mein Herz
mi reis	okzit. mein König
Muntwalt	Vormund
Paramente	Bezeichnung für die Textilien, die im kirchlichen Ritus verwendet werden
Patrimonium	hier: Besitz, Herrschaftsbereich
Petschaft	Stempel, der in die Siegelmasse eingedrückt wird und dort einen Abdruck hinterlässt, der im Mittelalter so viel galt wie eine Unterschrift.
Pleide	eine Art Wurfmaschine, Katapult
Pfulm	Dicker Rückenkeil. Im Mittelalter schliefen die Menschen halb aufrecht und schoben dazu einen Pfulm unter das Kissen hinter dem Oberkörper.
Schabracke	rechteckige Satteldecke
Sanctuarium	lat. Heiligtum
Seneschall	Wichtigstes Amt unter den Großämtern der französ. Krone. Urspr. war der Seneschall der Vorsteher des königl. Haushalts, später der Befehlshaber der königl. Armee.
Stilus	fingerlanger Griffel mit Hornstiel und Metallspitze. Man schrieb damit auf Holztäfelchen, auf die Wachs gestrichen war.
Tasselband	Umhänge wurden im Mittelalter vor der Brust von

	einem Tasselband zusammengehalten, das bei vor-nehmen Persönlichkeiten eine goldene oder silberne Kette sein konnte.
Tribock	eine Variante der Pleide, s. o.
Vigilien	Klösterliches Stundengebet, das in der Nacht bzw. den frühen Morgenstunden gebetet wird. Nachtwache.
Zelter	Leichtes Reitpferd, das den Passgang/Tölt beherrschte, eine bequeme Gangart, die besonders den im Damensattel reitenden Frauen entgegenkam.

Die Illustrationen

Erstes Buch: Eheschließung von Eleonore von Aquitanien mit Ludwig VII. von Frankreich, *Grandes Chroniques de France*

Zweites Buch: Das Siegel von Eleonore von Aquitanien

Drittes Buch: Mögliches Bild Eleonores bei Endilhart von Adelburg, Manessische Handschrift